洪武大路

周光毅 著

江苏凤凰文艺出版社
JIANGSU PHOENIX LITERATURE AND ART PUBLISHING, LTD

图书在版编目（CIP）数据

洪武大路 / 周光毅著. — 南京：江苏凤凰文艺出版社，2014

ISBN 978-7-5399-7785-0

Ⅰ. ①洪… Ⅱ. ①周… Ⅲ. ①长篇小说－中国－当代 Ⅳ. ①I247.5

中国版本图书馆 CIP 数据核字(2014)第 233906 号

书　　名	洪武大路
著　　者	周光毅
责任编辑	黄孝阳　汪　旭
出版发行	凤凰出版传媒股份有限公司 江苏凤凰文艺出版社
出版社地址	南京市中央路 165 号，邮编：210009
出版社网址	http://www.jswenyi.com
经　　销	凤凰出版传媒股份有限公司
印　　刷	南京新洲印刷有限公司
开　　本	718×1000 毫米　1/16
印　　张	30.75
字　　数	540 千字
版　　次	2014 年 12 月第 1 版　2014 年 12 月第 1 次印刷
标准书号	ISBN　978-7-5399-7785-0
定　　价	68.00 元

（江苏文艺版图书凡印刷、装订错误可随时向承印厂调换）

序

洪武大路永远是喧嚣和静谧交替的集合体，一条纵行南京城市中心的南北街道，白天很多车马从这里进出，横着的九条巷、户部街和游府西街交叉口，就成了大家腾转的唯一机会，彼此相互交替着的口令让它有了秩序，人们无论怎么样的急迫到了这条街，立刻变得只有服从了。洪武大路是市井文化的显现，所有的店面在夕阳下开始上门板，“噼噼啪啪”的关门声音从南到北，不需要一个时辰，喧嚣就压了下去，家家生火做饭劈柴燃烧的炊烟，瞬间将它变得神秘静怡深远，孩子们在叫骂声中老实地回到家里。邻里们的关系也是极其简单，只有捍卫权利的小纷争，洪武大路的人们似乎很少变化，朴素着以食为天的原始信仰。

洪武大路存在过简单和平常的生活环境，贫富的差距不会成为人们交流的障碍，上下九流都在这里汇聚，满清的秀才、官宦后代和窘困于生活艰难的人们，用传统的道德规则规范着行为，男欢女爱的愉悦，儿孙满堂的快乐，相互体恤的关照等所有，把它塑造成为一个天堂。洪武大路也是思想转变的缩影，打倒封建的革命口号出现以后，千万的年轻人不再受礼教的束缚，批判旧思想成为了一种时尚，市井劳作更是革命成功的标志，旧时的所有开始被文明进步所替代了，人们开始大声地嘲笑历史的愚昧，演起了戏子有义婊子有情的戏码，大家号呼着崭新的观念，将洪武大路彻底地改变过来，树立起了更多的时代楷模们。

洪武大路的确是存在过，是历史，是今天，更是未来……

古林寺
新住宅區
草場門
清涼山
清涼門
外國墳
清涼寺
掃葉樓
九華聖蹟
自來水塔
金陵女子大學
金銀街
百步坡
五台山
烏龜山
蛇山
烏龍潭
石城橋
漢西門
水西門
金陵中學
莫愁湖
胡家塥
周家塥
東頭湖
護城圩
曾庄
唐子庄
招待所

人　物

卢文来　晚清的秀才、“鸿儒织造”老板、日据时期地方维持会会长。
周湘云　卢文来妻子、清朝买办之女、京剧昆曲的票友。
卢惠昌　卢文来长子、日据时期的侦缉队长、民国时期洪武大路警察署署长。
罗秀玲　卢惠昌妻子、卢安平的母亲、皮鞋制造行商贾的千金。
卢惠炳　卢文来次子、日据时期的国民军人、民国时期区长。
陈春丽　卢惠炳妻子、卢小丽的母亲、河南逃荒出来的女人。
卢惠民　卢文来幺子、京剧演员、解放军文工团编剧、人民政府工商联合会主席。
卢惠琴　卢文来长女、上海纺织女工、西医诊所护士。
吴成芳　卢惠琴丈夫、西医诊所医生、地区人民政治协商会议主席。
卢惠俊　卢文来次女、从小失踪不详，成年后出现在美国东部。
卢惠英　卢文来幺女、军阀的姨太太，成年后与家庭没有联系。
卢北宁　卢文来父亲、安徽大豪绅。
卢文生　卢文来堂哥、留学归来的共产党人、国民政府参事员。
周小芸　卢文生妻子、周湘云的丫环、人民政府文化局书记。

唐宝林　安徽戏班班主、卢惠民的启蒙师傅。
汤瞎子　算命先生、卢家事业的谋士。
陈二喜　小菜贩出身、徐春喜的父亲、人民政府区委书记。
江小燕　卢惠民相好、陈二喜妻子、地方京剧剧团的团长。
洪其昌　木行老板、日据时期保长。
洪春花　洪其昌之妻、歙县古玩店继承人。
蒋富江　出身挖井人、三春酱园老板。
孙思涵　蒋富江的妻子、三春的母亲。
蒋春晓　蒋富江长女、卢惠民妻子、民国时期洪武大路公所主任。
蒋春晚　蒋富江次女、薛宝勇妻子。
蒋春晖　蒋富江幺女、徐侉子妻子、徐春喜的母亲。

陈大宇　土匪养子、漠河烟草店老板。

韩松雪　陈大宇相好、漠河烟草店老板娘。

禄文景　清朝一品大员、民国时期历史研究员。

王文贤　禄文景妻子、民国时期博物馆助理、地方昆曲剧团顾问。

徐侉子　烧饼油条店店主、人民政府洪武大路街道主任。

谢寡妇　徐侉子相好、谢寡妇凉粉店主。

杨瘸子　教书先生、日本占领军的翻译。

许大胖子　唐宝林远房侄儿、晚清巡捕、日据时期侦缉队员、民国时期监狱狱警。

大老刘　牲口棚屠夫、洪武大路无赖。

周同仁　周湘云之父、晚清宫廷买办。

盖师傅　上海戏班班主、卢惠民的师傅。

吕笔畅　评弹爱好者、民国时期苏州文化局局长。

周文彪　周庄的镇长、后调任国民党苏州党部。

陈鹏飞　陈二喜狱友、地下共产党员。

薛宝勇　蒋春晚的丈夫、民国时期军事指挥。

陶花花　上海地下党党员、陈二喜的联络人。

苏冬花　秦淮河的妓女老鸨。

小红娘　秦淮河的凤楼妓女。

文登吉野　日本军大佐、南京地区占领军负责人。

樱井松子　卢惠民情人、日本文部省秘书、侵华日语教育专家。

目 录

序 …………………………………………………………………………………… 001

人物 ………………………………………………………………………………… 001

引子 ………………………………………………………………………………… 001

第一章　洪武大路第五十二号　卢文来与妻子儿女 ……………………… 019
第二章　洪武大路第四十六号　唐宝林与安徽戏班 ……………………… 067
第三章　洪武大路第百三十号　汤瞎子与算命摊子 ……………………… 111
第四章　洪武大路第九十七号　陈二喜与街头小贩 ……………………… 157
第五章　洪武大路第四十八号　洪其昌与千年沉香 ……………………… 205
第六章　洪武大路第六十二号　吴成芳与西医诊所 ……………………… 253
第七章　洪武大路第四十一号　蒋富江与三春酱园 ……………………… 297
第八章　洪武大路第一十一号　韩松雪与漠河烟店 ……………………… 343
第九章　洪武大路第八十四号　禄文景与大宅之死 ……………………… 389
第十章　洪武大路第一十七号　徐侉子与烧饼油条 ……………………… 437

后　记 ……………………………………………………………………………… 483

永大北貨號

引 子

明朝开国皇帝以自己名字命名的街道叫作洪武大路，在整个华夏历史上也是继往开来的。

传说明朝开国皇帝朱洪武在打工的时候，不满东家的苛刻就和小伙伴们，把他们放养的大水牛杀吃了，在整个肚子饱满温暖了以后，还把吃剩的牛头和牛尾安放在方山[①]的东西两侧，接下来就是朱洪武慌里慌张地去报告东家，说牛钻进山里了怎么都拽不出来，东家到了山脚下的时候，果真还听到牛的叫唤和牛尾巴在摆动……这东家是个极其明白的人，知道这是雇错了人，没有责怪朱洪武还给了一些银两，送到了有人烟的地方才拜了朱洪武离去，放牛娃们就在这地方开始了招兵买马，没有多长时间就灭了元朝，定都应天府成就了皇家大业，朱洪武登基以后为了感怀过去，下诏用自己的名字命名了这个市井之地。

历史上没有一个皇帝的名讳是直呼的，更不用说放在街道上踩来踏去，朱洪武是草根出身加上大字不识，根本就毫无禁忌可言，街道就这样慢慢地起来了。洪武大路的名字着实让在这里的人兴奋，它象征着生活在里面的人没有贵贱，人们更是没有理由对自己失望，也许未来是可以完全改变的。这样的想法不只停留在洪武大路，华夏的子孙后代们都循着这条路，希望千秋万代的荣华富贵。明崇祯十七年的春天，陕西汉子李自成率先发难，成为了另一个暴力改变命运的大顺王，可是没有想到有心更大的人，满人皇太极在叛军首领的引导下，成为了大清朝几百年的开国皇帝。

清太祖太喜好这大片的江山，也欣赏朱洪武皇帝草根的做派，天下反正已经是大清的了，南京的历史也就不再去纠结，虽然汉族此时已经有了上亿之众，但对华夏起义之事早就没有了幻想，没有被诛灭九族已经是万幸了，从没有想过皇帝能够这样的恩泽，洪武大路的街名就这样保存了。从清朝中期开始，洪武大路涌进了大

---

① 方山，南京郊区的一座山名。

量的游民，从文人到铁匠、从医生到菜贩、从官员到地痞、从商贾到工艺者，包罗万象，简单而朴素的生存愿望就成了潮流，三教九流都是满族的子民，身份自觉地降低，所以就容易多了。直到旅居美国的汉族贵胄孙中山，在南方又闹起了反清复明的革命，洪武大路才有点波澜就是了。

洪武大路开始的时候什么都没有，路的北口只是一个简易草棚子，成为了一个南来北往的栖息地，逃难的人累病了也就在这里歇了，能活着的第二天继续前往目的地，而没有能力的往往就死在了里面，往生的人就是一张草席裹起来，然后丢进对面芦苇草丛中，任野狗、野猫和其他飞禽走兽吃了去。“甲午战争”日本人占了胶州湾以后，大批的山东人逃难进了南京，很多的侉子们①就在这里做起了营生，馒头、烧饼、大饼和麻花等应有尽有，也成为古南京人调整口味的好去处。“辛亥革命”没有多久，更多的蛮子们②也蜂拥进入了洪武大路，他们在街道两边帮人家洗衣服、做饭、带孩子和做手艺活，也是让整个地区的生活自给自足了。

洪武大路的不同习惯是长期积累下来的，各种种族的人们在这里讨生活，各地的方言都可以在这里尽情发挥，孩子们往往可以掌握多种语言，玩耍的范围也是没有任何的禁忌的，千奇百怪的生活观念被视而不见，下一代人就很容易忘记阶级的存在。过去的印记在洪武大路是坚持不久的，它只接受独有的宽容与狭隘、善良与尖刻，维护洪武大路发展的不是法律，不是制度，更不是大家的欲望，有的只是对于财富的态度，对于知识的尊重而已。它充分地体现着儒家思想的谦卑，更有着道家思想的无为。

光绪四年的深秋，一个叫大老刘的东北屠夫霸市占了这里，赶走了所有的人，把这里改成了牲口市场，不停地宰杀，把南面的小池塘都染红了，流淌不出去的那些鲜艳的色彩，让他平添了几分可以杀人的威严。大老刘喜欢看人下刀的，总是大声地呵斥那些乡下人，人家看他的身材和手上的尖刀，多少有些战战兢兢的，没有什么费事就被他强买了去。这还不算拴牲口的绳子，房间里面摆的到处都是绳子，小偷进去，一定会被立刻绊倒在地的，然后大老刘上去就是补上一刀，那样的结果也是很怕人的。人们畏惧这个把持着洪武大路北口的人，总是希望有一天他能够有个闪失，在自己的肚子狠狠地切上一刀，然而这种期待简直是不可能的，他的刀

① 侉子，南方人对长江以北人的鄙夷称呼。

② 蛮子，北方人对长江以南人的鄙夷称呼。

子是越玩越熟练了。

大老刘没有什么其他的嗜好，就是喜欢一个人去不远处的池塘钓鱼，小鱼没有多久就都被他吃干净了，吃完了就开始在池塘里面养水草，大片的水草更给他带来了丰厚的收入。当有些人觉得大老刘收牲口的价格太低，大老刘就开始兜售水草的生意了，乡下人不忍心牲口带回去的路上饿着，这时候他的水草价格比牲口价格还高，人家感到没有出路的时候，大老刘就拿出尖刀在人面前晃悠，只要人家表示出犹豫的样子，他就会一刀插进牲口的心脏，瞬间就会让牲口倒在地上抽搐。无论是卖了牲口的，还是牵着牲口死里逃生的乡下人，都恨死了这个吃人不吐骨头的家伙，只要踏进过大老刘牲口棚的人，下次一定是绕着洪武大路走的。

小池塘旁边有个很小的捷径是通向新街口的，清朝皇帝虽然说不改洪武大路的叫法，从风水上说还是有点忌讳，于是这条小路就被叫做了“正洪街”，希望这条小路斧正不喜欢的东西，其中的涵义和作用也就不得而知了，洪武大路尽管是被作了法，效果却是不敢恭维的了。首先是晚清闹起了“太平天国”，东王杨秀清的部队就歇息在这里，池塘自然就是马匹饮水的地方，旁边更是开火造饭歌舞升平，整整地折腾了几天几夜的时间，直到他找到了瞻园成为了府邸才离开。曾国藩扫平了太平天国以后，首先看了看洪武路的风水，庆幸杨秀清的无知和鲁莽，这里面藏着朱洪武的水兽就是了，难怪那些战马在最后的时刻瘫倒，明皇帝也在寻找着每年的祭品。

洪武大路最早的生意，应该说是豆腐坊和木器行，两户人家坐落在正洪街和洪武大路交叉口上。“豆腐坊”是洪武大路上最辛苦的生意，紧紧挨着的就是最喧嚣的“洪银木行”，本来两家走的不是一条路，却是争吵不休，原因就来源于他们的收入有天壤之别。穷人的地方做豆腐生意最容易发，一切的原料都很低廉，需要的就是辛苦而已，豆腐坊老板孙光大是湖南人，产品好到了一直卖到长江边上。而木器行就没有那么好的运气了，所有的是农具产品销售周期都是很长的，总没有人跟吃豆腐一样地天天需要，看着豆腐坊快速扩张，日进斗金，淮安人的木器行老板洪其昌终于发飙了。

“任你个妈妈的，你早上黑咕隆咚的跟驴一样地磨豆浆，死得快哦。”木器行洪其昌揶揄豆腐坊。

“你就不能早睡一哈哦？按锄头的声音吵我睡不着哦，哪有这样子苦钱的！”孙光大当然不让。

“车木的声音是大,可是总有停的,你有停吗?任你个妈妈的!”老洪叫嚷起来。

“磨豆浆的声音比起你们要好多了,最起码可以听见人说话。”孙光大的嗓门也不低。

他们的吵架在这条街上没有人听了,说来骂去就这几句词没有新鲜的,两个人永远喋喋不休的争吵,也不能商量个解决的办法,一个是白天做工,另一个是夜里起床,吵到了孩子都大了也没有停息过就是了。他们吵架也就是给别人看,人越多就越来劲的叫骂。终于有一天孙光大劳累暴毙了,这场吵闹才平息下去了。孙光大死了以后孙太太就守了寡,这让洪其昌和大老刘变成了苍蝇,虽然不知道蛋上有没有缝,两个人就首先地掐起来了,吵得跟真是自己一样的。

“杀你的牲口好了,成天地跟人家寡妇眉来眼去的,我看你还是跟猪牛比较合适,人你这辈子就不要想了。”木匠老洪总是这样不依不饶的。

“你才不要脸啊,有老婆孩子的成天帮人家做这做那的,你想什么大家都知道,可惜了你家里的闲着,你以为你的鸡巴跟木把子一样的什么都能戳啊,看看自己是什么东西。”屠夫大老刘也是不甘示弱的样子。

孙太太是个老实女人不能忍受这样的侮辱,就在自己男人死的没有几天后,带着所有做豆腐的家当,雇了个马车回自己的娘家去了。豆腐坊的消失给洪武路上的人很大的震动,人们觉得一个人真的死了留下的是麻烦,于是很多人的生活终于慢了下来,不再跟自己的身体过不去了。这样的想法实际上维持不了很久,看着别人把自己的那份钱早挣了去,心里的不平衡又开始泛滥了,迅速地投入了更激烈的攀比中。

孙光大豆腐店的消失对北口刚开张的早点店是福音,南京人有早上吃茶干的嗜好,泡上壶茶买上几叠热腾腾的豆干,然后屁放得大响才是享受。从豆腐店没有了,风俗也就改了,新鲜也就不存在了,只好喝上了山东徐侉子的豆浆,就上了他的烧饼油条了,偶尔也从谢寡妇的凉粉店尝个新鲜,这样的习惯一直的延续到后来,就成了洪武大路的清晨风景线。勤劳的徐侉子也是非常智慧的,磨出来的豆浆分为三份:一份多兑水雇了伙计送上门去,有了抱怨也是听不到的;留一份就在店里加热好了,让大家就着油条烧饼吃;最后一份,当然是留给二房东谢寡妇的凉粉店,等点了石膏以后没有多久,谢寡妇的摊子就有了辅食。

山东侉子的油条是用荤油炸的,早点卖完了以后就开始炸荤油,油渣出来以后就放在店铺前面卖,所以烧饼油条店永远都是香味四溢的,油渣对于很多生活不富裕的人来说，这已经是上好的菜肴了，买点什么青菜和油渣一起炒了，一家子的生活也算是其乐融融了。谢寡妇的油渣是基本不给钱的，天涯沦落的两个人很快就“搭伙”①到了一起。徐侉子虽然每天都不闲着，但是谢寡妇就是怀不上孩子，永远是盯着自己带来的儿子，在大家的眼里这是个遗憾，但对徐侉子来说并不是这样的，显得更自由和轻松就是了。

“漠河烟草店”是后来的，也是租了谢寡妇的后院就是了，仗着老板是东北人，力气很大，就从侧面的大街上面开了个门，店面很小也就只能算半个铺面而已，老板陈大宇的性格待人接物算是实诚，烟草生意基本都是可以赊账的，只有她的女人担心时间长了，客人真的不来了也就跑了主顾。陈大宇的火爆性格是令人生畏的，有几次男人轻浮了韩松雪几句，只要是被他怀疑上以后，由不得别人的争辩上去就是暴打一顿，然后基本上是叫人抬回家去的。两个人总是为商店里面的经营拌嘴，小生意也算是经营得确实不错。

老板娘韩松雪比陈大宇成熟多了，两个人至少有十年的年龄区别，人不但是长得漂亮也风骚得厉害，冷的时候穿上外面的大皮袄，里面几乎就没有内衣了，镂空的目的也就是给很多人以遐想。她也真的是守不住寂寞，男人不在家的时候她就惹事，也从来不挑男人长相的好坏，只要是谈得来或者喜欢的，对于自己的身体也从来是不吝啬，关了门就在后面的小床上整了起来，事情完了就跟什么都没有发生过似的。韩松雪她不喜欢跟单身的人来往，怕再惹上麻烦就糟糕了。

“看看陈大宇那身板都没用哦，人家不是又找野味儿了，唉！”大老刘很眼馋。

“大老刘，你不要那么说人家，你上去就行了吗？别看你是东北来的，人家根本就看不上你！”牲口贩子老浦口讽刺的口吻。

“就这小娘们仨都不够我日的，操他妈的你没有看她见着我就像见着阎王啊?!我可是不能白干的，除非她过了马路来求我还可以想想。”大老刘喜欢想象。

“哈哈，你整个母猪、母牛的还行，女人你想都不要想哦！哈哈！”大家都笑了。

牲口贩子们喜欢利用这样的话题激怒他，讨论的结果总是大老刘涨红了脸，跟人家动了手才算是完。大老刘看上去胆子的确很大，在陈大宇的面前他还是害怕的，见到了韩松雪更是瑟瑟发抖得厉害，对于漠河烟店的女老板的身体，他是真的幻想过，但是一想到两个人的背景出身，只能是生活在意淫的里面，希望有一天这个女人禁不住闷骚，自己能够送到门上来伺候，好好地消遣完了告诉她不要说出

① 搭伙，为了生活的缘由同居在一起。

去。现实中的结果却总是沮丧的，至今“漠河烟草店”的老板娘没有正眼地看过他。

往南有条很细小的巷子叫做“铁汤池”，传说朱洪武拿死对头在这里烹煮，并逼着大臣们喝下了他的肉汤，最后烹人的池子后来就遗弃在这里了，恨之入骨的故事成了大人们吓唬孩子们的典故，再调皮的孩子也是不敢到这里的，所以这里晚上是几乎一片宁静的。“铁汤池”就两辆黄包车的宽度，深处只有一间大的深宅，听说是住着宫里面当差的，门也从来是没有开过的。巷子的另一头是在尽头分了个岔，一头延伸去了南京最大的东西道路中山路，另一头去了人群汹涌的游府西街，尽管这里是有捷径可循的，但在洪武大路的传说中，永远是特殊神秘和禁忌的地方了，更是没有人敢在这里驻足。

“铁汤池”的凶险对于没有钱的人是好运，这里荒凉的土地几乎卖不掉，于是扎根了很多没有家的逃难人，他们没有足够的钱来买建筑材料，各式各样的东西就建成一个个非常矮小的简易房子。这里是穷人们的天堂，比起外面的凄风苦雨的生活，这已经是完全的奢望了，他们吃着捡来的蔬菜，如果能找到几块豆腐，大家围着炉子吃上热的以后，一家人能够拥挤在一起睡觉，这也就是完全享受的生活了，所以欢声笑语是这里的永远，没有人再抱怨一切的不公平。只是这里也不是永远的平静，官差就喜欢找他们的烦恼，没事就来这里看看那里问问，虽然没有任何的事情，也总逃脱不了被审视的关怀。

穷人选择这里还有一个重要的原因，就是外面洪武大路上有一口水井，这里永远是女人们的天堂，大家在这里传闻洪武大路的新事件，话题没有了也可以把过去的烂事，找出来重新地抖落一下。也许有着永远也说不完的故事，特别是自己男人们出去了以后，孩子就被女人们喂了酒酿醒不来，这样爱说话的叽叽呱呱一整天，不爱说话的女人也可以旁听，了解着洪武大路上的任何事情。从艰苦的生活中找到点乐趣，话题也就永远的是放肆了，她们知道没有男人可以听的，所以怎么说得敞亮就怎么来，毫无疑问井台永远是最没有禁忌的世界。

“我娃生下来才四斤三两，那个谁家的媳妇生的都八斤了，你说那下面要撑成什么样子了？”一个女人说。

“那有啥啊，我农村的母牛生的犊子都是十几斤的，那玩意不是照样撑吗？”农村女人说得不在意。

“那玩意以后还有用吗？”另一个女人好奇地问。

“怎么不好用了，用起来不是更方便吗？免得找起来不容易！这是谁家的孩子在这儿听啊，没有家教的。”农村女人大声地尖叫。

女人们在这里炫耀着自己的隐私，想别人听见但是又怕传了出去，这是洪武大路井台的特点，也是那个时代南京城开放的象征。洪武大路的女人来自山南海北，地域风情也是毫无相同，既不像北方女人的那样保守，也没有南方女人的放纵，白天是照顾孩子的生活，晚上是照顾男人的需要。时间长了每个人都会受到影响，南方来的女人开始收敛，而北方女人开始妩媚，加上家长里短地传授做菜，所有洪武大路的女人也是男人的最爱了。

水井的秘密是被挖井人蒋富江发现的，这里的水质的确特别，甜中有咸，所以才选在旁边建立了“三春酱园”酱菜场，也就腌制出了享誉大江南北的名声。大家可怜一个男人带这三个女儿不容易，多年就是独善其身从来没有续弦[①]的念头，蒋富江也就成了挽救男人的楷模。大女儿蒋春晓在父亲累了以后，就把财务的进出都控制在手里，她的性格是泼辣不苟言笑，穿着也是跟父亲一样的朴素大方，只是生活的态度让大家害怕，从来没有过笑脸对待别人，在南京人说来就是寡妇相，成年以后没有人敢和蒋家说亲，面对着女儿的成熟长大，蒋富江更是着急得没有出路。

老二蒋春晚喜欢读历史，在中学的时候想去东洋读书，蒋富江把她看得很牢，不希望自己的女儿有才无德，只是老二的长相稍显诧异也不打扮，衣服也不知道自己换洗，一身的酱菜味道实在是齁得可以，所以嫁出去也不是那么容易。老三蒋春晖是不要读书的孩子，成天喜欢把自己打扮得妖精一样，成天不着家地在外面，在蒋富江看来最好是让她去东洋，可是人家要去法国巴黎，希望自己将来是电影明星，父亲没有看过电影不知道是什么，一切就由着她自己任性好了。等有一天在报纸上看到电影海报，才知道那原来是个很风化的去处，可是女儿已经病入膏肓，完全没有回头的可能了。

“三春酱园”的规模是超大的，后院就有上百口的腌制大缸，硕大的酱油池也是可以游水了，每天进进出出的马车就是几十上百的，因为地点在洪武大路的正中央，东西南北的送菜的马队，常常把整个洪武大路挤得水泄不通。秋天的时候，“三春酱园”更是雇佣南京城的上百人去切酱菜，磨刀的师傅就要雇佣十几个人，一天下来高高的蔬菜山没有了，第二天又是这样的循环，外乡人在三春酱园做事，可是

---

① 续弦，男人死了女人再娶。

没有那么多人睡觉的地方，大女儿很是聪明地想起了对面的文庙，这样她就走进了对面的卢家大院。

文庙只是卢家地产的一部分，卢文来买下文庙这块地的时候，就想拆迁掉“洪银木行”，想将宅基地、文庙和“洪银木行”连城一片的，中间的文庙说好了要感恩戴德，花了不少的钱完全修缮一新，不仅如此，还特意请了皇亲国戚禄文景，让光绪皇帝给文庙亲自题了字，洪武大路顿时蓬荜生辉，这里妥当以后他计划在南边建成“鸿儒织锦”的大机房，里面放上十台以上的机器，后面就是伙计们的生活区，生意好的话可以日夜赶工，只要管吃管住效率是最高的。文庙的北面盖上一个宽梁的大宅子，分成东西南北四个区间让家里人来住，父亲卢北宁虽然是当地的大豪绅，但是住在明朝的首都还是很有面子的，再说堂弟卢文生也要从东洋留学归来，安徽是根本就没有出头机会的，安排在这里也是个商量的人。

洪武大路上学识最高的是卢文来，在安徽得了秀才就进南京考举人，连续两年的名落孙山才晓得江湖水太深了，极尽思考才决定在南京做起纺织生意，地点选择了正在兴起的洪武大路。卢文来虽然年龄不是很大，通过几年来在南京的考试生涯，也渐渐地学会这里的礼数，知道这样的事情得求着洪其昌，虽然是出了大价钱购地，人家要是认死理也是没有办法的。为了赢得洪其昌的好感，他特地换了干净的长袍，头发也是用水梳理整齐了，这才去“大三元”要了一块烤乳猪，三山街买了最好的两只鸭子，又去冠生园买了三包点心，在新街口挑了四种时鲜水果，等检查得完全符合南京的礼节以后，这才让一辆黄包车送到了“洪银木行”。

洪其昌见到这个自以为是的秀才本来就不爽，有了头衔和银子就可以为所欲为了，他虽然很在乎这样的一大笔收入，但他更感兴趣的就是跟有钱人对着干，洪武大路上的人见到卢文来都要点头哈腰，到了洪其昌这里是要变化的。对待卢文来的到来，他开始不动，然后是装着很认真地点头，心里觉得新商贾实在是笨拙得好笑，等看完了卢文来大价钱修缮了文庙，那些织造的技工在客栈已经住下了，这时候他才开始修理这个笨蛋，眼见着洪其昌在瞬间就变了脸，他竟然气得说不出话来了。

“任妈妈的卢秀才，上厕所也有先来后到的，我这里生活多少年了，你不是不知道吧?”老洪操着苏北话激辩道。

“洪先生，有事情好商量嘛，你要多少银两我们都可以谈的。”卢文来细声细语地跟他说。

“任妈妈的多少都可以谈,那三亿三千两白银!”老洪出了个数字。

“你这是怎么算出来的?”卢文来很奇怪。

“大清政府赔给八国联军的,还有青岛和台湾。”老洪很是得意自己道听途说的知识。

“你这是乱开玩笑哦!”卢文来彻底服气了。

卢文来收购“洪银木行”的念头被打击了,也不能就这样的算了不是?这时候蒋春晓的出现让他觉得意外,他太愿意把文庙免费让给民工住了,知道更倒霉的绝对是洪其昌了。这些客居他乡的民工不是简简单单地睡觉,进来首先是在院子里面搭上灶台,不一会烧饭的浓烟滚滚地就进了“洪银木行”,就像熏蚊子一样地把洪其昌全家赶了出来。洪其昌火了就去找卢文来,这时候他双手一摊让他去找蒋富江,三春酱园的三个千金不是好惹的,一顿饱骂又将洪其昌撵了出来,就是巡捕许大胖子也是没有办法的,人家赶走这些人是要有成本的,可是洪其昌怎么能出这个费用,结果就是烟熏火燎可以继续。

洪其昌的忍耐力远超出了卢文来的想象,每天在家里几乎关着门窗不出来,夜里才敢做上几个时辰的活,等到了天亮以后又关上门窗,前面的生意几乎一落千丈,不是洪其昌不愿意卖,而是顾客实在是没有办法对话,时间长了也没有人在这里驻足了,洪其昌的老婆洪春花几次想找卢文来理论,但是洪其昌就是不让对话,无论多少的银子洪其昌是铁心的不让,他要看看这个秀才能把他怎么样。首先撑不住的是卢文来,他决定缩小规模赶紧地开张,三进三出的宅子被安装了两台机器,雇了十几个工人在里面日夜赶工,自己和工人就住在了后面的小屋。卢文来几乎是无言以对地败下阵来,洪其昌更是觉得自己比文化人要聪明了许多!

文庙显然是供奉孔子的地方,蒋家的酱菜园到了冬天也不雇人了,卢文来就拿它做了私塾学堂,他从青岛逃难的人群中,挑了个瘸子杨德昌做了私塾先生。杨先生是先天的问题还是后来的原因,卢文来并不感任何的兴趣,只是希望给这条街道上的孩子有个读书的地方。不到半年的时间就见了分晓,洪武大路上来认字的孩子全是问题,字没有认识几个,骂人的山东腔调倒很正宗,最重要的是杨瘸子还做些鸡鸣狗盗之事,有辱斯文的事情总是层出不穷,终于惹怒了卢文来,赶走了这个祸害。虽然家里的事情一团糟,卢文来可是从来没有放弃在生意上面的认真,也许是命运的安排,他终于找到了全新的经营之道。

旧时读书人和商贾都是有脸面的人物,私底下却是老死不相往来,卢文来亦文亦商的做派是前所未有的。一方面,卢文来写得一手漂亮的好字,帖子写得非常的周到好看,满清的秀才地位也很光鲜,出来进去的都是“秀才”称呼,这跟老板的内涵还是不同的;另一方面,“鸿儒织造”的东西是拿得出手的,很多样子都是卢文来亲自跟名人请的,自然就有了很多的气质。没有多久的时光,卢文来开始行走于官商之间,年节的时候也不忘送上贺礼,连朝廷的造办处都跟他下了单子,水涨船高地就把“鸿儒织造”抬到了更高,没有几年就把生意做得享誉江南了。

洪其昌后来有些后悔了,觉得不该跟卢家斗气,现实情况是人家生意还是做了,而自己这些时日的对抗让客户跑了不少,等他再想敞开大门的时候,卢文来已经完全没有了热情,他自己错过了机会也不能说什么了,只是怕卢文来心里一定有怨恨,这样的事情恐怕永远也解不开了。其实,卢文来无意中研究了风水,终于发觉了更好的布局,有些东西是设计不来的,在南京城很难找到这样五行俱全的地方,洪其昌如果离开了也许运势就会破了,所以他要留住这个与自己作对的人,要让他为自己的家业兴旺做贡献。

卢文来开始对这家人非常的客气礼貌,任何的事情都是慷慨解囊,大家只能用卢文来的大气解释一切,同时洪其昌的人品也就低得没处去了,就在让洪武大路上的人赞叹卢文来的为人时,他却是心里在得意着自己的算计。卢家家宅的东南边不远处是个小池塘,每天的早晚这里总是微风轻拂,应运了卢家事业的风调雨顺紫气东来;“三春酱园”门口的那个水井,永远是取之不竭的甘泉,带了所谓的西边水顺;而卢文来的纺织业当然是土行了,耕织为繁的道理在这里延伸出去;文庙是个原始木料的建筑,“洪银木行”更是日月轮转;更重要的是卢宅右边的苏州老江开的“茶水炉”,“呼啦啦”的火苗,就是虎跃龙腾的气势了!

“茶水炉子”虽然不是卢文来的地产,山墙却是紧紧靠着卢家的南面,两家的后面是连在一起没有多远,都是直接通去“中华剧场”的捷径,老江一家对这个卢家的事情了解得算是最多的了,苏州人的本分是出了名的,他们绝对不会对外透露一个字的。如果说洪武大路的水井是洪武大路女人的是非之地,那么“茶水炉子”就容易听到任何男人的抱负,老江的耳朵绝对不听任何的闲话,面对任何的长短就像茶水炉瞬间的蒸汽,永远留不下来任何的痕迹。老江对于自己的生活没有要求,就是做着重复的事情,沿着每天一样的轨迹不出差错地活着。

“没有啦,小生意靠的是大家提携了啦。”江老板总是这样谦虚。

“卢老爷要不要泡杯龙井给你送过去,真的不要客气哦。”江老板很客气。

"水是满满的哦，看看都漫出来了，不要烫着哦！"江老板就是会做生意。

"这里有凳子哦，站的远点好哦啦？不要烫着哦！"江老板设置了凳子避免危险。

洪武大路上住的穷人不少，自己家里要是用个热水炉子烧起来是很烦人的；去茶水炉凑个热闹，然后拎上一桶开水，回家的时候什么都解决了；也有的家里人忙了一天，就让孩子出来打开水，这时江老板就会冲过来制止："孩子哪里拎得动哦，告诉你家里人，这里忙完了我送到你家里去哦！"这就让人们不得不称赞江家的为人。

洪武大路上有一块坟地，就是在茶水炉子的不远处，吴成芳出现在那里的时候，让很多人吓了一跳，简直不可思议，这个人竟然没有辫子就敢出来，全身白色的洋装，身上加上猪蹄的皮鞋花色，而且还戴着一个黑色的眼镜，就像一个从坟地里面窜出来的死人，看上去实在有些非常的滑稽无聊，很多好奇的孩子跟着他转啊转的，终于知道他是要在这里盖上一个房子。他前后来了好几趟，也带了不少的洋人过来，他们指指画画地最后请人来建造，几个月的工夫就出现了一个盒子，这是个西洋的小洋楼，占地面积不大，上下只有两层而已，但到处都是窗户，没有想到这个楼竟然用红砖堆砌，跟教堂放在一起真的非常的合适，可在洪武大路的一片青砖绿瓦的街道上，也算是万花丛中的一点红了。

人们还是猜不出这样的房子做什么用，慢慢地窗户都被漆上了耀眼的白色，虽然它显得那么的干净和整洁，也是让人们觉得有些死气沉沉的感觉，等红砖墙的外面开始修建白色的大理石的时候，才出现一个真的跟教堂一样的红十字，这时候人们更是觉得迷茫，直到有一天一个白色的招牌出现，上面写着"吴成芳私人诊所"的时候，大家这才明白洪武大路上竟然开了个洋人的医院。作为南京城里的第一家私人西医诊所，挑战中医的问题不是那么容易的，人们好奇究竟会发生什么样的故事，但是尝试是没有人敢去的。

"这个西医不是个傻子就是笨蛋，来洪武大路找生意就是找死！"商贾不满这个现象。

"革命了什么事情都有，洋人都在北京喊万岁了，这有什么稀罕的？"官员也多少抱怨。

"听说，这个洋医生是跟孙大炮①有过交情的。"文人有的是遗憾。

"等治死了人，管你是洋医生还是土医生就等着下大狱吧！"贫民们有的是一种

---

① 孙大炮，对革命者孙中山的蔑称。

嘲笑。

对于洪武大路上出现西医诊所，很多人觉得是很不习惯的，避之不及地选择其他墓地了，但洪武大路的哑巴们是捷足先登了，迅速在他的对面开了一家“棺材铺”，专门销售死人的寿衣和棺材，人们很快地就把这两家联系起来了。哑巴们当然是听不见的，虽然一年半载没有生意，这个行当是只要有一个就赚到了，三个人成天地期待着吴成芳的事故。诊所自然是没有死过什么人，倒是活人来看病的就更多了，民国的时候这里竟然常要挂号了，连卢文来的小儿子都是这里接生的，人们在嘲笑哑巴们的同时，自己多少也觉得有些尴尬。

洪武大路与东西交叉的第一个道路就是游府西街，路口的捕房是清朝治安管理单位，虽大门不在洪武大路上，却执行着洪武大路地区的所有权限。领头的捕快就是许大胖子，几代人都是靠抓人为生的，没有人能逃得出他们的手心，民国政府在南京成立了以后，一时间哪里找那么多的警察，于是他就长袍换成了中山装，继续地做着原来的营生。许家的办案手段就是刑讯逼供，洪武大路的人只要听到许大胖子，魂就基本上跑到了九霄云外了，许大胖子虽然在洪武大路上也弄到了一块地，就在吴成芳诊所正对面，对于冤魂他比吴成芳更不怕，可是一个捕快哪能积攒那么多钱呢？这是他最觉得犯愁的事情。

茶水炉子的斜对面就是镇江人姜家的“草包店”、马鞍山孙麻子的“煤炭店”和浦口老张家的“荷叶包猪头肉”摊点，这些做小买卖的人常常受到许大胖子的盘剥，他们做买卖的时候关注的不是客人，而是冷不丁从街对面冲过来的许大胖子。“草包店”和“煤炭店”做的就是体力活，一个草包才能卖几分钱，一车煤炭也就是几毛钱的利润，猪头肉算是高点儿也就几块钱，被许大胖子占了便宜的话辛苦都没了。许大胖子可就是爱占点小便宜，早上是烧饼油条的侉子店，中午就是这里的猪头肉什么的，晚上回家整个几筐煤也是好的，即使草包再没有用也喜欢在家里收藏，洪武大路上做小生意的人们，每天都被罩在紧张的逃跑之中。

“狗日的稻草又涨价了，草包就涨不上去，明天真的不能打了。”姜老板抱怨着。

“又他奶奶出太阳了，这煤又卖不出价钱了，就不能多阴几天啊。”孙麻子越不高兴天就越晴朗。

“猪头肉荷叶包的哦，不吃就不新鲜了。”老张暴露了自己的心里不安。

许大胖子中午总算逮住了老张，自己用刀狠狠地切了一块，尝了尝口味觉得不错然后指示要切的厚薄，最后让他用荷叶包了捧在手上，一边吃一边去南口的小店，又免费地要了几两烧酒，顺便把人家装酒的瓶子也夺了去，兴冲冲地给老丈人贺寿去了。许大胖子贪吃的厉害，没有出洪武大路口的时候，已经把好的都挑了吃下去，过了内桥没有几十米远的时候，肚子疼得不行了大喊起来，人们这时候也就有了惧怕的善心，几个人迅速地把他抬到西医诊所，吴成芳用了长长的管子伸到胃里，把满满的一盆肥皂水灌了下去，就这样折腾了一晚上人算是活过来了。

第二天老张再也不敢来洪武大路做生意了，剩下的只有姜老板和孙麻子了，许大胖子真的是火没有地方发，叫他们无论如何找到老张，最后两个人知道不编个瞎话说不过去，就说是老张舍不得倒了猪头肉，结果吃得比许大胖子还多，一命呜呼了！许大胖子当然是不相信的，想象了一下这个倒霉蛋害怕不来了，以后也是少了一个贪吃的机会，就把怒气都发到了两个人身上，就让他们出钱给自己盖房子，这两个人一听就傻得不能动了，许大胖子还不算，又从两家拿了草包和煤炭，直到自己家里实在是没有地方，这个事情才算是不继续了。

警察这个职业在民国也是刀口舔血的，清朝巡捕的时候是最简单不过的，按照大清官员的主意抓人就可以了，到了民国政府的时候就完全混乱了，今天抓的反革命党也许明天就成了革命党了，搞不好被抓的人是对的而抓人的人明天杀头，这让风险就会随时地出现，搞不好哪天错了连脑袋都不在了。民国政府也是朝令夕改天天换人，现在不再是刀枪的岁月，革命党有洋人的支持手里是枪，且不说是刀枪的混战，即使抓住了也是革命言语多多，进来的人都是很能说的，从资本主义说到社会主义，又从北洋军阀谈到革命军，最后还没有审的时候已经是一头雾水了，对于文化本来就不高的子承父业，许大胖子早就萌生了去意。

洪武大路东西交叉的第二个道路就淮海路了，这里是秦淮河岸重要的通衢，由东向西是太平路、洪武大路和中华路，对于洪武大路来说是地位的关键，没有了淮海路这里就是一个毫无生气的小巷，洪武大路的崛起也离不开淮海路的繁荣。满清的时候，淮海路就已经很喧嚣了，这里有个大戏院叫“中华剧场”，全国的名角儿都在这里演出过。旧时，戏曲是人们唯一的娱乐形式，可清政府按照广州的式样做了个“三益里”，一幢幢的洋楼都是给外国买办住的；民国更是请来了枪炮专家在里面画图纸，说着洋文就把官员们给糊弄了。这些人每天除了吃喝就是游秦淮，也时常地去听听戏学上几段，满朝官员都觉得是华夏的文化让洋人折服，只是可惜了这上好的大地皮了。

淮海路上最气派的大宅，就是满清一品大员禄文景的府邸，这位皇帝的兄弟不知道什么原因就来了南京，禄家不但可以说上洋文，气势也是真的气吞山河的。禄宅是官邸不是简单的民居，门口有两个汉白玉的石狮子，也是从云南专门运输过来的，无论阳光还是月光它都始终泛着炫光。这豪宅的侧门是开在了与洪武大路交界的口上，小门是朱红的颜色尺寸很大，门面上都是金色的粗大铆钉，由于常年基本都是关闭着的，外人也是基本上没有机会看到里面的，有家里的下人出入也是虚掩腾出身体，门缝也是很快地悄然无声地关上。

“两边回避，天朝一品大员禄文景大老爷出巡了！”每次禄文景的出来都是要喊的。

禄文景的面目是很少的人能看到的，除了特殊的场合才可以看到一面，轿子的四周都是黄色的帘子，这位一品大官也是很少探出头来的。

“两边回避，清朝一品大员禄文景大老爷回府了！”禄文景到家的时候，一直要等到院子里面的出来喊了，才慢慢地进到院子里面。

民国元年初秋，孙中山在南京当上了临时大总统，清朝的礼仪也就随之取消了，再也听不到那种吆喝声了，这时候的禄文景也学会了低调地进出，也开始选择了洪武大路的边门。不能说禄文景对洪武大路没有影响，洪武大路上也不只禄家地位显赫，在洪武大路的靠南面的户部街是明朝的军机重地，这里管理着全国户口、田地、贡赋、考核和赏赐，分配着船舶、库藏、茶盐、漕运和军储的权利，这里也有很多的汉人一品，除了出身以外几乎是跟禄文景比肩的，唯一少的就是皇家的血统磅礴，官再大也还是看着满人的脸色。

民国的时候这一切被彻底地颠覆了，户部街“慧园里”住着很多高官，遇上动乱他们混入洪武大路的人群，以免被叛军认了出来而被抓取，等一切风平浪静了以后，又恢复了往日的生活。家里有保姆出来洪武大路采购，这些帮佣也是喜欢哄抬物价，就是帮人身份也是不一样的。洪武大路的人自然有很多冤屈，仗着救过那个高官的性命去人家家里，还离着几丈远的就被警卫轰了出来，人家根本就记不得还有过这样的历史，随着国民政府的越来越安定，户部街跟洪武大路隔开了，洪武大路的邻居们反感这些人了，不但没有任何的好处，连整个洪武大路的生活都高了许多。

再往南就是洪武大路的另一段，这是最杂乱的一块地方，河南人老李的杂货店，商妈妈的小儿书铺，张家的修鞋修雨伞的店面，江西的宜春米店，蒙古喇嘛的虎骨药酒，还有卖大力丸的、耍把式的，应有尽有就是了。这是穷人最喜欢的热闹营生,他们除了自己交换着产品,更多是期待那些豪门能够花钱。有点秩序的地方就是“菜市场”,这里是起早人的世界,很多菜贩天不亮就去中华门截蔬菜,如果能够就这样地便宜买下来,那么一天的生意就好做了,河南菜贩陈二喜就是会这招,蔬菜低价截到手以后,就去秦淮河里洗干净,也用充足的时间泡上水,一天的工夫就赚足了几天的开销。

“你刚理不刚理啊?不刚理就里外里的。”讲理说成“刚理”,这是典型的苏北口音。

“噶老子那么贵啊,你当亲菜是菜啊!”青菜说成亲菜,也只有四川人这么念。

“哎哟喂,我的个亲妈啊,这菜真的是新鲜隆的咚。”扬州人说话永远是虚得厉害。

“鹅随,你要不要啊,不要别挡道哦!”是青岛人总是很计较的说法。

“菜市场”不是这条街的尽头,熙熙攘攘的人群都是从内桥过去的,这里除了洪武大路的人以外,更多的是南京城里去秦淮河的人,他们喜欢在这里歇一歇,看着这里奔腾不息的人流,更有的家人带着不大的孩子来看牲口,反正这里是不少凑热闹的就是了。洪武大路的人也喜欢往南走,因为这里更多的是生活的喧嚣,他们只要跳过内桥就算是古秦淮了,在那里他们自然是可以找到比北面更多的乐子。内桥是秦淮河的分支,这里的水流也是奔腾不息的,就是孩子恶作剧在上游撒尿的话,用不了几分钟就冲干净了,所以围绕着它更多的人洗衣做饭,择水而居的原始文化充分地体现在这里。

远近闻名的算命摊就摆在这里,汤瞎子他虽然不能看见内桥,却是可以听到任何发生的事情,别看他是在这里没有太热闹的生意,成本却是所有人营生中最低廉的,只要抓住算命者的期待,按照顾客的需要仔细分析,并从空气中捕捉到人家的感情,也是可以化腐朽为神奇的。少的费用就是几块钱,多的时候是可以给一座宅院的。身后的宅院就是卢家给建设的,在洪武大路的几年的生涯里面,汤瞎子也造就了一段非常的传奇,一个瞎子从无到有的经历,不是每一个人都是这样幸运的,虽然运气来的时候挡不住就是了,没有脑子那就是空气。

“我是聪明反被聪明误了!”汤瞎子在离开洪武大路的时候感叹。

“瞎子你说得很对,可你算计的比能看见的人更多,以后好自为之就是了。”卢家大儿子卢惠昌送他的话。

汤瞎子曾悄悄地回去过洪武大路,他是坐着秦淮河的船回去的,在秦淮河上他听到了熟悉的叫卖声音,除了马蹄的声音他也听到了每家的欢笑,最后离开的时候站在了内桥上，他似乎完整地回顾了洪武大路的历史，这里面有太多的人，有皇帝、贫民、官宦、文人、妓女、老板等，在洪武大路上没有永远的赢家，不可能有永远不倒的家族，他诅咒着这里发生的一切，但是悔恨在心中永远不能抹去。

洪武大路的营生不是人们想的那么矜持，更有很多挣扎在尊严与屈辱的中间，内桥湾的小码头就是船舶停泊的地方，黄昏的时候，有漂亮的画舫来接洪武大路上的妓女们，载着她们去大小石坝街去做皮肉生意，稍晚河面上更是出现了各种舫舟，也是争奇斗艳且轻盈地漂曳。被关在洪武大路传统中的娇媚，终于在看不清楚的状况下释放开了，河面上充满了欢声笑语，到处都是一种开工的喜悦，而这时候真正的家庭已经晚饭了，孩子几乎都是锁在家里不让出门的，妓女们轻盈地跳上船去，相互地姐妹称呼着抱在一起，这时候的洪武大路就终于显出一种轻薄，秦淮河的香艳应该是从这里开始的。

妓女们住在洪武大路哪里没有人知道，她们是人们不喜欢的那一类，白天就是她们的夜晚，蜷缩在狭小的房间里面睡觉，她们更忌讳碰到洪武大路的嫖客，不愿意伺候这些邻居们，尽管她们是落入了风尘，却没有一天不想恢复平常人的日子。可是她们在一次次的被骗中觉醒，就更不愿意人家知道自己的隐私，特别是社会上各种无赖，也在盘剥她们的一切，洪武大路给了她们白天的尊严，但是夜晚她们必须卖笑卖身，偿还洪武大路上的所有开支，阳光下她们也许是平常的女人，昏暗的灯光下她们是被人看不起的娼妓，每天都是在黑暗与光明中扮演着天使和妖孽。

“小思思啊，你昨天做得不错哦，听说人家要给你赎身了？”年长的妓女说。

“那个穷秀才啊，做个诗词什么的可以，真的是过日子根本不可能啊，人家有家室的。”思思并不在意。

“哦，那介绍给我吧，我喜欢有文才的。”看上去有点认真地说。

“你真的说得出口哦，姐姐还没有用够啊，过一过吧！”思思有些舍不得了。

妓女在洪武大路是不公开的秘密，可是人们知道她们是干什么的，洪武大路的人有自己的原则，绝对不会给这些人下不了台的，他们知道自己生活中也常常遭遇这些事情，如果没有家里人的扶持，什么样的事情都会发生的。但是洪武大路的人也没有勇气救赎，很怕沾染上这种邪恶，招来周围人另类的眼光，在这里没有任何的怜悯和帮助，剩下的永远就只有自救的呻吟了，内桥湾日夜都是迎来送往的画舫，妓女门总是吟唱着悲曲。

“秋江一望泪潸潸，
怕向那孤篷看也。
这别离中生出一种苦难言，
自拆散在霎时间。
心儿上，眼儿边，血儿流，
把我的香肌减也。
恨杀那野水平川，
生隔断银河水，
断送我春老啼鹃。”①

清晨，这些涂脂抹粉的人儿褪去颜色的时候，内桥湾也就变得惨白没有了含蓄，青石板的小路又是到处干净，菜贩们在码头边将萎靡的蔬菜唤醒，去掉看上去不健康的残破的黄叶，然后加足分量去不远的菜市场叫卖，秦淮河水裹挟着被抛弃的一切污秽，无奈地形成了阵阵的漩涡，在升起的太阳照耀下悄悄地打转，没有多久就沉没下去看不见了，一切都在人们的不知不觉中，从水底静静地归入了远处的扬子江中……

① 昆曲《玉簪记》的唱腔选段。

第一章

chapter1

洪武大路第五十二号
卢文来与妻子儿女

湖
武廟
昭忠祠
大石橋
五台山
小桃園
朝天宮
督署
洪武街
雞鳴寺
大鍾亭
明瓦廊
欣欣園

洪武大路第五十二号是显赫的“鸿儒织造”,老板卢文来的身家背景自然是与众不同的。

卢家的产业从安徽的黄山开始,到整个江苏的淮北到处都有,子嗣中称得上读书人的却只有卢文来一个,家族对于他的要求就是进入朝廷,仕途上能有个未来的进展,卢文来不得已被迫奔忙在求取功名的份儿上,开始了每年的宫廷官吏选拔,也叫做皇家的举人应试。卢文来也是按照家族的要求,在仕途的运作上舍得花大钱,可宫里的相关人刚拿了好处,还没有动手就被“辛亥革命”了;好不容易给国民政府孝敬足了,又换了军阀开始提价卖官;卢文来刚刚找到点路子,接下来蒋介石开始了北伐,战火纷飞的年代连命都危在旦夕,哪里还有人管他的想法了。

卢文来在一切徒劳以后心灰意冷了,本来是打算回到安徽乡下的,上贡了那些银子太多了没有办法交代,在同乡“安徽客栈”童老板的指点下,在南京洪武大路买了块地,开了一家很一般的织锦作坊,秀才身份对卢文来的立足是有着作用的,奸商的贪婪是大家普遍认可的,所以对文化人做起生意的事情,大家的戒心就荡然无存了,没有多久“鸿儒织造”的招牌算是被认可了。卢文来算是一个智慧的人,每张单子都是亲力亲为,也会笼络伙计和下人,这种生意上的努力认真,加上生活里面的儒雅态度,很快地就获得了各种人等的青睐。

清末民初的时候,“鸿儒织造”生意做到了大江南北,不但宫里和政府都喜欢,就是一般贫民人家的嫁娶,也是以用了卢家的锦缎作为面子,卢文来的生意越做越火,很快地就成了南京的新贵商贾。改弦易张开始父亲是不知道的,现在既然都改良了也就不坚持了,“鸿儒织造”在江南的闻名,也让卢北宁开始催促了儿子的婚姻,卢文来是不愿意回家乡找的,南京的生活虽然给了他挫折,但是他也习惯了在这里安家立命,所以很想娶一个南京的女子,过上一个小富即安的生活罢了。

过南冈越北沚杂沓仙灵,
一年年水府中修真养性;
今日里众姐妹同戏川滨,
乘清风扬仙袂飞凫体迅;
拽琼琚展六幅湘水罗裙……①

---

① 京剧《洛神》的唱腔选段。

卢文来在南京唯一有印象的女子，就是宫廷买办周同仁的独生女，一个喜欢听戏的女孩子周湘云，这个刚刚成年不久的小女人，五官长得算是极其的精致，蚕蛾般的眉毛修剪得清清楚楚的，连一根意外的杂毛都没有，细细的半圆架在眼睛上透着典雅；深深陷在眼眶之下的眸子，有着一种睡眠不足的含蓄，显露出半睡半醒的妩媚；高高的鼻梁和薄薄丰满的嘴唇，让整个面部始终有深邃；身材也是中等偏瘦的，少女这样也是正常不过的了；卢北宁的不停催促不比举人考试的压力小，卢文来终于决定恢复了与周同仁的来往。

卢文来为了举人的事情，以前没有少给周同仁送礼，周家虽然不排斥这个年轻人，小伙子的学问做得也算严谨，上进的心也是可以体恤到的，可是里面对这个乡下来的孩子，特别是安徽人永远脱不掉的土气，心里也是一直轻蔑和保持距离的，即使吃喝了卢文来的托付，真正的为他疏通却是从来没有的。周家每天的客人也很多，堂会更是每周都有，周同仁没有时间关注女儿，所以卢文来就成了周湘云的跟班，虽然有些闲言碎语的，但是周同仁和太太都很放心他，一个农村来的小秀才对女儿是没有诱惑的，况且也就是大街上的交往，就是看戏他也只有站着的份儿。

独守空帏暗长叹，
芳心寂寞有谁怜。
孀居愁苦泪洗面，
为避狂徒到此间。①

周府今天堂会②是《望江亭》，所有演员都是北京请来的角儿，周湘云听的是如痴如醉的，周太太跟来的官员、商贾太太们谈得开心，不时地招呼身边的人照顾她们，卢文来也成了这些下人们中的一员，除了招待那些人物的马弁以外，最重要的是不要忘了给他们的主人续上茶水，有人出去大小解的时候，也是需要腾挪一下凳子的，人家回来的时候更是送上毛巾，擦完了以后这才算是完成，他不是第一次做这些事情，时间长了也算是熟门熟路了，看看南京城里的大小官员都到场了，卢文来觉得这时候是该提醒一下周同仁了，他借着给所有人倒水的时候，就悄悄地问了

---

① 京剧《望江亭》的唱腔选段。
② 堂会，请戏班子到家里去唱戏。

一下周同仁。

“周买办啊，今天这么多上面的人，是不是帮我托付一下，谢谢了！”卢文来恭敬地候着，眼神却是充满了期待。

“文来兄，你的事情我已经托付李大太监了，老佛爷也知道了我们的意思，只是需要时间和补缺哦，你要有耐心是不是？”周同仁总是这样安慰卢文来。

“是，是，周大官人您费心了，一定后补！”卢文来也总是忐忑。

周同仁摆摆手让他下去了，在这么多人的场合下竟然敢问，心情也是很不舒坦的，好在看到女儿又叫了卢文来去伺候，心里想这也就是个做下人的料，怎么就碰上秀才的份儿，这小子多少是有点运气的；看着今天所有的商号名流都在，周同仁本来是想给卢文来顺便拜托一下的，可是很显然这些人是来看戏的，这时候为卢文来的事情费心，多少有些浪费就是了，所以他决定一切以后再说，他先是跟女儿招招手，然后就又回到了戏文之中。

周同仁是清朝宫廷的江南买办，慈禧大寿南方的礼品都是他操办的，宫廷虽然有这样的开支给他，他却让下单的人全都拿了去，不是周同仁不喜欢钱，而是把宫廷里面的单子做了备份，除了交纳了宫廷里面的所有需求，另一半就是自己留在宫外，这些东西只要出现在民间市场，涨个几十倍有的上百倍是很容易的，循着这条路让周家的收入颇丰，也就唱的起堂会显示自己的地位。

“卢秀才啊，你懂不懂古董啊？”周同仁在戏散场的时候叫了他。

“这个我真的不行啊，再说您的东西都是皇上用的，我们也用不起啊！”卢文来是怕继续上当受骗，周同仁自然不再喜欢这个安徽秀才了，既然戏是散场了也就没有了需求，连过多的话也不说了，不客气地用送客赶走了他。

“爸爸，你不能对人家好点啊，卖东西你也是不会找人。“鸿儒织造”只会做锦缎你又不是不知道的，我觉得卢秀才比起你那些朋友可靠不少，以后别显得太势利好不好啊？”周湘云的态度和成熟，有时候也常常出乎周同仁的意料。

“女儿，你要是喜欢嫁给他，我马上给他跑个官或者接我的买办，可是我还不了解你吗？”周同仁太了解女儿了，这个孩子就是看戏看得有点滥情。

“哼！”周湘云乜斜了一眼自己的父亲，自顾自地走回自己的房间去了。

周同仁能够跟卢文来谈起买卖，也是真的是没有路可走了，自从大清朝闹起了革命党退位以后，宫廷就再也没有任何的下单，可女儿知道北京的戏班子掉价，皇上的戏班子都出来唱了，这样的价钱是不能错过的。最近另外的支出也是突如其来的，几个月前在秦淮河边逛窑子的时候，竟然喜欢上一个自己没有想到的女人，本来以为只是一场风花雪月的戏文而已，但是散场的时候周同仁已经不能自拔了，开始暗暗叫苦竟然委托起了卢文来。

周太太本来是不在意周同仁外面的风流，可是几个月来丈夫不回家，心里才开始有些紧张了，旧时有钱的男人找个三妻四妾也很正常，所以打算看了这个小女人再说，周同仁把女子带回家的时候，竟然把所有的人都吓得脸色变了，不说要纳的妾室竟然与女儿同龄，就是长相也是出奇的丑陋。小女人面部涂着厚厚的粉饼，呈现一种少有的荒淫死灰色让人生畏，上身干瘪的只剩下了两根竹子般的手臂，手上的指甲油也是多种斑驳残缺，旗袍的开衩几乎到了腰部，干瘦的屁股显得非常的硕大，两根麻秆般的腿怎么撑得起将来的孩子，说话感觉几乎是没有一点教养，对待所有人几乎都不放在眼里，两个人当晚就在周宅住下了，夜里传出阵阵叫床的声音更是肆无忌惮，周湘云的母亲再也忍受不了周同仁放纵，愤然带着女儿和贴身丫环周小芸，叫了家里的马车就回湖南老家了。

光绪三十四年深秋，“黄冈起义”被镇压以后的风潮也波及到了湖南，周太太的表哥是海外同盟会领袖许雪秋，大清政府下令满门抄斩这些革命党家属，听到这个消息以后母女两个人又往回折返，一路上担惊受怕不说，连身上的银子和衣服都没有剩下几件。半个月后回到了周宅敲门的时候，不知道哪里来的地痞差点非礼了母女两人，惊魂未定周太太、小姐和丫环只好在一家客栈住了下来。第二天算是在洪武大路牲口棚找到了周同仁，原来就在她们离开没有几天，那女人安排了一场赌局，几个小时一切都成了人家的财产，夫妻抱头痛哭商量了半天，目标很快地锁定了“鸿儒织造”的卢文来，也许嫁女儿是唯一的出路。

周同仁带着女儿拜访了“鸿儒织造”商号，周同仁的出现让卢文来真的很意外，看着这个落魄的大买办，真的是有太多的话想说了，但现在还不是表现的时候，所以他就尽量表现出一种惊讶和同情。周同仁巡视完了整个房子、账房、前后的库存以及所有的设施，仔细地询问了所有的生意来往之后，径自地开始和卢文来讲起价钱，这一下让卢文来知道他们来的理由了，盘算着是不是一笔合理交易，他看了看一脸无所谓的周湘云，看得出来以后和周家的来往也算是基本断了，这下心中是有了底的了。

“卢秀才，以你的实力怎么就住个三进的宅子啊，将来家里人丁兴旺的时候，会显得小了不少的哦，要有计划哦。”周同仁似乎对房子不是很满意。

“周老爷，鸿儒织造虽然是小的生意，但是一切的事情还是很忙的，再说我也一个人不需要那么浪费就是了，这以后我可以考虑的。”卢文来很明白他是什么意思，但是就是不随便答应。

“卢秀才，我们打开天窗说亮话吧，你如果想娶我们小女的话，希望你能将房子盖成七进七出的大宅，一切为了女儿我是可以监工的，你看看有什么想法可以谈谈。”周同仁的想法很简单，盖房子的工程花费只要有百分之一的好处，那么这个难关就算过去了。

“盖房子不是问题哦，房子的所有款我会请小姐代劳，再说周小姐也有自己的想法，如果真的添什么和做什么，也不适合麻烦长辈对不对？”这句话是所有的人没有想到的，卢文来看来是早就有打算的，面对眼前的这种营生也是轻车熟路的，一来是把问题都交给了她的女儿去做，另一方面也不让周同仁下不了台。

周湘云虽然一直没有说话，看出来这个年轻秀才的聪明，家境的败落也是命中注定的，以后再找什么人家门当户对几乎是不可能了，嫁给这个秀才出身的新商贾，也算是最佳的选择了。况且卢文来对自己也是尊重的，只是父亲的打算早被人家看透了，这样的交易虽然多少有些尴尬，但她决定自己要亲自监督，绝对不能让父亲再荒唐下去了。周湘云给卢文来的表态是眼神里的接受，这一瞬间的举动算是对他的投诚，既然嫁了卢家成为独生儿媳，就应该以周家媳妇的身份处理好一切。

卢文来送走了周家三口和丫环以后，盘算着要请出一位有面子的人说亲才好，想了一想就从柜台里面取了银子，又拿上几段上好的料子，就循着洪武大路来到了街南的文景大宅。文景大宅侧门虽然只有六级台阶高，但是阶级的隔阂还是很容易显现出来的，卢文来没有敢转到淮海路的大门，知道自己的门第与皇亲贵戚的差别，所以就亲自端着东西扣响了小门的铁环，等了不少的时间才有管家出来询问，门又关上了以后卢文来汗就下来了，这时候他才注意到竟然是挑了九匹新缎子，正在他觉得是不是要放下来的时候，竟然从里面传出意想不到的招呼声。

“秀才卢文来叩见禄文景大老爷请走正门，有人带路哦！”这是管家的吆喝。

卢文来今天很是受宠若惊了，本来已经到了后门顺便进去就行了，没有想过这家的大门竟然在某个时辰为自己开了，只是眼下又要绕过后门去到淮海路的大门，身上扛着的锦缎的分量也不算轻了，可是求人的事情总不能懈怠吧。文景大宅的正门虽然已经没有人把守了，但是瘦死的骆驼就是比马大，门口的汉白玉的狮子清洗得一尘不染，朱红色的大门几乎是刚刚油漆过，看得出来就在周同仁败落的时候，宫廷还是没有受到太大的影响，也许只是周同仁在南京的名声坏了，可是禄文景依然是那样的好过，看来周家只能听从于自己了。

"秀才卢文来叩见禄文景大老爷，请移步前二厅见茶！"管家又是一阵吆喝。

卢文来以前是来过文景大院的，但是今天这样的正式还是第一次，借着人家的大呼小叫的机会欣赏了禄家的一切：清一色的明清家具都是上好的花梨木，而且是被擦拭的原色都看得出来，上面的坐垫都是皇家的黄色，看上去有着非常的权力；花盆都是用黄色锦缎套子装扮的，所有的花草也都是盛开的，清香和颜色都让人心旷神怡；正堂是清朝宫廷御用画家郎咸宁的工笔作品，禄家祖宗完颜阿骨打的画像虽然看上去有点怪异，但确实是标志着这个家族的显赫；看见禄文景穿着皇上赐的黄马褂，正聚精会神地在院子里面摆弄着花草，卢文来赶紧地延续清朝的礼节，顺势扛着几匹锦缎跪下了。

"禄文景大老爷，请受草民卢文来一拜！"卢文来多少有点气喘了。

"客气了，卢秀才啊，都是老邻居了不要客气了，起来了，起来！"禄文景赶紧上前示意他平身，并让管家首先从卢文来的肩膀上取了锦缎，这样才让卢文来可以顺利地站立起来，革命党在南方的起义以后，就鲜有人敢叩开他家的大门，卢文来的到访让他多少有点虚荣了。禄文景并不是看在那些锦缎的面子，才破例地开了前门让他进来，而是禄文景真的喜欢这个年轻的小秀才，成人之美的事情有什么好推脱的，他就欣然的答应说和这门亲事。

卢文来千恩万谢出了文景大宅，他没有想到今天是那么的体面和顺利，周湘云是不是他需要的女人，一时是说不清楚的就是了，但是作为一个外乡人能够娶到买办的女儿，也是一场很不错的交易，以前这样的好机会是没有他的份儿的，他决定让命运去决定一切就好。回到了"鸿儒织造"以后，就给家里写信告知自己大婚之事，也随信附上了对东洋留学回来的大堂哥的要求，一切忙完了以后他还是静不下来，难道这就给自己定了一生，是不是自己的未来只能属于南京，属于洪武大路了呢？

宣统二年农历八月十八日，卢文来操办出了洪武大路上最隆重的婚礼，对于一个安徽农村的家族来说，儿子虽然没有考取功名走上仕途，但娶了官宦人家的千金也是何等的欣慰，卢文来能在很短的时间里面，一跃成为南京城的商贾巨贵，无论如何也离不开祖上的庇荫。卢文来安徽老家的排场不比南京城里的差，卢家的远亲近邻都随了礼品，结婚的东西更是从家具到马桶，从喜糖到粮食水果等，满满地装载了十几辆马车。黎明的时候所有的东西上路了，领头马车中坐的是卢文来的父亲卢北宁，已经年过花甲的他依然是一副气定神闲的样子，上身穿的是高级缎子马甲和长衫，下身是湘云秀的锦缎长裤，脚上穿的是下人手工制作的千层底的布鞋，气质上透露着一种特有的固执和专横。

卢北宁身边坐着的是卢文来的叔伯兄弟卢文生，这个从日本留学回来的少爷上身穿着的是黑色中山装，下面是大清上等丝质的长裤，脚上穿的是亮闪闪的小牛皮鞋，这种巨大的反差让人们觉得卢家的复杂和融合。这个日本回来的少爷长得没有卢文来秀气，但是身材是异常的高大，眉目中更有着一种坚定的粗犷，他没有剃去胡须而是修剪得精致，特别是已经染过的黑色，让人有点觉得很突兀的样子，很长的路途他不像卢北宁一直在打盹，而是精神十足地读着洋文的书，不时地用洋文朗读着。

卢家的马队进了洪武大路的时候，周家早已安排好很多人欢迎，光是迎接他们的鸡蛋做的糖水蛋壳，就结结实实地堆起了一人多高，还不包括几十个金边细瓷宫廷造办处的小碗被偷得一个不剩，周家也是铆足了劲要和卢家的土豪们一拼，街道两边的周家请来的人都高声地叫嚣：**“周卢联姻，洪武大喜；天作地和，白头到老！”**

“卢周联姻，徽州大喜；天作地和，白头到老！”安徽送礼的人们也不示弱。

这一招卢北宁在出来的时候就预测到了，他知道南京城里的人是看不起安徽人的，即使人家的女人被儿子睡了，心里也是很不甘心的。自己浩浩荡荡的礼品车队镇得住高傲的周同仁，但是没有想到的是周家竟然这样的无耻，自己家的姓竟然放在了周家后面，他几乎是愤怒了，叫所有下人喊足了才行：

> “卢周联姻，洪武大喜；天作地和，白头到老！”
> “卢周联姻，徽州大喜；天作地和，白头到老！”

“鸿儒织造”年轻老板娶了大买办千金的婚礼，很快地开始就演变成一场大戏，卢家请来了南京最好的吹拉弹唱的人，迎娶周湘云也是用的十六抬的大轿子，上门迎亲的伙计和亲人就用了数百人。周同仁现在已经是没有家园了，周湘云也就是从汉府街的小客栈接出来的，还好卢北宁没有去看和凑热闹，不然是要把周家羞辱死的。周湘云在这场婚礼中没有丝毫的配合，离开家的时候更没有做出痛哭的样子，而是开怀大笑不停地指派周家的人，要他们招呼好卢家的迎娶，自己也毫不避讳地挽着卢文来的胳膊，尽管周同仁多次地拉开两个人的缠绵害怕被人笑话，任性的周湘云没有丝毫的在意，反而表现的是越来越亲热。

在周湘云上了轿子以后，迎亲的队伍向东在头条巷的地方往回走，然后顺着二条巷、三条巷和四条巷一直横穿到和洪武大路交界的九条巷，成千上万看热闹的人把狭小的街道挤了个水泄不通，迎亲的队伍几乎跨过了半个南京城。卢家的喜糖按照周同仁的要求成箩筐的往外撒，质量都是要求南京“冠生园糖果厂”的，穷苦的人群难得这样的福利，追随娶亲队伍的队伍就越来越长，让整个城市的欢乐和热闹不能有丝毫的停顿，短短的几个小时已经是两辆马车的糖被撒出去了。

中午时分迎亲的队伍到了洪武大路，卢家和周家放鞭炮的伙计们汇聚在一起，点燃所有的炮竹。霎时间，二踢脚和上千挂的鞭炮齐鸣震天的响，十六抬大轿子的脚夫们收到了卢家的赏钱，更是铆足了所有的力气表演起来，巨大的轿子在烟雾和人群穿梭翻腾，引来了阵阵掌声和欢呼，一时间炸药浓浓的气味加上烟雾的升腾，让洪武大路的所有商家时隐时现，这让在马车里面等待的太长时间的大堂哥卢文生，完全被这繁荣的景象所迷倒了，他幻想起已经在广州爆发的革命，要利用这个机会宣传文明和革命。

“恭贺卢周两家结缘！”卢文生这时候激动了。

“共和革命一定成功！”他开始有些群起激昂。

大多数看热闹的人并不知道什么是革命，看到这个已经剪了辫子的学生呼喊口号，以为这样就可以得到更多的好处，看在喜糖和热闹的面子上，很多要饭的、看热闹的、无事生非的人都跟着喊了起来，连平日对革命最不理解的卢北宁都跟着不停地举手。

“打倒封建愚昧统治！”无事的人们开始跟着附和。

“权利属于所有人民！”整个街道都开始迸发出喧嚣。

一袋袋的喜糖从天而落人群炸开了花，大家争相的抢了起来。

捕快许大胖子正领着手下看热闹，吃着卢周两家送上的糖果零食，很奋力地维持着一切秩序，当洪武大路开始喊起了革命口号，许大胖子开始是傻傻地笑，觉得两家是真的很无聊，有钱的人就是喜欢铺张和浪费，但是随着南京人跟着喊起来，中间的革命词语才被强调出来，他突然觉得事情不是那么好玩了。再看看马车上下来的人的打扮，竟然敢蔑视朝廷没有了辫子，这就是个彻头彻尾的革命党人啊，这样的人竟然混在迎亲的队伍当中，许大胖子扬起了手中的皮鞭，在空中立刻“啪啪”的炸响起来，大家起先以为许大胖子也是凑热闹，当鞭子真的落在自己身上的时候，疼痛让他们不得不让的时候才知道官府在抓人了。

卢文生也看到了捕快在向自己冲来，他迅速地一个滚爬就窜到马车的另一边，仗着浓烟的掩护很快地消失在欢闹的人群中。许大胖子已经从腰里抽出锁链冲了过来。但是被喧嚣的人群阻挡住了，他一边指挥着手下的捕快们抓住卢文生，一边拿鞭子抽打阻碍他们过去的人，人群开始炸了窝地争相逃窜，很快地就留出了一条通道，可是卢文生人已经不见了，许大胖子恼羞成怒，看着那些还在争抢糖果的人们，决定先抓上几个回去交差。几个跑得慢的人被皮鞭瞬间就抽倒了，其他的捕快们就一拥而上把人按倒在地，迅速地用铁链拴了起来，一时间洪武大路上乱成一团，开始上演这抓人的闹剧。

周湘云的轿子在洪武大路上，足足走了半个时辰才到了卢宅，按照南京城里的规矩，要跨过一个燃烧的火盆才能进入卢家，跨火盆的时候新娘要大哭，最好是哭得惊天动地才好，这意味着和过去的一切告别；而跨过去以后就要放声大笑，表示对新家庭的渴望与快乐，这些对于爱动的周湘云并不难。火盆早就给卢家的小伙子点起来了，看着新娘没有到来就一直加草结，等周湘云要跨的时候火焰已经窜起了一米来高，就在周湘云下轿子的时候，小伙计又给火盆加足了，火焰此时窜得比人还高了。

周湘云看着扑腾的高高火苗真的被吓哭了，上千人婚礼表演的人们早已经是疲惫了，希望早点结束这个风光但是很累的婚礼。

“跳啊，跳啊！”人们哄闹着。

“新娘告别父母，永世嫁入美满！”司仪在火盆边上早已站定。

“跳啊，跳啊！”人们咆哮着。

“新娘再次告别过去，全家万寿无疆！”

司仪已经叫了好几遍了，眼下不换个词是混不过去了，就这样把对皇上的祝福都喊了出来，本来他叫完以后觉得不妥，但是想想反正已经革命了也就释然。许大胖子追捕卢文生没有了踪影，眼下又听见司仪把对皇上的奉承用到了民间：

“抓，抓住那个司仪。”一群捕快又冲着司仪扑了过去，现场更是一片混乱。

“湘云不怕，我在这边接着，跳吧，跳啊，跳！”卢文来这时候也急了。

“卢文来，你可是要接好我啊！”周湘云的声音都有些颤抖了。

“放心，我在这里！”卢文来有些急了。

“跳，跳吧！”周围的人一阵阵地起哄和鼓掌。

周湘云此时也顾不得什么了,狠狠地退了一步然后起身冲了过去。

“当啷”一声,周湘云跳的高度不够碰到了火盆一下子踢出了有几米的远,另一只脚已经收不住了踏进熊熊燃烧的火中,这景色把所有人都惊呆了,大家都脱下衣服去抽打新娘帮她灭火,现场整个是一片混乱。“鸿儒织造”的老伙计马喜根很快地从消防水缸中,舀起一脸盆的水狠狠地浇了过去,新娘瞬间就成了落汤鸡了。

“哇”的一声周湘云大哭起来跌坐在地上,无论怎么哄都不起来。

这时候周湘云的随身丫头周小芸早就忍受不住了,冲过去一把推过卢文来,抱起自己的主子头也不回地冲向后院的房间,从里面把门重重地插上,任凭外面的人如何央求就是不开门。这样的新娘出嫁对于卢家来说是很不合乎体统的,卢北宁也实在看不下去了,开始叫嚷着要回安徽了,这时候的卢文来几乎是没有了主意,招呼着伙计无论多大的气力都要撞开房门,以前的房门闩子都是木质的,卢家的伙计都是织锦工人没有任何的经验,稍一使劲连整个房门都撞掉了,一声尖叫人们看见的是周湘云正在换装的胴体。

晚宴就定在了新街口最著名的“大三元”,光是洪武大路的邻居从南到北席占了八桌,外加了南京的文人雅士,真的是让卢周两家很是面子和辉煌。正席是宫里南京办的一品大员和禄文景大老爷,纺织协会的会长缪青云豪绅,金陵的书画名家龚贤雅士,父亲卢北宁和亲家周同仁夫妇,下面空着的座位是新人一对,十人的大八仙桌除了主人,两家的丫环和佣人都在旁边伺候着。

“喝啊,大家吃好啊!”洪武大路上的乡亲都是出奇的热情。

“新郎新娘,给大家敬酒啊,新娘要首先喝啊!”大家在捉弄周湘云。

卢北宁的心里是很不踏实的:卢文生出乎意料的喊叫惹上了官司,这个亲侄子此时也不知道跑到哪里去了;其次,迎亲的过程中司仪又被捕快给抓走了,怎么说也是件很触霉头的事情;最不能理解的是,新娘不但没有跨过火盆,而且把火盆踢得老远哇哇大哭的,门被撞开新娘身体曝光很是难堪;一种不祥在他的心头涌现,直到酒宴结束都在想着这件事情,还是禄文景见过世面,一直跟卢北宁说个不停,这让他宽慰不少也放下了架子,总觉得还是皇城的人是有修养的,比起那些暴发的南京人真是天差地别,他觉得还是大清国好,让整个家室丰衣足食没有担忧。

今夜的洪武大路月亮特别的美丽,放眼望去整个洪武大路都是张灯结彩的,从路北到路南都是大红的灯笼和烟火,每家让所有的光芒都透过门缝和窗棂散出家去。卢文来和周湘云是由黄包车送回来的,卢文来很是惬意和满足,身边的这个花一样的女人，是多少人梦寐以求的，金榜题名和洞房花烛是人生的两大快事，虽然没有考上个举人有点沮丧，不是他不努力而是大清朝太腐败了；但是洞房花烛就在今夜，这个女人也是自己要享用的了，微风透过黄包车的帘子吹了进来，卢文来感觉到周湘云将头靠在了他的肩膀上，一切都是那么的和谐和自然。

“湘云，你喜欢今天的婚礼吗啊？喜欢吗？”卢文来有点微醉了。

“嗯，文来你睡一会吧。”周湘云显得很温柔。

“湘云嫁给我委屈吗？”卢文来心里的疙瘩没有完全解开。

“娶我委屈吗？我不是你想象中的女人，我也有很多的不是，希望我们一辈子！”这是周湘云的真心话。

卢文来有点不胜酒力了，寒风吹来他想吐，可是就是一点都吐不出来，他只是觉得头晕仿佛什么事情要发生。

就在两个年轻人憧憬自己的生活的时候，谁也没有想到卢文来给自己选的日子正是南方起义的时间，就在广州一场废除皇帝世袭的革命，正在孙中山的带领下打响。成千上万的军校学生和革命党人，正在和当地的满清军队肉搏，整个战争正如火如荼地进行着，北京城里的所有皇家卫队也是生死攸关，这样的时刻虽然不是卢文来刻意选择的，但是后来的命运确实把这个家族和革命联系了在一起。

新婚的宴席还没有结束，卢北宁借口身体劳累，跟禄文景请了晚安以后，就先于其他人回到了家里，卢北宁被安排在第二进的北屋，一整天的劳累让他觉得真的累了，循着家里的习惯他要把房前屋后都要巡视一遍，这样才能安然入睡的，借着月光看到的是前面的伙计都睡了，酒瓶子和吃食都没有收，他很生气城里的下人也可以喝酒，而且是睡在机器旁边竟然不穿整齐，本来是要叫起来呵斥一下的，但是想想这也不是自己的家，也就不再太严厉了。儿子还没有回来，他决定也去巡视一遍，今天媳妇曝光的事情让他不能忘怀，这在安徽是要休了这个女人的，可是人家不在乎而且也去吃喝，他真不明白城里人怎么都不计较，他决定再看看房间的修理，这样的事情无论如何不能再发生了。

卢文来的婚房就在院落最后一进的东房，西房就给周湘云带来的贴身丫环周小芸住，她是周家在湖北老家买回来的，按照旧时的规矩是要跟主人姓的，所以就给这个孩子取名周小芸了。从周小芸和新媳妇进门开始的时候，卢北宁作为一个成精的老人，就不喜欢这个娘家带来的丫环，因为她的眼神里面始终有一种不祥和的躁动，晚饭的时候整个席间缺了卢文生和这个丫环，这让卢家的老人开始有了很大的不安。看着最后一进有亮光就尝试着推开这个偏屋，不想使了很大的劲就是推不开来，里面立刻发觉了外面的响动，呵斥声音绝非一般丫环敢的。

“谁啊，不许开门!”这是卢家没有人敢这样回复他的。

“我，卢北宁，这是谁这样没有规矩?”老爷子发火的时候，周小芸才慢慢地开了门。

“周家的丫环?”卢北宁很是不满，“你不跟着你的主子，怎么待在房间里面?”

“我也是按照周小姐的话，在房间整理东西的。”她不是那么顺服地回了话，瞬间门又被关上了。

“城里人真的没有规矩，周家就是这么教导丫环的！哼!”卢北宁心里很不痛快，就在他很愤怒地想教训一下丫环的时候，门口传来了黄包车的到达以后人摔下来的声音。

卢文来今天真的是喝多了，下车的时候就摔了个大趔趄，爬起来的时候黄包车夫已经吓傻了，还是周湘云的喊声起了作用，周小芸迅速地从房间里面冲了出来，推开黄包车夫一个人就把卢文来扛在身上，另一只手搀扶着自己的主人，这在卢北宁看来真的是不可思议，看着丫环给自己的儿子盖上了被子以后，终于悻悻地离开了洞房，而周小芸也很不情愿地看了这个老人卢北宁一眼，慢慢地退出房间径直地回去，“啪”的一声关上了房门。

周湘云正要起身去看看外面的时候，没有想到的是卢文来竟然笑了起来，灯都没有关地一把拉住了自己的新婚妻子，刚才车上耳鬓厮磨的情绪终于延续了，他一下子就扑倒在她的身上，并且迅速褪去了周湘云的裤子和上衣，灯也没有关就开始上下的蠕动起来了。

“文来，你没有喝醉啊，干吗要装成这个样子啊?”周湘云冷冷地问了他。

“节省时间啊，难道你真的需要那些繁文缛节哦，谁让你在车子上挑逗我的，我要你付出责任!”卢文来感到了刺激，感到了冲动。

“嗯，那就来吧，不要停啊，文来我爱你，跟你一辈子!”周湘云安慰和撩拨他了。

“湘云，你是我的，是卢家的，永远的!”卢文来叫喊着。

卢文来紧紧地抱着这个娇弱的女人，周湘云身上几乎没有一点肉，两只长长的手臂紧紧地抱住了他的腰，用身体的骨头抗拒着他的侵占，眼睛里面没有任何的娇羞，控制着卢文来的猴急，可是嘴里却是要求着自己的男人。这种抵抗和矛盾的要求，更刺激卢文来占有的心情，他在周家已经受够了她的不经意，现在终于可以随心所欲了，他想把这个以前的小主人吃下去，让她知道婚姻也是一场革命，这样的僵持一直到了最后，多天疲惫不堪的卢文来累了，没有多久真的就像醉泥一样地瘫倒了，然后就慢慢地不省人事了。

周湘云虽然是非常的弱小和干瘪，但是从身体的消耗来说是保存的，把卢文来从身体上推开以后，她迅速起身穿好衣服就出了房门，轻轻地来到了丫环周小芸的房间门口，竟然听到房间里面也是新婚的叫喊。里面除了周小芸的呻吟以外，更是有男人撞击她的声音，男人的低沉的说话也几乎和丈夫一样。她判断里面有卢家的男人，而且是卢文来的亲属，是什么人这样大的胆子，竟然敢调戏丫环不顾廉耻。周小芸才跟出来没有几个小时，竟然敢这样的大胆放肆，以后怎么跟卢家交代啊，她要仔细抓住了才行。

"堂少爷，你不要骗我哦，你要带我走的！"周小芸在要求。

"带你走，带你去革命，打倒一切不合理的制度！"这是卢文生的声音。

"堂少爷，我不管革命是怎么回事，你要对我负责哦！"周小芸在配合。

"嗯，只要你跟我走，我就带你浪迹天涯！"这是卢文生的誓言。

这就是周小芸要私奔啊，周湘云没有想到事情这么突然，她顾不得自己丫环的面子，终于敲响了西面的厢房窗户，房间的响声戛然而止了，接着就是周小芸回答的声音。

"小姐，我都准备好了，这就过来。"这是周小芸非常沉着的回答。

周湘云这时候知道不能进去的，她决定回到自己的房间，等周小芸进来再慢慢地问话，她害怕房间里卢文来醒过来，于是蹑手蹑脚地回到新房。卢文来感到了酒的作用下，整个人始终是头重脚轻的，醒来的时候也是没有力气转身的，连眼皮都累得睁不开来。不知道过了多久才听到两个人的对话，他清楚地记得自己这是结婚啊，怎么房间里面会出现另一个女人呢，他挣扎着希望知道那是谁？

"嗯，小姐，烧一锅还是两锅啊？"周小芸问。

"两锅就好，来吧！"周湘云同意了。

卢文来这时候真的百思不得其解，这深夜了要做什么呢？一股烧焦的味道让自己呼吸困难，紧接着就是天旋地转的感觉……

"卢老爷真的可爱哦，小姐你可真的有福气。"周小芸瞥了一眼赤裸裸的卢文来，开始逗周湘云了。

"你少啰嗦，赶紧做你的事情吧！"周湘云此时有点着急了。

卢文来想起身护住自己已经动弹不得了，只能看周小芸在鼓动一根很长的烟枪，紧接着在油灯下“滋滋啦啦”地烤着什么，烟油味道迅速在整个房子里面散了开来，身边是瘦骨伶仃的周湘云正斜躺着，眼睛虚掩着抱着三尺长的烟杆，表情是那么的萎靡也是那么的专注。他想要制止这种行为，那是在抽大烟①啊，可是他脑子跟中了毒一般，全身很快地软瘫了下去。不知道过了多久以后，他才听到周湘云的那种叫喊，卢文来感觉到被一个人骑在身下，周湘芸显得是那么的亢奋，亲吻和抚摸着他的全部身体，而下身的阵阵隐痛是来自周湘云的凶猛撞击。

“你抽大烟？不要啊，不要。”卢文来意识到她完全被这个东西控制了。

“就抽，就抽，你要不要我帮你烧一炮？”周湘云开始诱惑他。

“你要戒掉，戒掉！”卢文来叫喊着。

“不戒，就是不戒，操死我也不戒！”周湘云也狂叫。

周湘云在大烟的激励下疯狂地蹂躏着自己的男人，她知道这是一场任性的结果，从小的时候家里的丰裕让她学会了这个，家境败落自己就被嫁了出来，一切的荣华富贵都寄托在这个人身上，未来喜欢看戏是没有太多的机会了，要的那些优越的生活也没有了，剩下的就是身体里面对大烟的唯一追求，她要卢文来爱她永远做她的男人。卢文来也突然感到人生太多的不明白，这一切仿佛都是周同仁的局，也是对自己虚荣的报复就是了，他希望周湘云的这种依赖能够过去，不然生活又是什么呢？

两个人的呼喊在寂静的卢家大院很清楚，这对小夫妻的彼此叫嚣声，持续了好一个时辰才停歇的，卢文来已经完全虚脱了，两个人过后竟然没有了一丝的快感，这样的婚姻对于卢文来说是出乎意料的，新婚的愉悦也就是持续了几分钟，在他的心里真的有一种说不出的难过，任何事情都是一切命运的安排，他的确完整地被骗了，将承受不能言说的痛楚。

“卢老爷，周小姐，醒醒啊，有事情跟你们说。”这是丫环周小芸的声音。

清晨的时候，卢文来几乎是被摇醒过来的，当他迅速地从被子里面探出身来的时候，看到的是周湘云的丫环和自己的大堂哥卢文生，两个人完全一副要远行的样子，他迅速地推了推身边的新娘，周湘云对这一切并不在意，只是轻轻地摆了摆手。

“文来弟弟，广州革命就要成功了，我要回到革命那里去了！”卢文生是和他告别的。

---

① 大烟，旧时市民对鸦片叫法。

“什么?”卢文来根本就不相信自己的耳朵,“你是革命党啊?什么时候加入的?”卢文来有点担心。

“我是在日本的时候加入的共产党,孙中山先生在苏俄的帮助下,革命成功了!”卢文生很是兴奋和激情。

“成功跟你有什么关系吗?大堂哥你去又能做什么,一个丫环也能革命?”在卢文来认为革命就是个时髦的事情,闹完就可以了,不需要太疯狂的。

“文来同志,革命是全体世界人民的事情,小芸也是革命中的一分子,现在满清政府已经被推倒了,革命需要大量的人才,要不你和湘云一起来吧!”卢文生语气中的激昂却是常人没有的。

“小芸,我支持你参加革命,反正你就一个人没有什么牵挂,文来是不许去的,我们在南京的日子就很好了,你们快走吧,缺钱回来说啊。”周湘云终于从被窝中探出脑袋来,睡眼惺忪的语气算是回答了。

“谢谢小姐。”说着就给两个人跪下了,“老爷,小姐,只要革命成功了,我一定回来报答你们,报答你们的养育之恩。”周小芸的语气中表露着不舍。

两个人走了以后卢文来再也睡不着了,他穿好了衣服也换了鞋子,勉强地洗漱了一下就步入到了前院,昨天许大胖子还在抓捕大堂哥,今天也一定是他送来的信,现在正在保卫着他的安全,父亲也是在跟这位革命领袖告别,很显然卢北宁也知道了革命的消息,正在拥抱着自己的大堂哥。周小芸等在一边早就迫不及待了,就在父亲和卢文生分开的那一刻,她已经把自己的男人拉到马车上,就在自己想上去说上几句的时候,车子已经在许大胖子的护卫下,迅速地离开了“鸿儒织造”向洪武大路的北口进发了。

“父亲,你起来了真早!”卢文来算是跟父亲打了招呼。

“嗯,你也起得不算晚啊,勤奋是我们卢家的美德就是了。”卢北宁看着新婚的儿子。

“我睡不着,刚才大堂哥走了你知道吗?”卢文来问。

“嗯,这个时代就是要乱了我们也管不了了,可是你还要注意身体啊!”卢北宁说话的样子是有所指的:“好了,不说你了,看你新媳妇好像不是太胖哦,要多给她养养不然生不了健康的娃子,不然你那些劲就白使了,听到没有啊!”父亲在指点着什么。

“嗯,我知道了。”卢文来此时只是应付。

“我今天就想回安徽了,卢文生带走了周小姐的丫环,这种官宦人家的孩子没有人伺候是不行的，要不要从农村给她找个来？”卢北宁很是关心。

“不不，别人来湘云不一定喜欢，您还是不要烦神了，一切让她自己安排就好了。”卢文来此时的心里也是五味杂陈。

“父亲早！文来你不多睡会儿啊。”周湘云突然出现在自己身后，“对了，中华剧场正在上演荀慧生的‘红娘’哦，你可以带父亲去看看的，安徽那地方很难看到这样好的角儿，不要错过机会哦！”周湘云哼着戏文去锦缎机房了。

卢文来这时候才知道周家的教养，突然对刚刚开始的婚姻感到一种莫名的担心，周湘云竟然是个吸食大烟的女人，男欢女爱竟然是建立在药膏子的上面；周家贴身的丫环周小芸，竟然跟一面之交的大堂哥跑了，这是什么混乱的社会关系；父亲早晚是要知道的，那时候怎么面对老人呢；可是不管将来是什么样的结局，也不管革命党是不是能长久，眼下最重要的就是在所有人发现之前，一定要帮助周湘云戒掉那个可怕的东西。

周湘云开始学会感激革命的力量，卢文生带走了周小芸让她自立烧烟了，她没有想到鸦片会给她带来男女的愉悦，卢文来很多次的劝说就是废话，怎么知道自己面对了太多的尴尬，父亲周同仁总是没脸没皮地跟她要钱，她也是很难说出口了；连续生了三个女儿没有一个男孩子，也让自己在卢家抬不起头来；对于卢文来的伺候，也是要靠这样的依赖才能做到的；只有鸦片才能让自己忘记烦恼，才能度过无聊的每一天。卢文来觉得不能这样下去，要断了周湘云的大烟来源，他开始限制周湘云回家探亲，不让她跟以前的任何人来往，只要把她限制在洪武大路里面，希望还是有的就是了。

“哇呀呀，卢太太你家的东西真的好啊，对于精细的东西你的这杆秤太准了，连差之毫厘都分辨得出来，厉害，太厉害。”杨瘸子奉承着周湘云手里的戥子①。

周湘云终于斜了他一眼：“这算什么吗？我娘家还有纯象牙的麻将哦，都是大的那种后面是竹子镶的，听清楚了哦是象牙镶竹子，不是竹子镶象牙！”

杨瘸子一听就来了精神：“啊，那卢太太会打麻将啊？要不要有时间来摸两把，我们下午都是八圈的。”

“谁有时间跟你们浪费啊，我家的生意可是很忙的哦！”周湘云爱理不理的。

“我是说你就在靠街的教室打啊，有什么事伙计找你也容易的。”杨瘸子附和着。

---

① 戥子，用来称量贵重物品的工具。

“嗯，只要不影响老爷的生意，家里是不管我的！”周湘云任性地说。

有杨瘸子伺候在妻子身边，卢文来是放心很多了，这个青岛流浪来的先生，不是他给一碗饭吃，早就不知道哪里去了。卢文来跟过去的商贾不一样，对于妻子喜欢看戏或者打麻将，几乎是没有任何的抱怨，家里一切都是下人去做，周湘云也就显得多余了。周湘云除了这两样哪里也不去，只是麻将打得越来越上瘾，有时候等天亮才回来。

“卢太太，晚上出来的时候要带钱啊，别再回去拿啊，等你了！”杨瘸子开始提醒她。

“知道了，这就来！”周湘云也是按照说的做，钱是越拿越多了。

卢文来起初也没有放在心上，不解的是周湘云清晨回到家里以后，常常把卢文来拉起来云雨一番，随着每天的间隔越来越短，他觉得周湘云的某种欲望又开发了，索求无度也让卢文来吃不消了，他开始怀疑妻子一定又找到了大烟。民国成立以后大烟基本是禁了，洪武大路也是干净的地方，没有人敢做这个生意的，那么她是在哪里找到这个的呢？难道是杨瘸子给的，可是这个人一脸斯文，绝对不敢放纵周湘云的，难道他不知道问题是多么的严重吗？他决定要跟踪妻子周湘云，彻底查出大烟的来源。

民国六年的深秋，中秋的月亮是出奇的烁亮光芒，洪武大路都笼罩在漫射的白光中，卢文来在“鸿儒织造”像往常一样的摆了酒，今天他没有沾一滴酒，保持着非常清醒的状态，大家酒足饭饱以后也领了钱，他也就借故离开了。私塾就在旁边文庙里面的一间北房，月光下除了四个打麻将人的身影以外，就是沏茶倒水的杨瘸子，周湘云的身影很好认。卢文来后悔想得太多了，心里产生了一些内疚和不安，也就踏实地慢慢撤回家中，想美美地睡上一会儿，期待着周湘云麻将结束以后尽早回来，月晕让他有了特殊的感觉，也就慢慢地睡去了。

天快亮的时候，卢文来在一阵的摸索中被弄醒了，他猜想过不了多久周湘云就会折腾他，周湘云蹑手蹑脚的只是帮他盖好被子，然后就去了柜子里掏了些银两，确定他是睡着的以后就旋风般地赶了出去。卢文来有些失望和恼火了，事情看来并不是他看到的那么简单，他跳下床穿好了衣服，迅速地跟了出去。周湘云是从家里后门出走的，卢文来借着月光看见了猫在角落里面的杨瘸子，他毫不客气地从周湘云的手中接过银子，就像一个邪恶的鬼怪带着孩子一样，带着周湘云要一步步地迈向深渊了，卢文来顺手就拿起一根烧火的铁条，等证据确凿以后要教训这个瘸子。

“你快点啊，去晚了没有位置不赖我啊？”杨瘸子显然是有点不耐烦了。

“这就来了，我都在跑了啦。”周湘云的抱怨是没有底气的。

月光下豆腐店的人力车已经开始了送货，一阵阵的豆香迅速地在空中弥漫开来；远处的徐伶子烧饼油条店正在生火，阵阵浓烟迅速地呛得人张不开嘴；南面的粪车已经开始将收来的污秽运往农村，夹杂着恶心的臭气弥漫整个街道。卢文来跟着前面两个人的身影一直向前走去，弯过了铁汤池这两个人影瞬间闪进了路边的大宅，卢文来没有深夜出来的经验，只能在恐惧和不安中踟蹰地前行，高一脚低一脚地在洪武路上行走，此时的洪武大路早已经没有白天的那种结实，而是仿佛被悬在了空中，卢文来很担心一个闪失就可能坠入深渊，但是缩回去几乎是没有退路了。

很明显两个人是瞬间消失在铁汤池的尽头，这里只有洪武大路上人们最看不起的人家，那里住着太监的私房女人。传说太监那玩意被阉割了以后，即使职位做的再高也就是找个女人回来看看摸摸，实质的进展是不可能有的，嫁给太监的女子也就是个摆设而已。晚清的腐败首先是宦官，太监娶老婆也是民国革命期间流行的，这些女人多是穷苦出身，除了给太监开开眼痒痒手，剩下的就是出来赚钱照顾老家，她们的生活是非常隐秘的，能做的生意也就是倒腾点宫里的古玩，或者是跟人跑个官什么的。眼下都革命了，这些东西已经没有什么市场了，周湘云进了这个宅子又能有什么呢？这是卢文来最感到新奇和不解的地方。

卢文来不自觉地也推开了宅门，大门的门轴涂了厚厚的洋油一点声响都没有。天井里面的几间东西厢房都亮着灯，一排排地床铺上面都是奇怪的人，除了自己烧制烟泡的，更有像饿死鬼一样的人们，他们祈求着店家的跑堂能再赊些东西。透过门缝卢文来看见正躺在红木榻上的周湘云，手里捧着“嗞啦啦”响着的长烟杆，旁边是杨瘸子在给她烧着烟泡，一股焦油的怪味弥漫着整个房间，她的眼睛低垂着，简直就像一个吃奶的孩子陶醉在这个过程中。卢文来有了一种震撼的愤怒，杨瘸子竟然敢带周湘云来这地方，这是对卢家的蔑视和讹诈，这时他明显地感到后面大汉的力量，他被几乎提起来带到一个房间。

“卢老爷不认识我了？”女主人坐在红木的椅子上招呼他坐下来。

“你是谁啊？”卢文来看着她摇摇头。

“人世间不公平的事情太多了，卢秀才也没有看得少吧？”女人一点都不觉得不对。

“是杨瘸子带她来的吧？”这时候他的怨恨和不满都集中到这个表面教书的家伙。

“卢老爷不是要去报官吧？”女主人直接点出了事情的要害。

“没有，我只想我太太以后不要来了！”当卢文来直截了当地说了。

“好吧，卢老爷的指教都听明白了，从今以后我们就井水不犯河水。也感激卢老爷救过我一命，在洪武大路给我买了顿饭还给了银两，今天也算是交代了，送客！”女人走了。

洪武大路的路面是用中块的卵石排列成的，年代的原因现在都被磨得光滑圆润，孤独无奈往回走的卢文来的身影被月光拉得很长，投射在地面上都是破碎和不完整的，而且突然显得一种变形以后的奇怪，然后就是夸张得很厉害，这就是卢文来的妻子吗？这就是一个晚清秀才的尊严吗？洪武大路虽然不是那么的邪恶，但是也绝对不是那么干净的，他不能饶恕自己拯救过的女人，他们都应该受到惩罚，他终于走进了洪武大路的警察署。

卢文来决定和周湘云分居了，而当真搬到前面的时候，也常常做一些很奇怪很奇怪的梦，周湘云变成了开烟馆的太监女人，很美的身材却是大烟堆砌而成的，不停地散发着阵阵油腻和酸腐的味道，洁白无瑕的肤色也仿佛洋面粉泡过一样，有着一种大馒头被蒸熟以后的那种暄和，她非常喜欢把自己的乳房送到他的嘴边，任由他撕咬和双手揉搓，卢文来常常在这样的梦魇中惊醒。他知道未来的日子是没有办法过了，只是他不想更多的人知道，开始害怕夜晚，开始珍惜每一个充满光明的白日。

“我要回湖北去看父亲，希望你能给我几个月的时间，我会把大烟给戒了。”周湘云真的希望能有所改变。

“去账房领钱吧，孩子看好了就行，等着你能够改变回来！”卢文来出奇的冷静。

周湘云也察觉了丈夫对自己的厌恶，太监会馆已经彻底被封闭了，生活在一种没有解脱的痛苦中，杨瘸子被赶走的时候绝望地看着自己，可是她在卢家说话没用了，她不抱怨卢文来对自己的管束，只是希望丈夫能够有一天原谅她。在去湖北的几天船上，她竟然遇到了兜售大烟的，犹豫了很久她决定最后一次地告别，船靠岸的时候是太贪婪了，她享受着最后快乐的时光，然后就慢慢地就晕倒在了厕所里面。

醒来的时候身边只有大女儿惠琴和三女儿惠英，二女儿卢惠俊却不知了去向，随身的丫环伙计把整个船都找遍了，也没有半个老二的身影了，这时候她知道自己闯下了大祸，几次想跳进扬子江都没有成功，回到南京以后也是被卢文来教训得死去活来的。

“你这个妖孽，周家的害人精，你要毁了卢家啊！”卢文来在打累了以后也哭了。

“你打，你不把我打死你就不是人啊！”周湘云也绝对不认错。

卢文来彻底的无语了，曾经派人去找寻了很多的省份，积蓄也花了不少，但是却渺无音讯，那个年代走失的孩子太多了，虽然有各种各样的说法，但是没有一个有回音的，卢文来心里除了对周湘云的怨恨，更多的就是对自己婚姻选择的后悔。这件事情对周湘云的打击是空前的，她再也没有勇气出门，戒掉了大烟，剩下的事情就是在房间里面听戏，只有在戏曲中才能找到些许安慰。

本应当随母亲镐京避难，
女儿家胡乱走甚是羞惭。
小妹行见姐夫尤其不便，
何况那朱千岁甚是不端。
那日里他来将奴骗，
幸中母氏巧机关。
如今若再去重相见，
他岂肯将儿空放还。①

“唱什么唱的？周家的堂会卢家永远不会有的！”卢文来开始怒不可遏。

周湘云面对卢文来的制止是没有办法的，自己的罪孽是太深重了，她每天都思念自己的女儿，恨不得为她去死而换回卢家的原谅，她开始烧香拜佛祈祷神灵的宽恕，听人家介绍知道了求平安的上好去处，那就是南京的栖霞寺庙。这是江南的名山古刹，虽然离开南京是半天的路程，她总是让人赶车常来烧香，满山的枫叶是那样的灿烂，不免让她觉得世间的另外，满山的香火让她更是觉得神奇。周湘云认识了住持净元大师，心中的郁闷很快地化为香火，吃素斋也是解脱的一种方式，念经更是苦难人彼此的安慰，她开始给庙里捐助为女儿的平安点灯。

---

① 京剧《凤还巢》的唱腔选段。

面对这样的举动卢文来不好说什么，虽然知道也许不完全管用，但为了自己心里的安宁，这样做也是无可厚非的，直到有一天妻子回来告诉她，净元大师要给女儿做特殊的诵经，需要为她修建一个大殿的时候，卢文来这才觉得妻子是不是露了富，这样一座大殿是要卢家的近半产业的。对于妻子的坚持卢文来是无奈的，只有告诉她算命也许来得更神奇，这就点燃了靠高人指点寻找孩子的方法，周湘云又开始寻访南京的高人，渐渐地离找到女儿的希望越来越近，她期待化腐朽为神奇的愿望也是存在的。

民国七年的酷夏，“当、当！”洪武大路上传来了算命人很小铜锣的声音：“三十年的恩怨，四十年的将来，天机尽在我心中，瞎子算命指点迷津哦！”今天这个算命人手上的铜锣的声音完全不一样，清脆中透着一种深沉。由远而近，一个年轻瞎子在妈妈的搀扶下，一面用手上的长竹竿敲打着地面，一面有节奏地不紧不慢地敲打着铜锣。

“老马，老马，街上有算命的把人家请进来。”周湘云走到前院隔着机纺的声音说着。

“知道了！”老伙计马喜根只是应付，他看得太多了所以并没有停下手中的活。

周湘云在天井等了一会儿见没有动静，出门一看那瞎子已经快走到游府西街的路口就要转弯了，她急了高声叫道：“留步，小瞎子，我要你进来算命！”

瞎子的耳朵是超灵验的，实际上在这个女人叫嚷的第一声，就知道碰到了真正的算命人家，只是经验告诉他不能轻易地回头，到了这个节骨眼上，一切的命运就在于此了。“当！”瞎子止住了脚步，回头向这方面转了转脸，示意妈妈带着自己进入这个深宅大院。

瞎子在周湘云的面前坐下来的时候，已经知道是在什么地方了，瞎子走路的棒子是最好的探测器，这个宅子虽然还不是很大，但是地面的处理是很讲究的，再有，房间的大小是靠步数算的出来的，加上进来的时候是纺织机械的声音，毫无疑问是进入了人们传说中的卢家大宅。周湘云在失女风波以后不再吸食鸦片了，常常用算命先生来安慰自己，只要洪武大路上出现算命的先生，周湘云都一定要叫到天井来，期待有一天真的碰到世外高人，能够找回自己心爱的老二。

周湘云这时候才看清楚这个小瞎子，这人长的算是周正，黑黑的头发梳理成了一条长长的辫子，革命以后虽然很多人剪了辫子，不是老派的人也没有几个人保留的，从这一点上看这是个很坚持的人；瞎子穿的青布罗衫，但骨子里还是充满机灵的,在他的身上没有一丝一毫的邋遢,相反却让人觉得一丝怜悯和信任。她主动地给这个小瞎子上了茶,然后问起了她的算命价钱,不能将来大家算完了出现纠葛,也是为了让算命的人认认真真地尽其所能,给一个全面的交代和准确。

“太太叫住小瞎子是想问什么?是不是二女儿走失的事情?”瞎子在谢过卢太太给的茶水,清了清嗓子。

这句话点到了周湘云的心里,她看了看眼前的这个年龄不大的瞎子,竟然一下就点到了自己最重要的问题,看来是有些道行的。

“小徐,去后院请老爷过来。”周湘云叫了小伙计去后院传话。

“嗯!”小徐按照太太的吩咐去了后院。

“太太是这条街上最有势力的人,很荣幸今天踏进贵府献丑了。”这个瞎子不是一般的会恭维。

“什么丑不丑的?算命就是图个询问,小瞎子有什么但说无妨,对了我们家老爷有赏。”她一边安慰着眼前的瞎子,一边希望老爷真的能来听听。

周湘云敢去请已经不跟自己对话的卢文来,也是从小瞎子的手上发现的道行,算命人手中拿的直径不到三寸的小铜锣,也是一种身份的象征。算命挣到钱的人基本是用的黄金合成的材料,普通算卦的人也就是纯铜制造的,没有什么好收入的也就只能是杂铜锻炼的了,可是眼前的这个瞎子用的是镀金的东西,那是个有些年代的产物,整个器物的包浆是那样的浑厚,声音清脆但是不显得漂浮。作为大家闺秀的周湘云自然明白,这是经历了几个朝代以上的产物,这是世间难得的物证和器皿,解开孩子的去向也许就在一念之间,于是督促下人赶紧请老爷过来。

卢文来不得已地来到了前院,在他看来这些都是些江湖术士,并不是了解《易经》或者得到真传的,他小时候就把四书五经背得滚瓜烂熟,时常也是排个八字什么的,二儿女出生的时候自己也给算了,只知道将来宏图大展一帆风顺,却根本是胡扯,现在连人都一点音讯都没有啊。以前也学了诸葛亮的“马前科”,传说这个智多星出征都会掐指一算,能赢自然就派兵出战,如果没有把握的时候就偃旗息鼓,长大才知道最终决定一切的是孔明自己。开始为了断了周湘云求佛被骗,现在也就不得不出来应付一下了。

“敢问卢老爷是找女重要还是添丁重要?”年轻瞎子开口了。

卢文来没有想到人家这样的算命:“添丁是什么意思,添多少丁可以家业兴旺,何时有丁可添,还望先生指点一二。”卢文来开始出难题了。

“嗯，今天第一次踏进这深宅大院，见老爷太太如此热情有加，小瞎子感激不尽所以就胡说诳语，可否将家庭现有的人的八字一起拿来，小瞎子要综合地看一看比较一下，说的不对还望老爷不要生气，太太不要怪罪哦。”瞎子要了所有人的生辰。

前面卢文来对这个瞎子是不在意的，眼下这样的综合看八字就让他另眼看待了，看八字不难只要五行八卦派对，自然命盘中的那一套东西就可以说出来，将家里人所有的八字排在一起就不那么容易了，光是能记得住就很费脑力，这瞎子一定有什么独特之处。周湘云对于算命还是熟悉的，想到这里她就合盘报出了夫妻二人和三个女儿的生辰时日，期待着今天能有所收获和提醒。

瞎子足足有几个时辰没有说话，也没有喝一口茶水只是思考：“主家一切大安，二女儿只是暂时的出去寻觅未来，如果说家族中命最硬的是二千金了，她将漂洋过海日行千里，未来也是我中华之骄傲，成为千古华夏之伟人也。”这算是瞎子的最后答案。

“此话怎么讲呢？”卢文来有些觉得好笑，一个女孩子即使将来如何也未必如此。

“二小姐五行缺水，可是恰恰地走失在江面上，寻她不着只能说这里的水太小了，那么更大的水在哪里呢？以小瞎子来看出了湘江往东就是长江，再往东就是大海，过去就是一个叫美利坚的西洋国家，那里才是二小姐安身立命的地方，待小姐宏图大展回来的时候，她就成了娘家最有荣耀的人，可喜可贺啊！”瞎子说得跟真的一样让你不能不信。

这一说让整个卢家的人顿然释怀了，一年多的绝望和紧张这时候真是又喜又悲，喜的是二小姐竟然真的还在人间，悲的是二小姐远渡重洋不知道何时回来，这让卢太太周湘云真的哭泣了起来，伙计们听到哭声多少也有些伤感，也借机停下了手里的活包围过来。

“太太不要那么的忧虑，正是二小姐的出走让整个家庭有了转机，她将给家族带来最宏伟的将来，恭喜老爷贺喜太太。”这三寸不烂之舌真的是把死的说成活的了，所有看热闹的人都鼓起掌来，小瞎子的伎俩得到了反馈，于是他就放开了胆子继续。

“在小瞎子看来你们家就要人丁兴旺了，不出五年家里将出现至少三丁，也就是家里的未来顶梁柱，老大将在仕途上一帆风顺吃的是官饭做的是官差，老二将走的是军旅之路，在未来的革命年代，这才是呼风唤雨的庇佑家庭，老三将来是生活中的文曲星，老百姓眼中的无冕之王，每走一步都是山呼万岁百鸟朝凤。小瞎子这里贺喜了！”年轻的瞎子知道已经俘获了这个深宅大院的心。

卢文来开始出来就是照个面,说到卢家添丁的事情他开始很期待了,这样的家业没有人继承是永远的痛,如果真的能够有一个儿子的话,那么问题就迎刃而解了,只是瞎子的话又有多少可信的呢,他忍不住打量了一下眼前的这个瞎子,这个年轻人的举止也不显得那么的俗气,就是装出来的也未必到了这种程度,反正在后院也是看书写字,还不如多待一会听听诳语也没有什么不可以的。周湘云知道自己的男人心里有些浮动了,她决定要趁热打铁地问下去,最好能有安慰的话让卢文来开心一刻也是好的。

"这位小先生,你说的前面两个职业我都听得懂,可是老三是做什么的真的不明白哦!"周湘云还望师傅指点一二。瞎子却是不吭一声。周湘云此时着急了:"柜台上拿五块大头给这位师傅,小徐去街北口要只鸡,加上一斤核桃肉给人家带了去!"

瞎子这时候摆摆手:"虽然卢先生和卢太太是我见到最富贵的人,如果挣了你们的钱而泄露天机为了小财,这不是看不起我小瞎子吗?哈哈!"

"哪儿有啊?哪儿有啊?"周湘云有点尴尬了。

"没有没有,真的没有,我们家老爷从来都是真诚的待人哦,瞎子多虑了!"老马师傅有点直接地顶了瞎子。

"是啊!是啊!"这时候的所有下人都出来帮助老爷和太太说话。

"好,这么多邻居亲里的在这里我瞎子不能不给大家的面子,这样吧,卢老爷只要给我一文钱就妥了,在我们看来算命不收点东西叫做'送命',这是最不吉利的事情,现在就恳请老爷赏小的一文钱好了。"看来瞎子是很有分寸的,这倒让卢文来有点不好意思了。

"小瞎子太慷慨了,我知道算命的人有自己的禁忌,但是帮人也是有其中道理的,小瞎子贵姓啊在哪里居住,日后也好上门去报答一下。"卢文来很想知道这个瞎子的来历。

汤瞎子也是有名字的,叫蓝彦辉,无论春夏秋冬他都是行走江湖,穿梭于市井小民的大街小巷,算对了也就是一顿饱饭而已,算错了一个城市是根本就待不下去的,卢家走失二小姐的事情是他很久以前听到的事件,今天能够用得上也是天赐良机了,他知道要在洪武大路这个地方混下去,卢家是最可靠的背景了。

"这样吧,我也知道老爷和太太是性情中人,瞎子愿意效犬马之劳,只是这里人多讲话不便,恳请让我在洪武大路的南口靠近秦淮河水的地方摆个小摊,一来是给我找个安身的地方,每天也可以接待南来北往的客人,二来择水居住也祈祷二小姐平安和早日归来，三日之后我就回复卢老爷和卢太太可好？”小瞎子开始谈条件了。

卢文来突然一下子警觉起来，这要求对于他来说根本就不是什么事情，可是通过这个方法可以说是有算计的嫌疑了，帮助下九流在这条街上混事是玷污了自己的名声，还是用钱打发的比较好。他站起身来从柜台上取了十块大洋，这几乎是师傅一个月的薪水了，这也是卢文来从来没有给过的最大价钱。

“小瞎子，我卢文来不会亏待你的，只是有些事情不是你说了算，也不是我说了算，而是天说了算，对不对啊？这十块大洋你先拿着，就在内桥湾支个摊子好不好？如果有朝一日你说对了我当然会兑现的，送客！”卢文来觉得不要再扯下去了。

小瞎子知道目的已经达到了：“小瞎子这里谢过卢老爷和卢太太，钱已经收了一文也是过于嚣张了，这里给你们谢过了。”话音未落小瞎子已经磕了响头，春天的中午虽然不是夏日的那么热，可是瞎子的脖子和后背都是汗，他庆幸没有说错任何一句话，不然洪武大路绝对没有一块地方可以安身立命的，他紧紧攥着卢文来给的一文钱逃也似的离开了卢宅。

卢文来看着手里没有送出去的大洋，就扔给了伙计：“你们替瞎子吃了！”大家自然高兴，但是他的心里却是有了一堵，生怕这个小瞎子不是那么好对付的。

算命下来最如释重负的是周湘云，抽大烟的习惯让她变得性情乖戾，从娘家出来的时候她的烟瘾不是很大，搁不住杨瘸子的诱惑病情越来越重，每次吸完大烟她的身体就开始膨胀，主动地要求和卢文来云雨，虽然听说女上男下的姿势最不容易生男孩子，但是她根本就管不住自己的身体。二小姐失踪以后，卢文来真的很讨厌自己，结果连怀孩子的希望都破灭了。汤瞎子的启迪让周湘云燃起了希望，在卢文来脸上是不能看出来的，但是心里他是真的听进去了，她期待有一天卢文来能够回心转意，让她有机会为卢家传宗接代。

卢文来是感觉到周湘云的一些变化的，家里的后院没有那种特殊的气味以后，太太脸上的那些红润和健康是显现出来了，周湘云已经不再吸食大烟了，偶尔去了街北口的“漠河烟草店”整来了一些烟丝，自己用一种土造的方法卷成烟卷，并且买了个景泰蓝的精致小盒子装起来，这东西虽然也有些味道，比起那些烟片的烟熏火燎完全是好多了，看上去也现代了很多。她也不再打麻将了，只是有时间的话去洪武大路口跟烟草店老板娘韩松雪聊聊，并且在大行宫租了个门面，开始了卢家的服装店经营，连国民政府委员长的夫人也常常光顾自己的服装店。

民国九年的寒冬，汤瞎子竟然掐算的那么精确，周湘云生下了卢家的第一个儿子，“鸿儒织造”的生意也是那么的红火，所以卢文来就给自己的大儿子取名惠昌，接下来的两年时间他又有了另外两个儿子取名卢惠炳和卢惠民。卢家七进七出的高挑檩的深宅大院，也和三个儿子一样整整地盖了三年，终于成为了洪武大路最人丁兴旺的大户人家。第一进和第二进是几乎打通的，房顶也是出奇的高，里面端放着八台超大尺寸的锦缎织机，这种机器操作的时候是上面两个人负责经线，而下面两个人则负责纬线。这样大的纺织机械在民国是巨大的，除了生产一般的衣料以外也可以承载做大型的装饰，很快地来自全国的订单像雪片一样的飘来。

二进的偏房留了一男一女两个房间，除了工作就是在这里歇息，这种吃住在一起的经营方式绝对不是卢文来的独创，但是他却把这种形式经营到极致，由于厂房和住宿吃饭连在了一起，不停做的饭菜香让本来原没有生机的简单，带来了热忱生活的气息和人性化，这样一来工人就干得更欢。“鸿儒织造”十来个工人是日夜地操作，卢文来亲自培养出来的技术工人是精华的，在那个时代收入最高和待遇最好的工人，就这样卢家的生意迅速地占领了中国的很多市场，这让同行业的人难以望其项背了。

三进是仓库、账房和工人吃饭的地方，看生意的人通常先经过机房才能到天井中和卢老爷谈价钱，前面的架势已经让进货的人领略了这样的规模，所以生意谈成几乎没有什么障碍，更多的是人拿着现金等出货，有时候从卢宅的三进一直站到洪武大路和游府西街的路口，卢老爷在门口做了遮阳篷，每天这里是洪武大路最热闹的地方之一。

“卢秀才，我们都等了两天了，再加两匹就好，我们可是广东来的呢。”商人们要求。

“王先生，原谅啊，下批多定点不就好了，我们一定尽力满足你。”卢文来招呼客人。

“卢秀才啊，你要不要去贵州开个分店啊，我们可以合作哦！”贵州人邀请着。

“谢了谢了，我们没有那个能力啊，就这几个工人是不是？”卢文来很清楚要经营得好，绝对不能轻易地开分号，质量下来就什么希望都没有了。

四进是儿子们的住房，东西边两间二儿子和小儿子住，兄弟两人各有爱好所以也不相互打搅，所有的长工们到此就止步了，也就是家里工人和东家的分界线。三进与四进之间的天井是老二天天练身体的地方，中间的那口深的无底的水井，夏天透着寒气冬天暖意融融，特别是惠炳练完以后的冲洗带着一种南方少有的狂野，让每个在四进外面的纺织汉子们多少有点汗颜。小儿子惠民是个有点腼腆的孩子，除了读书一切都是听从父亲的安排，所以没有什么太多的想法，跟母亲走得更近点就是了。

五进是大儿子未来的家，这也是卢家当然的接班人，房间的面积绝不比卢文来小，家具的式样成色也是没有差别的，但是文化气息就几乎没有了，大少爷喜欢的是威风凛凛的架势，待人接物往往是非常的强悍，对待下人和那些流浪的人，更是毫无禁忌的一阵吆喝，洪武大路的人怎么也没有想到有这样的遗传，这个少爷几乎就是一个土匪，他的脚步出现在卢宅的时候一切就消停了，连街坊四邻也都躲着他，因为不知道什么时候家里就被点着了，卢惠昌算是横空出世的霸王了。

卢惠昌是卢文来第一个儿子，按理说应该多有栽培和发展。可他从小就是个闹事的娃儿，中学没有毕业就喜欢上舞刀弄枪。十六岁的时候，卢文来按照汤瞎子的指点和疏通，给他在警察局找到一份差事，希望他按照命理的要求走个仕途顺利，但是卢惠昌的精力根本不是做事情而是整人。自从南京的国民政府换成了蒋委员长的硬通领导，卢惠昌把辫子齐根剪了个干净，身上斜挂着大大的日本造的盒子炮。家里的绸缎他也从来不穿，成年只在外面买那些不入流的制服，即使家宴或者家里面有亲戚来，也是永远的官差打扮从来不换的。卢惠昌的本事是不回家吃饭，南京的所有饭馆都有他的足迹。

卢惠昌在外面活得很开心回家却不自在，为了家庭的生意他联系了狐朋狗党，把南京所有的锦缎生意都搅和得开不下去，跟人说话的时候总是用枪指点别人，根据对方的地位和贫富确定枪与被教训人额头的远近。除了在卢文来面前还有点忌讳以外，没有一个人他是放在眼里的。洪武大路整条街道的人都奇怪了，卢惠昌的身上竟然看不到一丝卢文来的儒雅，最后是汤瞎子出的主意，解决的方法只有给卢惠昌另立门户才好。卢文来终于算是给卢惠昌说和了亲事，对方是“鼓楼鞋店”老板的女儿罗秀玲，女孩子也是有教养的人家出来的，唯一的缺陷就是戴了副眼镜。

“罗小姐是很有文化是不是，但在有热气的房间里面是什么看不见的，就是一个睁眼瞎啊！”卢惠昌说话是没有顾忌的。

“瞎说，我是看得见的。”罗小姐坚持着。

“以后家里是不用开灯的，反正你也看不见哦！那个什么点灯白费蜡。”卢惠昌只管自己说的舒服，一直到罗秀玲真的哭了也就溜之大吉了。

民国二十一年夏天，卢罗两家的婚宴是在“四川酒家”的大厅举办的，卢惠昌出现在结婚大厅的时候依然穿的是警察制服，后面的弟兄们更是强悍把楼下的人赶的一个不剩，罗老板这时候才知道卢惠昌是谁，但生米在洪武大路已经成了熟饭，他连肠子都悔青了。卢惠昌也不会疼媳妇，结婚当晚就结结实实地整了这文弱小姐一晚上，第二天都下不了床只能在床上哭。罗家的人派伙计来店里问什么时候回门①，结果被惠昌大骂没有用的老婆中看不中用。虽然卢文来出来呵斥自己的儿子，可是说什么好呢？看着罗家执意地要把小姐接了回去，这一切却是正中惠昌的下怀，他感到一种解放再没有太多的闲扯，在媳妇走了以后更是成天的外面荒唐。

罗小姐回家没有多久，卢惠昌就碰上了大石坝街上的头牌妓女汪云秀，人家是见过世面的窑姐，拼命地迎合这个纵欲无度的少爷。卢惠昌没多久真的喜欢上了这个风月女子，他要休了结婚不久的妻子罗秀玲，罗家死劝活劝的让大少奶奶回了卢家，卢惠昌也觉得换换口味也不错，成天地盘旋在两个完全不同的女人之间，幸运的是没有多久罗秀玲就怀上了孩子。有了孩子本来是可以放心很多，卢惠昌可是不管这个，依然是索求无度，每天晚上秀玲都害怕这个疯人回来，只能躲在大姑子卢惠琴出嫁以后的空房间里。为了避免出什么岔子，卢老爷就让老二惠炳住到了大嫂的隔壁，卢惠昌真的是无所顾忌，半夜常常喝醉了回来就冲进自己太太的房间，直到流产他都不知道自己闯了祸了。

“大嫂不怕，前面就是吴医生的诊所了，他是个洋医生有办法的。”卢惠炳背着罗秀玲去的医院，到的时候后背已经完全的湿透了。

“二叔，你还是休息一下吧，谢谢你了。”罗秀玲对卢惠炳一直是很感激的。

虽然大嫂被从危险中抢救过来，卢惠炳回到家把还在昏睡中的卢惠昌，结结实实地揍了一顿：“打死你这个畜生，看把人家罗小姐整成什么样了，打死你。”卢惠炳的一顿饱拳把哥哥打得不成个人样，直到卢文来让伙计们冲开了门，把老二摁在床上不得动弹，事情才算告一段落。

罗家很是喜欢老二，期望他对女儿有所保护，卢惠炳知道罗家就这么一个女儿，也喜欢去秀玲的娘家帮助做点什么体力活，罗家自然也是很热情地款待他，这让罗家的邻居误解这是他家的女婿，时常会搞出一些尴尬的事情，从医院回来以后两个人就一起出去，吃饭的时候只要惠昌没有回来，大媳妇总是给二少爷夹菜和添饭，卢惠炳也从来没有过客气，仿佛两个人真的在一起。这一切都没有逃过卢太太的眼睛，周湘云发现罗秀玲更喜欢的是老二，她很害怕时间长了不要生出什么是非

---

① 回门，结婚第二天女孩子回娘家。

来,更不能做出什么有悖伦理的事情来,一定要解决这样的问题,于是就带了二儿子去了秦淮凤楼。

"阿晓得啊,卢家老二真的厉害啊,听春香院夏夏说他那个不倒哦,生生地把她们一个个操个半死啊,收拾得服服帖帖哦!"洗衣服的手不由自主地停住了。

"哎呦妈妈的,卢家人丁兴旺是真传哦,你看卢家的男的个个鼻梁挺直,鼻头那么大一定印证了下面管用呦,羡煞你了吧,哈哈哈哈……"一个女人费心地描绘着。

"早知道我去他家做丫环哦,人生能爽几次也不冤枉一生,这叫床上革命哦,是不是啊?"水井台上的人一不小心桶就这样掉了下去。

"知道吗?老二用过的棉被在太阳底下晒了三个大阳日,被子后来就晒成一张精网哦,一点棉花都占不住的哦。"这是明显的笑话了。

洪武大路的井台上从来没有这么热闹,大家期待卢家的下人过来,这一天周湘云不让人去洗衣服,只让伙计们来担水和冰些西瓜,这些骚娘们连卢家的下人也充满了好奇,小伙计活生生地被一帮小妇人按在井边,等上下其手摸得硬直了才放人家回去,结果挑水的身躯全身拧着走路,惹得洪武大路整条街充满了欢笑和热闹。

"啪!"卢文来自然是气得发抖,一个大耳光扇在二儿子的脸上,对着周湘云就是一顿臭骂:"你真的干得出来啊,卢家的名声都让你给毁坏了,你看看你,周家简直是一群混蛋啊,怎么把卢家的家风败坏到这个地步!"卢文来得知这事以后气得要死,真的很想把卢太太给休了。

周湘云知道是把事情搞糟了,只是苦心是不能说出来的,可是卢惠昌笑得站不起来,这个弟弟就连嫖娼也要妈妈陪着,这种人怎么会有出息呢?卢惠炳知道这件事情的影响,没有说话就去了江边的卢家缫丝仓库,所有的精力都放在身体锻炼上,几百斤缫丝包一天扛很多,卢惠炳的精神世界充满了悔恨,不知道自己的大嫂是不是也嫌弃他。罗秀玲心里也是很苦的,一个大家闺秀就是喜欢自己的小叔子,也是不能说的,在卢惠炳走了以后也是时常去看他,不过卢惠炳是不愿意见她的。

民国二十三年的腊月,卢家伙计都已经回家过年了,江边的缫丝码头只有卢惠炳一个人把守,送走了最后一批年货以后他就搭了电车回去,在新街口竟然碰到一群无赖,他们在肆无忌惮地调戏一对要饭的母女,路上的人都不敢上去阻拦,可是血气方刚的惠炳哪能忍得住,上去就把领头的推到一边,这些人哪里知道这是卢家二少爷,看着他的身手就挑战开了,一群人迅速地将卢惠炳撂倒在地,紧接着就是一顿暴打,没有几分钟他就被打成了血葫芦,这些人从卢惠炳的身上找到钱,大家这才开心留了他一条活路。流浪女人开始呼天抢地地叫人帮忙,旁边的人当然知道是卢家二少爷,立刻就跑去卢家报告。

正在家里吃饭的卢惠昌,听到这个消息提了枪就跑了过来,看着卢惠炳被人家修理成这样,但是还在吃力地要爬起来,旁边的女人正撕了衣服包扎,这时候他竟然大笑起来,卢惠昌自然分析得出来所发生的情况,看着这个漂亮白净的女人,弟弟的做法也觉得多少有点道理。卢惠昌的警察制服穿得很整齐,心想河南侉子女人很难明白其中的关系,也就不点破了,而是把枪放回枪套,慢慢地走到了弟弟的身边。卢惠炳招呼着女人离开,显然一切都是过去的事情,卢惠昌却是把两个人都给留住了,仔细地端详了面前的两个人。

“哈哈,卢惠炳啊卢惠炳,你可真的不笨啊,哪里来这么个漂亮的姘头啊,看看让人家收拾的,哈哈!”惠昌笑得几乎要跌倒。

“你怎么说话呢,俺是逃难的遇上一帮流氓欺负,要不是这位大哥照顾,这一劫是逃不过了,你是警察管不管啊?”女人话说得很气壮。

“人家被打成了这样,我就是要看看你怎么说?”卢惠昌的眼睛里面充满了陷阱。

“俺知道都是俺招惹的是非,我可以伺候这位兄弟,等他伤好了俺再走。”那女人头都不抬。

“走,你往哪里去,就你这样还走得掉吗?”卢惠昌恶狠狠地恐吓。

“大哥,那你说我该咋办?”女人没有了主意,“这也不是俺的错啊!”

“相信政府吗? 相信我吗? 相信这个为你被别人打得半死的男人吗?”卢惠昌训斥道。

“信,我信大哥!”女人“扑通”给惠昌跪下了,小女孩子也吓坏了。

“别这样了惠昌,你放人家走吧,养几天就好,不要为难人家了。”卢惠炳也出来说话了。

“你少说话,就你那点出息够了!”卢惠昌制止了卢惠炳。

“好,只要你整了那几个小子,啥时候要俺走俺再走!”女人已经看出卢惠昌的狠劲。

“一言为定啊! 这可是你说的,对不对!”卢惠昌又狠狠地问了一句。

这时候周湘云和卢惠民到了,看着卢惠炳被打成这样,而这对母女也是无辜的,他们赶紧叫了黄包车把卢惠炳送去了诊所。

风雪中卢惠昌目送着他们远去,回过头来看着这对要饭的母女:“你们惹的事情现在跟我走,到警察署把事情讲清楚,走啊!”卢惠昌呵斥着。

河南的逃荒女人这时候也不怕了，带着女儿冒着寒风跟在了卢惠昌的后面。

这帮地痞并没有走远就知道闯了大祸，装钱的信封暴露了他们抢的是谁，几个人赶紧就跑回了出事的地方，可是人都没有了，就赶紧来到警察署自首，他们知道惹不起这个人，一来卢惠昌是国民政府的警察，就是一枪崩了这几个人也没有话说；二来卢惠昌只要跟江湖上的朋友说一声，缺胳膊断腿更是很简单的结果。进了警察局这帮人见到卢惠昌就跪下了，并且把手上的银票全都拿了出来，简直就是磕头求饶了，这时候要饭的女人冲上去就是狠打，这些人哪敢当着卢惠昌的面还手，只能忍着挨打，等待着卢惠昌的态度，打了几下以后就被卢惠昌给呵斥住了。

“你当是你的家啊？这是警察署知道不？要秉公断案就是了！”卢惠昌坐到桌子上，“你们几个打算怎么办啊？”卢惠昌问这帮地痞。

“卢大少爷你说怎么办都可以！我们一定照办就是了。”领头的地痞说了。

惠昌真是又好气又好笑：“首先，要在新街口摆桌撮合我弟弟和他的姘头，那是过几天的事情，等我弟弟好了；其次，今天晚上就要为我弟弟姘头找个住的地方，要两间房，人家有孩子办事不方便；第三，这件事情不能传出去，要是外面知道了你们给我死！现在就去想办法，我在这里等着你们回来，看什么看，滚！”卢惠昌大叫，地痞们瞬间就消失了。

“这位警察爷爷，原来那是你的弟弟啊，我什么时候就成了他的姘头啦？你可是不能胡说八道的！”河南要饭女人急了。

“嘿嘿，我说你是姘头你就是姘头，知道吗？这里我说了算，懂不懂，你走得出去吗啊？告诉你我让人家给你找房子了，这小丫头要是在外面早就冻死了，跟我弟弟怎么不好了，我还没有讨厌你拖油瓶①呢？要是答应了我就给你办，要是你嫌弃就给我滚！”卢惠昌没有再看她们了。

卢惠昌知道这个女人是无处可跑的，卢惠炳的事情传的满城风雨，谁还敢把女儿嫁给他，这些日子父亲母亲为他的婚事没有少跑，连自己的老婆罗秀玲都在给他找，就是没有一家人家愿意答复的，这就让家里面的人茶饭不香，成天的唉声叹气不知所措，今天的这件事情是上天给的机会，他也觉得论各方面这个女人也是管得住卢惠炳的。看着外面还继续地下着雪，他决定自己去南口买两个烤白薯给她们，等回来也应该安排下来了。

---

① 拖油瓶，对带孩子嫁人妇女的蔑称。

“你叫什么？孩子叫什么?”周湘云把女人和她的女儿叫了出来问话。

“陈春丽,女儿叫陈小丽。”女人老实地回答了周湘云的问话。

陈春丽住下没有几天的时间,敏感的周湘云就发现了问题,卢惠炳恢复以后也就不在家过夜了,只有天亮才从外面回来倒头就睡,家里的饭菜一直是有数量的,可是最近老是短少得厉害,跟踪了惠炳以后发现二儿子竟然在外面有了女人,她没有立刻把事情告诉丈夫,而是在晚上的时候把两个人堵在了房间。看着房间收拾得也算是干净,老二的衣服也叠得整整齐齐,再看看孩子也算长得周正,她的怒气慢慢地消退了。在她看来任何事情都是有缘分的,老二也不能就这样下去,为了能堵住洪武大路上的那些非议,结婚了也就烟消云散了,看上去卢惠炳也是喜欢的,他决定跟卢文来说说,没有想到他竟然很爽快地答应了。

“好,春丽,我们老爷同意了你们的婚事,只是孩子要改名字叫卢小丽,你有什么看法?”周湘云直接说事情的重点,“我们卢家不会亏待你,聘礼还是给你的,只是你们要回到卢家大院,这样的住法人家会说闲话的,你听明白了没有?”

“听明白了,太太。”陈春丽答应了。

就这样陈春丽在第二天就来到了卢家,这样的房子是她一生也没有住过的,在把孩子安顿好以后,立刻就像一个雇佣来的佣人,什么事情都是积极抢着做,除了准备每天的饭菜以外,中午到晚上也去织造机器上帮忙,活也做得很精细,很快地就超过了很多师傅。河南的面食手艺很高,不停地做馒头、包子、花卷和面条什么的,对于那些民工是最好的调味,加上陈春丽为人宽厚,没有多久就真的成为了卢家的二少奶奶了。卢文来和周湘云也是喜欢,而陈春丽对卢惠炳更是体贴,每天都给他准备了洗澡的水,夜里也在意他的冷暖和喜好,这样的日子也是所有人羡慕的。

如果说卢家的前四进是男人们的世界,后面的三进就是这家最神秘的地方。卢家大宅的六进原来住的是三个女儿,一来旧时的家教管得很严,女儿必须是住在最靠近父母的地方,二来女儿家如果有什么换洗的事情也不给下人偷看占便宜的机会。卢家夫妇前三个都是女娃儿,大女儿卢惠琴出落得漂亮,原本在家管账操持一切的杂事情,上上下下也都打理得井井有条,可是一个上海军人买办陈世祺常来进货,一来二去这军人就看上了她,两个人的年龄和长相各方面都般配,所以等人家上门提亲的时候也同意了,卢家的第一个忌讳是卢惠琴破的,周湘云是不让儿女远去的,喜欢留在身边可以就近地走动,上海虽然离开南京不算远,但是也不是那么容易见着的了,出嫁的时候她是哭了好几天的。

卢文来也是最疼大女儿的,嫁出去的时候把金条都给了她,怕去了上海以后的开支加大,他没有勇气到了洪武大路的口就回来了,晚上卢老爷正在想孩子到了什么地方了,小儿子卢惠民又把所有的金条都带了回来,女儿嫁出去没有拿家里的一分钱,这样卢老爷心真的流血,为此整整地哭了几个晚上。卢惠琴是有文化的,常常地给家里捎上书信也带些点心,本来夫妻想抽空去看看上海的女儿,不是"鸿儒织造"在忙,就是女儿又去外国了,时间总是凑不起来,所以几年的时间一切都没有实现,想见女儿的念头很快成为奢望。

大女儿也有时候回来看看,家里最忙的季节她来帮忙,只是有一件事情大家始终是不明白,女儿嫁人那么久了就是没有孩子。周湘云是有意地提醒过几次,但是她都是很巧妙地回避掉了,卢文来作为父亲有些话是不能说的。卢惠琴最喜欢的是小弟弟卢惠民,每次回来总是带着他去逛街和商店,也尽量的买些他喜欢吃的玩的。等卢惠民可以读书写字的时候,上海姐姐的来信也是小儿子拆看,晚上吃饭的时候就跟父母做一个简要的汇报,然后按照父母的要求写回信,卢家和卢惠琴的联系基本都是卢惠民做的,在他长大以后对卢家账目的管理,也是姐姐亲手教会的,所以两个人是无话不谈的人。

"姐姐,我想问大姐夫真的还好吗?"卢惠民在信中不只一次地询问。

"弟弟,等你到上海以后就知道了,记住永远不要跟老戊和妈妈说。"这是卢惠琴的交代,卢惠民自然是一定要遵守的。

二女儿卢惠俊是最命苦,自从汤瞎子说她是要回来的,燃起了夫妻二人对她的期盼,每年吃年夜饭的时候,夫妻都会给二女儿留个座,但是饭碗绝对不敢放的,免得家里人都心酸难过,虽然不知道二女儿在哪里,但是卢文来和周湘云感觉到她一定活着,也许就是在汤瞎子说的美利坚国家,"辛亥革命"的很多人都是美利坚的,他们也常常希望女儿革命,那样的话也许是有机会见一面的,卢文来给革命党人捐过钱,最终的希望是打听女儿的下落,可是人家总是问她的外国名字,就这样他们慢慢地觉得是不可能的事情了。

三女儿卢惠英几年前有人托亲,安徽家乡的一个旧朋友介绍的,嫁给了湘江的军阀叫徐思九,这就破了卢家的第二个禁忌,绝对不跟军政来往的界限。开始的时候觉得还不错的,可是后来知道是给人家做了姨太太,气得卢北宁烧了介绍人的房子,还把介绍人的所有亲戚家眷给赶出了安徽。徐思九真正是蒋介石的人,第一次国共合作就被国民党派到苏联去学习了,是和蒋委员长的儿子经国一起走的。但是因为蒋经国被留在苏联做了人质，所以蒋介石就把他当儿子一样地照顾，接下来的国共分裂让三女婿成天的围剿打仗，三女儿也不敢贸然回家，说不定哪天就被共产党知道了抓去，虽然女儿老是寄钱，可两个人的思念不是钱就可以代替的，这一点儿女们又知道多少。

大女儿和三女儿都出嫁了，二女儿也不知道下落，这让这对夫妻多少觉得凄凉了。

最后一进本来是卢家老夫妇的房子，近十年的分分合合也让两个人都知道彼此的习惯，虽然周湘云现在不抽大烟改抽卷烟了，但是卢文来依然不完全喜欢这个味道；当然卢太太也不喜欢卢老爷成天研墨散发出来的那种臭味，加上他每天噼哩啪啦的算账声音一直到深夜，在生完第六个孩子卢惠民以后也就自然分房睡了。六进很快地就变成了老爷一个人的书房、餐厅和晒太阳的地方，而七进就只属于周湘云一个人的天地，那个后门依然没有完全地封起来，卢太太偶尔出去看戏回来再晚也是方便，大家都保全了面子也就相安无事了。

卢文来对于家庭的破损是面对的，在前面的所有孩子不能够继承的时候，他决定要培养自己的小儿子卢惠民了。卢文来给小儿子找来了最好的老师，无论四书五经还是所有的史书笔论，卢惠文也是读得不错就是了。按照卢文来的要求两样技艺，卢惠民的小头蝇楷写得最棒，在南京城里的比赛中获得宋美龄的褒奖，对于记账更是工整异常，人们很难想象这样的年龄是如此的清楚，卢惠民的算盘也是打得好，人家报完要采购的货的时候，他已经停止并写出了数字，也赢得人们对卢家的生意赞不绝口的称道。从民国卢惠民十五岁的时候，家里的所有开支都是他统筹，也是卢文来家业的唯一寄托。

民国二十五年的冬天，卢惠民陪着周湘云去新街口的中华剧场听了一场戏，莫名其妙地就迷上了这东西了，有时候喜欢唱几句，并不是什么冒天下之大不韪的事情，卢文来听着小儿子在天井里面唱上几句也觉得好玩。慢慢地看着卢惠民喜欢在天井里面跑圆场，练习个水袖什么，他开始害怕卢惠民会走火入魔地陷进去，不得不在一些吃饭的时候悄悄地提个醒什么的。后来，卢文来知道那个安徽戏班中华剧场唱砸了，禁不住周湘云的同情心泛滥，答应了文庙暂时给这些戏子们一个转圜，可是就是这个决定铸成了大错，卢家的平静的生活里出现了想不到的涟漪。

“不错，我觉得你们母子唱得都很好，只是不要玩物丧志哦。”卢文来是在点醒儿子。

“文来，你是多心了，惠民真是这块材料，唱着玩玩没有什么的，说不定也会红遍江南的票房哦。”周湘云替儿子打圆场，也在揣摩着丈夫的态度。

“我只是提醒你们少跟下九流的人走太近，不会有什么好下场的！”卢文来有些不满周湘云的不在乎。

“知道，知道了，文来！惠民你唱你的。”周湘云有些任性了。

收留这些戏子们真正觉得不爽的其实是大少爷卢惠昌，文庙以前连要饭都不让停留的，这帮戏子住了以后就是夜里不睡早上不起，酒也是一定要喝酒到天亮发酒疯。警察署很多次要清除这里的戏子，但碍于卢太太的面子也就睁一只眼闭一只眼了。安徽戏班子在洪武路终于找到了寄生的空间，戏子们也不满足于寄人篱下的生活，他们成天活在帝王将相的世界里面，没事就是装腔作势地喊几下，仿佛洪武大路是他们的舞台，而所有在这里的人们就是他们的臣民，他们需要展示自己的光彩，最后竟然要在文庙搭台唱戏，竟然没有一个人知会卢文来，更没有人告诉卢惠昌。

文庙的戏台搭在文庙一进门的大殿前面，说开了也就是在大殿两侧不同的两个帘子，一面写着“将出”作为上场，另一边就写着“相入”作为下场，背景则是一块绣着不同龙腾的图案，一张桌子和两张椅子就成了花园亭台，或者是一片小墙围就瞬间成了高耸的城墙，看戏的是傻子演戏的是疯子，这话一点都不假的，大家都是在相信根本不存在的东西，而就是这个魅力成就了所谓的写意的叫嚷，实在是自己都不觉得可笑就是了，在戏班班主唐宝林看来，这就是祖师爷留下的文化，但是在观众的心目中也就是习惯罢了，人家要看的是角儿，凑的也就是个聚会的热闹。

唐宝林把东西厢房的男女宿舍变成了两个化妆间，为了表示出和上海的演出没有什么差别，他也把自己的房间腾出来变作角儿的化妆场所，演出之前他首先是拜了祖师爷的画像，祈祷今天的演出一切顺利。几个月来，在卢惠民跟戏班子学戏的过程中，出现了一些周湘云想不到的偏差，原来只是想让自己的儿子玩玩的，谁知道卢惠民的天赋却是个难得的材料，加上这孩子被小坤角儿整的五迷三道的，不能说是走火入魔的样子，也是离着戏子的期待越来越近了，这让母亲开始有些担心了，所以也就决定让孩子唱一出，算是结束了卢惠民票戏的生涯。

当戏班子的人们都在忙碌的时候，唐宝林就给卢惠民勾好了小花脸的样子，看着这个孩子的清秀和几个月的努力，唱丑行的意愿只是他一个人的决定，有钱人家的孩子不就是玩吗？没有想到后来却被周湘云看透，很不客气就要给了脸色，对于这样的结果他是想到的,可是他有些不服气的是。他不想就这样的结束,在洪武大路的最后演出,是不是也需要轰动一下,别让这里的人看不起自己,今天的所有演出他都是精心准备的,作为一个戏班也要有自己的尊严,他仔细地看了看卢惠民,觉得几乎是完美了这才走了出去,他要为演出做随后的准备了。

“皇上吉祥哦。”小角儿江小燕悄悄地就溜了进来,一把搂住了卢惠民的肩膀。

卢惠民对自己镜子里面的形象很是陌生,只有在江小燕出现的时候才知道不是梦,他顺势就拉住了江小燕的手:“师姐,你不要笑话我哦,你看看行不?”

“当然行啊,唐老板真的是在你身上花了心思的,你看你的行头都是新的哦,真漂亮。”江小燕也不客气摸着布料。

江小燕的这一摸触动了卢惠民的神经,眼下镜子里面的那个人不是卢惠民,而是一个长得奇怪的人,这个人是不受任何伦理约束的,看着眼前这个漂亮和诱人的小贱人,那头发和气息早已经冲破了原来的矜持,他一把抱过江小燕热吻起来,并且手也不安分地触摸她最柔软的部位,江小燕就是想一把推开,可是脸上的油彩是不能破坏的只好向后躲闪。卢惠民也是青春的时候,早就按捺不住的涌动,狠狠地抱住了有着美妙感觉的她,一切都几乎控制不住了。

“油彩啊,弄我的脸上就花了啊,不要啊。”江小燕极力反抗者。

“师姐,我想要哦!给我啊!”镜子里面的小丑有了哀求。

“不行,化了妆不可以的,一会就要出去说戏了。”小丑可是管不了这些,瞬间就将江小燕放倒在化妆的桌子上,两人的呼吸都变得急促起来。

“惠民,惠民,等戏完了行不行,我保证!”江小燕也有点受不了了。

惠民虽然还没有碰过女人,他已经明白江小燕讲的是什么。想想几个月来两个人的耳鬓厮磨的学习过程,江小燕勾魂的眼神和婀娜的身姿,加上纤细的手指不止一次地在他脸上抚摸,让这个刚刚知晓男女之事的孩子,现在早已经是血脉偾张了。

“师姐,我们不亲嘴就好,我想看看你。”卢惠民开始撒娇了。

“这就等不及了,好,来吧!可是不许碰哦。”江小燕半推半就地答应了。

卢惠民的手已经伸进了江小燕的内衣里,他几乎晕倒了!女人的奶子是那么的柔软,江小燕的腰竟然那么的细,他要解开江小燕的腰带,那是缎子的内裤很漂亮的,上面的荷花也是绿色的,这是他第一次看到女人内裤,而且一切是那么的平坦和曲线,他绝对要看看这里面到底是什么,他几乎是要扯坏了这条最后的防线了。

“不，不可以，惠民不可以的。”江小燕拒绝他。

“那我就在外面摸摸看看，可以吗？”卢惠民瞬间又回到了自己。

“嗯！”江小燕已经失去反抗的能力了，她感到阵阵的眩晕不知道为什么会答应卢惠民的请求，可是她想站起来的能力都没有了，这个冤家一定是命中的克星，在过去的演艺生涯中很多次的这样情形，都被她完全挣脱跑掉了。这一次她几乎是没有逃脱的能力了，任凭这个比自己小的孩子，在慢慢的解开自己的上衣和脱掉自己的长裤，触摸着自己身体的一切，她觉得后悔是都来不及了，她希望这个男人可以真诚地待她。

洪武大路太长的时间没有热闹过，长长短短的凳子已经摆在舞台下，无聊的人们都已经在这里抢好了位置，更有一些流浪的人们找来砖头也算是占地了，开始的时候还有人为此争执，但是盛夏的天气很快的人就经不住高温，都躲到树阴底下看舞台上的热闹了。唐宝林这时候很威风地站在舞台上，已经太长的时间没有这样吆喝了，使得他不得不带着硕大的茶水缸子跟着自己，要把晚上演出的戏确定每个人的位置叫做温戏，场面上的锣鼓也是扎实的配合着，虽然大家都希望一遍过去，免得在烈日下的煎熬，但是今天真的是邪了门了，没有一遍是简单地通过的。

“你他妈的是棒槌啊，出场只有三步你怎么非要四步？”唐宝林的怒火没有地方发。

“你就是笨啊，昨天说的睡上一晚上就忘了！”说着刀片子就飞了上来。

“路都不会走了，圆场要跑快啊，就这德行你出得来吗？”唐宝林的声音今天高了不少。

“别看上面，看观众你懂不懂啊。”唐宝林的悬空腿飞踢都用上了。

警察署的许大胖子今天是歇班，换了便衣早早地就在“洪银木行”要了张凳子，歇息在梧桐树的下面。他今天不但要看卢家好戏，还要征服那个心高气傲的江小燕才罢休，如果能够乘人之危的占有她，那才是最圆满的事情。刚才他就看到了这个小角儿的出现，自从在中华剧场演出看到她，几个月不见了竟然长得更是楚楚动人了，上次是周湘云叫了她去了卢家的包厢，不然早就是自己的小女人了，现在他要自己去上了这个小角儿，想到这里他按捺不住那种欲望，悄悄地溜到了文庙的后面。

许大胖子听到了西厢房有挣扎的声音，怎么也没有想到竟然有人比他下手还快，会是谁呢？不会是戏子们自己的游戏吧，他贴近窗户一看，真的是个小丑在摸索着江小燕的身体，这是他所不能容忍的，决定要看清楚这个男人在下手，特别是小娘们的上身已经暴露无遗了，这个男人正在褪去他的裤管，这时候的许大胖子的下体也坚硬起来，无意中竟然碰触到了窗子下面的木板，使得房间里面的一切戛然而止。他开始怨恨起唐宝林了，这个叫自己舅舅的远房亲戚竟然让所有人都可以玩，而自己暗示了多次一点反应都没有，他要知道这个男人是谁，然后才可以乘虚而入办了他。

"惠民，有人在看我们。"江小燕叫了起来。

这一下真的制止了卢惠民，等他反应过来的时候，江小燕已经穿好了衣服，两个人往外面张望的时候，许大胖子惊慌得早已经逃走了，而江小燕也想借机从房间冲了出去，此时的卢惠民还在和小丑的两面中寻找自己，他终于知道自己不仅仅是人家的儿子，而且也是个可以冲动的男人。几个月和戏班子的来往，他不知道自己是喜欢唱戏，还是真正地喜欢这个小角儿，现在他找到了答案是喜欢女人，他欣赏了她的所有容貌以后，现在就可以占有她的一切，然后结婚生子和所有人一样，他抑制不住兴奋，紧紧地抱住了她。

"谁在这里要唱戏啊，谁啊，出来！"卢惠昌吆喝着跨进了二门。

卢惠昌容忍这帮戏子已经很久了，警察署的人进了文庙都被轰出来，碍于妈妈的面子一直忍着，现在竟然在家里的文庙唱戏，竟然连招呼都不用打了，这帮人越来越没有谱了，胆子也是越来越大了。大院看戏的人并没有跑，那些好的位置已经在烈阳下等了几个时辰了，此时大家不知道发生什么事情了，多少有些心里不甘决定看个究竟，大家依然是高兴地聊着天，更有孩子在自己的身边是穿来穿去的，这让他觉得是要有点手段才行，决定拔出枪朝天空开一枪再说。

"啪！"

这枪声就是清脆，卢惠昌很喜欢，这下没有人有刚才的想法了，"轰"的一声似墙倒了一般地蜂拥往外挤，当然这一枪也惊醒了唐宝林，他再也不敢在台上继续说戏了，而是迅速地从台子上蹦了下来，看清楚了院中站着的那卢惠昌，心情就放松下来琢磨着，唱戏跟他又有什么关系呢？就是有什么问题也不用这样啊，何况演出也是卢太太安排的，可是面对警察他也不能太嚣张，而是慢慢地走到了这位少爷面前，深深地行了个礼。

"惠昌少爷，发生了什么事情让您不高兴了？"唐宝林揣度他来干什么。

看着眼前的这个长着白皙皮肤的家伙，惠昌并不是十分的陌生，他妈妈为他付了大量的治疗费用，并让伙计花了很多天把很久没有人的文庙打扫干净。每天送吃送喝的连店里的生意都来不及照应，见到自己的时候竟然以长辈的样子说话，更不能容忍的是他们演出竟然都不跟自己报备一下，胆子竟然真的是被拉出去了，他真的忍耐不住多天的怨气和愤怒，“啪”的一个大耳光扇了过去，打得这个只会唱戏和自以为是的家伙，蹲了下去不一小会儿，唐宝林的脸上涨红了五个大指印。

“惠昌少爷，这演出可是卢太太安排的。”唐宝林几乎是叫着解释。

“你个不要脸的家伙，还敢拿我妈妈出来说事，给我狠狠地揍。”卢惠昌命令了手下。

几个警察署豢养的地痞流氓，这时候一拥而上拳打脚踢的，霎时间这个戏头子早就是鼻青脸肿了，趴在地上嗷嗷地嚎叫起来，此时的卢惠昌并不解气，他看了看周围的人都四下散去，想想自己的威风还没有充分地表现出来，他决定提着盒子枪又往后院的西屋走去。他没有任何挑战性地一脚就把门给踹开了，这房子哪是人住的啊，几块床板上放着几床简单的被褥，房屋中间绳子上晾晒几件女人的内衣，靠墙的衣服架上是刚用酒喷过的戏服，他简直是又好气又好笑，只是一使劲把那排衣服撂倒在地上，正准备离开的时候突然看见一床被子在蠕动，他悄悄地走过去一下就掀开了被子，此时一男一女正在床上抱着，两个人几乎就要脱光了。

“一看就不是什么好的戏班子，狗男女大白天竟然就做苟且之事。”卢惠昌哈哈大笑。

两个正在准备入港的孩子在一开门的时候就停止了，迅速的从床上爬了起来，女孩子在整理着头发，而另一个小丑角也赶紧穿好衣服。卢惠昌走近那小姑娘的时候惊呆了，这戏班怎么有这等尤物自己怎么没有发现，论长相吧，几乎没有可以挑剔的地方，身材也是出奇的丰满，他很喜欢这个小娘们，他看的口水都要出来了。

“你滚吧！”卢惠昌打发着那个小丑角出去。

小丑角可是一动都没有动，卢惠昌有点恼怒了，拿着枪走近了小丑角想吓唬一下，突然发现这个小伙发现长得很熟悉在哪里好像见过，只是脸上的那些白的红的黑的油彩让他看不清楚本质，他尝试地努力想这是谁，就在他上下打量这个年轻而漂亮的小戏子时，他竟然说话了。

“大哥，你出去！”他终于认出了是弟弟卢惠民。

“你，惠民？你不会疯了吧，怎么就做了戏子呢？”卢惠昌真的觉得冤家了。

“哥，这是唱戏的地方，你来这里不合适！”卢惠民比平日更斯文。

“哈哈，难怪最近看你在院子里面念那些狗屁不通的戏文，原来是做了戏子。”惠昌有点歇息底里的狂笑更是愤怒。

“你出去！”惠民礼貌地跟哥哥说。

“原来你在嫖这个小戏子啊，感觉怎么样啊？哈哈！”说着就去摸坤角儿江小燕的下身：“看看，都湿了哦，哈哈！”

“啪”惠民被激怒了，上去就给了哥哥一个大嘴巴。

“你?!”惠昌真的恼羞成怒将枪直指惠民的额头。

“你开枪，开枪啊！”惠民毫不示弱。

“住手！”卢太太不知道什么时候出现了，紧接着一把揪住大儿子的领子：“要开枪就先打死我吧！”

尽管惠昌此时脖子上的青筋已经爆出来了，但是在妈妈的面前他是毫无办法，他愤怒地推开了卢太太，在房间胡乱的放了几枪，带着喽喽们几乎是完全不受控制地要离开了文庙。而就在卢惠昌走出大门口的时候，看见了卢文来正慌慌张张的进来，看见大儿子气愤地急匆匆出来，于是冲到惠昌的面前问道：

“惠昌，发生什么事情了，怎么放枪啊？”卢文来看到了化了妆的卢惠民惊呆了，更看到了头发散乱，衣衫不整的戏班坤角儿江小燕。

“老戊这个家要完了，管好你的太太和儿子，他们要疯了，不要斯文了！”惠昌咆哮着，然后冲着所有文庙外要看戏的人吼道，“你们要是谁敢今天看戏，明天我就叫他家破人亡，不信就做给老子看啊！……”

卢文来现在完全丧失了理智，叫了伙计把两个人绑回了家，六进的天井中卢太太和卢惠民跪在东西各一边，周湘云的脸上没有丝毫的恐惧和不安，在她看来也就是唱戏的小事，可以唱也可以不唱就是了，只是卢惠昌的搅局把事情变得复杂化了。大儿媳罗秀玲吓的瑟瑟发抖，恨不得把整个头都埋下去；二媳妇陈春丽并不害怕只是不想让女儿看到这一切，她也不能任由家里人把小叔叔卢惠民打坏了。卢惠民更不觉得做了什么有辱门风的事情，唱戏难道不是人可以做的事情吗？今天和哥哥的冲突完全是他不尊重坤角儿江小燕，不说他跟江小燕没有什么可以指责的，就是娶了她做自己的媳妇也是不关别人的事情，他需要卢文来给他解释的机会，一切并不像大哥卢惠昌想象和描绘的那样下流和可怕。

“说，谁同意你学戏的？”卢文来是敲山震虎，先灭了周湘云的溺爱和保护，“你真的是不孝啊，好好的东西不学去学戏，你还要不要卢家的脸啊？”

“老戊，我也没有做错什么事情，妈妈也没有做错什么事情，你们是不是没有事情找事情啊，先把我妈妈放了。”卢惠民还在说没有错。

“啊，你还犟嘴，你什么不好学去学唱戏，你还要脸不要了？来啊！给我打。”卢老爷提高的嗓门。

“我怎么不要脸了，不就是唱戏吗？我听见哼戏的人可多了，你都要拉来打不成啊？”卢惠民明显的不服气。

“你真的是死到临头都不知道怎么错了，惠昌好好教训这个不成材的东西！”卢文来真的生气了。

“来了！”惠昌应了，掂量了手中的那个新做的十斤家法，准备给弟弟有辱斯文的做法狠狠一个教训，他高高地抡起木棒准备用力地打下去，谁知道木棒刚刚举到空中就被一只大手拿住了：“老戊，我来！”原来是老二惠炳抢过了木棒。

惠昌没有想到老二会跳出来，他根本就不买他的账，棍子在两个人手中滚来滚去，都不肯放手。

“别争了，让惠炳来。”卢老爷下令了。

卢文来是有切齿之痛的，在家族的正义和邪恶的较量中，他是不能阻止老大对弟弟们教训的；正在进退为难的时候，惠炳的出现无疑是救了他和小儿子，他深深地知道老二为人忠厚，疼爱弟弟，所以下手不会太重；眼下，他更希望卢太太承认错误甚至是哀求，这样大家都下了台，也免去了小儿子的皮肉之痛，愤怒的是卢太太竟然就跪在天井的另一头没有任何忏悔。卢文来决定要教训一下小儿子也让周湘云心疼，以后再也不敢继续那样的瞎闹，想到这里他终于从牙缝里挤出一个字：

“打！”

随着老爷的口令，惠炳的棍子抡得很圆下去的时候却有了掂量，等落在惠民的大腿后侧的时候并没有很重，所以十棍子以后小儿子并没有倒下去。卢文来觉得这等于是在嘲笑自己，他不想打得太重并不是不打，气坏了卢文来他夺过惠炳手里的家法亲自上手，只几下小儿子就被打倒在地，紧接着棍棍有力，不消十棍惠民就开始嚎叫了，鲜血也透着雪白的长裤透了出来。这完全出乎了周湘云的意料，见到血的时候她就昏了过去。

“把太太抬出去!”卢老爷并没有同情和停止的样子,“小徐,你来给我打。”

“不不,老爷我下不了手。”小徐吓得“扑通”就给老爷跪下了。

“老马你来!”卢老爷又叫了家里的老伙计。

“老爷,我求你了,少爷禁不住的,你就饶了他吧,以后少爷绝对不敢唱戏了。”老马师傅也跪下求饶了。

“好好,你们我都使唤不动了,惠昌你来!”卢老爷被气到极致了。

“来了。叫你不孝,哼!”惠昌终于有了报复的机会了,“看你还跟戏子来往,看你还听不听老戊的话……。”

他抡足了劲奋力地打下去,每一棍都夹杂着家长式的抱怨。

“打吧,打得好,惠民就是要唱成角儿,要让天下人都知道惠民就是戏子转世,打得好,来吧。”此时的卢惠民已经疼过了劲了,剩下的只有坚持和呐喊。

“啪,啪,啪”的声响响彻了整个卢宅了。

这时候人们知道这场教训不是形式了,所有的伙计都透过门缝哀求卢文来了:

“卢老爷不能打了,不就是唱个戏吗,以后不唱就好了。”邻居们看不下去了。

“卢老爷住手啊,这样明天的生意谁在记账啊!”连伙计都叫出来了。

卢文来本来只是想教训一下就可以了,可是这些伙计竟然不知道深浅,还威胁起自己来了,他真的气到了:“打,打死算了,有辱门风,丢祖宗的脸啊!”

卢老爷根本就不想停了,加上卢惠昌从未有的力度,卢惠民的屁股早就皮开肉绽了,血和肉都混在一起了,可是年轻的小少爷就是没有一丝哀求。在卢家按理说儿媳妇是没有说话的地位的,陈春丽此时再也忍不住了,不顾一切地扑了上去。

“老爷要打死就打死我吧,一个孩子有多大的错啊,饶了他吧求你了老爷啊。”陈春丽的河南口音根本就改变不了残酷的教训。

“你让开!”大少爷有点恼羞成怒,“你个没有家规的媳妇,这是卢家教训自己的儿子干你屁事,闪开不闪开连你一起打,信不信?!”

“不信,那你先打死我吧。”二媳妇就是不躲开。

“啪”,老大真的动手了,抡圆的大木棒狠狠地砸向二媳妇的腰板,就听到二媳妇一声惨叫倒卧在惠民的身上。这一下惹火了惠炳他一把抢过老大手中的木棍,紧接着就是一拳把惠昌打得跌跌撞撞的。

“啊,反了你了,敢打老子?”卢惠昌没有想到。

“你是谁的老子,早就看你不顺眼了,爷爷爸爸都没有死,哪有你教训我老婆的份上,今天就是教训教训你。”话音未落,劈头盖脑的就是一通乱拳,打得惠昌立刻脸上鼓起了青色的包,这是他一辈子都没有见过的场面,他火了迅速地跑回房间把盒子枪提了出来;还没有等他把枪抽出来,早就被惠炳一下就按倒在地上又是一通暴打。

卢惠昌抱着头在地上打滚起来,这可把卢老爷吓坏了赶紧叫伙计去拉,无奈没有人能拉得动老二的身手,还是大媳妇聪明地拔开插销,所有的人进了天井才生生的把他们拉开,就在这个时候谁喊了一声:

"不好了,二少奶奶小产了。"

"啊……!"惠炳听到这传来了一声撕心裂肺的大叫,"卢惠昌我跟你不共戴天!"

卢惠昌觉得很冤枉,明明是弟弟干起下九流的勾当,怎么大家都对自己有了看法;奉父亲的命令去教训一下弟弟,中国有长者为父的古训怎么就错了;最后二媳妇冲了上来用身体护住弟弟,又不是他动手将二媳妇打流产的,怎么二弟弟跟自己就结下了仇恨;最让他彻底失望的就是父亲在一切问题出现以后,首先就是叫自己滚,这还有没有道理和原则可以讲了。他很恨已经结了婚,不然的话也可以离开这个家,去投身到整个国民革命的洪流中去,眼下他却成了卢家最恶毒的敌人,很是失望和无奈。

卢惠炳真的是很委屈和无奈,要是外面的人胆敢伤及自己的女人,他是要豁出命去拼个你死我活的,但是血脉的两头是兄弟和孩子,他真的没有任何的选择。陈春丽真的心里很心疼老三被打成这个样子,难道文人和有地位的人家里就是这样无情吗?她只能怪罪自己的命运的崎岖,嫁了个穷人的汉子,一场革命的壮丁,让她母女流落在长江的岸边;真的遇到给自己生活的男人,却为了他们的弟弟失去了自己的孩子,她心里是有一种难言的失望,看来上天是不会给她一个安稳的。

周湘云真的很后悔结识这些戏子,儿子们的一切行为都是没有错的,所有的报应都来自卢惠民真的爱上了唱戏,这个弱不禁风的孩子在戏文里面找到了义气,可是又谁知道那都是文人们闲暇时候的想象,真正的生活里面任何都是虚构的。夜里的风刮得很大很潮湿,她冥冥之中感到了一种不安,一种又要失去小儿子的忐忑,她顾不得卢文来的告诫,就是被打死也要去照顾腿上受伤的儿子。

"惠民啊,惠民啊你去哪里了?"周湘云摸到小儿子的房间的时候吓着了,她疯了一般的冲出家门:"惠民,惠民,我的儿啊!……"

卢惠民的床铺真是空着的,再看看所有的东西,只有银两和几身换洗的衣服不在了,毫无疑问是出走了,而且是在深夜人们熟睡的时候离开的,在桌子上没有留下任何字条，只有账本和前面柜子上的钥匙，这表明他是有准备的，卢文来已经是整夜的没有合眼了，被周湘云的呼喊先是重重的吓了一跳，等他去了房间察看了以后，眼睛带着红色了血丝终于咆哮起来：

"当我没有养这个畜生！小徐你去文庙看看！老马，你去警察署告诉惠昌，无论如何把这个不要脸的畜生给我抓回来！周湘云别嚎了，卢惠民这个孽债，小炮子子①的东西随他去！"卢文来嘴上是咬牙切齿这样说，实际上心里真的很疼很疼。卢老爷这时候真的晕得厉害手脚都冷了，跌坐在祖宗留下的长条案子旁边。

民国二十六年春，卢家的三少爷卢惠民离家出走，这是卢文来平生第一次哭泣，心里在流血。

① 小炮子子，南京人对调皮孩子的蔑称。

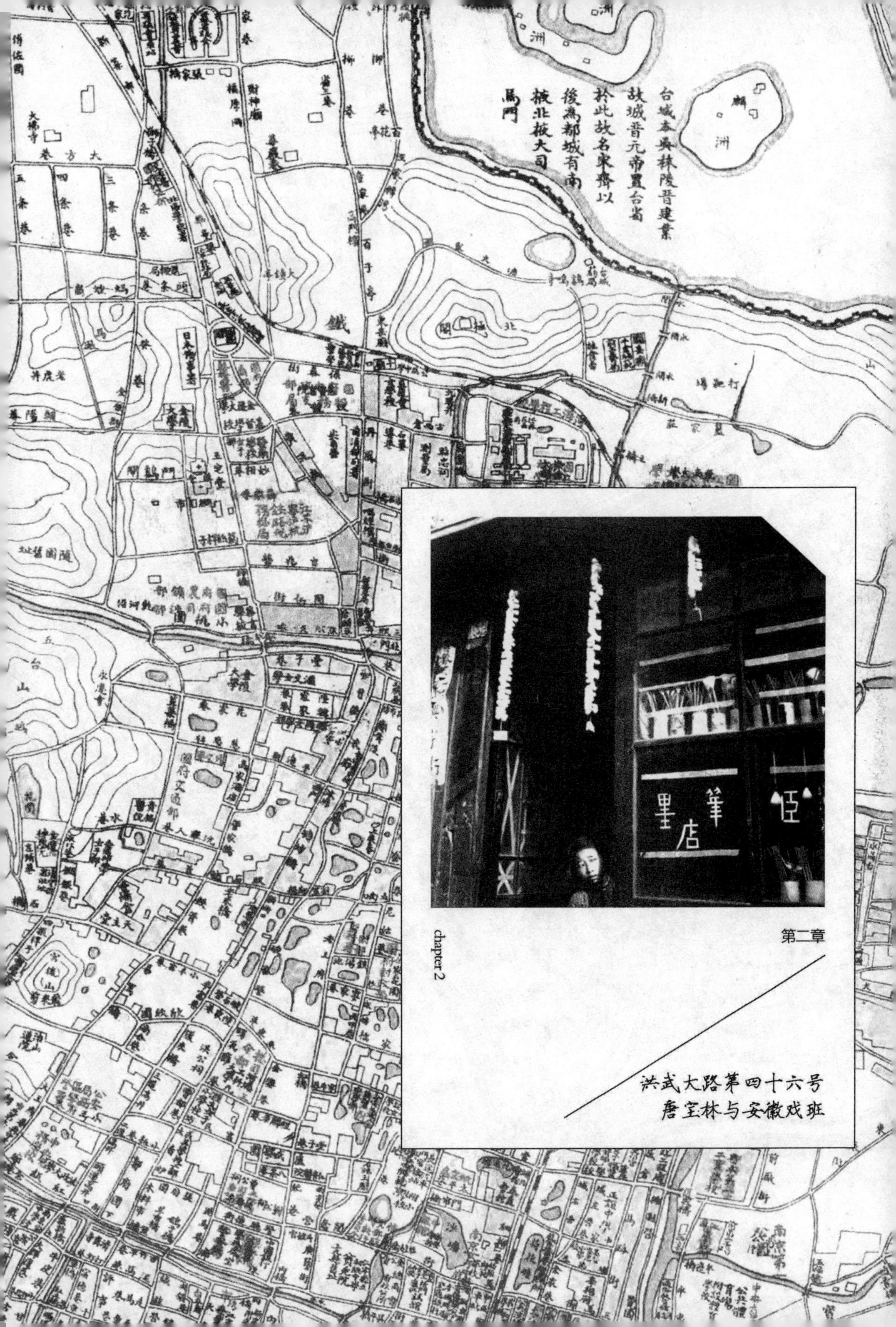

第二章

chapter 2

洪武大路第四十六号

唐宝林与安徽戏班

督署
軍械所
朝天宮
營盤
江寧府署
貢院
上元縣署
府東大街
內橋大街
李相府
大神廟
萬壽宮
五福街
中正街
評事街
大板巷
胡園
東水關

民国二十五年的冬天，洪武大路由南往北传来了唱戏班子的铜锣声。

南京人已经很多年没有看戏了，革命的风潮从南方席卷了整个中国，孙中山在南京建立了中华民国，谁知道他的命比起光绪还要短；社会又开始了新的立宪袁世凯后来也做了新统领，可又是没有半年的折腾就被赶下来；接着就是军阀混战，这时候戏班子几乎都饿死了，哪里还有唱戏的气力；好在蒋介石开始了北伐，成为了第二个统一中原的新人物。经过十多年的战乱以后，大家终于开始了革命后的新生活；看戏是旧时代生活中的唯一消遣，百姓管不了那么多的政治，只要生活平安有乐子可以找就行，这就有了唱戏班子的乱窜码头，南京作为江南的重要城市，也就成了南北唱戏班子表现的重要舞台。

“哐、哐、哐、文戏武戏，压箱大礼；
哐、哐、哐、正宗徽班，欢喜慈禧；
哐、哐、哐、如今共和，普天同庆；
哐、哐、哐、今晚六点，中华看戏哦，哐、哐、哐！”

周湘云后面连续生了三个儿子以后，夫妻共同的语言是越来越少，孩子们都打发了保姆，她也是闲来成天无事可做，家里的留声机是爸爸给的陪嫁，东西虽然好但却没有唱片，唯一几张是女儿卢惠琴托人从上海捎来的，内容都是马连良和麒麟童的老生戏，几年下来戏文都能背出来了。生活的乏味就是想办法打发每天的时光，周湘云昨天晚上睡得很晚，自己一个人玩扑克牌算命，一直玩到了天亮才歇息下来，当戏班沿街敲锣打鼓地叫卖戏票的时候，她一咕噜从床上跳下来自然是有了精神，中华剧场有活生生的戏可看，这让她是非常的兴奋。

“文来，文来，卢文来！”她趿拉着绣花鞋，边走边扣着旗袍的衣扣，风风地跑到前院去找自己的先生。

卢文来的冷淡是非常残酷的，周湘云不敢再像以前那样任性了，周同仁回到了湖南没有再回来，就是去世的时候也没让她去，他怨恨生活被周家搞得一团糟；眼下，大女儿和小女儿已经出嫁了，两个儿子也刚刚成家立业，最小的儿子掌管了家里，生活也就变得安定了许多。周湘云也不再不痛快了，有了儿子以后她满足了不少，特别是丈夫偶尔的恩宠，让她回到了以前的享受，时常可以紧紧地裹紧卢文来，让他在自己的叫喊中沉沦下去，也许是岁月和年龄，两个人已经几乎完全的默契了。

"文来,今天中华剧场有戏班,要不要去看啦?"周湘云很是热情。

"你去好了,早点回来就好了。"看上去卢文来没有心思。

"你不去啊? 很难得来的安徽班子哦,听说是宫里唱过的。"周湘云努力地推荐着。

"还宫里啊,皇上都没有了,现在是总统了! 他们给总统唱过吗?"卢文来讥讽。

"你啊,真的是个老夫子,没有一点情趣哦! 那我带惠民去了哦?!"周湘云不再坚持了,去账房找自己的小儿子了。

周湘云走路不是很快,步伐却是很紧密,虽然已经生了六个孩子,身材一直保持得很好,胸脯不大不小高傲地挺在胸前,浑圆屁股的形状依然是风韵犹存,行走间露出来的小腿是修长修长的,加上微黑皮肤总体上的健康和真实,给人一种浑然天成的效果。眼下她已经不再抽大烟了,只是抽点烟卷和烟丝,改变的只是牙齿的周围有点褐色,尽管她依然怀念那种大烟的享受后的感觉,但是经历了太多的痛苦之后,这东西是万万不敢再碰了。

"惠民,惠民,你在哪里啊?"周湘云叫喊着从后面向前,穿过了整个卢家大院。

卢惠民仅仅只有青春年龄,但身高已经超过了他父亲许多,最大的特点是他汇集了父母的所有的优点,个子长的高挑修长,身材虽然没有老二那么的锻造,特别是两个削肩还显得有点女气,但是穿什么样的衣服都很挺拔。他的五官长得非常像妈妈,淡淡的眉毛和大大的眼睛,高挺的鼻梁和薄薄的嘴唇有着女孩子的娟秀。卢惠民从小就是卢文来亲手调教,书读的自然是家里最好的,从十五岁开始就接手了家里的账目,也从来没有出过差错,这让卢文来非常的有成就感。

"姆妈①,我真的不喜欢看戏,你那些戏我都听烦了。"卢惠民有点拒绝,他已经约好了小菜贩陈二喜去小人书摊。

"儿子,你多大了额,还成天的看孩子的东西,去看戏学点历史。"周湘云由不得他。

卢文来并不在意家里谁去看戏,新年过后就是有点不安,总觉得家里是要出什么事情,晚饭后看着妻子和儿子穿得很得体地出了门,心里突然觉得有些惆怅了,如果二女儿还在的话,陪妈妈看戏的一定是她了,也许都抱上外孙了;卢家的家业事业遇到了瓶颈,隔壁的"洪银木行"来过几次要卖房子,价钱对自己来说也不错,

① 姆妈,南京人对母亲亲近的昵称。

可是怕真的破了风水，生意也没有人可以商量着办，两个儿子都不在乎“鸿儒织造”，小儿子太年少了，性格也不是做生意的料，简直是越想越觉得头疼，竟然忘记了卢惠民和妈妈是去了哪里。

开戏前的中华剧场简直是热闹非凡，小摊小贩更是叫声鼎沸，棉花糖、花生米、爆米花、捏糖人、卖扇子、吹喇叭应有尽有，一群来自金陵女大的女学生，她们上身穿着白色的上衣，下面是藏蓝的裙子，手里发放着花花绿绿的传单，号召大家起来为了民主行动，自然是引来大家的好奇，什么世道了竟然女孩子也可以出头露面。戏迷早就在剧院的门口聊上了，这个安徽的戏班虽然名角不多，对于长时间没有戏曲生活的人来说，这无疑已经是久旱甘霖了，南京的票友人群一直散落地站到了马路上，大家仿佛是多少年没有见面了，一见面就是一阵的欢呼，把整个淮海路的街道都给堵塞了。

洪武大路上戏迷着实的不少，警察许大胖子算是最热衷的，他喜欢哼上几句老生的唱词，只要中华剧场有演出他是必到的，这家伙也很喜欢沾女戏子的便宜，作为地方的治安单位，戏班子对他们都是礼让三分的，所以他总是能摸上戏班子二路戏子的身体，今天的戏班子跟许大胖子还真的有点亲戚，戏班班主唐宝林是他远房的舅舅，所以他显得更加卖力。许大胖子在天没有黑的时候，就带着三个警察来到了中华剧场，吃完了戏班的请客就站在了街道上，他很高兴卢家的大少爷没有来，现在一切都是听他的了，也就在中华剧场里外，充分展示了他在洪武大路的地位。

洪武大路上能道出每出戏原委的，只有这条街上西医诊所的吴成芳，虽然人家是一副西洋的打扮，看的书是不算少却也时常哼唱，南京城里任何一家戏园子有戏，他一定是早早的关了诊所，叫上黄包车无论刮风下雨就去了。吴成芳看戏就是一个人静静地听，高潮的时候也绝对不鼓掌叫好，更不喜欢跟戏迷来往。今天中华剧场的这场演出，看得出来吴成芳医生是精心打扮的，他穿了一件很少用的长袍，白色的围巾横挎在肩膀上，脚上穿了一双擦得很亮的皮鞋，黄包车到了的时候经理已经把票递上，他也是胡乱地塞上一把钱，然后拾阶而上直奔大门。

“卢太太好。惠民少爷好啊，你也喜欢看戏？”吴成芳热情地招呼着。

“他哪里懂哦，只是我想让他多学点东西，这里面全是历史啊。”周湘云有些尴尬，接生卢惠民的时候，私处已经被他完整地看过了。

“嗯，这也不完全的对哦，野史孩子看了也不一定好！”吴成芳很认真地说。

“也是，也是，吴医生我们先进去了，楼上的包间去晚了安排不好。”周湘云不想说了，大庭广众之下无论如何也是不合适的。

“那好，那好！问卢秀才好，后会有期！”吴成芳踏着轻盈的步伐，矫健地消失在看戏的人群中间。

剧场的包厢是在二楼的两侧，每个包厢是可以单独进去的。周湘云虽然定了包厢，去的早就可以选择最靠近舞台的，这些包厢的位置高高地悬在楼下人的头上，坐在里面的人与其说是看戏，不如说也是一种地位的显示。南京很多有势力的人把这里作为联系的场所，先是在外面谈谈话题，等开戏的时候就进去忍受看不懂的那种煎熬，直到剧场中间有了休息的时候，出来在走廊上把前面的话题继续，通常这时候最重要的是结果，因为散场的时候几乎没有时间了，大多数人已经困得几乎要睡着了，乘着自己的黄包车风一般地消失了，所以看戏只是一个交往的借口而已。

当然大多数人还是真喜欢才来的，像周湘云就是其中重要的一位，以前的时候她和妈妈在看戏，也跟戏中的人物舞动和哭泣，散场的时候手绢什么的都被眼泪浸湿了，而周同仁总是在琢磨找人，精力完全是放在生意上，等戏散场的时候大家各自所需，嘻嘻哈哈地议论着不同的东西。戏班的演出气势是靠宣传的，剧场经理当然也会请来当地的名流捧场，更有包了剧团里面角儿的豪绅，他们就是为博喜欢的红颜一笑，钱自然就不是问题了，即使下面的戏迷嘘声不断，第二天的报纸依然叫好。今天剧场经理请的是禄文景，中华剧场周围也就是他最有身价了，所以最好的座位自然就是准备下了。

“感谢一品大员禄文景大老爷捧场，全员起立！”剧场经理吆喝起来。

到了民国的时候这招就显得好笑，看戏的人还是径直地做自己的事情，根本没有任何一个人想从位子上站起身来，场面多少显得有些尴尬不自在，只是刚进包厢的卢太太和卢惠民被这喊声震慑住了，礼貌的和禄文景打招呼了。禄文景很感激这个时候还有人在意他，也对这边的母子拱了拱手以示礼貌和尊重，稍后就把脸转向舞台仿佛行为是很随意的，坐定以前下人帮助脱去外面的风雪大氅，把帽子也挂在后面的衣架上面，接着就是从篮子里面拿出水果、茶和更多的吃食摆放好，下人开始站在他的身后伺候着，而禄文景也只是听着剧场经理对戏班的全部介绍。

剧场里面不完全是看戏的，当然也有就是来听戏的，算命的汤瞎子算是一个，汤瞎子对于戏曲唱腔的准确记忆，完全来自于他的耳朵的敏感。汤瞎子在进入剧场的时候就分辨出了卢太太的声音，也就让剧场的人送了水果去了二楼。他很敏感地确定出洪武大路熟人的位置，今天也真的是热闹了，除了哑巴们家家户户都算齐了，洪武大路看来真的要沸腾了。剧场经理往卢家包厢送水果的时候，这才发现卢惠民也在这里，赶紧地给小少爷普及一下，顺便给他介绍了一下戏班的角儿们，卢惠民是第一次看戏单，只记住了一个叫江小燕的名儿，等剧场经理啰嗦完了走后，他才问了这个人是干什么的，妈妈也笑了怪自己的儿子太傻。

“这是个垫场的小角儿哦，看样子也还没有出科①哦，好戏应该在后面，傻儿子。”周湘云很高兴儿子开始对戏曲有点兴趣了。

“出科，什么是出科啊？”卢惠民认真地问。

“出科就是还在学徒啊，还没有成为角儿呢！”周湘云对讲戏曲很是耐心。

卢惠民没有听完妈妈的介绍，就把头看向周围，一开始在剧场门口的时候是人山人海的，进来以后人就分了好几个地方，楼上是包厢，每个里面的人都很奇怪，有的是吃的不停和笑个没完，在他看来就是做给别人看的，楼上的后面坐的几乎都是穷人，但是气氛却是很热烈地等待着开始，只是那样看一晚上不累吗？楼下更是热闹了，到处是吵架和尖叫的声音，和自己一般大的孩子在人群中举着食物，大声的叫卖着那些东西，他们扔的水平也是神准的，一包花生米从几十个座位上空划过，绝对没有半点的散落，等人家验了货然后才从狭小的座位前挤了过去，收了钱以后又是一阵叫嚷，他觉得眼前的一切没有多少意思，从口袋里面掏出了小儿书。

还没有等卢惠民看了几页，剧场的灯光就慢慢地暗了下来，侧面的场面上的小锣开始有节奏的响起来，开锣是《春香闹学》是个昆曲的折子戏②，小角儿江小燕一出场就是个满堂彩，周湘云开始仔细端详这个小旦角，看上去是有点特点，嗓子特别的甜，几句念白也是不错的，扮相也算漂亮，只是个子显得有点矮小，不过对于前面垫场的小戏，能整成这样的水准也不算让人失望了，而卢惠民也觉得有点惊艳，世界上竟然有人长得这么好看，特别是说话的声音也是娇媚的，而且举手投足竟然那么的准确，每个字都在锣鼓的伴奏中，既有节奏也很随意，他觉得太有意思了。

“一种在人奴上，画阁里从娇养。
侍娘行，弄粉调朱，贴翠拈花，惯向妆台傍。
陪她理绣床，陪她理绣床。

---

① 出科，戏曲学习结业的意思。

② 折子戏，戏曲演出中的短剧。

又随她烧夜香，小苗条吃的是夫人仗。”

在一片的掌声中，江小燕开始念定场诗的念白：

“花面丫头十三四，春来绰约省人事。

终须等个知情花，处处相觑不可取。

我春香，自幼服侍小姐朝暮不离，看她名为国色，实守家声，老成端重。昨日我家老爷请了一位先生，叫、叫什么介？哦，叫陈最良。那先生的景象，哦哟哟，好不古板呐。我家老爷又对他说，倘有不到之处责打春香这丫头。我倒好笑，我春香岂是与他们出气的？今早服侍小姐早膳已毕，待我看看先生可在学堂里。”①

“好，好！”剧场沸腾了，整个人群都报以了热烈的掌声，许大胖子更是热情，从第一排最旁边的座位上，几乎是完全控制不住地叫喊起来。

“好！太精彩了！”卢惠民也跟着尖叫鼓起掌来。

卢惠民第一次看现场的戏曲演出，怎么也没有想到竟然有这么的好玩，可是这个少爷并不知道鼓掌也是有点的，人们已经开始下面的台词了，他才反应慢半拍的叫好，卢惠民滑稽的举动自然引起了楼上楼下大家的哄笑，这让卢惠民觉得很尴尬和难看。很显然这是一种戏迷的倒彩了，江小燕开始觉得有些紧张就往那里瞄了一眼，这么年轻的人坐在包厢里面喧哗，也是让她很是出乎意料的，很快地就判断出是没有经验的人，轮廓上她很快就分辨出是个清秀模样，穿着上也是不俗人家的少爷，这种人是得罪不起的，江小燕接下来的表演都铆上了劲，希望这个人不要再跟自己过不去，很显然这一切是有效果的，卢惠民感到了热血的沸腾。

垫场戏结束的时候，剧场已经完全活跃起来了，人们开始议论着这个戏班的水平，作为一个当家的角儿江小燕是略显稚嫩，压不住台子，但是这样的小花旦的可爱也是难得一见的，人们期待着后面更精彩的演出。卢惠民还是沉浸在刚才的表演中，眼睛直愣愣地注视着已经关上的大幕，期待着大幕的再次开启，也是在不停地核对着刚才的戏单，周湘云很意外儿子那么喜欢前面的戏，也许他真的喜欢

① 昆曲《春香闹学》唱腔片段。

上那个小角儿了，这是周湘云心花怒放的时候，她希望儿子能有一个像自己一样的爱好，而不是成天地在“鸿儒织造”算账，想到这里她招了招手叫来了中华剧场的经理。

“杨经理啊，如果方便能请那个小春香上来领赏吗？”周湘云问了剧场经理。

“当然，当然啊，这是这个小角儿的福分，我这就去安排。”剧场经理答应着离开了。

卢惠民听说江小燕要来包厢拜见他们很是兴奋，女孩子卸了妆该是什么样子，会不会完全地变化了，他期待着江小燕早点出现，对母亲投去了感激的目光。周湘云也很得意自己的安排，就用手摸了摸儿子的头笑了，她知道儿子长大了开始喜欢异性了，这是在卢家最受限制的，她多么希望自己的儿子能够开心啊。剧场经理正在愁没有人保护江小燕，刚才许大胖子就不停地要求那个小角儿一起去夜宵，现在终于找到了卢家的势力，周湘云在洪武大路的地位是足以吓退许大胖子的，他当然没有任何的停留就去了后台。

“姆妈，唱戏出科要几年啊？”卢惠民继续地问周湘云。

“很多年哦，你要学唱戏啊？问这个。”周湘云觉得儿子很好笑。

“不是，只是想知道而已。”卢惠民被妈妈一说有点不好意思了。

接下来是《玉堂春》中的《起解会审》，开锣的声音和出场的角儿太一般了，剧场的效果一下就掉了下来，任凭两个演员铆足了力气表现，大家依然是吝啬自己的掌声，在南京这个大码头唱戏真的是不容易，且不说四大名旦在南京也有过黑的时候，就是泰州出生的四大名旦之首的梅兰芳也是从上海红起来才敢进南京的。卢惠民开始有点厌烦唱腔的冗长，更不喜欢舞台演员表演的那种做作，可是那么昏暗的灯光是看不成小儿书的，无意中看见禄文景在包厢里面大吃大喝，自己也觉得有点饥肠辘辘了，于是也不客气地剥开汤瞎子送上来的橙子大吃了起来。

“卢太太，她来了，见见卢太太和少爷。”剧场经理领着了江小燕进来了。

“小角儿江小燕拜见卢太太和少爷。”江小燕行了剧团的礼。

这时候卢惠民终于看到了江小燕的真面目，仔细地端详着这个惊世骇俗的尤物，她长了一双勾人魂魄的大眼睛，头发是乌黑发亮的那种，身材也是胖瘦得体没有一点多余，一双小手看上去就像雕出来的一样，特别是胸脯是那么的挺拔，让他看的是激动不已。周太太自然发现了儿子的特殊变化，她觉得很好笑，这么点大的孩子竟然也有了花心，事实证明自己确实老了。

“惠民，请江小姐坐下。谢谢经理，放心，我一会完璧归赵。”周湘云一边提醒自己的儿子，一边送剧场经理离开，很怕这种没有教养的尴尬继续下去。

中华剧场的经理也是明白人，刚才从江小燕上楼的急促步伐中，就知道这个小角儿也是个思春的岁月，小碎步走的那个精细也是少有的，当推开卢家包厢的时候，他很明显地看到了两个年轻人的那种期待，也让他释然了今天的包袱。剧场经理是很害怕许大胖子的，每次戏班子来演出他就成了苍蝇，里面的角儿他是每次都垂涎欲滴的，江小燕还是个孩子，刚才许大胖子已经不想放过，他几乎不相信卢家会出面，也担心她会很快地就被打发了，可是看着卢惠民的喜欢，自然知道最起码今天的坎儿是过去了。

“江小姐，请坐啊！坐啊！”周湘云在座位上矜持地招呼这个小角儿，“惠民，安排江小姐坐下。”周湘云把目光转到台上，给这个小角儿的脸已经足够了，只是不争气的儿子太赤裸裸了。

“是，是，江小姐请坐。”卢惠民知道自己有点失态，刚才两个人见面的时候看了彼此很久，直到江小燕完全把头低了下去，眼前即使这个女孩子在面前坐了下来，他还是有种怕她跑了的感觉。

“请问江小姐是哪里人啊？唱戏几年了，师傅是谁？”周湘云端详这个小角儿。

“卢太太，我是镇江人。唱了三年，没有师傅自己学的。”江小燕不失身份的回答。

“镇江人啊，镇江人是不是喜欢喝醋啊？”卢惠民问道。

周湘云禁不住大笑起来，江小燕也笑了，只有卢惠民觉得很意外。

楼下的《玉堂春》折子戏的冗长和演员的做作，让南京的戏迷多少有些耐不住寂寞了，喧哗的声音开始大了起来，周湘云真的希望这对棒槌①早点下去，不要败了所有人的兴趣，周湘云对演出的失望也就显出烦躁。卢惠民和江小燕看上去很有缘分，他热情地招待着小角儿江小燕，而这个女孩子也体现出对他的好感，用手告诉他有东西残留在脸上，卢惠民自然是跟妈妈要了镜子，江小燕很好笑这个少爷照镜子的样子，竟然“噗嗤”地笑出声来了。周湘云正在心烦意乱地看着演员在拖，这时候的笑声当然是她不喜欢的，她把脸色沉了下来，一下就觉得了这帮戏子们的讨厌。

---

① 棒槌，对于不好戏曲演员的蔑称。

“江小姐，要点什么吃食，别客气就当是自己的家里。”周湘云要打断这样的行为。

“不，谢谢太太了！”江小燕知道太太的意思了。

唢呐终于响了，《起解会审》终于圆满地结束了。楼上楼下又是一阵的折腾，那些卖吃食的有的冲了进来，大家的抱怨声音开始四处扩散，这可是吓坏了剧场经理，他什么也不顾地跑去找戏班警告，商量的结果是为了不再让整个剧场冷场，后面的武戏演出不再拖延了，休息的时间由原来的二十分钟改为十分钟，一时间锣鼓提前敲响，很多戏迷不敢耽误拖着裤子就跑了出来，整个剧场到处是炸了窝的感觉。

周湘云也是老戏迷了，这样的阵势还是第一次见到：“江小姐，你们戏班在外面都这么唱？”

江小燕正在想怎么想回答这个尴尬的问题，武戏的“急急风”①敲了起来而且越敲越急，这样才让整个剧场暂时地安静下来，卢惠民虽然是第一次看戏，也觉得这个剧场着实有些混乱得厉害，看看母亲的表情知道有些不满意了，也就无奈地看了看江小燕。这时候江小燕才算是长长地可以舒了口气，刚才的太太的问话让她不知道该怎么说，今天的演出也就是“搭班”②没有几天的事情，面对这家人来说戏班还是比较亲近的，可是看得出来这个女人也不是简单可以糊弄的，南京的观众更不是等闲之辈，她希望后面的演出不要出任何的差错，等这位太太和少爷带自己出去的时候，摆脱了大胖子警察骚扰就不再跟他们来往。

“哐才，哐才，哐才！”急急风是越打越急，灯光瞬间就暗了下来。

本来，对于开场戏的江小燕，观众是肯定的，可是两个文戏老生几乎被赶了下来，还好中华剧场的经理算是有经验，把休息的时间给提前了，这会儿算是安定下来。接下来是一出武打的戏《三岔口》，讲述的是杨家将的故事，焦赞杀了奸臣谢金吾逃出京城夜宿刘利华客栈，两人都误以为是敌人，相互摸黑厮杀的故事，也是来自上海的两个二路的武生垫场，虽然不是大角儿挑大梁，但是科班身手也是绝对不同凡响，引来了一阵阵的叫好，那种浮躁总算是掩盖过去了。

此时班主唐宝林正在扮戏，接下来是他的大戏“武松正本”，去年他才在安徽搭了这个班子，首先选中的就是江小燕，接着就是这两位武生，至于中间的那些唱文

---

① 急急风，戏曲武戏开场的锣鼓点。

② 搭班，戏曲艺人找到的演出团体。

戏的,也是没有办法的办法,总不能全是上海的角儿,那样的票价就是另一回事了。剧场现在总算正常起来了,他长长地舒了一口气,这时候才有时间撩开侧幕条往外张望,黑压压的一片观众把剧场都坐满了,这是难得的好票房要珍惜才是,他也好奇中华剧场这样的大码头,究竟是什么人在包厢里面,就在他抬起头的那一刹那间,竟然看到了江小燕在里面坐着,旁边还有位少爷一起有说有笑。

唐宝林的心里不由的一沉,戏班可是有规矩的,没有班主的同意,角儿是不能与外界接触的,江小燕南京的第一场就破了这规矩,心里多少有些不是滋味和失望。他太知道角儿是养不住的,不是出科自立门户就是嫁了有钱豪门,这刚为自己赚钱的小角儿难道是要跑了? 唐宝林的头感到阵阵晕眩,长时间的不演出,头勒紧得开始有点不舒服,这种现象在刚学戏的人只是一种常见,而对他这个常年演出的人来说只是偶尔发生,所以他并没有太在意,虽然是在换衣服准备上场了,但是心里却有些担心明天的小角儿去哪里找,很显然江小燕没有跟自己打招呼就进了包厢,明天回不回来就是难以预测。

江小燕也看到了老板正在注视自己,见周湘云也是不得已的一种方法,刚才下场的时候许大胖子已经等在下场门了,这个警察虽然没有穿制服只是穿了长衫,但是那一脸的横肉还是有种吃人的感觉。几百斤的体重让人见了就有一种天生的抵触,况且他脸上的那种淫笑,可以预测跟他出去基本是凶多吉少,这种有权有势的人就是占了你的便宜,你也是没有地方可以申冤的。江小燕一开始就没有打算跟班主报告,不信任这个江湖戏班班主唐宝林有化解的能耐,所以当剧场经理出现的时候,她就铁了心要靠自己渡过这码头上的事情,所以唐宝林的态度对她的安全来说已经不算什么了。

“卢少爷,请问常常看戏吗? 喜欢什么样的戏啊?”江小燕笑着问他。

“姐姐,我基本是不看戏的,今天是跟妈妈来的。”卢惠民诚实地回答。

“哦,那要不要姐姐教你几句啊,你愿意吗?”江小燕调皮起来。

“好啊,好啊!”卢惠民很愿意。

说着,江小燕就开始教起了《春香闹学》中的东西,卢惠民也很认真地学了起来。周湘云也看到一直守在门口的许大胖子,当然知道许大胖子出现的目的,面对着江小燕无奈的目光,考虑到这个人也是大儿子的同事,她决定还是采取几方面都不得罪的方法,她起身去了门口。许大胖子没有想到卢太太会出来,想躲已经是来不及了,只好硬着头皮过来迎了上去。

“卢太太,你也来看戏啊,这里面没有什么要做的吧?”许大胖子搭讪起来。

“哦,是许警长啊,我和惠民晚上要一个小角儿江小燕夜宵,您能不能给推荐一下周围好一点的地方?”周湘云目的是很明了。

许大胖子此时也明白了周湘云的意思,他不再说什么了,只能悻悻地离开了包厢。出来的时候他真的生气了,没有理由责怪卢家的太太和卢惠民,怎么说这家的势力在洪武大路乃至南京城里面都是有地位的,而这个小戏子能够不睬他的邀请。既然卢太太铁了心要保护这个小戏子,硬争执下去自己没有任何的好处,他开始恨这个戏班。唐宝林虽然是自己的远房舅舅,这事情也不能闹得满城风雨的,管他是什么八竿子打不着的长辈,只要落到自己手里就是孙子了,看怎么狠狠地收拾他们。

周湘云也觉得戏子们的生活的确不容易,人来到这个世界上又有多少开心和顺畅的,想当年周同仁是喜欢在家里开堂会,从她还抱在怀里的时候成天就是徽班在家里的演出,妈妈更是戏迷得厉害,生活的富裕让家里几乎养了一个剧团,早上起来就是那些角儿们哄着,等到自己上小学的时候也是黄包车接送,放学回来的时候剧团破例停止唱戏,一直等她做完作业才能够恢复排练,晚上吃完晚饭就是在天井里面看戏,折子戏一直唱到深夜才算是罢休,可是自从家境沦落以后,连在卢家的生活也是变得谨小慎微,不禁眼泪噼里啪啦地掉了下来。

唐宝林以前在戏班也是说一不二的人物,盖老板的家业有他的努力和奋斗。想当年他为盖家班的发展真的是鞠躬尽瘁,每天都打拼在盖家的舞台上,浑身的刀枪伤都已经数不清楚了,但随着年龄越来越大,年轻的一代早就起来了,埋没了自己,慢慢地就被自己培养的孩子挤出了舞台,对于这一点他始终是不能接受的,依然在后台坐着自己的老大,可是和新人的冲突却是越来越大了。盖老板不好意思叫他走人,更给了他崇高的地位,戏报上从来都是印着舞台监督唐宝林,实际上就是一个催促舞台场景切换和人员上场的人,可是他膨胀到连盖老板都不放在眼里。

平时唐宝林这个舞台监督也不闲着,天不亮就叫孩子起来练功和喊嗓子,青春期的孩子很贪睡,他上手几次都是伤得徒弟老爷们不轻,到了排戏的时候也是没有事情可做,但是他喜欢插话教训别人,这让那些旦角和很多其他行当的老师,也是被他常常搞得灰头土脸。戏班子里面的所有人都绕着他走,他的身边总是带着酒,没有菜也是要喝上两口,喝多了借着酒疯就骂上盖老板几句,这时候是没有人敢出来劝说的，人家的辈分就是这样的。

“你们还不睡觉，晚上想出丑啊，我以前吃完了就睡，晚上才有精神哦！”唐宝林自己不睡午觉，但是不许别人不做。

到了晚上演出的时候，唐宝林的工作是茶水的管理，这也是戏班最忠诚的岗位，茶水是不能有别人靠近的，如果谁要是在里面做点手脚，整个剧团就会出大事情，轻则一晚上大家不停地上厕所，重的是戏演到一半就再也进行不下去了。戏班不是没有发生过的这类的事情，虽然角儿们的茶壶都是老婆或者丈夫看着，下药的事情还是会发生的，不小心一生的事业也就戛然而止了。可是，唐宝林常常忘记及时地加水，很多次演员没有喝的嗓子立刻就倒了。①

“唐老师啊，你这样是不行的，是不是你真的做不了啊？”老板娘有点火了。

“好的嗓子不是靠水养的，你懂不懂啊？”唐宝林教训起老板娘。

“唐老师你要是觉得屈才，就另就高枝吧。”老板娘有送人的意思。

“我早就不想在这里待了，还不是盖老板离不开我，要不我早就自己搭班了哦！”唐宝林真的憋屈了。

唐宝林和老板娘真的吵翻了，盖老板也极力地挽留唐宝林，可是人家去意已经决定了，最后送了他二十两的黄金算是对得起他。唐宝林很看不起钱财，不要黄金而是要了盖老板的行头，很明显就是要分庭抗礼了。盖老板最后也被逼得很无奈，让他挑遍了所有东西，只要喜欢的尽管拿去，盖家班没有了行头足足的三个月演不了出，尽管后来都复制齐了，但是正宗的东西却是在唐宝林手里。唐宝林打新的码头，只要一亮这些行头以后，所有的剧场都不再怀疑他们的水平，而结果基本是没有第二次，唐宝林不服气，几个月跑遍了江南，最后找到自己的远房外甥，终于才有了今天的机会。

唐宝林太在意今天的演出了，临上场之前又把自己的头勒得更紧，他很担心盖老板的行头太大，如果在舞台上真的帽子掉下来是危险的，可是出场的时候就出现了问题，脑子就跟要炸开了一样，一阵阵的眩晕变成了恶心，开始的时候他还是坚持着，可是到了打虎的时候已经是汗流浃背了，在盖老板的戏班子里面他扮老虎，今天当虎形上来的时候他完全出错，竟然忘记了自己是武松，一时间台上台下都乱了方寸，戏迷们的鞋子、扇子、茶壶都飞了过来，唐宝林栽了，彻底地砸在南京了，他

---

① 倒嗓，唱戏的时候发不出声音来。

想喊却喊不出来，慢慢地合上了眼睛……

唐宝林醒来的时候不知道过了多长时间，看看周围，很容易知道这是家医院，头皮依然是炸着疼，很久才想起昨天晚上发生的事情，剧团这回是彻底结束了，他开始后悔没有在上海窝着，眼下可能连看戏的机会都没有了，他开始怨恨江小燕让他分心，怨恨那几个前面垫戏的文戏老生，怨恨所有对剧团薄情寡义的戏子们，就是没有怨恨自己。他挣扎着想爬起来，可是身体一点力气也没有了，他很想跟自己的远房外甥借个路费，这样就可以尽快地回到老家，彻底地死了唱戏的心，他流下了对于一生唱戏悔恨的眼泪。

“卢太太，病人醒了哦。”唐宝林依稀地听见有人在叫着。

“唐老板你怎么样了，没有问题吧。”这是个女人的声音，他想起了是昨天晚上在包厢里面的那个黝黑的女人，只是现在看上去不像昨天晚上那么憎恶而已：“唐老板你不要担心，我把剧团都接出来了，也安排了住的地方，歇着吧，一会我叫黄包车送你回去哦，阿好啊？”卢太太轻声地说着。

“剧团在哪里啊，我的剧团怎么了？”唐宝林着急地问着。

“你不用管了，剧团的人大多数都走了，但是场面和底包还都在哦，我都安排他们住下了，你歇歇明天我就领你去哦，不要担心了我会安排的。”卢太太安慰着他。

“谢谢了，这位太太。”此时的唐宝林真的很无奈。

这样的女人在戏迷中他跟着盖老板见得多了，大多数家境富裕的少奶奶希望捧几个角儿很有面子，但是也不乏有想养面首①的，上海的那些姨太太们很喜欢包上几个，白天没事在家里打个麻将什么的，晚上出来看戏和夜生活，戏散场了就带上喜欢的男旦回去，一夜下来整得舒服了，他们上场的时候连圆场都跑不了。但是自己的年龄和状况都不能给她任何好处，她为什么要帮助自己，他是没有底的，自己的脑袋昨晚被茶壶击中，没有想到这么大个口子，血流得站都站不起来，也就没有的说了。

唐宝林带着这帮戏子就在文庙住下，只是住到什么时候会被人家撵走，也就完全不得而知了。

孔子文庙在中国不是什么稀罕的事情，大城市有小城市也有，国家的有自然市

---

① 面首：男人被女人包养的蔑称。

民也可以有,这样的排场对于很多人来说,只不过是自己显得有文化而已。卢家在南京买下洪武大路地产的时候,这座文庙几乎就是荒废的,虽然卢文来没有在南京求取功名,但是文人的身份也帮了他不少。对于孔夫子能不能帮助自已,卢文来始终是有保留和看法的,但是修缮文庙还是要做给别人看的,于是他花了不少的银子做了这一切。卢文来在文庙正门竖起的六长多高的牌楼,禄文景也去宫里求了光绪皇帝的牌匾,"棂星门"三个饱满大字顿时让卢家有了面子。

卢文来还请来了安徽著名的雕塑名人,在正殿塑造了八尺多高的孔子全身雕像,后院的东西厢房也塑造了七十二贤人的泥胎,这样洪武大路的文庙无论是在高度上,或者是人物雕刻的细腻程度上,就远远地超越南京夫子庙太多了。可是,文人们既喜欢圣贤的光彩,却更喜欢秦淮河的风月,没有了吃喝玩乐是几乎写不出什么文章的,于是金陵的风貌完全就在了秦淮河,笔下的夫子庙当然有更多的魅力,一来二去卢家的孔庙自然要被冷落了。看着卢家文庙很快地又要荒废了,为了阻止流民们在这里常住,卢文来在逃荒的人中间找到了能写字的杨瘸子,让他在里面开了一间私塾,既解决了洪武大路贫困人家的识字,文庙也算是有人照顾和打理。

"卢老爷,这里是扫帚的费用,请您过目。"杨瘸子每天都会找到一些理由挣点小钱。

"嗯,你也要省着用啊,你的事情我知道的。"卢文来跟他不是很计较。

杨瘸子的书教得实在是不行,孩子的家长成天就是买纸张,一学期下来只认识简单的字,稍微复杂一点的就不知道怎么读,而写字的本子也被杨瘸子糊墙了,孩子带去吃的午饭也被他给吞了。一年下来,文庙私塾就成了幼稚园,孩子们在这里爬树上房都干,愿意读书的孩子早就不来了。杨瘸子的罪恶远不于此,太监女人的烟馆被查封以后,卢文来也把他赶回东北老家,文庙终于回到了原来的状态。

现在即使杨瘸子走了,洪武大路的文庙,流民们也不敢进去,谁都知道卢家的大儿子卢惠昌,现在已经是洪武大路警察署当家的,有些要饭的不知深浅,夜里悄悄地进入,早上等待的就是一顿皮鞭,完了抓进警察局关上个几天,然后送到远处的石佛寺敲石头半年。对于要想活下去才要饭的人来说,身上的疼痛连续的折磨经历,让他们知道这里是禁区。卢文来知道儿子的做派,也没有精力去管束文庙,也就任大儿子处理所有的外面事,卢惠昌也就把这里变成了会馆,偶尔和自己的朋友在这里闲聚。当这些戏班子被周湘云收留进来,卢惠昌是叫苦不迭的,但是既然父母都决定了，他也就只好另辟战场。

戏班子进入文庙以后，周湘云和卢惠民也真的忙活开了，每天除了让下人送过去几个菜，也时不时地过来探望一下。卢惠民已经成为了小角儿江小燕的朋友，陪着她早上六点起来练功和跑圆场，看着她每天的吊嗓子和排演，下午有时间就去接唱茶座的江小燕，晚上更喜欢送江小燕去唱堂会什么的，两个年轻人的进出也真的不避讳任何人。

唐宝林毕竟是江湖上的老人，知道卢太太每天的探望是为了开心，而卢少爷已经在江小燕身上陷得够深了，未来在这里要想停留的更长，就必须将卢家拖进梨园，这样才能够有更长久的衣食。江小燕也是心知肚明的，知道卢太太是对戏曲喜欢的，而卢惠民完全是涉世不深，现在出去搭班唱戏也是风雨不知，更何况这个男人单纯，这样的庇护也让自己心里踏实，毕竟不用担心更多的骚扰。看着唐宝林那种算计的眼神，她决定找唐宝林说开了，免得自己老是被利用，这样江小燕在大院里面拦住了班主。

“唐老板，我知道你是不用管我的，现在是离不开卢家的施舍。”她很会说话的，“靠着卢太太又能坚持多久，可是这样的白吃白喝总不合适吧？您说呢？”江小燕补充道。

“依你的想法，我们怎么做事情才算合适?”唐宝林不知道她想说什么。

“唐老板，我看惠民少爷唱戏的本钱不错、扮相也好，不如你收个徒弟吧，教他点戏，这样也就不算白吃票友了!”江小燕说出了建议。

唐宝林知道这是江小燕给自己台阶下，戏班在外面最怕的就是说吃喝票友，跟了盖老板这么多年光景，真正的戏班都不能跟票友太近，离开了上海自己真的堕落了，算算在文庙已经几个月，现在等的是卢太太的要求，而不是一个小角儿的态度。

“你就怎么知道卢少爷要学戏？是不是学习的料也不是你说了算的，荒唐!”唐宝林知道该卖关子的。

“这话我就不爱听了，唐老板，”江小燕不是那么和悦了，“人家是票友哦，能唱个一出半出的就不错了，人家也没有您做角儿的想法，您吃人家拿人家的还少吗?您老人家还矜持地端着，非要人家把我们轰出去吗?”江小燕的脸色不好看了。

“一个少爷学唱戏是要惹麻烦的，别忘了我们吃的是下九流的饭，我的角儿!”唐宝林也是弦外有音的。

“嘿嘿,唐老板你想说什么?我江小燕是靠本事混饭吃的,没有求过任何人知道吗?可是您老人家就不同了,你是班主对不对?中华剧场退票的事情闹到了警察局,要不是卢太太和大少爷顶着,你早就进了局子里面吃牢饭了,我看您老人家是敬酒不吃吃罚酒,您难道真的搞不明白?”江小燕说完就扭头走了。

唐宝林心里是很矛盾,让卢少爷学戏是解决了吃饭住宿,可是卢家的老爷从来没有见过,说明当家的根本就不给面子;不教戏吧白吃白喝的传出去,也是让其他戏班笑话的,他决定还是听听卢惠民的意见再说。卢惠民对待这样的说法很兴奋,天天看着一群人成天的折腾也是有趣,江小燕更是那么的迷人,让他有一种离不开的感觉,每天去夫子庙茶肆接她回来很充实,只是唱堂会人家通常不让他进去,有时候要等上几个小时才出来,特别是两个人坐黄包车回来,江小燕总是拐着他的胳膊,分手的时候亲上一口他的脸颊,要是两个人能一起进出,那也是有意思的事情,也说不清楚是喜欢唱戏,还是因为喜欢江小燕而学戏。

周湘云对于卢惠民学戏的事情没有想过,很意外唐宝林和卢惠民的态度,她本来是想跟卢文来商量一下的,但是明知道卢文来会反对,这可是不能轻易地问的。看着儿子的那种期待,她觉得如果真的有个爱好也是可以的,这南京城里哪家的少爷小姐不都是爱玩,只是一个书香门第做出这样的举动的确是大了点,就在犹豫的时候唐宝林又表示出退让,这让她觉得人家也是真的好意,再说唱戏的事情又能有多大呢?有一天不喜欢了也就结束了,想到这也就勉强答应了。

周湘云答应了还是有点不放心,凶吉的事情她总是喜欢问汤瞎子,几年来家里的大小事情他都知道,对卢文来的心思也是揣摩比较透的,虽然卢惠民愿意唱着玩,既然是学了还是挑个好日子。第二天,周湘云就来到了洪武大路的南边内桥湾,找到了汤瞎子的算命摊子,人家现在的日子已经很好过了,一般的小生意几乎不做,但是卢太太是不敢得罪的,他赶紧地让人给周湘云撑开了大伞,也招呼了搬来结实的大凳子,泡上上好的溧阳白茶,叫下人去买了点心以后,才开始思量该如何答复她了。这可是个大的难题,洪武大路上虽然下九流不少,但是真做戏子的还真没有,卢惠民说起来是玩的,但是这年龄也说不定就唱红了,以后要是下来也不是那么容易的。

“卢太太果真舍得小少爷唱戏啊?”汤瞎子不经意地问道。

“不是唱戏哦,只是业余的票戏玩玩,少爷总要有个喜欢不是?”周湘云很不在意。

“嗯,可是卢少爷要是喜欢上怎么办?”汤瞎子问得很认真。

“喜欢就喜欢了,能够唱几出以后也很好玩啊,没有什么大不了的。”周湘云不相信卢惠民真的要走这条路。

“那就恭喜了,小少爷在唱戏的道路上是有前途的,成就也是你我想不到的哦。”汤瞎子看不见的眼睛中充满了神秘。

“那太好了,我就希望卢家的孩子有出息,给个日子吧。”周湘云等待着。

“嗯,请卢太太稍等!”汤瞎子用他的手指认真的掐了两遍,“良辰吉日就是后天,你可以点上三炷高香,拜师以后要一起吹灭,这样就是少爷的一生的玩赏,千万不能忘了这件事情,不然少爷也就可能终身与此为业,卢太太切记!切记哦!”

周湘云真的喜出望外,原来他以为汤瞎子会阻挠这件事,洪武大路上真的没有出过戏子,就是玩票也没有这么年轻的孩子,虽然说是玩玩的事情,但是出在一个秀才门第也是笑话的,他知道丈夫是不喜欢不入流的东西,但是汤瞎子都认可了,以后也是个说法。谢过汤瞎子以后,周湘云就去“大三元”定了两桌酒席,她是不愿意有更多的人参加,也就是拜个二路的老生学戏,将来真的唱好了也是要换师傅的,想着儿子以后也能唱个几出戏,在家里怎么也算是有个知音了。

“什么事情那么高兴啊?”卢文来给了钱,“最近怎么那么多开支啊?”

“没有什么,文来啊,我在‘大三元’订了一桌饭,请请戏班子的人!”周湘云把唱机给打开了,这样的心情已经很久没有了。

“把那个唱机给关了,吃饭还是听戏啊,不要搞在一起!做你喜欢的事情我没有意见,只是不能影响生活,戏子无义婊子无情的古训还是要听啊!”卢文来很随意地说了一句。

周湘云把要说的话只好又咽了回去,这个时候还是不要说的好,她当然知道卢文来对卢惠民的期待,老大看来就是个扛枪打猎的警察,性格也是异常的暴躁和变化无常;老二是个喜欢做工的简单孩子,别的实在不敢多奢望的;只有卢惠民才是“鸿儒织造”的继承人,这时候跟他说唱戏就是自找麻烦,她决定不说了,等能唱一出了再告诉自己的男人。

“知道了,大老爷!”周湘云把话题岔开了,“大行宫的店最近不错哦,连委员长的夫人都常来,要不要门面再大一点,再招几个好点的裁缝啊?”

卢文来没有搭理她更多,而是径直去了书房继续练字去了。

拜师仪式是在文庙里面举行的,卢惠民给师傅唐宝林磕了三个头,亲自给唱戏的祖师爷点了三炷高香。接下来是师傅给徒弟的训话，这本来是个极其简单的过程，随便讲上几句就行了，谁知道唐宝林可能是几个月没有训诫的机会了，没完没了的训斥完了卢惠民，又把戏班的人一一都训斥了一遍，听得所有人都开始打起瞌睡。周湘云也是觉得有些无奈，正好口袋里面的香烟抽完了，也就去了“漠河烟草店”买了香烟，没有想到韩松雪抓住她就是一顿狠聊，等回来的时候仪式基本结束了。周湘云这时候她突然想到了汤瞎子的话，想去灭掉那三炷香的时候早就烧完了，盆里面只剩下了褐色的香灰，她的心扑通地跳个不停。

“师弟，祝你一帆风顺，宏图大展。”江小燕狠狠地抱了一下卢惠民。

“师姐，也祝你心想事成，未来成功。”卢惠民真诚地亲了师姐一口。

周湘云没有想到儿子居然当众跟江小燕这样肆无忌惮的亲热，她不反对儿子和江小燕的亲密，苟且也可以在没有人的环境下，不希望卢惠民爱上这个卑贱的戏子，这个小尤物最多也只能是儿子泄欲的工具。江小燕看到了她眼睛里面的火焰，她不能就这样的服输了，就凑上去亲了卢惠民一口，在大家的笑闹中抬头微笑。

“江小燕，你以后跟惠民是师兄妹，也就是我的女儿了，你要好好地看着他，不能任他胡来哦。”周湘云警告了这个小戏子。

“哦，卢太太，要是我任由他胡来，那怎么办呢?”江小燕语言充满了挑战的味道。

“哼，那我就砸了戏班哦，你也会被赶出南京城的。听到没有啊?”周湘云有点生气了。

“玩笑，玩笑。”唐宝林赶紧出来打圆场，可不想到嘴的肥肉飞了。

“姆妈，你看你说的。”卢惠民有点怪妈妈了。

“好了，好了!”周湘云觉得话说得有点重了，“大家去吃饭吧，我只是开个玩笑哦。”

出文庙的时候江小燕主动过来搀扶周湘云：“卢太太小心台阶啊，惠民你搀着妈妈另一边就是了，伺候好了哦!”

这时候周湘云还在刚才的后悔之中，怎么就没有早点回来把香灭了，这时候这个小妖精的热情绝对不是好意，想起来前因后果觉得这小女人不简单，现在正是教训一下她的机会，周湘云看上去也是扶着小角儿，实际上手是用劲地掐住她的背，她明显感觉到了对方的挣扎但是就不放手而且使出了全身的力量。周湘云这时候才知道江小燕的厉害，纯朴外表掩盖了太多的东西，好在卢惠民也算是听话的，出格的事情他是不敢做的，以后多看紧一点就是了。

“谢谢小角儿了，以后惠民少不了要麻烦你啊，多费心哦!”周湘云松手了。

江小燕这时候疼得眼泪都出来了，知道自己手已经完全的紫了，以前学戏没有少受过这样的罪，可是今天只是跟惠民亲近了一下，他妈妈竟然下了这么重的手，她是真的不服气，也没有再做任何的挣扎，她要让这个有权势的女人得意不起来，微笑地看着周湘云："卢太太，小心下面的台阶哦。"

一帮戏子们很久没有这样的请客了，从洪武大路到"大三元"就是很短的路，可是他们已经吹上了，仿佛中国的戏曲事业只有他们可以主宰，有个更是在马路上就示范了起来，没有几句的卖弄就相互吵了起来，最后竟然差点动手，面对这样奇怪的举动，马路上的人们投来了惊诧的眼神，连马路上的黄包车都躲着他们，他们得意了，肆无忌惮地将街道占有了，紧接着就是那种轻浮的笑声，传了很远很远，整个南京城几乎都听得到了。

拜师宴周湘云只办了两桌，不想让更多的人知道，虽然自己被放在了正席上面，可是没有想到的是，江小燕依然是紧紧地挨着卢惠民，真的是天不怕地不怕了，看着江小燕不停地给卢惠民夹菜，看起来儿子喜欢什么吃她是知道的，也说明两个人私下没有少出去过。戏子们除了喝酒就是吹牛，想尽办法吹嘘自己的身价。江小燕一直护着卢惠民给灌醉，觉得自己是有责任了，为卢惠民做什么都是值得的。

"卢太太，听我给你讲个故事。"唐宝林对着卢太太讲起了故事，"光绪爷，光绪皇帝你知道的吧，他就是唱的丑角哦。"

"是吗？"周湘云有些怀疑。

唐宝林润了一下嗓子："说是前清的时候，光绪皇帝也是个票友常常去看戏，那一年徽班进京光绪爷去后台，说今天要给他唱而不让慈禧老佛爷知道，这样的要求可是很难做到啊，虽然皇上看的戏够多的了，可是在生旦净末丑五个行当中，挑一个适合皇上的也是非常难的。唱旦角吧扮上以后有失皇上的尊严，一个一国之君怎么可以男扮女装，传出去不要被人笑死啊；唱老生吧皇上也是一朝天子，总不能穿上下人的衣服吧，任何的行头比起龙袍都是侮辱啊！唱花脸吧也不合适，皇上什么时候练习过铜锤，这样的声音出来一下就听出来了；最后，还是皇上自己挑了就扮个丑吧，这样慈禧老佛爷是无论如何也认不出来的，这帮人赶紧就给皇上扮上了，你猜怎么样？"这是卖关子的时候了。

"后来怎么样了？"周湘云很好奇。

"皇上扮上以后真的很漂亮，也没有人可以认的出来，在后面候场的时候剧团的人知道啊，皇上就在后台东看看西玩玩，哪里都可以去哪里都可以坐，看上谁了就去谁的屋子，想干啥就干啥没有人敢拦着。您知道我们戏台上有规矩的，戏文是不可以乱念的，错了下来班主是要惩罚的，丑角儿就没有了这个限制，大家就是陪着皇上玩就是了，这就是光绪爷留下的规矩。”

“说说，后来慈禧老佛爷到底看出来没有啊？”周湘云完全被吸引了。

“你听啊，等到戏结束的时候，唱丑角的忘记该从哪边下场了，惹得慈禧老佛爷都乐得不行，叫人赏了丑角儿一些银两，可是这人就是不离开求赐江山，慈禧老佛爷怒了要人推出去斩了，皇上这才哈哈大笑起来，这可乐坏了慈禧老佛爷，当场就下诏天下的戏班，丑角为大，上可以去朝廷论理信口开言，下可以去民间住宿为所欲为，所以今天的戏班也好，场面也好，只有丑角可以乱玩的，学起来唱起来都很容易，您说是不是啊？”

周湘云没有想到过让儿子扮上小花脸，在整个舞台上插科打诨，可是丑角的地位确实有意思，更重要的是玩的成分就充分了，只是这样的话卢惠民的漂亮也就显不出来了，儿子起码是个唱角儿的料，这样是不是太埋没了。

江小燕一眼就看出来唐宝林是在敷衍，像卢惠民这样的嗓子和扮相，竟然唱丑角真的是想得出来的，如果扮上任何一行的条件都在自己之上，唐宝林并没有想真正的培养他，既然不用心地收了个徒弟的话，任何行当也是教不好的。刚才已经和卢太太有了不痛快的过程，这时候要是还违背她的心意，怕被误解成和她对着干，卢惠民也就是票戏而已，所以这时候也就不能多说话了，她悄悄地暗示卢惠民同意，这样就可以两个人继续交往下去，卢惠民当然立刻就明白了，他主动地跟妈妈说了。

“姆妈，唱丑角也是很好玩的，你就答应吧！”周湘云终于狠狠地点点头。

唐宝林戏班混了大半辈子的时光，知道卢惠民的外形条件就是没人可比的，四大名旦年轻的时候也不如他，嗓子到底如何是从来没有亮过，所以第一天学戏就叫他喊了几下，这一下真的把他给吓地愣住了，这样的嗓子几乎是完美的，很后悔没有认真起来，随便地就给挑个丑角打发了。但是转念一想也是对的，这孩子的心思也不在这上面，在他的眼睛里除了江小燕，别的都是胡闹瞎玩就是了，一个旦角没有几年是培养不出来的，卢家也不会让他干上这行的，真的花了心血可能也是徒劳，想到这里唐宝林就很佩服自己的精明了。

卢惠民学唱戏真的是有天赋，吊嗓子的时候连剧团的人都惊呆了，丑角的小戏《打金枝》《金玉奴》《苏三起解》等折子戏，不但丑角演的有模有样，就是旦角的几段唱腔都是声情并茂的,大家冷冷地看着唐宝林怎么办。可事情都尘埃落定了,改行当不是小事情,在卢太太面前不好交代,这时候的江小燕只有冷笑,她早就知道卢惠民是吃这碗饭的材料,可是自己不是班主又能如何?她喜欢卢惠民,决定私下教他,所以没有多久卢惠民就能唱两段了,看着自己的成果江小燕笑了,希望有一天人们知道他的才能,她总是在晚上睡觉的时候期待着。

唐宝林也不是没有想法的人,只是算计更有城府,江小燕教卢惠民的戏他都吊了嗓子,卢家的少爷的训练都是已经成了模样,现在的问题是卢家能不能放卢惠民?如果得到了卢家的同意那就好了,一来是可以打回上海;就凭卢惠民,盖家班的日子就不会好过,加上江小燕的出现,那上海滩就是自己的码头了。他决定请卢太太看看卢惠民,首先让她信服儿子的天赋,接下来就是说服她让儿子出山,至于卢文来的工作周湘云一定会做的,这个角儿真的是意外之喜啊。

"卢太太,少爷学戏也半年了,师傅不才很想让您和卢老爷看看。"唐宝林试探着问了周湘云一声。

"不行吧,惠民这就能唱了,你开玩笑吧?"周湘云觉得不大可能。

"真的行,卢少爷是天赋超人啊,要不您抽空听两嗓子?"唐宝林很有信心。

晚饭以后周湘云没有叫卢文来,觉得还是自己去看看得好,人刚进了文庙就听见了有人在吊嗓子,而且唱腔是那么的动听委婉,她不相信这是江小燕,她唱得没有这样好听,可是剧团也没有什么别的角儿啊,她觉得很是好奇决定不打扰,站在了文庙的院子里静静地欣赏起来。

"春秋亭外风雨暴,
何处悲声破寂寥。
隔帘只见一花轿,
想必是新婚渡鹊桥。
吉日良辰当欢笑,
为何鲛珠化泪抛?
此时却又明白了,
世上何尝尽富豪。
亦有饥寒悲怀抱,
也有失意哭嚎啕。
轿内的人儿弹别调,

必有隐情在心潮。”①

周湘云这时候折服了，世间竟然有这样的好嗓子，慢慢地她听出来了这是卢惠民啊，也许前世这老三真的就是戏子的坯子啊，简直太美妙了，可是下面又该如何呢！

“卢太太，饶恕唐宝林吧，我原来是想让惠民只是票几出戏，没有想到他的天赋挡都挡不住啊，我愿意从头教起弥补小的过失。”唐宝林给周湘云跪下了。

“起来，唐宝林我告诉你，卢家的孩子是不会做戏子的，少爷也就是自己玩玩算了，卢家少爷学戏的事情就这样结束了，明天你们给我搬走，恐怕不需要警察署来赶人吧！听到没有啊！”周湘云几乎是愤怒的命令。

盛夏的洪武路骄阳似火，大理石块堆砌的路面已经被晒成了白色，南京人喜欢把家里的脏水在夏天的时候泼向路面，当然就很容易生成一段段的热浪，因为水泼在不同的时刻，没有多长的路面此时看上去就是一块破布的颜色，斑斓而且显得很是肮脏。路边柳树上的知了没有停歇的叫喊，让本来就觉得闷热的天气更显得烦躁，孩子们也许没有吃的，用家里的面团做成了很粘的粘胶，一群群的挨着树木寻找这个几乎没有肉的飞禽，只要捉到一个就是一片欢笑声，唐宝林觉得自己就是那个知了，未来也就是放在火上烤的命运，而自己只不过是希望享受一点晨光雨露而已，人类是何等的残酷和现实啊。

唐宝林走在洪武大路上不再躲闪酷暑，只是希望尽早安排一场文庙的演出，很显然这是违背卢家的命令，可是他就是要做一次惊天动地的事情，自己一辈子唱戏几乎都是被人家算计了，卢惠民只要稍加培养就是惊世骇俗的大角儿了，可是卢家不愿意又有什么办法呢？现在最重要的就是展现自己的能力，前面让卢惠民唱丑后面反串旦角，即使带不走这个天才的戏子，也要展现唐宝林的光辉，难道唐宝林永远就是个配角？这一点他是永远不服气的！路过“茶水炉子”锅水的蒸汽，让唐宝林觉得自己是被架上了火焰山，但是这时候顾不得那么多了，一定要卢惠民光鲜的站立在舞台上。

“你他妈的狗日还敢来啊？你给我找的麻烦还少吗？你以为是我姨妈家里的亲戚，想做什么就是什么啊，这里是有规矩的！”许大胖子终于发泄了。

---

① 京剧《锁麟囊》唱腔选段。

“你他妈的狗日的听清楚了！不是老子要唱，是卢家的人要唱！你他妈的安排不安排随你了！”唐宝林也终于火力全开了。

许大胖子绝对没有想到这个臭戏子，全然没有了丝毫对自己的尊重，哪里有一点亲戚的那个感觉，当初要不是自己从中撮合，别说是中华剧场，就是下关的小戏园子都不一定有人接待；戏演砸了也没有说赶紧送点什么，在医院一住就是十天半个月，自己成天地跟人家说好话，最后票也没有退了出来。可是他现在敢跟自己这么耍横，一定是有什么特殊的理由，如果处理不好也是有麻烦的。

“嘿嘿，怎么说也是你也是我的舅舅，该照顾的我当然是要照顾的，既然是卢家的事情都是有的商量，不是吗？你说是卢惠民要唱戏还是卢太太，我怎么听不懂啊？”许大胖子决定问清楚再说。

“是卢惠民要唱戏，卢太太要看。”唐宝林这下讲得很清楚了。

“哦，那师傅就是你了，你也真的有胆子啊，我佩服得五体投地，你这就是拐卖人口啊，人家一个好端端的少爷，跟着你个江湖流浪的戏子，是不是给卢太太和小少爷下了药啊，你这是找死啊！”许大胖子根本就不相信。

“信不信由你了，这是以安徽戏班的名义最后一次演出，完了我就回安徽老家了，南京这地方我是待烦了待腻了。”唐宝林的怒火发完以后头也不回地走了。

许大胖子觉得报复的机会来了，卢惠昌来到警察署以后，自己一天的安生日子都没有过，这小子真的是很损，派人跟踪自己，找到了自己姘头的住址，然后亲自去告诉自己的老婆捉奸，如今脸上的伤痕和指甲的印子，都是这家伙的恶作剧。卢惠民不知天高地厚地唱戏，这是丢尽卢家人脸面的是事情，一定要保留到最后一刻才让卢家知道，看看卢惠昌怎么收拾这个烂摊子，这样的羞辱比起捉奸在床是不是更刺激呢？他要卢家难看得抬不起头来，洪武大路上终于补齐了下九流了，而卢家也就开始颜面扫地，想想都是真的开心。

“我本是卧龙冈散淡的人，
论阴阳如反掌保定乾坤。
先帝爷下南阳御驾三请，
联东吴灭曹贼鼎足三分。
官封到武乡侯执掌帅印，
东西征南北剿博古通今。
周文王访姜尚周室大振，

汉诸葛怎比得前辈先生。
闲无事在敌楼我亮一亮琴音，
哈哈哈！”①

许大胖子太得意了，一场洪武大路上最精彩的戏就要上演了。

卢惠昌真的就中了许大胖子的设计，冲进文庙的时候绝对没有想到是这样的后果，他一路上想的就是，这帮戏子就是卢家的寄生虫，夜里不睡早上不起常常地唱到天亮，现在竟然唱戏都不报备自己，踏进文庙的时候看到花花绿绿的舞台，他真的动了肝火和开了枪。没有想到的是，为了一个小角儿弟弟敢跟自己反目，乳臭未干的卢惠民竟然给了自己一个耳光。父亲教训母亲哥哥教训弟弟哪里有错，没有想到的是老二居然从中阻拦，完全没有把自己老大的地位放在眼里，愤怒和激动最终让他失去了理智，也直接导致了二弟媳的流产，现在后悔一切都晚了。

行走在江湖上多年的老戏子唐宝林，当然知道闯下了大祸，卢太太送少爷学戏的时候，顾虑不是没有过，本来只是敷衍地骗上一些时日，可是卢惠民的天赋是怎么也挡不住的啊。唐宝林咽不下这口气，他要证明戏子也是要尊严的，可是没有想到事情竟然是这样的结局。事情闹得这么大卢惠昌不会放过自己，现在唯一的办法就是把责任推出去，已经把江小燕关起来了，他还能做什么呢？

“唐老板，求你放我出去啊，惠民会被打废了的啊！你不能这样没有人性啊，你吃了人家喝了人家，怎么能见死不救啊？你让我出去替小少爷顶罪吧，求你放我出去啊，都是我的错！我的错！呜……”江小燕嚎叫着，她已经被关了好几个小时了。

她使劲地拍打着三进的门，但没有人理睬她，戏子们就是绝对不开门。此时的唐宝林和所有人也没有了主意，没有饭吃是小事情，可是往哪里去呢？大家不约而同把自己的失落，都怪罪到这个小角儿的身上，隔着房间的大门开始了大骂。

“怎么那么不要脸啊，你一个戏子勾引人家少爷，丢人不？”唐宝林首先发难了。

“唱戏也罢，你怎么可以跟少爷上床啊，就是咋的也要等少爷先娶了正房。”打鼓佬也是对她非常的不满。

“看看，人长得挺漂亮，怎么那么不要脸啊，人家说近水楼台先得月，好你个小

① 京剧《空城计》唱腔选段。

丫头片子你是肥水就流外人田，这都是你作的后果，等着卢家大少爷来收拾你吧！”此时的龙套、场面都跟着一片骂声。

面对所发生的一切唐宝林是往后退的，而且是让所有戏班的人越退越远，谁知道刚来没有几天的江小燕反而不顾一切地冲了出去，这时候他终于联想起以前的一切，看上去这两个年轻人已经不是儿戏了，这简直就是“梁山伯与祝英台”的现实，他不担心这个小角儿的颜面扫地，而是戏班能不能全身而退的问题，就在江小燕哭诉着要去找卢惠民的时候，他跟几个演武戏的下手使了个眼色，三下五除二地就把这小身板架了起来，一根拉大幕的绳子麻利的把她绑了起来，江小燕搁不住几个人的力量，很快地被抛到了刚才化妆的西厢房。

骂是骂了可是事情还是要解决，此时的唐宝林已经决计要离开梨园行了，几个月下来几乎花光了所有的盘缠，吃饭开支都是人家卢太太垫付的，没有办法他让伙房把饭全煮熟了，馒头也蒸了好几笼屉，这就是大家路上的吃喝，坐下以后眼泪稀里哗啦地往下流。大家毕竟也在一起混了一年多，虽然说不上吃得饱喝得足，但是戏花子就是这个命，也是吃千人饭穿万人衣的，大家彼此安慰着也让唐宝林不要难过，有用得着的时候一封信或者电报，江南的任何地方都可以见面，唐宝林这时候也不说什么，只好跟所有的人鞠了个躬，然后抱拳拱手。

“不好了，江小燕不在了，房子里面只有这条绳子！”服装师傅收拾衣服发现了。

“啊！要出大事了，跑！”唐宝林下了最后的一个命令。

今夜的洪武路是一片漆黑的，文庙的事情波及了整个洪武大路，以前街道上横七竖八的很多竹椅子早就出来了，树底下也是大家必占的领地，合着夜里的清风和露水，好好地睡上一个大觉可以恢复体力面对第二天的劳作。可是现在大家真的不敢议论这件事情，只要有个人说了卢家的是非，也许未来的麻烦就惹到自己的身上。避免风险的最好方法，就是像老鼠一样地悄然无息蹲在房间里。房间里面的闷热比起口舌之争更容易克服，街道两边的窗户不时地传来一阵阵叹息，接下来就是人们投毛巾的声音，毛巾和肌肤拍打的声音传得很远，洪武大路的人们只能在不安中等待着黎明。

戏班子的马车在晨光中停留在街中间，所有的锣鼓家伙都被布包裹得很紧，以免发出不必要的奇怪声响，低沉的催促还在不停叫喊，等行李完全的安顿上马车的时候，远处的东方已经渐渐地发白了，唐宝林和所有的人蹑手蹑脚地上车了，赶着马车迅速地离开了文庙。江小燕的逃跑让大家不能嫁祸给她，无家可归的戏子们都在这里了,唐宝林仔细地检查了一下所有的东西,知道这里是大家再也回不来的了。他不后悔最后的安排和选择,机关算尽也是一个庸人,输了的时候就要认清所有,他决定回安徽老家去,从此以后再也不回洪武大路了。

马车就在将要离开洪武大路的时候,远处一个消瘦的身影挡住了去路,所有人认出来这是卢家的小少爷,卢惠民此时拄着一根棍子站在路中间,所有人不得已都停下了脚步,把目光投向班主唐宝林。唐宝林也没有想到还能见到卢惠民,本来已经被逼得走投无路了,没有想到他又在这个时间出现,这真是永远打不散的冤家啊,他招呼所有的人绕过,可是没有想到卢惠民竟然拉住了骡子的笼头,这使得唐宝林不得不跳下车来,面对眼前这个让他毫无主意的年轻人。

“师傅,请带我走吧。”卢惠民被打得不轻。

“你让开,你给安徽戏班的麻烦还少吗?江小燕都不在了,你还要跟我们走吗?”唐宝林很是抱怨。

“先走吧,以后再回来找她。”卢惠民这个态度是唐宝林所想不到的。

“不能带你走,不然我们都逃不掉。”唐宝林有些害怕。

“不带我走,唐老板你们也走不掉的。”卢惠民的态度很是坚决。

看着天空已经几乎大白了,唐宝林真的耽误不起时间:“那我带你一段,出了城门就自己找生活去,我们大家也实在帮不上了,上车吧!”

车辆终于又开始前行,唐宝林也有些不忍心,好在没有多远就是南京的中华门,在那里他就完全解脱了,看着卢惠民吃力地爬上了骡车,马路边上的山东侉子已经起来炸油条了,唐宝林对于豆浆有一种特殊的喜好,当浓浓的豆香飘出来的时候,再也忍不住了:

“我下去买点豆浆油条,你们径直往前走不要停。”然后径自跳下车。

“早啊,唐老师,你们这是要离开洪武大路啊?”山东侉子看上去很热情。

“是啊,昨天不是卢家闹的吗?”唐宝林边说边拿着吃的上了马车。

山东侉子看着他们走了很远很远,这才叫谢寡妇赶紧去警察署报告卢惠昌,他知道如果不说的话,厄运就会降临到他的头上,那是绝对承受不了的。

车子向东没有多久过了大行宫,人们还没有起来,一切店铺都是关着的,这让卢惠民想起了和江小燕一起过来做衣服的时光。江小燕每次带他出来都是找最好的饭店吃饭,也喜欢给卢惠民买上一些配饰,那家叫做“秦淮肥鱼”的餐厅他们常常光顾,每次都是她替他把鱼刺挑出来;午朝门的门洞也是他们约会的地方,这里江小燕教了他“贵妃醉酒”，而且爱称他为皇上；前面的茶社也是江小燕亲他的地方，在春雨中她调皮地按住了自己的头，让他闭上眼睛而后脸颊上就有了口红印，一直到离开的时候她都不许他擦去；卢惠民哭了！

“停车，师傅停车，我要下去了。”唐宝林没有想到他会改变主意。

“你想好了，要回去？”唐宝林让后车子停下。

“谢谢师傅，师兄师弟们多保重，后会有期哦！”卢惠民给唐宝林鞠了个躬，然后走了。

“嗯！”唐宝林说不出是什么感觉，心里很沉重，但是车子一下轻了不少，看着卢惠民一瘸一拐地消失在明故宫的瓦砾中，心中也有些不舒服，也许这就是人生的交汇吧，他跟这个年轻人的认识也算是一段孽缘，早知如今何必当初呢。

“驾！”马车又恢复了以往的速度开始向前跑去，可是没有跑几步就被后面的马车队追了上来，领头的就是卢家的大少爷卢惠昌，一行的地痞流氓把整个戏班都给围了，唐宝林这时候知道是吃早点惹的祸，山东侉子一定是以最快的速度报告了警察署。

卢惠昌并没有立刻下马，而是在这个车子周围转了几圈，目光犀利地瞪着唐宝林，正在想怎么处置这个骗吃骗喝的戏子，他又在人群中间找寻江小燕，也没有看到，也就知道了弟弟并没有和他们一起走，留下这帮人又有什么用呢？不过这个戏班班主唐宝林是要留下的，看样子不是第一次靠别人养着，身上也许可以压榨出来些东西，不能便宜了这个王八蛋。

“卢大少爷，惠民不在我的车上，你让我们走吧。”唐宝林知道这个年轻人的盘算，希望在他决定以前能够溜走。

“卢少爷饶命啊，我们都是上有老下有小的人啊，也都是被唐宝林骗来的！”几个武戏下手，也知道进去没有好结果，“是他，刚才帮助小少爷逃跑的，跟我们真的没有任何关系，大少爷放我们一条生路吧！”

卢惠昌终于找到要的东西了，他骑着马走了过来，扬起手中的粗大的鞭子，从上到下的狠狠一甩，瞬间唐宝林的脸上就皮开肉绽：“来人啊，把这个反革命的戏子给抓起来押回警察局，其他的人跟我朝通济门的方向，找到卢惠民回来再收拾他，快！”

这一鞭子让唐宝林知道什么是痛苦了，先是脸上一阵麻辣的感觉，接着就是鲜血顺着脸颊下来了，不用说就是一条永远不能弥合的伤疤，冲上来的几个地痞瞬间就把他按倒在地上，粗壮的绳子把他绑个结结实实的，连气都喘不过来，脸上的疼痛和鲜血流进衣服里面的剧烈瘙痒，让他痛苦难耐的厉害，几个人很快地把他拖到了马背上，押着这个戏子在早晨的阳光下开始了游街。

唐宝林被押回到洪武大路时街道上已经有不少人了，他看见山东侉子正在若无其事地照顾着自己的生意，很多人没有想到事情会演变成这样，骂声和乱七八糟的东西瞬间就扑了过来：

"戏子拐卖人家少爷，该杀啊！"这是牲口棚里的大老刘的表态。

"骗人家大户的银子，真是千刀万剐的货啊！"井台上的妇女把剩下的菜帮子丢过来。

"脸花了吧，让女戏子玷污人家的清白，什么玩意啊！"进货的汪杂货店主也来凑热闹。

"抓起来大快人心哦，成天让我们睡不着觉的杂碎哦！"洪其昌也跟着看笑话。

没有尊严的日子是唐宝林根本没有想过的，一条街足足地走了半个时辰，等到了警察局的时候脸上的血已经凝固住了，就这样的面容以后唱戏是没有任何可能了，就是出去做个班主人家也是羞于接洽的，此时他唯一想到了就是如何离开洪武大路，如何忘记以前的唱戏辉煌，如何回到安徽的老家度过余生，而这一切现在都不是在自己的操持中，也许就会死在洪武大路的警察署里，他感到阵阵的眩晕，终于支撑不住从马上栽了下来。

许大胖子抑制不住昨天的快乐，起来就早早地来到警察局，想看看事情的进展和未来，一进大门就看到唐宝林被打成这样，这个戏子自从来到洪武大路就没有把他放在眼里，从来没有给过自己任何的好处，喜欢江小燕唐宝林也是完全知道的，就是借故从来没有让她来伺候自己，最后竟然把那么个漂亮的小角儿任卢惠民享用，这也真的是报应到家了。但是卢家也不是什么好东西，跟卢文来借了多少次钱想把洪武路那块宅基地盖了，根本就是没有任何的回音，自己倒好，从三进的普通大瓦房翻盖到七进的青砖大宅，而自己今天仍然是一无所有。

"大外甥啊，你要为我做主啊，我们的演出是经过你同意的，求求你作证啊。"唐宝林在找救命稻草。

"你现在知道开始认亲戚了啊，可是卢家并没有让你演出，你这是自作主张胡说八道，幸亏早就被我看出来了，不然我都跟着进去倒霉了，你的案子是卢警官处理，我很多事情要忙，我可是管不了你哦。"说完就要走了。

许大胖子这个时候的心理很奇怪，卢惠民的失踪已经好几个小时了，从目前来看是没有找到，不然不至于把唐宝林打成这样，现在他有点害怕会被追查了。本来只是想让卢家出个丑就罢了，但是无论如何没有想到卢家小少爷会玩失踪，这事情继续查下去的话，卢惠昌一定会追问怎么事先不跟自己招呼一声，况且卢惠民唱戏的所有内容他是知道的，事情既然到了这种地步唯一的方法就是逃，他决定回家躲一下风头。

“慢着，请许警官留步，兄弟卢惠昌今天要审一个反革命的案件，还望你坐镇！”这是卢惠昌咬牙切齿地蹦出来的话，怎么也没有想到在警察署门口碰到，真是冤家路窄了。许大胖子觉得身后发凉，他跟这个唐宝林并没有什么太多的接触，什么时候就成了反革命，这让他觉得不够明白，再看看卢惠昌一副严肃的样子，不是要面对自己的手段吧。

唐宝林被押到审讯室的时候，知道自己这一生就算交代在这里，虽然是戏子但也是个男人，面对这样的结局算是认输了，并不打算再隐瞒任何事情，只要能活着出去也算是圆满了，看着眼前这两个人的样子，已经明白其中的矛盾了，他必须要利用一切可以利用的机会，让自己完全从事情中逃脱出来，只是这两个人都不好对付，一定要用足了戏文中间的那些故事，给自己找一条生路。

“唐宝林，说说你是怎么进中华剧场的？”卢惠昌瞪着绑在凳子上的唐宝林。

“唱戏，就是跑码头，戏班都是这样讨生活的。”唐宝林已经豁出去了。

“听说你以前还为满清唱过戏，连慈禧和光绪都看过，是不是？”卢惠昌话里有话。

说到演戏唐宝林就来了劲：“回卢警长的我是给宫里唱过，《打渔杀家》是陪上海盖老板唱的，谁知道慈禧不高兴就换了《野猪林》，最后就是《群英会》，我扮演的是小二，陆虞候和赵云，老佛爷后来看的高兴就赏了不少钱。”唐宝林很是得意。

“赏了多少？”卢惠昌问。

“不知道，都是给盖老板的。”唐宝林很委屈。

“我问你拿了没有？”卢惠昌追问。

“就几两银子。”唐宝林努力地在想。

卢惠昌知道这个戏子的能耐不过如此，看着他回答问题的神态多少让人厌恶，再看看许大胖子一头雾水的样子，他觉得这两个东西也配在这个世界上活，决定要将这两个人渣一起地修理了。

这时候在一边的许大胖子早就坐不住了，很好笑这个不懂戏的人，竟然问起戏班的事情:“惠昌兄你是办案子还是聊戏啊?”许大胖子嘲笑起来。

“几两?”卢惠昌没有理睬他。继续追问。

“四两吧,好像。”唐宝林只能这样回答。

“嗯,唐宝林你来南京中华剧场的演出送过礼吧?”卢惠昌话锋一转。

“卢警官,这世道跑码头哪有不送的,场面上的都送了。”唐宝林无奈地表示。

“我问你给洪武大路警察署送过没有?”卢惠昌追问。

唐宝林看了看许大胖子没有想到卢惠昌会问这个,而此时的许大胖子觉得事情复杂了。

“你不要胡说八道,你给洪武大路真的送过礼吗? 有人证明吗?”许大胖子赶紧警告他。

“好,唐宝林我问你,我卢惠昌收过你一分钱吗?”卢惠昌轻轻地问。

“没有啊,天地良心,卢警官没有收过,不但分文没有取还给我们住给我们吃,老天作证。”

“你说给洪武大路送过,那么送给谁了,你拿清朝的皇太后的赏钱贿赂谁了?”卢惠昌这时候加重了语气。

“没有啊,我没有拿皇太后的赏钱送人哦。”唐宝林争辩着。

“来人啊,上夹棍,不怕你不说。”卢惠昌命令道。

夹棍这东西是清朝留下来的刑具,专门是行刑逼供用的东西,上下两根夹住了犯人的大腿,相对的使足气力在棍子上面,犯人轻的是腿骨断裂,重的是终生残废不能站立起来。所有的犯人见了这个东西基本都招了,而唐宝林是靠着腿脚吃饭的,上了夹棍就意味着再也上不了舞台了,以后连自己挣钱吃饭的能力都没有了。

“大外甥啊,救命啊。”唐宝林知道是和许大胖子绑在一起了,他要是不出来拯救自己意味着只好招了他。

许大胖子这时候也知道了卢惠昌的厉害了,吃拿戏班子的钱也没有什么了不起的,拿了慈禧的赏钱对于民国来说罪就重了,卢惠昌这么说是有目的的。几天前,他想让卢惠炳来警察署谋个差事,自己考虑的太多不希望这兄弟两个人占了位置,就没有同意。眼下却惹了这么大的麻烦,现在说一切都晚了,最重要的是不能让这个唐宝林说出自己,钱是小事情可是拿了旧朝廷的钱问题就大了,想到这样的状况他看了看卢惠昌:

“惠昌兄,戏子的话不要信哦,我跟他一丁点儿关系都没有,你秉公断案吧!”许大胖子想绕过去。

“许警官,我也不信的,但是很想听哦!”卢惠昌并不着急。

许大胖子想看来是一定要问出个所以然来了,笑着走到了唐宝林的面前:

“唐宝林你自己跟旧朝廷的恩怨不要乱咬我。”许大胖子警告他。

此时的唐宝林已经觉得没有救了,他哭着张开了嘴:“大外甥啊,你不要怪罪我了……”

“啪!”还没有等唐宝林的下半句出来,许大胖子一个大耳光扇了上来,“上刑!”

“我冤枉啊,我冤枉啊!”这一巴掌是许大胖子吃奶的劲都使出来了,打得唐宝林已经口齿不清楚了,还没有等他喊两句,“啪,啪,啪!”许大胖子连环的扇了唐宝林很多耳光,不消几分钟唐宝林已经是满嘴鲜血了。

“夹棍!”许大胖子此时什么也等不得了。

大家都在看卢惠昌怎么办,这时候他已经看出许大胖子的紧张,笑了笑点点头。

“啊!”的一声大叫,唐宝林的两条腿断裂了,疼得昏死过去。

唐宝林醒来的时候天已经快亮了,想挪动自己的双腿已经没有知觉了,嘴里已经是充满的鲜血说不出话来,唯一的长衫已经被撕扯的不成样子,他后悔自负离开了盖家班,落得这种惨不忍睹的结局。他知道自己只是警察署的牺牲品,昨天本来是要交代跟许大胖子的关系,他不仅仅是送过几十两银子,更是把剧团的学徒王三菱跟他睡了,眼前这样的状况说什么都晚了,可是只要给他一线生存的机会,都会和盘托出的。

“来人啊,我要交代,我要交代啊!”唐宝林喊叫着。

唐宝林的叫声在夜里是传得很远的,听见前面的值班室传来声音,是许大胖子:“舅舅啊,你是真的不讲义气啊! 今天你是不是要把我交代了?”许大胖子没有那么的傻,唐宝林这时候觉得很是危险:“来人啊,救命啊!”他用足了力气叫喊起来。

“别叫了,你现在是在警察署,谁还能救你的命啊。”许大胖子规劝道。

唐宝林面对眼下的窘境知道没有什么希望了,低下了头。

“舅舅啊,幸亏你还是个江湖上的人,眼下你是没有救了,我也是危在旦夕,最好的办法就是你把所有的银两拿出来,车上卢惠昌已经搜了没有什么大钱,可见你还是有藏钱的地方,我姨妈都跟我说了你从上海回来没有少挣钱,几十两黄金总是有的吧,这几年在外面演出多少也攒了不少,说说在哪里吧?”许大胖子问了。

“我操你许大胖子的祖宗,我一个戏子能有多少钱啊,除了给你们这帮王八蛋,能留下几个啊。”唐宝林叫骂着。

“人们说你们戏子是最有情有义的,你说没有就算没有好了,那么你的师兄弟谁能借你吧,如果不拿钱你是出不去的,我现在就剪了你的舌头,然后说你是自己咬舌自尽的。”许大胖子真的去拿剪刀了。

唐宝林真的是没有任何办法了,觉得只有卖了谁才可以活下去,他想起了上海的盖老板对自己不薄,走的时候也给了充足的活路钱,那些银子这几年闯码头都糟掉了,要是讲戏子之间的感情就只有他了。他也想起了没有回来的江小燕,这个丫头片子也是帮自己挣了不少的钱,要不是她勾引卢惠民也不会落到眼前的样子,他恨她毁了自己的一生。自己在戏班子的生活牵扯太多恩怨,戏台上的感情是靠不住的,在名和声誉的问题上没有一个肯让给别人的,他很后悔选择了戏子这个职业。

“想好了没有啊?”许大胖子开了牢门。

“大外甥啊,舅舅真的没有任何的积蓄了,老家的房子和戏班的添置,我都基本是花光了啊!我给你推荐两个人吧,一个是上海的盖老板,他有钱啊,你可以找机会跟他拿。”唐宝林决定先出卖大的,也许就可以逃过这一关。

“你就胡说八道哦,盖老板在上海也是一个大角儿,身边罩着的人都是场面上的大人物,你是设计我们不怕我阉了你啊,连你的第三条腿都给你残废了,叫你养不出表兄表弟的,你信不信?”许大胖子把剪刀指向他的裆处。

“不敢,不敢!”唐宝林,“那你去找江小燕,这丫头有钱!”

听到这里许大胖子的眼睛一亮:“江小燕在哪里?”

“不知道,不过我知道她一般都是去中华门的‘梨园客栈’搭班的,找到她就有钱了。”唐宝林这时候充满了希望。

“好,我就相信你,但是我要把你藏起来不然你把我说出去,那种危险还是存在的。”许大胖子态度很坚决。

“大外甥啊,你这是要把我送到哪里,不会杀人灭口吧。”唐宝林很是惊恐。

许大胖子由不得这个戏子的同意,在地上放了十两银子,他知道卢惠昌虽然不是个要钱的人,但是看在银子分给兄弟的面子上,也不会那么的计较,也表示出自己对他的尊敬。警察署的事情就是兄弟们合伙的交易,虽然卢惠昌在这里的日子不算久,所有那些地痞流氓的开支,对于他也是个不小的开支,生意是大家做的,如果能搞到江小燕的银子,以后多分一点给这个少爷。许大胖子想好了以后,就背起唐宝林走出了洪武大路警察署,很快就来到了文庙。

短短的一天工夫,洪武大路上的很多野猫已经找到了住的地方,在两个人进来的时候开始四处逃窜,那些残留下来的破布已经被扯得不成片了,只有几个走的时候没有带走的碗。许大胖子把唐宝林放在了后院的西房,又去院子里的水井上打了一桶水,替他把脚上的铁链子拴在房子中间的一个木桩上:

"放心吧,在找到江小燕以前我是不会做了舅舅的,卢惠昌没有整垮我以前你也是没有事情的,我把事情办完再来找你。"许大胖子很是得意自己的安排。

许大胖子知道"梨园客栈"就在中华门外,一个人去做这样的事情更安全,他知道如果先告诉了卢惠昌,自己是一分钱也拿不到的,只会带来更多的麻烦。他不知道江小燕有多少钱,但是他有自己的算法,这样的小角儿如果跟人睡的话一次没有个几十两是下不来的,有的钱主儿更是喜欢小身板的,会给更多的金子,这样算下来整个几年的唱戏生涯,有个几十两金子不是没有可能,也许吓唬之下这小角儿从了自己,可是人财两得啊。

许大胖子对这里太熟悉了,哼着小曲没有半个时辰就到了中华门,这里明朝叫做"聚宝门",是朱元璋最得意的边防城池,在南京的所有城门中只有这个有护城河,也是最难进攻的地方,工匠们为了博得皇上的喜欢,那城池挖成圆弧形状,表示财源滚滚而来的意思。朱洪武是个没有什么文化的皇帝,登基以后就花了大量的人力物力修建了环绕南京的明城墙,也就是最后聚拢在"聚宝门"这个地方。面对自己的浩大工程,除了开国元勋,洪武皇帝也邀请自己的太子也就是大儿子一道视察。

当然大家山呼万岁的时候,也免不了歌颂一下城墙的设计,洪武皇帝当然是异常的高兴和满足,只是无意中瞥见儿子的郁郁寡欢,多少有点觉得奇怪,当着众大臣的面,作为父亲当然很亲切的问起儿子的缘由,这时候的太子还很年轻,他并不知道父亲的真实想法和对于城墙的认识,于是脱口而出,这样的评论后来着实地惊讶了在场的大臣,这也让在座的很多人知道明朝城防的薄弱,以至于吴三桂领清军攻城无往不利。

"紫金山上架大炮,炮炮轰进紫禁城。"儿子如实地跟父亲说了。

父亲当时听了点头称是,也当众就赏了儿子更多的东西,末了还亲自给儿子剥了一个金桔,不但如此连里面的桔子经络都仔细的剔除了,大家又是一阵赞颂皇家的和谐,这让做太子的也很有面子,父子其乐融融地度过了对明城墙的视察。回家以后，马皇后就问了儿子和丈夫的对话，听完了以后几乎是大惊失色的敦促孩子快跑，并且是一刻也不能停留，父亲前面赏桔的意思是抽筋扒皮，吓得太子连夜出走，从此明朝就没有了接班人。

南京人喜欢讲述这些野史，希望从中找到自己生存的智慧，许大胖子当然是听得懂这些的，觉得自己现在就是皇上，任凭卢惠昌如何的有见识，只要下一场革命到来的时候，自己在设计一个圈套以后，剩下的只是如何扒皮抽筋了，他是越想越得意，很快地就来到了中华门外的"梨园客栈"。店主是早年的一个唱昆曲的戏子，因为自己嗓子在后来倒了，不得已在这里开了一家小旅馆，一方面靠住店赚点生活的钱，另一方面也给一些贫穷的戏子提供机会。于是，很多从北方到南方的，或者南方去北方混戏饭的人，没有了盘缠常常寄宿在这里，等找到演出的戏班以后再交上钱。

江小燕从洪武大路逃出来以后，面对人生地不熟的南京城，自然首先就来到了这里，天不亮就敲开了"梨园客栈"的门，这样披头散发的样子让老板一下就猜出了事情，戏子的麻烦在这里是屡见不鲜的，当然也就不会去问什么事情的细节，他把江小燕让进客栈，然后去打了水让她洗个脸，江小燕看着镜子里面的自己，难过的又哭了起来，直到天亮这个小角儿才可以说话。

"彭师傅，我想在这里住个几天。"

"小燕啊，没有问题，是不是唐宝林那孙子欺负你了？"彭老板是唱花脸的，声音很大。

"没有，只是遇到点事情就是了，不知道彭师傅方便不？"江小燕问了。

"没有问题哦，你这样的角儿请都请不来，我给你上面找间单间。"彭老板看好江小燕，他不怕将来没有人请，好房子自然是赚得多就是了。

累了一天的江小燕进了房间，一生的麻烦今天都遇上了，此时她也不愿意多想了，明天托人去打听一下卢惠民的情况，然后先搭班唱戏再说，想到这儿简单的洗了脸就睡了。睡梦中的江小燕回到了镇江的家：

江小燕父亲江四是个做醋的老实人，从农村出来城市里学徒，出道以后就在镇江的一家醋厂做了师傅，他不善言辞却乐善好施，经人介绍认识了母亲黄小瓷，一个喜欢票戏人家的女儿。这一年醋厂的生意很好，年终的时候老板高兴就找来了一个绍兴的戏班子唱戏，剧目选的是《白蛇传》。扮演许仙的戏子也是镇江人，举手投足都惟妙惟肖入木三分，看得黄小瓷很是开心，去后台看了人家，起初大家并没有在意这两个年轻人的接触，可江四第二天起床的时候却发现太太没有了，大家都帮着找也没有找到，这才想起了《白蛇传》里面的那个许仙，可是一切都晚了。

几个月以后的早晨，江四在去上班的路上看见了已经怀孕的妻子，老实人没有问任何话就把黄小瓷接回家了，他没有把这件事情告诉任何人，带着妻子去了一个没有人知道的醋厂。直到江小燕已经满了十五岁的时候，才简简单单地告诉她自己的身世，并且给她带了吃的和几块钱让她去找自己的生父。江小燕在绍兴不难就找到了父亲，父女一见面就知道其中的血缘关系，已经有了自己家庭的父亲，为了掩人耳目就收她做了徒弟，两年以后在她已经能够单独演出的时候，父亲得了一场重病乘鹤西去，这样江小燕不得已回到了镇江，开始在绍兴搭班唱戏的生涯了。

“小燕，江小燕，有人找。”江小燕是从梦中被叫醒的，看了看窗外她知道自己已经睡了一整天了。

“谁啊？”江小燕从楼上走了下来。

“谁？是我！”许大胖子走了出来。

江小燕看是他就没有理往回走，许大胖子准备爬上楼去。

“哎，这位先生，人家小姐不理睬你，你这是要干什么？”彭老板不干了。

许大胖子把手枪掏了出来：“干吗，警察办案不行啊！”

彭老板见这架势自然也不好声张了：“有话好好的说吗，屋里聊就好了，不打搅。”退到一边。

许大胖子很吃力地爬上了楼推开了房门，在这里他是不敢造次的，虽然这里都是臭戏子，但是一个警察也是对付不了的，况且事情还没有弄出结果来，如果真的断了线也就不好办了：

“江小燕，我知道你攒了不少的钱，现在你的老板唐宝林押在警察署，等你去赎出来。”许大胖子期待她能拿钱出来。

“许警官，你知道的我一个唱戏的哪有什么钱，有钱就不会住这里了。”江小燕没有钱也不想帮唐宝林。

许大胖子看出来了，江小燕不是唐宝林说的那个样子，再看看她住的地方也是没有任何藏钱的可能，可是这么远来也不能白跑：“江小燕，我可是来办案子的，跟我回洪武大路警察署去回话，签字画押以后你就可以回来了，要是你不走的话我可以给你带上铐子，这样大家都不方便。”许大胖子掏出了铐子。

“用不着那样，我跟你去洪武大路！”江小燕让许大胖子出去，然后整理了一下就下楼了。

“小燕你晚上还回来不?”这是彭老板的疑问。

“没事,我晚上会回来的,彭老板麻烦你给我顺便问问有没有班子可以搭的,我要挣点钱才能回镇江啊,谢谢了!”江小燕觉得事情讲清楚以后,一切都不是问题。

这个下九流的地方很容易出事,警察出现在这里当然是稀松平常的事情,许大胖子仗着自己的这身虎皮,彭老板是不敢过多的表现出自己的坚持,唯一能做的事情就是给押送的人口袋里塞钱,然后一直送到了街道的尽头。江小燕这个时候也不是很怕,说白了就是不该和有钱人家的少爷缠绵在一起,虽然知道许大胖子这头猪,垂涎自己已经很久了,可是光天化日之下也不能把她怎么样,她知道不得不面对现实。

许大胖子带着江小燕出现在中华门的时候,人们就背地里骂上了这个胖畜生,可是他手里拿着手枪,自然很多人是敢怒不敢言的。许大胖子的家就在中华门里的殷高巷,这一带都是做豆腐和小吃行的,原来这里也有很多做其他营生的,例如钱庄、赌场、高利贷和当铺,国民政府开始的时候就灭了这几行,更多的人都抓了去做苦工,都迁移到石佛寺的石头场做苦力了。由于许大胖子的警察关系,他的岳父就在这一带改行做了屠夫。这里的人不是很看得起这家人的,靠的是女婿干捕快的势力,杀一头猪都要给他家留下下水,这些东西拿到市场上可是大价钱,所以一家几口都吃得肥头大耳。

“小戏子,你是赶死去啊,走那么的快。”他开始抱怨。

“许警官,我可是很多事情要办,你那么慢的走什么时候才到?”江小燕抱怨了。

“好,好,等到了警察署再跟你讲道理。”许大胖子真的是咬着牙。

到洪武南口内桥的时候许大胖子再也走不动了,强烈要求坐在路边歇一歇,正巧有个停在内桥码头上的画舫,他叫住了江小燕:

“小戏子,你在这里等着,我去喝口水就回来。”许大胖子就下了桥,把江小燕晾在一边了。

江小燕看着许大胖子累得呼哧带喘的,也就听了他的要求在路边的算命摊上歇了下来,不一会儿这家伙喝完了茶又爬上了码头:

“小戏子,你过来。”许大胖子吆喝着。

“什么事情啊,没有多远就到了,快走吧我还有事情呢。”江小燕回答。

“你过来,过不过来啊?要我铐你是不是啊?”许大胖子有点火了。

江小燕拗不过就走了过来，许大胖子这从口袋里面掏出铐子：“按照民国的家法，你是要戴着铐子去警察署的，前面不给你戴是照顾你，这就要到了，戴上吧！”

江小燕并不想戴：“你走不走啊？不走我走了啊！”这时候她已经觉得有些不对准备逃跑，可是已经晚了，两个大汉已经跳到岸上，将江小燕拖进船舱迅速塞住了嘴。

“怎么样，这货色不错吧，唱戏的小娘们，你们开个价吧。”许大胖子很是得意，他就决定不带她回警察局了，对于卢家的仇恨他是早就结了，将卢惠民的小情人卖到窑子里面最合适不过了。

老鸨是个年纪不小的女人：“许大胖子你真的比你爹还狠啊，你就不怕人家家里找来？”

“找来，你知道她是什么吗？一个小戏子没爹没妈的谁找，你他妈的少废话了出个价吧，告诉你就是卖了，也先让老子把鲜尝了再带走。”许大胖子此时已经忍耐不住了。

老鸨过来看了看江小燕，任江小燕怎么挣扎都是没有用的，又浑身上下地摸了个够，最后把手伸进了江小燕的裤裆。这一幕就像牲口铺上的交易，对于江小燕是极大的耻辱，但是许大胖子却是司空见惯的。

“哈，哈！这可是好货哦，弄了去不但可以接客，人家是戏子还能唱几段，要知道这戏子在南京是红过的，快开个价我办完就走。”许大胖子一脸淫笑。

“好你妈个头啊！”老鸨骂了出来，“这是个白虎星[①]！哪有人要啊？”

许大胖子一听傻了眼：“真的假的！”走过来在江小燕的裤裆外摸了一把：“操你妈妈的，整个一个丧门星啊，怪不得前天晚上卢家出事了，原来就是你个作死的货啊！”他赶紧擦擦手。

“许大胖子，你自己带走吧，准备开船。”老鸨吆喝道。

到嘴的肥肉就这样没有了吗？这在许大胖子的警察生涯中间是没有的，为了解决眼下所有的问题，他已经这样跑了整整一天，原来计划的一切都化为乌有了，现在到手的机会他是绝对不能失去的，人口的贩卖怎么可以退货，这分明是没有把自己的警察身份看在眼里就是了，既然如此那么就让这个老鸨见识一下自己的手段。

---

① 白虎星，阴部没有长毛的男女。

“慢!”许大胖子把枪拔出来了,“老子的货你们看了,没有退货一说的。”

面对许大胖子的耍赖老鸨真的没有了办法,为了一个不值钱的白虎星死伤几个人就不值得了:“这样吧,许大胖子我也不能不给你面子,我出五块大洋你要就拿去,人我是不要的。”

许大胖子知道眼下的事情已经发生了,把江小燕带回去备不住会传了出去,人无论如何是不能再回到手里:“他妈妈的认栽了,你给十个大洋回去做下人,就这么说定了!”许大胖子接过钱的时候看到了江小燕的愤怒,他很释怀的是没有办了这个白虎星,不然将来一家人是不得安宁的,他环顾了一下四周确定只有汤瞎子在远处喝茶,那种没有表情的样子,确定是没有发现自己的伎俩。

“救命啊! 救命啊!”这是江小燕的求救,而且是越传越远的。

实际上,汤瞎子在算命摊上都听到了一切,也知道这个求救者是那个小角儿,用自己的尊贵生命去换一个戏子,这样的交易是很不值得的,早上起来的时候人们开始议论卢家的事情了,如果救下这个戏子只能造成更混乱的局面。他不是没有道德准则的人,可是面对自己一般的下九流的命运,这种靠别人的挽救就变得很滑稽了。这个弱肉强食的洪武大路,一个正常的人都无能为力,何况一个瞎子更不需要见义勇为了,只要在表情和行为上不出现偏差,那么一切都是安全和没有问题的。

“瞎子,知道我是谁吗?”许大胖子可是要核实一下,瞎子听见没有。

“哦,这位先生是要算命吗? 还是以前的主顾,八五折!”汤瞎子在装蒜。

“算你妈的命吧! 老子没有钱!”许大胖子骂骂咧咧地走了。

汤瞎子明明听出了许大胖子的声音了,可是他真的不敢出气,他不但听到了银元的撞击声音,更听到了枪栓拉起的声音,警察也竟然干起贩卖人口的勾当,这时候只要说错一个字,洪武大路上就永远没有算命的人了。

“客官,今天便宜啊,收你一半的费用好了!”汤瞎子掩饰着自己的平静,也顺便用毛巾擦拭着已经汗湿的内衣里面,拧出来的水也是啪啪作响的。

汤瞎子来洪武已经不是一年了,面对所发生的一切也是了如指掌,从卢太太为卢惠民拜师学艺开始,他就知道未来的结局是洪武大路所不容留的,于是就编出了拜师完灭烛的说法,这里面隐含着“灭族”的意思,有些事情是不能太明显言传的,卢家的产业和未来是自己生活的保障,而卢太太也是自己最大的靠山,可怜的是这些凡人没有办法知道自己的命运,即使是点拨也是不能透露太多的,他提笔在桌子上写下了一行字:我笑天下人太痴狂,天下人笑我太无情,然后又端起新泡的茶喝了起来，似乎刚才什么都没有发生过。

许大胖子怀揣着十块大洋来到了文庙，正午的太阳让他闷热难耐。他不愿意从正门进出以免有人看到他，从茶水炉旁边的小道她过卢家就来到了文庙的后面，这时候的文庙已经不像早晨那么的潮湿了，只是树上的知了叫的声音让人很不舒服，他把衣服脱了拿在手上进了后面的西屋。外面刺眼的阳光突然进到里面有些看不清楚，他静静地等了好一会才睁开眼睛，可是眼下再没有任何人了，拴唐宝林的铁链子还留在树桩上面。他突然发现唐宝林以前睡的床下有个大窟窿，走近一看是用双手新刨的痕迹，霎时间他明白了这个双腿已经不能走的戏子给自己设了局，他已经连人带钱逃跑了。

这家伙伤的已经够重的了能跑多远呢？他在后院找了很久都没有发现任何蛛丝马迹，等转到前院的时候已经看见卢惠昌坐在椅子上等他：

“许警长，整个一个下午你他妈的真够忙的!”卢惠昌调侃他。

“没有，没有，我在找唐宝林。”许大胖子忍着头疼说。

“你身上是什么？我听见银元的声音哦。”卢惠昌叫嚣道：“好啊，你敢放走了反革命，而且还拿了人家的钱两，你是国民政府的警察吗？你就是一个人渣!”

“饶命啊，卢警长饶命啊！我就是一时贪财起了邪念，再说我不是给牢里留的钱了吗，看在多年合作的基础上，饶了我吧，千万不能告诉上面，不然我和我的家就彻底完了。”

“哼，哼，你把我想得太好买了，十两就能打发我一个商号的少爷，上百两我也不多看一眼，也根本就没有看到过那些银子，你是在做梦吧？是吧，兄弟们!”卢惠昌大声地命令道。

“是!”没有一个人有异样的声音。

“那，唐宝林去了哪里?”许大胖子浑身筛糠了。

“那就要问你了，许大胖子，有人看见你这个大外甥把唐宝林背进来的是不是？你好好想想怎么给我们一个交代，我等你的答复！撤队!”卢惠昌叫嚣起来，然后带着一帮地痞流氓走了。

许大胖子只有一个人呆在那里，卢惠昌早就算计好了借自己的离开，占有了所有的唐宝林财产，看着地上很深的坑不可能是双手刨出来的，唐宝林拖着已经断了的两条腿能跑多远啊，他仔细地寻找着，他真的在墙角发现了衣服角，循着这里他慢慢地掀开，很显然出现的就是唐宝林的脚上的铁链，这个人显然是死了，但是死尸也是会说话的,这个唱了一辈子戏的戏子,留着很长的指甲上面有着一个布袋的纤维,人几乎被打成了一个血葫芦,面目已经完全看不出来了,在这种情形下不招是几乎不可能的,卢惠昌拿走了一切,包括这个可恶戏子的生命。

“舅舅啊,我怎么跟家里交待啊!”许大胖子不知所措了。

许大胖子开始害怕卢惠昌了,这么多年的勾当,在这个人的面前真的是小巫见大巫了,既然杀人越货是如此的理直气壮,那么自己就是下一个了。他没有勇气再面对卢惠昌了,虽然是盛夏的时节但是他觉得冷啊,一股股的凉风从脚底窜上来,一直到了自己的脑壳子里面去了。他觉得洪武大路正在改朝换代,而卢惠昌就是新一代的带头者,他不知道是怎么回到家里的,从此很少去警察局上班了。

民国二十六年夏,唐宝林的戏班子彻底地没有了,这个没有辉煌过的演员,心里永远是不甘!

姑蘇
道真靈
命相

第三章

chapter 3

洪武大路第百三十号
汤瞎子与算命摊子

門西放大一倍圖
北
東
西
朝天宮
江寧府署
貢院
南巡行宮
胡園

洪武大路上能闭着眼睛看天下的是汤瞎子，也是俗话说最危险的那种人物。

汤瞎子在洪武大路唯一的庇荫是周湘云，卢家得了三个儿子这么多年，他是从来不居功自傲的，也绝对没有跟任何人说过。他从到社会上讨生活那一天开始，就非常明白爱屋及乌的道理，所以汤瞎子选择了有前途的老二卢惠炳，每次当他路过洪武大路南口的时候，汤瞎子总是热情地迎出来，给他塞上满满的水果和干货，临走的时候还给上几文小钱。憨厚的卢惠炳每次把一切都如实地告诉了母亲，着实让周湘云对他另眼相看了，乐于在卢文来面前说他好话，愿意安排卢文来亲自接见他。

民国二十一年的大年初二，汤瞎子带了礼品拜访了卢文来。这是周湘云年前就安排了的，卢文来虽然不完全相信这个术士，但是看在多年周湘云喜欢的面子上，也就不得不做个姿态。汤瞎子的生活的确改善了，也换上了缎子的小长袍，脚上也是北京步瀛斋的棉鞋，手上也端上了炭盆取暖，想想也觉得好笑，没有卢家他能有今天？卢文来觉得汤瞎子的出现绝不是偶然，最近自己的生意不是很好，也什么事情都不顺心，看着几个儿子白天都玩累已经睡下了，而晚上一个人没事听听也算解闷。

“卢老爷，咱们洪武大路的发展到时候了，有很多一本万利的事情可以做哦。”汤瞎子开始游说卢文来做投资的生意了。

卢文来觉得简直是好笑的厉害，自己商场上面这么多年了，生意的选择也轮不到瞎子指点，他没有作声而是让汤瞎子一直讲下去，想知道这个瞎子的下一步，只要不被一个江湖人忽悠就是了，他让下人给自己续了茶水。听了一会儿以后，也开始觉得瞎子真是个有心人，洪武大路的事情竟然尽收眼底，不过大多数也就是小生意，这在卢文来是根本看不上的，好在新年“鸿儒织造”的生意都停了，多听听天书也不是那么要紧的。

“卢老爷，这么说吧，如果你放出资金，只要一个月就会赚出几年织造的收入！”对于一个斯文的秀才太多的讲述铜臭不是好事情，可是卢文来的暧昧态度让他吃了定心丸，“您想想，这是个什么年代？革命需要钱、大小石坝街需要钱，洪武大路的牲口市场也需要钱，可是您把这么多的钱都投在织造，有时候也不是最好的考虑哦。”

卢文来还是没有动心，眼前的这个瞎子看来是真的不瞎啊，比起那些明白的人都看得透彻：“汤先生，你做地下钱庄不是第一次吧？”卢文来似乎看出了这个人的前世今生：“如果你愿意跟我说说你的过去，确保我放出的钱收的回来，那么我就给你机会。”

汤瞎子的来历没有人知道，有人说他是天津人，也有人说他是唐山人，更有人说他就是南京人，也许是走南闯北的缘由从他的语气中很难听出来他是哪里人。汤瞎子没有想到卢文来会问他的过去，可是话说到这个份上不交代的话，那么他就基本是失去了信任。

“小瞎子真名蓝彦辉，也是清朝正蓝旗的小王爷，家里从小就是靠放贷为生，生活的富足让小的并没有吃过太多苦。”说到这里汤瞎子判断了一下卢老爷的反应，感觉到他在听就继续说了下去，“晚清时候瞎子的家境败落了，只好用家里面的东西押了做些放贷的事情，‘戊戌变法’的时候我也是鼓励变革的，资助过谭嗣同等六君子，只可惜他们的朝廷维新没有成功，菜市口问斩以后，就只好带着家里人逃出了北京城，流落在南京的时候已经分文没有了，无奈只好抄起这个混饭吃的营生。”汤瞎子感到很惭愧。

卢文来一直防备着这个不速之客，汤瞎子对老二的过分殷勤他是知道的，可是为了讨太太的欢心有用吗？他不得不讨厌这个人的小气。多年来的生意让卢文来有些疲倦了，自然希望能够尽早地赚到棺材本①，把产业完全留给自己的小儿子，然后在家里看看书或者练练字，对于文化的事情也实在是荒废太多了。只是这个瞎子的想法要想落实，并不是那么简单的事情，就是放钱出去做总要知道做什么吧，再说汤瞎子比起所有洪武大路上的人，毕竟还是少了一些逃跑的能力的，在卢文来看只要不是洪其昌，谁的生意都不会那么的难缠。

“汤先生客气了，认识皇家的血脉自然是卢文来的造化了，见识了！”卢文来说很中性，“说说你挣钱的想法，我洗耳恭听。”

“在南京流落的这些日子，小瞎子明白了一个道理，只有钱生钱才是最大的技术，靠劳作挣的钱很费时日，而且往往是我们做不来的，不知道卢先生同意不同意？”汤瞎子知道卢文来是在听的。

卢文来自然明白“鸿儒织造”有今天的生意，也不是完全靠着这些工人们的劳作，没有自己的学识也是成不了气候的，他觉得有些废话是不需要注意的，就端起了茶杯毫不经意地抿了几口，他不自觉地看了看外面的时光，悄悄地用手势告诉下人，可以把大门都关了。

---

① 棺材本，人们退休养老的费用。

“任何朝代里的人们只要不碰触禁忌话题，吃饭穿衣是无忧虑的，可是要赚钱就不是那么简单了，资金的流动就是在水深火热之中捞钱，人们可以投资扫大街也可以投资钱庄，为什么钱庄的利润要比实业赚的多，就是对投资方向的准确判断。卢先生现在已经完成资本积累了，现在就是洪武大路上最大的投资人，只是看你投资什么了的问题，小瞎子在洪武大路的岁月就是卢家给的，我也做了周密的研究，只要卢先生相信我就可以获得最大的利润。”汤瞎子要把他绕进去。

“哈哈，这是你自己的观点，我怎么觉得不像我们祖宗的教诲啊！”卢文来对汤瞎子的卖弄很是愤怒。

“惭愧了，我读盲文而且是外国的盲文，这一切的观点都是新潮的德国人马克思说的，他和你一样也是外国的秀才，他把所有的赚钱方法做了研究，得出了一个结论就是剩余价值说法！比方你从伙计身上赚的是什么钱，就是他们做出来产品的钱，你一匹锦缎卖三十块大洋，成本和机器也就十块大洋，可是你一个月才付伙计三块大洋，也就是你赚了十七块对不对？十个伙计你一个月就赚一百七十，要想赚更多就得让他们多做才对，是不是！”汤瞎子开始口沫横飞了。

卢文来自然懂得其中的道理，只是没有像汤瞎子这样研究过，看着这个看不见光明的人物，心里对钱的渴望是一刻也没有停止过，他知道盲人有自己的学习渠道，谁也没有想到盲文竟然是世界的语言，这个瞎子正是通过这样的渠道，获得了平常人不知道的东西，可是说了那么多的理由又有什么用呢，找自己来不仅仅只是为了卖弄吧，看看时间不早了，决定单刀直入地问问真正的目的。

“汤先生的学问卢文来领教了，你不是来给我上课的吧，洋人的思想不一定能够帮助中国，更谈不上在洪武大路上有市场，谢谢指教。天不早了，我让大公子送送您吧，惠昌，惠昌！”卢文来显然是要送客了。

卢文来的态度让他觉得绕得太远了：“慢！请卢秀才容瞎子把几句掏心的话说完，好不好？卢老爷以为‘鸿儒织造’赚的很多是不是？非也！我敢说隔壁的茶水炉、侉子烧饼油条店，都不比你赚得少！知道为什么吗？他们投入的成本才多少，几块大洋就可以开张了，可是利润却是双倍以上的，而秀才的织锦缎也只有有钱人才买得起的，这条路随着国民社会的开放，以后的生意是越来越难做了。”

“那你的意思是‘鸿儒织造’要到头了，那个德国秀才的谬论没有用了？”卢文来很不愿意面对生意的窘境。

“非也！”汤瞎子这下真的急了，“瞎子只是给秀才提个醒，洪武大路上有更多的生意可以做的,比如放款给那些居住在这里的窑姐,皮肉生意的利润要远远超过你很多,窑姐她们找嫖客只要几分钟都放倒了,无论是嫖客还是窑姐借钱就是应急而已;再说大老刘的生意也可以垄断,猪牛也就是几分钟杀掉了,可是我们有钱可以买多卖少,价钱完全就控制在我们的手里了。秀才啊,人可以不穿锦缎但是不能没有女人,穷人可以顿顿素菜可是富人不能没有肉吃,这未来的利润是远远超过秀才眼下的作为啊!你一匹锦缎要整到什么时候,想明白了吗?卢先生,卢先生!"他觉得卢文来是没有了反应。

卢文来生平第一次听到这些瞎话,今天的内容是他蓄谋已久的了,这些疯话听起来不是全没有道理,只是不能就这样草率的做出决定,他起身到后院叫醒了睡下的卢惠炳,让他送走这个让人很难捉磨的家伙:"惠炳,你就把汤先生送到街口,早去早回。"卢文来在催促儿子。

"老戊,你不会让大哥送吗?"卢惠炳没有完全醒过来。

"人家汤先生希望你送,哪有这么多的话啊,去吧!"卢文来显然是按照汤瞎子的要求在做着一切。

用心知肚明来说汤瞎子并不过分,卢文来改变了送自己的儿子,就说明了是把自己的话听进去了,也就是不愿意让这个事情更多的人知道,也渐渐地开始信任他蓝彦辉了,他要靠着这棵大树发迹,不但如此还要帮助卢家规划所有的未来,只有这样才可能获得卢家的真正青睐,未来的生活才可以衣食无忧,他祈祷事情按照他的期待发展,也知道自己翻身的时候就要到来了……

当卢家送来第一笔钱的时候,他立刻用每天五分的利放给秦淮河的妓女,那些手头暂时吃紧的嫖客也知道了这里可以挪用,几百两试水的小钱,周末卢惠炳已经从汤瞎子的手中拿回了上千两,然后按照事先说好的直接交给了卢文来,这其中还不包括汤有财赚到的暗杠。如此的民间暴利是卢文来没有想过的,原来的死钱除了盖房子和生活得好一点,出路却是没有的,他并不想回安徽老家去买土地,兵荒马乱的年代没有一样是属于自己的,投资其他的生意卢文来又不会,正在苦无出路的时候,汤瞎子竟然把这些钱盘活了。他不得不对这个瞎子另眼相看,果真是走过江湖的人比明眼的人还明白啊。

汤瞎子早就瞄上秦淮河上的皮肉生意,洪武大路住的妓女是不少的,她们基本都是散落在那些平穷民居中。傍晚她们才出来做生意,一个个打扮得花枝招展,在内桥的码头上乘上去秦淮河的小船,很快地消失在晚霞中。早晨她们才从大石坝街回来，这时候已经是精疲力竭的，生意好的能交上房租，遇到天气和一些外在事件，交不出房钱的就不敢回去，这时候她们就极力地在周围人身上想办法。汤瞎子的算命摊就在码头旁边，早出晚归都是耳濡目染的，妓女们时间长了就和他熟悉了，有困难的时候就跟他挪动几个钱，汤瞎子要的利息也不算很高，只要碰上一单生意就还上了，这样妓女们就成了卢家的另类客户。

做风月场上的生意上卢文来不是没有顾忌，一个秀才做了这一行很没有面子，可是汤瞎子让他释怀了，那些文辞佳句又有多少是来自秦淮河的，穷人是没有钱去奢侈的，如果不兴盛这样的秦淮河文化，不要说金陵祖宗的长盛是没有的，就是那些妓女也是根本没有活路的。渐渐地卢文来就再也没有过那种羞耻，反而觉得是在拯救洪武大路于水火，以至于觉得没有了自己，洪武大路就没有繁荣，这样的逻辑对一个秀才的思想起了变化，汤瞎子开始驰骋在洪武大路的地下钱庄上。

“文来，我今天捐了四十块给东边的幼稚园哦，孤儿很可怜的。”周湘云按照卢文来的吩咐开始做慈善事业。

“好啊，多捐点儿，这也是积累功德哦！”卢文来这样地安慰自己。

汤瞎子很会做生意，从来都不关门歇业，无论刮风下雨还是电闪雷鸣都开门放贷，只是在利息方面是毫不客气的。当然也有嫖客赖账，汤瞎子并不着急，首先是跟嫖客谈谈还钱的计划，如果嫖客按要求连本带息地还了也就算了；第二步，他会让所有妓女不接待这样的客人，并把这个人的消息散出去。很多妓女是跟汤瞎子借过钱的，自然很不愿意得罪他，以免断了将来可以挪动一下资金的要求，到了这时候嫖客也愿意把账先还了，然后才能继续享受鱼水之欢。第三步，遇到真不愿意还的人和耍横的，汤瞎子就去告诉这些钱是“鸿儒织造”的，往往吓得这些人赶紧典当自己的财物，也不愿意和卢惠昌结下怨恨。

洪武大路的人隔三差五地就看着卢惠炳去找汤瞎子，完了总是扛着鼓鼓囊囊的布口袋回家，虽然大家都知道这背后是没有斯文的，没有人敢于说出来也就相安无事了。卢文来和汤瞎子的交往并没有打住，就在卢宅从三进翻盖成七进大院的时候，汤瞎子看过风水以后也没有忘记要了拆下的料子，就在洪武路的南口紧邻内桥的地方，也盖起了一个二进二出的小院落，汤瞎子也会装扮竟然在家门口放了汉白玉的狮子，虽然房子不算是很大，但是气派却是不一般的，这样的举动卢文来开始没有在意，直到父亲卢北宁跟自己讨要那些拆下的椽子①的时候，才猛然觉察到

---

① 椽子，旧时的架梁的房子中间的横档。

自己是不是和这个瞎子走得太近了。

汤瞎子第二个建议就是把文庙开放了，洪武大路上出现了人们俗称的“鬼市”①。

洪武大路平时是非常冷清的，这里的人员是从东西南北奔过来的，一旦在洪武大路定居以后短少的东西就多了去了，逃荒来的穷人几乎是买不起新东西的，大家只能凑合着算计过日子。可是“鬼市”开了以后，这里一下子就热闹起来，穷人在这里交换着自己的破烂，虽然大多是一些破被子、家具和乱七八糟的东西，在这里做着最原始的交易，但是随着规模的不断扩大，盗来的很多重要文物也出现了，文庙的鬼市也就有了暗度陈仓的身价。汤瞎子雇了几个人归卢惠炳领导，生意成交了立刻缴纳两成的抽头②，算下来也是不少的收入了，而没有交易的人就是凑个热闹，这样的管理也让很多人爱去。

卢文来开始不愿意去文庙“鬼市”，这根本就不是做生意而是瞎闹，事情都由着汤瞎子和卢惠炳去搞。可是生意的越做越大就不是这样了，大家在完成了交易后的轻松，也开始感念卢家给大家带来的方便，渐渐地这里的名字叫做鬼市而不再是文庙了。周末的时候，洪武大路更是人山人海的喧嚣，周围的生意都跟着兴旺起来，一时间洪武大路的角落都是必争之地，几乎每周都是穷人的节日了，连南面的菜市场都没有歇息的时刻。卢文来走在马路上的时候到处都是感激，人们心甘情愿地接受汤瞎子的算计，而卢家的二少爷学会了做人，慢慢地在接人待物上有了进步。

“鸿儒织造”的伙计老马也从文庙上买回个瓦罐，虽然他的家不在这里，但是偶尔带来的柿饼也是需要找地方的，他在天井里面使劲的洗刷，可就是去不掉上面的污渍，哆哆嗦嗦地做了几个时辰；正在乘凉的卢文来开始不在意，最后那种噪音让他终于忍不住了，本来是要把老马狠狠的教训几句，但看到他手中的器物着实地吓住了，这可是商周时期的陶罐啊，看到上面的文字保存的极为完整，他这才知道原来知识是可以赚钱的，而鬼市就是蕴藏宝物的天地啊！从那以后卢文来喜欢“鬼市”了，看中的东西就叫老马去买回来，卢文来是从不下手的，当然不愿意传到汤瞎子的耳朵里。

“老马啊，那个书法你给要回来，给你块赏钱。”卢文来看中了叫老马下手。

---

① 鬼市，过去用马灯照亮进行交易的旧货市场。

② 抽头，买卖交易之中的市场管理佣金。

“没问题，你放心一定是好价钱的，这小子就是个毛贼不敢不卖的！”老马应声就去了。

“辛亥革命”开始以后，江苏安徽的土豪劣绅开始望风而逃，鸡鸣狗盗之人也有了下手机会，而文庙的生意则是更加红火，从秦砖汉瓦到皇家私藏随处可见，价格也从不菲掉成了白菜价。卢文来这时候出手更大，他把妓女交出的高利贷利息，迅速地折算成历朝文物，满满地堆在了六进的书房，卢家已经成为南京的大收藏家了，这是没有人知道的。

“这可是宫里的东西啊，没见过不要随便动手哦！”禄文景家的伙计呵斥道。

“老马，这几件东西都收了，价钱也不要还了！”卢文来相信这些东西的由来。

卢文来觉得很充实和满足，禄文景的生活竟然是可以变化的吗？满清时期要见他可是真难，虽然依然是国民政府的研究员，但比起生意人就什么都不是了，虽然人们依然是吆喝他的出来，可是明显底气是不足了，时代造就的英雄原来也是不堪一击。卢文来的收购很快就被禄文景知道了，他叫人来问过要不要门口的汉白玉狮子，卢文来立刻拒绝了，对他来说可是受用不起，那可是宫廷荣耀的象征，自己也就是一介平民，也感叹革命真的是厉害，连人的身份和尊严都可以买卖了。

汤瞎子做的第三件事最有效率，染指北口大老刘的“牲口市场”，大老刘欺行霸市也是出了名的，完全是凭着一身的力气吃饭，他喜欢狠狠地压住牛头，一使劲就把大的牲口放倒在地，然后就抱怨人家的牛有病，先杀了卖牛人的自信；遇到喂养结实的猪羊冷不丁上去就是一脚，被踢翻那是非常糟糕的，内伤的不消几个时辰就死；凭着一身的蛮力在洪武大路打下了天地。牲口贩子基本绕着他走，但是农民很少知道深浅，只要进了洪武大路就成了大老刘的菜了，有些人觉得价钱太低不想卖的时候，他就会把刀从腰间拔出来，很容易就把人家提起来，直接用刀和人家就比划上了，这时候农民还有选择吗？

“奶奶个熊的，你当是卖你闺女啊，是个母的就是要生的啊，这条街上不能生的人多着呢！我当你的面杀了它信不信？”他常常用这招吓人。

“奶奶个熊的，这条街上最会忽悠的就是瞎子，一定是把那个卢太太给搞晕了，不然人家宅子拆下的料子会给他？哈哈！”大老刘说话是没有禁忌的，“瞎子虽然找不到地方，可是女人要的时候会主动给的，汤瞎子真的是福气哦！有吃有玩还有钱拿，真的是靠嘴伺候好了卢家的女人哦，哈哈！”

这样的话传到年少的卢惠昌耳朵，他不敢相信洪武大路有人说卢家，于是就要父亲去跟牲口市场理论，但是卢文来阻止了他，看着还未成年就暴躁异常的大儿子，嘴上说卢家犯不着和一个屠夫斗气，心里实际上是等着汤瞎子下手，卢惠昌这时候已经不服气，什么都听瞎子的，可是父亲的命令让他收敛了。卢家的忍耐让大老刘兴奋，竟然卢家一点的风声都没有，看来洪武大路真的就是他大老刘说了算，于是生意做得更是放肆，有时候直接地去内桥截牲口，抢了牛羊猪马一群以后，也不忘了寒碜汤瞎子几句，然后浩浩荡荡地沿着洪武大路牵回去，很是威风。

"那个老刘啊，我受卢老爷的委托，听明白了不要说我欺负你，这牲口市场他要扩大哦，这样放二百两银子在你的市场，算是半个股份行不行啊？你我分剩下的股份，不要你的任何的银钱哦，牲口杀了以后下水帮我卖了，这要求不算过分吧？"汤有财以卢家参股的方式通知了他。

"奶奶个熊的，卢老爷参股怎么不跟我说，你是个什么玩意啊？你就是奶奶的瞎子，整天装神弄鬼地不干好的营生，你在内桥码头成天的跟那些骚娘们做的事情，洪武大路上谁人不知道啊，在俺老刘面前你装个啥啊，滚你奶奶个熊啊！"老刘算是找到机会把这个家伙骂了个结结实实的。

汤瞎子并不生气而是在傍晚的时候带了卢惠炳来："这是卢家的二少爷你可认识。"

"认识咋的啦，我做我的生意干二少爷的屁事？"老刘看不上眼的。

"嘿嘿，人家一个十四岁的后生，看你成天的蛮力觉得不舒服，想和你比试比试，行不？"汤瞎子开始挑衅。周围的人一看就来劲了：

"大老刘你也有怕的啊，人家就是个小孩子啊，你成天牛逼的不行，比啊！"卖牲口的起哄了。

"大老刘蔫了，竟然比不过卢家的二少爷，哈哈！"没有人不高兴的。

在大家的哄笑声中，老刘红了脸："比就比，奶奶个熊俺怕过谁啊？"

"好！"汤瞎子得意了，"你这里有个石磙子①，要是你能举起来我就认输了，参股的事情我们就不再参加了，要是二少爷举起来你就让卢家参股，行不？"

"奶奶个熊你在这儿等着俺，来吧！"老刘心想这个东西已经玩了很多年了，举起来也不过是一把子力气，可是一举的时候就感到不行了：坏了，昨天晚上嫖得那个婆娘不知道哪里来的骚劲，让他一晚上干了三回，腰开始有点不得劲了。

---

① 石磙子 农村用来碾压稻谷的一种石器。

大老刘已经答应人家了总不好退却吧，买卖牲口的人已经挤满了整个牲口市场，更多的人正在从南口奔来，对面漠河烟草店的韩松雪也嗑着瓜子看着，谢寡妇更是拿了碗凉粉在手里，现在退却已经是不可能的事情，他只好拼劲去适应那个石磙子，可是试了好几遍就是拿不起来，大老刘额头开始出汗了。

"惠炳，你上吧，老刘看起来是昨天晚上奶奶个熊劲都使用完了，哈哈！"汤瞎子指示卢家二少爷去试着看看。

正当年的卢惠炳站在石磙子旁边，他双手摸索着找到提的地方，涨红了脸一下子就把这玩意举过头顶，周围当然是一片欢笑的声音。

"放下，快放下，二少爷！"汤瞎子知道老刘已经输了。

汤瞎子选择今天不是没有道理的，昨天晚上他已经给了妓女足够的银子，知道这个家伙在女人上很贪的，找来了最凶悍的蒙古女人伺候一整夜，到天亮的时候才放他回去，早上的时候看他那副没精打采的样子，知道这个蠢货是到了收拾的时候了。于是汤瞎子就悄悄地去找了卢惠炳，对待这样没有见过世面的东西，洪武大路上只有卢家的二少爷可以消遣他，果真一切的算计是有了结果，终于拿下了这个最难缠的"牲口市场"，以后的事情就是吃喝玩乐，后半生也算是有的靠了。

"文来兄，"汤瞎子这样称呼卢文来了，"如果你真的觉得疲乏了，我可以请别人入股的，昨天子文兄请我刚吃了饭，连蒋家都很有兴趣我们的事业。"

卢文来在南京的生意是越做越大，朝天宫丰富路上的锦缎交易市场最大，而"鸿儒织造"在这里承租了最大的店面，让很多其他的小商号自然退让；挹江门码头上的"鸿儒织造"蚕丝仓库，从江边的跳板一直延伸到巨大的天棚里面，光是伙计就是成百的，用最好的价钱收购了苏州、无锡和镇江最好的原料，迫使锦缎的对手让出江山。这个瞎子竟然跟自己比肩，让他觉得很是不自量力的，周湘云也看出了卢文来的不爽，赶紧出来打圆场并不停地数落着汤瞎子，这时候汤瞎子也觉得自己是不是话多了，给卢文来请了安以后，很不服气地就去了总统府，有更多的人在等着接受他的神机妙算。

汤瞎子自然知道周湘云对自己的照顾，帮助周湘云在南京最繁华的商业区大行宫，开起了锦缎衣服的设计和裁剪，凭着汤瞎子的三寸不烂之舌，说服了很多人的光顾购买，这是他唯一可以与卢文来抗衡的力量，只有让卢太太知道自己的重要，那么要扳倒他是没有那么容易的。周湘云也是不甘寂寞的买办后代，很快地商贾和宦官家里的用品，服装也是做的新潮有样子，连蒋介石夫妇也曾经亲临这里，光是上等的料子就选了好几车；接下来张作霖父子也从东北发来订单，让周湘云的虚荣心完全得到满足，在恢复了自己卢家的地位以后，也给汤瞎子更多的实惠，家里用的穿的都满足到了。

卢文来的生意做大了钱也赚得不少，本来防着汤瞎子就已经够累了，不省心的事情就出在卢惠昌和惠炳身上了，两个孩子绝对没有一丁点读书的想法，大儿子卢惠昌刚上中学就领着一帮孩子在学校玩革命游戏，把人家的孩子当做军阀教训一顿，学校的老师告诉教务长来处理，大儿子根本就不买账，结果连教务长的手也用刀子割了，完完整整地让学校开除回来了。老二更是没有出息，成天的就是找不到人的孩子，不知道在哪里学的一套练习身体的本领，每天在天井里面边练习边丈量，只对自己的身体粗壮感兴趣，做别的事情完全不用脑子，就这样卢文来常常是顾此失彼。

卢文来不能看着卢惠昌不读书也不做事，那样就害了他了，于是就派他去挹江门管理蚕丝的搬运，没想到只有几天卢惠昌就成了下关地区的霸王，带着一帮地痞流氓把整个江边都占了，送蚕丝的人吓得都不敢送货了，就连经理吓得都不敢上班，这帮孩子就在仓库里面睡和吃，晚上就去江边找乐子，无法无天的简直就是一帮没有人管的孩子。直到有一天"鸿儒织造"断了原材料，几十口子人没有事情可做的时候，卢文来才发现问题的原因，可是一切都太晚了，他让伙计老马和小徐把他绑了回来，吊在房梁上整整的拷打了一晚上，谁知道人家竟然倒吊着也可以呼呼大睡，任凭卢文来怎么叫嚷就是不理睬。

"文来，汤瞎子真的厉害哦，今天拿了几匹锦缎去了市长家里，市长太太就答应给惠昌安排个公职哦，卢家总算是有吃官饭的了，你说人家瞎子多费心啊!"卢太太进了账房告诉丈夫。

"你以为他是完全为了咱们家吗？哼，汤瞎子更需要的是惠昌能保护他，你怎么就看不出来呢？你说说做警察的有几个好人，你的眼睛看看还不如一个瞎子。人家市长太太是想去你那里做衣服，关汤瞎子什么事情，我就奇怪了你怎么那么护着他啊!"卢文来总觉得有点不乐意。

"文来，你不能过河拆桥啊，人家汤瞎子对我们家可是兢兢业业的，没有他这个主意你说怎么办吗？是让他去下关闯祸，还是你把他留在家里吊起来？惠昌不做公职能做什么呢？卢惠昌书读得要是有惠民一半就可以了，可是你让他算个账都睡着了，这年代吃官府的饭有那么容易吗？要不是汤瞎子跟人家市长央求，卢惠昌怎么可能有这样的机会呢？你去不去谢谢汤瞎子，我不能装睁眼瞎啊!"周湘云顶真的说。

"要去你去好了，别让人家觉得我们那么的没有身份，和一个算命的人走那么近，别把自己变成了万劫不复的下九流。"卢文来还是不甘心。

"革命了，这个时代什么上九流下九流的，皇上都可以下台你还坚持着，看人家蒋委员不就是一个军校的人，可是人家革命成功了，谁不知道蒋委员长就是今天的皇上，你没有听汤瞎子算啊，未来还有更革命的是朱毛，将来是要夺了蒋家的江山的，最后今天革命的人都是要出洋的……"周湘云喋喋不休的念叨起来。

卢文来赶紧捂住太太的嘴："你不要乱说好不好啊，要是被别人抓住说你是个反革命，那我们的家就全完了，好了，谢谢汤瞎子的事情你带惠昌去，要送什么你看着办！"

卢惠昌终于找到了适合他的工作，成了南京洪武大路警察署的警察，大少爷远不像汤瞎子想的那么没有头脑，穿上警察制服后盘算的第一件事情，就是将那个汤瞎子彻底地赶出洪武大路。卢惠昌花了几个月的时间，调查了这个瞎子在南京城的作为，秦淮河放出去的款是每天五分利，一般人通常是几天才还的，如果是滚利的话就不是这些钱了。而汤瞎子却报的是每天拆借的形式，一来而去真正赚钱的不是卢家，名声不好却是写在了卢家。卢惠昌是不敢贸然下手的，一定要听听父亲的意见，虽然卢文来不是那么的待见他，可是生意上还是父亲说了算的，他决定要把事实跟父亲完全交代了才行。

"老戊，你还要防着这个瞎子了，他已经是洪武大路的人物了，太妖气了吧？"卢惠昌把所有的调查跟父亲汇报了，然后告诉了父亲自己的看法。

卢惠昌的成熟让卢文来也很高兴，做得太大了要收回来很不容易，也知道汤瞎子不会白给卢家做事情的，从中倒腾点小钱也是合理的，眼下这些生意都是些见不得人的，所有的放贷的资料都在他汤瞎子手里，张扬出去结果也是很难预料的。尽管卢惠昌现在已经是警察了，警察署的许大胖子也是老人，以前跟自己没有少开过口，自己也是没有太多的孝敬，搞不好也给卢惠昌找了麻烦。卢文来开始后悔当初的决定，怎么就忘记了应该有的斯文，现在想起来也多少有些不知所措，不由地长长地叹息了一下。

"老戊，你不要太担心了，我要让这个瞎子也跟杨瘸子一样！"卢惠昌看着父亲的踌躇，把自己的想法都说出来了。

"惠昌，你不要鲁莽，只要汤瞎子有一点问题，人家首先想到的就是卢家，等着我们出问题的人也不会少，一切从长计议！”尽管卢文来这么说，心里也是很堵的。

卢文来在卢惠昌的认识中就是个读书人，民国了读书不是唯一的出路，在下关混迹的这段时间，他看到了一种东西叫做势力，没有势力孙中山怎么做了总统，如果他的势力还在的话，袁世凯也是没机会让他回家的；没有势力，军阀凭什么在道上混，蒋介石也是有了日本人、俄国人和美国人的势力，瞬间就控制了整个中国；共产党还不是在做农民的势力，只是这条路对不对另说；而卢家虽然是有了文化和金钱的势力，但是还缺乏权力的势力，这是卢惠昌必须来弥补的。

卢惠昌看穿了许大胖子的小气，只能在洪武大路上沾点小便宜，这不是他一个少爷需要的，要整倒他似乎是太容易了，首先是用小恩小惠地哄着他，接下来就是让一帮兄弟折磨他，最后就是抓他的弱项好色，他亲自跟踪许大胖子的行踪，等完全找到了他的弱点以后，就紧紧地捏在手里希望有一天用得着。卢惠昌知道要成就事业就要有钱，这点上父亲和母亲是不会放纵自己的，于是他就把目光对准了汤瞎子，要让这个人为自己出钱，这样才能够像朱洪武一样发迹，想到这里他决定找他去。

汤瞎子二进二出的青砖瓦房就在洪武大路的南头，是个典型的坐东朝西的明清格局，右边是永远流淌的秦淮河水，过去的人们就是在这样的环境下洗衣服，沿河的那些巨大的石头如论怎么坚硬都被抽打成平的了，船来的时候掀起的波浪，让这里的叫声里面充满了做作的欢快，他很享受这些良家妇女的叫声，也期待着能有一天自己娶上一个这样的娘们。从这个二进的房子盖起来以后，上门说媒拉纤的人不算少了，带来的女人也有上百，瞎子相亲只能靠感觉就是了，他的胃口也很挑剔，反正没有一个看得上的，这样的解释只有一个就是他心里有自己的标准，那就是周湘云的样子才是满足的，这样的期待他是不敢说出口的。

每天天亮的时候他就起身去摆摊，请人把一张晚清的桌子抬出去放在门口，然后支上一个非常硕大的白布，在支撑架子的上面亮出算命两个大字，还有一个太极八卦的图案，下人将烧好的白水沏上一杯上好的“溧阳白茶”，汤瞎子捧上一本盲文的书籍，这样就是一天的开始。那本盲文的书和本子，洪武大路上的人是根本看不懂的，算命用它记账也靠它显得非常的神秘，每天谁来算命和谁来赊账了，在这个瞎子的世界里是有案可查的，而对于外面的人来说就是天书一本，这样的结果让他很得意自己的不同，晚上就是在床上依然可以享受每天收获的计算，同样他的手上永远有个书写的锥子，这可是钢针做的又长又坚硬，遇上危险的时候很是有效果的。

“汤瞎子，这条道上你挡着我了，挪个地方给我摆摊哦！”不知道是哪里来的新人，很想欺负一下这个瞎子。

汤瞎子从语气中判断来的人是什么势头，遇上真的不知道天高地厚的，他就大叫：“你有没有道德啊，欺负一个瞎子有意思吗？”

不知道深浅的当然被他一叫，顿时的就矮了下去更不愿意停留，如果遇到更强悍一点的自然是要动家伙的，这时候他就抛开手中的盲文书，用那几乎可以致命的锥子在空中上下飞舞，躲得开的就算了，躲不开的不小心被划着，瞬间就是劈开肉绽的一回。有人为这事情请来过许大胖子，这个家伙也是向着汤瞎子的，首先自己家的茶叶多少是从这里拿的，就算是真的把人家划伤了以后，谁让你个明眼的人要撩拨一个瞎子呢，结果就是自认倒霉了结。

汤瞎子知道卢惠昌容不下他，可是很难在他的身上突破，他也曾经给予小恩小惠，这位少爷面对这些看都不看，虽然比卢惠昌长了一辈，洪武大路一条街都尊称他汤先生，只有卢惠昌当面就叫他汤瞎子。对于这样缺乏教养的人，他觉得即使花费再大的功夫，给予更多的尊重也是收效甚微的。所有的事情不让卢惠昌知道，卢文来和周湘云也是默许的，但是卢惠昌对他的恩怨没有消除，不得已盘算着让许大胖子限制他，现在看来是失策的了。几个月来他开始调查自己，看起来这个长大的狼崽子没安好心了，自己一定要提防着，绝对不能让自己翻船。

在汤瞎子看来，既然给卢惠昌找了差事，那么更不能忘记了卢惠炳的安排，虽然卢惠炳早就成了自己的左膀右臂，但是如果继续让他读书，就很难抗衡做了警察的卢惠昌了，尽管对于这个头脑简单的人很满意，也把所有的希望都寄托在他身上了，几个月前的卢惠炳的突然出现，终于有了更好的理由终止了卢惠炳的读书，这是他也没有想到的机会。

“惠炳，你一定是没有去上学哦。”汤瞎子知道他是逃学。

“汤先生，我是不想读书了，读不进去哦累得很！”卢惠炳如实地说。

“不读书那你想做什么？”汤瞎子很是耐心。

“革命好了，或者也去做警察。”卢惠炳很不开心。

“嗯，这样吧你先吃饭，然后睡一觉，不读书的事情我去跟你爸爸妈妈说。”汤瞎子保证地说，给他钱去了面摊吃了一碗上好的皮肚面，开了房门让他在自己的床上睡了。

汤瞎子晚上收摊了以后，继续把卢惠炳留在了家里跟伙计玩，而自己进了洪武大路第五十二号，卢惠炳是非常担心卢文来收拾自己，心里很是忐忑不安的，大约过了半个时辰他竟然看到了汤瞎子回来了，父亲卢文来和母亲周湘云也来接自己了。卢文来丝毫没有责怪二儿子，第一次没有任何话摸了摸他的头，妈妈更是心疼地抱着他的肩膀，两个人一通千恩万谢地带着卢惠炳回家了。一路上他在想汤瞎子究竟跟父母说了什么，难道汤瞎子真的那么有能耐，一个秀才竟然听从江湖人的，只是他不知道汤瞎子是下了赌注的，如果为难卢惠炳很可能二少爷离家，他也就会公开和卢家的秘密。

汤瞎子知道卢惠炳要的是什么，这一点上两个人是不谋而合的，二少爷白天他很乐于在前面帮伙计干活，无论什么活都乐于去做，而且和伙计们称兄道弟的，大家的工作也是其乐融融的。黄昏时卢惠炳喜欢在天井里面练石锁，这好几十斤的东西让他非常兴奋，不几天就玩得上下飞舞，等到后来在牲口棚演出的时候，这样的人才让整个洪武大路惊讶不已，迎来了阵阵的喝彩。周湘云喜欢卢惠炳从上到下都是腱子肉，对比丈夫的那种文弱让她有了很多遐想，卢文来常常气得七窍生烟，但是想到和汤瞎子的协议，也就由着他去了。

今天汤瞎子是算碰到对头了，人家不管你瞎不瞎上来就是一个大嘴巴，“啪!”这一下打得他是眼睛前面冒了金星，接着又是一顿拳打脚踢的上来，他捂住头暗示小伙计去叫卢惠炳来帮忙，可是小伙计刚要出去就被拦了下来，吓的赶紧逃回自己的房间。

“您是什么人，有什么事情赐教?”汤瞎子决定跌软了，敢这么放肆的没有几个人，他怀疑是卢惠昌要修理自己，小伙计已经被打退到房间里面了。

“什么人都不是，就觉得你不是个人揍的东西，我们是下关的小巴子的朋友，他让我来问候你，顺便请你算算命，我们巴子行里面的人是不是有钱花!”领头的很显然是南京下关的口音，他知道自己没有得罪过道上的人，再说这些东西也就是个小混混的，可是好汉不吃眼前亏是原则，于是把身上的几块银元和刚收的那点小钱拿了出来。

“啪!”又是一个更响亮的耳光，整个街道上的人都听到了。

“我日你奶奶的你们竟然欺负一个瞎子，我蓝彦辉跟你们拼了。”瞎子这时候疯了般的冲回了自己的房子，几秒钟以后又转了回来，这时候他的手上却多了一把锋利无比的长剑，人们一开始觉得汤瞎子实在太有趣了，瞎子舞剑多少是嘲笑的看热闹,可是当他飞舞起来的时候才知道不是花架子,几个小流氓几乎不能近身,瞎子剑到的地方碗口粗的竹子已经锋利的被切断,面前的算命案子已经瞬间就变成了两断,混混们怎么也没有想到瞎子如此厉害,吓得立刻四处逃窜不敢靠近他了,就在大家相互对峙的时候,整个洪武北路的菜贩们都屏住了呼吸。

“好啊,真的是好身手啊!”这是卢惠昌的声音,听得出来他是骑着马赶来的,然后扬起了手中的鞭子朝着汤瞎子打下去,“啪!”汤瞎子的剑瞬间就掉在了地上,一股钻心的疼痛酥麻到了整个骨子里面。汤瞎子肯定这是卢家大少爷玩的游戏,本来以为卢惠昌是要等待机会的,没有想到的是这小子竟然这么着急地就开始修理自己了,他真的想把剑从地上拾起来,出于本能他向前迈出了一步。

“啪!”这鞭子更是无情的厉害,整个是冲着自己的前胸来的,还好汤瞎子的耳朵厉害,不然的话整个上身是要交代了,他听到了卢惠昌的得意,也听到了混混们的害怕,只是他不知道卢惠炳能不能意外出现,他寻找着那个熟悉的帮手。卢惠昌本来以为汤瞎子很容易就摆平了,谁知道这家伙竟然有这样的武功,真的是小看了这看不见世界的家伙,他喜欢有挑战性的对手,既然是这样的话下手的时候就不必客气了,不把这个王八蛋整服帖了怎么让周围的人相信自己的能耐,他举起了长长的鞭子在空中有狠狠的抡了几下。

“啪! 啪!”的声音让人们的注意力更集中:“胆子不小啊,一帮人竟然敢在洪武大路的马路上闹事情,来人啊,把他们先去游街一个时辰,然后带到警察署里面我要问话。”卢惠昌头也不回地扬长而去。

游街是最古老的游戏之一,当汤瞎子和一帮人拴在一起的时候,他的心里就是一个字:“恨!”他没有想到卢惠昌竟然这样的捉弄自己,那些下关的小混混对游街已经完全习惯了,可是一个王爷的身份竟然沦落到这种地步,他对卢家开始充满各种仇恨,可是眼下已经被拴起来了无论任何的叫喊,在这里是没有用的,他只好闭着眼睛任由警察拖来拽去的。在游街的路线是城南地带,混混们是可以停下来跟店家要水的,但是汤瞎子却是没有这个权利,就是拿到了凉水也是很快地被打翻,汤瞎子是完全曝晒在阳光下,用绳子拴着整整地走了一个早上,中午时分这才跨进了洪武路警察署的大门。

进门以后汤瞎子和混混被分别关押了,上堂之前的顿顿皮鞭却是真切,混混被打得叫唤到最后都没有了声音,开始是觉得一种表演,但是后来皮鞭抽到自己身上的时候,他觉得不再是玩笑了,他紧张不由得大声叫喊起来,声音里面的那种恐惧是没有的,不希望就这样无缘无故地死在洪武大路上:“我要见卢警察,我要见卢惠昌!”

汤瞎子游街的事情很快地传到了洪武大路，卢惠炳本来是要冲出去的，但是被父亲一把抓住，他知道这是哥哥在办案子，做什么也是不可能的，而对于汤瞎子武功的事情也是被震惊了，不相信这个瞎子真的会舞刀弄枪。可是街道上的传说，后来人们捡到的剑看上去也开口的，他觉得事情不是那么的简单，父亲中午给下人加了菜，看上去也是多少幸灾乐祸的，只是周湘云很是担心让他去看看，这才有了理由去警察署问问，进了大院他首先就看见了卢惠昌，假装打着人的样子，混混也是配合的跟真的一样，多少觉得哥哥也太过分了。

卢惠昌也是看见了卢惠炳，招呼他去了房间把门关上，这才叫了吃食招呼卢惠炳，看着他心不在焉的样子，他终于忍不住笑了:“汤瞎子你不觉得要教训一下啊?”

“嗯!”卢惠炳没有多说话，“适可而止就好了，汤瞎子真的是会武功吗?”

“嗯!”卢惠昌没有说什么，只是低头吃饭:“会武功，还会六功呢！胡乱的砍杀差点就出了人命!”卢惠昌很是不满意的样子。

“那你准备关汤瞎子多久?”卢惠炳问他。

“嘿嘿，那汤瞎子不是卢家的军师吗？满街的人都这么的传说，你说我怎么办?”卢惠昌反问他，“惠炳，我见天让这个汤瞎子游街，也是没有办法的办法，你想想一个瞎子拿着个剑这样舞弄，如果不制止将来还不带个洋枪上街啊，我知道汤瞎子对你不错，但是这家伙的行为是不是要限制一下呢?”

卢惠炳没有话说了，很明显哥哥是要教训瞎子了。

“惠昌，汤先生没有事情吧?”周湘云还是不放心赶来了，“这里有饭哦，你们都吃上了，你父亲还在担心汤先生。”

“姆妈，这关你什么事情啊，汤瞎子跟混混拼命，用利器差点出人命啊，你知道不知道？你还这样护着有没有王法了!”卢惠昌很不满意。

“话不能这么说啊，哪有瞎子主动招惹别人的，我看是混混欺负汤先生的，你已经游过街了也该让人家吃点饭吧？我送进去!”周湘云还是不放心汤瞎子。

“可是瞎子会威胁人对不对？你以为我不知道他的手段，你要小心了，别让这帮人把你卖了还帮人家数钱哦!”卢惠昌说完就扫了母亲一眼。

“没有规矩了是不是？你还有资格教训我了?”周湘云几乎火了。

“姆妈，我可是不敢说你的哦，我只是跟你开个玩笑，饭我保证送进去，要不要我再去打点酒啊?"卢惠昌把篮子收下了。

"你赶紧放人,多大的事情啊,惠炳你就在这里等着,一会儿把汤先生送回去!"周湘云安排完了以后就走了。

卢惠炳看着母亲走了:"你打算什么时候放人啊?"态度很温和。

"只要父亲觉得要放的时候,我就让汤瞎子回去,老二,我们都是兄弟是不是?很多事情我不拦着你,只是汤瞎子的事情你不要管好不好?家里的事情你也知道不少,可是什么时候这才是个头,卢家在洪武大路的名声都给他败光了,你跟老戊说一声我会处理好的,你走啦!"卢惠昌不想留弟弟了。

"惠昌,你也不要管太多了,这件事情我看还是让许大胖子处理最好,别给自己找麻烦就好!"卢惠炳说完就走了。

卢惠昌没有想到弟弟这么要求他做,觉得真是小看了卢惠炳了。

"吃饭了!我老戊给你带的饭菜,别以为卢家不在乎你!"卢惠昌把汤瞎子提出来,然后在自己的办公室里面招呼坐了下来。

汤瞎子心里这个恨啊却说不出来,这帮人的口音一听就是南京下关的,都是卢惠昌的手下,他这时候出来装好人了,只要卢惠昌再晚来几分钟,局面是完全收拾不了的,现在算是完全的栽在他手里了。这个少爷的手段何等的了得,全身而退没有任何的麻烦,还堂而皇之地让自己在南京城游街。卢家给自己送饭也就是周湘云了,他不相信卢惠炳还是向着自己的,刚才的对话是听到了,现在唯一的办法就是先出去。

"不要只吃饭不吃菜啊,这个梅干菜烧肉是姆妈亲自做的,鸭子也是我给你专门买的,对了惠炳也为你着急,有什么事情不能自己动手啊,你应该等他来了再一显身手啊,汤瞎子啊让我怎么说你啊,你是个什么状况什么都敢玩啊,看看把自己玩进来了不是?"卢惠昌装得很着急的样子,脸上却是忍不住地在笑。

"惠昌,你这样捉弄我觉得有意思吗?"汤瞎子饭真的吃不下去了,愤怒地责问他。

"汤瞎子,你要这么说我就没有话说了,是我叫你跟人家动手的?是我给你开了口的剑的?你怎么不识好人心?这样吧我也没有办法了,你明天早上等许大胖子来上班再处理,不然人家还以为我袒护你呢,这样总行了吧?"卢惠昌起身要走了。

"别,别啊,惠昌我这不是讲个气话吗!我怎么会责怪你呢,今天我可是要回家的,以后不再招惹是非就是了,我总可以走了吧!"汤瞎子有些无奈了。

许大胖子明天来了就不是商量了，这个竹杠是免不了要狠狠地敲上了，就是放也要跟卢惠昌商量的，卢家还会给自己带个饭吃，要是许大胖子那就是生饿啊，所以无论如何今天要了了官司。

“人家对面要你赔钱啊，你的剑伤了人家好多口子，现在有的还在医院没有出来呢。这样吧，看在我们是老街坊的面子上，你出个八百两就算了，以你的身价这点钱不算什么吧，汤瞎子？”卢惠昌提出了要求。

卢惠昌可是第一次跟人家拿钱，心安理得的就是敲诈的是自己家的收入，他粗略地算了一下这几年汤瞎子在卢家至少赚了几万两银子，要个千把两的应该不是什么问题，于是他把房门轻轻地关上了，递过下面人的毛巾让他擦擦脸。

汤瞎子终于明白了，今天上演的这出戏卢惠昌要的是钱，还没有到了要他命的地步，难免地暗暗庆幸起来，可是也不能就随便的答应他了，这个少爷按理说是不缺钱的，要那么多银子究竟是要做什么呢？他想起来了这里现在是他当家了，那些江湖上的朋友是不能慢待的，几个月来秦淮的生意起来，多少是看在卢家的面子上，放贷的多寡和成功这小子也是有贡献的，现在就是个交往的机会，不是吗？

“惠昌啊，我以为是多少银子，就八百两啊你也太小看我汤某人了，我给政府里面的人出手没有少过一千的，你就不要跟我绕了，以后拿钱跟我说！一会儿我让伙计给你送一千两的银票，也算跟你道上的兄弟交个朋友。”汤瞎子哈哈大笑起来。

“你以为你是谁啊？拿国民政府威胁我，多一分都不要，听到没有！这洪武大路是姓卢不是姓汤的，你要是再多废话我就让你走不出去，你给我记住！”卢惠昌用枪狠狠地抵住他的脑袋，吓得汤瞎子尿都出来了。

“滚！”卢惠昌收起枪，把瞎子推出了警察署的大门。

洪武大路上的石头是汤瞎子回家的指向，白天和黑夜对于他来说没有不同，卢惠昌竟然是为了几百两银子，就把自己狠狠地羞辱了一场，他知道卢家是早晚要抛弃他的，只是眼下他们还没有那个胆子，可是已经感到了威胁，那种让人死亡的意味，看来只有打出下一张牌了。卢惠民虽然天生的聪明，但是性格上却是非常懦弱，一张人见人喜欢的脸，待人接物就是卢文来的翻版，自从周湘云问过他唱戏的凶吉，就几乎是没有了音讯，要推波助澜让他在唱戏的路上越走越远，只要卢家出个戏子那就好看了，最起码短时间是可以在混乱中掌控卢家，更是让卢文来求死不成,想到这里他慌神走错了路,竟然进了"茶水炉子"的铺子。

"汤先生出来散步啊,这么晚还没有休息啊！要不要来杯茶啊?"这是来自茶水炉江老板的声音。

这样的招呼在平时是没有的,他感到这是一种嘲笑和讽刺:"这不惹了麻烦,被人家请到了警察署了,还好惠昌侄儿给个面子,这不是刚刚放了出来,让您见笑了不是?"汤瞎子有意用了侄儿的字眼,这样的做法让卢家也蒙羞了。

江老板自然是明白什么状况,这时候还是要装傻的比较好:"嗯,还是卢家对你照顾的好,不然的话我们进去是不那么容易就出来的,您吃了没有啊,我家里还有剩饭和小菜,用开水泡一下先委屈垫垫饥,好不好?"

"不用了,惠昌买了鸭子,湘云亲手做了梅干菜烧肉,都吃过了！谢谢江老板的客气啊！咦,这是哪里唱戏的声音啊,这嗓子可是真的不一般啊！"汤瞎子在探路。

"还不是那帮唱戏闹的,深更半夜的不睡觉还在闹,我看要抓了他们才对。这帮戏子就是不那么的安分哦！"江老板根本就不懂戏。

> "你游花院,怎靠著梅树偃?
> 一时间望眼连天,一时间望眼连天,忽忽地伤心自怜……
> 知怎生情怅然,知怎生泪暗悬?
> 为我慢归休,款留连,听、听这不如归春幕天……
> 难道我再到这亭园,难道我再到这庭园,则挣的个长眠和短眠?
> 知怎生情怅然,知怎生泪暗悬……?"①

汤瞎子真是惊叹这绝世经纶的嗓子,如果放在别的人身上他一定培养,但是在卢家这就是报应,虽然看不见所有的身段和表情,但感觉到卢惠民就是个转世的戏子,今世就是个下九流的坯子,可惜了这样的人儿就生在了卢家呢?报应啊真的是报应,卢文来自恃清高的心态,周湘云那种对社会的不在乎,卢惠昌的那种暴虐的性格,卢惠炳那种木头木脑的人生,卢家的女儿们都外嫁,唯一能够继承"鸿儒织造"的人,本质上就是个漂泊的戏子,他发誓要让卢家妻离子散。

汤瞎子回到家就给戏班子算了一卦,安徽戏班的作为他是领教了,这样的一个演出水平也敢来南京码头,一切都是唐宝林的不服气,而这种郁闷和不得志正

---

① 昆曲《牡丹亭》唱腔选段。

是他需要的，他需要安排演出让卢惠民登台，那时候就是卢家的风暴之日，等他写完了自己的算计，也把日子敲定了以后就让伙计送了出去。这时候的汤瞎子很得意，天下之大难道还没有我容身的地方，他想着卢文来的被侮辱，周湘云哭天抢地的嚎哭，卢惠昌的无奈，卢惠炳的那种没有本事的样子，他就觉得太好笑了，就这样的人家也敢跟汤瞎子斗，真的是笑话闹得太大了！

"老戊，别找了小弟去哪里我都查到了！惠民和安徽来的那个戏班跑了，有人看见他坐在唱戏人的马车上往中山门去了，我已经派人去追了！"卢惠昌跳下马来告诉父亲。

"来得及追吗？"卢文来急切地问，"要不要叫上惠炳啊？"

"放心吧。老戊啊，我一定会把惠民追回来的！"卢惠昌没有停留就出去了。

"嗯，不要再起冲突了，能够回来就好啊！"卢文来叫喊着。

大清早的时候卢惠昌就被叫醒了，先是洪武大路北口的谢寡妇来报了信，一帮戏子们带着卢惠民出了洪武大路；就在他还没有完全明白过来的时候，紧接着就是家里的小伙计小徐出现在警察局，告诉他卢惠民带着行李走了，他明白了弟弟是要离家出走了，如果拦不住这个没有脸皮的家伙，父母亲最后是不可能原谅他的。他迅速地叫齐了警察署的所有人，一路由洪武大路直接向北，在中山路拐弯直奔东去，而自己则是牵了马骑了上去，他要绕过大路从铁汤池穿过去，这样节省一些时间赶得上。追了没有多远就知道谢寡妇报信太晚，这些刁民是另有企图的，洪武大路的这些人就是在看笑话。

卢文来心里的石头也终于落地了，卢惠民只要能够回来就好，他盘算家里谁能够帮助卢惠民出走，看情形周湘云是不知道他要走的，罗秀玲当天就住在警察署，唯一可能的就是陈春丽，早就知道这个拖油瓶来的女人，骨子里面对家庭有着一种阶级的抵触，他不由得呼了一大口气。陈春丽知道自己做的不会有好结果的，卢惠炳在家里是没有地位的，连卢惠民在家里都说了算，也为自己丈夫在卢家叫屈，愿意帮助卢惠民的出走也是为了自己的男人考虑。

"雅叔，在外面多照顾自己，撑不下去就早点回来！"陈春丽这样对小叔子说，摸索着床头省下的银两丢过去。

"嗯，二嫂你多照顾惠炳了，妈妈也请你多担待，我走了！"卢惠民揣好了不多的银子，给二嫂深深地鞠了躬，然后就悄悄地退出了房间。

小叔子人长得清秀又有文化，继承织造的营生那是很惋惜的，看着他每天在院子里面不停的哼唱戏文，才觉得这样的人生下来就是做这行的，她幻想着卢惠民能成个角儿，在他红遍大江南北的时候，带着自己的媳妇能够回家，吃上一口她给做的饭菜，那时候今天的一切都没有白费了。陈春丽想让卢惠炳去送送，踢了他好几脚都整不醒，她听到先是二门的声音，最后是大门悄然的慢慢关上了，这时候她才关了灯慢慢地躺下了，她觉得自己做了一件非常对的事情，不但救了一个不愿意为卢家卖命的人，更是送走了一个未来宏伟的角儿啊，于是睡得很香很香。

汤瞎子做梦也没有想到，唐宝林就是个利欲熏心的戏子，把事情竟然发展的那么完美，也应验了对于未来趋势的判断，卢惠昌已经带着媳妇住到了警察署，卢惠炳的妻子流产了，也跟亲兄弟反目了，这是个多好的局面啊！卢惠民的出走"鸿儒织造"几乎混乱了，这时候只要卢惠民失踪，那么一切都是非常圆满的了，接下来他希望卢文来亲自求他，这时候他就可以予取予求了；而卢惠昌的事情也要不了多久，这个性格暴虐的东西就会惹上大麻烦，不怕警察署没有人管他。

中午以后，洪武大路的天空上突然响起了阵阵雷声，卢文来从午睡中被惊醒过来，才发现卢惠民依然没有回来，他下了床定了定神想了一会儿，知道卢惠昌一定是没有找到小儿子，看来是给这帮戏子绑架走了，他很怕这兵荒马乱的年代出事情，心里想着戏子们的勒索究竟是什么样的价码，终于走到自己的柜子前掏出了钥匙。这几万两的银子都是白花花的，应该是能够赎回自己的儿子的，也许是下雨的缘故，文庙开始传开了阵阵的乌鸦的叫声，他觉得心惊胆寒有点撑不住了，这时候唯一能做的事情就是去问问瞎子，也许他能给自己指点什么，于是锁好了柜子慢慢地走出了房门。

雷声还在慢慢地由远而近的隆响着，洪武大路上的青石头阳光下晒得已经很烫了，在等待这雨水的滋润，似乎已经干到了"嗞嗞"地开始冒着白烟，对面的几家很小的商铺隔着热浪，都已经变的晃晃悠悠的，而隔壁"洪银木行"的车木声变得更加刺耳，这个与卢家始终不和谐的工厂，此时不知道哪里来的气力，一根接一根地扯着原木叫声时而尖锐，时而突兀，仿佛是完完整整卡在卢文来嗓子眼的感觉，让人几乎透不过气来，卢文来重重地吸了口热气，踯躅地踏上了洪武大路往南的道路。

"卢老爷，惠民回来没有啊？"老江拖着苏州腔调在问卢文来，这些真的是没有眼力的东西，卢文来不想回答什么人家偏要问。

"嗯，嗯！"卢文来支吾着算是回答了。

"卢老爷要开水吃茶不啦，我同你倒一杯刚泡的龙井哦。"老江又加了一句。

“谢谢！谢谢！不用了。”他敷衍着匆忙地走着。

在苏州老江家的“茶水炉”更疯狂的热气中，旁边不停加进去的锯木屑窜出来的火苗仿佛就要烧到街上，他觉得一阵阵的心里面在发烧，而老江似乎也没有了往日的憨厚，那种笑容充满了嘲笑和鄙夷，闷热的夏天怎么就不能歇歇这个营生，整个洪武大路在他的帮助下更是热到了极点，他却是光着身子在冲开水，卢文来清楚地看到那些汗水也流淌到锅子里面，肮脏地和着那些清洁一起沸腾着，让卢文来感到种种的眩晕和窒息，头也不回地逃过这个“嗞嗞”叫嚷着的茶水炉。

走了半个洪武大路的时候，卢文来的整个衣服都已经完全潮湿了，洪武大路在短短几年中开始变化了，他的日子过得虽然比起以前更富有了，心情却越来越出奇的坏，今天洪武大路是出奇的热，石头都烫脚了，卢文来觉得自己是走在烧红的铁板上，火焰从脚底开始向头脑方向喷射，走着走着他不小心趔趄一下。他开始觉得出来的时候应该叫上老马，所有的伙计都出门找卢惠民去了，走回去已经是不可能了，他开始喘息了，本来已经不远的汤瞎子的家不是很远，现在怎么也找不到了，卢文来开始有些着急，这个王八蛋不会也逃走了，就是这样也不能带着房子走啊。

“哎哟喂，卢老爷到了，衣服怎么都湿了，你招呼一下我上门去拜望您啊！”汤瞎子已经在门口等着卢文来了：“快请卢老爷进来坐，把我新做的湘云纱面料的长衫给老爷换上，叫厨房准备姜茶啊，要好的红糖要烫啊。”汤瞎子在握住卢文来手的那一刻就知道他病了，这是急火攻心的症状，也是最好解决问题的时机。

卢文来从来都没有进过瞎子的房子，进来一看里面的陈设几乎惊呆了。

汤瞎子的房子虽然用的是卢家剩的材料，但是建设出来的宅子却是完全不一般，一进的门虽然不是那么的浑厚，但是里面却是装上了大的铁条，关好的门就是数十个大汉也撞不开的，进来的地方有一个玄舱，墙面上是找来的破旧五虎辟邪，这样整块的汉白玉的砖块，依着年岁的陈旧更是显得风骨，让进来的人觉得一种气势。进了院门就是一个不大的庭院，地面是清一色的青砖，最大的山墙完全是白色的粉磨，而三面式的回廊是上了暗红色的朱砂，旧材料在这里却显出了庄重也透着设计的智慧，更是有着一种跃跃欲试的成功期待。卢文来觉得瞎子一直在利用着自己，用卢家的一切成就在塑造他自己。

卢文来看着一个瞎子的辉煌，小儿子的出走是不是一种报应呢？靠这个走街串巷的瞎子经营“鸿儒织造”，是不是真的老天开始惩罚自己了？卢家现在虽然是富甲一方，可是那些赚来的钱又有几个是干净的，让一个下九流的算命瞎子主宰卢家，是不是一种堕落呢？汤瞎子这样的炫耀自己，是不是自己的放纵造成的？他开始后悔走进了汤家，可见时代已经变了，卢文来也变了，整个洪武大路也变了，民国也变了，人心也变了，未来还有什么可以值得保留的？卢文来现在是越想越怕，还有什么更大的麻烦等待自己？乱七八糟的念头让他都忘记了，究竟是为什么而来的呢？

"文来兄，您是不是在想惠民的出走跟我们的生意有关系呢？"汤瞎子直接就点破了："这么跟你说吧，惠民的事情不是一个坏事情！"汤瞎子认真地解释。

卢文来很是困惑，卢惠民的出走一家人都陷入了痛苦，怎么就会成为好事情呢？

汤瞎子似乎知道了卢文来的担心，他决定用另一种方法说服他："江山都改了我们又能怎么样呢？孩子要离开洪武大路是潮流，真正有作为的青年是要走出去的，就跟文来兄不是也从安徽走到南京了吗？"

这一说让卢文来放松了很多，但他还是听不懂："惠民被戏班子拉走了，不能也算是革命吧？历朝历代我可是没有听说过唱戏是出路，更谈不上是未来的养家事业了！"

"文来秀才，什么是革命？就是把一切反过来，皇上变为普通老百姓，而百姓可以做总统；你再看看洪武大路上的事情，瘸子可以做革命党人，木匠可以成为军队的织造，戏子难道就不能是正经事情呢？"汤瞎子今天真的很有耐性。

卢文来吃惊地看着眼前的这个算命先生："你这都是哪里听说的？"

"沙俄的共产党啊，我以前跟你讲过德国秀才马克思，现在他又有了徒弟叫列宁，列就是排成一行的意思，宁就是安宁的那个宁，他断言未来世界是属于穷人的，而有钱的人都要送到西伯利亚最冷的地方冻死，在沙俄工人已经开始管理国家了，一切归沙俄革命党所有！"汤瞎子顿时地兴奋起来了。

"你，你说的这些不是翻天了吗？"卢文来几乎是叫了起来。

"这叫做革命哪，革命你懂不懂啊？"汤瞎子着急了。

"不懂！"卢文来回答得很坚决。

"权利你总是懂的吧，卢惠民抓回来因为他是你儿子，这是老子对待儿子的权利，但是革命了以后，你恐怕就没有这个权利了。"

"因为什么呢？"卢文来很是恍惚。

"革命就是老子没有权利管儿子，而儿子也一样可以管老子的，惠民的离开就是要革命了，你知道吗？"汤瞎子的比喻再恰当不过了。

汤瞎子的解释让卢文来更加的恐慌，革命了没有一个不被杀头的，谭嗣同不是被镇压在北京菜市口了，袁世凯不是气死在自己的家中了，孙中山下野以后也是一命呜呼了，国共合作共产党最革命，开始死的不是一个两个的。卢惠民根本就是手无缚鸡之力怎么就革命了？卢文来不相信卢惠民敢革命，瞎子的表情是那么的兴奋，丝毫没有一点悲天悯人的样子。

“我不关心革命，只想知道卢惠民的下落！”卢文来才想起来问什么。

“文来兄你不用着急，听瞎子慢慢地给你讲明白，蒋介石出生在浙江绍兴，家财万贯的，是个豪绅的后代，这是个中国最有势力的青龙啊，也就有了中国的江山，历史上只有两个人可以统一中原的，前面一个是秦始皇，后面一个就是蒋介石了；可是不久前，湖南湘潭出现了一只白虎，这个农民的后代叫毛泽东，这个人可是不简单的噢，相信的是苏俄的思想，于是在湖南开始了和国民党的合作，他喜欢教育和文化，在湖南组织了农民讲习所，实际上就是丰富穷人的文化，他把自己的思想放到演戏中间，为的是让人民能够明白道理。”汤瞎子终于绕到沾边的回答上。

“毛泽东的思想就是一种宣传啊，宣传是新时代的一种革命，卢惠民是受过教育的，很符合新运动的要求，革命需要新的戏子和班主。而我们的卢惠民天生的一副好扮相，想革命的人是不会放过这样的人才的，将来革命成功了来到洪武大路，你就是为革命输送了革命者了，这是对国家最好的贡献啊，恭喜了文来兄。”汤瞎子说得真是眉飞色舞。

“疯话，疯话，戏子唱戏也算对国家贡献，胡说八道！”卢文来本来是想问个卢惠民的凶吉，谁料想汤瞎子竟然讲出了这些令人不解的东西，接下去也许他还要说妓女革命的理由，这让他越来越听不下去了，站起身来要走。

“文来兄啊，你怎么就听不进去革命两个字啊，我汤瞎子何德何能去杜撰革命啊，只是跟你讲些革命的道理，这样我们的生意才不会得罪革命党人啊，卢惠民从命理上已经跟你说过了，这个是了不起的宣传人才，未来中国革命宣传上就是梅兰芳啊，你可是为革命做过真正的贡献的啊！请文来兄三思，不能断了卢惠民的革命之路啊！”汤瞎子几乎就要跪下去了。

卢文来给瞎子这么一搅和更是觉得无望了，晃晃悠悠地走出了汤瞎子的家，就听得天上一阵电闪雷鸣以后，一场瓢泼大雨瞬间就落了下来，把街道上的所有东西都浇得透湿。卢文来眼中的一切都变成了断断续续，整个的洪武大路也都变得陌生了，看着那些穷苦的人们抱着自己的东西在雨中奔跑，仿佛中国的穷人革命真的要开始了，他觉得浑身感受到的全是热水，脑子就跟要完全炸开的一样，没有走多远又觉得自己浑身发冷，越走越觉得冷的厉害。他抬头想看看天空中的太阳还在不在，一片片乌云正在朝他压下来，突然觉得眼前一黑就栽倒了……

革命的事情对卢文来说并不陌生，革命的理想也不是没有过，刚进南京城的时候想法是很简单的，考取功名割断自己和农村的来往，那里简直是太无聊的地方，如果能够再娶上一个城里的媳妇生儿育女，那就是一场和农村彻底的革命了。“安徽客栈”的老板是安徽同乡，说上去也是卢文来远房的亲戚，尽管年纪是和卢北宁一样论辈分还是要叫卢文来爷爷的。人家看着卢文来踌躇满志的样子，自然是更多的贴心和照顾，随后就请了卢文来吃饭。

“卢秀才，祝愿今年金榜题名哦，你不能是老在屋里待着，出去见见人！”童老板的话里是有意思的，但是卢文来全然没有听出来。

“谢了，也祝老板生意兴隆，我知道了。”卢文来几乎没有在意他的客气。

看着这个秀才的无知纯真，童老板觉得有些话不能不说了：“卢秀才，论辈分你是我的爷爷，论江湖我在南京也生活了大几十年，跟你出个主意不知道当不当讲？”客栈老板认真起来。

“还请老板指示。”卢文来待人的态度就是这样的。

老板把他引进了自己的房间，虽然住在楼下也收拾得很典雅，除了柜台是个窗户以外就是大窗散落下来的光线，房梁是很高的楼上下敞亮，另一边楼上下是一圈的小屋子，也就是秀才们在这里努力最后的时光；房间尽头是个客厅有长长的供台，正中间自然是祖上的画像挂着，旁边不乏是当代名人的墨宝，桌子上当然也有童老板没有完成的大作，看得出来这不是一般的才子，老板看出了卢文来的迷茫，给他沏了茶然后让到了正座：

“这些书法都是从这里中的举人送的，咱们安徽算是人杰地灵了，只是这几年并没有太多的人考中，当然更不可能有状元、榜眼和探花，你知道为什么吗？”

“为什么？”卢文来对于考试的事情当然非常感兴趣。

“唉，世风日下啊，现在的科举都是这个在起作用。”老板表示了一下钱的意思。

“嗯，还请童先生直接明示，多少也耳闻了一些。”卢文来如实地说。

“现在的科举早几个月就定了，现在做什么都是晚了的，看看这里住店的有几个读书的，都是去秦淮河通宵达旦的欢愉，天亮了才回来睡觉，等发榜他们都不会太差的，你也知道举人的卷子都是贡院里面看的，真到了皇上那儿早就做好了的。

我看卢少爷是真的有才，怕你死读书就耽误了，明白吗?”老板有点同情地看着卢文来。

“那现在怎么办呢？你说今年找人是晚了不是!”卢文来有些着急了。

“嗯。不过你还年轻熬得起的，我建议你先在洪武大路买块地盖个房子，这期间也找找关系托托人，也许要不了几年你就成了大事，要是考取了功名你就把房子卖了，这举人的房子就是风水好屋子啊，抢的人一定多的很，房子做起来了你先留着自己住，等你金榜题名或者走马上任的时候，你的宅基也可以卖给我，保证你是不吃亏的，你也就是我们自己家的亲戚，我本来是不对外面说的。”老板直接地就告诉他想法。

放榜的那天卢文来真的没有去看，在洪武大路签订的买地协议，选择了另一条革命道路，后来按照自己的计划也娶了城里的女人，一切都按照自己计划成功的时候，没有想到这时候竟然卢惠民革命了，这是要革“鸿儒织造”的命，革卢家的命，真的是疼得钻心了。

洪武大路的雨水是太充沛了，潮湿让卢文来发烧延长了许多，这几天他开始检讨自己的人生，周湘云吸食鸦片的责任不能落到自己，毛病是周同仁夫妇娇惯的结果，怎么命中就是这样一个革命的女人；没有坚持住对汤瞎子的拒绝，使得卢家在洪武大路上的威严扫地，从人们的眼神中看到的是对自己的轻蔑，这一切都是卢文来的咎由自取；老大的暴虐和老二的木讷，这在卢家的前辈中是没有的；老三竟然成了戏子，真不知道是继承了谁的品行；如何简单地用革命来解释，那么未来还有什么不可以做的；想到这些卢文来的头真是越来越疼了。

“湘云，湘云。”卢文来叫了妻子的名字。

“文来，你醒了？要吃点什么吗?”周湘云给自己丈夫冰敷着井水。

“我想见见惠炳，有事情要跟他交代。”卢文来要求到。

“嗯，我这就去叫他来好了。”周湘云答应着去找惠炳。

卢文来不愿意再看到汤瞎子了，这个人的年龄跟自己比起来差不少，但是道行不是那么浅显的，他竟然能够完全的忍耐卢惠昌的侮辱，也从来不在任何一个人面前抱怨他，这让他感觉到不寒而栗；目前的局面只有老二一个人了，虽然他也摆脱不了汤瞎子的算计，可是有陈春丽的帮助也走不远的，在卢惠民的问题上她是有算计的，可是现在要维持“鸿儒织造”也只有他了，他要利用汤瞎子的期待，把卢家的事业进行下去才是。

“湘云,你派人去找惠炳了没有,怎么还没有回来啊?”卢文来又问了。

“他现在在挹江门管码头,来回不要时间吗,你再等等就回来了!”周湘云搪塞着。

黄昏的码头上已经没有人了,散落了很多没有来得及运走的包裹,整整地堆了像个大山一样,卢惠炳脱了衣服甩开膀子越干越有劲,他也不想回家了,觉得卢家大宅真的没有什么好。装蚕丝的麻包并不是很轻的,每个都有一二百斤重,码头上搬运都是按签子算钱的,一船下来是要运个几天的,开支也是不小的数目,此时,卢惠炳已经掀开了帆布,他数了数决定今夜就奋战在这里,就在他乐此不疲运送的时候,伙计小徐喊停了正在风雨中的卢惠炳。

“二少爷,老爷醒了叫你回去。”小徐在用力地晃着手。

“问题大吗?是不是有什么特别的事情?”卢惠炳问。

“好像不急,只是太太叫我来喊你。”徐侉子回答道。

“知道了,我搬完这些就回去,你回太太就好了。”卢惠炳继续做他的事情。

长江边上比起市区更是变化无常,就在卢惠炳搬完最后一个麻包的时候,天已经不再下雨突然晴朗了起来,月亮和周围的星星都可以看得清楚,卢惠炳知道这是老天爷也拿他没法子了,他多么希望生活就是这么的简单。卢惠炳坐在江边的码头长看着升起的朝霞,觉得人生原来就是在一切的不可能中诞生了,他开始不再怨恨哥哥的残暴,每个人都有自己的性格;也不担心弟弟的远行,每个人都有选择未来的权利。

卢惠炳只是觉得肚子真的是饿了,该是回去吃早饭了,他拎着自己汗湿的衣服,挤干净里面的汗水,轻盈地踏上了去洪武大路的无轨电车。

徐侉子的烧饼油条店早就开了,热腾腾的豆浆和香味诱人的油条,正挑逗着卢惠炳,他真觉得饥肠辘辘,可是身上的小钱不够去要一副的,就在要准备走的时候,徐侉子早就看出来了,就把他拉进了铺子,谢寡妇也赶快送上了一碗豆浆和几根油条。周围的人都开始抱怨了,没有见过这样不排队的人,卢惠炳有点不好意思了起身要走,但是徐侉子却是皮很厚的,一边忙着自己的事情,另一方面跟客人搭讪,谢寡妇也是低着头炸她的油条,根本就不在乎别人的抱怨。

“你们这些人啊,就是没有眼力,那是我家的兄弟啊!”徐侉子遮掩着关系。

“少来了,那是卢惠昌的弟弟,吃了你敢收钱?”对面的大老刘很是不爽。

“我来付行不行?”汤瞎子早就在店里等他了,“一副油条也要争执,你们这些人天生就是贱命哦，看人家侉子就知道帮助人。”说完，就把手中的铜钱砸到装零钱的篮子里。

大老刘这时候没有话说了，看着那么多人都没有抱怨，也多少有点惧怕卢惠炳发怒，如果今天卢惠炳敢动自己，理由可是都在自己这边，可是徐侉子和汤瞎子的态度，让他原来想找回尊严的机会都没有，他狠狠地撞了一下汤瞎子，差点让他翻过去，也怕已经站起身来的卢惠炳，吓得空着两个手去对面牲口市场去吆喝了。

“惠炳，你一晚上去哪里了，惠民刚走，惠昌也不住在家里，就你一个男人怎么可以跑出去呢？”汤瞎子有些责备。

“我老戊不是男人啊？”他不想多说。

“回去都要听你父亲的，不能犟嘴和不服从啊，现在卢家就剩你能主事了，千万不要犯你的牛脾气啊！”汤瞎子再三叮嘱了几句。

“嗯！”卢惠炳还是很听话的，这让汤瞎子省心不少。

卢惠炳回到家刚睡一会儿，老马就把他叫起来了去了后院，很长时间他都没有去过父亲的房间，一切的摆设和情形基本都忘记了，看着父亲在陈春丽的搀扶下才能坐下，心里也开始多少有点难过。父亲摆摆手让周湘云和陈春丽都出去，等所有的脚步都消失了，才哆嗦着从身上解下钥匙递给了卢惠炳。

“好，现在我就告诉你，惠昌做警察不会再管我们这个家了；惠民也离开了做什么也不知道，卢家的人不能再做错事情了，我一生最错误的事情就是用了汤瞎子，我所有的把柄在他的手上，要逃出来也没有机会了，现在一切的生意都交给你，你要照顾好一家才是，我知道你在算账方面是没有惠民学得多，我现在就安排人帮你。你写封信让卢惠琴回来，她可以帮你管理一切的。你记住我说的话了吗？”卢文来叮嘱一句。

“老戊，你放心好了，汤瞎子的事情我留了心眼的，惠民不会有事情的，吉人天相，你现在最重要的是睡觉，等姐姐回来了事情就有了转机，放心吧！”卢惠炳的话说的不是很重，但是句句都让卢文来轻松。

汤瞎子没算到卢文来会走这步棋，两天前卢惠炳还不知道怎么办，周湘云还心急火燎地找了自己，可是眼下卢家的大小姐卢惠琴回来了。这个小女人虽然是嫁出去了，但是经营的手段是很老练的，要不了几天他的一切都会查来，他希望周湘云能帮自己说话，不过连卢文来都退了出去，周湘云就更不算什么了，所以他决定选择上计就是走。就在汤瞎子收拾好准备出门，才发现前后门都被卢惠昌的小兄弟们把着，要想脱身机会是没有了，知道卢家的网已经布上了，现在唯一的王牌就是账本，他再也不能带在身上，而是要托付给最信赖的人，思来想去他终于找到了出路，卢家不仁就不要怪自己不义！

卢惠琴是卢惠昌去接的，看着姐姐成熟沧桑的样子眼泪都出来了，在路上卢惠昌就把家里的所有都跟姐姐说了，知道全家的未来一定是姐姐操持，但权利却是在卢惠炳的手上，要搞掉汤瞎子这个事情卢惠炳的态度很重要。卢惠琴也很知道分寸的拿捏，到家以后就见了二嫂，这样的女人在她看来就不算什么。卢惠琴决定把兄弟两个人叫在一起，地点就在太平路上的“绿柳居”，她让罗秀玲带了很多的礼品先去看二嫂，妯娌两个人虽然性格不同，教养也是南辕北辙，陈春丽搁不住大嫂不停的道歉，就原谅了卢惠昌的冒失。

“弟妹，都是惠昌鲁莽惹下错了，这是给你们赔罪的！”卢惠昌先干了一杯酒。

“大哥，你要说什么尽快，二嫂又怀上了！”卢惠炳没有喝。

“那恭喜妹妹了，刚才怎么不说啊，还是老二行啊！”罗秀玲很随便地说了一句。

“乱说什么，女人家不知道轻重的！”卢惠昌呵斥着妻子。

这样的谈话自然就都打住了，卢惠琴这时候开始说话了：“家里人都在了是不？惠琴离家多年没有做什么，也是老戊糊涂的厉害听了瞎子的，所以请你们看看是不是该结束了，现在家里是惠炳做主，二弟你表个态度吧。”

“想我们这里的人都姓卢，你们看着办吧！”卢惠炳不再说什么，“姐姐，现在一切我都听你的，我还有事情这就走了，你们商量吧！”陈春丽本来还想说什么，却被他给强行地拉走了。

“二弟，二弟！”罗秀玲还想挽留二少爷和陈春丽，“吃完了再走！”

“你安静地把饭吃完就好了，有你什么事情。”卢惠昌呵斥着妻子，“有本事你也生一个，废物啊！”他已经大概知道弟弟的态度了。

卢惠琴看了看大弟弟：“惠昌，卢惠炳是个很重感情的人，这个事情上你不要再为难他了，我看你还是能处理得好的，父母今天不来就说明相信你了。汤瞎子不能再在洪武大路上待了，为了洪武大路的安宁你受累了。”她没有多说拍了拍兄弟的肩膀。

“姐姐你放心吧，惠昌不是没有脑子的人，你好好地歇息几天，汤瞎子的事情交给我了！你还在吃啊，越吃越瞎，罗秀玲走了啊！”卢惠昌大叫了她几句。

“惠昌，你要改改了，学学惠炳他比你成熟很多。”卢惠琴笑了。

民国二十五年深冬,"西安事变"蒋介石委员长被放出来了,共产党的影响却是越来越大了,上面开始在抗日统一战线的要求下,所有的人都拥护起了共产党。可是内部却是不能放过共产党的,特别是夸大了共产党的那些行为,国民政府从上到下开始肃清共产党人。卢惠昌当然知道这是个机会,洪武大路不可能有杨虎城,但是有些事情还是要查的,越来越乱的洪武大路,因为许大胖子的庇护,很多事情都办不了,而卢家的丑事也越传越远,他觉得不消除许大胖子是不行的,汤瞎子尽管看起来了,但是也是有恃无恐,现在是下手的时间了。

"惠昌兄,你开什么玩笑,我怎么会是共产党啊,我日共产党的祖宗啊。"许大胖子一进警察署,就被几个兄弟给绑了,于是杀猪般的嚎叫起来。

"你不是共产党我知道,可是唐宝林是共产党,你把他找到我就放了你!"卢惠昌毫不客气地算起了前账。

"惠昌兄,你怎么又提那狗日的唐宝林啊? 我也是给他害的啊!"许大胖子都要哭出来了,他知道这是硬摊派的任务交不出来是逃不掉的:"报告卢警长,我怀疑洪银木行的老洪和私塾杨瘸子是共产党!"许大胖子这样说洪其昌和杨瘸子,因为他们都是卢家的宿敌。

"证据?!"卢惠昌大声地问。

"老洪我看过他打了很多的梭镖的把子,还有很多的镰刀斧头,都印在共产党的旗子上的啊。"许大胖子被逼的胡说八道了,卢惠昌笑了,这家伙真的是能胡说,木器行不这么做怎么生活?

"那杨瘸子呢?"卢惠昌又问。

"他会写字啊,我知道他常常练习共产党三个字,天地良心,我真的看过。"许大胖子信誓旦旦地保证。

"洪武大路难道就没有人说过共产党? 我听说内桥湾可是有共产党的鼓动哦? 听说还预测了共产主义的未来,说是毛朱的天下有没有?"卢惠昌有点急了。

"有,有,汤瞎子最喜欢宣传共产党了,他还有很多红色的标语,是真的共产主义信仰的人,我举报,我举报!"许大胖子知道他要的是什么。

"好,画押!"等许大胖子打完指印以后叫道"来人啊,混进警察署的共产党人许大胖子,收监羁押,回头再审! 大家都听明白了,汤瞎子在洪武大路蛊惑人心,宣传共产党立刻拿他归案。"

汤瞎子借故要去卢家,卢惠昌手下的人不能不让,就跟着他去了五十二号,在门口撞见了卢惠炳和陈春丽,看着二少爷的态度那么冰冷,再看看卢惠琴和卢惠昌都不在，他心里就开始不安了。许大胖子是共产党的消息一传出来，他就心里暗暗叫苦，知道离抓自己的时间不远了，现在最重要的是找机会逃走，可是人又跟得那么紧怎么办。就在他盘算怎么脱身的时候，意外地听到了里面竟然出现了有点熟悉的声音，这是大共产党人卢文生啊！

"汤瞎子，你一贯在洪武大路上散布共产言论，借算命蛊惑人心，你知罪吧？"汤瞎子没有想到，卢惠昌急不可待地在家门口抓人，这时候他知道卢惠炳就在里面，现在只有自己挽救自己了。

"惠昌少爷，你想抓一个瞎子充共产党啊，我跟你说几样不合适：首先我是个瞎子怎么革命啊，还没有做什么就被人家革了命了；其次，我和卢文来老爷都是老街坊，一起改造洪武大路拯救妓女于剥削之中，将一个腐化的封建街道变成了革命的大路；最后，洪武大路上最大的共产党就是你大堂叔卢文生，你不怕他跑到你家藏起来吗？嘿嘿。"汤瞎子很风凉地说。

"你这个贱东西，竟然敢污蔑革命家庭，绑了！"卢惠昌不想让他说下去。

"惠昌少爷，瞎子跟你打个赌，你回家吃完中午饭就会放了我，何必如此大动干戈呢？你这样兴师动众的也不怕烦是不是？好，我瞎子等着！"汤瞎子毫不慌张。

"汤瞎子，我跟你打个赌，要不了三天国民政府就地正法了你！"卢惠昌大笑。

"瞎子被绑了，快去看喽。"这是洪武大路上人们的开心。

"瞎子革命了，真的好看哦！"也是不想还钱的妓女们的呐喊。

卢惠昌更是得意，觉得自己没有绑错，汤瞎子仗着二弟惠炳的势力为所欲为，他亲自动手人们一定是对他敬畏有加，也杀杀这个嚣张家伙的锐气。

"革命万岁！民国万岁！"洪武路的地痞流氓高喊着革命的口号。

"打倒共产主义！"市井的贫民们开始了号呼。

街上男男女女的都在欢呼汤瞎子的被抓，洪武大路已经很久没有热闹了，大家都很开心，这里面太多的人想逃脱高利贷的，有的妓女原来想以身体陪睡免了利息，可是汤瞎子玩够了还是没有一点减免，这自然就在这条街上很遭恨了。

往警察署走的时候汤瞎子没有害怕，他给自己留了一手就是让小伙计出走，所有的账目都在他的手上，如果稍有不好的状况出现，账册就会交到新街口的警察总署局，那样的话卢惠昌就要吃不了兜着走。卢惠昌也很意外瞎子一点不紧张，一般的人早就哭着嚷着推脱，他却叮嘱自己回去看看家里。卢惠昌觉得这家伙一定是话中有话，在把汤瞎子下了牢房以后，换了便服把手枪掖在后腰，牛饮了一大茶缸的水以后就往家里去了。

洪武大路比起游府西街真的不那么干净,这条街只有一些很小的树木,每家为了家门口的阴凉,很多人家把用剩下的脏水喜欢泼洒在路面上,换来晚上的些许清凉。不知道是谁家把洗鱼的剩水也倒在了外面,引得苍蝇在冒着热气的路面上盘旋,让人闻到的是阵阵腥气的恶臭,卢惠昌很鄙视这种市民文化,要不是解决汤瞎子的事情,他一定要狠狠地整治一下。

卢惠昌知道北宁是上星期来南京的,可是没有听说卢文生也在,他知道大堂叔是共产党,西安事变也参与了对东北军的说服,事情过去了不是回了延安,怎么可以在南京呢?张学良是送蒋介石回来,也被扣在了南京的梅园,杨虎城是被判了刑关在监狱,可是这怎么也牵扯不到卢文生。是不是家里有什么事情瞒着自己,说明家里人不信任自己,可是这事情要是爆出来,那问题就大了,岂止是藏匿共产党人,弄不好全家都吃上官司。他觉得几乎不可能的事情,可是汤瞎子明显就是暗示,他把枪掖了掖好,决定亲自看看再说。

"有没有长眼睛啊,水盆是放在路中间的吗?"卢惠昌走进自己家的时候,把院里的一个水盆踢翻,水盆飞出老远在天井中直打转,声音迅速地传了很深很深。

姐姐卢惠琴迎来上来:"惠昌你回来了?吃饭了没?"

"吃饭?成天这么忙根本没有时间吃饭!"卢惠昌抱怨着。

"那给你盛碗饭你在这里吃吧,还有点剩菜不过没有怎么动!"姐姐征询他的意见。

"家里有什么变化吗?"卢惠昌看出了姐姐的不安。

"没,没有啊。"卢惠琴在掩饰。

卢惠昌从姐姐惠琴的眼神中发现了一丝的异样,她的手在发抖:"是不是家里来了什么人?看你紧张的样子。"卢惠昌盯着姐姐。

"就是爷爷啊,你也没有回来看,老人家有意见了。"卢惠琴说话的语调都变了。

"你没有说谎吗?那我去后面看看。"说着就从后腰把枪拿了出来,然后慢慢地向后院走去,他明白家里是来了非常危险的人物。

"惠昌,"卢文来走了出来,"中午回来做什么,要吃饭就吃,不吃可以走了,爷爷在睡午觉不可以打搅的。"

"老戊你好点了?怎么出来了。"卢惠昌对父亲的状况还是了解的。

"在家待的时间长了,我也想出去买点纸墨。要不要一起去啊?"这明显是要拉卢惠昌离开，卢惠昌知道家里有事情不想让他看见。

“老戊，我觉得你们有事情瞒着我，刚才我去抓一个革命党，他说要我回家看看。”卢惠昌不甘心。

“这么说儿子你也不相信我了，那你就进去看看吧！”卢文来想让儿子知难而退。

“老戊就对不住了，我要进去搜一下。”卢惠昌丝毫没有退缩的意思。

“住手！”卢北宁出现在三进的门槛上，“要抓就把我抓走吧。”

卢惠昌确定家里一定有问题，这个汤瞎子真的很毒啊！

“爷爷没有睡午觉啊？”卢惠昌在想缓解眼前的尴尬，“是这样的，洪武大路南口的汤瞎子算出了我们家有麻烦来了，我就一个人回来看看免得家里不太平哦。”卢惠昌敷衍着。

卢惠昌不希望和长辈直接冲突起来，大堂叔从“辛亥革命”开始就跟了孙中山，一个留洋的文人不去大学堂教书，却在上海演出英国喜剧《少奶奶的扇子》，所谓的“文明戏”一张票也没有卖出去，卢家倒是往里面没有少搭上钱。国共合作他也没有捞个一官半职，随着国民党的抓捕就逃回了延安，勉强地活了下来就算了，又参加什么西安事变，结果也没有杀了老蒋，这时候出现在家里是很危险的。汤瞎子也是够蠢的威胁自己，要是直接地去告官的话，那么全家都逃不掉关系，看看这一个土豪一个秀才，他才知道事情是很棘手的。

“爷爷，老戊，你们不要拦着我和大堂叔聊聊，自己家人又有什么不可以说的？”卢惠昌索性找个板凳坐下了，“大姐有绿豆汤吗，来一碗加点糖啊。”

卢惠昌为了消除一切紧张把枪又插了回去，然后接过了姐姐颤抖着端过来的碗，头也不抬地喝了起来，他决定要解决这个危机，不然扩撒出去，一切就会太晚了。卢文来没有想到事情被卢惠昌摸到了，堂兄就在五进的西房里面藏着呢，卢惠昌如果要抓在父亲面前怎么交代，国共不是已经又合作了吗？一家怎么会有两个完全不同的党，而且是水火不相容的，那还合作什么啊。卢惠琴也发觉气氛不对了，卢文生逃进来的时候就像要饭的，破衣烂衫的头上还戴着一顶草帽，落到这步田地也是她不明白的，读书人怎么就非要跟政府过不去。她知道弟弟还是有规矩的，在爷爷面前不是不敢穿制服吗？

“惠昌，你算是官府的警察了，大堂叔是自己家的人，你打算怎么做呢？”卢惠琴又递过一碗冰凉的绿豆汤。

“是啊，怎么办呢？”卢惠昌犯难了，“在爷爷、老戊还有大姐面前，我敢说我卢惠昌不是没有人性的，共产党的确不是一个小事情，就是他从洪武大路出去，也没有地方可以去的，让我当面和大堂叔聊一聊，知道了他们是怎么回事，才能想出办法对不？”卢惠昌说得很是婉转。

卢北宁原来很害怕这个六亲不认的孙子，他的手段也真的是洪武大路出了名的，人家已经把门都堵上了，面对自己这番话说得很得体，相信卢惠昌不会贸然地杀人，他不自觉地看了卢文来一眼：“文来，你看怎么办啊？”这等于跟卢惠昌完全交了底。

卢文来知道卢惠昌是个刁横不讲理的人，对家人他还真的没有太多的仇恨，追捕戏子唐宝林虽然手段残忍了些，但是找不到弟弟的着急，也是情有可原的，特别是父亲带着大堂叔的到来也是很糊涂的。共产党的革命闹到最后，也还是逼着国民党内斗，蒋介石很明显不能治张学良的罪，但是还不能抓你个共产党的杨虎城？卢文生也是跟着瞎闹，西安政变成功了是啊，可是共产党的军队还不是编入国民军，剩下的叫什么游击队的，等蒋介石腾过手来赶走了日本人，还是要找到你算账的就是了。

“汤瞎子呢？”卢文来问儿子：“他怎么知道卢文生在这里？”

“能在哪儿呢？我把他押在警察局了，瞎子耳朵不聋不知道啊！”卢惠昌回答。

“这个汤瞎子让整个卢家不得安宁，没有他我们不会这样的被动。”卢文来咬起牙来。

“我说老戊啊，我现在办的是卢文生的事情，你扯那么远怎么行啊。”卢惠昌盯住了父亲。

卢文来知道这事情已经没有其他办法了：“惠昌你要保证不伤害你大堂叔！”

卢惠昌急了：“我怎么发誓？我拿亲生父母发誓，拿爷爷发誓？你怎么那么糊涂啊！我能把卢文生怎么样啊，他是我叔叔啊！”

“惠琴啊，你去把大堂叔请出来，就说惠昌要见见他。”卢文来决定了。

卢文生出来的时候已经吓得瑟瑟发抖了，脑子里面是一片腥风血雨。

“大堂叔，你好啊。”卢惠昌看到他这副样子就快要笑出来了，自己和罗秀玲结婚的时候他来过，那时候他是黄埔军校的一名革命教官，身边跟着好几个马弁，很喜欢拍拍他的肩膀叫他去革命。他曾经是何等的尊敬的堂叔，要不是刚刚新婚就真的跟这个眼下落魄的人走了，他真的很仰慕大堂叔的，觉得革命应该就是这样的。多少次夜里，他给卢文生写信希望能够南下，也能够为全人类的幸福而奋斗，但是每次都被大堂叔拒绝，让他耐心地等待革命的成功。大堂叔怎么从国民党一下子就成了共产党，这两个党也太滑稽了吧！

“大堂叔，你不要紧张，跟我说说到底是怎么回事？”卢惠民尽量地和蔼。

“蒋介石叛变革命了，革命党人的血流成了河啊！”卢文生竟然哭了出来。

卢文生在革命成功了以后，就成了黄埔军校的教官，后来，蒋介石用“中山舰事件”肃清共产党人，这样他就和周小芸逃到了武汉，没有多久就生了孩子，找了一份给人家做下手的工作。平时靠着给人家写信增加收入，一切都是那么的平静也很安逸。本来以为这样的生活也就知足了，可是没有想到共产党又找上他，辗转最后就去加入东北军，成为了最早的抗日军官。日本人侵占东三省以后，卢文生决定跟着杨虎城说服张学良，这可是深仇大恨的事情，很快地张学良就同意了逮捕蒋介石，西安事变的确是抓了蒋介石，可是这时候中共高层决定放了蒋介石，只要承认共产党的抗日地位就可以了。

蒋介石真的通电全国抗日，可是等把蒋介石送到南京，一下飞机张学良就被抓了，而自己没有被发觉，立刻就换装逃了出来，本来是想回安徽老家躲躲，可是国民党已经在等着了，只好跟着父亲又一次地逃到了南京，谁知道还没有两天警察就找上门了，他真的很沮丧了。这样的经历也让卢惠昌觉得很无奈，抗日可是全世界的事情，虽然他不怎么读书看报，可是也不是对这个事件没有耳闻，只是战争似乎离南京太远了，况且共产党的军队已经被蒋介石打得七零八落了，只有像大堂叔这样的人还在坚持，不免有了几分尊敬。

“大堂叔有什么打算呢？”卢惠昌想听听。

“我只想回家看看小芸，看看卢家的孙子！”卢文生只是不停地哭泣，惠琴给他又递过一条潮湿的毛巾。

“还能去哪里啊，什么不好闹偏要闹共产，难道要把你弟弟的产业共产了不行？难道要把你武汉的妻子一起共产了不行？荒唐！”卢北宁不停地用拐杖杵着地。

这尴尬的情形下卢惠昌觉得很没有意思，他看了看自己的父亲：“我看还是让大堂叔回安徽吧，不要在老家待着就是了，随便找个地方。南京是待不住的，有可能请二弟去把他的家眷也接过去。”

“看看，你大侄子这才是人才啊，人家办事的想法才是对的，还不谢谢你大侄子。”卢北宁真的是由衷的感激自己的孙子。

“扑通”一声，没有了主意正在痛哭的卢文生跪下了，这结结实实地把卢惠昌吓了一跳：

“快起来,快起来! 大堂叔我们都是一家人,一笔写不出两个卢字来,我来处理。”卢惠昌虽然混蛋,但是爷爷的面子他还是要给的。

“惠昌,这件事情就拜托你了!”卢文来走了过来拍了拍坐在凳子上的儿子,几个月来他们父子就几乎没有说过任何的话,“这样吧,上下怎么打点都不过分,一切你去找惠琴支出吧。”

卢惠昌也有些感动:“老戊,只要我能做的我都可以做好,现在唯一能保证大堂叔的安全就是他跟我回警察署,不然他随时都可能被抓了去,那时候就麻烦了。”这个决定是很出乎所有人意料的,虽然大家都不怀疑卢惠昌的动机,要把人抓走就没有那么安全了。

“惠昌,能不能就待在家里呢? 等风头过了我让老二把他们送回安徽。”卢文来是有些不放心的。

“老戊你怎么不明白,汤瞎子在警察局都招认了看见了卢文生,你觉得还保得住不去吃几天牢饭,相信我就交给我办,不相信我就不管了!”惠昌有点不耐烦了。

“相信,相信。”卢北宁也想不出真的万全之策了,“惠昌啊,里面你就多照顾你大堂叔啊,爷爷在这里谢谢你了。”

“看爷爷说的,大姐你给大堂叔换了父亲的衣服,然后给他做点好吃的,让父亲把他送到警察局来就是了,二弟你在家等着我的消息不要出门,找机会我们送大堂叔出南京。”

卢惠昌喝完了剩下的半碗绿豆汤,抹了一下嘴扬长而去。

卢惠昌回到警察局已经是下午了,一路上思考着解决卢文生的问题,进到警察局的时候,值班室几个人在打纸牌,卢惠昌在清查街口的时候意外地发现了这玩意,于是就发明了一个新的游戏叫“警察抓小偷”,在牌地安排一个谁都不知道的小偷,最后牌打完了落在谁的手里就输钱,这帮都是城南的一些流寇,文化水平不是很高麻将也是低手,这种时髦的玩法很容易为大家接受,所以警察局常常是玩得通宵达旦。

“喂了两个耗子没有?”卢惠昌的意思就是许大胖子和汤瞎子。

“没有,哪有时间啊,饿死这两个东西才好。”警察此时的心思就在牌上面。

卢惠昌直奔后院去看看关着的两个人,许大胖子此时已经饿得睡着了,制服上已经完全是口水了,这家伙以前就是个吃货,哪天都是在这条街上从侉子的烧饼油条,一直吃到南口的凉面,下午回家的时候总是有菜贩给他送些鱼肉什么的,他就从来没有停止过在这条街上的讹诈。而汤瞎子此时并没有一丝一毫的要求，坐在牢房里面在打坐，知道卢惠昌是回过家了，也晓得他已经见到了自己的大堂叔，就等着卢惠昌请他出去。

许大胖子被脚步声吵醒了，终于看见了主宰他命运的人："惠昌啊，你就饶了我吧，我这么胖怎么会成为共产党啊，给点吃的吧。"

"烧饼你吃不吃，不吃就拿走了？"卢惠昌从口袋里面拿了几个昨天剩的烧饼。

"吃，吃。"许大胖子这时候赶紧去拿了烧饼啃起来。

"你不要一个人吃，给那个瞎子留点，一会回来吃的！"卢惠昌不想让他吃完。

"瞎子，我要找你问话，你出来！"卢惠昌拍拍木头笼子。

汤瞎子站起身来抖落了一下身上的尘土："请惠昌少爷带路！"

卢惠昌火一下就冒了出来："我叫你自以为是，来人啊！"

"在！"许大胖子此时觉得立功的机会来了："叫你不尊重长官，叫你不知道反省。"

许大胖子知道这是牢房里面的规矩，不容分说就把个瞎子打得蜷缩在角落里，再也没有了那种张狂，而是一句话也不敢说了。卢惠昌觉得教训得够了，这时候把牢房的门开了：

"出来你个瞎子，到了这地方你还敢放肆。"用铁链子拴了汤瞎子的手拽了出去。

汤瞎子不熟悉警察署里面的结构，跌跌撞撞地被卢惠昌拉到了一个房间里面，在一个没有椅子背的椅子上坐了下来，手被拴在了椅子上了。卢家少爷要修理自己很正常，和许大胖子关在一起也没有在意，问题是现在的罪名是共产党人，这是意味着可以杀了再报的。也知道问题的严重性了，尽管知道卢文生正躲藏在洪武大路五十二号，如果小伙计没有把这个消息传出去也是很危险的，他需要时间拖住卢惠昌。

"惠昌少爷，见过堂叔了？"汤瞎子很得意，从卢惠昌的行为中已经知道了问题。

"啪！"一个响亮的耳光扇了过去，"你是个瞎子吧，不要看不见的乱说。"

"卢警长息怒！瞎子最大的能耐就是不说谎的，知道这件事情的人不止瞎子一个，所以我只是提醒你惠昌，不要把自己牵扯进去。"汤瞎子的话是软中带硬的，也是威胁卢惠昌。

"好，好啊，你真的长能耐了，我告诉你卢文生就在投案的路上，你等着就是了，现在我要问你账本藏在哪里，你说不说？"卢惠昌恶狠狠地说。

这一切出乎了汤瞎子的算计,他知道卢家是有规矩的人家,而且卢北宁现在就在卢家住着,不可能让他把自己的亲叔叔抓来警察局的,这一次真的是可以把这个暴躁的少爷收服了,他满脸不信的样子决定和他赌上赌。

“卢警长如果真的是把卢文生逮捕归案,瞎子任由你处置!”他很坚定。

“哈,哈!好你说的,如果你不兑现承诺的话,我就让你死不去活不成,送到石佛寺去敲砖头。”卢惠昌也咬牙切齿了。

“悉听尊便!只怕东西已经到了警察总署,你不会害怕吧?”汤瞎子胸有成竹。

卢惠昌不免冷笑,原来瞎子果真是埋下了伏笔,如果有第二个人知道,那么就一定是他的伙计,想到这里他把汤瞎子踢倒在地上:“你这个瞎了眼的东西,算计老子你等着死吧!”快步地离开了审讯室冲到值班室:“你们几个快跟我去瞎子家,他家有共产党人。”正在玩牌的人觉得事情已经超出了想象,赶紧拿起了枪跟着卢惠昌奔路南跑去。

卢惠昌知道汤瞎子是要把事情闹大了,不赶在卢文生到达警察署自首之前逮住汤瞎子的手下,这件事情就一定要传出去,他觉得背后一阵阵的发凉,竟然沁出了大片的汗水。

小伙计在汤瞎子被抓以后就跑了,他当然不希望汤瞎子回来。瞎子对所有为他做事情的人都很苛刻,挨打受饿的日子已经不是一次两次了,卢惠昌抓走汤瞎子的时候,他一眼就看到了汤瞎子留下的钱,他决定要好好的享受一下。小伙计在三益里的熟藕摊上要了一碗“糖芋苗”,又要了一串“油炸臭豆腐”,接下来决定先去看一场电影《马路天使》,就这样他钻进了新街口的中华戏院,并不知道汤瞎子是命在旦夕。

小伙计看完电影出来,整个的天都已经暗下来了,等摸索到了新街口的警察局,此时已经是大门紧闭了。他知道自己来晚了,不希望回家以后被瞎子管教,就只有撒谎说已经报过案警察不管就是了,于是把账本扔进了没有人注意的粪车。他希望绕过新街口从北面回去,难得地出来一趟,一定好好地玩玩,此时肚子又饿了,觉得也是该回去的时候了。他加快了步伐走进了汤瞎子的家,刚进门就被几个人一把按住,嘴也被卢惠昌堵上了。

洪武大路的警察局已经是几年没有这样的灯火通明了,当小伙计被带进来的时候已经彻底的吓傻了,卢惠昌不消几句话就问出汤瞎子的交代。

“提汤瞎子上堂!”卢惠民下了命令。

汤瞎子本来还是胸有成竹的,听见小伙计的哭声知道事情败露了,白天他听到了卢文生进来自首,他算准了卢惠昌唯一的方法就是杀人灭口。

“汤有财你要的人我都给你找到了,共产党人卢文生,还有你的小伙计都在这里,你说怎么办吧?”卢惠昌很是得意。

“惠昌少爷我佩服你,你想怎么样?”汤有财视死如归。

“哼,今天是我们算总账的时候了,你这个成天没有正经的东西,不让你死就是好的了,还也有什么话可以说的?”卢惠昌问他了。

“惠昌少爷。”此时他又把称呼转回来了,“今天的事情是瞎子保全的方法,换作任何人都会这样的,我自然是认罚的了。”

“罚! 怎么罚?”卢惠昌恶狠狠地问。

“瞎子永远离开洪武大路不再回来。”汤瞎子答应了。

“算你识相,可是账本已经被伙计扔了,你不会就一本吧?”卢惠昌问。

“小瞎子是藏匿多处,请求放瞎子一条出路,就保证账本永远不示世间。”汤瞎子算是交易了。

“你这是保命啊,要是再看到你的话,你就死定了对不?”卢惠昌警告他,对待他的方法也是无奈了。

“如果是这样你会放过我吗? 你卢惠昌也是狠毒之人,我敢吗?”汤瞎子冷笑了。

“哈哈,量你是不敢的。”卢惠昌大笑。

卢惠昌把房门锁了,然后就绕到西门里面的两个笼子,开门的时候他看见这个饿得发昏的许大胖子正在舔自己的衣服,而那个没心没肺的小伙计此时已经睡着了,他悄悄地叫醒了小伙计:“你想吃点什么?”

“我不想吃,就想睡觉我困了。”小伙计明显已经睡着了。

“嗯,你睡吧,一会儿睡醒了我就放你出去。”卢惠昌安慰他。

“我不想出去,我怕汤老爷回去打我。”他嘟哝着又睡了。

卢惠昌开始可怜这个孩子也觉得救不了他,这些贱命来到这世界上就已经定了。

“嗯,你睡吧,好好地睡一觉就是了。”卢惠昌又转到卢文生的笼子:“大堂叔,饿不饿?”

大堂叔一副世界末日的样子,没有一句话只是摇了摇头。

卢惠昌觉得共产党人应该不是这样的,从广州起义到湘西暴动哪里少了共产党的影子,无论是北伐还是上井冈山,他们都是好汉啊。眼下的这个大堂叔真的是窝囊透了，自己都是这个德行，找个丫环做老婆爱得死去活来的，他不相信这样的共产党，真的能解救所有的穷人。卢惠昌相信共产党是真的，没有他们就没有抗日的力量，可是蒋介石为什么要先灭了共产党，以后不是很多机会吗？他真的闹不明白为什么不能相互容忍，最起码应该像洪武大路一样的理解，日本人在不停地侵占中国，都打到了山东一带了，连国民政府都要迁都了，这时候怎么还要内斗呢？

卢惠昌回忆着儿时的洪武大路是多么的丰富啊，过年过节的时候这里是鞭炮齐鸣，孩子从家里人手里要了点压岁钱在路边随便就赌上了，弹子、洋画、糖人和拉洋片一样不少的；洪武大路中间的水井，永远是大媳妇和穷人姑娘们开心的地方，尽管很多人对他的评价不是那么的高，也没有人去自己老戊那里告状，就是谁的屁股和奶子被自己摸了也是一笑了之没有仇恨。这时候的卢惠昌哭了，人为什么要长大啊？为什么长大以后那么多的烦恼？眼下那么多的烦恼也没有人可以倾诉，卢惠昌觉得整个眼睛都湿润了。

“出来许大胖子，汤瞎子，还有那个小伙计。”卢惠昌让三个人从警察局里滚出来。

“惠昌，你这是要放了我们?”许大胖子终于等到回家的机会了。

“是，已经查清楚了你们清白的，只有这个卢文生是真正的共产党。你们可以走了。”卢惠昌决定放了他们。

此时汤瞎子已经感到一些放松了，一天的没吃没喝自己的身体虚弱了很多，他要小伙计去搀扶着他，可是小伙计真的有些不愿意。

“你他妈的好了伤疤忘了痛是不是，人家小伙计早就不想跟你一起过了，是不是小伙计啊?”卢惠昌当着所有人的面问了问。

小伙计认真地点了点头。

“许大胖子给你个机会，把这个瞎子人渣送出洪武大路，然后你就回家好了哦。”卢惠昌命令道。

卢惠昌把枪从腰里拔出来了上了子弹。他看到了远处的马车，也知道车里坐着的是爷爷卢北宁，老二卢惠炳看见他了扬了扬鞭子，他示意马车离警察署再远一点。此时的许大胖子早就按捺不住要回家的感受，他迅速地搀起汤瞎子就往外走，这时候的汤瞎子没有动，听到了远方有马车在等待，没有想到是这样的结果。

“小子，蓝彦辉错了不再打你了，你以后就饶恕我吧。”汤瞎子给他跪下了，“都是我害的你啊，对不住了！”小伙计被吓得往后缩。

此时的许大胖子急了：“你走不走啊？你还想待在这儿多久？”

“我走，我走！”汤瞎子在许大胖子的搀扶下往北跑了。

许大胖子几乎是用跑的，生怕卢惠昌再把他捉了回去，汤瞎子也因为没有个拐杖，走的步伐几乎是跌跌撞撞的，路上的青石已经被露水打湿了由不得他了，就在他们走到淮安人的“草包店”门口的时候。卢文生也在卢惠昌的命令下，拼命地往着铁汤池的方向奔跑，他知道这是最后的机会了，听到卢惠昌已经拉响了枪栓，就在他可以碰触到卢惠炳马车的时候，洪武大路传来了清脆的枪声。

“啪！啪！”子弹凄厉地划破了夜空。

汤瞎子一下就停住了脚步想回去，被许大胖子一把就拽住了，“你还要不要命了，你回去干什么啊？人家在枪毙共产党逃犯啊！”

此时的汤瞎子哭了，他知道自己害了小伙计。

卢惠昌看着卢惠炳赶着的车终于走远了，把枪放进了身上的枪套子，敲响了洪武大路上哑巴们开的那家“棺材店”，带了寿衣和寿鞋来到了警察局，没有多久就将一副棺材抬上了马车，迅速地往清凉山的坟地走去……。

民国二十六年秋，汤瞎子离开了洪武大路似乎再也没有回来，他虽然拥有过一切，心里却是苦涩！

莫愁湖
五台山
小倉山
清涼山
隨園舊址
金陵大學
乌龍潭

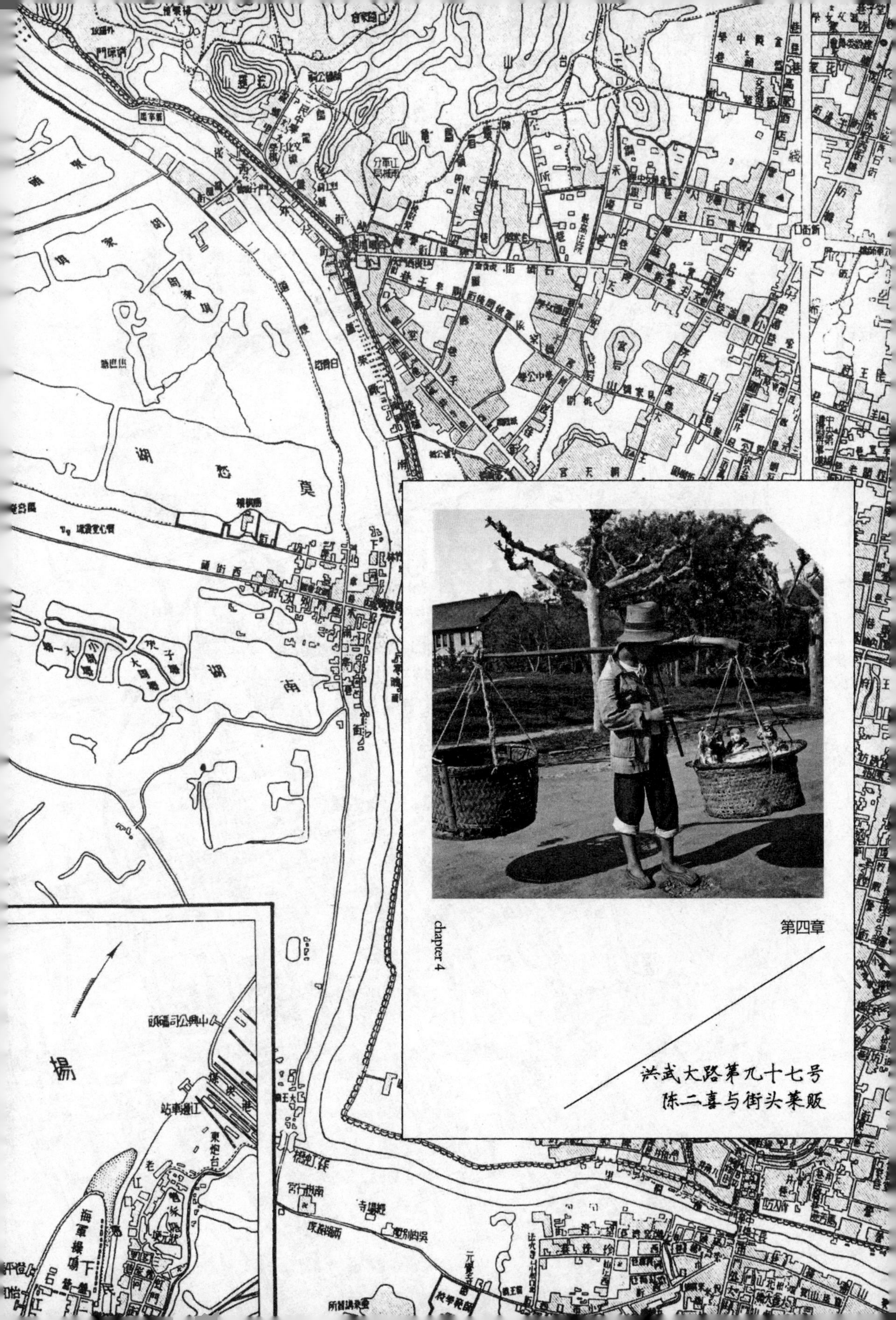

第四章

chapter 4

洪武大路第九十七号
陈二喜与街头菜贩

台城本吳秣陵晉建業
故城晉元帝置台省
於此故名東齋以
後爲都城有南
掖北掖大司
馬門
武
新洲
長洲
國民政府
五台山

洪武大路上外地逃荒来的人很多,真正有脑子留得下来是少之又少。

陈二喜算是河南人中比较突出的一个,孤苦伶仃地走进洪武大路的时候,他家里的所有亲眷,不知道是在黄河还是长江边就走散了。陈二喜人长得不高却是勤奋,很快地就学会了在内桥湾码头帮人洗菜,卖菜的小贩通常是在码头上,简单地把菜涮一下就完了,他可是跳到水里上下的扑腾,不一会把菜是用水给浸泡的夯实,洗出来的菜干净又增加分量,小贩们都把这道手续承包给他了。陈二喜在一年的洗菜生涯以后,已经用攒了的钱开始自己经营了,夜里他去城门口等着菜农,用最低的价钱把新鲜的蔬菜收购,然后就泡在内桥湾的水里,等蔬菜完全地喝饱了水,这才满意地提上来去菜场贩卖。

天刚微亮的时候,陈二喜的菜摊上已经摆放好了,他还会压低价钱跟别人竞争,为了生意他也常常出卖别人。陈二喜在菜市场的出现,经常打破游戏规则,让洪武大路菜市场的价格越来越低,他卖完了以后大家才有饭吃,菜贩们合起伙要把他挤出去。陈二喜决定要为自己找个靠山,很容易地就看中了卢家大院,挑了卢太太喜欢吃的"清新芦蒿"、"杨花萝卜"和当季的"菊花脑",在秦淮河边完全洗干净以后,径直地就来到了第五十二号。周湘云平生就高兴有人在意自己,看着这些新鲜的蔬菜送上门来,当然是眉开眼笑当即赏了钱,而此时陈二喜眼里只有委屈的泪水。

"咋了？小河南,还哭上了?"周湘云关心地问了孩子。

陈二喜一五一十地讲述了贩菜的遭遇,周湘云这时候被激怒了,决定要给孩子主持个公道,立刻传来了家里买菜的下人:"以后家里的菜从二喜的摊子上拿,看哪家小贩敢断了卢家的吃喝。"

陈二喜终于在洪武大路立住脚了,除了每天的生意没人打搅,也认识了卢家的小少爷,在给卢家送去最新鲜的蔬菜,也没有忘记给卢惠民带去小儿书。陈二喜几乎不认识什么字,但是卢惠民喜欢给他念,这样没有多久开始认识几个字了。卢惠民拜师学戏以后,他没事的时候也喜欢跟着看,时间长了他也好比画几下,卢太太最喜欢拿他开心叫他唱,只要陈二喜的破锣嗓子一开口,加上天生改不掉的河南口音,总是把大家笑得前仰后合。陈二喜也愿意出丑,只要卢太太和小少爷开心,他什么都愿意去做。

陈二喜最不喜欢江小燕的所有作为,第一时刻就确定了这是个狐狸精的角色,当然江小燕也没有把他放在眼里，一个破卖菜的也就是看得懂小儿书的能耐，成天地追着卢家的少爷，活脱脱也就是一个跟班的命。可是两个人的出去又离不开陈二喜的掩护，卢惠民总是装着和他去看小儿书，出了门汇合的自然是江小燕，可他喜欢跟在后面一起溜达，时间长了没有少招江小燕的挤兑，尽管如此还是舍不得少爷被迷。卢惠民倒是不避讳陈二喜，就是两个人腻腻歪歪的时候，也没有忌讳他的存在，奇妙的关系一直维持到卢惠民离家出走，这才让陈二喜恨上了江小燕。

安徽戏班子在文庙唱戏的那天，陈二喜特地的早早收摊了，知道晚上卢惠民要唱戏，很希望能给小少爷捧场，戏没开始就看见许大胖子像苍蝇，一直地找着江小燕在哪里。陈二喜早就断定江小燕是个惹事的女人，监视着她钻进了卢惠民化妆间，就知道什么事情都可能发生的，所以就一直没有离开过文庙。卢惠昌出现的时候，他是非常得意的，这下子戏班子可以永远地走了，没有想到卢惠昌竟然放了枪，接着就看见卢文来带着伙计，不但绑了小少爷还绑了周湘云，他真的是着急了却不知道怎么做。接着就是剧团绑了江小燕，然后就把她拴在了化妆间里面了，事情的缘由都是这个骚货惹得。

卢家的风波真是闹得很大，连西医吴成芳都被请到了卢家，出来的时候神色很是凝重，陈二喜探听到了卢惠民被打得很重，二少奶奶已经流产了，而周湘云也没有怎么样，陈二喜这才回到了文庙。江小燕已经被戏班子绑起来了，听到的就是她一直在里面叫，陈二喜决定爬进去好好地教训她，看看四周的窗户不是很高，纵身一跃就进了化妆间里面，这时候的江小燕没有了傲气，整个人的身上捆扎的到处都是绳子，头发也是到处散乱着，虽然江小燕跟卢惠民做了见不得人的事，她要是真的出了什么事，卢惠民出来也是要急疯了的。

“你奶奶的，你干嘛非要在房间里面整啊，这出事了吧？”他爬进了化妆间，“戏子的命不要攀高树枝好不好，少爷要是被打坏了，我是饶不了你的！”他狠狠地骂江小燕。

“二喜，你是惠民的朋友，把我放了吧我去认罪，叫卢家不要再打惠民了，呜……”江小燕哭得是够惨的。

陈二喜这时候开始同情这个戏子了，虽然很风骚但是也有真情，他决定放了江小燕，解开了绳子以后，就托着这个小角儿的屁股，把她从房间里面送了出去，等江小燕离开了以后，陈二喜半个时辰都没有缓过劲来，这女人的屁股真的是跟棉花一样，难怪卢惠民什么都不怕了，直到外面有人开开门的时候，才知道要逃了，“哧溜”一下就上了窗户，迅速地消失在文庙的黑夜中了。

“啪！啪！”卢惠昌对着陈二喜就是几鞭子，打得他龇牙咧嘴。

卢惠昌按照周湘云提供的线索，很容易就找到了陈二喜，并要他说出卢惠民藏在哪里，这时候陈二喜才知道卢惠民也跑了。

“啪！”卢惠昌又是一鞭子，“限你三天告诉我卢惠民在哪里，不然你就不要出现了！听到没有啊！”

陈二喜嘴上答应了，可是晚上就从菜贩市场逃了，他不确定真的能找到卢惠民，南京这么大的地方哪里去找，可是卢惠昌是从来说到做到的，找不到回来是根本就没有可能，那么回到这里就是没完没了的折磨，他决定不再回洪武大路了，在四周郊区不是卢惠昌的地盘，看看是不是能找一个新的营生，等攒足了钱就回河南老家去。

晚秋也是收获的季节，很旷阔，田野里面剩下的是成捆的稻子，陈二喜想起了草包店的生意，偷偷地回去跟人家问了价钱，就在靠近城郊的地方做起了稻草收购。人家都知道陈二喜被卢惠昌整得回不去，算是同情也就帮了他，知道等卢惠民回来了，一切也就不是事情了。这是个多雨的季节，陈二喜之所以能揽到生意，也就是稻草夜里会被淋了发霉，所以这时候是很累的奔波，天不亮的时候他终于把货送到了，刚收了钱天上就下起了雨，陈二喜这时候顾不得那么多了，赶紧离开洪武大路，如果碰到卢惠昌，就是一个字死啊。

逃离了洪武大路以后，陈二喜决定先去通济门菜场看看，也许在那可以重操旧业，可是谁想到冤家路窄，洪武大路的菜贩们在这里也有势力，他是自然租不到任何地方，无奈天上的雨是越下越大了，雨水朦胧的路上看上去几乎没有行人。陈二喜只好脚踩着泥泞往草窝棚赶。快到中山门时候一道闪电以后，天上的瓢泼大雨劈头盖脸的下来，打在身上都疼得坚持不了，陈二喜闪进了路边的城门洞里，外面的雨水越来越大，而里面的空间是越来越小了，更多要饭的挤了进来。陈二喜庆幸出来的时候，在徐侉子那里买了个烧饼，要饭的人们可能是被味道吸引过来，大家都在寻找着粮食在哪里。

陈二喜害怕给人家抢了去，就在他非常紧张后悔的时候，他发现要饭的人当中，竟然有他熟悉的面孔，陈二喜惊讶地叫了起来：

“小少爷！”

“二喜！”卢惠民也是很久没有见到过一个熟悉和亲近的人，委屈的嚎啕大哭起来……

原来卢惠民下了唐宝林的马车以后，去中华门的小旅馆找过江小燕，听说她被许大胖子带走了，也就不敢去问。还好“梨园客栈”的老板知道江小燕的来历，觉得这位少爷是真的可靠，就给了她家的地址，还帮他找了一个顺路的肇庆戏班子。戏班子的人虽然不认识卢惠民，看着扮相也是不错就收留了他，在去镇江唱戏的路上也是义气，管他吃喝也没有多说，车子到了南京的汤山附近的时候，一群喝醉了的国民革命军人们拦住了去路。

“带这么多玩意去哪儿啊，乖乖隆的咚，不少漂亮姑娘哦。”军士们开心地笑着。

“各位老总，我们这是戏班去北面唱戏的，请高抬贵手吧。”班主赶紧跳下马来解释。

“也好，那就让我们搜查一下吧。”说着就朝那些坤角儿摸去。

“住手，”惠民再也忍不住了，“你们都是革命军人，怎么可以欺负妇女呢？”

“哈哈，小伙子唱旦角的吧，生的细皮嫩肉哦，让老子摸摸。”几个兵痞朝着惠民过去了。

“请你们放尊重点儿！”卢惠民已经按捺不住了。

“尊重，好啊，老子今天就玩死你！”冲在前面的家伙抡起了长枪。

“我的银子啊！”戏班的打鼓佬这时候救了惠民，他把自己不值钱的包袱扔了出去。

就在军士一窝蜂地去抢钱了，班主狠狠的一鞭子下去“啪”，马车像疯了一样的冲出重围消失在夜色中。

马车不知道走了多远，终于在一个破落的土地庙停了下来。

“要不要来一口酒啊？少爷。”这是打鼓佬①对惠民的招呼。

“谢谢了，大叔！”卢惠民很是客气。

“喝一口呗，也算谢了我刚才救你啊。”打鼓佬更是江湖。

卢惠民执拗不过人家的好意就喝了几口，渐渐的脑袋开始发沉慢慢地就睡去了。

天亮的时候，卢惠民从昨天的疲劳中慢慢地醒过来，可是周围一个人都没有了，再一看自己随身的包袱早就不知了去向，这帮戏子们拿走了他的一切。卢惠民没有了主意，也不知道走到了哪里，只好随着往南京的路随着人们回来了，他又饥

---

① 打鼓佬，戏曲剧团场面伴奏的艺人。

又渴的在这条路上已经走了三天了,城门口正好赶上这样大的暴雨,只好跟着人们在这里躲一下,没有想到在这里竟然看了陈二喜,真的是悲喜交集。陈二喜已经瞄准了前面的一家烧饼小店,等不得雨水停下来的时候,顶着风雨拉着卢惠民冲了进去。

陈二喜大方地买了两块烧饼和一碗水让小少爷喝:"惠民,要说人惨不是我这样的,而是惨到你这样的才有意思,哈哈!"看着他狼吞虎咽的样子二喜笑了。

惠民也笑了:"什么值钱不值钱啊,能吃你多少烧饼和喝多少茶水啊,看你小气的样子。"

"小少爷,要告诉你的是我救了江小燕哦,够朋友吧!"这是陈二喜首先要告诉他的。

"真的,她现在在哪里?"卢惠民几乎停止了吞咽。

"我看你就是色胆包天,你看看你就是玩了白虎星,今天落到这样的下场!"陈二喜很轻蔑地看着他。

"快说江小燕在哪里?"卢惠民第一次真的发急了。

看着卢惠民真的是急得不行,就把那天发生的事情完整地告诉了他,卢惠民完全是失望了,找到江小燕的可能几乎是没有了,很奇怪的是陈二喜说江小燕是白虎星,"什么是白虎星呢?"

"白虎星就是底下不长毛的那种人,我洗澡看过剃头的朱老三就是这样的,娶一个女人日死一个女人。"陈二喜认真地解释着。

"那白虎星的女人也是这样的吗?"卢惠民很吃惊。

"是,我听说这种女人专门靠男人的精髓活着的,等吸干了男人就会活不下去的。"陈二喜不知道哪里听来的。

"真的假的?"卢惠民不相信陈二喜说的话。

"少爷,不要去管那个江小燕了,碍不着我们的事情。"陈二喜安慰他。

卢惠民还想问点什么,看着陈二喜并不喜欢讨论江小燕,想说的话只好咽了回去:"我才不相信这些呢。二喜,不要再叫我少爷了,我现在和你一样,我不想回家了,我还想唱戏只有那样我才会开心,我要去找江小燕,大家一起唱戏,等唱遍大江南北唱红整个京城,你就跟着我们一起生活,大家一定很开心的,好不好?"卢惠民很后悔没有记住江小燕的身子。

"你啊,就是色胆包天,听说书的说了,女人是白虎星可是不能碰的,一来是要家道毁灭,二来是要疾病缠身,三来孩子也是孽种,别的我都依你的想法,就是不能和江小燕上床,你答应哦!”陈二喜坚持着。

“好！我和江小燕只是唱戏绝对不苟且,就算实在躲不过也拉着你一起上哦,这样我们两个还对付不了她,就是倒霉也少了一半。”卢惠民说了。

“一言为定！惠民少爷……。”陈二喜很认真。

陈二喜的窝棚就在通济门外的麦田旁边,夜里的风在田野掠过很快地卷进了里面,两个人紧紧地贴在一起睡着了,白天那一幕还在两个人的梦中回荡,卢惠民的出现无疑是好的开始,只要跟着少爷一起闯天下,到了哪里还不是都一样的,特别是没有了江小燕,两个人是又可以回到以前的那样。卢惠民这时候怎么也睡不着,关于江小燕是白虎星的事情让他苦恼,对这个小角儿的兴趣超过了所有,吃饱喝足以后就有了奢望,他希望尽快地找到她,然后远走高飞和她一起唱戏,而这一切的基础是陈二喜的帮助。

“我们就拜为兄弟吧,怎么样?”卢惠民推了推睡梦中的陈二喜。

“这怎么可以呢,你是少爷我是什么,我做你的跟班吧,行不?”陈二喜原则上是不妥协的。

“少啰嗦了二喜,起来我们向天地发誓,永远维护着兄弟！起来了!”卢惠民把陈二喜拉起来了。

陈二喜无奈地被卢惠民叫了起来,两个人走到了窝棚外面,此时的天空在雨水以后变得湛蓝湛蓝的,只有远处的几颗星星在闪着白色的光,月亮则是时隐时现的躲藏在云端里面,周围的田野上只有青蛙的叫声,更多的是水边的蚊子在挣扎的转成一团,远处的农庄这个时候已经完全的安静了,最多是传来一两声的狗吠,一切都是那样的静谧和谐。

“今天,洪武大路草民卢惠民。”卢惠民跪下先说了,完了捅了捅陈二喜跪下。

“今天,洪武大路草民陈二喜。”陈二喜接着说。

“我兄弟两人在中山门面对着太祖朱元璋起誓,
不求同年同月同日生,但求同年同月同日死,
在南京的郊外结拜兄弟,永远同心。”

这里没有任何的庆祝典礼,而是两个人紧紧的拥抱,而后两个人都笑了。

“惠民,我们明天就把最后一车稻草卖了,然后我就陪你去安徽找你师傅,他说

过的你将来是大上海的角儿，行不行？"陈二喜这么建议他。

"二喜，我觉得唐师傅怎么都靠不住，我觉得还是先找江小燕，她在戏班里面待过也知道怎么去找门路，所以……"卢惠民可不是那么想的。

"好啊，卢惠民你真的是有钱人家的孩子，白虎星你都非要玩下去啊，你真不是个兄弟！"陈二喜当然是不高兴的，回窝棚去睡觉了。

卢惠民知道自己的冒失，也是的，江小燕就不能出现吗？没有江小燕自己的未来又在哪里？看着稻田里面已经只剩下稻根的荒芜，他开始显现出一种无奈，靠自己一个人去寻找江小燕几乎是没有可能的，那么接下来该怎么样呢，面对将来是回洪武路还是这样跟陈二喜走下去，心里真的是没有底了，他开始觉得无助和茫然，禁不住地哭泣起来了。

"好了，惠民不要再哭了，我明天就去找江小燕，说好了找到也不能苟且的哦！"陈二喜从黑暗的里面传出来嘟哝。

"是，一定，二喜兄弟！"卢惠民终于破涕为笑了。

陈二喜在这一点上非常清楚，作为卢惠民的拜把子兄弟一定要帮忙的，他没有指望警察署会有任何的报告，见到卢惠昌也更是怕得厉害，本来是想找唐宝林那里住一下，在卢家白吃白喝了那么长的时间，多少也能打听一下江小燕的下落，可是人家要是没有回安徽，这不是白跑了那么多路。中华门的"梨园客栈"卢惠民也问过了，看起来只有去茶肆酒楼找了，江小燕在那里没有少唱过，他决定先去夫子庙找找看，最后不行就去镇江她家里问，就不信人会这么消失了，卢惠民几乎完全地听从了，只要找到江小燕他多远都去。

洪武大路到夫子庙的去路分水路和陆路两条，由于路的南口就是秦淮河的分支，内桥湾自然就成了这条支流的上水，内桥湾是个小的码头，水很浅很浅，大的画舫只有在水大的时候才能进来，船家通常是划着一条八到十人的小船，在这里才可以靠岸接人。所有的船是沿着河水直接向南去了中华门，过半个时辰就在城门下绕个圈，然后就真的进入大秦淮河了，这里的水道有时候很窄，在朝天宫附近的时候很容易遇到大船，官府和文人们是横冲直撞的，小船往往是避之不及翻到水里去，可是那些有地位的人是根本不看，径直嘲笑地听着自己的小曲，继续抖着不同的威风就是了。

进入大秦淮河以后河道就是一片开阔，船的速度就会快和悠闲了很多，夫子庙的一切风景也就尽收眼底了，岸边最著名的就是南京城里的孔庙了，周围都是一些繁忙的茶肆酒局，很多人是要在这里下来，尝尝金陵的风味，观察一下桨声灯影里的秦淮河。船家在这个时候就会招呼熟客，等客人们在船舱里面的躲藏好，画舫就会继续向下游漂去，最靠近夫子庙的地方称为大、小石坝街，一家家的妓院和酒肆都开在这里，如果在内桥湾上船客人们还保持矜持，那么到了这里就没有了斯文了，彼此卖弄着那家妓女的热情经验。

“王夫子最近在哪家玩啊？”

“还是以前的乐坊，最近来了个弹奏古筝的女子，看上去气质不俗。”

“没有恩宠一番，哈哈！”

“没有，只要沾上了我觉得是脱不开的，将来也是个麻烦哦。”

“那是，那是！”这些人看着讲得很好，实际上并不是如此。

早上，当秦淮河还在沐浴晨光的时候，这些小船又奔波回来了，夜里面掏虚了身子的男人们，回到洪武大路内桥码头的时候，已经有很多黄包车在那里等候，船家也知道是需要扶一把的，免得掉到河里捞起来非常的费劲，秦淮猎艳的故事只有当地的人才有资格说的，而那些写了秦淮风月的文人骚客，根本是没有勇气面对细节的来由。陈二喜一个整天就停留在内桥码头上，希望能够找到一线关于江小燕的，可惜的是这里一点迹象都没有。

“啪！陈二喜，我让你打听卢惠民的下落呢？”卢惠昌上来就是一鞭子。

“我这不是在找吗？有消息一定回复大少爷。”陈二喜没有注意到卢惠昌出现。

“嗯，你个小把戏①的，也在这岸边看得不少时光了吧，身上痒痒了？要是让我再看见，有你好果子吃的，滚啦！”卢惠昌又扬起了鞭子。

卢惠昌的第二鞭子算是躲过去了。陈二喜知道不能在这里滞留了，迅速地消失在洪武大路上，他很庆幸没有带着卢惠民，要不然今天就一定被逮住了，虽然是先是来探路和找消息的，但是再一会儿卢惠民就会出现在内桥湾，他决定不能再在这里停留，而是主动去路上截住兄弟，水路是太危险了被抓住的话，连自己逃都没有路，他计划从陆路走虽然时间长不少，但是那里到处都是小巷，溜起来也要迅速的许多。

陆路相比起水路去夫子庙更是杂乱，离开洪武大路首先是要跨过内桥，明朝的桥身是用青石垒起来的漂亮壮观，两边虽然没有了设立扶着的栏杆，但是桥身的平

① 小把戏，南京人对孩子的称呼。

坦根本就不需要这个，路面的青石头已经被磨得泛出永恒的各种光芒，走过去的时候绝对没有一丝尘埃。桥的对面就不是洪武大路而叫做中华路，也是南京最脏乱最嘈杂的大道，每天总是尘土飞扬和热闹异常。路东虽然有一个基督教堂，可是街边是一些卖粮食的、卖石灰、卖石头的，没有任何秩序，这里吵架和打架是司空见惯的，很少人愿意在这里驻足看热闹。

横着的街道被称之为三山街，从名字就知道这里原来是有三座山的，道路整个是崎岖不平加上周围住的是些散户，有钱人就很少来这个地方。唯一的清静就是那个“安徽客栈”，临时地居住着最有前途的人们，可是指望他们真的安心举人的考试，那就彻底地理解错了。每天这里都是烂醉如泥的少爷，天亮的时候客栈老板才捡回去，卢文来自从离开这里以后，就再也没有回来过，更不愿意跟儿子介绍自己南京的开始，所以卢惠民对这样的客栈总是充满好奇，里面就更是从来没有进去过。

过了三山街不远的地方叫做瞻园，也是江南最著名的私家府邸，以前是太平天国的东王府，门口除了石头狮子雕刻得很是生风，宅院的气派也是很多人羡慕不已的。瞻园里面的房间数不清楚，传说杨秀清非常喜欢那些身材结实的女子，每天都要消耗数十的红灯照①。革命失败以后，东王没有恩宠过的女人也有上百，虽然她们没有过性事却渴望着恩宠，非常愿意留在东王府附近，相互传授着床上的秘籍，也就形成了一个独特的社会群体。她们在秦淮河畔开设了很多茶肆酒店，也在这里秘密地做些肉欲的营生，尽情地享受着男欢女爱的交媾，男人们的迷茫也就是从这里混沌起来的。

陈二喜接到卢惠民以后，两个人合计了一下就过了内桥湾，陈二喜找了顶不伦不类的草帽给卢惠民戴上，顺着太平路斜插去了瞻园，夫子庙的茶肆酒店都是从这里开始的，这里也有些二三类的角儿在演唱，更有些票房就在这附近，所以成天都是喧闹不已。两个人遇到唱的地方就在外面听几段，时间长了自然有人驱赶，两个人不愿意花钱买票，就这样一直听完了所有的地方，等天基本黑了下来，两个人依然是一无所获。

“惠民，看着每个人啊，说不定江小燕就在这里。”陈二喜捅了捅卢惠民。

“嗯，知道了。”卢惠民算是回答了陈二喜。

前面就是南京最热闹的场所夫子庙了，南北两边的商家更是喧嚣，方圆有几百

① 红灯照：太平天国的女兵称呼。

米都是小吃和游戏的场所，卢惠民以前和长辈们常去“齐芳阁”小吃，什么“蔬菜包子”、“大煮干丝”和“酒酿元宵”都尝过，逢年过节也买点“纸灯”、“风车”和“泥人”作品，夫子庙的一切跟洪武大路比起来，虽然是更加的热闹和人多，却是一点人情的味道都没有。洪武大路的人们，过年喜欢摆出最好的吃食放在路边，孩子们可以任意地挑着吃，卢惠民也和江小燕在这里吃过“酸凉粉”、“小脚馒头”、“东北拉皮”等等两人。转了一大圈也没有江小燕的身影，不知不觉地就进了大小石坝街，这里的人们在昏暗的灯光下做交易，几乎是看不到面部的，通常都是肥硕的男人和娇小的女人，一会儿就进了一家家的石库门。

“哟，是少爷出来玩吧，我这里可是最好的！”妓女们挑逗着这两个小孩子。

“你他妈的，人家那玩意还没有长成熟哦，别老是找嫩的。”另外的妓女过来。

大小石坝街是明清出了名的风月地方，太平天国的妃子们在男人砍了头以后，就流落到这里开启了皮肉生意，后来这里的妓院越开越多，街道太长了也就衍生出大小。民国以后，肉少狼多的局面让这里生意难做，开始明目张胆地抓捕共产党，秦淮警察署就吃香喝辣的了，真是有钱的出钱没有钱的献身，弄的很多妓女早已经是厌烦了，暗娼就远远地多于了妓院。妓女们的生意不好做，于是她们就想到一种特殊的拉客方法。卢惠民和陈二喜出现在这条街上的时候，卢惠民怕被别人发现戴了草帽，可是进了小石坝街没有几步，帽子就被人从空中拿去了，陈二喜要阻止卢惠民追逐已经来不及了，追到一个隐蔽的小楼房的时候，出来几个大汉把门插了然后走了。

“哈哈，没有猜错的话，你是附近的少爷吧，这是唱得哪一出啊？”妓女笑了起来。

卢惠民这时候才知道上当了，自然是涨红了脸低着头不说话了。

“我叫小红娘，少爷你是包夜还是……”看到惠民涨红了脸，人家边说边上前拉了他。

卢惠民挣扎着：“红小姐，我是来找人的，不是来找睡觉的，不要这样！”

“哈哈，红小姐，还娘女士呢？”小红娘笑得都要晕倒了，“别不好意思了，进来说话吧。”

卢惠民发现院子已经被从外面锁上了，本来希望陈二喜能救自己，现在也只能听见他在外面的喊声了，他觉得眼下只有跟人家说清楚，没有办法只好跟小红娘进去了屋子里。

小红娘自然也看清楚了卢惠民，从打扮上她就一眼看出了端倪，衣服虽然没有熨的很好，烫料子还是看得出来不是一般了，城里面能穿“鸿儒织造”的锦缎也就几家，这可是谁家的少爷呢？洪武大路“鸿儒织造”的小少爷离家出走，南京的报纸没有少登寻人启事，夫子庙的警察们也来搜过几次，小红娘现在是完全明白了，这好生意可是不能错过的，招摇出去对“三凤楼”更不好，嫩肉吃了再说，管他是哪家铺子里的，她关了门就点上了灯，自己欣赏着收获就是了。

小红娘的房子不是很大，屋里有一个雕花的圆桌字，四面是几张古老的椅子，茶桌上面是上好的茶具和水果，已经太多天没有吃过这些了，卢惠民开始盯着那些食物，什么味道几乎已经想不起来了，可是他就是觉得饿得厉害了。小红娘已经看出来卢惠民的窘境，这孩子一定是很多日没有吃的了，看着卢惠民的五官长得真是精致，身材也是那么的修长，特别是那双眼睛的魅力，觉得世间竟然有这么秀气的男人，这是她最喜欢的类型，这南京城里也就这样一个了，很是喜欢的不行了。

“想吃是不是啊？吃吧！”小红娘招呼他。

卢惠民摇了摇头。

小红娘走了过来：“你吃不吃啊，不吃我就叫人揍你了，吃！”

卢惠民只好拿起一个梨吃了起来，小红娘笑着看了看把他按在椅子上，顺手就扯开了他的上衣，尽管卢惠民挣扎着，肩头已经露了出来：“乖乖啊，那么的白啊，这皮肤和你穿的缎子一样的滑顺啊。嗯，我喜欢，你要找谁都可以，姐姐出钱让你嫖个够，但是你要先从了姐姐哦。”

小红娘说着就把自己的上身褪了去，两个白晃晃的下垂的奶子瞬间就露了出来，抱住他的头在自己的乳房间揉搓起来，惠民没有见过这架势，等自己被按的喘不过气来的时候，他用力地挣扎起来狠狠地把小红娘推开了。卢惠民的举动让小红娘感到很是刺激，嫖客们都是猴急的由不得她的准备，拼命地把每分钟都占足了才肯罢手，眼下这个男人雪白的肌肤，文静的气质刺激了她的欲望，她不容惠民分说一口气吹灭了灯，将惠民按在床上扒光了他的衣服。

小红娘这么多年来还是第一次想要男人，看这个惶恐和不安的文化人，才体会到女人也是可以革命的神奇，她要用少爷身体来平衡着被糟蹋已久的心态，贪婪地吸吮了这个白色的肌肤之后，占有了这个卢家的少爷，要让所有梦想在他的身体上得到，小红娘折腾到了高潮不停地收缩着自尊。卢惠民真的知道男女是怎么回事，想起了那天褪去衣服的江小燕，看到了一个女人的身体，他开始有了自己的兴奋，这难道是一切的延续？卢惠民被完全地压在下面，任由面前的这个女人蹂躏，他闻到了女人身上汗的气味，接着就是声嘶力竭的喊叫，卢惠民的脑子里面全是空白，江小燕是那么的疯狂和粗野，直到自己真的憋不住了，整个身体泄了出去了以后，才发现是另一个陌生的女人。

小红娘休息了一下爬起身来,从桌子上端过茶杯喝了几口,开始仔细欣赏着这个上天赐给的礼物:“小少爷,你今晚在这里过夜吧,看你这样子也没有地方可以去。”小红娘似乎知道什么。

“小红娘小姐,我没有钱,我是来找人的。”卢惠民解释到。

小红娘好奇地看着这个小孩子:“哈哈,找人不带钱你真的是够牛逼的,你以为白玩是可以走得出去的?”

“我来找江小燕,她是安徽戏班子的小角儿。”卢惠民竭力争辩着。

这下,小红娘知道这孩子说的不是谎话:“她是你的女人?”

“不是,没有,她是我的师姐。”卢惠民没有撒谎。

小红娘想了很久很久,似乎终于明白他是来干什么的:“看上去是个有情有义的小男人哦,是不是和师姐有过啦?”小红娘揪了卢惠民的腮帮子:“看上去好像还没有,嗯,我喜欢钟情的男人。”小红娘下了床穿上了衣服,在客厅的圆桌旁边坐了下来。

这时候,卢惠民才看清楚眼前这个女人,穿的是从大行宫买的便宜布料,虽然颜色不是那么难看,但是花色却是非常的俗气,身材看上去是不矮的,只是皮肤过于的白加上胭脂的涂抹,给人一种非常不干净的感觉,头发是盘起来的已经散落了,透露着岁月的无奈和艰难,对待这样一个强行夺取自己的女人,他真的是说不出的埋怨。

“大石坝街可是没有这种名字的,我们都是没有人家收留的东西,名字自然就不是这种正派的叫法,明天你还是去别的人家问问吧。”小红娘做出了决定。

“二顺,二顺!”小红娘叫了几声以后接着门口就有了人影,她走到门口开了房门:“你去把客人的衣服洗了,熨帖好了,明天早上送回来哦。”说罢,就把门关了。

“别别,红小姐我晚上要走的。”惠民在床上叫着。

“卢少爷你叫什么?”小红娘没有理会她。

“卢惠民。”卢惠民回答到。

小红娘看了一眼这个孩子:“好,我就叫你惠民好了,你现在起来穿上我的衣服,饭菜一会儿就到的。”

卢惠民已经没有别的选择了,他穿上了小红娘的衣服,虽然不是太合身,有的穿就不那么的尴尬了。

“我的妈妈呀啊,惠民你真的是天生唱戏的料啊。”小红娘叫着,笑着,鼓起了掌。

晚饭是小红娘叫的整整一桌菜，点了南京的“盐水鸭”、“红烧猪蹄”、“划水肚珰”、“清蒸刀鱼”，还有“红烧田螺”，卢惠民已经很久没有吃过正餐了，没有客气就狼吞虎咽下了筷子。看着这个少爷吃得那么的香，小红娘心里也就解脱了很多，透过窗户外面灯笼透进来的光线，小红娘仔细地欣赏这个卢家的少爷，男人也是可以这么好看的，清秀的五官透着一种妩媚，皮肤也是可以张弛的，特别是乌黑的头发是以前和她睡过的男人没有的，虽然是喜欢可是终究不可能属于自己，她决定好好的跟他聊聊。

小红娘给自己倒了一杯酒：“惠民，你要姐姐帮你做什么，姐姐喜欢你。”

“我想找江小燕。”卢惠民停下了筷子。

“好吧。”小红娘上来亲了亲这个小男人，“你真是天下少有的好男人。”说着说着眼泪就下来了，趴在卢惠民的怀里哭了起来。

卢惠民也慢慢的抱住了小红娘，他觉得自己抱住的是妈妈周湘云，或者是大姐卢惠琴，更像是那天本来要誓死在一起的江小燕。

“惠民，惠民快跑啊！”窗外传来一阵阵陈二喜的叫声。

卢惠民这才又想起了和他一起来的陈二喜，只听到“啪”的一声周围闯进了一群人，他迅速地从小红娘的身上抽出手来，接着就看到陈二喜被摔倒了房间的地上，他不知道该怎么办才好，惊呆地望着乞求的眼神射向小红娘。

小红娘完全明白发生了什么事情：“你们别为难这小家伙，他是我表弟的发小，他们不懂这里的规矩。”边说边站起了身来：“他进了谁的房子了？”

“前面的小河香！”老鸨走了进来，看了满桌的饭菜轻蔑地看着小红娘：“你不会也想帮他买过夜吧，你是叫春了还是没有见过雏儿啊，还是你生意好到要玩恩客了，坏了规矩小心你的皮肉。”

“少爷救我啊！”陈二喜央求着。

卢惠民也不知道该怎么才了结，眼下的一切都希望小红娘能帮上忙。

“小姐啊，我家少爷可是初夜啊，求你看在他的面子上放了我们吧。”这话一出口引来的是全部人的哄堂大笑。

小红娘想了一下：“妈妈，可以借一步单独和你说说吗？”

老鸨是个五十有余的老女人，这里的权威是没有人可以挑战的，她看了看眉清目秀的卢惠民，再看看陈二喜的那副德行，知道其中一定有什么隐情，自己就和小红娘下了楼，两个人在院子里面商量了半天。当小红娘说出卢惠民的来历的时候，老鸨儿知道这事情要是传出去，或者是被警察署知道是什么后果，自己这里也就是暗娼的会馆，如果卢家真的闹起来也是收拾不了的，看了一眼小红娘的那个渴望的样子，她决定把这件事情要压下来，也不能让所有人知道，过了这几天，风平浪静了就把他们送走，以后绝对不能再有任何的纠葛。

“大家都散了，把这个白吃白喝的家伙留在后面做大茶壶，散了！”老鸨叫嚷着离开了，再也没有为难卢惠民。

大茶壶在妓院打杂里面是最底层的事情，主要是帮助妓女买东买西而已，陈二喜非常适合做这一行，人够机灵也会糊弄人，没有几天就惹得所有人喜欢，但以为他喜欢这个工作就错了，陈二喜知道卢惠民是上了套子了，也多少知道点秦淮的烂事，当小河香把他拉到房间的时候，他就直接说了没有钱找玩的。小河香生气立刻就叫来了老鸨儿，陈二喜在进入小红娘房间的那一刻，就判断出卢惠民已经被糟蹋了，可是转念一想也就安慰了，怎么的也比跟了江小燕强了许多，他并不反对留下来做大茶壶，这样就可以和卢惠民暂时地住下来，也免得每天东躲西藏的。

这家妓院老鸨的老板叫苏冬花，是大清宫廷文史一品松和年的小妾，自从跟了老爷以后是不希望老爷再有女人，也知道这个老鬼是很色的，身子不方便的时候总是在外面找女人，她真的不在乎窝囊，就是怕惹上谁脱不开就难办了。苏冬花知道松和年喜欢看戏，就花钱买了两个唱旦角的坤角儿，取名杜丽娘和小红娘一起服侍老爷，这样才算是终于天地太平了。晚清的时候政府开始整治贪腐，查处的结果是一大笔烂账，尽管松和年对国家是有过贡献的，也曾经上书阐述自己对新法的批评，慈禧还用了革命党的罪名办了，一道大清的圣旨下来发配新疆，只留下了小妾们在这里开起了“三凤楼”。

陈二喜比起卢惠民有太多的心眼，通过各个妓院大茶壶们的交往之中，很快地就打听到江小燕的下落，这个小角儿如今是“怡春桃园”一个烧饭的丫环，他推说是“永和园”送点心的伙计，自然就首先地被领到厨房。江小燕这时候根本就不敢抬头，许大胖子把她卖了以后，因为白虎的身份几乎没有人敢碰，老鸨很心疼被许大胖子诈取的钱，就让江小燕睡在厨房里面，全天候的伺候上面的生意。这可是小石坝街最大的妓院，光是妓女就几十口子，夜里随时随地地吆喝吃的，没有几个月下来人已经全都废了，手脚粗糙的不行不说，就是人也瘦的没有人形了。

“月儿弯弯照楼台，
楼高又怕摔下来。

今日遇见张二嫂，
给我送条大鱼来！”

这是陈二喜念的《望江亭》里面丑角的台词，也是卢惠民跟唐宝林学戏的开始，陈二喜自然耳濡目染也学会了念，江小燕哭了，知道这是卢惠民来了，虽然念的人不是日夜担心的小少爷，陈二喜也是个聪明的人，苦难以后她第一次觉得了希望。她只能假装不认识陈二喜，不敢面对老鸨的那种狐疑的目光，直到陈二喜离开“怡春桃园”，心情才完全平复下来，默默地等待卢惠民的出现。

陈二喜不敢耽搁立刻就告诉了卢惠民，小少爷的眼泪立刻就从眼眶中流了下来，他让他不能跟任何人说出去，不然大家都可能永远出不去，这一吓真的让卢惠民不哭了，完全听了陈二喜的安排，只是每天都心神慌乱地等待着结果。小红娘自然也就察觉到了他的不同，显然卢惠民是有了很大的变化了，对于一个以前学过戏的她来说，也很欣赏这个少爷的天赋，只是觉得这个行当对于卢家来说是残酷了。她误以为卢惠民是想回家了，为了窑姐不离开凤楼也就是戏了，现实生活中小红娘是没有奢望过的。

“惠民，你是不是想家了？”小红娘安慰他，“要是真的想回去，我明天就放你走好了，别这样哭哭啼啼的好吗？”

“不，不，我就是想唱戏，唱两段就好。”卢惠民提出了自己的要求。

“我以为多大的事情啊，你唱吧我不反对也想听哦，我把窗户关上免得吵着别人！”小红娘过去要关窗户。

“别，别关窗户，我想对着秦淮河喊两嗓子，就来段《宇宙锋》吧，也请姐姐多多指点哦！”卢惠昌润了润嗓子，秦淮河的夜里声音传得很远很远，只要嗓子一亮就能够让江小燕听到了。

“老爹爹发恩德将本修上，
明早朝上金殿面奏吾皇，
倘若是有道君皇恩浩荡，
观此本免了儿一门遭殃……。”①

---

① 京剧《宇宙锋》唱腔选段。

卢惠民嗓子是特殊的而且好认的，甜美的音色更是传送得很远，江小燕正在柴房里给窑子里面准备夜宵，卢惠民的唱腔从空中传过来的时候，让她人顿时的几乎呆住了，这是她日夜思念的男人的声音，每一句每一个音都是自己亲自教的，她也顿时感到这个男人的温情，心里难免阵阵的酸楚。虽然小红娘也是第一次听到卢惠民清唱，只是简单的几句她已经窒息了，尽管她知道这几句不是为她唱的，一定是怀念他的师姐的呻吟。这声音也感染了泛舟秦淮河上的人，“三凤楼”里终于传出了不知亡国恨的哀怨。

“惠民，你是天生的角儿啊，无论你将来要做什么，姐姐都支持你帮助你，不要再哭了你该去学戏的，姐姐不留你的，也祝你前程远大就是了。”小红娘等卢惠民唱完了以后，慢慢地把面对秦淮河的窗户关上。

听了这话卢惠民“扑通”就给小红娘跪下了：“求姐姐帮帮我，我的师姐就在‘怡春桃园’做下人，您能不能让我们见上一面？”

“什么？你师姐叫什么啊？”小红娘终于明白了卢惠民。

“‘怡春桃园’里面的厨娘江小燕，二喜过去的时候已经见到了，只要能见上一面，惠民一辈子感您的恩戴您的德啊。”卢惠民几乎要磕头了。

“起来，你起来，你知道我们凤楼的规矩的，彼此之间除了老鸨是可以来往的，不过我一定尽力帮助你，请相信姐姐。”小红娘搀扶起了卢惠民。

卢惠民的这一唱让陈二喜害怕起来，他知道江小燕也是日夜的思念他，只是怕她会接着唱下去，这样的后果是难以预料的，好在江小燕还是有心计的，没有引起更大的麻烦，接下的一切就是需要时间，而且是越快越好不能再耽误了。

卢惠民会唱戏的事情很快地苏冬花就知道了，也责怪小红娘金屋藏娇不分享，她当然是什么脏水都受着，领着老鸨上楼仔细端详了卢惠民。苏冬花果然是个爱出风头的人，想在小石坝街亮亮自己的牌子，小红娘当然是怂恿他去“怡春桃园”现现了，起先苏冬花也有点顾虑，可是禁不住煽惑，觉得也是招牌的光辉就答应了。陈二喜知道这个消息以后，也就马不停蹄的安排起来，让卢惠民每天都唱上几段安慰江小燕，而自己和黄包车夫们开始了交往，也摸清楚了下关火车的时刻。做到天衣无缝了以后，就等待着最好的时机。

民国二十六年深秋，日本人终于对中国全面开战，人心慌乱谁还有心思去妓院，秦淮河边的生意尤其清淡，妓女们都只有窝在家里，这样的抱怨不满已经好几天了。苏冬花看着凤楼的无聊，突然想起卢惠民唱戏的事情，就邀请了“怡春桃园”

一起唱戏。“怡春桃园”的生意更是麻烦，妓女们几乎都要走光了，交流一下也是大家忘了烦恼的理由，没有什么就决定了玩玩，地点就安排了在“怡春桃园”。陈二喜觉得机会来了，就去下关火车站买了三张车票，也叫好了黄包车在瞻园门口候着，这才赶到了唱戏的地方伺候。

“海岛冰轮初转腾，见玉兔，玉兔又早东升。
那冰轮离海岛，乾坤分外明，皓月当空，恰便似嫦娥离月宫。
奴似嫦娥离月宫，好一似嫦娥下九重。
清清冷落在广寒宫，啊广寒宫。
玉石桥斜倚把栏杆靠。
那鸳鸯来戏水，金色鲤鱼在水面朝，啊，水面朝。
长空雁雁儿飞，哎呀雁儿呀，雁儿并飞腾。
闻奴的声音落花荫，这景色撩人欲醉，不觉来到百花亭。”①

“好嗓子啊！”“怡春桃园”的老鸨虽然是唱扬剧的出身，嗓子还是听得出来的，一边拍着巴掌一边赏钱给卢惠民：“这个旦角叫什么啊，有空来我们这里多唱唱，别一天到晚只是喜欢小红娘哦，不然我是要吃醋的！”笑的眼睛都挪了位置。

“让妈妈见笑了，谢谢封赏就是了！”这时候的卢惠民是扮上妆的，除了小红娘和自己的老鸨是没有人知道的。

“好，好，冬花啊，难怪你生意好啊，屋里都是这么出众的角儿啊，接下来是小红娘啊，也让她唱好了，难得两家一起高兴啊！”“怡春桃园”的老鸨既然做东就要像个样子，“小燕，快把早上炖的银耳莲子羹端上来，让大家喝点啊！”

江小燕已经知道卢惠民在上面，几个月的奴役生活加上老鸨的摧残，已经不成个人样了，本来以为别人可以伺候卢惠民，这时候老鸨却点着她的名字，只有情急之中擦了眼泪，匆匆忙忙地端着那一盆烫的夜宵上楼了。卢惠民在见到江小燕的那一刹那就整个人一下失去了控制，接着就是要去抱着她心爱的女人，无论如何也没有想到她已经变样了，这一切自然就被小红娘一眼发现了，抢在卢惠民上去之前就夺下了汤盆。

“下去，这是哪里来的贱人，就这样的人也还伺候我的角儿啊，太过分了吧！”小

---

① 京剧《贵妃醉酒》唱腔选段。

红娘表现出怒气。

“我的丫环怎么了,人长得丑又不是接客的,小红娘有你这么说话的吗?看你是不识抬举是不是!”“怡春桃园”老鸨真的火了起来。

苏冬花也算看出了端倪,其中的奥秘只有小红娘知道,眼下就是要给足人家的老鸨的面子,她走过去狠狠地抽了小红娘一个嘴巴:“这是什么地方知道吗?这儿有你说话的地方吗,下去!大姐不要在意啊,今天就是玩吗,都是我的人没有调教好,惹得姐姐不高兴了,改天我给您赔罪!今天就到这儿了,散了散啦!”苏冬花觉得不能再玩了。

“慢着,你们今天在我这里吃了喝了,也侮辱了我的丫环,总要付出点代价吧,今天那个男旦我要留下,就让他陪夜好了,冬花妹妹你没有意见吧!”“怡春桃园”老鸨可是铁了心要侮辱一下苏冬花的凤楼。

小红娘这时候也火了:“大姐姐啊,我小红娘再怎么不是,你也不要为难人家旦角,再说夺人之美在这里是说不过去的,冬花姐姐,我是不让他留在这里的!”

正在大家争执不下的时候,卢惠民说话了:“行了,我留下吧!只是我一个人在外面不方便,也请二喜一起在这里,这样方便一些,不是吗?”他知道陈二喜都安排好了,只有冒险一搏了。

“痛快,这才是江湖上的旦角啊,冬花妹妹我就不远送了,那个二喜什么的伺候角儿更衣啊,大家散啦散了!”“怡春桃园”老鸨大获全胜自然心里是乐呵呵的。

苏冬花和小红娘这时候是面面相觑,怎么也没有想到是这样的结局,小红娘的眼角开始出现了泪花,所有人都知道这是她的最爱,可是场面上的事情也是无奈的,苏冬花拽了拽小红娘的袖子,示意不要再坚持下去了。卢惠民这时候过去抱了抱她,而小红娘在拥抱他的那一刻,也悄悄地把一个钱袋放进了他的口袋,亲了亲卢惠民然后就下楼了,大家都觉得很惋惜,更不理解婊子原来也有情的,虽然有些蹊跷也是合理的。

“怡春桃园”老鸨送走了所有人,高高兴兴地回到房间里面的时候,没有想到一把尖刀对准了他,陈二喜已经把她抵住在墙角,然后招呼着卢惠民把她的嘴先是堵上,然后就是一个狠狠的五花大绑,一点都没有空间的塞在了床底下。

“小燕,你受苦了!”卢惠民和江小燕是抱头痛哭。

“看你们没有出息的样子,又不是没有见过男人和女人,作哦!”陈二喜呵斥道。

陈二喜这时候立刻拿了老鸨儿的钥匙,迅速地搜刮了柜子里面的所有财物。当两个人下了楼来摸进了厨房的时候,江小燕什么也不顾了扑了上来,陈二喜叫他不要出声，招呼大家立刻拿了已经准备好的包袱，然后悄悄地开了后门，头也不回地逃离了秦淮河，尽管江小燕身体非常虚弱，但是陈二喜顾不得这些，一路上拉着他们的手飞奔，直到瞻园的门口上了等在那里的黄包车，三个人跳上去以后，黄包车没命地向下关火车站奔去。

夜晚的南京城已经死气沉沉了，日本人的炮火已经不远了，陈二喜知道耽误久了这帮人是要报警的，他一个劲地催促黄包车加速快跑，就是这样到了下关的时候，天已经开始泛白，而黄包车夫累得已经几乎站立不住。陈二喜赶紧地从包袱里面拿了银两，给足了以后就带着两个人消失在铁路站台的阴影里。陈二喜留了个心眼，生怕出了岔子被捉了回去，早就选好了一个三个人岔道上的铁皮车厢，那里面已经放了水和吃的，可是卢惠民和江小燕早就吓得累死过去，很快地就相拥睡着了。陈二喜还是不放心周围的一切，悄悄地走到了外面，远处的火车正在掉头机车，这时候远处的长江上面已经有了曙光，他觉得不能迟疑了，叫醒了两个人，迅速地朝着人声鼎沸的站台走去。

清晨，火车站卖热水洗脸的人最多，然后就是卖烧饼油条的，当然豆浆也是热乎的，虽然卢惠民想让江小燕喝上一口，但是立刻就被陈二喜制止了，很怕周围有什么人等着他们，离着火车开动的时间几乎要到了，三个人这才溜达到检票口的地方。果真警察署的许大胖子已经在那里了，陈二喜觉得事情真的闹大了，就在三个人赶紧往外逃的时候，竟然一个女人正冲着许大胖子扑过去，这家伙是在外面等女人啊。陈二喜已经听到了江小燕的故事，决定要好好的整整这个不是人的畜生。

“许警长啊，这么早就来送姘头了，身体很好哦！”陈二喜狡黠地笑着。

“你，你叫什么？这关你屁事啊，你是不是活的不耐烦了？”许大胖子很不高兴。

“哎呦喂，这位小姐很漂亮哦，大嫂让送的吧。”陈二喜明知故问。

“滚，不然我就不客气了。”许大胖子有点怒了。

“怎么不客气啊，要把我押回洪武大路吗？这可是下关警察署哦！”陈二喜笑了。

“你找死啊，下关也是国民政府的！”许大胖子要揍他。

“殷高巷也是你的家，我们去跟许大嫂理论理论，走啊！”这句话顿时让许大胖子觉得紧张了。

“给，给你两块，滚吧！”许大胖子从大褂里面掏出钱来。

陈二喜这下吃定了许大胖子的害怕，两块银元到手以后他没有动，而是掂量掂量地看着他，许大胖子明白了这小子是嫌少，不能在女人面前没有了面子就又加了一块,陈二喜还是没有动,继续伸着手等待着。

“你他妈的得寸进尺了,滚！不然我叫人了。”许大胖子火了。

“你真的不给是吧？那好,二喜爷爷我走了!”陈二喜知道榨不出东西了,笑着:“谢谢许警官,后会有期。”深深的鞠躬离去。

去上海火车开始检票了,陈二喜招呼着卢惠民和江小燕进去,等最后走到检票口的时候,对那些要饭的孩子用河南话说了一句:“我日奶奶的,那个大胖子真是有钱,给俺三块大洋呢,你咋不去试试。”

许大胖子没有想到这小子会捉弄自己,这个河南的穷要饭就是会赚钱,仗着卢太太撑腰没人欺负他,可是从来没有孝敬过自己一点,也活该上次让人家打个半死,这家伙太讨人厌了。他循着陈二喜向更远的地方看去,这一下他吓得惊呆了,那不是卢惠民吗？怎么江小燕也在这里？他不由地吓出了一身冷汗,想去追却被一帮臭要饭的挡在这里,他是又气又恨地脱不开身,掏出身上的警笛吹响了,可是就在这个时候火车也开动了,他看见了江小燕的愤怒,更看见了陈二喜的嘲笑。

一时间候车大厅要饭的人都蜂拥而去,把许大胖子和那个小女人包围得水泄不通:“老爷给几块吧,几天没有吃的了。”

“老爷你行行好,我们是河南出来的,给几个小钱吧!”

“老爷太太,行行好,万寿无疆你们了!”

有几个几乎是抢上来了,乞丐们肮脏的手开始伸向女人的钱包,而许大胖子也被完全挤到了旁边。

“我操你个妈的陈二喜,你给老子等着!”许大胖子喊叫着可是动弹不了。

火车很快地就出了整个南京城,江南大地已经是春意盎然了,大片的油菜已经到了收获的季节,都开着最漂亮的黄花。稻田里面的地已经被耕牛翻过来了,黑油油地反射着耀眼的阳光,远处的山景和村落都是灰白的颜色,特别是一条条小路都泛着土红色。江小燕此时紧紧地抱着卢惠民的膀子睡着了,一年来的丫环生活已经让她生不如死,就在对生活失去希望的时候,是陈二喜和卢惠民救了自己,昨天晚上看见活生生的卢惠民,才知道这一切不是在梦里,看着陈二喜已经呼呼大睡了,而卢惠民一直看着自己,这让她觉得自己真的是很幸福,她紧紧地抱住了卢惠民的身体。

“惠民,我天天都想你的,你想我吗?”江小燕很甜蜜。

“嗯!”没有说话。

“惠民，我们一起去搭班吧。”江小燕靠着卢惠民睡着了。

“嗯！”卢惠民的眼光只是看着陈二喜。

这一切都是陈二喜的决定，很佩服这个拜把子兄弟，没有他是不可能逃出来的，去上海也是他的决定，除了可以在姐姐那里歇歇，更重要的是陈二喜喜欢上海，那是中国最时髦的地方，也是可以革命的地方，这个侉子真的喜欢热闹。再看看江小燕过去的样子全没有了，剩下的只有苦难的身体，连呼吸都是一直的在喘，可能是太长的时间没有休息了，时不时地被惊醒，三个人将是一个什么样的未来，卢惠民想着也觉得累了，慢慢地就睡着了。

“呜……！呜……！”火车喘着粗气终于在上海站停下了。

上海人的码头就是上海话的世界，这个城市代表了完全不同的文化，陈二喜和卢惠民根本就听不懂上海方言，川流不息的人群，鳞次栉比的高楼，纵横交错的无轨电车，三个人几乎被吓得不知所措。还好，江小燕能说上几句上海话，不然怎么去卢惠琴的住址都没有办法，上了电车陈二喜给两个人买了票，自己却什么都不在乎，这把卢惠民吓着了，一路上车子只要停了下来，就害怕人上来查票。江小燕也不喜欢陈二喜擅自做主，本来以为三个人先去镇江最好，陈二喜却买好了到上海的票，车子到了镇江他拦着卢惠民不让下去，他要看着卢惠民守好男人的本分，而不反对让江小燕回家，可是她已经没有了家了，这时候能够去哪里呢，没有办法就随着两个人来了上海。

“二喜啊，我求你了买票好不好，被人家抓住怎么办啊？”卢惠民着急了。

“没事，没事的，我的身高刚过一点点的，抓住就说不知道好了啊！”陈二喜邪门歪道行的很，车上也不怎么搭理他们。

陈二喜虽然只见过大小姐卢惠琴一面，她身上有着洪武大路人的义气，更有见过世面的风采，相信一定会给三个人指出应该走的道路，路上他是想甩掉这个白虎星的，可是人家就是不离开卢惠民，没有办法就只好带上她了。看着江小燕挽着卢惠民就像一对刚刚结婚的小夫妻，只管两个人的亲亲热热，到处是指指点点的做派，心里很后悔把她救了出来，江小燕除了跟他争执以外，原先的感激现在已经荡然无存了。他决定见到卢惠琴先跟她说说江小燕，卢惠民一定听姐姐的话，这个女人回镇江的时间也就不远了，想到这里才安下心来。

“当，当！”无轨电车开了一个多小时，才到了闸北去的和田路。

三个人下了车以后都愣住了，上海棚户区真是大得出奇，简直可以容得下几十个洪武大路。两边的房子都是用破油毛毡做的房顶，而墙面都是形状怪异的铁皮围成的，房子里面的人大多是被热到外面去了，整个街道到处都是灰尘漫天的。街边的孩子们也几乎没有什么穿的，都围聚在一起拍着香烟纸；污泥浊水的路边更是孩子打玻璃弹球的地方，几个大人也是很无聊地在一边观战，操着天南地北的各种方言，他们不相信卢家的大小姐，竟然会住在这个地方。

“惠民，你不会记错吧？大小姐怎么会住在这里？”陈二喜问。

“没有，人家已经指路了，去看了再说吧。”卢惠民有点心酸。

“陈二喜你真的话不少哦，你以为到上海来享福了。”江小燕的情绪没有受到任何影响，只要和惠民在一起就够了。

没有走多远就到了一个巷子，斑驳的墙上写明了就是信封上的门牌，街角有一股成人撒过尿的臊气，更在拐角处留下了很深的尿碱，闻着都让人非常的恶心，卢惠民有点不想往前走了。陈二喜也觉得有些后悔了，怎么就这么冒失地来了上海，来之前应该先写封信才是，或者先找个地方住下来才好，而此时的江小燕已经按捺不住了，迅速地冲过这片很难容脚的地方，再一拐就进了一个不大的院子。

“就是这里了，快来啊！”江小燕招呼着后面的男人们。

卢惠琴住的大杂院子虽然不大，收拾的却很干净整齐，比起外面明显的要好多了。几家人住的院子是用砖和土石围起来的，院子中间只有两棵很细小的柳树，但是因为常年被绳子拴着晾晒衣服，摧残的几乎没有再长大的可能。几家合用的一点大的厨房，竟然摆放上了好几个煤炉，拥挤的几乎下不了脚，里面的灯泡也是好几盏的。院子中间有个水井，旁边的水桶是用铁链扣着的，在烈日的暴晒下已经烫了，几间风格材料完全不同的破房子，真的不知道哪间住的卢惠琴，三个人真的面面相觑了。

“有人吗？”江小燕喊了几声。

“找谁啊？”从矮小的房子里面出来一个妇人。

“我找卢惠琴。”卢惠民客气的打招呼。

“找惠琴啊，她回南京了。”妇人问了起来，“你们是谁啊？”

“我是他的弟弟，是来投奔她的。”卢惠民赶紧出来解释。

“啊，你是惠昌，还是惠炳，还是惠民啊？”女人虽然不认识这个少爷，但还是知道卢家的孩子的。

“阿姨，他是惠民，惠琴最小的弟弟。”江小燕很会做人。

"哦,真是老漂亮哦。"妇人热情地招呼着,"我这就拿钥匙哦,你们这是从哪里来啊,吃饭了没有啊?"

"吃了,吃了额!"江小燕替大家答复了,"阿姨啊,惠琴什么时候回来啊?"

"她是没有讲的哦,你们晚上是不是要住在这里啊?惠琴的房间是很干净的,你们可以挤一挤的,那就是这间哦。"妇人开了门,将三个人让了进去。

卢惠琴的房间真的是很干净,床上的被单是一尘不染的,被子也是从出嫁的时候带走的没有改变,小桌上面是简单的几本书,柜子是家里带出来的箱子改造的,眼下已经有些破损了,看不出来任何出嫁时候的豪华。墙上挂着几张以前的老照片,有些泛黄却是清晰可见一家人的合影,还有卢惠民和姐姐单独的那一张,这是几年前新街口"大江照相馆"拍的。姐姐究竟过的是什么样的日子啊,卢惠民的眼睛已经湿润了。

"你们要不要吃饭啊?惠琴的厨房就在那边的披房里面。"妇人看出来了故意打岔。

"好啊,好啊!阿姨带我去看看。"江小燕高兴地说。

厨房也就是几家人合用的一个小地方,阿姨很愿意介绍哪些东西是属于惠琴的,所有的调料都是最小瓶子装的,油瓶也就是一点点底子,可能时间放的太长了几乎已经凝固住了,说到碗也就是一个大碗两个小碗,筷子也就是那么一双和一个调羹,这也就是卢惠琴的所有吃饭家当了。屋里的点灯可能是为了省电,卢惠琴的那个已经被彻底地拔下来了,房间里面虽然勉强可以分辨,只要看一眼外面眼睛立刻就花了,反差大的让人简直是受不了了。

"小姑娘你可以这样烧饭吃的,酱油和醋都是惠琴的,外面还有一些葱是自己种的,你们可以下面吃的,菜场不是很远的你们可以去买小菜的,要买郊区乡下人的不要买那些苏北人的,他们的东西可贵了。"妇人叮嘱着。

"知道了,谢谢你啊。"江小燕开始洗了那些碗,开始煮些剩下的面条,她不想让自己的男人饿着。不多的时间面条就煮好了满满一锅,江小燕用酱油和青葱作为调料,很香。

陈二喜早就饿了,"呼啦啦"的吃了两大碗,他边吃边不停地"吧嗒"自己的嘴:"香啊!真香!江小燕没有想到你有这本事,奶奶的!"他又找了个大蒜:"吃啊,惠民,她的手艺真的算是不错哦,嗯,香啊!真香!"

夜晚,上海的黄梅雨季已经到了,卢惠琴房子里面出奇的潮湿,紧接着就听见雨水在房顶上"扑通扑通"的作响,远处传来了阵阵的雷声,小院里面很快的就被水雾包围了。卢惠民看着这些面条是一根都咽不下去,没有想到姐姐生活的竟然这么艰苦;江小燕心里也不好受,更担心的是卢惠琴不在,将来三个人要怎么去做才好;卢惠民和陈二喜蜷缩在卢惠琴的小床上,两个人穿着衣服盖着一床薄薄的被子;江小燕就用家里唯一两张长凳子搭了个地方,身上盖的是陈二喜带出来的所有衣服,终于在一个屋檐下过了在上海第一天。

民国二十六年深秋,东北的局势已经被日本人完全地控制了,开始不停地侦查沿海城市,希望找到一个东部的突破口,上海作为他们的首选之地,飞机的出现就更加的频繁。上海的店家都做好了准备,窗户上都贴了白色的条子,空袭警报也是不停地拉响,不管日本人飞机出现在哪里,军队都在高楼上架起了机枪。上海的街道上已经出现了日本人的探子,国民政府的便衣也开始盘查,只要捉到这样的人也是立刻枪决。卢惠民和陈二喜都不会上海话,出门心里自然有些慌张,三个人在卢惠琴这里已经住了不少时间了,家里的饭基本都是江小燕做,衣服也是她洗洗刷刷的弄干净,陈二喜就是什么都不满意,想方设法地让江小燕离开。

江小燕很想跟卢惠民睡在一起,可是陈二喜就是反对,几次两个人亲昵一下都被教训,这让她觉得很是羞辱的厉害,决定要出去上海搭班唱戏,一来可以挣到钱养活自己,将来和卢惠民也是个出路,二来可以两个人出去住,不再忍受陈二喜的各种毛病。早上起来以后她就做好了午饭,带着卢惠民一起出去了。陈二喜自然知道他们去做什么,觉得江小燕快熬不下去了,也决定试试运气去找工作,首先问了房东大姐有没有去处,意外的是人家很热心地给了指点。吃了早饭陈二喜就换了干净衣服,带着人家说的方向就走了,他今天心情特别的好,一段时间以来卢惠民把自己当兄弟了心理觉得非常踏实。

盖家班就在南京西路的一个院子里,上海人的小气很显而易见的,大门已经没有了原来的颜色,灰灰的斑斑驳驳的都是木纹,依然是没有一点要油漆的迹象。门牌也是蓝底白字和洪武大路没有什么区别,就是做的太小了不注意是看不清楚的,门槛也是用了很多年了,已经形成了一个向下的半圆弧,也不想修理更换一下。戏班子的人通常都起得很晚,晚上的戏结束以后都是要宵夜的,老板自然是戏迷供着养着,戏子们就只好自己买点卤菜,就着喝上点最便宜的烈酒,一直消沉到深夜或者天明。

江小燕是了解戏班子的生活习惯,把人家叫醒可能招来的是挨骂,可是等到中午还是没有一个人影,她有点怀疑走错了地方。烈日下的闷热让卢惠民很难受,远处的茶水摊是在树阴下，旁边是个卖甘蔗水的，叫卖声诱惑着这条街上路过的所有人。

“甘蔗水哦，刚榨出来的新鲜的哦，大的一角小的五分哦。”

“便宜卖了，一杯大的只要一角了，快来买哦！”

卢惠民想起了小时候，洪武大路的户部街口也有一家，老板把一根根的甘蔗早晨削了泡在冰水里面，棚子下的桌子上面只放一杯是个样子，等有人要喝才开始从冰水里捞出甘蔗，一段段地整齐地放进榨机里面，随着一声大叫老板开始使出浑身的劲，甘洌的甘蔗水这才慢慢地流淌出来，这时候喝进嘴里才是最新鲜的。江小燕从惠民的眼睛里面看出了那种渴望，她很爽快的买了一杯送到惠民的面前。

“喝吧！乖！”江小燕催促他，“你喝吧，润润嗓子，等会说不定盖师傅听你唱的。”

“嗯。”卢惠民此时已经真的是渴得不行，也就不推辞一口喝完了。

江小燕没有想到卢惠民真的很少爷，对自己的殷勤连声谢谢都没有，这在戏班子里面是很难混下去的，就是进了剧团如果没有自己的帮助，可能还没有到角儿的份上，已经被下面的人踩得爬不起来了。卢惠民要改掉的太多了，从南京到上海的整个过程，他什么都不会安排，陈二喜说什么就是什么，可他是个唱戏的料子，角儿都是要人伺候的，将来的衣食住行也只有她安排了，想到这里也就不再抱怨，江小燕替卢惠民擦干净了嘴角，然后笑了。

陈二喜也在房东阿姨的介绍下，去了附近的闸北火车机务段，这是个很大的火车修理厂，几十号的人在拼命的推着庞然大物进到里面，停好以后大家就都歇息在铁道上，更多的是那些陈二喜听不懂的鸟语。陈二喜很是惊讶地看着大家，洪武大路的任何伙计敢这样休息的话，哪怕只要屁股坐下来，老板过来就是一个大耳光，紧接着就是中午没有了饭吃，弄不好第二天就没有了生活。上海人不但可以休息还可以讲讲笑话，一阵阵的笑声都是从心里发出来的，绝对没有任何的羁绊和做作。二喜一下子就喜欢上这里，找到了老板的房间，期待着自己能成为最骄傲的上海工人。

“你是河南哪里的？”车间主任是河南人，看着这个年轻力壮的小老乡。

“我也不知道了，就是出来逃荒的时候跟家人走散了。”陈二喜知道河南人有很强的地域概念，他怕说错了不要他。

“嗯，你都做过啥呢？”车间主任问了。

“短工，洗菜，运稻草。”陈二喜极力表现出自己的能力。

“嗯，你就在这里做吧，薪水就按照小工算，做好了可以晋级的，这里两个规定你要记住了，一不能偷懒，二是不能参与工会，知道不？你去后面领件工作服好了，今天就开始上班，中午休息自己去找点吃的，这里不管饭的。”老板收了他。

修车厂人员来自五湖四海，薪水虽然没有洪武大路的高，但是人却是很自由的，特别是这个工厂不是一般的大，光是领衣服的事情就花了半个晌午，回来以后自己又去喝了很多的冰水，更是用厂里的肥皂洗了很多次手和脸，最后换上了工厂的制服，俨然已经是一个工人，他觉得自己太奢望了，判定自己的上海旅程是值得的。很快地陈二喜用省下来的半天工夫跟上下都熟悉了。

“南京有个洪武大路你们知道吗？”陈二喜非常得意，“我的第一份工作就是搓草绳，你们有没有穿过草鞋啊，那东西很省钱的知道不，我开始做这个卖，很多人喜欢的就挣了不少钱。后来我也去卖菜啊，那个赚得更多了，你知道卢家的生意很大哦，他们家的伙食就是我包的！”陈二喜越说越多。

“那你为什么不做了呢？”上海人觉得很奇怪。

陈二喜知道话说多了：“我的姐姐被人家拐到了上海，所以我就出来找她了。”

很多人同情他：“那你找到没有啊，要不跟我们说说是什么样子，我们也帮着你找啊！”上海人的热心让陈二喜很温暖，可是牛已经吹出去了，要收回来也是不容易的。

“这件事情我还是自己找的好，以前很多人都告诉我找到了，结果都不是！”陈二喜继续编下去。

“不要伤心哦，小阿弟你姐姐会回来的！”大家又去忙自己的事情去了。

陈二喜开始喜欢上上海了，人看上去要比洪武大路的人真诚，虽然做事情有些计较仔细，但是同情心是普遍都有的，男人同情的方式是递上一支香烟，或者把大茶缸给你喝上几口，这是那么的有样子啊。女人更是比洪武大路洋气多了，声音好听人也漂亮大方，喜欢的时候不是拍拍你就是搂住你。陈二喜觉得这里很人情的，到处都是温暖和充满希望的，希望自己将来在上海有房子，如果能有一个上海女人跟自己，就是吃各种各样的苦，都是心甘情愿地就是了。

盖家班一直到中午都没有人开门，看着太阳越来越高天气越来越热，江小燕又要了一份冷茶水，让卢惠民喝得彻底的解渴了安下心来，马路上的人看起来很少，树上的知了开始发力的叫喊了，远处一些拉板车的人已经把车停在树阴下，而人却是躺在车子下面开始午睡了，一切都是停顿的开始。江小燕不得不着急了，这样中午以后也不一定有人啊，看着卢惠民有些吃不消的样子，她决定自己去问问再说，对面的门终于打开了，很显然是戏班的人过来打冰水，江小燕就赶紧地站起身来，客气地用上海话问了过去。

“这位师傅，盖老板今天几点来啊？”江小燕问得很直接。

“你找盖老板，你是他什么人啊？”师傅一副看不起人的样子。

“我们是他师哥唐宝林的徒弟啊，我们来见盖师傅的。”江小燕赶紧解释。

“哈哈，唐宝林这个王八蛋，又骗人了不是，每天都有他的徒弟来找哦。”师傅转身就走了，卢惠民和江小燕都傻了眼有些失望，江小燕可是不想就这样走了：“师傅，他是唐宝林的徒弟，我可不是哦，我是专程来搭班的！”

师傅上下打量了一下江小燕，也看了看卢惠民：“小姑娘你不是上海的吧，这样子你给我来亮一嗓子听听，要是那么回事儿我就带你去见老板，好不拉？”

“好啊，好啊！一啊，呀啊！”

江小燕喊了两嗓子以后，就拉开了架势当街就唱了起来：

“苏三离了洪洞县，
将身来在大街前。
未曾开言我心好惨，
过往的君子听我言。
哪一位去往南京转，
与我那三郎把信传。
就说苏三把命断，
来生变犬马我当报还。”①

“好！好！”板车底下的人和卖水的人都叫起好来了，戏班里面的人都被吸引了出来。

“嗯，看上去是不错的，你跟我过去拿地址吧。”打水的人招呼她。

“好嘞！”江小燕立刻替人家付了水钱，随手就拎了打满了冰水的水壶随人家去了，没有多少时间，她就像换了一个人似的从里面出来了：“惠民，走吧，地址找到了哦！”

---

① 京剧《玉堂春》唱腔选段。

江小燕的样子让卢惠民心里很不高兴，唱戏吃饭也不能对人低三下四吧，看着江小燕对陌生人的那种热情，觉得骨子里面显得有些轻贱，自己都舍不得喝点茶水，却要给人家付了一整壶的水钱，脑子着实的有些不能让人理解。

“怎么了，生气了！”江小燕感觉到了卢惠民的不舒服，“好了，在外面混饭吃都是这样的，不然人家凭什么帮助你啊，快看看地址，去晚了人家就午睡了。我以后注意就是，走了！”江小燕拖着卢惠民去往了上海市区。

盖老板住在复兴西路的一个石库门，建筑外面看上去很庄严大气，里面其实并不是很大的，进来就是一个小小的天井，紧接着就是一间不是很大的客厅，进去没有几步就得上楼梯，上面和楼下一样的面积，唯一的好处就是楼上住可以看见门口，南京这点地方也就是养小妾了。江小燕和卢惠民被让进去的时候，才感觉上海这么辉煌也是住得很狭小。盖老板听说是唐宝林的学生不觉地皱了皱眉头，从冰水里取出了一个大西瓜切了让两人吃，等两个人停歇好了才让胡琴师操琴。

“江小姐，能不能唱几句听听啊？”盖老板说得很随意。

“盖师傅我这就献丑了，我唱梅先生的《洛神》！”江小燕擦了嘴，清了一下喉咙。

这时候胡琴陈师傅也定了调，周围的几个场面也就打了起来，而此时盖师傅的妻子也从外面买菜回来，看着又有新来搭班的也很感兴趣，放下了菜和肉食就倚在门框上听了起来，眼睛却是盯着江小燕的方向。

“漫天雨雾湿清裳，
如在银河碧汉旁，
飘渺春情何处蒡？
一晥烟月不胜凉；
思想起当年心中惆怅，
再相逢是梦里好不凄凉。”①

“好！”拉琴的师傅不由提起了精神叫了声好，江小燕心里定了下来，虽然跑过不少的码头，琴师叫好不是常常有的，梨园行里有地位的人称赞是不会错的，她铆足了劲又要起份儿被盖师傅叫停了。

---

① 京剧《洛神》唱腔选段。

“江小姐，你不是宝林师哥的学生哦？”盖老板很明白。

“是。我是从小跟妈妈学了几句，后来就出来搭班唱戏的，实际没有师傅的，都是听来的，所以来上海拜师傅还望盖老板成全。”江小燕急忙解释。

盖老板这时候压了压手：“明白了，这个小伙子要唱吗？”

“叫你呢！惠民！”江小燕捅了捅卢惠民。

卢惠民正在吃西瓜，没有任何的思想准备，“扑通”西瓜就掉在了地上，卢小燕赶紧地去擦拭：“盖师傅，他能唱程派的《锁麟囊》！陈师傅，调比我低一点点。”江小燕安排着。

“慢，慢！我说这位小伙子，你跟宝林学了多久了，不是唱旦角的吧？”盖老板一眼就看出来了。

“半年吧，”卢惠民认真的算着：“嗯，有半年了，唱丑角的。”

“有意思，那你为什么要改旦角呢？”盖老板问他了。

“盖老板，惠民原来就是个票友没事玩玩的，眼下真的想进咱们梨园行。”卢惠民也不知道怎么回答这个问题，江小燕知道露出了破绽。

盖老板这时候才认真地看了看卢惠民，这行里面扮相好的多了去了，一开口就没有了戏也不少见，既然人家从南京跑到上海真心的学戏，也应该给人家一个机会吧；这些年唐宝林在外面收了不少徒弟，但大多是富家的子弟而且也上了岁数，一年半载以后就推荐到这里搭班或者票戏，这样的事情自己已经帮了很多；从抗战的序幕拉开以后，上海的戏园子也没有什么机会了，唱不了戏更没有心思带学生，既然人家来了也不能随便打发，听听就算是对得起这个小票友了，他真的有些犯困了。

“陈师傅拜托了。”盖老板这样说话就是不想教的意思，陈师傅自然是知道什么想法，就把胡琴长了两个调门，江小燕虽然看出了其中的门道，又能说什么呢？此时的老板娘也是心里很不高兴，唐宝林走的时候要什么给什么，自己教的学生教不下去了，就推到了上海盖家班，分明就是不待见自己的先生，越想越生气一脚把菜筐踢得老远，这把卢惠民吓得不轻，定了好久的神才哼唱起来。

“春秋亭外风雨暴，何处悲声破寂寥。
隔帘只见一花轿，想必是新婚渡鹊桥。
吉日良辰当欢笑，为什么鲛珠化泪抛？

此时却又明白了，世上何尝尽富豪。
也有饥寒悲怀抱，也有失意痛哭嚎啕。
轿内的人儿弹别调，必有隐情在心潮！”①

盖老板一辈子第一次听到这么好的嗓子，他的扇子完全地收起来了，也就是听四大名旦有过这种举动，这是对唱戏人水平的尊重，而这个年轻人竟然完全理解了戏文，卢惠民唱的过程中流出的眼泪，是委屈还是哀怨说不清楚，可真的完全征服了这个上海码头上的泰斗。盖老板真觉得卢惠民是个天生唱戏的好材料。对唐宝林能收到这样的弟子也很欣慰，小伙子无论扮相和眼神都不比程老板差到哪儿，如果能留下来将来盖家的事业不得了啊，这时候他的睡意全没有了，而是招呼下人给两个小角儿上茶。

“唱得好，唱得好啊！”盖太太先发话了，江小燕知道卢惠民是没有问题了。

“吃西瓜，吃西瓜，陈师傅你也请。”盖老板热情地招呼着。

这时候盖老板真的服气了，唐宝林是真的会找人啊，这两个都是前途可观的人哪，调教以后也是上海滩上的大角儿，只是这两个人的关系和来历有点复杂，唐宝林怎么就没有个书信，一个是唱得不错的坤角儿嗓子好，扮相也不错怎么就没有人用？另一个看上去就是个少爷，学戏没有多长的时间天赋是看得出来的，只是他的家里真的同意他进戏班？盖老板也是老江湖了，不能随便地做出任何尴尬的事情，免得戏班以后成为笑话。

“江小姐我不能收你为徒弟，这份上我已经教不了你了。”看着江小燕的脸色，盖师傅笑了，“我是唱老生的真的收你也是沽名钓誉，有机会我跟梅老板推荐你，他如果觉得合适把你收了也是你的造化，这样你就可以名正言顺地在外面出头了。”

这真的出了江小燕的意料，她看着眼前的这个长者觉得是那么的慈祥，“扑通”就给他跪下了：“师傅！无论走到天涯海角，江小燕永世不忘。”

盖老板赶紧去扶起了江小燕：“客气了，大家都是吃开口饭的，相互在江湖上有个照应就好了，不必言谢，不必言谢！”

盖太太看着到手的赚钱的小角儿要被推出去，赶紧地出来打断了大家：“江小燕啊，盖师傅在上海滩的声望和人品都是数一数二的，”她可不想轻易放弃这个坤角儿：“这样吧在你拜梅先生之前，你先在我们的戏班唱前面的折子，薪水我们不会

① 京剧《锁麟囊》的唱腔选段。

亏待你的，每个月三十块大洋，以后拜梅老板或者是任何一个老板，我盖家都包了，有我们吃的，就不会亏待你怎么样？”盖太太收了。

“那谢谢师母的抬爱，江小燕永远感激！”

江小燕不但给盖太太磕了头，也给盖老板磕了三个响头。

盖老板真的是叫苦不迭，没有任何意思不让江小燕唱戏，只是不想卷入乱七八糟的事情，看得出来这是对私奔的小鸳鸯，更看得出来这个少爷家也不是平凡人家，如果男方家里找来了就是麻烦，这样的事情传到了上海滩，一切的后果是没有办法估量的。盖老板觉得不能就这样定了，还是要问问清楚所有的情况，即使这样也只能收男的，女孩子是万万不可以进来的，可是究竟怎么问也是要考虑的，这样的事情他不是第一回碰到，所以很客气地给江小燕续了茶。

“小燕啊，你们现在住在哪里啊？”盖老板客气地问。

“住闸北惠民姐姐哪里，还有一个南京来的兄弟。”江小燕如实地回答。

“哎呦哟，闸北怎么住啊又那么的远。”盖太太这时候着急了：“江小燕，我们南京西路上有个小房子，你们去住好了哦，那里离我们这里和剧团都不远的，你收拾一下就搬过去好了，自来水和电都是有的，出去吃饭玩玩也是很好的哦，你们明天就可以搬过去的。”

盖老板看着太太真的是越扯越远，知道也没有什么办法了：“嗯，就按照我太太说的行吗？”

“那真是谢谢盖老板，盖太太了！”江小燕很快乐，“惠民，还不谢谢你师傅，师娘啊？”

“谢谢师傅，谢谢师娘。”卢惠民赶紧给师傅和师娘磕头。

“好，好！”盖太太高兴极了，“陈师傅留下来吃饭吧，今天一起吃哦，我这就去买点黄鱼，上海太乱现在可是贵了许多，你们坐啊！”

晚饭就是在盖师傅的家里吃的，江小燕知道上海人是很吝啬的，每道菜都是盖太太亲自做的，“狮子头”用的是黑猪五花肉做的材料，自然是很嫩也很滑口，“烧黄鱼”是地道的渤海运来的，加上上海的老抽味道出奇的浓郁，“炖蹄髈”也是猪的前腿肉去了骨头的，几个小时下来松软缠绵，“汽锅鸡”是崇明岛的土鸡，添加了很多的山药也是非常的滋补，最后是“清草头”清香中带着新鲜，无论吃饭还是下酒都是难得的好，这是盖太太的一片真心。

盖老板和陈师傅也喝了不少的酒：“按照戏班的规矩，惠民，你是不是要有个科班的名字?”一定要把名字给改了以免将来惹是非。

“一切听师傅的!”卢惠民觉得师傅是个很正直的人。

“那好,现在都是春子辈的,从今天开始你就叫卢春民好吧?”盖老板几乎没有征求他的意见。

“恭喜,恭喜哦! 春民你喝一口酒吧!”江小燕祝福了。

“好吧!”卢惠民小抿了一口,很快地吃菜了,大家都笑了。

盖太太真心地喜欢卢惠民,不停地给他夹菜:“吃啊,不要不好意思都是一家人哦,春民啊,以后你有什么事情就跟师娘说,我给你安排不要老是听江小燕的。”

盖老板也是喜欢这两个孩子的,“还有一个事情就是小燕出去演出的问题,小燕你在上海想出来总要有个艺名吧,陈师傅呢看给小燕取个什么名字好?”他看了一眼陈师傅。

陈师傅也是上海滩上的名人,跟着戏班走南闯北见过太多的世面,“盖老板我想这个名字的事情还是请个风水先生吧,一来是小燕以后的前程很重要,也不知道她五行中缺点什么可以补一下,另外从剧团的角度也要搭配好,我是能力有限的,找个日子请人算一下,好不好?”陈师傅暗示了一下盖老板。

“哪有那么麻烦啊?”盖太太觉得不能拖,最近剧团的几个角儿有点不太买账,让很多外出的演出都不顺利,江小燕的到来无疑是雪中送炭,想到这里她把目光看准了卢惠民:“春民啊,你最了解你的师姐了,我看就你给取个名字吧!”

“好啊,好啊!”江小燕更高兴了:“春民就看你的了!”

“就叫,江小白好了!”卢春民突然想到了她是白虎,说完了就知道自己错了,江小燕没有察觉到这个想法的来历,众人也觉得起的名字不俗气,叫出去也一定很是响亮,没有什么意见就同意了卢春民的建议。

盖老板更是高兴:“春民,干我们这行真的是屈才了,这名字取的好,明天就让戏班给她打炮,海报上把这个名字写大,不出几天就在上海滩是个大坤角儿了,小白你也要谢谢你的师弟哦。”

“嗯,谢谢春民,我先干了这杯吧。”江小燕一下就干了,大家一片哄笑。

民国三十年的春天,上海的复兴西路上出现一个学程派的小伙子叫卢春民,而另一个可是后来的梅派传人江小白,上海戏班子谁也说不清楚他们的来历,不过两个人的戏真的是好,没有多久卢春民已经开始唱折子戏,而江小白竟然是上海首屈一指的大角儿了。

尽管抗日战争很可能全面爆发，十里洋场的晚上依然是热闹繁荣的，灯红酒绿的豪华饭店到处都是，一家家戏院门口都是挤满了等票的人，川流不息的人群没有停顿，来回穿梭的黄包车速度飞快，完全是一派无忧无虑的景象。江小燕和卢惠民忘记了几天来的辛苦，庆幸着在上海的一切顺利，仿佛这世界都为自己安排好了。今天是他们在和田路最后的一晚，就要摆脱了和洪武大路一样的寂静，向往着新的事业开始。下了无轨电车江小燕挽着卢惠民的胳膊，头是温馨地靠在他的肩膀上，两个人亲亲我我地沿着只有月光的路，慢慢地享受着欢乐前的最后。

"卢惠民，江小燕你们还知道回来啊？不知道饿啊！"路灯下有人在招呼他们。

"二喜，哈哈，是你啊！我们找到师傅了，小燕也可以唱戏了。"卢惠民告诉他。

"这有什么稀罕的，我才是真正地找到工作了，就前面的火车修理厂修火车，哈哈，修火车啊，你们看我还有制服哦，是真工人的那种哦，看看，江小燕你仔细地看看！"陈二喜很是开心。

"哼，这有什么稀罕的，我一件行头是你的几十件，土包子！"江小燕不理睬他们了，径直地回到了卢惠琴的房子里。

陈二喜听说他们已经吃过了，对已经备下的晚餐有点舍不得，一盘精瘦的猪头肉，一碟清油的草头，还有一碗凉拌杨花萝卜汤，都是他亲自为卢惠民准备的，每天的送菜生活晓得少爷的最爱。可是听说他们明天要搬走，心里立刻不开心起来，本来还买了一瓶绍兴酒一起喝的，眼下就一个人胡吃海喝起来。

"你们真的相信唱戏的班子啊，唐宝林怎么样了啊，吃你喝你还不让你唱旦角儿；我们河南人说唱戏的是疯子听戏的是傻子，戏文里面那些江湖义气都是假的，也就是演给人们看的，你卢惠民就是个嗓子好，没有这嗓子人家要你，别做梦了！还有你江小燕哦，你做戏子这么长时间了，谁给过你吃谁给过你喝，最后还不是我陈二喜救了你，忘恩负义的女戏子，破坏我们兄弟的感情。"陈二喜越想越生气。

"陈二喜，你不能这样说唱戏的，江小燕是靠本事吃饭的，盖老板看得起我和卢惠民，你这是嫉妒！不理你了我睡觉，明天我们是要搬走的，你就做你的工人好了，不要再来打搅我们！"江小燕再也忍不住了。

"你们真的要搬出去？"陈二喜问。

"二喜，这地方怎么住啊，江小燕可是个女孩子。"卢惠民在解释。

"你不要想那些歪点子，告诉你惠民真的不能碰的，你要小心别把命搭上去哦。"陈二喜警告他了。

"不要胡说哦，我跟她去住主要是学戏，现在就是不搬走的话，姐姐回来还是要离开的，二喜你不要为难我，好吗？”卢惠民也不高兴了。

夜里，上海的阴雨又下来起来，三个人看上去是闭着眼睛了，可是一个都没有真正的睡着。陈二喜这时候觉得自己很孤独，来上海找个工作的目的好不容易达到，卢惠民这时候却要走了这让他很伤心；卢惠民也是很犯难的，一边是自己的结拜兄弟，一边是自己喜欢的江小燕，这怎么选择呢？江小燕觉得陈二喜管得太多了，离开了这个人才有可能营造和卢惠民的未来。上海入秋的时候到了，夜里不停地下着哩哩啦啦的雨水，仿佛是三个人的泪水，里面有无奈、遗憾，也有希望，三个人真的都很累很累了……

静安区与闸北区的差距真是天壤之别，到处是商铺和洋楼，交通也是十分地方便，沿街的店面比起南京的任何一条街道都拥挤，一家商铺连着一家里面的东西的配备也很齐全，一条街上就可以买到你想买的任何东西。比起新街口、大行宫和夫子庙的锦缎，这里的商人都是江浙一带的，质量不一定比“鸿儒织造”好到哪里，样子却是比卢家的看上去更有些自由。江小燕跟陈二喜拿了钱，就去街上给卢惠民添铺盖，自己也挑选便宜的买了一些，她叮嘱卢惠民尽量少说南京话，上海人对苏北的人是不那么喜欢的。

戏班子的石库门是角儿们住的地方，房子虽然没有盖老板的大，地点也没有盖太太讲的那么方便，不过比起了闸北的小房子这里自然就是天堂了，楼上有几间敞亮的小房间，江小燕是剧团的新角儿，自然是住楼上最大的单间，这里的窗户是朝东的很明亮，床也是上好花梨木的，桌子也是圆的很好看，早上盖太太就叫人换了床单，也摆好了上等的水果，壶里已经是浙江“碧螺春”的茶水。她很高兴住上了这样的房子，梳妆台的镜子擦得很亮，特别是那个用来化妆的凳子更是磨得已经发亮了。

楼下后面是一间超大的房子，学徒和剧团打杂的人都住在这里，床铺是上下有着栏杆，卢惠民的身份是学徒也就不能计较什么了，当陈二喜扛着行李进来的时候，看到了两个人的差别心里很是不舒服。楼下的客厅早已经是吊嗓子的地方，每天早上陈师傅就在这里坐下，然后是徒弟给泡上一壶茶，按照顺序一个个地过戏，不满意的地方自然就是停下来说道，看着陈师傅那不男不女的身段和手势，陈二喜差点没有晕倒过去。

“惠民，你要记住哦，不要去江小燕的房间哦，这里的人看上去都不是好东西，要是谁欺负你就告诉我，我会找他们算账的。”陈二喜说完该说的就走了。

"惠民你上来一下啊。"她的叫声所有人都听到了,戏班的人聪明,很快的就看出了端倪,这是演给陈二喜看的。

卢惠民为了不让二喜走的时候担心,也就装作不理睬江小燕的样子,看了陈二喜完全走了,才开始自己整理他的床铺。面对这么大的床单他是不会铺床的,这位少爷算是尽力了很久,也没有扯正,一直到有人看不下去过来帮忙了,这才让卢惠民如实重负地喘口气。

"你是唐宝林的徒弟?"帮他的人问了他一句。

"是,我叫卢春民,新来的!"卢惠民客气地招呼。

"嗯,你的师傅没有告诉你要带点什么?"那人问他。

"没有啊!"卢惠民不知道人家说的是什么。

江小燕叫了他几声见没有答应,就通通地跑下了楼,看出来这帮人是不善的:"几位前辈有什么事情就直接说吧,别这样对待我师弟。"语气里有着威严。

"看什么,给我带钱来了没有啊?没有吧,这个兔崽子跑的时候把我的行头都放在典当行了,走的时候就给我留了张当票,什么玩意!"那人把当票摔在了卢惠民的床上。

卢惠民和江小燕面面相觑,怎么也没有想到会是眼下这种状况:"我们跟唐宝林的关系怎么也比不上盖老板和你们吧,东西找我们要的着吗?"

江小燕"啪"的把当票扔到地上,自己替卢惠民铺起床来:"什么玩意,盖家班就这样欺负人的吗?"

大家一看新来的角儿发脾气了,知道事情闹下去也没有什么好处,况且现在整个戏班都对她有很大的厚望,真的得罪了老板和老板娘,说不定马上就卷了行李走人:"我是不会为难你们的,唐宝林是个孙子戏班里没有谁他不借的,我们也就是让你知道他的为人,不说了大家去散了,散了!"一帮人就这样散了。

江小燕铺好了床以后狠狠地瞪了卢惠民:"楼上有地方你不睡,非要和陈二喜一样的要饭命啊,懒得管你,自己看着办好了!"

卢惠民想了半天也不知道怎么做。

盖师傅下午就给江小燕送来了定金,也给卢惠民请了说戏的师傅江南醉丽君,这也是上海滩上的人物,几个台步走下来已让江小燕大开眼界,卢惠民真的有这样的人扶持着,用不了多少的时间就会大红大紫,她很庆幸当初的想法是太对了。等戏说完了以后,江小燕就带着卢惠民去了上海的礼服店,在上海滩这是必须的行头，好在他的身材算是很标准了，师傅量完尺码以后去架子上找了几件，知道这是南京来的小开，师傅就选了上好的黑色条纹西装，江小燕看看不是很看中，于是又拿了藏青色的，江小燕转了一圈终于挑中白色的燕尾服，真是所有人没有想到的，只好依然殷勤的伺候着。

"惠民啊，你去把衣服换了让我看看。"江小燕催促着。

卢惠民这一生也没有穿过西装，看到这东西是在大堂叔的身上，自己穿上以后说不出的一种好奇，看着镜子里面的自己确实变化很大，洪武大路上的那种文化没有了，取而代之是一个完完整整的上海男人；江小燕很是满意又叫人给他拿了皮鞋，穿上以后连路都走不了了，换了好几双才合脚搞得很不好意思；镜子里面的自己仿佛是卢文生和吴成芳的结合体，丝毫没有了原来的卢惠民了，江小燕却是一个劲地叫好，等整个一切都合适了以后，江小燕决定就穿着这样的衣服和卢惠民去理发店，出来的时候江小燕完全是个大卷花头，两个人真的是让南京路上的人羡慕死了。

"惠民啊，你原来就该穿这个哦，明天我们就去拍几张照片吧！"江小燕建议着。

"嗯，等以后我印了就放在姐姐的镜框里，也送几张给陈二喜他会很高兴的。"卢惠民也同意了。

卢惠民提到了陈二喜，原来高兴的江小燕不说话了，卢惠民一直想缓和这两个人的关系，可是怎么也解决不了，只好作罢。晚餐是定在静安寺的红房子，印度阿三看着体面的人来了就把大门敞开了，两个人也是从来没有吃过西餐的，只好学着人家的样子点了点东西，可是没有想到的是老板知道是盖家班的，还送上了一瓶上好的外国酒，账单也是打了不小的折扣。这是两个人第一次在外面喝那么多酒，离开的时候两个人的舌头都打结了，相互依偎着好久才回到了石库门。

"惠民晚上就住这里吧，跟楼下的那帮人怎么住啊？"江小燕抱住了卢惠民。

卢惠民也亲吻了江小燕，迫不及待地要除去江小燕的裤子，头也伸了下去琢磨着要看清楚什么，卢惠民很希望在睡觉以前看一下江小燕，他要确定是不是真的白虎。

"你不是看过了吗？怎么那么恶心哦！"江小燕不知道卢惠民的意思，于是她就关了灯任由卢惠民探索，她感觉到他的手已经到了身体的下面，原来以为只是简单的抚摸，没有想到竟然像老鸨一样检查起来，她愤怒地一把推开卢惠民：

"你把我当什么人了还要验货，你下去睡吧。"江小燕有点火了。

卢惠民这时候也傻了，完全没有想到会是这样的结果，看着江小燕愤怒的目光,也早就没有了原来的那种激动,一步步地往楼下走去。

卢惠民和江小燕离开闸北以后,房间长期没有住人,加上黄梅天的潮湿,很快地就有了更明显的霉味。休息天的时候陈二喜在房间点了个炉子用来烘烤,去了趟小店买了油盐酱醋回来的时候,闸北的消防救火龙把整个街都占了。贫民窟是最容易着起大火的地方,这样的一点火情竟然燃烧三天才慢慢的扑灭下去,查来查去终于在火车的修理厂抓住了陈二喜。监狱里面的陈二喜知道是错了,也不隐瞒自己的不小心造成的后果,这本来就是个意外的事情,可是警察核对他身份的时候,竟然发现这是南京"怡春桃园"抢劫案的首犯,很自然就被收押在提篮桥监狱了,面对审讯他就是不说卢惠民和江小燕。

"没有,真的没有别人,你说的那两个人我不认识!"陈二喜咬死就是不说别人,"你们爱怎么样都可以,就是没有别人,都是我一个人做的!"

审了一个星期也没有别的结果,上海警察署决定还是送回南京去结案,正好有一批抓到的共产党要送到南京,陈二喜被从睡梦中叫醒的时候是夜里,送上车的都是大学里面的学生,也有自全国各地卖苦力的人,更有很多杀人放火的罪犯。陈二喜他已经做好了最坏的打算,永远再也见不到卢惠民了,他很满意自己的做派,没有牵扯到卢惠民也算是兄弟了,看来自己送回南京比起送回河南好得多,至少他们承认自己是洪武大路的人,陈二喜就这样被带上了囚车,押送回了自己的第二故乡南京。

"自由民主万岁!打倒封建统治!"学生奋力地喊着,挥舞着被铐着的手。

"中华民国万岁!人民万岁!"车子上的年轻大学生一直没有闲着。

黄昏,囚车进入南京的城市里面,大量的法国梧桐开始掉毛了,树叶子也飘落得到处都是,国民政府似乎是要逃跑了,南京真的没有什么变化,陈二喜看见了"鸿儒织造"的商店,可惜店门已经关了,不然也可能看到周湘云,他开始想念起这个女人。车子经过洪武大路的时候,他看见了牲口市场的大老刘还在,还是那样的骂骂咧咧;漠河烟草店的老板娘还是风骚,眼睛盯着那些年轻的学生们;徐侉子正在帮助谢寡妇收摊,草席店还是那么多人在卸稻草,五十二号面前倒是有点落魄,吴成芳的诊所的蔓藤开始枯萎,当然他看到更多的熟悉,只是不过已经没有了生机。

"狗日的,你他妈的还活着啊,你也成共产党了?哈哈!"竟然是许大胖子。

这家伙自从差点成了共产党,知道洪武大路警察署是待不下去了,主动的要求去了监狱,很快地就被派到了娃娃桥监狱,修理犯人的感觉让他很爽,况且现在犯案子的人越来越多，审案子的时间越来越长，这革命党人很多都是家里有钱的，不吃饱了就根本不会出来闹事，所以得到的油水不算少，就是死人山上也可以找到不少钱两，如果能把死罪变成无期或者更轻，一个案子就是洪武大路上的几年收成，他开始感激卢惠昌对他的折磨，谁知道生死就是两条路啊。

“许大胖子，你老实点给送足了吃的，不然……，嘿嘿！”陈二喜根本就不在乎他。

“操你个陈二喜，在号子里面你还不安分，今天没有你吃的了！”许大胖子在牢房外面警告他。

“来人啊，我要交代共产党，许大胖子是我的领导人啊！”陈二喜大叫起来。

这声音把许大胖子吓得脸色苍白，赶紧地离开了这个信口雌黄的祖宗，没有多久陈二喜在娃娃桥的名声就大了去了，许大胖子绝对不敢薄待了他，只是陈二喜也有自已的烦恼，他不知道哪天才能回上海。陈二喜同牢房的是个北方汉子，喜欢成天地给他讲革命道理，时间长了他也开始认识字了，最后跟着这家伙对着北方宣誓，神一般的决定为穷苦人谋福利，顺利地成为了一个共产党人。直到有一天让陈二喜大吃一惊，牢房有人来探监，出来一看竟然是拜了把子的兄弟卢惠民。

卢惠民从上海照相馆取到照片，没有想到竟然那么的漂亮，白色的双排西装很是挺括，小分头也是油锃瓦亮的，脚上穿的皮鞋也是纯粹白色的跟吴成芳有得一拼，特别是站在师傅的身后是那么的得体，比起站在卢文来的后面更像是自个儿子。陈二喜自从送他来到了南京西路就再也没有出现过，是对于唱戏的师傅根本就看不起，盖师傅不是唐宝林，他真的希望陈二喜不要误解了自己。周末的时候，他拉着江小燕上了无轨电车，希望一起去看看陈二喜，缓和兄弟和江小燕的关系。

“二喜啊，你怎么就没有了呢？”卢惠民是嚎啕大哭。

“卢惠民，我死的时候你是不是也会哭啊？”江小燕生气了。

“二喜一直是帮助我的，他也没有个家，现在连葬的地方都没有！”卢惠民擦拭了眼泪。

“我难道没有帮你啊，你现在学戏已经就要出师了，论扮相和嗓子你将来就是上海的大角儿，你知道不知道？你这样的哭嗓子是会哭坏的！”江小燕显然是不满意了。

“小燕，你怎么这样的没有人情啊，没有他我们出得了小石坝街吗？”卢惠民想起这段更伤心了。

这句话真的说到了江小燕的心里了，她也知道如果没有陈二喜，她在秦淮河的妓院苦差也是不会结束的，只是看着卢惠民悲痛欲绝的样子，心里很是难过的厉害，她抱住了哭声不断的卢惠民。

“行啦，陈二喜的事情我会托盖师傅打听的，你还是先回去学戏吧，将来我们真的经济上发达了，也可以在这里给他买块地，他不是最喜欢上海的吗，我们就把他葬在这个地方。”江小燕也是很伤感了。

“嗯！”卢惠民停止了哭泣了，看着远处的一片废墟，心情一下子就暗淡下来了，他在这以前大家一起生活过的地方，买了些草纸和元宝，用火把照片一起化为了灰烬，然后才在江小燕的搀扶下离开。

盖师傅对于卢惠民丧失兄弟的事情很是关注，江湖中人最忌讳的就是薄情寡义，没有在他们的要求下就求了下面的去问个明白，没有想到的结果和自己想象的完全不一样，这让他倒吸了一口冷气，他赶紧关好门窗把所有的人都轰了出去。

“卢春民、江小白跪下！”这是盖师傅发火了，“你们说说你们到底是什么来路，竟然和杀人放火的人搞在一起！”

很明显盖师傅为了寻找陈二喜的下落，真的是去上海警察局托了人，谁知道这个小子竟然是闸北的纵火犯，连带着在南京秦淮河妓院抢人越货的强盗，本来他只是认为找人的事情，谁知道竟然牵扯到这么大的麻烦。他就很后悔收了这两个来历不明的孩子，没有想到将来的牵连更大，特别是卢惠民还是这个人的把兄弟，听了两个人的陈述以后知道多少有点无辜，可是这个世道人家定的什么罪就是什么，难道还有讲理的地方不成。

“你们两个人，从此不许上街不许用真名，不许回南京和镇江，不许和那个陈二喜再有任何的瓜葛和来往，听见没有！”现在唯一保全这两个年轻人就这一个方法了，他要紧紧地看住这两个关乎自己戏班命运的人。

这一下卢惠民知道了陈二喜还活着，他开始为自己的兄弟庆幸，只是没有想到南京的事情他一个人扛了，不然人家很容易找到他们两个人的，这个在危难中帮助过自己的人，是不能袖手旁观的了，他要回到南京找卢惠昌，看在兄弟的面子上无论如何要放了陈二喜，就把自己的想法告诉了江小燕，她想了很久很久才从柜子里面拿出了钱，没有说任何一句话，而是掩护着卢惠民在深夜的时候离开了上海，乘上去南京的列车。

南京下关火车站出来以后，卢惠民就叫了黄包车去娃娃桥的监狱，这才知道这里的监狱是在许大胖子的手下，面对这样一个人他几乎要愤怒了，为了陈二喜不能立刻跟他翻脸，他没有表现出任何的态度，而是认真地填了表，等待着探视拜把子兄弟。许大胖子认出了探视陈二喜的人就是卢惠民，从南京火车站一别就是几年的时间，卢家的少爷完全是另外的一副打扮了，他要好好的盘算盘算，于是首先让这两个年轻人见面，要听听他们到底说些什么，然后就可以开口要东西了。

"我的天啊，惠民你他妈的真的发了，这整个是个角儿的打扮啊，兄弟替你高兴啊！"陈二喜一副不在乎的样子，声音里面却哽咽住了。

"你怎么不托人给传个话，在上海怎么都是有办法的啊！"卢惠民有点怪罪他。

"又是去找那个白虎星啊，说，你到底上了没有？"陈二喜更关心的是兄弟。

"没有，对天发誓我没有，就是她给的钱让我来救你的。"卢惠民解释了。

"哼，夜猫子进宅没安好心，情我领了钱就不必了。"陈二喜一口就拒绝了。

一听有钱可以赚的事情，一旁的许大胖子立刻来了精神："告诉你们两个，这监狱里面的事情我说了算的，只要你们舍得花钱我是有办法的，卢惠民你要救陈二喜是好事情，我作为多年的老邻居也想帮你们一把，跟我来吧！"

"惠民，你可不要听他的，这个东西等我出去收拾他！"陈二喜被链子拴走了。

"嘿嘿，那我们来谈谈生意吧。"许胖子看了看被拉走的陈二喜，在卢惠民面前坐下了："惠民少爷，我知道陈二喜跟你是拜了把子的，也知道秦淮河'怡春桃园'抢劫有你和江小燕的份，你相信不相信我现在就把你抓起来？"

"哼，你抓我？不知道我是卢家的少爷，卢惠昌是我哥哥了，江小燕怎么进了风月场，你许大胖子做了什么，告诉你好好地照顾我的兄弟，不然的话我会整死你的！"卢惠民的脸色突然泛起了杀气。

这是许大胖子所没有想到的，难道卢家个个都是自己的克星，不过江小燕的事情的确是自己办的，活人就在上海什么地方，如果真的跳出来举报自己也是很危险的，卢惠民也是得罪不起的，只要他回家了依然是卢家的少爷，卢惠昌的弟弟，那时候要整自己也是容易的，何不乘这时候好好的处理彼此的僵局？

"惠民少爷，我许大胖子生性就喜欢帮人，陈二喜在监狱里面可是没有吃什么苦，也算是对你们兄弟有个交代了，是吧，要帮陈二喜你只有一个办法，就是去'怡春桃园'让人家撤案，不然过几日案子判下来，你就是申诉也来不及的，这就是我许大胖子的为人，你惠民少爷也是聪明人，怎么办去问你哥哥卢惠昌！"许大胖子知道没有油水可拿准备走了。

"慢！这是十块大头，你替我好好地照顾陈二喜，我会回来找你的！"卢惠民扔下钱就走了。

陈二喜也没有想到卢惠民来看他，原以为这个人已经忘记了自己，只是把精力集中在监狱里面跟东北汉子学点文字，偶尔也听他讲讲革命人的故事，没有想到今天卢惠民的出现，终于让这两个监狱里的革命同志兴奋起来，他们可以把一些重要的决定告诉外面，这是一条从天上掉下来的通道，卢惠民一定是愿意帮助他们的，现在他们太需要革命的同盟了，只有把这里的一切告诉外面，他们才能挽救更多的革命同志，陈二喜想的就是能不能卢惠民也革命，这一点被北方汉子断然拒绝了，他不相信卢家会真的革命。

洪武大路还是早上，人出来不多，深秋的晨雾弥漫了整个街道，倒马桶的马车在“滴滴答答”地摇晃地走着。车夫仿佛已经老了很多，对眼前划过的黄包车看都不看一眼，依然和着马蹄的节奏，无力地摇晃着手中的铜质铃铛，只是年代久了有些破损，声音都是沙哑的，但是人们知道清除污秽的工具来了。“三春酱园”门口排了长长送菜的队伍，那些赶着回家的人们在叫喊不知道是在训斥牲口，还是诚心地在骂人，混乱的秩序下依然是相同的言语。“茶水炉”已经“嗞嗞”的冒着热气，老江依然在门口加着潮湿的木头，使得本来就看不清楚的街道，变得更是没有了清晰。

卢惠民的黄包车迅速地在这里转个弯，然后就停在了警察署的门口。他不得已必须走上这条道路，要和大哥卢惠昌正面的谈谈，没有他的帮助是不可能救出陈二喜的，可是兄弟的见面意味着唱戏生涯会终结，虽然心里思念在上海的一切，但是洪武大路这时候给他的诱惑更是急迫，为了将事情完全的平息下去，他决定即使求饶也要跟卢惠昌达成协议，让自己的拜把子兄弟早一天从里面出来。卢惠民不再犹豫了进到了洪武大路警察署里面。

“卢惠民，你回来了，浪子回头金不换哦！”卢惠昌看到弟弟的时候也是吓了一跳，这个洋人打扮的兄弟果然是气派，这在南京城都是难得一表人才，更不要说是小小的洪武大路了，可是什么让他回来心里有问号的，难道是唱戏混不下去了，看这身打扮也不像。所以他的开场白就变得很有内容。

“哥，我回来有件事情要求你！”卢惠民眼睛看着哥哥，他变得强壮和有力了。

“说说吧！洗耳恭听哦！”卢惠昌想知道究竟弟弟要什么。

“陈二喜在娃娃桥，都是因为我和江小燕，求你把他放出来，让‘怡春桃园’撤了这个案子。”卢惠民很清楚地说。

“哈哈，你以为中华民国的法律是开玩笑的吗？他就是个纵火犯而且劫人越货，你和江小燕都是帮凶，按照民国的立法你们都要进去，知道不？”卢惠昌毫不留情面，卢惠民没有想到哥哥这么无情，事到如今只有自己去“怡春桃园”讨饶，他决定自己去想办法，从椅子上起身就往外走。

“慢着，你就不回家去看看？你是卢家的小少爷，不要忘记了自己的身份！”卢惠昌告诉他，“坐下我们谈个交易，你卢惠民老老实实地给我待在家里三个月，等父亲的病都好了以后，我就让‘怡春桃园’撤诉，而且找关系放了陈二喜；如果你现在敢从这个大门出去，陈二喜明天就镇压，而且我一定要问出江小燕在哪里，一定抓她回来也让她求死不得，你好好想想吧！看你穿得人不人鬼不鬼的，像个什么样子！秀玲，秀玲，去把我的衣服拿出来给卢惠民换上，他要回家了。”

这就是卢惠昌的手段，他知道卢惠民无路可走才可能有交易，家里的死气沉沉地也让他不想回家，虽然杀了那个死唱戏的唐宝林，就是救了大堂叔也没有人原谅他，在卢家唯一的根就是卢惠民，卢惠琴一天到晚念叨弟弟，父母始终在思念他的。卢惠民找上门来要自己帮助，要他回家也只有一条就是不唱戏，让江小燕永远不能踏进卢家，卢家的人不可能是予取予求的。

罗秀玲哪有时间仔细的找衣服啊，看到卢惠民的出现早就昏了头了，她没有想到就这几年小叔子已经长成大人了，这身材做派就是卢文生的翻版，她根本就不听卢惠昌的呵斥了，而是什么也不顾地向卢家大宅跑去。这时卢惠民才想起来，已经离开洪武大路整整三年了，他想不起来父亲最后的样子，更不知道姆妈现在是不是还抽烟，后悔走的太仓促了没有带点什么回来。卢惠昌也知道家里人和他见面是个什么样子，于是招呼所有的人出发去秦淮河“怡春桃园”办案，要他们按照卢惠民说的去做。

“惠民，卢惠民？”姐姐卢惠琴是第一个到达的，她不相信自己的眼睛顿时嚎哭起来。

“大姐，是我。”卢惠民看着姐姐。

“老戊，姆妈！没错是惠民回来了！”卢惠琴喊了。

卢文来、周湘云、卢惠炳和所有的伙计们，都跌跌撞撞地跑进了警察署。

“老戊，姆妈！”卢惠民给自己的父母跪下了。

周湘云哭了，卢文来也哭了，儿子卢惠民终于回来了。

卢惠民回到家里以后，没有一个人敢去问他这几年的生活，更没有人提起江小燕的事情，他每天都在天井里面唱戏，偶尔也就是跑几个圆场什么的，吃完饭就是往监狱里面跑，几乎一段时间就帮助陈二喜带信出来寄送，他当然知道这个把兄弟是没有亲眷在上海的，可是也不便多问什么，直到有一天陈二喜告诉他，已经是共产党人了，这把卢惠民结结实实吓得不轻，才叮嘱他不能说出去的。

“惠民，我要被判了，上海和河南都回不去了。”陈二喜告诉卢惠民。

“我哥哥不是让人把案子撤了?”卢惠民惊奇的很。

“我烧了上海的几百间的房子，这个罪谁都帮不了的，谢谢你们卢家哦!”陈二喜真的感激。

“二喜，抱歉没有帮上你什么，我会在南京一直等你出来!”卢惠民哭了。

“惠民，从你来的第一天看我，我就觉得你长得太帅了，你天生就是个角儿啊，只是你不说实话，一定和江小燕不清不楚，不然兄弟怎么会有这么大灾难，而你也是终于回到了这个最昏暗的洪武大路，过着人剥削人的资本主义生活，在社会中无情地堕落着。起来吧洪武大路上的贫困的人，起来吧全世界的无产者！惠民加入我们吧，党和国家都需要你这样的青年，我们要推翻这个万恶的旧世界，迎接共产主义的明天!”

卢惠民怎么也没有想到陈二喜居然说出这样匪夷所思的话，看来监狱的生活让陈二喜改变了许多，他对自己的兄弟开始担心了……

民国二十六年冬，陈二喜被民国法院以纵火罪判处四年徒刑，已经成为了革命者的陈二喜，心里是充实!

台城本吳秣陵晉建業
故城晉元帝置台省
於此故名東齋以
後為都城有南
掖北掖大司
馬門
武
湖
新洲
長洲
麟洲
國民政府

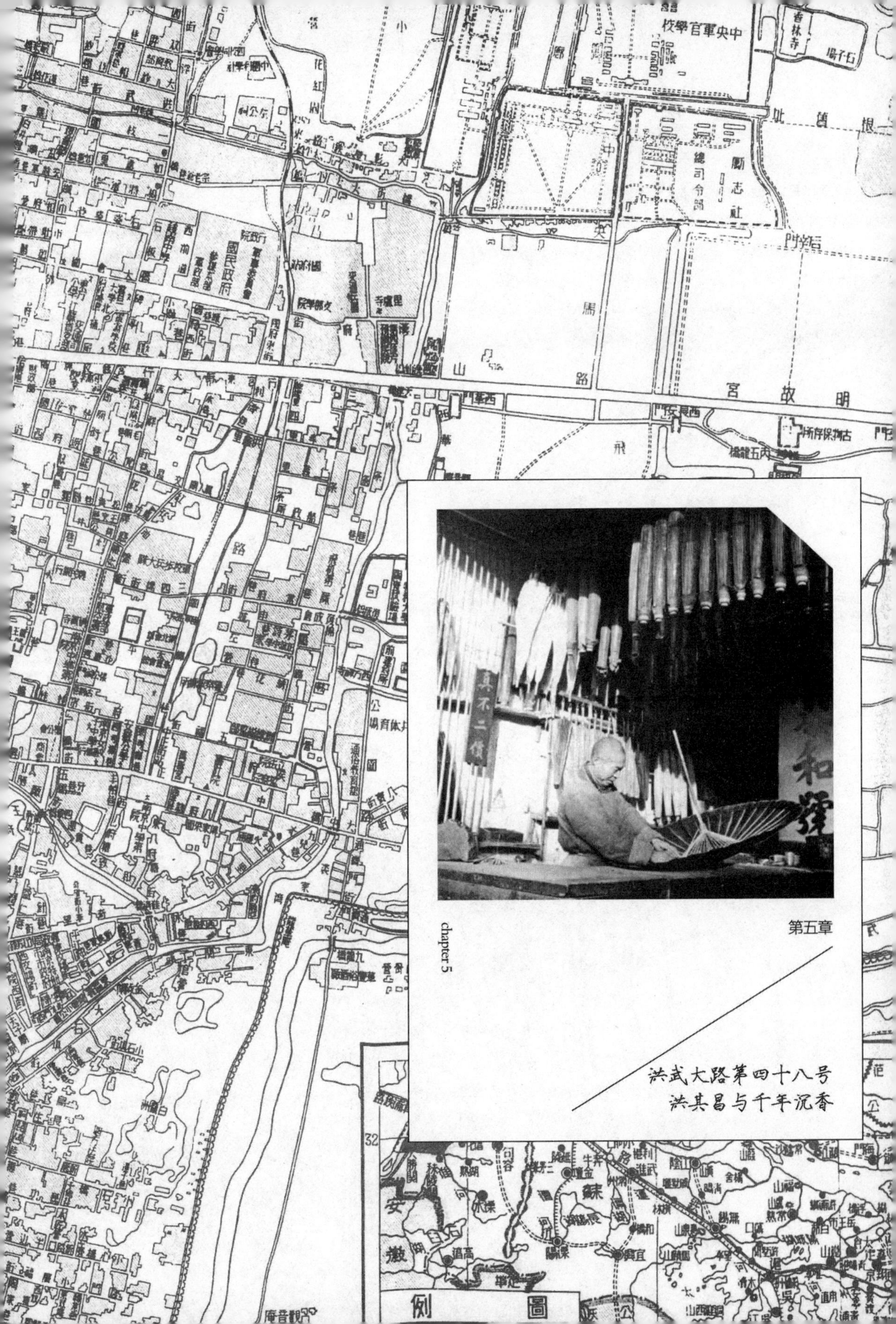

第五章

chapter 5

洪武大路第四十八号
洪其昌与千年沉香

莫愁湖
南湖
清涼山
清涼寺
小倉山
金陵大學
水西門

"洪银木行"是洪武大路上不起眼的产业,但是老板洪其昌却是最有个性的人物。

洪其昌本来不姓洪而是姓陆,算是个地道的苏北人后代,陆家的上几代人都是为大户人家帮佣,他自小在大户人家的环境中长大,耳濡目染地知道了一些文物的价值,成年以后开始对沉香①有了痴迷的疯狂。光绪九年的时候,他决定离开家门闯世界,绝对不能一辈子寄人篱下,而翻身的唯一机会就是倒卖沉香。沉香这东西的确很珍贵,本身可以作为顶级家具的材料,明清两朝皇帝大殿也很少御用,至于民间百姓入药也算是奢侈了。这宝物越放久了就越值钱。为了寻找最好的极品沉香,洪其昌来到了最有传奇色彩的安徽歙县,终于在一个很小的铺面,找到了一块千年历史的珍宝。

洪其昌也遇到了自己的妻子洪春花,这个女人就是一个字"丑",身材不高但是喜欢成天的狠吃,只有二十岁的身躯已经是四十女人的状态。洪其昌的出现让洪春花的父亲兴奋不已,别说是珍稀之宝就能把女儿嫁出去,要了他的老命都愿意的,没有几天两个人就在歙县举行了婚礼,而陪嫁当然就是那块沉香宝贝了。婚后没有几天的时间,洪其昌就从歙县消失了,他的岳父也就一气暴病而亡,这是洪春花所没有想到的,尽管没有太多的鱼水之欢,为了沉香竟然气死父亲夺走财产,洪春花埋葬了父亲之后,带着所有的家当找到了丈夫的东家,管他什么摆设就是一顿乱砸。

陆家只是一个给主人家做帮佣的,也从来没有见过这种局面,看到儿媳妇的这副模样,知道洪其昌的伎俩是什么了,上上下下几十口子都给洪春花跪下,最后还是老主人家出来圆了场子,答应洪其昌不能嫌弃自己的女人,沉香也就完璧归赵了。洪其昌在家人的帮助盖了两件草房,没有多久就生下了第一个儿子。守着家里的宝贝去种田,这是洪其昌最苦恼的事情,终于说服了洪春花同意去南京闯闯看,一家人就带着千年的沉香,来到了南京的洪武大路开了木器行。洪春花不再信任这个男人了,每到一个地方总是把沉香藏得他找不到,虽然洪其昌多次找到了买家,洪春花非常明白沉香没有了,要比起她容貌的丑陋更危险,所以一家人总是守着金饭碗要饭。

"任你个妈妈的,你就是睡不饱啊,吃饭也是这个样子,你当自己是猪啊?"老洪骂老婆的声音从凌晨就开始了:"任你个妈妈的,你们这帮小畜牲成天吃老子喝老

① 沉香,一种名贵的树种材料。

子的，还要去读什么奶奶的书，想吃死我啊！”老洪对儿女们也毫不客气。

骂完了自己的妻子孩子以后，早上开门的时候谁第一个上门，迎接他的一定是洪其昌的脏话，时间长了人们绝对不去这家商店，总没有人喜欢花钱找骂吧？

“任你个妈妈的，你多花几分钱买的东西要用多少年，不能几代人就用一个木夹吧，你总要让木头休息一下吧，下雨也要收回来吧，牛马也不能这样用的哦！”老洪喜欢修理农村人的计较：“你家的粮食想涨就涨，为什么就不许我涨价钱。”谁是客人谁是主人，在洪其昌的面前，从来就没有过正确的概念。

洪武大路的门牌没有了五十号，也是“鸿儒织造”与“洪银木行”争斗的结果，因为谁是一条街道的核心地位，通常决定了这家祖宅历史上的贡献，将来无论出租还是转让的时候，宅基的价值也是难以估量的。洪其昌来洪武大路比卢文来早很多，自己的宅基是街道的正中央，自然就是这条街的五十号了，可木器生产和锦缎织造的社会地位，还是有明显的贵贱差别，但洪其昌偏偏根本就不买这个账，加上苏北盐城人的耿直脾气，坚持自己是服务大众的营生，结果卢文来是不战自退成了五十二号，洪其昌也就顺驴下坡给“洪银木行”定了四十八号，洪武大路的人们心中的中心自然还是五十二号，洪其昌也就是少了两个层次。

洪其昌最大的优点就是自信，喜欢跟有权势的人斗争到底，也知道洪武大路是个顺风倒的地方，很多人都是心里不向着自己的，但是他就是一意孤行的作为，结果自然是很少人跟他计较，知道歪理在他也是对的。洪其昌不但跟家里人过不去，就是生意上也是振振有词地，每天依然发泄着所有的不满，绝对不与任何人方便，邻里们关系也处理的十分紧张，就是买他东西的主顾也得罪得差不多了。“洪银木行”卖的不是服务而是斗气，久而久之“洪银木行”的生意几乎要完蛋了，洪其昌这时候才松口气了，总有一天家里过不下去了，洪春花一定会把沉香拿出来的，怪就怪在就是有那些不知趣的，非要来“洪银木行”找骂，这让他永远愤愤不平。

“任妈妈的，东西买回家难道不知道爱惜，这把子就是用来握的，不是用来砸的哦。”面对种种的质量问题，他总是先把责任推到别人的身上。

“洪老板啊，我这东西才用了不到半个月，锄头和把子就分开了，锄头不砸土疙瘩，难道把它供起来啊？”农民也是很不舒服，为了个木头把子的破事情跑了好几趟。

“你自己不小心的处理，到最后就成了店家的事情，那我们生意人还活不活了？”洪其昌没有一点退货的意思。

“话不能这样地说啊，我现在家里的事情都耽误了，你说我找谁啊。”农民真的气得跳起来了。

洪其昌的态度是很明显的，无论如何不能把客户惯坏了，有一次就有两次有十次就有一百次，偏见是影响“洪银木行”发展的最重要的原因，他却认为这是做人做事的原则。他每天都是乐此不疲的跟每一个人好强，没有多久就成了一种另类角色，周围乡村的人打赌就是谁能把洪其昌说服。尽管有人打赌失败了，后来再去洪武大路的时候也是绕着走，你忘了，可人家洪老板还没有忘记，追出来接着上次的理论。只要说到洪其昌的行为，连乡下的人都是带着鄙视的神情，人做到这个份上也是难得就是了。

洪其昌的命运多少有些悲惨，虽然这个女人给了做梦的理想，可是对梦想的渐渐毁灭让他开始怨恨这个生活，每天守着一大块沉香却不能拥有财富，早九晚五的生活面对的是很小的木行生意，特别是成天跟些话都说不清楚的人交往，精神真的几乎要发疯了。不仅如此，洪春花对洪其昌也是所求无度，每天都要把他整得七死八活的，等事情做完了以后，就把他扔在了自己的房间里面，拉拉衣服就回去和孩子睡了，找女婿不就是做这个的吗？于是洪其昌这种积攒起来的怒火就常常地迸发，骂人和发脾气也成了很正常的事情。

洪武大路上的人家生孩子了，左右邻居都是送礼的，当周湘云家里生下了第一个儿子，大家欢天喜地说上两句好话，也算是对卢家的尊重和礼貌了，家境稍微好一点的都送些衣服裤子的，最没有钱的也是送上几块尿布，怎么也是一个意思；这时候洪其昌也出现了，两手空空的什么都没有，而是带了一张嘴是来送骂的。

“任你的妈妈的，你卢家生个儿子取名叫惠昌，什么意思啊是占我便宜不是?!”洪其昌找卢文来理论。

卢文来真的是一头雾水：“我给儿子取什么名字跟你有什么关系?”

“你以为我不知道啊，你儿子小名就叫小昌或者昌昌对不对?”洪其昌责问卢文来。

“是又怎么样?”卢老爷也不高兴了，“我自己儿子爱叫啥叫啥!”

“你这是侮辱我，你把我降了一辈儿，我小名也叫这个，你是诚心地叫我儿子。”洪其昌终于说清楚自己的想法：

“你一定要把这个名字改了，不然我跟你没有完，要我的房子我不给，你不高兴，要我的地我不干，你不高兴，你现在就要了我的名字我也不会给你，你这个文人太阴毒!”

卢文来开始没有搭理他，这家伙就围在门口骂了几个小时，他真的火了："来人啊，把这个混蛋给我扔出去。"

洪其昌的骂人的声音就是嘹亮，虽然被卢家的一群伙计给挡在外面了，可是内容却是一个字都不漏的在洪武大路上铺陈开来，没有人听不到他的叫骂，洪其昌是从卢惠昌出生一直骂到当了警察署的警察以后，才慢慢地停歇下来。人们这时候就有了话语的权利，遇上事情也敢跟洪其昌理论两句，说不过他的时候拉着他去找卢惠昌警察评理，这时候洪其昌显然是矮了下来，东西在骂骂咧咧中换了货，生意人家也敢光顾了，不知道什么理由，反正整个洪武路上能治得了洪其昌的，就是卢家的大少爷卢惠昌。

洪其昌本人是很识相的一个人，从小就知道卢惠昌的为人，那种暴虐的做派是早晚要出事情的，就在洪家小少爷出走以后，他是最得意不过的了，把锯木的声音开到最大，让已经气得躺在床上的卢文来不得安宁。可是谁知道卢惠民竟然回来了，每天的唱戏声音就跟要被杀了似的，捏着嗓子成天的嚎叫让他难耐，特别是那些戏文的内容，不知道卢惠民自己明白不明白，唱的一切都是哀哀怨怨的，可是洪春花就是爱听爱学，这个可是把他搞得更是不行，每天总是喜欢合着那种情绪求欢，身体过分的消耗也没有换回沉香，倒是洪春花也迷上了悄悄地听戏，偶尔还哼上几句。那个难听，让他觉得生活真是个煎熬了。

民国二十六年的深秋，禄文景这个大老爷，竟然请洪其昌喝起早茶来了。洪其昌做的是木器行的营生，买卖东西都是请他中间鉴定的，洪其昌下手可是重的厉害狠了，东西的好坏不是真的评估，而是看谁给的好处多就帮谁要价。洪其昌毫不感念人家的信任，只要有求于他，就是给了个机会被宰，他要用禄文景的请客犒劳一下自己，他点了永和园最好的茶点，禄文景还没有来的时候，已经打包了不少，准备全家吃个满饱。禄文景也是觉得冤枉，但为了生意能做成也就不计本钱了，当禄文景把东西拿出来的时候，洪其昌真的眼睛亮了起来，这可是梦寐以求的沉香啊，决定下本钱狠狠地搏上一回。

"民国了知道不是知道啊，这些沉香是在位时抢来的啊，竟然还要卖这么多钱，黑不黑啊！"洪其昌喜欢呵斥有钱人，人家都是爱面子的自然就让步了。

"那你也不能就当劈柴烧啊，你要是不给个合适价钱，我们就不要谈了哦！"禄文景也是没有办法才出让的。

"看上去是个不错的玩意，我可以用地契担保拿过来，谅你也找不到买家！"洪其昌青筋都爆出来了。

“好，好好！你想好了就来取货！”禄文景实在是丢不起人，怕的就是大声嚷嚷，洪其昌当然就得了实惠。

洪其昌也不是省油的灯，在文件里面搞了个附加条款，三个月之内无论抵押与否，一切都是不能说出去的，怕的就是卢家知道了抵押，就是花多少钱也要拼的。想起洪春花蹂躏他的时候就愤怒，即使到了高潮的时候问起沉香的事情，这个女人也是含混的叫喊，内容绝对是胡说八道的，完了他常常抱怨每晚是白伺候了。只要沉香在三个月内出手，那时候就可以和洪春花分道扬镳了，过上衣食无忧的日子。洪其昌是知道禄文景的打算的，觉得先安稳住这个老东西最重要，他和禄文景在“永和园”出来以后，立刻去家里取了房契当街做了公正，换回了第一块真正属于自己的沉香，要不是民国政府让这些遗老遗少没有饭吃，就是十倍的价钱也换不回来的。

禄文景的生活真的快过不下去了，家里的东西就剩下这个了，洪其昌识货一眼就看出来了道行，这是要完全地做庄沉香了，这样大赚自然就是洪其昌的了，禄文景不得不佩服这个人的心狠手辣，转念一想不就是三个月吗，要熬过去这段也是不难的，只要时间一到立刻把房契转给卢文来。两家为了那块地已经打了半个世纪了，只要跟卢文来透风，他一定舍得花大价钱的，说不定价格远远超过现价，就洪其昌的那点门路，别说三个月就是三年也不一定有结果，想到这里释怀了，东方不亮西方亮，未来的休闲日子又要开始了。

洪其昌得到了禄文景的沉香以后，开始穿越在南京茶楼酒肆之间，逢人就问有没有要沉香的或者喜欢这行的，半个月下来才知道民国古玩已经堕落，有价无市的东西到处都是。他终于知道了事情的严重性，想找禄文景要回那些抵押，可是人家的下人说文景大老爷出远门了，明白着这东西有可能烂在手里，等禄文景回来剩下的可能是搬家走人。没准这是卢文来设计好的，特别是看着卢家最近的繁华，只要地契抵押转到了卢家，仗着卢惠昌的警察署撑腰，自己的破产日子就不远了，他越想越怕心里开始没有了底，鬼使神差地竟然开始在报纸上登了广告。

“任妈妈的，洪武大路上真的都是一切穷鬼，这么好的东西没有人看得出来，南京真的是没有安徽有文化，沉香都没有人喜欢，这个国家还能不亡吗？”洪其昌嘟哝着开始卸门板，突然他喜出望外，竟然一封信插在门上，虽然行为不礼貌是用刀子别住的，可见报纸的广告还是有用的。

洪其昌从门板上取下了信函，仔细地阅读起来：

“敬告‘洪银木行’店家：在下新疆伊犁流民团，因时局动荡无钱归家，无奈将你太太人绑去，求手上的沉香来赎人，地点清凉山龚贤故居，多有冒犯见谅！

拜上！

民国二十六年，秋。”

洪其昌给吓着了大叫着奔回房间，兔子一样地跳到了老婆的房间，狠狠地把被子从头到尾掀起，可是洪春花正和三个孩子睡得正香，就像母猪一样的带着小猪，而且呼噜声也跟自己有的一拼。突然的寒冷一下就把洪春花给激醒了：“你要干什么啊，人家还在睡觉呢？晚上你就是不行，这会儿逞强起来了，你是不是想让老娘收拾你啊！”女人被吵醒的羞怒是看得出来的。

“啪！”洪其昌在老婆屁股狠打了一把：“任你个妈妈地还挺尸啊，天都亮了还不起来做事情啊。兔崽子们任妈妈的不上学了，还不起来啊！”

“上你妈个头学啊，今天是礼拜天啊，你真的是搞沉香搞昏了头了，被子扔过来哦，晚上再收拾你这个没用的东西！”洪春花盖好被子又呼呼大睡了。

洪其昌真的是完全没有了主意，这是怎么一回事情啊，这一家不都是好好的吗，怎么就有了敲炸的信了，是不是昨天报纸广告透露的太多，这些没脸没皮的土匪找上自己了。这恐吓好像真的冲着自己的老婆来，孩子一切安全就好了，也奇怪了怎么有人想绑洪春花的，这么丑的女人，换个人还不吓跑了，如果真的绑走了也是个解脱，再随便找一个都是比她强的。洪其昌的观点洪武大路上，任何一个女人都好都比洪春花强，特别是井台上那些东拉西扯的女人，换任何一个都是丰乳肥臀的啊。

最受用的应该是烟草店的东北女人，那个身材跟自己的大小真的很般配，大眼睛看人总是直勾勾的销魂；卖凉粉的山东小女人谢寡妇也行，那个手细致的简直没得说，能摸一摸的话一定很舒服；或者是“三春酱园店”的任何一个女儿，哪一个不是黑黑的结实耐用，轮换着生儿子也不耽误做事。在洪武路的女人中间，最让他动心的当然就是周湘云，这女人风骚的没得好比，加上那一种桀骜不驯的样子，更是刺激自己的欲望，就在他想象着这个女人的身体的时候，突然一个古怪的念头出现在脑海里。

“难道周湘云被绑了不成了?”洪其昌被自己的推断吓出一身冷汗。

卢惠昌自从当了洪武大路的警察以后,跟他作对的人真是没有,洪其昌后悔当初不该和卢家过不去,绑匪一定绑错人了以为是洪春花,其实这是土匪他爹的娘啊。这可是一场天大的灾难啊,该怎么跟卢家去报告这件事情?一切都逃不过卢惠昌的追问,绑票为什么送到自己家的呢,这事情会牵扯到那块从禄文景手里换来的沉香,房契自然就完全暴露出来了,这可是卢家最想要的东西!不说吧,如果卢太太被撕了票怎么办,卢惠昌也是一定能查出来的,到时候自己就不是小麻烦了,说不定连性命都会搭进去的,洪其昌这时候才知道招摇的结果,悔恨不该在报纸上登什么广告,这就是把自己出卖了啊。

“你今天怎么了啊,不干活了啊等着天上掉钱啊?”洪太太起来看他愣着。

“任你个妈妈的,你看看绑匪把隔壁的女人绑去了,跟我们要钱。”洪其昌哭丧着脸。

洪太太一看就知道发生什么事情了:“叫你不要收那些倒霉东西,不听!你以为老娘不知道你在做什么啊,看看麻烦来了吧东西拿出来啊!”

“什么东西啊?”洪其昌是要钱不要命的人。

洪春花气的大骂:“任你个祖宗的,你这个时候还他妈的装啊,以为老娘不知道你从那个快要死的禄文景那里收了块沉香啊,满大街的人都知道了你个破嘴,拿出来啊!”

“任你个妈妈的就知道抱怨,现在怎么办啊?”洪其昌几乎要崩溃了,不得已把沉香从房间的床底下拿了出来。

洪春花从小就在收藏店里面生活,自然是认识这个东西的,这块沉香绝对是广西的上等货色,也有几百年的历史了,特别是上面的雕工一看就是宫廷造办处的手艺,这东西在前清除了皇上也没有几个人可以有的,这个禄文景看上去文质彬彬的,骨子里面也是个贪得无厌的家伙,要是被皇宫发现也是要杀头的,算起来也是用命保下来的了。

“给我,我去处理好了!你这个就知道任妈妈的骂人!”女人用包袱将沉香藏好,放回了自己房间的柜子里,然后一把拿过条子头也不回地,拎着洪其昌的耳朵一起去了警察局。

“惠昌侄儿,卢太太一定是被绑架了,我们这才看见!”洪春花故意地把时间说得很晚。

卢惠昌已经升了警察署长一段时间了，报案是前面人的事情，可是洪其昌说有重要的事情亲自跟自己说，想一想卢洪两个的恩怨也不是一天了，本来是想好好地戏弄一下他们，可是洪春花却是径直地冲了进来，“扑通”就给他跪下了，洪其昌也吓得赶紧跟着作揖，从口袋里面拿过了勒索信哆哆嗦嗦地举了上去。

卢惠昌这才知道真的遇到土匪了，但是却装着不在意的样子，从旁边拿过所谓的报案笔记，边磨墨边等着两个冤家对头说话，可是看到的是洪春花让洪其昌说，洪其昌却让老婆开口，他把纸张铺好了以后，把手指向了洪其昌，悠然地开始在纸面上画着画，看看他们到底要要什么花样。几分钟以后，洪其昌终于有点憋不住了，事情真的不能这样拖下去，本来是以为洪春花出来解释的，可是这女人关键的时候就是不放话，这让他不得不把自己推了出去。

“大少爷，卢太太怕是被人家绑了?”他没有用肯定的语气，“你看是不是?”

“什么? 我姆妈被绑了，你真的敢说哦!”卢惠昌吓了一跳。

卢惠昌打开信仔细地看了两遍，在里面没有一个是针对卢家的，信也是写给洪其昌的，可是洪春花就在这里好好的，看来是绑错人了，可是那也不一定是母亲啊，但是心里有点忐忑不安起来了。

“这里面没有说是卢家的事情啊。”卢惠昌看了洪春花一眼。

“好，惠昌侄儿，我们把该报案的都报了，没有我们的事情了!”洪其昌借口想溜之大吉，他拉了拉老婆的衣服。

“慢着!”卢惠昌不想让他们这就走了。

这两个人的神色不是平时的样子，一定有什么事情隐瞒着自己:“哼哼，”惠昌冷笑了几声:“洪老板，绑匪把赎金的条子放在你家门口，你家里有横财，没错吧?”

“卢家大少爷，我怎么会知道绑匪的心思啊，可能是绑错人了吧?”老洪装的一脸无辜的样子。

“绑错人了? 是绑错了你的太太吧!”卢惠昌觉得这事情很蹊跷。

卢惠昌早上的确没有看到母亲，戒了大烟以后她每天都是吃早饭的，这时候回家去查看是来不及了的，也不愿意在家里惹出更大的风波:“好吧，既然绑匪要的是沉香，那么我们就带着你的东西会会人家，这个要求不高吧?”说着就去衣架上换了便服，并把枪掖到了后腰。

“卢少爷，人家虽然要的是沉香，但是绑的不是我的女人，怎么要我拿着东西去见人家，你是警察应该能够妥善处理的，何必让我们这些草民参与行动呢，我们还有事情要做，能够来报案已经是尽到了市民的责任了!"洪其昌想推退这样的要求。

卢惠昌觉得时间耽误不了:"洪老板，我可是给足你面子了，要是你还装傻那我就自己去，完了我就带他们来见你好不好？卢惠昌要是解决不了这几个毛贼，我在洪武大路还怎么混啊，没有你的沉香我怎么找到他们，你他妈的脑子不是用来想问题，而是用来装大粪的啊，乖乖地拿着沉香跟我走，所有的账回来再跟你算!"

"扑通"洪其昌和老婆就给惠昌跪下了:"为什么要带这沉香呢，要不我找个什么疙瘩放在里面，万一要是出了差错那可是价值连城的东西啊，惠昌少爷能不能想个别的办法啊!"洪春花有点舍不得了。

"我跟你们说，耽误了时间我姆妈要是有个三长两短的，你们觉得能活得下去吗?"卢惠昌没有再跟他们说什么了。

警察署的人很快地集合好了，虽然只有几个人但是都是长枪在手，所有的人都知道出了不小的事情，因为卢惠昌的脸色从来没有这样的难看，眼睛里面有的是一种凶狠也有一种紧张，大家等待着警察局的卡车到来。这会儿，卢惠昌却是冷冷地看着洪春花从家里跑出来，她把包袱想递给卢惠昌，但是他没有接而是让他交给洪其昌，洪其昌根本就不想去，可是卡车到了卢惠昌已经坐到了驾驶室座位上，他没有任何的选择只好跟着队伍爬上了卡车。

清凉山是南京城里面最雅致的地方，风一吹过是阵阵的竹海涛声，自从国民政府和日本人开战以来，很少人有闲心上来看看，茅草已经长得快齐腰的深度了，让人不禁觉得一种苍凉的感觉。卢惠昌小时候和父亲一起来过，当时大文人龚贤住在这里，"鸿儒织造"也买过他的画做样子，可织造出来的锦缎很是死板，结果花了大把的冤枉钱，还不如周湘云的那些田园家禽的。卢惠昌后来也来过几次，是闯了祸不敢回家的时候，在这里知道了家庭是逃脱不了的，以后面对问题的时候总是亲情多了，他不明白这是一种长大还是一种堕落，处理问题有时候就难办了许多。

山顶上唯一的故居看起来是败落了，屋顶上的瓦显得破损很严重，枯叶已经把整个流水的地方堵住了，墙体的斑驳意味着已经很久没有人来过，的确是个交易的好地方，外面很难看见里面，可是里面完全知道进来什么人了。卢惠昌知道人多了不是好事，就命令所有人在山下等着，开枪以后才可以上山来。他叫洪其昌推开了龚贤故居的大门，庭院似乎也打扫得干干净净了，这些人一定核实过被绑的人不是洪春花，知道是卢家的太太依然不放，说明这帮人是铁了心要和自己过不去了，只要能保证人质的安全，剩下的这帮土匪可是一个不能留，他悄悄地把枪的子弹上了膛。

"东西带来了哦？"屋里中传来一个南疆的口："带来了就一个人送进来！"绑匪在下命令。

洪其昌这时候哪有胆子进去啊，看了一眼卢惠昌正用枪命令自己，没有办法只好硬着头皮，举着包袱慢慢地挪进的大门，并不时地回头看着后面的卢惠昌，这样的信号很快地被里面捕捉到了："你们来了几个人哦？不说就先打死你！"里面传来拉枪栓的声音。

卢惠昌早就听出来这些人南疆的口音，紧接着枪栓暴露了单发的汉阳造①，这样的人也敢要钱真是搏命了，只要自己的手枪连续开火，他们连还击的可能性都没有的。再看看洪其昌的表情，原来的那种嚣张没有一点了，裤子里面已经吓出尿来了，卢惠昌害怕这个胆小的东西说出山下接应，人质还在人家手上不出去不行了。

"两个，就我们两个人，你们把人先放出来吧，我们怎么知道票还活着？有枪的人是要讲信用的哦！"卢惠昌举着手慢慢地进到了院子。

洪其昌看到了卢惠昌，心里多少有点安定了，手里的包袱不想放下来了，这可是全家的财产啊，卢惠昌没有想到他这样，眼神暗示几乎一点都没有用，他开始后悔不该让他来，牙齿咬得紧紧的。

"好像你们不愿意交换是吧，告诉你们票不在这里哦，要是不给或者要什么花样的话，外面很快地就被撕票了，你们听明白没有啊？既然要保证人的安全，那么东西放下往后退两步，我数数一，二。"绑匪开始计时了。

洪其昌这时候紧紧抱住了包袱，就是死也不能丢的啊！

"洪其昌你他妈的放下！"卢惠昌大吼一声。

洪其昌吓得沉香"哐当"就掉在地上了，紧接着就听到枪声响了。

"啪！"的一声子弹没有打中他们，反射以后却是弹射进了洪其昌的大腿。

"啊！"洪其昌大叫一声倒在了地面上，痛苦地大声嚎叫着救命了："惠昌救救我啊！"腿上留出的鲜血瞬间就把地面染红了一片。

---

① 汉阳造，最原始的单发步枪。

“别，别，别开枪，这就请你们过来拿吧！”卢惠昌把地上的沉香用脚朝前面踢去，他知道下面的人就要上来了，不能让他们发现还有人在山下，人质在哪里还不知道，他必须要找到机会把枪手先干了。

“哈哈，跟我们玩心眼啊早着呢！江勾去取货哦，哈哈！”这帮土匪非常的得意。

卢惠昌也知道人票不在这里了，要赶在外面开枪以前解决，就在那个叫做江勾的土匪去地上拿东西的那一刻，卢惠昌已经从腰后抽出手枪，“啪！”刚走过来的土匪没防备被一枪打中就撂倒在那儿了，紧接着“啪！”又是一声枪响，卢惠昌把刚才持枪的土匪从屋檐上打掉了下来，紧接着就是朝着讲话人的周围就是几枪。

“不要开枪了，不要开枪了！我们认输！”很明显他们只有一条枪。

“出来，人不出来就接着开枪！”活着的两个土匪举着手出来了。

“哈，哈，哈！跪下，就你们几个饭桶也敢杀人越货，知道老子是洪武大路的卢惠昌吗？知道绑错人了吗？我只要二拇指一动，你们的命就留在这里了，知道吗？说人在哪里，说啊！”卢惠昌怒吼起来了，把枪又举了起来了：“尽快地说出来哦，不然我就不客气了！”见没有任何的动静。

“啪！”卢惠昌开枪击毙一个：“你说不说？”枪就顶在绑匪的头上了。

“卢惠昌救我啊，大少爷救命啊！求你了！”洪其昌大声地求饶，枪伤一直在不停地流血。

“卢爷饶命啊，我们就是吓唬一下洪老板的，卢太太就在草包店的稻草里面，我们无论如何是不敢得罪你的，人一定安全你们领回去吧，请放我们一条生路哦！”领头绑匪终于哭喊着趴在地上不敢抬头了。

山下的警察听到枪声，很快地就把整个故居都围住了，卢惠昌这时候却是把门插上了，他大声地命令了：“这里我已经解决了，我现在是在审问土匪，人质就在草包店的稻草里面，所有人赶紧给我去救，有消息就赶紧来报告，顺便叫棺材铺来收尸啊！”卢惠昌之所以这么做是为让洪其昌失去一条腿，这个从小就对卢家叫个不停的狗，现在的状况下是要付出代价的，尽管整个局面已经完全控制住了，可是卢惠昌不能就这样放了他，因为事情的缘由都是他引起的。

“卢惠昌，你公报私仇人家都招了！快叫外面的人进来救我啊，我的血快流干了啊！”洪其昌叫唤着。

一阵风似的所有的人都走了，只能听到竹海的阵阵涛声了。

“你放屁，人质还在人家手上，要是说谎你让我怎么办，你自己把腿包上好了。”

洪其昌只好从死的绑匪身上撕下一个布条，用力给自己绑在了伤口上，但鲜血很快地就浸透了出来："卢惠昌，你到底要怎么样啊？"洪其昌大叫道。

卢惠昌没有理睬洪其昌，而是用枪指着最后一个绑匪的脑袋："你们知道草包店里的那个女人是谁吗？那是我的姆妈知道不知道，你们不是在绑票啊，你们是在要挟我卢惠昌啊，现在你们说她还在草包店里面活着，如果被转移或者撕票了怎么办？"

"我们真的不知道是老总的家眷，就是路过南京想干一票，没有想到这就绑错了你的老娘啊，这个沉香还在就算是我们孝敬您的，在江湖上这也算是一大票了，够你个活个一世半生的了，请求老总放我们一马啊！"绑匪终于怕了。

"哼，饶你们一个都不能活！"卢惠昌恨得咬牙切齿的。

"啪！"一枪就把剩下的绑匪全部都报销了。

"卢惠昌，人家都投降认输了，你竟然杀人灭口啊！"洪其昌吓得叫了起来。

卢惠昌吹了吹枪口的青烟，然后慢慢地走到了洪其昌的面前，把枪顶住了他的脑袋："知道你闯的祸吗？要你在洪武大路闭嘴知道吗？你每天的那种乌鸦叫声已经几十年了，我可以现在就杀了你，绑匪的枪就在那个地方，在混乱中打死你这个混蛋也是可能的，但是我不想杀你而是让你知道，洪武大路是卢家的，我要你看着卢家把你的产业收了，你知道不知道？"言语中透露着咬牙切齿的态度。

"跟我说说这沉香是什么东西换来的，是不是房契啊？哈哈！"卢惠昌太精明了。

"惠昌侄儿，那可是我身价的全部啊，你要为我做主啊！"洪其昌开始哀嚎了。

卢惠昌在消除所有的威胁以后，去前面捡回来那个被丢在地上的包袱，他很得意自己的战利品，闻了闻的确是不一样的香味，这个小玩意竟然价值连城啊！汤瞎子的钱已经用完了，只要找到禄文景换回押品，兄弟们用个几年是没有问题的，不觉得有些得意的厉害；洪其昌似乎猜到了卢惠昌的意思，想爬起身来去保护自己的财产，可是腿已经完全麻木了，只剩下说话的那点力气。

"洪其昌你是想死还是想活？说！"卢惠昌用枪抵住了他的脑袋。

洪其昌虽然平时很牛天都不怕，但是看到卢惠昌连续杀了三个绑匪，早就吓得魂飞魄散了，这时候他又用手枪顶着自己的脑门，刚才那番话是几十年来的报应，让他很后悔自己以前对于周围邻居的刻薄，可是一切都是太晚了说什么都来不及了，卢惠昌的眼睛里面的杀气并没有消除，这是他一生都没有见过的残暴，知道自己的命是没有了，慢慢地闭上了眼睛，再也不敢睁开等待着生命的结束。

卢惠昌走过去把沉香拿在手里，然后走到了破旧的鱼缸旁边，看着已经发绿的臭水,笑看着丢了进去,千年的宝物慢慢地沉到了水底。

洪其昌等了很久很久没有听见枪声,慢慢地睁开眼睛的时候没有人了。

“我的天哪,我的腿,我的沉香啊!”洪其昌再也忍受不了昏死过去。

昨晚,周湘云专门去“漠河烟草店”买烟丝,看着老板娘顺带卖水烟,听说是“漠河烟”的东西就尝了几口,这烟草的味道很特别也很梦幻,伴随着欣喜和晕眩舒服完了以后,就感觉到身体上懒散的厉害,也听不见周围的声音,一切都变得模糊不清了。周湘云就像在路上踩着棉花一样,洪武大路的一切都颠倒了,步伐是那样的轻盈和任意。只是口渴的厉害很想喝水,看着“洪银木行”的灯还亮着,她觉得自己真的受不了了,不愿意在这里停留但真的走不动了。这时候嘴巴突然被塞上了一团棉花,来不及喊叫就被人家扔到了一个马车里。

周湘云被从“草包店”的稻草中扒了出来,看到自己家人的时候就晕了过去,可是“漠河烟”的瘾还没有过去,不清楚地感觉到是有人被吊了起来,然后就是西医吴成芳的出现,也听见了丈夫卢文来的责骂,更多的是自己儿女们的嚎哭,开始后悔自己的不谨慎,想挣扎起来去安慰别人,却是一点力气都没有。周湘云真的心里觉得内疚,希望这是她最后一次的错误,以后再也不给家里增加任何的麻烦,她本来想劝劝儿子几句,却是洪春花紧紧地拉住自己的手让她什么都不要管了,很快地就被抬了出去。

“说,你们说谁知道卢太太藏在这里的,还是串通土匪跟我洪家过不去的?”洪其昌是被警察架进草包店的,虽然他的腿还在流血不止,清凉山上的痛苦加上卢惠昌的压迫,终于一下子就发泄到这帮人的身上了。

“洪老板,卢少爷,我们真的不知道啊,求求你饶了我们吧。”“草包店”的老板被卢惠昌吊起来拷问。

卢惠昌看着他不想说明白,点燃了旁边的油灯拿了过来,他先是烧了老板的头发,然后把火靠近了他的下身。

“大少爷,不能啊,这房子连着一片啊。”草包店老板哀求着。

“徐老板,你要是现在不把人交出来我就不客气了。”卢惠昌的火苗噗噗地烧着。

“我真的不知道啊! 卢惠昌我就日你祖宗,我真的不知道啊。”老板几乎疯了。

“好,你不说是不是,老子就叫你活个痛快。把鞭子给我!”话音未落就把油灯给了洪其昌,从底下人的手中接过鞭子就抡了起来。

“打得好! 打了好!”洪其昌顾不得疼痛叫了起来,仿佛自己在教训这些人。

在一声声的哀嚎中卢惠昌终于累了，把鞭子交给旁边的人："你们看起来不怕打啊是不是？这样你们还是不说对不对，好，老子继续用油灯烧你们的命根子，叫你们以后整不了娘们儿生不成娃儿，看你们说不说？"他走过去准备接过洪其昌手中的油灯。

洪其昌冲着卢惠昌莫名其妙地笑了，把油灯在空中甩了两下，然后让整个瓶子在空中飞了个大大的弧线，然后直接就奔了卢惠昌飘落下来，这样的举动开始卢惠昌没有注意，当油灯在空中飞舞的时候油开始洒出来，他知道这是有意的行为了，这是要烧死里面所有的人，只要一着火没有人可以跑出去，就在卢惠昌不知怎么办的时候，"啪！"的一声灯又摔在了地上，瞬间四周就起了火蔓延开来，一下所有的人大叫一声窜了出去，而卢惠昌立刻陷入了火海之中。

草包店完全是木质结构的房子，除了留存下来的那些原始的木梁，就是用绳子捆扎起来的成捆草包，这里的一切都是随着季节销售的，因为过了长江的洪涝期间，剩下的草包只能明年再出售，本来不大的空间这时候已经储存满了，一部分放在了后面的院落用防雨布盖上了，不然这里连插脚的空间都没有。起火稻草迅速地不是在地面延伸，而是直接地窜上天空，洪其昌早就开始往外爬了，一切都在自己的算计之中，看着火已经封住了所有的门窗，他开始得意的不行了，要让卢惠昌活活地烧死在里面，这是对他的报应。

"快，快来人啊，把上面的人从杠子上放下来！"卢惠昌叫嚣着。

卢惠昌拿起旁边的砍刀切断了绳子，老板终于从架子上摔了下来，可是他们爬起来的时候，也没有一个人敢在房间滞留，而是一窝蜂逃出了房间，他这时候才知道这火势的厉害，火苗瞬间就在自己的身边炸开了，顿时找不到了方向也不知道该怎么办。突然看到洪其昌几乎爬出了草包店，而且回过头狠狠地嘲笑自己的时候，他知道今天是要葬身火海了，就在几乎绝望的时候，很快地突然一个女人冲了进来，脱下了自己的裙子盖住了他的头和脸，什么也不顾地拖着他冲出了火海。

"罗秀玲！你妈的真是有种啊！"卢惠昌惊讶了，怎么也没有想到自己的女人，就像一条小母狗一样地救了自己。

"茶水炉"拎着消防的水桶奔过来，"鸿儒织造"的伙计们也拎着水跑过来，但是一切的行为都解救不了卢惠昌的错误，不消几分钟洪武大路上已经是浓烟滚滚，城中的所有"救火龙"都赶到了现场，成百上千的消防人员和百姓都在抢救这个世纪之火。洪武大路的一场大火震惊中外，媒体连日地报道了《卢家被绑架的案件》、离奇的《草包店纵火案件》,更有无聊的文人撰写连篇累牍的小说,把日本人占领东北的头条新闻都比了下去,南京是狭隘的只关心身边的事情。

民国二十六年年底,卢惠昌终于辞掉了警察署的职位,不是他厌倦了警察的生涯,也不是罗秀玲的主意,更不是他的上司对他有所责难,而是日本人侵占大部分中国的国土,国民党连政府都逃到了重庆,南京早晚是日本人的占领区。一场大火让他知道是不适合做警察的,太多的恩怨已经算不完了,他原谅了洪其昌的报复,自己要不是罗秀玲出来救自己,可能一切都晚了,现在唯一要做的事情就是家里,他希望妻子出去的时候,不因为太多的伤疤而有人嘲笑她,作为丈夫是不是该多陪陪她。

"秀玲是你救了惠昌的命,以后我不会东闯西跑的了,就在家里好好过日子!"卢惠昌觉得很欠缺自己的女人。。

"惠昌,谢谢你为我做的事情,不怕我这个样子不喜欢,你不是有汪秀云吗,她可是真的比起我漂亮多了啊!"一场大火把她的头发都烧坏了,几乎完全是个秃子的样子,罗秀玲心里很疼的,这样也是几乎不能见人的,还好自己买了个帽子戴在头上,不然她是不愿意再见到自己的丈夫了。

"天啊,你怎么哪壶不开提哪壶哪,我错了,我卢惠昌错了,这辈子再也不做对不起你的事情了,我好好地跟你过就是了!"卢惠昌哭了。

罗秀玲轻轻地抚慰着自己的男人,这才是她真正想要的丈夫,不久他们就有了自己的孩子,卢文来给孩子取名叫做卢安平,祈祷他能过上安全和平常的日子。

民国二十七年盛夏,日本军队南下开始进攻上海,蒋介石为了让国际社会关注,立即调派上海和南京的守军抗击。国民政府已经退到了重庆,南京不言而喻的成了危险之地,这让南京城里的更多居民开始逃窜,有钱的雇了汽车逃亡附近城市,没有钱的只好在南京祈祷。卢文来本来是想全家退回安徽老家,可是庞大的织造机器是带不走的,看着这样的家业可能毁灭,他开始盘算江山都没有了,在哪里可以有安宁呢?国破山河碎的道理还是知道的,他决定在南京死守绝对不离开,看着洪武大路那么多子弟上前线,决定"鸿儒织造"参与支援,五十二号立刻成了一个大食堂。

"好了啊,老戊,你觉得你的这些有用吗?吃了就能抵抗住日本人,笑话!"卢惠昌开心地逗着卢安平。

"你住嘴就是了,别说风凉话,中国军人战死也不能饿死的!"卢文来很是固执。

“惠昌，你不要扫你爸爸的兴好吧，你不做就屋里歇着，别找麻烦。”周湘云训斥儿子。

“好，好，等日本人来了跟你算账吧。”卢惠昌很是不高兴。

卢惠昌可是没有闲着的，解甲归田以后就盘算着洪家的地契，禄文景是太老奸巨猾了，战争开始的时候把珍宝寄存，等到战争结束了再拿回来，“洪银木行”就成了安全库房。卢惠昌知道就是拿到了也是废纸一张，连国民政府都迁到到了重庆，日本人早晚要进入洪武大路，要下这些房产又有什么用处，他决定还是让沉香继续地在水里待着，这样洪其昌就永远逃不出去，即使人走了，禄文景要回珍宝，也只能跟自己讨价还价了，想到这里他得意地笑了。

“原来姹紫嫣红开遍，
似这般都付与断井颓垣。
良辰美景奈何天，
赏心乐事谁家院？”①

后院传来的是卢惠民的戏文唱腔，几个月来日本人在上海的进攻，让整个华东的交通都断了，更是没有机会可以回到上海了，在家的日子里面开始思念起江小燕了，思念起上海的盖老板他们。除了有时候去监狱看看陈二喜，家里别的事情也没有多少，江小燕对他的不回上海很不满意，为了陈二喜滞留在南京更是反感，两个人的关系从赌气真的到了不来往，特别是信件的来往基本就完全断了，他虽然不相信陈二喜的说辞，但是江小燕的拒绝多少让他失望，好在没有结婚就是了，不然陈二喜一定不会再认这个兄弟了。

“惠民，你就不能去帮帮你妈妈，送几趟饭菜就不行啊？”卢文来希望小儿子懂事，卢惠民显然就是不理睬父亲，自顾自地在练习唱腔。

“人生如幻如梦境，
天外飞来心上人。
睁开倦眼仔细认，
猛不想梦里竟成真……”②

---

①② 昆曲《牡丹亭》唱腔选段。

卢文来怎么也没有想到儿子大了，真的是什么说了都不算了，几年的折腾觉得自己老了，粗略的估算家里的后半生是衣食无忧的了，可是谁知道日本人就打进了中国了，东北的军队抵抗不了是枪炮太差。现在国民政府的军备可都是美国造的，加上国际社会的调停作用，日本人想为所欲为地占领南京，也不是那么简单容易的。卢文来从店里买来了收音机，这个秀才在国破家亡的时候，突然关心起来了政治，连他自己都说不清楚，是在乎自己的家园，还是真的担心国家了。

"国军弟兄们，我卢文来就是倾家荡产，也绝对不会慢待我们的子弟兵，只要我们的南京城在，你们就是我的儿子，要吃什么只管说就是了，我一定办得到！"卢文来很是慷慨。

在周湘云的说服和鼓动下，"三春酱园"江老板提供了最好的酱菜，卢惠琴和媳妇们把这些夹在馒头里面，然后用纸包起来让士兵带走；"茶水炉子"的老江也是起早贪黑不打烊，把每个士兵的水壶都装得满满的；老二卢惠炳更是起早贪黑，把所有的一切都送往前线，没有多久已经完全跟军队混得很熟，只是他提出加入抗战的队伍，被卢文来制止了，他想起了汤瞎子的青龙白虎之说，真的不知道中国将来是谁的天下。

"还我河山！"

"打倒日本帝国主义！"

"一人当兵，全家光荣！"

"国民革命军万岁！国民政府万岁！"

文庙开了流水席招待士兵们，士兵走后文庙到处杯盘狼藉，街道上散落着酱味和菜香，而卢家钱柜里面的银子却是少了，但是他乐此不疲奔走不停，洪武大路终于沸腾了，成了南京抗日的最热情的地方。这样的举动当然是让洪其昌不满和愤怒，枪伤以后就一直歇着在家里，卢惠昌杀人毫不手软，真的让他感到心寒，醒来以后沉香究竟去了哪里，更没有证据说是卢惠昌吞了下去。几个月过去了，洪其昌很害怕禄文景来要沉香，战争终于在这个时候爆发了，真是日本人救了自己。

"任妈妈的你整个满汉全席看看，不就是蒸上几笼屉的馒头，煮上几筐什么茶叶蛋就是爱国了，真是面子里子卢家全都占了啊！'三春'酱菜那是酱菜，就是咸水多点就是了，不怕齁死人家打不了仗啊！茶水炉子也凑热闹，就是白开水不是吗，有本事给人家送牛奶啊！国民政府万岁，那人家共产党抗日呢！”这是洪其昌在房间里面的抱怨。

从宣布了对日战争开始的那天，洪其昌就可惜那些好东西被毁了，眼下战争持续那么长的时间，上海没准能捡个什么，他决定用行动看看。火车终于到了上海，在黄埔江边就看到了一车车的名贵家具往外运。洪其昌简直是欣喜若狂的，可是几乎没有什么人搭理他，更没有人卖过任何东西给他，上海的二手贩子更比他精明，知道有钱人家的东西要卖，买下来以后就拉进了租界，这让他很是不甘心。

路上他听说徐州那边要开战了，也看到一队队马车去往山东，上海自己是一点机会都没有了，那山东的侉子不会比上海人精明吧，徐州总没有外国人的租借了吧，在南京下了火车他就决定另辟蹊径。刚进洪武大路就看见卢家在忙，看上去卢文来从收音机知道了徐州开战，看着大家在准备北方的干粮，知道只有这个机会才能北上。

“卢秀才，有个事情想请你帮忙，我也要给前线的士兵尽点力量，还望成全！”洪其昌下本钱煮了很多的鸡蛋，洪春花也做了几天的面饼以后，这才出现在卢家的马车队前面。

卢文来这几天看着卢惠昌去找禄文景，也想起了那场无妄之灾的原因，知道一切的根源就是他搞得麻烦，可是抗日是个全民的事情，总不好拒绝人家的请求，可是怎么就觉得有些不理解，觉得洪其昌头一次这么大方，一定有什么计划和打算，就在这个时候车队就要出发了，看了一眼洪春花的真诚，卢文来也不好当着众人面问，就叫来了卢惠炳。

“洪老板，你把东西交给惠炳，我会让他给你带上的。”卢文来答应了。

“卢秀才，你看我虽然瘸了可是很想亲自送去，你看可不可以搭你们的车？”卢文来觉得很诧异，开始觉得有些不安了。

“卢秀才，大敌当前啊，每个市民都可以尽力的，给个机会吧！”洪其昌补充道。

“没事，老戊，我可以照顾洪老板的。”惠炳倒是很大方：“洪老板，你就放心吧，东西上车好了，你就跟着我，一个身体这样的人都抗日，大婶子放心我会把大叔带回来的，我们这就要走了，有什么交代好了哦，哈哈！”

洪其昌的出现卢惠昌早就看到了，他相信的弟弟已经长大了，这个王八蛋想做任何根本就是不可能的，一切都是由卢惠炳说了算的，他走过去拍了拍洪其昌：“王八蛋你就留心眼吧，嘿嘿，等日本人被赶走了以后，我再跟你做交易就是了，我希望你能安稳的回来!”

“大少爷这就是多心了,就是走得再远也逃不出你的手,放心我这是为了国家,你要不要一起去慰问一下,路上也可以讨论你感兴趣的事情,但是我觉得你没有那个心情哦,是不是?”洪其昌知道卢惠昌说的是什么。

“哈哈,腿好了是吧,也想跟我继续玩下去是不?”卢惠昌这时候掐住了他的后脖子。

“哪有啊?”洪其昌这时候觉得人都被提了起来,“自从没有了那个木头,我可是一直老实地想办法讨生活的,我去前线慰劳军队有错吗?”

“慰劳军队当然是没有错的了,可是你要是不干人的事情,回来我是要你车马费的,卢家的车子可不是白坐的哦!”卢惠昌在警告他。

“大侄子你看你说的啊,没有的事情都被你看到了,你相信你大婶吧好不好,洪其昌就是在家里待的时间长了,出去转转看看而已,你不要想太多了,惠炳侄子啊路上多照顾照顾你大叔哦,回来我再谢你!”洪春花赶紧处理尴尬。

“放心吧,大婶,我一定帮你看着洪先生的,就安心地回去吧!”惠炳答应了。

洪其昌知道卢惠昌虽然不是警察了,心里的那种好斗是没有放弃的,他轻蔑地看了看这个杀人魔王,爬上了卢惠炳送物资的车,一路上有说有笑地跟着马车队,浩浩荡荡地向北出发了。

虽然日本人没有很快地拿下徐州,国民军的部队已经严阵以待了,卢惠炳因为是多次运送物资,已经对当地很熟悉了,运输马队进入邳县已经是傍晚,整个郊外已经是一片废墟,日本人在进攻南方的时候,已经有空军对这里袭击了,断壁残垣随处可见烧着的木材,洪其昌的眼睛紧盯着所有的房子,他很容易就分辨出门窗的价值。看来这些东西是没有人要了,特别是一些明代的窗棂更是稀世,他很快地就记住了方位,就在马队停下开始吃饭的时候,洪其昌早已经是溜得无影无踪了。卢惠炳很快地就发现了问题,禁不住更多人的催促只能继续前行,希望回来的时候能带上这个邻居。

邳县的守军是国民政府的精锐,蒋介石在上海的战斗引起国际关注,山东才是他的最后战场,这里汇聚了二十二个集团军,等南京战役出现问题以后,国际局势就会扭转过来,所以这里才是他的重中之重,军队的战斗能力是有地域之分的,穷乡僻壤出来的军士更是拼命。几天的战火让士兵们变得残酷起来,他们把所有木材都堆在了前线,很多的优质木材都淋上了汽油,这样的燃烧就是为了消耗日本人的轰炸，随着日本人的疯狂进攻，他们已经把篝火点的到处都是，而自己却是躲藏在掩体之中，随着日军一次次地轰炸，他们知道肉搏战不会很远了，大家都在祈祷着能为国家献身，丝毫没有任何的畏惧。

洪其昌可是要钱不要命了，比起这些士兵的胆子更大，等卢惠炳马队走远的时候，才从角落里面窜出来，沿着一个破旧的房子寻找自己要的东西，他根本就不在乎这里的涂炭，心里只有一个坚强的念头，要在战争里面扭转自己的命运。洪其昌沿着刚才的记忆地方，深一脚浅一脚地寻找着，突然，他在火堆中看到了一扇汉代名家雕刻的窗棂，顾不得火烧的炎热用手把它拽了出来，这是一件价值不菲的珍贵文物啊，他欣喜若狂地欣赏着。

"你他妈的破坏我们修战壕，是不是日本人的奸细?"一群士兵从战壕里面跳了出来，几把明晃晃的刺刀霎时间就围住了他。

洪其昌吓得"扑通"一声就跪下："没有啊兄弟我是中国人啊，这窗棂是我家的祖传啊，我不能没有它啊！"哭得非常伤心。

"我们命都要没有了，你个王八蛋还计较这个破木头。"战士真的火了。

"这是昨天人家自己搬来的，狗日的撒谎都不会啊，你这样做就是破坏抗战，把这个王八蛋枪毙了！"另一个也很不高兴。

"这种不要命的东西，把他绑在那个树上，一会儿鬼子就要来轰炸了，炸死这个丢人现眼的东西，绑起来好不好？弟兄们啊！"

"好！好！"士兵都叫了起来，"让他跟鬼子的炸弹一起送葬哦！"

士兵们无论洪其昌怎么嚎叫，没费什么力气就把这家伙绑到了树上，洪其昌不后悔没有跟卢惠炳离开，而是对那个被废弃的文物心疼，看着士兵又躲回了掩体，他想挣脱捆在身上的绳子，但是这些士兵太有力气了，结结实实地没有一点缝隙。洪其昌在大声地喊叫，可是没有一个人愿意放了这个财迷，更是把他身边的篝火点燃，火越烧越大不一会就映红了整个天空，日本人的飞机渐渐地出现在夜空中，洪其昌这时候知道了危险。

"卢惠炳，卢惠炳你在哪里啊，快救救我啊！"这声音里面是绝望了。

"轰！轰！"

日本人很明显地看到了目标，重磅的炸弹丢了下来，掩体里的士兵开始抵挡不住了，开始沿着战壕逃窜，日本飞机当然是看见了，机关枪就从天上打下来，不一会就追上了那些士兵把他们消灭了，飞机转过来的时候发现竟然有人还活着，于是更大的炮弹对准了洪其昌身躯，几声炸响以后到处是硝烟弥漫的，洪其昌的身上全是口子在流血，炮弹的碎片已经让他伤痕累累了，脸上和身上到处是鲜血了，最后的一颗炮弹离他太近了，瞬间就完全地失去了知觉了，洪其昌知道回去是不可能了，眼前一黑觉得是走进了地狱。

"洪老板，洪老板！"洪其昌听到有人在叫自己，朦胧中觉得自己原来没有死啊。

"我怎么在这里啊？"他看清楚眼前的人是卢惠炳，"发生什么事情了？"

"洪老板，没有看到日本人轰炸啊，你怎么被人家绑了啊？跟我走了啊！快啊！"卢惠炳把洪其昌从树上解了下来，背着他去马车上。

"惠炳兄弟，你帮忙也带着那个窗框子，那可是国宝啊。"洪其昌不肯就这样走了。

"洪老板，这是什么时候了，轰炸还没有结束啊，你不要命了？"卢惠炳抱怨他。

"那你就把我放这儿吧，"洪其昌坚持着，"我死也要带走那木头。"

"好，好，你在车里等着，我拿了就回来。"卢惠炳拗不过他。

此时，日本人的炮弹已经又一次地轰到阵地上，卢惠炳到底是练过身体的，动作很轻盈在炮弹落下来之前已经逃了出来，他很快地抱着窗棂往回跑，刚才绑着洪其昌的树被炸着了，火焰一下窜起很多米高，紧接着炮弹大面积地轰泄下来，瞬时间战争成了一片火海。就在离马车不是太远的时候，又一颗炮弹砸了下来让马都惊了，卢惠炳把窗棂狠狠地扔到车上。洪其昌看到了这个宝贝了，"啪！"地顺手就狠狠地给了马一鞭子，惊吓了马不顾一切的开始狂奔，炮弹射击的范围是越来越大，刚才卢惠炳最后站的地方，瞬间就成了一片灰烬。等硝烟烽火过去以后，那里根本就没有人的身影了，洪其昌害怕了驾起马车就逃，夜色中马车穿过一道道烈火，疯狂地向着南方没命地奔跑。

洪其昌半个月后回到南京的时候，洪武大路已经是日本人的天下，所有的车辆都停在洪武大路的南口，摩托车占住了所有的交叉路口，日本骑兵的队伍到处可见，宪兵的刺刀也磨得是明晃晃的。内桥湾已经是血流成河，棺材铺在日本人要求下在收尸，死的人都被装进一个个麻袋，然后扔到汽车上送去烧掉。洪其昌被日本人拦住了，看着这个要饭人的样子，身上只有一块破烂的木板，就放他过去回家了，跌跌撞撞地回到家里，夫妻抱头大哭起来，伤心的让整个洪武大路都听得见了。

"洪老板，惠昌跟你一起回来了吗？他在哪儿？"卢文来着急了。

"卢秀才，惠炳被日本人的炮弹打中，回不来了！"说着就给卢文来家人跪下了。

陈春丽一听就晕了过去，全家人哭成了一片，卢老爷手真的颤抖了。

“日本人，我操你个亲妈的，我卢惠昌跟你不共戴天！”卢惠昌咆哮了。

卢惠炳的葬礼就在卢家的大院举行的，二进的天井已经搭成了很大的帐篷，白色的织锦缎子从屋顶放下，黑色的绒布包裹着他身前喜欢的石头滚子，正面是他以前留下的照片，长长的供案上面摆满了吃的。洪武大路的街坊相邻都送来了被面子，这是南京死人的风俗，卢家拉起了长绳子上，花花绿绿的一片，在哀怨中又有了几分的尊重，这样的祭奠在这条街上是最隆重的，虽然没有任何的吹打，但是没有人可以忘记卢惠炳，陈春丽和卢小丽更是痛哭失声；周湘云更是觉得对不起儿子，竟然给自己的儿子跪下了，这在洪武大路的风俗上又是破了例，全家人沉浸在一片的哀怨之中。

碧血洒徐州，青山埋忠骨，忠诚儿女忠诚志；
丹心卫中华，翠柏伴英魂，英雄时代英雄人。

卢文来亲自撰写了挽联从房子的上面一直顺到下面，这样的用词是斟酌了很久的，他不仅仅是悼念自己的儿子，更是对在保卫南京城的英雄的感念，看着太太周湘云的伤心欲绝，很后悔才知道卢惠炳的正直勇敢，心里有无限的愧疚和难过。陈春丽还好有卢惠琴和罗秀玲的安慰，不然这个局面是没有办法收拾的。对于白发人送黑发人，卢文来哭干了眼泪以后说话了。

“不孝子孙卢文来，从安徽移居南京已经数十年，上对得起祖先下对得起儿女，卢家身为中国人当助军士抗击日寇，二子卢惠炳在运输物资的过程中，不幸被日本人的炮弹击中，为国捐躯是何等的英烈。不孝子孙卢文来知道，民族的一劫在所难免，惠炳之死也是告慰祖先，你们的后代绝对没有贪生怕死之人。不孝子孙卢文来起誓，为了洪武大路安宁，愿意奉献自己的血肉之躯，恳请祖上保佑惠炳升天，所有儿女未来安康，不孝子孙卢文来拜上。”

卢文来含着泪水念完了悼词，然后转过身来面对大家。

“各位家里的亲眷、帮佣和同仁，卢文来自小读书勉强考取秀才，为了家庭生计开设‘鸿儒织造’，都是为了勉强维持生计和家业。几十年来，感谢大家的协助帮衬才有卢家今天，今日国家大难小家自然土崩瓦解，文来无力保护自己的家园免遭涂炭，实在是愧对祖先以及大家，二子之事日本人自然不会放过，所有侮辱和责难卢文来一人承担，倘若被日本人抓去，任何家眷不得求饶乞怜，乡亲也不必奔走挽救，卢文来将视死如归，不玷污华夏文人的尊严！”

“老戊啊，这个家里不能没有你啊！”罗秀玲哭了。

“卢文来从来不喜参与政治，在国难当头的时刻恳求大家，以民族利益为重以邻居利益为重，绝对不能以一己之私抱怨他人，卢家跟所有人的恩怨一笔勾销，也请大家原谅儿孙不到之处。惠炳走了家业不能一日无主，以后卢家归由长子卢惠昌主持，卢惠琴和陈春丽负责接应，卢文来和周湘云将回到安徽老家，不参与任何的未来经营，只有一个想念就是找到惠炳，在洪武大路给他修个墓，拜托大家了，谢谢了！”

这时候家里已经哭成一片了，大家都舍不得老爷太太就这么离开了。

“哭，哭丧有屁用啊，”卢惠昌这时候讲话了，“君子报仇十年不晚！洪武大路的人一个都不许走，有我卢惠昌在就有讨债的那一天！”

洪其昌已经吓得瑟瑟发抖了，卢惠昌不是在说自己吧？

占领军的总部设在了禄文景的大宅，关东军的少佐文登吉野在这里办公，虽然他不是第一批进入中国的日本军人，但是在占领以后的手段是高超的，攻打南京的时候他用残酷威震了市民，接下来的治安就让他头疼得厉害。军队在进入洪武大路发现，这条街上社会背景之复杂是从未有的，仅仅是杀戮不一定有效果，他要以一种全新的态度面对，这样就在洪武大路北口建立了宪兵队，处理军事法律和被占领地区的矛盾，其次他要网罗有威望社会人员，化解被占领市民的敌对情绪，最后他要启用中国人来治理洪武大路，这样的局面才是长治久安的，只是怎么找到这些人很不容易，可是他相信一定有人出来的。

“卢老爷久违了，还认识在下吗？”说话的是杨瘸子。

卢文来没有想到他会回来，看看杨瘸子真的是鸟枪换炮了，上面是黄色的军呢子上衣，下身是马裤加长筒靴，头上的分头也是油光瓦亮：“卢老爷托您的福气，从洪武大路离开以后我就去了东北，在北满清廷中谋了份差事，也只是溥仪皇帝的文书大臣，现在日本皇军已经占领大半个中国，国家的合作就落在了我的肩头了，唉，真的累啊！”杨瘸子特别得意，看着卢文来的眼神知道人家反感。

“卢老爷这是为谁戴孝啊？”杨瘸子是明知故问。

“死的是个中国人就是了！”卢文来不想搭理他。

杨瘸子知道卢家刚刚失去了二儿子，可是他心里就是要杀杀卢文来的锐气，文登吉野昨天送去的帖子是有用的，这对父子今天就出现了不是？信的内容就是杨瘸子起草的，他知道文登吉野是要利用这个人的，从态度上看卢文来还是踌躇的，进门之前是不是要交代一下呢，看着卢惠昌已经长大了，神情上也就是个纨袴子弟，连个警察都当不了多久，自己是不是道听途说选错了，他开始紧张自己给文登吉野的名单，要是日本人不满意那就问题大了。

“文来兄啊，这是大少爷卢惠昌吧，长这么大了一表人才啊！皇军请你来就是想搞好洪武大路的治安啊，你想的怎么样了？”杨瘸子想知道他的意思。

“杨先生现在帮起了日本人了，是不是该改名换姓叫撒野什么狼了？”卢文来笑了，“原来是你请我来的，你贪污的那些钱两还没有跟你算，什么时候还啊？”

“走啦，不识好人心哦，小心日本人做了你！”杨瘸子不想跟卢文来纠缠了，带着他们父子就进了文景大宅。

禄文景的大宅已经完全变了，到处是军队办公的电报声音，南京所有的军事命令下达在这里，两个厢房这时候已经是日军的办公室，军士们进进出出得很是繁忙，墙上以前的那些字画早就没有了，取而代之的一堵巨大的日本旗。杨瘸子和这些人有说有笑，不时地还指点着什么，看得出来他的地位不比日本人低，昨天接到日本人的邀请，看了就知道是中国人写的，那些歪歪斜斜的字就是杨瘸子的笔迹。他知道日本人不会杀他，如果要是这样早就抓了去，本来是想装病推脱的，但是里面竟然邀请了卢惠昌，这让他不放心了。

“卢秀才，久仰久仰啊，我是占领军的指挥官文登吉野，很荣幸您能来啊！”文登吉野老远地就鞠了一躬，非常地客气和谦虚。

这倒让卢文来有些意外，看得出来这个人是受过教育的，金丝边眼镜的后面有着聪慧的眼神，衣服也是一尘不染的，雪白的衬衣被熨烫的非常妥帖，他很爱微笑和礼貌。杨瘸子也赶紧的补上了礼貌，也是对卢文来的态度即刻就转变了，接着赶紧去泡茶端水了，连头都不敢往回看一眼。

“请坐下说话！”文登吉野很是客气，“卢先生请节哀啊，你失去了儿子，我也失去了兄弟，战争是人类的罪恶啊，我痛恨这种厮杀所以才来制止的，作为占领军的管理者，我们需要共同地维护好地方秩序，避免这种悲剧的重演，请相信文登吉野的请求，拜托了！”文登吉野又是深深地鞠躬了。

卢文来正在思考怎么接茬的时候，禄文景和洪其昌也赶到了，看起来都是杨瘸子安排好的，只是洪其昌见到禄文景和卢惠昌有点慌张，而卢惠昌似乎根本就没有在意，倒是禄文景表情有些复杂，其中的事情他是猜得出来的。杨瘸子早就料到了什么，给文登吉野做了详细的介绍，他也是起身表示了尊敬，很显然就立刻明白了其中的芥蒂；文登吉野微笑着先给大家演示了茶道，看到大家都喝了以后才满意，然后就开始了正面对话。

“吉野入伍以前也是早稻田的学生，喜欢东方的文学与思想，今天能见到历史专家禄文景先生、晚清秀才卢文来先生、考古专家洪先生和年轻才俊卢惠昌先生，这才是学生的荣幸啊，还望以后多多的指点才是。中日战争作为两国人民是最不愿意的，对于洪武大路上死去的人们我是最难过的，谁没有妻子儿女呢？也请卢秀才和惠昌少爷节哀顺变！眼下战争结束了，我们愿意放下屠刀和在座的能人志士，一道把洪武大路管理好，也想听听大家的建议，吉野首先谢谢了。”站起来深深地鞠了一躬，杨瘸子赶紧仔细地翻译每句话。

卢文来看了一眼卢惠昌，担心的是儿子的鲁莽性格，跟日本人打交道是不是稚嫩，眼下千万不能做出太出格的事情，他的心思很乱，就赶紧把话题岔开去：“吉野先生，你找了很好的翻译哦，他以前是我家里的教书先生，工作勤恳，有时候也兼做一点大烟的生意，是个人才啊！”卢文来伸出大拇指表示夸奖。

杨瘸子翻译的时候可是不敢说大烟的事情，文登吉野看得出来卢文来不喜欢他。

“吉野先生也是有学问的人，有个问题请教吉野先生，南京城你们已经占领了，为什么还要杀中国人呢？”卢文来语气里面有愤怒。

杨瘸了这时候吓坏了不敢翻译，吉野有点不高兴了要求杨瘸子完整地翻译。

“好问题，好问题！”吉野一边说一边鼓掌：“卢先生你知道的，所有的人可以分成很多种，军队也是有参差不齐的，我对整个居民受到的恐吓深表歉意，并保证以后再也不会有这样的事情了，只要洪武大路发生此类事情，文登吉野以后严惩不贷，还望大家宽恕！”

文登吉野等杨瘸子翻译完了，看看卢文来有点缓和了才接着说：“卢先生，战争结束了，我们都是有伤痛的不是吗？我跟杨先生商量了一下，要依靠你们的品德维持社会，也让军队服从你们的要求，这样才能解决仇恨的问题，这里拜托了！”

卢文来重重地舒了一口气，他知道了文登吉野的打算了：“谢谢吉野先生的好意，我会仔细考虑好的，请务必放心我就这两天给你答复！”

“哈哈，卢先生可是真的不给面子哦，洪武大路治安是一刻也不能耽搁的，杨先生保举了卢惠昌先生做地方治安的队长，我们觉得也是难得的人才，所以就特地请来了，希望你们能在这里商量一下，当然您也看到了对禄文景先生的敬重，现在让他负责我们的膳食,如果卢惠昌少爷不愿意,也有更多的工作可以等着他,一切还是你们决定了,谢谢了!"吉野的态度似乎很是诚恳。

卢文来是不希望卢惠昌再出来做事情,绑架一事亲手杀了那几个绑匪,对待洪其昌也是下手够狠的;兄弟逃跑事情也是蹊跷,找到一个尸体替代卢文生;在日本人手底下是不好混的。看着禄文景一个清朝的大员,也是民国的历史学家,现在竟然沦为一个做饭的伙夫就是羞辱;更重要的是洪其昌作陪,如果卢惠昌不接这个差事就是他了,这是在利用两家的恩怨,对洪武大路就更加复杂了;眼下最重要的是不能让卢惠昌介入。

"谢谢吉野先生的好意,你知道我们是生意人家,很多事情是需要大儿子出面的,我这刚宣布完他掌管家业,要不我来做你们要求的事情,行不行啊!"卢文来明显是拒绝了。

杨瘸子这时候有点着急了:"卢老爷你真的是不给面子哦,皇军是看中了卢惠昌,也有我的担保才这样的,这个好差事可是很多人等着啊,不要不知趣,听到没有啊!"

文登吉野看出卢文来的推脱:"卢先生,这洪武大路治安不是一个人的事情,关系到南京城的安危是不是?难道国家的事情不比家族更重要?吉野远渡重洋来中国,不是为了文登一家的生活,而是为了日本国家的事业,也是亚洲的整个繁荣!卢惠昌先生已经担任过警察署长,这是洪武大路的首选,他已经成年有自己的见解,我们让他决定好不好?"

卢文来相信儿子不会为日本人做事:"谢谢吉野先生,就让卢惠昌自己决定吧!"

"来人啊,将我的枪取过来!"文登吉野已经胸有成竹了,"卢惠昌先生,要不要试一下这德国最新的手枪,你如果喜欢就可以拿去。"

卢惠昌的那种眼神文登吉野喜欢,这种人是没有正义和良心的,就是对待权力的特殊喜爱,洪武大路的统治太需要这样的人,坚信卢惠昌在这样的杀人武器面前,是根本就没有抵抗能力的。卢文来也看到了这支乌黑的枪支诱惑,卢惠昌辞去警察工作以后精神萎靡,看起来儿子是太酷爱暴力,他不希望儿子成为日本人的帮凶,更不能成为侵略者的杀人机器,担心儿子再干出伤天害理的事情。

"惠昌,你不可以再重操旧业的,还是老实的在家过日子吧。"卢文来紧张了。

"哈哈!果真还是你们日本人厉害,这么好的东西都舍得送人?"卢惠昌很满意。

"当然,卢先生喜欢就拿去好了,算是我们交个朋友哦。"吉野狡黠地笑了。

“好,那谢谢了,谢谢吉野先生。”卢惠昌毫不客气得把枪连套都收了,“有礼不往非君子,吉野少佐我也送你一样东西,不过你要自己去拿哦。”

“请说!”吉野很满意也很高兴。

“你知道什么是沉香吗?”卢惠昌说得毫不在意,也看了看所有的人。

“当然知道哦,那可是世纪珍宝哦!”吉野看了洪其昌一眼。

“我知道洪先生家里就藏了一块很好的,你可以跟他买哦! 哈哈!”卢惠昌也是得意。

杨瘸子知道终于知道卢家在洪武大路这么多年的手段:“吉野先生如果真的不懂什么是沉香,洪其昌可是这方面的专家啊!”

文登吉野不是简单的日本少佐,曾深刻地研究过中国人的人性,只要挑起冲突就会有收获的,这样才能成为最后的受益者,卢惠昌这是跟自己示好,在他看来有这样的人才是基础,他的出席一定可以化解太多的麻烦。至于提到的沉香这东西,在日本不是没有听说过,只是没有看过这神奇的东西,既然卢惠昌这样地说就是给自己机会,于是他把目光转到了洪其昌这边,也要看看这个中国人的真诚。

“洪其昌先生你在想什么? 不想给我介绍沉香,你是这方面的专家哦!”文登吉野在催促。

“吉野先生,那一块沉香卢惠昌已经从我这里拿去了。”洪其昌赶紧解释。

洪其昌做梦也没有想到卢惠昌这样的刁蛮,这明摆就是给日本人献礼,但是用的东西却是自己的,禄文景的沉香已经落到了卢惠昌手里,眼下的一切产权就在这个禄文景的手里,他们只要联起手来自己就彻底的完了。这时候只有效忠日本人了,占领军在南京一天他就有了靠山,可是洪家的沉香真不知道在哪里,不拿出来日本人是不答应的,只有洪春花这个时候能救自己了。

“洪其昌我什么时候拿的,我说的是你歙县的宝贝,不想给皇军是不是?”卢惠昌大笑。

“不,不,惠昌君是做警察出身的,对木头没有你在行的,你开玩笑了,哈哈!”文登吉野愿意相信洪其昌,眼下更重要的是要笼络卢惠昌,绝对不能让他有任何戒心:“洪先生,我现在就去看看你的宝贝,会完全按照你的要求收购,请带路! 也用我们的专车送送卢先生和卢少爷,明天我们在宪兵队见。”

对于文登吉野突如其来的要求,让洪其昌根本就是措手不及,他希望洪春芳知道问题的严重性,可这个女人除了床上精力集中,其他的都是认死理的货,现在只能祈求天命了。文登吉野自然知道这东西的重要性，一切都不能拖延太久，不然这样的东西根本拿不到，看着洪其昌的慌乱他心里有底了，先去看看再说："出发，出发了！"

卢文来被眼前的景象完全地弄懵了，不知道卢惠昌为什么要这样绝，看着文登吉野邀请儿子一起同行，两个人共同的上了摩托车，觉得今天根本就不该带他来，可是现在说什么都晚了。洪其昌也上了大卡车坐在卢文来的身边，他没有想到这个对手那么强悍，这些年来不但卢文来的势力扩大了，就连他的儿子也可以消遣自己，这时候杀了他的心都有了，可是周围都是日本人，也奈何不得地看着卢文来，而这个人眼睛却是紧盯着前方，没有任何的表情。

禄文景已经完全看出来，卢惠昌这是断了洪其昌的一切所有，那块沉香一定在卢惠昌的手里，他怕洪其昌用歙县沉香赎回财产，所以就让日本人拿去，这样洪其昌就什么都没有了，接下来就是卢惠昌用自己的沉香换房契，以后洪其昌就得滚出洪武大路了。卢惠昌简直是太厉害了，日本人真的是看错了人，虽然自己在这里吃苦，但是洪武大路有了卢惠昌那么一切都好了，他真的觉得日本人好笑，唱着戏文就慢慢地回到了大院。

"你本是书呆子一盆面浆，
盗书信不思量做事荒唐。
杀蔡瑁和张允缺少良将，
你就是他二人要命阎王。呀呸！"①

杨瘸子也是个很有心计的人，洪其昌的沉香也是自己期待已久的东西，洪武大路上谁家有什么都了如指掌，他这次是要求回南京的，主要的目的就是希望能从禄文景、卢文来和洪其昌家里弄点什么。禄文景的家境竟然破落得如此之快，家里能卖的都卖的差不多了，剩下的都是那些太假的赝品；卢文来家里的财产他也是知道的，多年的经营让卢家身价百倍，只要榨出其中的一点就可以了，偏偏文登吉野看上了卢惠昌；本来最后就是洪其昌的沉香，谁知道卢惠昌又告诉了日本人，看来洪武路真的是白回来了。

---

① 京剧《群英会》的唱腔选段。

车子没有几分钟就到了五十二号，文登吉野已经在车门边等候了。

“卢文来先生，明天的事情拜托了，卢惠昌先生晚上你就有个新朋友陪伴了，也希望明天看你带着它，作为新的侦缉队长角色，你可是要为中日两国的人们的平安，为大东亚共荣圈的兴旺贡献自己的才智，哦，晚安！”文登吉野很礼貌地跟两个人告别，鞠了完了躬然后才转过身来。

“接下来，我们就去看看洪先生的宝贝了，请前面带路吧！”文登吉野看着洪其昌。

洪其昌这时候叫天不灵了，只好在杨瘸子和日本人的押送下回家了。

下午杨瘸子出现在家里的时候，洪春芳就觉得这个人来没有好事，有次洪其昌去送货的时候，杨瘸子把自己脱的一丝不挂地，用自己的生殖器挑逗她，一根木头扔过去砸得他爬不起来，本来以为事情就过去了。可是杨瘸子恶人先告状，惹得洪其昌不问青红皂白把她狠打一顿，直到杨瘸子被撵出洪武大路，这口恶气才出了来。刚才看见日本人过来没有在意，以为是来卢家找什么麻烦的，可是当杨瘸子领着日本人走向自己家，这时候她觉得是要出大事情了，情急之下不顾一切地冲向了沉香。

吉野进到“洪银木行”真的惊呆了，这些东西他只是在博物馆看过，一切都变为现实的时候他几乎就要晕倒了：“洪先生，你是木材的专家啊！这些都是上好的檀香哦，还有这些远古的窗棂和门板，看得出来你是发了战争的财了哦，这些文化我都要在东京展出，你出个价吧。”吉野赞叹地摸着自己的战利品。

“吉野少佐，你要是喜欢就请挑选几件，这椅子是花梨的，这门板是柚木的，可以放在你的办公室很漂亮的，钱是不要的。”洪其昌是想办法应付过去。

“不，不可以随便地拿人家的东西。”吉野这时候是很坚持的：“我一定要收购的，不能让洪武大路的中国人说我们是抢，我就按照你们的行情收购，你看是论斤两还是按照件卖给我，拜托了。”吉野微笑着。

“吉野少佐你看着办，不过我真的不愿意收钱的。”此时他的心都碎了，可是在这帮畜生的面前又有什么你？只要镇店之宝还在就不怕以后没有了机会：“吉野少佐，要不要我让伙计给你送过去？”

吉野知道眼前的一切是价值连城的货品，但是作为对上等木材的知识，这里的东西都不是最好的：“洪先生，你把保留的最好的东西不想给我看，沉香呢？”吉野紧盯着洪其昌。

“没有，真的没有了，我用我的性命做保证，卢惠昌真的拿走了！”洪其昌在发誓。

文登吉野知道这是两个人说不清楚的恩怨,无论如何卢惠昌的功劳是太大了,只是一把手枪就占了这么大的便宜,未来的洪武大路一定有更大的惊喜,只要自己在这里占领一天,就有掏不完的宝藏。沉香在不在他是有疑虑的,两个人中间一定有谎话,现在把卢惠昌叫来不合适了,继续逼迫洪其昌也会失去这个人,他不怕这两个人能够消失,等一切安定了之后也是可以再追问的,想到这里他不再坚持了。

"洪先生你是个好人,皇军为了感谢你的真诚,就由你担任洪武大路的保长,负责对每家文物进行登记,拜托了!"吉野拍拍洪其昌的肩膀。"来人啊,去洪武大路南口找车把这些东西拉到城南指挥部去!"吉野命令着自己的手下。

日本人在洪其昌的家里折腾到快天亮,虽然保住了歙县的那块沉香,但是几年的心血都被抢走了,他蹲在地上整个嚎啕了一夜,洪春花这时候抱着孩子睡了,可是心里还是觉得不安全,她琢磨着一定要有万全之策,日本人是不会放弃贪婪的。

洪武大路在日本人占领以后,一切变得更是冷清和没有生命力了,青石的道路已经完全被日本人的汽车碾压的都是车辙,远处除了警察署透出的微弱灯光以外,任何一个角落都是死一般的寂静。卢惠昌悄悄地在黎明起床了,暗示罗秀玲不要声张以后,拿着文登吉野的手枪就出了门,到了洪武大路南口的时候,内桥湾的水已经看不出来颜色了,到处是血迹和破旧的衣服,远处清凉火葬场飘过来尸体烧焦的味道,让人觉得一股股地恶心从胃里翻出来。

卢惠昌在路中间停了下来,仔细地听一听周围的声响,确定一切都安全了以后,从菜场搬来了一个简陋的梯子,他把梯子搭在了汤瞎子房子的山墙上,仗着对里面的熟悉迅速地上了屋顶。他用手拉住每一根椽子做的长廊,很轻盈地跳到了地面上躲在阴影里面。里面只有杨瘸子传来的呼噜声,他确定了一下方位挑开了上房的门插子,先是在房间里面适应一下刚才外面刺眼的月光,不一会就看清楚了黑暗中的一切,桌子上还有吃剩下的残羹剩饭,床上两个秦淮河的妓女正搂着杨瘸子熟睡了。

卢惠昌冷笑了一下把冰冷的枪口对准了他的头:"杨瘸子,你醒醒。"卢惠昌人和枪的影子都被拉得超长。

"嗯,惠昌少爷你这是要干什么啊?"杨瘸子蒙了。

"想杀了你,可不可以?"卢惠昌子弹上了膛。

两个妓女这时候也吓得醒了过来,一见到是卢惠昌就跪倒在地上:"去,老实地去被窝里抓住杨瘸子,一个抓手,一个抱脚要是谁放开就先杀了,听到没有?"

"听到,听到!"两个妓女把杨瘸子抱得喘不过气来。

"卢惠昌,你到底要怎么样?"杨瘸子觉得有点被玩弄的感觉。

"你说为什么要让我老戊出来做事,还扯上那么难缠的洪其昌,你到底要做什么,是不是诚心的跟卢家过不去,你要是不说出个子丑寅卯来,今天我就要你的命。"卢惠昌压低嗓门。

"你让我起来说好不好?顺便把灯也点了,黑灯瞎火的你谈什么!"杨瘸子并不害怕。

"起来,你要是敢叫我就一枪崩了你,你们两个也穿了抱着他,要是他敢动你们都死。"卢惠昌点亮了灯,放杨瘸子起来。

"惠昌少爷,你老戊把我赶出洪武大路以后,人家伪满洲政府需要能讲日文的,我就摊上了这个差事。日本人占领了南京又被派回来工作,洪其昌女人恶心过我就想报复,没有什么别的原因啊!至于卢文来老先生也不是我推荐的啊,你卢家在南京城里的地位是我说的吗?再说日本人找谁出来做事情,是我是能决定的吗?惠昌少爷啊,我是看着你长大的,就是看在卢太太的面子上,也不会算计你们卢家的啊!"杨瘸子只管自己信口雌黄。

"住嘴!你他妈的怎么想的啊,我爸爸能出来做事情吗,要是日本人崩了他怎么办?你这个混蛋真的该死是不是?"卢惠昌说到这里真的是咬牙切齿。

"对不住了,可是总不能把洪武大路交给丧尽天良的洪其昌吧?!"杨瘸子狡辩道。

这让卢惠昌真的想不出理由驳斥他了:"反正是你惹的事情,明天日本人要是非要逼迫我老戊出来呢怎么办?"

杨瘸子终于知道了卢惠昌的心思,喝了口桌子上剩下的酒:"今天晚上,洪其昌刚被你敲了竹杠,你小子也是长大了,把日本人也给耍的团团转,人家说七岁看大八岁看老,我还不了解你吗?惠昌少爷你把那玩意收起来,谈事情吗不要瞎闹哦!洪其昌就是个死心眼要财啊,要是肯拿出那块沉香的话,洪武大路就是洪其昌的天下了明白不?"杨瘸子看出了卢惠昌的嘀咕:"你也有块珍宝是不是?我也很想欣赏一下的。"

"不听他放屁好不好,我怎么会有这样的东西,别说是沉香就是漂起来的香,我都没有见过,杨瘸子你他妈的乱琢磨。"卢惠昌警觉起来。

"惠昌侄儿明人不说暗话,禄文景为了保命已经跟我交代了,你那个沉香就是洪其昌用房契换的,卢家为了这块地产已经等了很多年,不想这个时候我帮你吗?只要你和我合作,沉香是我的洪家的房产是你的,这个交易你看怎么样?”杨瘸子开始谈判了。

“你他妈的真的能编故事啊,你怎么就相信沉香在我手里,再说了国家都是日本人的了,卢家要的房产是姓什么你能讲的清楚?少啰嗦这些没有用的东西,我只是问能不能不让我老戊不出来做事!”卢惠昌心里有底了。

“卢惠昌我是跟你好好的谈生意,卢文来出山是日本人的主意,这不是你我说的算的,只要你能给我沉香,一来我可以把洪家的房契交给你,二来我可以保证你卢家的身家性命,绝对在日本人的面前万事兜着,你自己好好的掂量掂量吧。”杨瘸子感到了卢惠昌的压力。

“好!如果我卢家不出事情,日本人走的时候我就给你,你要是耍滑玩阴的小心后果!”卢惠昌答应他了,但是也放下狠话。

“什么后果?卢惠昌你打错算盘了吧,现在是日本人的天下,不是民国政府的时代了,你可以为所欲为吗?悉听指教哦!嘿嘿!”杨瘸子不明白。

卢惠昌看了他然后哈哈大笑:“你们两个人听好了,今夜至少每个人要让杨瘸子泄五次,少一次见到了你们就立刻把你们上下都缝起来,开始吧!”两个妓女一听就扑向了杨瘸子。

“救命啊,大少爷。”杨瘸子没有想到卢惠昌会这么的损,他知道今天晚上是不会有好结果的:“卢惠昌,你要毁了我啊!”他哭笑不得。

“革命尚未成功,同志们仍需好好努力!”卢惠昌拍拍两个女人的屁股:“加油啊!”卢惠昌根本就不想理睬杨瘸子,自已开了大门扬长而去。

“卢惠昌,我日你祖奶奶的!”杨瘸子没有想到他会这样,“你给我等着!”

算命瞎子的老宅是杨瘸子的最爱,一直盼望能有这样一个府邸,日本人占了南京以后不久,他就抢占了这里非常得意,今天是找来了以前的相好,本来吃饱喝足希望好好休息,谁知道卢惠昌会这时候出现。妓女也是惧怕卢惠昌的,这个人是说到做到的人,在秦淮河这就是个瘟神啊,他的命令没有人敢不服从的,面对这样的要求只好豁出去了。

整个是内桥湾的宅子一夜的鬼哭狼嚎,天亮的时候杨瘸子几乎是爬不起来了。

民国二十七年深冬,“洪武大路的维持会”成立了,仪式是在卢家文庙的大殿外面举行的。清早,日本人就开始大规模地召集人了,宪兵队更是挨家挨户地把人赶出来,从城南来的地痞流氓也跟着一起赶人,没有多长的时间整个文庙已经是人满为患了,日本人把整个周围都布置的非常耀眼,孔庙的大门被硕大的白布给遮盖起来,上面是一幅巨大的日本国旗,中间的血红的圆形充满了战争的残酷,周围散射出来的斜条纹,更是表示出一种永远杀戮的快感,会议被推迟了很久才开始举行,很显然没有杨瘸子的翻译是进行不了的,宪兵队的人几乎是把他拖来的,精神依然还留在昨晚的妓女噩梦中。

"太君,很抱歉我来晚了,来晚了。"杨瘸子能活着出现已经是万幸了。

文登吉野是今天占领军的主角,自然是所有舞台上的中间;卢文来被安排在吉野的右边,人们也没有想到他刚死了儿子就跟日本人合作;儿子卢惠昌就在自己的右边,不知道什么时候换上了长衫,而且身上也带着日本人送给的短枪;文登吉野右边是个漂亮的年轻日本女人,年纪不大却是显得非常的干练,穿着的洋装也算是得体;她身边就是昨天刚被提携的保长洪其昌,也许第一次的得到这样的荣誉,手和脚都不协调的并在了身体两边。

"洪武大路的有识之士们,鄙人文登吉野感谢大家的出席。"文登吉野深深地鞠躬,"本人受命处理南京城中地区的社会治安,经过几天细致的走访和深入地请教,我和杨君代表的国家政府商量,终于建立了洪武大路地方的所有行政体制,现在向洪武大路的所有干部宣布:洪武大路治安维持会的会长卢文来先生,大家欢迎!洪武大路的侦缉队长卢惠昌先生,大家鼓掌!接下来是洪武大路的保长洪其昌先生,大家鼓掌!我在这里代表日本占领军指挥部,对他们的大力支持表示衷心的感谢,也对他们的荣誉表示祝贺!"文登吉野带头地鼓掌起来,洪武路上的人不熟悉这样的叫喊,除了台上的人表现出一点热情以外,下面也就是漠不关心的表现。

洪其昌今天特意地穿上了岳父留下的中山装,谁知道最后还是被宣布为保长的时候,心里那个憋屈就没有办法说了,怎么几车东西就换这个角色跟卢家相比只是个太小的角色,他希望再跟文登吉野说几句。可是杨瘸子根本就装着看不见,他觉得要抓住这个机会,好好地在洪武大路说上几句话,而是直接地走了舞台的中央,掏出事先写好的稿子大声地读了起来。

"尊敬的文登吉野先生,尊敬的洪武大路街坊们,感谢大家选举我担任洪武大路的保长,一定不辜负天皇对我的信任,我将承担起洪武大路的所有责任,保护所有大家的利益的,其昌在洪武大路这么多年,也跟大家算是很多交情了,为了取得大家的信任和帮助,我决定以前没有能够顺利退货的东西,今天会议结束之前都可以去我家里换，丑妻春花会为大家处理好的。”承诺昨天晚上他就跟太太说过了。

大家一听有这样的好事情，立刻炸了窝就想立刻回去找东西，不然开会结束以后就可能不认账了，大家太知道这个人的脾气了，大家开始往外拥挤起来了。文登吉野最怕的就是骚乱，洪其昌的话竟然会造成这样，他不明白究竟发生了什么，吉野赶忙责问杨瘸子是怎么回事，宪兵队长察觉了其中的问题，什么也不顾地就冲上舞台，抬手就给了洪其昌一个大耳光，“啪！”洪其昌当时就觉得耳朵里面嗡嗡作响，怎么也没有想到善意竟然得到这样回报，没有几分钟脸上就跟发烧一样的红肿起来，五条手指的指印清楚地印在了脸上。

“凭什么打人啊？”洪其昌叫了起来，“老子说错什么了？”

洪其昌捂着脸慢慢地蹲下去，眼睛里面满是委屈的泪水。

“不是说中日友善吗？”有人在台下叫了起来。

“不许打人！”街坊们也喊了起来。

“我们不要开会，我们要回家！”人群开始想外涌动了。

“不许出去！”城南的地痞开始动手了。

“啪！啪！”文登吉野向空中开了枪，弹壳瞬间就弹在了地上冒起了青烟。“八嘎！”文登吉野也是狠狠地抽了下属几个耳光，现场的气氛一下子安静了。

文登吉野知道问题出在哪里了，他要控制住局面：“今天发生的事情我很遗憾，首先我要求松井给洪先生赔礼。”冲打人的鬼子说了很严厉的语气。

鬼子听了以后直接到洪其昌面前鞠了躬，然后乖乖地退到一边低着头。“好，我的下属已经认错了，接下来还是请我们德高望重的卢文来先生讲话，请大家鼓掌！”文登吉野首先要岔开话题才行。

卢文来此时心里非常难过，洪其昌虽然认贼作父，可百姓这样表现下去是要吃亏的，继续这样的不合作日本人也是会被激怒的，周围的刺刀和机枪只要一响，不知道多少人瞬间就可能没有了性命的，他决定一定要出来说话，无论人们怎么看他和怎么想他，这时候都不显得那么重要了。他从容地走了出来，先是向文登吉野鞠了一躬，然后给所有的乡亲也深深地鞠了一躬，然后抱抱拳头说话了，他要让大家知道这是对大家更多的礼貌。

“诸位乡里相邻街坊们，洪武大路是我们自己的，现在日本人占领了这里，我们应该跟他们是过渡关系，等国民政府跟日本人处理好关系了，我想我们的困境一定能解决。刚才文登吉野先生对军队冒犯洪老板的事情已经做了处罚,只要日本军队遵守纪律不侵犯我们,这时候我们还是理性和克制的好,请大家务必知道轻重啊!”卢文来在恳求大家。

掌声虽然不够热情,文登吉野觉得已经改善了不少,虽然不是那么的理想,但是他知道自己的选择的正确性,他很得意自己的安排,虽然他并不知道卢文来讲话的内容。

“诸位街坊们,卢文来今天无奈担任洪武大路的维持会长,站出来的目的就是绝对不能让大家吃亏,今天的状况就到这里了,大家不要再争取什么,眼下只有大家平平安安的生活起来,总有一天他们是会认识到我中华民族的文明,卢文来何德何能领导大家,也从来没有过任何奢望,但是日子总是要过的吧,儿女总是要长大成人的吧,只要卢文来活着一天,我就尽力地避免大家再受煎熬,我一定努力做到!”这几乎是哀求的声音。

人们的掌声明显的比起前面热烈了许多。

文登吉野完全看出了大家的态度,也知道卢文来没有按照自己的意思讲,对待中国的一个晚清的秀才,能做到这样已经不错了,他在给卢文来鼓掌,看到自己选中的人首先处理的危机,心里真的是满足和高兴,如果没有卢文来父子的出现,今天的成立大会也许就是暴力冲突,中国人在尊严面前可是什么都做得出来。

“各位,我今天给大家介绍我们文部省的官员樱井松子小姐,在未来的日子里她将肩负起南京的文化教育,洪武大路是她这次的重点,请多多配合。卜面我们有请松子小姐讲话!”文登吉野决定继续下去程序。

樱井松子款款地走到台前,先向卢文来鞠了个躬,然后才给吉野鞠躬,最后是洪武大路上的街坊们:“尊敬的卢文来先生,尊敬的各位洪武大路的乡亲们,我叫樱井松子,拜托了!洪武大路的故事和历史我在日本就读到很多,随日本皇军来到南京的目的,首先是向各位前辈学习,特别是希望得到卢文来先生的指点。”

日本女人早就成了杨瘸子意淫的对象,趁着台下乱哄哄的局面,假装地要掩护樱井松子小姐,当靠近这个女人的时候,被她身上的胭脂气氛所迷倒。樱井松子有着一头乌黑的长发,嘴唇虽然有点厚还有虎牙,白白的牙齿显得格外的显眼,身材不是很高略胖还有罗圈腿,但是看上去也是很性感的,皮肤保养得很是不错。不同的是日本人的汗毛很重。脸上和胳膊上都有一层黑黑的毛,他喜欢这样的日本女人,虽然有些年龄的差距,但是跟自己追求的女人很像,而且她可以说流利的中文,在床上的时候可以用两种语言。在想到这里的时候，他被文登吉野狠狠地瞪了一眼，吓得赶紧终止了偷窥。

“我的第二个任务就是教我们洪武大路的孩子学习日本语，我深深地知道中国语言对于世界的影响，但是作为未来东亚的发展日本语更重要的，松子才疏学浅恐怕达不到天皇的嘱托，但是我会尽力在你们的帮助下完成任务，再次拜托了！”日本人又是鞠躬了。

卢文来此时的心情更加沉重了，难道我们中国的孩子真的变成亡国奴了，中国家园虽然已经基本被占领，日本人难道还要占领我们的语言吗，他感到很抵触也很不高兴。

“卢文来先生，这是日本人的规矩奉茶，表示晚辈对您的尊敬和敬仰。”

松子已经来到了卢文来的面前，端了一杯热热的日本茶奉上，卢文来真的不知道怎么办，文登吉野也在鼓励自己喝下这杯茶，不给面子得到的将是巴掌或者是子弹，他颤巍巍地将水杯放到嘴边慢慢地喝下去，知道这是苦水是中国秀才的堕落，可是此情此景又能做怎么办呢？卢惠昌对所有一切都没有兴趣，只是不停转动手中的枪械；而此时台下的人们早就急着回家，催促他接下茶水喝下去，希望他赶紧结束讲话。

“谢谢樱井松子小姐，我觉得谈不上做你的先生，我也就是晚清的一个读书人，战争使我不能再做读书的梦了，所以我就做起了生意，对于我的先人来说我是惭愧的，更谈不上我其中的不成材了。作为你个外来的孩子，一个跟我女儿一样年纪的孩子，我祝福你在中国安全，开心！”卢文来喝下了那杯水。

樱井松子很感兴趣地看着这个长辈，而卢文来真正的苦涩只有自己知道。

“洪武大路维持会”、“洪武大路侦缉队”和“洪武大路公务所”都在警察署里办公，按照吉野的要求这里的门口已经是日本人把守了，所有人的活动和举止都是被严密地监视着。警察署原来的第一进成了洪其昌的办公地点，早晨这里人群是熙熙攘攘的，发放着“良民证”、“出城证”和一些乱起八糟的“通行证”。洪其昌从来没有做过这些工作，一家三口都起早贪黑地忙碌，一个人贴照片、一个人审核和一个人盖章才把证件发出去了，这样的工作持续了一个多月的时间，办完的时候已是寒冬的季节了，歪歪斜斜字迹的证件总是被怀疑。

“吉野先生，你看我是不是能够休息几天，家里的生意整个都没有了收入。”洪其昌终于挺不住了。

文登吉野是经过慎重考虑用洪其昌的，洪武大路比起他更忠诚自己的人没有几个，他知道所有的人都在欺负洪其昌，也好笑中国人对于内斗的喜好，国家都没有了还相互的争斗，国共合作也就是一样的表现，谁都在拼命地让对方付出代价。如果洪武大路上的人都是卢家父子，中国还真的能拿得下来吗，文登吉野绝口不提沉香的事情，要的就是洪武大路的彼此争斗，只有彼此的残酷献媚的时候，他就可以轻易地取得自己要的东西。

维持会就设在了警察署二进，只是卢文来从不来这里做任何事情，也没有看过办公的地方，维持会里面常常见到的却是日本人樱井松子。她大学刚毕业就被派往亚洲的新加坡、越南、泰国和中国的香港，在那里她已经推动、普及了日本语，成为日本文化奴役的成功典范。接手南京的奴役教育以后，她一眼就看中了卢家文庙的设施和环境，特别是在杨瘸子的帮助下，没有多久就把这里改造成一所小学。她看透了中国人贪小便宜的思想，从日本运来了花花绿绿的书本，免费送给孩子们，没有多久文庙的房间就挤满了中国孩子，接下来就是在文庙扩大规模。

“卢先生，松子有事情请教，能不能把文庙的房子再拿出一间，教材和教师的事情我都可以解决。”松子总是这样客气地要求着。

“松子小姐，我年龄大了做事情不是那么方便，请再容我几天安排。”卢文来敷衍着。

“那就拜托了，如果卢先生觉得很累，我想可不可以让惠民君帮助?”松子没有丝毫懈怠。

“那你去问他吧，我是没有意见的。”卢文来被她的要求深感无奈，樱井松子对卢家已经非常熟悉了。

卢文来是有意地怠慢所有程序的，樱井幸子不是一般的日本人，而是日本侵略的重要组成部分，看上去她是喜欢教育，给孩子们增添学习的条件，实际上她是要把所有的日本文化教给中国人。现在学校只有她和杨瘸子两个人，已经把很多孩子的语言和生活都改变了，如果再发展下去问题就不那么简单了，中国人要不了多久连自己的祖宗都不认识了。只是樱井松子本人却没有这样的感觉，她很热衷于这样的文化灌输，卢文来真的看不懂这个女孩子，她是真的不明白还是装傻，只是一种不屈不挠的精神，让他觉得很难招架的住，她不仅仅对自己有所要求，更是对卢惠民的介入非常热衷。

警察署的第三进是洪武大路侦缉队的场所，卢惠昌也是很少出现在这里，即使有什么事情也是绕开樱井松子,他对于樱井松子有的只是客气,根本就不想和她有任何的对话,虽然她很多次的表示出关心,而卢惠昌经常以听不懂而拒绝,更重要的是他不喜欢这种做作的态度。每天,卢惠昌带着侦缉队从洪武大路路南视察到路北,遇到欺行霸市的事情下手更重,仿佛每天的怨气是发泄不完了,利用日本人的关系扩大自己的势力,在城南一带是声名赫赫,即使那些给日本人做事的,见到他也是闻风丧胆,洪武大路上的卢惠昌又回来了,不过在很多人眼里就是一个走狗。

卢惠昌表面上和日本人合作,私底下绝对不跟国共作对,喜欢了解共产党和国民党的不同,日本人在中国的占领不可能是一辈子,他既不相信国民党能赶走日本人,日本人来了,首都从南京搬到了重庆,美国人叫怎么样就怎么样,活得一点自尊都没有。他当然更不相信穷得叮当响的共产党,共产党也都是一些社会的泥腿子,成天的梦想是所谓的共产主义,结果都是陈二喜这样的东西,建立个根据地还是在陕北,能救得了洪武大路,简直是可笑的不行。尽管如此,他是有底线的,对国共的人都不抓,能放的就放了算了,只要不在自己的地盘闹事就好。

“禄文景,知道这是什么地方吗?”卢惠昌请来了禄文景。

“嘿嘿!卢大少爷这是要玩残我是不是?”禄文景知道他要的是房契:“杨瘸子也这样威胁过我,你知道我为什么不说吗?”

“为什么?”卢惠昌很好奇。

“房契就在文景大宅里面,我都安排好地方了,只是现在日本人都在里面,你敢去拿吗?你这两个不成器的东西,跟老爷我玩起这套了,要不要我告诉文登吉野啊,这样大家都没有了好处,是不是?”卢惠昌知道他是老鸟了。

“等着日本人逃走就好了,大清朝玩不过国民党,国民党更玩不过共产党,只要等几年的时间,这天下就是共产党的了,共产党就是共产共妻,我手上的房契还有用吗,最值钱的东西就是你手上的沉香了,你怎么就想不开呢?好了,卢惠昌,安生地过你的日子,不要玩火玩大了,放我回去伺候日本人,不用送了!”禄文景看都不看他,甩着袖子就出了大门消失了。

禄文景走出大门好久好久才回过神来,这个前清的一品大员真的是有点想法,只是怎么就信共产党能得天下,难道就是大堂叔卢文生那样的少爷,他觉得好笑。连生活都没有着落的人还能东山再起,不是救了他的命哪里有共产的可能。也可能延安的那帮跟这里的不一样,据说吃了辣子的人都是狠的厉害,那个毛泽东、朱德、刘少奇都是湖南人或四川人的出身,没准真的能整个什么地方,就做起了永远的山大王,拖到日本人走了一切就解决了。想到这里卢惠昌对日本人的事情就更懈怠了。

卢惠昌的表现让文登吉野很失望,只好让洪其昌承担更多的事情,日本军队虽然占领了大半个中国,可是战线太长了难以管理,自己的很多士兵被派往了其他的地方,最头疼的是共产党游击队开始出现,经常的突然袭击也是伤亡不小,他期待着跟这些人较量一下,可是他们是谁都不知道,要铲除这样的势力唯一就是查人。洪其昌享受着文登吉野给他的权利,日本人成天跟在后面也很威风,尽心尽力地去查找抗日嫌疑,他是有权利占便宜的,对一个过路的小媳妇手都伸进了内衣,也没有听见女人的叫喊,走的时候千恩万谢的,着实让洪其昌觉得卢惠昌太傻。

洪其昌希望把每件事情都做好,想着怎么和卢家搞个高低。看着樱井松子频繁地出入卢家,每次穿的都几乎要爆出来了,节假日更是换上日本女人的衣服,把胸脯和后背都几乎露出来,背着个包袱趿拉着鞋就扭捏进去了,据说这样的装束是为了整事方便,后面的包袱散下来就铺在地上,鞋子自然就脱了扔在一边,任由自己喜欢的男人消遣。虽然他也很多次地跟她套近乎,很显然她看中的是卢惠民这个少爷,想着那些卢家的福利,洪其昌总是很不服气,只要有机会就一定让卢家知道自己的厉害。

“你们要干什么啊?知道我是谁吗?”洪其昌慌神的时候听到了争执。

“是不是良民我们要查的!”鬼子逼了上去。

“住手,我要喊人了,来人啊!”这是卢惠琴叫喊,洪其昌很是得意地看着。

“救命啊,叔叔大爷救命啊!”卢惠琴挣脱了鬼子的纠缠,哭着叫着向家里跑。

“花姑娘,好,哈哈!”鬼子兽性已经被点燃了。

“救命啊,大家救命啊!”卢惠琴狂奔了。

跟在后面的日本兵不认识卢惠琴,看着女孩子跑得越快就越刺激,卢惠琴进了洪武大路五十二号卢宅,哭叫着瘫倒了在家里的天井中。鬼子不相信面前竟然有人阻挡自己,马上用枪上的刺刀挑了老马,瞬间这个老伙计的肠子都流了出来;他的徒弟小徐这时候也不干了,随手就操起一根大棒子砸了过去。“啪,啪!”两声枪响,人瞬间都倒在了机房中,人们都疯了拿起了所有的工具要拼命了,两个鬼子也知道出不去了,两边很快地就僵持了。

枪声很快地传到了洪武大路的侦缉队,也传到了隔壁的小学校松子的课堂上,更传到了日军的驻扎大营,已经太长时间没有枪声了,这让街上的所有人都奔向五十二号。卢惠昌因为离家最近第一个赶到了现场，他看到了两个日本士兵，然后看到的是倒在血泊中的侉子小徐和被挑开肚子的老马，最后看到的是衣衫褴褛哭着的姐姐。卢文来冲出来抱着自己的女儿在哭，周湘云正在安慰着女儿，两个日本人完整地被围在当中。

“快，快把这些支那猪赶开，快点啊！你听到没有啊？！”日本兵见到了救星。

卢惠昌知道什么事情发生了，血都上了脑门立刻拔出了吉野给的手枪。

“我日你祖宗！”卢惠昌咆哮着。

“啪！”卢惠昌先开枪了，一个鬼子当场就毙命了，另一个鬼子吓得一愣，卢惠昌毫不犹豫地“啪”射出了第二发子弹，血很快地从鬼子的头上和身上冒了出来。

“怎么回事？怎么回事啊？”洪其昌跌跌撞撞地跑了进来，当看到地上的尸体的时候他吓坏了，“卢惠昌，你敢杀日本人啊，你疯了！”。

卢惠昌把枪对准了洪其昌：“你个畜生，我崩了你，你已经欠我卢家的一条人命了。”

“饶命啊，惠昌兄弟，我是没有注意啊！”洪其昌叫喊了。

樱井松子这时候也冲了进来，不顾一切的抢夺卢惠昌的手枪：“放下，快放下！宪兵到了会朝你开枪的，把枪给我！”卢文来和周湘云扑向了儿子。

樱井松子在枪响的那一刻，就知道是卢家出了事情，以为是日本军人冒犯了卢家，扔下了学生就冲到了卢家大宅，没有想到卢惠昌竟然下手那么狠，在几分钟内就杀了自己的同胞，她看到了卢惠琴被侮辱的样子，也知道了事情缘由，但是对于日本民族的蔑视，樱井松子是愤怒的，卢文来夫妻抢夺儿子的手枪的时候，冲上去狠狠地给了卢惠昌几个耳光，这样的举动也吓到了在场的所有人，大家惊奇地望着这个疯了的日本女人，没有多久她就蹲在地上开始嚎啕大哭。

“你敢杀日本军人，我要杀了你！”文登吉野挥舞指挥刀架在了卢惠昌的身上，其他人一拥而上把卢惠昌按倒在地五花大绑起来，几个日本人上来就是一顿拳打脚踢，打得他奄奄一息。

“住手！”樱井松子这时候说话了，“军人冲进民宅侮辱妇女，受害人的哥哥奋起抵抗，已经有两个士兵和中国贫民死于非命，我不希望再出现下一个！”很明显她在提醒吉野不要事情做得太过分。

文登吉野忍不住对着天空狠狠地放枪：“你，松子小姐，你是日本人吗？混蛋！”

“正因为我是日本人才这样的说话！”松子没有客气。

“把卢惠昌带走,这个洪其昌也带走!”吉野愤怒了。

洪其昌觉得冤枉:“皇军,皇军,我可是忠诚地,忠诚地啊!”

“老戊不怕,姆妈不要哭,惠炳会回来的,你们还有个儿子送终!”卢惠昌喊道。

看着日本人抓走了卢惠昌,卢惠民这时候几乎疯了,过去狠狠地扇了樱井松子:“你给我滚,滚出去!”

樱井松子看了看愤怒的惠民,捂着脸悄悄地退出了洪武大路五十二号。

卢文来一下子苍老很多很多,儿子的命运控制在日本人的手里,周湘云祈祷能够帮助儿子,而此时罗秀玲已经开始给丈夫准备了,她不怨天怨地知道再也救不了丈夫了。对于卢惠昌为了尊严把日本人杀了,引起了洪武大路的同情,过去人们几乎没有喜欢他的,现在他成了洪武大路的英雄,虽然大家不敢去探监,但是对洪其昌家的责骂没有停止的。

“洪春花啊,你的丈夫是人揍的不是啊,带着日本人干中国女人,是人吗?”

“你要是喜欢被人干,自己去,不要牵连大家啊。”

“你不怕小侉子找你啊,那娃儿死的冤枉!”

“不要在这里洗衣服了,脏了洪武大路的水!”

洪武大路被指着鼻子骂,洪春花是第一个人。这一切都是洪其昌做的孽,洪春花知道这大街上待不下去了,卢家夜里传来的哭声让人不能入眠,她知道丈夫为了沉香才娶了自己的,而沉香就是唯一的救命的东西,本来以为日本人走了以后,用手里沉香换回在洪武大路上的栖息之地,现在一切都是没有意义的了,她决定去把丈夫赎出来,然后就回安徽的老家种田,永远不再回这个伤痛的地方。

“瘸子,你是不是想上我。”洪春花找到了杨瘸子,“你老实说!”

“不,不不,没有想过的!”杨瘸子看着这个已经几天没有睡觉的女人,吓得不敢说话了。

“你领我去跟文登吉野这个鬼子谈,我可以交出沉香但必须放了洪其昌,还有卢家的卢惠昌,听到没有?你要是能做成这事,完了我就陪你睡任你糟蹋!”洪春花说得很坚决。

洪武大路已经飘起了雪花,地面已经变得非常的湿滑,杨瘸子一路上都是洪春花的绝望,他猜想卢惠昌是根本没有救了,杀死两个日本宪兵是何等大的罪啊;之前不是没有帮洪其昌说过话,但是文登吉野却是从来没有放过一个字,从他贪婪和愤怒的眼神中就知道,没有交换是不可能保住洪其昌的命的,现在交换的条件已经有了，放出洪其昌的事情应该是没有太大的问题，可是这个疯女人竟然提出要放卢惠昌，这是几乎没有一点可能的，但是为了卢惠昌手中另一块沉香，他也想试试没准可以两全其美呢？

“不可能，他们杀了我两个日本军士。”吉野咆哮着，“难道我们日本士兵的生命不值得一块木头。”

“吉野君，息怒息怒啊，人死不能复生的。上次你拉回去的那些文物就很有价值，不是还收到表彰了吗？你可以杀了洪其昌，你可以杀了卢惠昌，也可以杀了洪春花，但是你能得到什么？中国人命不值钱，可是资源只有一个啊，你可以问问你日本的同行，不要失去机会啊！”杨瘸子劝他。

吉野这时候也完全听懂了，他把刀收了回来：“去找洪春花！”

今夜的洪武大路在寒风中显得那么的憔悴，路灯也显得异常的昏暗，日本人没有花多大的气力就从厕所中找到沉香，这时候因为在厕所的时间太长了，已经变得非常的难闻了。他觉得中国人真的太好笑，文登吉野想起了上次来洪其昌的家里，这个丑陋的女人就是在上厕所，为的就是侮辱自己的宝贝。

“杨先生，你认识沉香木吗？”文登吉野这时候问了。

杨瘸子说得斩钉截铁：“中国女人是不会拿先生的性命开玩笑的！”

文登吉野终于点点头，杨瘸子向卡车上挥了挥手，洪其昌先被从汽车上推了下来，他已经被吓得缩成了一团，到地面上就把头埋进了裤裆，洪春花嚎啕大哭起来：“其昌，你没有事情吧，你怎么了？这是怎么了？”洪其昌吓得不敢不抬头。

紧接着卢惠昌也被从车上踢了下来，洪春花顾不得一切了大喊起来：“卢老爷，你快来领走你们儿子啊！洪武大路，洪家欠你们的债总算还完了吧，天杀的洪武大路啊，你们会有报应的！”

文登吉野根本就听不懂他们说什么，而是带着日本士兵押着沉香消失在风雪中。

洪春花已经安顿好丈夫了，用雇来的马车把一切都装好了，看着经营了很多年的“洪银木行”多少有点舍不得，她不再想回到这里了，风雪下得太大了她也不知道去哪里，洪其昌已经几乎成了一个废人。对于没有任何人送行是有准备的，她不再怨恨洪武大路了，这一切的恩怨都是沉香惹的祸，她把丈夫从家里搀扶出来，在车子上安顿好了以后，叫车夫可以走了，这时候卢家的大少爷拄着拐杖来送行了。

“大婶这是要去哪里啊？”卢惠昌问她了。

“安徽老家歙县看看，不行再说吧。”洪春花不愿意多说。

“大婶啊，我跟你说句话，靠近点！”卢惠昌贴着耳朵跟他说了，“等日本人走了我就把沉香还给你们，把禄文景的房契要回来，洪武大路少不了你们。”然后头也不回地走了。

“大侄子，南京的那块你就留着吧，歙县的那块我就带走了，不过洪武大路不回来了，洪其昌说了不喜欢哦！”洪春花在风雪里大叫。

卢惠昌似乎是听到了，突然觉得洪其昌不是那么的讨厌，而洪春花竟然长得很可爱，漫天的暴风雪中，他放声大笑了，笑自己，笑洪其昌，更笑蠢笨的日本人。

民国二十七年寒冬，洪其昌和丑妻离开了自己眷念的洪武大路，文登吉野完全被耍了，心里很是懊恼！

星
牌

秦始皇鑿通淮水東
流出句容茅山南源
出溧水東廬山會於
方山西流入江
清水塘
浦
口
前操場
國民政府

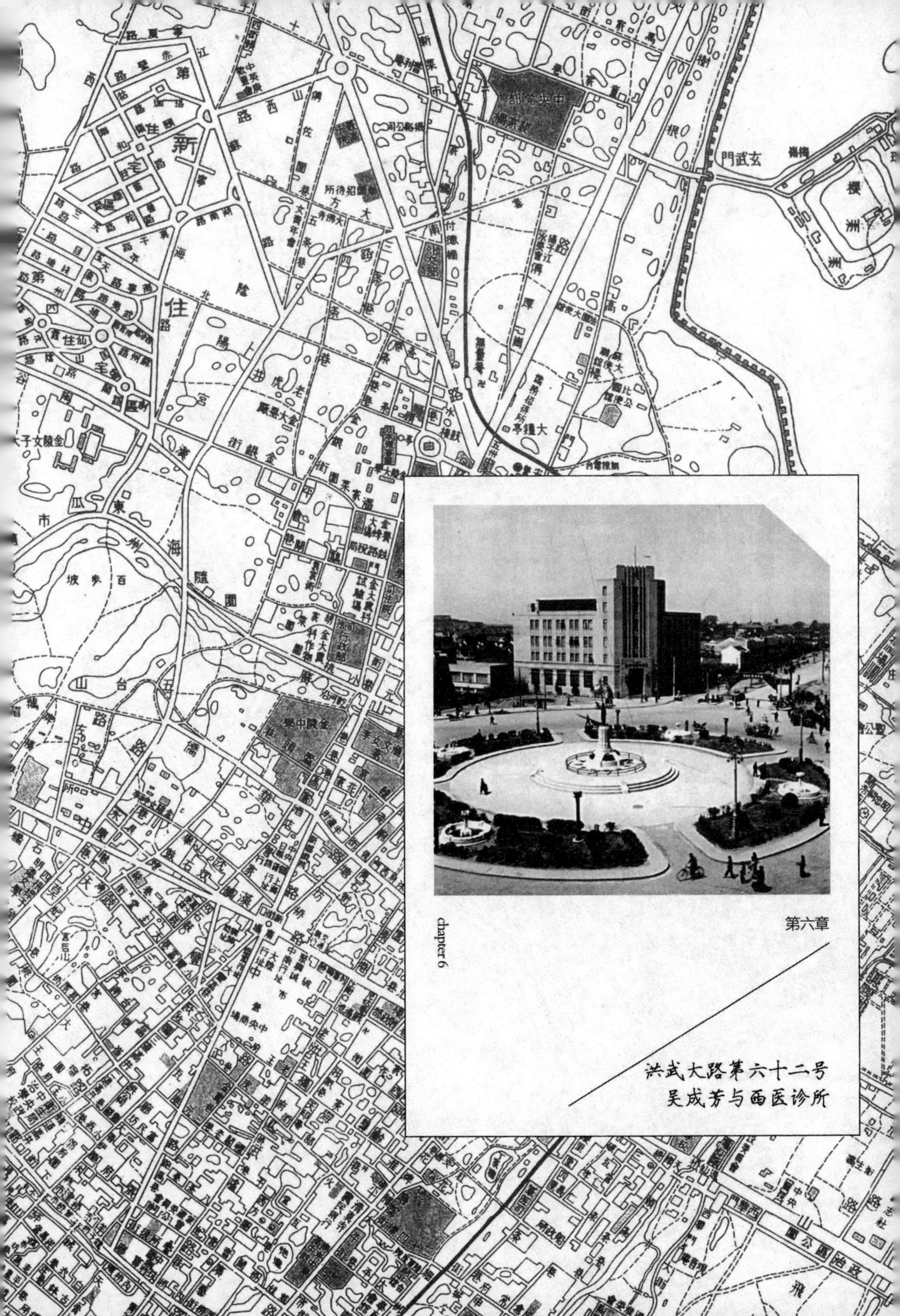

第六章

chapter 6

洪武大路第六十二号
吴成芳与西医诊所

國民政府
清水塘
秦始皇鑿通淮水東
流出句容茅山南源
出溧水東廬山會於
方山西流入江

洪武大路上没有人想到的事情发生了,民国十年的时候竟然出现西医诊所。

吴成芳进入洪武大路的时候,天生一副不爱搭理人的样子,竟然看中了靠近坟地的荒芜小地,这地方除了拾荒人就没有人去。虽然地点是游府西街和淮海路正中间,靠近中华剧场和三益里,对面却是洪武大路最穷的人们。人力车行搬走了以后,房子就散租给妓女们,所以治疗性病梅毒就成了主要收入。吴成芳那么喜欢帮助妓女,人们多少有些看不起的,可是他却是一本正经,让人们觉得这就是个怪物。西医诊所看上去特别奇怪和扎眼,是洪武大路上唯一的西式小楼,楼上下也是从内部连接,用一道很宽的大理石箍区分,房子的门和窗户都是超级巨大,玻璃让里面和外面一样敞亮了。

院子里一年四季都是绿色的植物,春天的时候爬藤顺着墙伸向天空,秋天的时候白花到处绽开,永远给人一种安静的作用,“吴成芳诊所”招牌是中洋文对照的,黑底白字倒也醒目,远远看上去就是有了几分的专业,尽管装饰的是很不错,可是又有几个人相信西医?拾荒的哑巴们在西医诊所开业以后,立刻就在斜对面开了家棺材铺,明摆着是对吴成芳的不信任,做些死人事后料理的生意。这样的热闹是洪武大路喜欢的,哑巴也是着实地在羞辱人,没想到吴成芳不在意还送了礼,这让所有的人都觉得不可思议,觉得这里的确是来了看不懂的另类了。

“嗯,嗯!”吴成芳很不愿意和病人多说,总是心猿意马地写着洋文,看病从来不把脉更不看舌苔,而是把一个冰冷的东西放人身上听,男的女的都是前面听完听背面,接下来不是放血就是要大小便,用一个仪器放上去看很久,末了就在一个纸上胡写一气。吴成芳也不雇佣别人,拿了自己写的东西上楼找药,用个小小的纸袋装了几片,叮嘱病人如何吃,然后收了钱就打发人家走了。洪武大路的西医诊所是赊账的,让穷人有了胆子去试试,没有办法抓药的一些人不得不选择他,时间长了竟然真的有了生意,只是欠账的事情大家都不说,开始夸赞西医不用煎药的好处,对于吴成芳的医术也有了好感。

吴成芳的影响是显而易见的,与那些商贾贵胄也是不相往来,周湘云生卢惠民的时候突然难产,按理说生后面几个应该顺利的,可能是戒了大烟人开始发胖,她的产道的收缩不像以前有力,脸色开始发白和呼吸急促,接生婆这才想起了吴成芳,家里人立刻找来了吴成芳。他来了以后洗手消毒弄了半天,然后从医药箱子里面掏出了剪刀,众目睽睽之下就把下面豁了个大口子,孩子被拿出来又花了一个时辰,把周湘云下面认真地缝起来,活生生地把周湘云的隐私看个透。这样的举动很快地就传了出来，人们开始对这个男人有了议论。

"知道吗，吴成芳是怎么接生的？用剪子把下面咔的一声豁开来，你说多难看啊。"

"是啊，那不是看的比自己家里的更明白，我是连自己男人都不给看的！"

"你少来啊，你还不是去给人家吴成芳摸过的，男人做这一行真的是便宜有的是。"

"你以为容易吗？人家可是东洋留学的！"

"吴成芳怎么没有女人啊，恐怕是看得太多都觉得厌烦了，哈哈！"

井台上的议论很快地就传遍了洪武大路，这让卢家出门都觉得难堪。卢文来也觉得有些冒失，虽然把妻子从难产中拯救出来了，这种手段还是很可怕的，卢文来和周湘云后来不再生了，跟这个事情不无关系。周湘云始终避免见到吴成芳，所以就开始绕着西医诊所走，可是人家没有一点不好意思，有时候还追着问孩子的健康，卢惠民长大以后的俊俏，也让人们想到了那次惊心动魄，很多人甚至认为吴成芳做了什么，自然对卢家的孩子充满了好奇，直到他选择唱戏以后，人们才觉得不让吴成芳接生是对的。

民国十五年的春天，"吴成芳诊所"一下子就爆红起来，委员长妇人宋美龄来了莅临看病，军警把整个洪武大路都戒严了，人们看到吴成芳没有出来送很远，到了门口就戛然而止，在她还没有上车就关了门回去了，这样的做派足以让人惊诧不已。南京的报纸上更是连篇累牍，户部街的达官显贵趋之若鹜，一时间洪武大路上车水马龙，连京城的遗老遗少都争相前来，更不要说经常看到戏曲界的名角儿，在这里进进出出的太多。可是吴成芳还是那么淡定，无论是什么紧急的状况，只要敲门帮助总是有的。

"成芳兄久违了，感谢救命之恩啊！"这是禄文景的拜访。

"哪里，哪里啊，禄先生以后还是少吃油腻，避免再挨一刀就是了！"吴成芳叮嘱他。

"成芳兄还认得在下吗？感谢救了侄儿一命，在下有礼了。"卢文生登门拜访。

"啊呀，原来是文生君啊，多年不见革命如何啊？"吴成芳竟然和卢家有渊源。

卢文来的大堂哥是吴成芳留洋日本的同学，见面以后自然就热络很多，一来二去就跟卢家有些接触了，卢文生感觉到吴成芳的繁忙，决定推荐自己的侄女卢惠琴去帮忙，看着这个金陵女大的学生，吴成芳很是满意就答应了。北伐以后吴成芳再也没有见过卢文生，也时常跟卢惠琴打听，等卢惠琴毕业以后自然就成了他的助手,洪武大路的诊所不但有医生,也有了第一个西医护士,生意比起以前就更好了许多。

卢惠琴负责的是接待病人和发药,随着诊所的繁忙回家也是越来越晚了,夜里也常常被叫去帮忙,开始卢家是让家里的伙计陪着,时间长了也就慢慢地省去了麻烦,就是彻夜的不回家卢文来也不在意了。但是,周湘云最近发现了女儿的一些变化,带去诊所吃的饭菜越来越讲究,用最好的料子给吴成芳定了衣服,每天欢快的就跟小孩子一样,她开始担心起女儿的状态来了。卢文来开始觉得是妻子想多了,吴成芳和他也是称兄道弟,年龄的悬殊也是不可能的,可是回来听到卢惠琴,屡次的在家里说起诊所,这时候才觉得事情不妙,跟女儿当面说穿是不合适的,所以卢文来决定跟吴成芳谈谈。

"成芳兄最近无恙啊?"卢文来加重语气了,"小女可能有些不懂事情,很幼稚地做出了一些举动,还希望成芳兄不要认真。"

吴成芳自然知道了他的意思:"卢先生,惠琴已经到了有权选择的年龄,我说我很喜欢惠琴,那么你是认真听还是不认真听?"他并没有回避的想法。

卢文来开始有些愠怒:"说起来你我是同辈的人,惠琴还是个孩子说出去人家怎么看?"

"就是年龄问题吗?"吴成芳有些不理解,"这是国民时代了卢先生,传统的思想已经开始改变,对于新时代我们要理解和适应,不能再以原来的观点面对现实啊,对不对?"称呼明摆就是进攻了。

"年龄自然是次要的,家里也不是完全不接受,可是你和文生一样都做过革命党,革命党蒋委员长是要抓的啊,说不定哪天也会满门抄斩的,你这是要连累惠琴的,一个做学问的人不可以这样自私,你说是不是啊?吴成芳医生!"卢文来话说得很重。

吴成芳没有想到卢文生什么都说,想了很久终于开口了:"那你要我怎么样呢?"

"不要再理会卢惠琴了,我求你了!"卢文来的态度很清楚了。

"好了,卢老爷我明白你的意思了,我会处理好的。"吴成芳有些沮丧,"你放心我不会再雇佣卢惠琴了,我们两家的交情也就此结束了,卢老爷你请吧。"

第二天,吴成芳要求卢惠琴交出所有的钥匙,通知她不要再来诊所上班了,卢惠琴感觉很突兀希望给个交代,可是吴成芳就是没有一句话,一天的工作都没有任何交接,直到黄昏的时候卢惠琴终于失望了,把药房和所有的账单都放在了桌子上。吴成芳也是漠然地看着她远去,把一切的无奈都放在心里,没有了卢惠琴的诊所是冰冷的,但是他又能做出什么选择呢,好在卢惠琴很快地就有人求婚了,人们也没有注意到这里的变化,毕竟看病是个很偶然的事情,一切就这样很平稳地过去了。

民国二十六年初冬,日本人开始对南京城进行了轰炸,在南面的中华门率先攻城,枪炮声震碎了西医诊所的玻璃,外面的所有植物都被热浪烧死。吴成芳扯下床单在上面用红药水写了十字,然后挂在了房子的前面,接下来就是救护受伤的士兵们。刚到家不久的卢惠琴,从家里拿来了锦缎作为绷带使用,外面的战火越来越靠近他们,没有多久飞机发现了这个救护站,一颗炸弹下来整个诊所被削去了大半,吴成芳也受了伤,当卢惠琴为他包扎的时候,两人才想起来已是多年没有见过。杨瘸子带着日本军队攻破了南京,洪武大路就成了进入南京最早的街道,循着士兵们留下的血迹,占领军指挥官文登吉野找到了这里,在对面的房顶上架起了机枪。

"我们是日本皇军,你们已经被彻底包围了,给你们十分钟出来投降,不然就扫为平地,听到吗?"杨瘸子大声地喊叫。

文登吉野已经确定里面有大量的抵抗军,一个人站在了诊所的对面,他要亲自看看这些人的下场,期待着士兵自己走出来;也要看看是什么人主持这里,要警告跟日本人过不去,是要付出代价的;可是等了很长时间没有回应,他决定要先杀杀对方的威严,拿过机枪就是一顿扫射,看着玻璃彻底地掉落下来,这还不解气又开了数十枪,把所有的爬藤植物定死在墙上,这才满意了对诊所的威胁,得意地笑着等着对立面的投降。

"我们是日本皇军,中国军士你们已经被彻底包围了,给你们十分钟出来投降,不然就扫为平地,听到吗?"杨瘸子又喊了一遍。

终于,一面白色的旗子在空中飞舞,吴成芳举着它从里面出来了,穿了一件已经沾满血迹的白大褂,长长黑色的头发散披到肩膀上,脸上到处是血水已经凝固住了,眼镜的镜片早就破碎了,右面的臂膀显然已经受伤,白色的锦缎上已经渗出了血,脚上的鞋子已经没有了花色,只有灰尘完全掩盖住了。他看见了对面房顶上的机枪,看清楚了直立在门口正面的文登吉野,也知道了身后是很多明晃晃的刺刀,定了定神清了清嗓子,把投降的旗子举得更高了,提高了嗓门用日本语开始喊话。

"尊敬的日本将军和士兵们,我是日本早稻田大学的医学生吴成芳,也是这家私人诊所的负责人。你们已经占领了南京城,作为一个医生也有义务保护士兵,按照有关国际战争法律，我请求你们善待这些军人，如果能够保证不杀戮他们，我愿意交出所有的伤病们，如果你们不能够答应，我就在这里和你们同归于尽，愿天皇陛下保佑所有的生命，谢谢你们！”然后鞠了一躬。

文登吉野没有想到这里竟然出现了说日本语的医生，仔细地打量了这个矮小的中国人，就是他让整个进攻带来了麻烦，虽然很多人也在帮助守军，但是医药的救助是更有效果的，自己的队伍也需要这样的人，不能随便的就放过他，既然他会日本语也就不需要杨瘸子翻译了，他让这个路都走不好的人闪到一边，自己亲自地会会这个留学生。

“我是占领军的指挥官文登吉野，按照所有的战后国际战争法则，我保证绝对不随便杀戮一个没有反抗能力的中国士兵，作为早稻田的大学同学用信誉给予你们安全，吴成芳君现在我要求，你和你的家人迅速地离开这里，我要对所有投降的士兵清点，也希望你能够完全的理解和配合，你们准备好了吗？”声音里面充斥着占领者的骄傲。

“好，我答应你的要求。”吴成芳答应了。

吴成芳走回到诊所里面，对所有的士兵表示了歉意：“弟兄们，日本人已经占领了南京城了，你们已经尽力了！按照国际战争的处理方式，日本人是不能屠杀你们的，但是你们必须放下手中的武器，这样才能保全你们的生命，如果你们不反抗将来还是有机会回家的，听懂了吗？”

“如果他们不兑现承诺呢？这些鬼子是没有原则的！”

“我们不能投降，战死在最后一刻也不能放下枪的！”

“吴医生你走吧，我们跟他们拼了！”

“我们就是战死，也不能被鬼子抓了去，你走吧吴医生！”

士兵们根本就不愿意放下手中的枪，这让吴成芳很是为难：“弟兄们，战争的法律不是日本人决定的，国际上是有法律规定不能杀俘虏的，现在门口那么多的人看守，如果他们要是开枪的话，那么很快地就会传播到国际上的，这些日本人就要受到国际法庭的制裁，带头开枪的是要被判罪的，你们都还年轻啊，你们的父母也在期待着你们回去，我们暂时地放下枪，不代表所有的兄弟放下了抵抗，我希望你们能平安的回到家里，好吗？”吴成芳尽力地劝导所有人。

“大日本皇军说了，投降的人保护你们的安全，现在就把枪械扔出来了，要是十分钟不投降皇军就要进攻了，那时候不是我们不遵守国际法了，而是你们拒绝投降造成的，你们听到了没有？”杨瘸子用力地在外面叫了两遍。

“我们投降，这就投降，你请指挥官再给几分钟时间，我们需要把伤员抬出来！”吴成芳尽量地拖延时间。

“弟兄们放下枪吧，我吴成芳用自己的生命保证你们的安全，请相信我吧！我吴成芳这一辈子没有给外人跪过，我现在就给你们跪下了，求你们放下所有的抵抗，为了家人你们要活着回去啊！”说着就真的跪下了。

士兵们被眼前这个医生感动了，相信他的文化和真诚，大家不说话了开始把枪一批批地丢向窗外，对面的文登吉野这时候很严肃，感谢这个中国医生的举动。

吴成芳很难过：“现在就请你们起来，相互搀扶着我们一起出去好吗？”

卢惠琴这时候已经走到了前面，鼓足勇气一下子就把门打开了，门里面的人瞬间都暴露在机枪底下，就在她有些犹豫是不是要出来，吴成芳挡在了她的前面，指挥她照顾好后面的人们。三十几个中国士兵在两个人搀扶下出来了，伤兵们走了好久才站在了诊所的前面，枪伤和饥饿折磨的几乎都支撑不住，文登吉野快步的走了过来，看着这些誓死抵抗的中国士兵，立刻深深地鞠了一躬，然后往后退了一些留下空间。

“很高兴地见到你们这些勇士还活着，我代表日本占领军向你们和保护你们的人致意，吴成芳先生，谢谢你身为大日本帝国教育出来的医生，说服了这些中国军队的投降，没有您的努力会有更大的伤亡，现在按照我要求战俘完整地排成一排，我们需要清点所有人的数量，然后用汽车送他们去战俘集中营，而吴医生你和你的护士的工作结束了，下面交给我们处理，拜托了！”文登吉野深深地给他鞠了一躬。

吴成芳过去和这些士兵告了别，士兵们也跟他们摆手示意，在一起很多天了也有了感情，卢惠琴更是有点舍不得，她过去一一拥抱了这些孩子，然后搀扶着吴成芳回诊所，几个日本兵迅速地把他们隔开了，就在他们转身离开的那一瞬间，文登吉野把指挥刀从地上拔了起来，不是插进刀鞘而是指向了手无寸铁的投降士兵，架在房顶上的机枪瞬间就响了。

“啪，啪，啪！”伴随着清脆的子弹声音，短短的几秒钟时间所有的军人都倒下了，安静地死去了。

“你们杀了投降的士兵，你们是畜生啊！”吴成芳喊叫着要冲出去，被日本军人当头一枪托打昏在地上，而卢惠琴只有紧紧地抱着吴成芳痛哭着：“天啊！”

吴成芳慢慢地苏醒过来了，身边是卢惠琴而别人都没有了，他挣扎着起来看着文登吉野愤怒了:“为什么要杀害手无寸铁的中国军人？他们已经投降了你是知道的,文登吉野我要到国际上控告你,你是日本军队的耻辱,你完全失去了正常人的理性,你要为自己的行为付出代价的。”

“吴先生,我敬重你的为人,也因为我们同是早稻田的同学,战争是不能讲规则的,第一,以现在的军力中国军队根本不值得反抗,这就是指挥员的错误而不是士兵;第二,战争已经结束了,我们现在需要的是恢复秩序;作为一名医生有责任为这里的所有的人治病,包括我们的所有伤员,希望你尽早的恢复一切,拜托了!”吉野看着这个接受了日本高等教育的中国人,没有发怒而是保持着理解的态度:

“如果我不服从,你会杀了我吗?”吴成芳不怕。

“嗯,我不杀社会中的治病医生,特别是你这样一个日本医生,但是我可以杀掉一切不健康的生命。吴先生,日本军人在中国的时间不会很短的,太平洋的局势对帝国很是有利,我们已经占领亚洲,欧洲战场德国同盟军也已经占领了南方,就剩下苏俄统治下的穷乡僻壤,即使帮助蒋介石的美国人,也不会出手帮助弱小的民族,你很幸运在日本学习了医术,我们的日本军队也有很多伤病,希望你能为培养你的国家,做出点贡献,拜托了!”文登吉野很愿意给吴成芳讲点政治。

尽管吴成芳是不愿意面对的,西医诊所依然升起了占领军的旗子,日本士兵也开始在这里进出,文登吉野也时常的进来看看,门口还安排了日军把守。吴成芳的反抗是无力的,卢惠琴也被列为了护士。文登吉野警告了他,如果拒绝为占领军服务,要惩罚的不仅仅是这个诊所,而是要迁怒于整个洪武大路,他将每天都抓一个人杀,其中包括他的所有邻居,这使得吴成芳不得不低头,面对这样的解决文登吉野很满意,但是他不愿意吴成芳跟自己敌对,总是带上礼物不停地探望他,希望弥补彼此间的隔阂就是了。

“吴先生,大日本皇军和帝国不会放弃你的,虽然你是采取不合作的态度。”文登吉野曾经希望吴成芳参与管理,但是被他拒绝了:“顺便告诉你一句,卢文来先生已经是维持会的会长了,这样一个晚清的秀才都能够改变想法,你是不是表现的不够好啊？卢惠昌也跟我们合作的很好,担任了南京洪武大路的侦缉队长,也是为了战后的治安做出了贡献;吴先生对你的请求就那么难吗?”吉野亮出了他的牌。

“嗯,卢先生是个贪图利润的商人,他的儿子是个国家的职业警察,而我只是一个普普通通的医生,吴成芳从来就对政治不感兴趣,看到我救治日本士兵就以为我低头了,那你就彻底的打算错了知道吗？你不要为难我就是了,日本医生也不是个个愿意到中国参战的,我的很多同学不是依然在大学里面工作吗？我们不是同一种人的信仰,文登君不要得理不让人。”吴成芳没有做丝毫的让步。

“吴先生,我很理解你的民族情结,如果中国人有一天占领日本,我也会努力地为中国军队服务。不过,这是几乎没有任何可能的。对了,上级有个中日联欢的会议,还是拜托两位能够参加,谢谢!”吉野觉得这个人真的是很迂腐,悻悻地鞠躬离开了。

卢惠琴的重新出现完全是一种意外,战争的需要让这两个人必须合作,但吴成芳对于两个人的距离是控制,吴成芳已经习惯了这样的生活,对于卢惠琴只是工作的关系,私下两个人几乎是没有接触的,他不愿意再有任何的不妥,所以保持着一个医生对护士的需要而已。可是卢家人并不放心,担心即使卢惠琴嫁了上海心还在这里,特别是吴成芳救助中国士兵的举动,让卢惠琴又恢复了往日的崇拜。诊所的忙碌让卢文来无奈,好几天了卢惠琴没有回家,吃住都在了吴成芳诊所,让周湘云觉得两个人的关系可能恢复,也希望女儿这次不能再错了,不希望再惹上日本人的麻烦。

“成芳,吃饭吧,我特地去买了鱼。”卢惠琴招呼他。

“哦,谢谢,卢小姐我吃了。”吴成芳很客气。

“你还不能原谅我吗?我错了,不该离开南京去上海。”卢惠琴努力的争取。

“惠琴,谢谢你!你愿意在日本人的刺刀下过日子吗?”吴成芳很坦率。

“成芳,只要能跟你在一起,什么样的日子我都能过的,只要你保重自己的身体。”卢惠琴就是要表白。

卢惠琴出嫁的那天是坐火车走的,车站的站台上看到了吴成芳的眼泪,婚姻已经是定下了,她没有勇气再回头就离开了南京。上海的日子也不是她要的,男人是日本洋行里面的买办,成天的在外面花天酒地,也很少地回家团聚,从卢惠琴责问了他的新欢以后,人家更是在外面无所顾忌,偶尔回家也就是一顿吵闹,她根本就不是人家的对手,口音更是成了新欢的嘲笑。卢惠琴不能忍受寄人篱下的生活,更不想让家里有任何担心,就在闸北找了个地方栖息下来,而这一切卢家是完全不知道的。

卢惠琴很快地就成为了纺织女工,对于已婚的女人要想重新生活,困难也是可想而知的,卢惠民的出走让她心里不安,直到卢惠炳的来信让她知道家里出了事情,终于坐上了回南京的火车。汤瞎子的离开是她和卢惠昌的联手,权利回到卢惠昌的手上,陈春丽当然是抱怨的,可是姑奶奶的地位不能动摇,这才让家里最近安定了下来。虽然在路上见过吴成芳，以前的恩怨情仇永远不会过去，就成了形同陌路的街坊感觉，最多也就是点头客气而已了。新的血雨腥风的生活，让他更了解了吴成芳的为人，她决定不能再这样下去，未来要好好地珍惜和陪伴这个男人。

“成芳，你慢慢吃，这样对你的胃不好！”卢惠琴总是提醒他。

“你早点回去吧，洪武大路从日本人来了就没有平静过，东西就放这里，明天收拾就是了，走吧！”吴成芳几乎是求她了。

冬天的南京真的没有什么吃的，周围都是白白的大雪覆盖，泥泞的道路很不方便，农村人几乎很少往城里走的，特别是日本人把整个南京城都占了，谁也不愿意为了钱用命去换。“雪里蕻炒肉丝”和“萝卜汤”是战时的奢侈品，卢惠琴每天都花很多的时间在吃的上，这样的奔波是心甘情愿的，只要吴成芳有可口的饭菜，她看着都觉得满足和幸福，战争对于人的改变是那么的残酷，卢惠琴决定不回上海了，安生地陪着他走完人生。

“哈哈，老牛吃嫩草哦！”洪其昌闯进来的时候，看到桌子上的菜口水都流出来了：“我说吴医生啊，你可真是艳福不浅啊，我老婆要是惠琴的一半，我就任妈妈的知足了。”

洪其昌在梦中的时候把所有的女人都睡了，唯独忘了洪武大路上还有这样的美人，卢惠琴虽然结了婚，但是身材一点都没有走样，纤细的手臂和干瘪的身材，对比起洪春花的臃肿，更是一种美妙的享受。他决定晚上要好好的梦上一回卢惠琴，好好地享受一下人生的意淫。卢惠琴最不喜欢这个男人，他的出现就像是诊所里面的苍蝇，怎么打也飞不掉了，所以也没有搭理去洗碗了。

“你有什么事情啊？”洪其昌目送着卢惠琴去厨房，差点忘记了自己是干什么来的。

“吴医生啊，我最近几天皮肤一直在瘙痒，现在都起满了各种大小疙瘩了，嘿嘿，麻烦吴医生给看一下，顺便开点西药治疗比较快。”边说边把裤子解开了。

“快穿上啊，快！”吴成芳大惊失色，“你这是花柳病啊！”

“那怎么办啊，吴医生救我啊！”洪其昌吓住了。

吴成芳去洗了手，回来态度很严肃：“不要再接触任何人了，这是传染病啊。”

“啊？那可是怎么办啊，要尽快地治疗啊，求你了！”洪其昌着急了。

“只有打青霉素，要打至少一个星期的量！”吴成芳开始开药单，又开始胡乱地写着：“今天是第一针。缴费吧一共是二百六十五块！”

“啊,你要抢劫啊,吴医生!”洪其昌吓得都傻了。

“你的话真多哦,你治不治啊?”吴成芳问道。

“吴医生啊,我知道石鼓路的大诊所没有这么贵的。”洪其昌开始试探。

“好把,我跟你说说什么是花柳病吧,这东西在日本是不能有的,日本妓女得了这个病是要杀了的,跟他有过关系的人也要割掉,懂吗?”他看洪其昌还是不信,“这样我给你看一本日本军队的书,看看!”吴成芳从书架上拿来一本日文的书:“这里写了,花柳病的病人不但要处置,死后的尸体一定要烧毁而且还要深埋。”

洪其昌看着书上真的有画册:“治疗,当然治疗,可是能不能让我先去找点钱啊,先来一针吧。”洪其昌哭丧着脸。

吴成芳看了看他:“一针是八十块,打针五块!”

洪其昌把身上的所有钱都掏了出来,吴成芳不急不忙地从器械中拿出最大号的针管:“裤子脱下来,站好了! 走吧!”

“吴医生不能说出去哦,洪春花知道了要我死的。”洪其昌拜托着。

“日本人知道就更要你死的,知道吗? 我不会说的,你可是三个月不能做那个了,搞不好连你老婆一起废掉了,记住啊!”吴成芳叮嘱着。

洪其昌真的是欲哭无泪,几天前一个妓女来办良民证说是回家,他觉得不能就这样便宜了人家,正好洪春花不能办事也就脸皮厚了,两个人真的就在办公室的桌子上整上了,以前洪其昌是非常小心的,妓院的女人也是千挑万选的。日本人到处抓女人做慰安妇,妓女虽然是皮肉的生意,但是也不能去军营让日本人糟蹋,那些明妓暗娼早就吓得没影了,今天这样的机会是他渴望已久的,谁知道竟然闯下大祸了。

“你真的能作哦,几块钱的药你这样整他?”卢惠琴看着远去的洪其昌觉得好笑。

吴成芳这时候看着窗外:“洪武大路也就这点可以报复的了,人活得越来越像畜生了。”

洪武大路上的雪是一直下个不停的,街道上除了日本人的军队以外,几乎完全是空无一人,百姓都是卷缩在家里不出来,棺材铺也是黑灯瞎火的,这种的黑暗什么时候才能结束。看着卢惠琴远去的脚印,吴成芳开始后悔这女人的出现,他真的不愿意耽误她的青春,但是那种坚定的眼神,好像什么人的劝说都是没有用的,想到这里他有些担心了,一切到死也只能是个奢望了。

文登吉野这几天也很郁闷,南京的大屠杀的事实照片,被好事的德国人登在了报纸上，国际上舆论让占领军是灰头土脸，面对这样的危机不能束手待毙，上面似乎已经决定调离他去前线，文登吉野的大哥已经战死在徐州，家里不能一个后代都没有，现在他要在南京饭店举行联欢，请出吴成芳这张牌——中日亲善的牌。吴成芳虽然是个很坚持的人，但是更害怕的是对卢家下手，只要紧紧抓住卢惠琴的安危，就由不得他的不服从和屈膝。文登吉野看着外面漫天的大雪，想起了在日本的父母，也怀念起早稻田的大学生活，战争把他由一个普通的孩子，变成了一个占领军的军官，这不知道是福呢还是灾啊。

虹桥的南京饭店是国民政府最大的宾馆，年初二这里已经张灯结彩了，里外完全是按照日本式的风格安排的，周围到处都是日本的国旗，四处就是洪武大路的宪兵把手，谁敢在这种场合胡说八道，这些人就会冲上去打个半死，文登吉野对这样的安排很满意。樱井松子是来的最早的宾客之一，文登吉野很讨厌这个女人，总是喜欢跟卢家搞的不清不楚，甚至还跟卢惠民有些暧昧的关系，今天她的父母也从日本来了，就在他们走下汽车的时候，里面还有那个卢惠民，记者们冲上去拍照的时候，文登吉野释怀了很多，这也是中日和睦啊！

樱井松子当然介绍了卢家给父母，大家坐在一起因为语言的关系，并没有太多的交流就是了，面对这样的日本人的环境，卢文来也是感慨国民政府就这样跑了，每年新年都是蒋介石在这里宴请宾客，现在完全是日本人的天下了。门口的宪兵让他觉得不安心，卢惠民一会儿就和樱井松子没有了影子，很怕闹出什么事情来，于是左顾右盼了起来。

“惠民去哪里了，这个孩子太不懂事了。”卢文来抱怨着。

樱井松子的父母虽然不会中文，神情上猜出了卢文来和太太的担心，他们找到一个纸在上面写了汉字：“没事的，惠民是和樱井一起出去的，支那人是不敢乱来的。”

卢文来一看这字条很是不满：“我们中国人在这里难道会杀人放火吗？”回敬了。

“卢先生，日本人到中国来是为了大东亚的繁荣，战争是不可以避免的。”樱井松子的父亲当然是不愿示弱的。

“我们的生活是因为日本人的到来发生改变的，难道你不知道？”卢文来当然也不甘示弱，就这样两家从字条上争执起来了。

樱井松子的父亲终于忍耐不住，会场上的国旗难道不能代表中国人的驯服，这个日本身份的贵族开始愤怒了，不再理会这对中国夫妇的争辩，欣赏起舞台上的日本的歌舞，更得意日本人在中国的优越。周湘云也是见过场面的，看着日本人长的那个样子，也觉得儿子那么帅气怎么就跟日本女人整在了一起，转念一想反正是不吃亏的，她还看不上这个鬼子媳妇，觉得日本女人为中国人跳舞，这也是一种伺候，跟堂会里面的戏子没有多少差别。

“敬礼！欢迎日本占领军龟田少将进场！”军士大喊日本语，全体人员都站了起来。

伴随日本的军乐声联欢晚会终于开始了，日本占领军的指挥官进入了会场，领头的日本人个子矮的几乎看不到，接着就是汪精卫政府的官员入场了，身后是一大批的日本记者，然后才是今天会议邀请的嘉宾，卢文来在人群中间看到了吴成芳，他身上穿的竟然是长袍马褂，这在生活中并不多见，然后就是文登吉野和杨瘸子，再后面就是宪兵队的保安，看得出来日本人对这次聚会是太重视了。

舞台上顿时是出现了强烈的灯光，炫目得让人睁不开眼睛，背景上开始放送日本的军歌，全场的人都合着乐曲唱了起来。文登吉野是今天晚上的主持人，他看了一下四周的警卫已经严阵以待，非常得意自己的成功。

“尊敬的南京市的市长，尊敬的日本天皇占领军司令，尊敬的文部省的官员，文登吉野预祝大家新年快乐，万事如意！”全场响起了热烈的掌声。

文登吉野很高兴今天的气氛：“承蒙南京市民莅临，让今天的新年庆祝很是光辉，一段时间以来洪武大路出现了不少的错误报道，认为占领军和居民是水火不容，这是非常不真实的说法，日军进入南京的时候遇到抵抗，都有一些人员的伤亡，但绝对不是惨无人道的屠杀，我们与南京的市民合作的非常好，不但建立了维持会和侦缉队，更是中日的年轻人对大东亚的共荣做出了很多的贡献，现在我就介绍文部省的樱井松子，和洪武大路卢文来的公子给大家认识，这对年轻人不但在工作上相互关照，在生活里面也是相亲相爱，在新的一年里面我祝福他们更加和谐！”

日本人把聚光灯转向远方，在大家祝福的掌声中间，人们看到了穿着西服的卢惠民和穿着和服的樱井松子紧紧地挽着手，坐在一起跟大家打招呼，脸上充满了喜悦和幸福。

文登吉野感到从未有的振奋：“接下来，我们还要表彰洪武大路的吴成芳医生，他毕业于日本早稻田大学医学院，在我军进入南京城的时候，他在南京守军的最前沿的救护所，救助过太多的中国抵抗军，但我们并没有对他进行逮捕，相反我们尊重他的选择，让他在洪武大路继续为百姓服务，这半年来他救助了很多的人，也帮助了我们日本军队在南京开展工作，对吴成芳医生的配合工作，日本占领军南京指挥部是非常感谢的,现在就有请我们的龟田将军授予他军旗勋章,以表彰他为日本帝国的贡献。”

全场又是掌声,占领军的头目龟田把勋章别在了吴成芳的胸前,文登吉野为今天的效果感到欣慰,简直是太成功了,已经开心的不行了:“下面请吴成芳君致感谢词,大家欢迎!”

吴成芳很礼貌地给龟田鞠了一躬,也给吉野鞠了一躬,最后给所有到的人鞠了一躬,他想到了媒体已经见证了日本人的信任,用告别的眼神看了看台下的卢惠琴,然后用熟练的日本语言开始了他的发言,卢文来不知道他要说什么,担心也就越来越大了。

“尊敬的各位日本占领军的将军,尊敬的世界各国媒体的朋友,吴成芳在这里唯一要举证的就是,公元一九三七年民国二十六年的十二月十三日,文登吉野在攻入南京城以后,就冲进洪武大路的吴成芳诊所,杀害了三十六名手无寸铁投降的中国军人,他们已经在我的要求下放下了武器,但是吉野仍然下令用机枪扫射了他们,这是国际战争法允许的吗?不仅如此,他们还屠杀了洪武大路的六十七名平民,这是我亲眼所见的事实,我愿以一个日本大学毕业生的名誉证明这一点,他们是惨无人性的报复……”

演讲是出乎文登吉野的预料,几个军人上去架住他就往外拖拽,他们用手紧紧地捂住了吴成芳的嘴,全场顿时哗然,更有欧洲媒体上去拍照,日本宪兵强行将记者手中的相机抢去。“混蛋,拉出去给我往死里打!”文登吉野咆哮着。

“日本人在南京大屠杀,铁证如山,文登吉野你早晚要付出代价的。”吴成芳叫嚷着。

卢文来不知道吴成芳的日语说了什么,很显然说了日本人不想说的东西,他赶紧追出去希望能帮上什么,日本的军人正在用枪托狠狠地砸在吴成芳的脑袋上,几个人更是用脚踩踏他的身体,卢惠琴这时候就跟疯了一样地冲了过去,用身体去保护着自己心爱的人,可是抵挡不住宪兵队的阻挠,他们把就要昏死过去的吴成芳又是一阵蹂躏,等军车过来的时候把他押了上去,这时候依然听到他的叫喊:

“日本人在南京杀人放火,日本人违反国际法,日本人必须跟中国人谢罪!”

伴随着这样的喊声车子越开越远,地面上只有晕死过去的卢惠琴,卢文来终于看到了吴成芳的坚持,为卢家过去的错误的判断感到痛心。

文登吉野知道前途就此打住了。他怀疑过卢文来,怀疑过卢惠昌,怀疑过杨瘸子，甚至不放心洪其昌，可是没有想到竟然毁在这个手无缚鸡之力的医生的手上，从龟田司令的眼光中他感到了恐惧，南京的统治不但没有了贡献，反而是增加的太多的麻烦，原来以为自己大哥的战死能挽救送命的可能，可是看着前面的努力都是白费了，也许明天也许今夜就会被派上战场，他恨死了这个日本早稻田的同学，他的身上没有一点对帝国的感激，相反让国家的荣誉受损，吴成芳毁了自己的前途，让自己的未来就此结束了。

“吴成芳，你毁了我，毁了帝国的声誉！”文登吉野狠狠地踢着吴成芳的身体，抽打他的脸部一切地方。

“吉野，你就是畜生，你会遭到报应的。”吴成芳满嘴是鲜血吐不出来。

文登吉野知道了中国人是不能信任的，无论是平民还是受过教育的，无论是下九流还是上九流，骨子里依然是中国人的文化和鲜血，他看了一眼让自己事业完全毁灭的男人，用枪托断了他的右手毁了他的左腿，让他以后连爬起来的能力都没有，确认他的未来不能再行医了以后，狠狠地啐了一口吐沫，然后才让车子开进娃娃桥监狱，叮嘱监狱的看守所有人不能探视，然后才满脸怒气地离开那里，文登吉野要把痛苦的黑暗，留给这个享受过日本阳光的中国人。

南京的寒冬是漫长的，雪已经把整个南京城覆盖了，很多天几乎是没有亮光的，监狱里面也是异常的寒冷。吴成芳的头部严重受了伤害，肋骨很多根都断裂了，连咳嗽都不能进行下来了，终日晒不到太阳伤口终于感染了，身上和所有的地方都开始化脓，他脑子始终是昏沉沉的，身体都已经失去了平衡，几个月过去了，整个人都不能直立起来。

“吴先生，你醒过来了啊，我是陈二喜。”一个年轻人在呼唤他。

“你是谁？”吴成芳怎么也想不起来这个年轻人是谁。

“算了吧，你可是我们这里的人物了，报纸上都有你哦！”陈二喜自豪地告诉他。

“嗯，谢谢你！”吴成芳没有力气再说任何话了。

吴成芳的到来让陈二喜很兴奋，前面的室友是个共产党人，跟他讲了很多的革命道理，让他觉得革命真的是穷人的事情，国民政府就是欺压人民的机器，日本人占领了南京之后，听到了抗日是共产党发动的，更是希望能够出去跟日本人拼了。吴成芳被带进来的时候，起先不在意这个矮小的医生，可是后来许大胖子介绍了他的故事，陈二喜就要求亲自照顾他，每天都给他擦拭伤口，饭也是陈二喜自己嚼碎了喂进去的，终于等到了这一天了。

“吴先生你知道共产党吗？”陈二喜看吴成芳好了点。

“知道,在日本也有共产党。”吴成芳回答他。

“看来人家是没有撒谎了,全世界无产者已经联合起来了吗?”他嘟哝着。

“二喜,你真参加共产党吗?”吴成芳问他,“是在这里参加的吗?”

“是啊,听说无产阶级是革命最重要的力量,吴先生你怎么看,我该参加吗?”陈二喜还是没有把握。

“唉,国民党和共产党斗了很多年,实际上就是美国人和俄国人的游戏,日本人侵略了中国,共产党被国民党修理进了草原,在俄国人的帮助下借口抗日就又出来了;国民党表面上是联合抗日,实际上也还是要消灭共产党的,这样的政治斗争不是我们这些人做的事情,出去以后好好的过日子就行了。”吴成芳叮嘱他:“你烧了卢惠琴在上海的房子吗?”吴成芳问道。

“那,那是房子啊就是一个小披子啊,还没有我们两个人住的大,也是不小心的缘故,觉得很对不起惠琴姐姐,人家东西都在里面没有了。”陈二喜很自责。

“二喜啊,你不烧日本人也要烧的,不要再自责自己了好不好啊?我只是想知道惠琴在上海怎么生活的。”吴成芳很有兴趣了解上海的卢惠琴。

陈二喜也很喜欢介绍上海,吴成芳也终于了解了上海的卢惠琴,几年的监狱生活让两个人都成了朋友,生活里面的谈话内容大多是洪武大路,也有些是关于对共产党的认识。

民国三十二年的春天,陈二喜从南京的娃娃桥监狱释放了。

陈二喜答应吴成芳要去看看卢惠琴的,没有几步就到了五十二号,卢家的房子早就被炸的黑漆漆了,修补起来的山墙很不协调,机房里面一个人都没有,机器也是很长时间没有工作了,家里只有陈春丽在洗衣服,听说是找卢惠琴也就没有搭理,还是罗秀玲出来告诉他卢惠琴在诊所上班,就在他要走的时候看到了卢惠民,实际上他早就看到了陈二喜,自从日本人来了以后,樱井松子不希望他们来往,于是就这样就基本断了。

“二喜,你出来了?”卢惠民觉得有点尴尬。

陈二喜本来觉得很高兴的,可是看到他身边的女人明白了:“不介绍一下?”

卢惠民本来是不愿意介绍的,可是樱井松子很大方:“我叫樱井松子,你是惠民的朋友陈二喜吧,请多多关照。”给陈二喜鞠了一躬。

“惠民,去看过江小燕吗?这是个日本的女人哦!”陈二喜盯住往日的兄弟。

“没有,现在是战争也去不了上海。”卢惠民低下了头。

“去不了？身边有日本人也去不了？这日本小娘们长得不错哦，一定不是白虎哦。”陈二喜调侃他。

“你不要乱想哦，我跟她还没有结婚。”卢惠民赶紧解释。

“跟这个日本女人操过了是吧，好吧，操死这个日本娘们也算你有种，我不是来找你的，是找吴成芳的爱人卢惠琴的，你不会说不知道吧。”陈二喜充满了鄙夷的神情。

“二喜，你不要那么庸俗好吧，松子是来帮助中国人的。”他嘟哝着。

樱井松子不想让卢惠民为难：“陈先生，我知道你是惠民君的好朋友，请不要为难他的选择。”樱井松子又鞠了一躬。

“爽快，爽快，不愧是被中国人操了的东西，真是有点日本人不要脸的架势啊！哈哈。”陈二喜的善意中有着侮辱。

樱井松子很明白陈二喜不是卢惠民那样的人：“陈先生，你如果没有事情，请不要打搅我和惠民君的事情。”樱井松子拉着卢惠民要走。

“别啊，我有一件事情你能帮的，就是我们要两张去上海的通行证，是我和卢惠琴的也就是你未来的大姑子，大姑子懂不懂啊？”陈二喜不客气了，“好了，刚才兄弟只是开个玩笑哦，愿意帮忙兄弟这就谢谢了，不帮忙我就走了，别耽误你和卢惠民生杂种哦！”陈二喜不理睬他们了，走了。

卢惠琴知道吴成芳还活着，陈二喜的介绍让她放心了，听完了计划以后有些担心：“二喜兄弟，共产党真的有办法救成芳吗？”

“能啊，你指望国民党吗？只有共产党才能救中国，没有通行证我会爬火车去的，吴成芳是太伟大的人啊，共产党值得为了民族英雄这么做的！”陈二喜觉得一定做得到。

卢惠琴终于相信陈二喜了，没有他就没有吴成芳了。

卢惠民和樱井松子去火车站送的，陈二喜这时候也觉得话说重了，只是叮嘱卢惠琴不能说去干什么，他还是那副小聪明的样子，在跟把兄弟告别的时候抱了抱樱井松子告诉她，日本人早晚有一天是要走的。樱井松子听在耳朵里面，可是又不能说出来什么，只能是微笑地看着他上了火车，就在整个火车离开站台的时候，樱井松子暗暗地骂了一句，卢惠民不知道听到没有，目送着姐姐和陈二喜离去。

上海人被日本人整个占领以后，最时髦的语言已经变成了日语，或者是用西方语言说话，奴性比起全国也是最强的，街道两边到处是中日和善的旗子，连商铺里面都是用日语标明价格;无轨电车的站牌也都是日文的了,街道上的警车也是日本旗子插着,伪警察穿的都是人模狗样的,对于百姓的态度比起日本人更尖刻;无轨电车上也是鸟语中夹杂着日文字,仿佛这里就是半个日本,连自已的祖宗也是忘记得最快的,陈二喜狠狠地骂了几句。

“请问这里还是以前的盖家班吗?”陈二喜问。

“你找谁?”那妇人抬起头来:“陈二喜哦,你还活着哦?”

“江小燕!”陈二喜没有想到这么容易就见到她了。

江小燕也赶紧地把手上的东西放下,把两个人赶紧让了进去:“哟,都结婚了这是你太太吧?”江小燕并不认识卢惠琴。

“胡说八道,这是惠民的大姐卢惠琴。”陈二喜赶紧解释。

“啊,是大姐啊没有见过,来的时候我们还在你那里住过,都是这个猪头三给烧了。”江小燕开玩笑。

“是日本人炸得好不好? 我只烧了一次哦,日本人才是烧得什么都不剩了,怎么是我啊!”陈二喜急忙解释。

“大姐喝水哦,惠民怎么样了?”江小燕好像很无意的问。

“你们怎么不唱戏了?”陈二喜赶紧岔开了话题,“现在这里就住你一个人啊?”

“还唱什么戏啊,盖老板不给日本人唱堂会,惹怒了人家不许我们进戏园子了。这不所有人都散了,我也是给人家缝缝补补地过日子。”江小燕的脸上果然有了些沧桑。

“你没有嫁人啊?”陈二喜这才注意到家里什么都没有:“日子也不容易哦!”

“啊,有你在我怎么嫁人啊,你不是说我是白虎星吗? 谁会要啊!”江小燕翻出了旧账。

陈二喜语塞了,看着江小燕从一个小角儿的身价,变成了一个给人家洗衣服的女人,心里对自己的胡说八道很是难过,不知说什么也不知道怎么讲。

江小燕也看出来陈二喜的感受:“过去的事情就不要再提了,你们吃饭没有啊?我给你做点吃的吧?”起身要去做饭。

“别,别! 我吃过饭了,这么大的房子你一个人住啊?”陈二喜巡视着房子。

“是啊,人都走了我也没有地方去,你一直关在南京啊? 怎么回上海了?”江小燕问。

“你怎么知道我押去南京了?”二喜不解。

“我可是去看过你,说你押走了。”江小燕认真地说。

陈二喜被感动地流眼泪了:“小燕对不起了,惠民现在跟日本女人搞在一起了,让人看的都生气。”说出口的时候二喜后悔了。

“嗯,那也好啊,有日本人做靠山家里还能过得去!”江小燕多少有点失望,“对了,你还没有说来上海做什么?”

“你知道吴成芳医生吗?”陈二喜问,“我在监狱里面和他关在一起的,他可是揭露日本人南京大屠杀的人,到今天还关在里面,我就是到上海来找报纸的,看看能不能让所有人都知道他的冤枉,这样鬼子才会放人的!”陈二喜说出了自己的计划。

“哎呦,陈二喜啊,盖老板现在饭都吃不上了,哪有人买他的账啊,我也不认识人啊!”江小燕觉得帮不上忙了。

“哪里用得着你啊,我是来找共产党的,求他们帮助我们的,不麻烦你放心好了!”陈二喜哈哈大笑起来,声音里面很是爽朗。

“明白了,你们就住这里吧,明天你们出去办事也方便。”江小燕安排了两个人住下。

江小燕突然觉得陈二喜长大了许多,几年的监狱生活和社会的交往,让原来洪武大路的卖菜的孩子一下成熟了;以前那个跟自己过不去的小侉子已经不在了,人也长得高大和结实了许多;为了吴成芳敢于出面,也有了解救的途径和方法;对待这样一个有担当的人,江小燕开始佩服起陈二喜,只是卢惠民的改变是有准备的,可是怎么就喜欢上一个日本女人了,这一点她是怎么也不明白的。

吴成芳在陈二喜出狱以后,知道以后出去也做不了事情了,他支撑起自己的身体,跟许大胖子要了笔就用左手练字,偶尔听着了狱警们的聊天美国人都参战了,知道日本人在中国也长不了了。卢文来通过许大胖子也给他送些吃的,面对自己越来越差的身体,很担心等不到日本人的投降,这几天抓进来的人越来越多,听说不少的年轻汉子都是共产党,他们真的面对日本人连屠刀都不怕,也让他对陈二喜加入共产党尊敬了许多。许大胖子最近也变得焦躁起来,无论共产党还是国民党,他都没有一点好脸色,监狱里面的气氛是越来越紧张了,吴成芳不忍心他欺负孩子,常常就跟他理论起来。

“许警长啊,你怎么一点良心都没有啊,眼下中国人都抗日了,你对我凶狠一点就算了,那些抗日的你总要客气点吧,不然早晚都是要出去的,你就不怕报应啊?”吴成芳规劝他了。

“你个医生是不是脑子坏了,看看都整成什么样子了,就剩下一张能说话的嘴,你还是那么的不闲着,这帮人不论是国民党还是共产党,眼下是日本党说了算,知道吧!把他们修理老实了还是救了他们一条命的,如果日本人看着还有战斗力,总有一天是要杀了,对不对啊?”他拿棍子狠狠敲打吴成芳的笼子。

许大胖子的愤怒是拿不到钱,抗日的共产党人越来越多,而且都是穷鬼人家的,进来以后就是等死没有求饶,这样下去他的生意是一点都没有了。

“看你怎么也是个汉子算了,不要指望陈二喜能弄你出去,你们那点鬼点子我都看透了。陈二喜也就认识个什么陈鹏飞,那是一个叛徒,写了自首的书把自己解救了,他出去来看过陈二喜吗?这些该杀的共产党人!”许大胖子骂骂咧咧的。

“你是说那个东北汉子靠不住吗?”吴成芳几乎叫了起来。

“以前我不修理你以为我是怕陈二喜了吗?我早就知道陈二喜已经是共产党了,只要我跟上面说上他就出不去,谁救了他还不是人家卢惠民,看在钱的份上不跟他计较,不修理你也是看在卢文来好处的面子上,你还来劝我放过这些抗日的混蛋,日本人能放过我吗?我说你在日本读书读傻了,没用的废物!”许大胖子气的把吴成芳的纸撕了。

“你就不知道做人的尊严吗?许大胖子。”吴成芳斥责他。

“尊严,你知道尊严卖多少钱一斤啊?秦淮河上的妓女要尊严,卢文来跟谁放高利贷啊?卢惠民要是有尊严,怎么跟杀了他家老二的日本人睡了?你要是要尊严就不该跟卢惠琴搞在一起,你是什么年纪的人了?这个世界哪有什么尊严,不做医生你还有什么尊严,不知道天高地厚的东西。”许大胖子把监狱的铁栏杆敲得“嘭,嘭!”响了以后,头也不回地走了。

吴成芳开始有些担心了,陈鹏飞真的是共产党的叛徒,陈二喜早晚是要被抓的,周围的人都会变得非常的危险,他欣赏这些抗日的共产党人,不能让他们的组织遭到破坏,想起了许大胖子的贪财,决定铤而走险地利用他这点,但愿这个利欲熏心的小人,在关键时候能起到重要的作用,他拼尽全力的大呼起来:“许大胖子,许大胖子,我要跟你做交易!”

许大胖子笑了而且是非常得意,这么短的时间就能唤醒一个木讷的医生,他溜溜达达地又回来了,知道自己的生意又来了。

徐汇区是上海最完整的租借区,这里的建筑完全是西化的,里面几乎就没有中国的感觉,日本人占领了上海以后,很多的有钱人都逃到了这里,不是他们不想去国外,而是这里可以享受国外的感受,钱却是中国人给他们创造的。康平路家家户户都是完全的西洋风格,连院子里面的花草都是移植来的,左右的环境都显得郁郁葱葱,道路上也是很干净的没有一丝的怠慢,柏油的马路加上石头的边线,在整个中国都是首屈一指的。陈二喜去菜市场批发了蔬菜,又挑到黄浦江里仔细洗了,才晃晃悠悠地出现在康平路上。

陈二喜没有想到狱友竟然是这样的身价,这幢房子不是一般的大,掩映在大片的法国梧桐树下,街面根本没有人路过,共产党竟然是这样的奢侈,这和陈鹏飞介绍的完全不一样啊,这让他多少有点失望了。来上海是找人家办事情的,也不是来指责什么的,他终于决定还是敲门问问。陈二喜的出现也让陈鹏飞紧张,在上海的地点怎么会有人知道,当陈二喜按响门铃的时候,陈鹏飞已经指示所有人藏好,准备要了他的命了。

"请问陈鹏飞在不在啊? 我是给他来送菜的,我叫陈二喜哦!"陈二喜主动介绍自己。

"我们不要什么菜啦,很少做饭的,赶紧走哦不然我要叫巡捕房的人了。"一个穿着非常讲究的女人不耐烦的很。

陈二喜觉得自己是不是找错地方了,就在要走的时候一个男人走了过来。

"哎呀,人家一个卖菜的你就不能同情一下,随便要点好了。"男人看上去很通情达理。

"好好,你要你的我不管了!"女人一甩手就进去了。

男人也是很客气地叫他进去了,等他到了厨房看到厨师他才明白,原来这里是厨师说了算,他就是自己的牢友陈鹏飞:"陈大哥,你真的在这里啊?"陈二喜惊喜地叫了。

"二喜,你真的出来了,我以为见不到你了,欢迎你回到组织的怀抱!"陈鹏飞上来就紧紧地拥抱了他。

"慢,慢啊,"陈二喜有点惊讶,"我什么时候就有了组织了?"

"在娃娃桥啊,那时候你就同意加入党组织了,不是吗?"陈鹏飞有点蒙了。

"啊,对,对的!"陈二喜知道下面是要求他。

"嗯,那我们就是同志了,欢迎你,我给你介绍这是陶花花同志,这是刘志新同志。"那对夫妻赶紧过来握住他的手:"同志,您在监狱里面辛苦了。"

"不苦不算苦,都是为了革命的事情吗!"陈二喜觉得和这些人打交道很有意思。

共产党人很喜欢演戏哦,刚才那一幕简直就像真的一样,差点没有把自己给赶出去，就在他觉得很有意思的时候，突然想到今天不是也演出了一场卖菜吗？一路上都是顺顺当当的。陈二喜在想演戏这东西适合江小燕，以后也要介绍她加入共产党，可仔细想了一下这些人表演还是有漏洞，陶花花的手里尽是汗水，那个刘先生就是一副皮笑肉不笑的样子，陈二喜越想越觉得江小燕合适，卢惠琴也不错很冷静的，以后这些人都可以加入共产党，他就跟着陈鹏飞就上了楼，而这时候刘志新开始蹲在门口，陶花花早就在窗户边上把风了，这也太神经质了吧，陈二觉得非常的好笑。

楼上的房间比起凤楼里面还要气派，除了雕花的睡床之外还有宫灯，桌子椅子也是很奢侈的，都是真正的黄花梨做的，每件都比卢家的要好许多，特别是他们有那么舒服的沙发，茶几上摆满了各式各样的水果。陶花花长得就跟画上的美女一样，大波浪的长发乌黑乌黑的，一直拖到了胸脯前面才卷了起来，五官长得是那么的大气分明，特别身上的旗袍是那样的合体，两个女人的特征很明显的显露出来。他看过江小燕也是这样打扮过，只是看起来陶花花更加可靠，陈二喜也觉得脑子里面全是江小燕，把要说的事情都忘了。

“二喜同志，你来有什么事情吗？”陈鹏飞问他，“二喜同志你说话啊！”

“哦，哦！陈大哥我来还真的有事情，”陈二喜终于醒了过来，“你走了以后我们的号子里面就来了一个真正的共产党，比你的政治觉悟高的不知道哪里去了，人家在日本就参加共产党了，结果揭露日本人的南京大屠杀被关在监狱里面了。”

“哦？”陈鹏飞想不起来有这样的人，“他叫什么名字呢？”

“吴成芳，洪武大路西医诊所的医生。”陈二喜回答道。

“让我想想，吴成芳是个医生，”陈鹏飞想了半天终于有了印象，“是不是在南京饭店中日和善会上发表演讲的人？”

“是，是，就是他！”陈二喜很高兴。

“他是民主人士啊，不是共产党！”陈鹏飞纠正了他。

“啊，你们只救中国的共产党啊，人家可是日本的共产党啊，你不是说全世界无产者要联合一起的吗？那我是共产党你们怎么也没有救呢？我可是坐了六年才放出来啊，你们多少欠我点吧。”陈二喜觉得很委屈。

“嗯，这个人很值得救援啊，对我们将来成立更大的统一战线有帮助，谢谢你传递的消息，吴成芳也是用得着的人才啊，我跟上级组织赶紧汇报一下，然后给你消息！”陈鹏飞答应了陈二喜：“你把情况跟陶花花同志介绍一下，让她写个报告好吗？”

"这边请吧。"陶花花此时已经完全听明白了,把他领到了楼上的一个密室。

陈二喜整个下午就是跟陶花花讲述吴成芳,从他的身体被伤害的程度,一直讲到他的政治观点,从他跟洪武大路的恩恩怨怨,一直讲到为人的刚直不阿;黄昏的时候,陶花花的手上已经是厚厚的一沓子记录,看得出来她是被完全的感动了。

"陈二喜同志,你提供的情况很重要,我们一定向上级汇报,把民主斗士解救出来。"陶花花的手很大很温暖。

"陶花花同志,我还有一个请求,就是这菜你能不能买下来?"陈二喜觉得共产主义不是帮助穷人吗,现在自己就需要帮助,这让她犯难了又去请示陈鹏飞。

"陈二喜同志,我理解你现在的困境,党要把经费用在更多的其地方,菜我们是不能收购的你就带回去吧,不管花多大的代价我们也要救出吴成芳,刚才已经收到了中央的指示,过几天我们就通过延安的报纸披露细节,也会通报国民党政府,全民一心让世界人民都谴责日本帝国主义的暴行。菜我们真的是不能要了。"陈鹏飞还是坚持不收菜。

"那我还有个同志戏也演的好,你们要不要啊?"陈二喜说的是江小燕。

"二喜同志,党员是要经过很长时间考察的,这事情以后再说,你就等着吴成芳的好消息吧。"陶花花客气地打发着他回去。

陈二喜对这个共产党真的很失望,自己住在这么好的房子,而且也需要吃菜的,怎么就不能帮助 下自己呢,共产党人有时候还不如在监狱里面义气,看着太阳就要下山了,也就不跟他们争执,自己叫卖着向南京西路走去。陈二喜希望早点回去告诉卢惠琴,也让江小燕把菜赶紧做了,可是无轨电车就是不让他上,只撩开两条腿快跑,到家的时候几乎天黑了,人家早就吃完饭了,只是桌子上草包里面有饭,菜也保温在里面了。

"陈二喜你怎么才回来啊,快吃饭吧,都在桌子上面保着温呢,吃完就把碗筷放在桌子上,我明天起来收拾就好了!"江小燕的声音从天井的小房间里面传出来的,里面的水声说明她正在洗澡。

陈二喜这时候突然想到白虎的传说,想去偷看一下又觉得害怕。

清晨太阳刚刚升起的时候,黄埔江上已经布满了朝霞,大船在河道里面鸣响了汽笛,整个上海市都可以听到。上海的日子过得比南京要快很多,卢惠琴和陈二喜到上海半个月了,卢惠琴知道江小燕接待他们,很大程度是因为跟陈二喜的熟悉,她很不明白当时弟弟喜欢人家，怎么又不娶了这个长得俊俏的小女人。陈二喜虽然也每天出去卖菜，可是靠人家养活也是不行的，卢惠琴开始有些着急催促起来，陈二喜自然知道共产党的规矩，也不敢随便去打搅人家，自从握了陶花花的大手以后，总觉得对不起江小燕，每天只能顺着康平路吆喝，真的没有人出来招呼，也只能带着这些菜回家了，赚钱的事情想都是不可能的。

"二喜，你真的是去找共产党了，我怎么觉得不那么可信啊，哪有成天躲在房子里面革命的啊，你的菜人家也不要一点，他们不吃饭菜啊？"江小燕很是怀疑，"共产党不应该怕家属吧，要不我去看看？这总是可以的吧！"江小燕终于忍不住了。

"这不好吧，人家不希望有人知道他们的住处，我看还是我一个人去的好！"陈二喜很是为难。

"狐狸尾巴露出来了哦，看来你就是不愿意带我去，惠琴姐姐你说他有没有问题？"江小燕真的不高兴了。

"二喜，你就带她去一回好了，家里的事情都交给我，听姐姐的好吗？"卢惠琴虽然着急，也不愿意造成江小燕的误解。

江小燕早早地就梳洗打扮了，漂亮的衣服虽然很长时间没有穿了，看上去还是蛮新的样子。这个小角儿究竟要做什么呢？陈二喜自然觉得有些奇怪，两个人先是去了北面的菜场批了点菜，陈二喜顺便就在黄浦江里涮了，江小燕欣赏陈二喜干活的样子，心里也是觉得很满意的，等一切都整理好了就挑着去租界区了。康平路刚下过雨真的一尘不染，很多栀子花从人家的篱笆墙里伸出来，有一种出奇的芳香。

"陈二喜，你去给我摘一枝栀子花！"江小燕命令他。

"嗯！"陈二喜趁没有人的时候跳起来摘了一枝，迅速地藏在了菜篮子中间。

"卖菜的，过来！"这样的举动早就被陶花花看到了，"你跟我走好了，这些菜还是蛮新鲜的，我正好家里请客哦！"

"来了，来了，太太！"陈二喜欣喜若狂，一定有好消息。

"你怎么可以在租界乱来啊，要是人家抓住就麻烦了。"趁着没有人陶花花指责他。

"是，是，我错了！"陈二喜的奴才样子又出来了。

"我请问你是买菜还是买人啊？"江小燕听不清楚他们说什么，言语不客气了。

"卖菜，卖菜！"陈二喜敷衍着，示意江小燕在外面等着。

"夫人，菜我们不卖了！"江小燕拉着陈二喜就要走。

“太太,你就让他们进来吧,女孩子一个人在外面也不安全啊。”陈鹏飞这时候说话了。

有钱女人让他们把菜送进了厨房,走的时候她几张票子给了陈二喜:“你以后不要再来了,看着就让人心烦,走啦啊!”手在陈二喜的手里狠狠地捏了一把。

这一切都没有逃过江小燕的眼睛,这太太的长相就是典型的上海女人,眼睛不是很大但是有精神,眉毛细长就像戏文里面的人精,嘴唇也是那种充满了肉欲的样子,再看看身材的曲线就是风骚,态度上就是要占有所有的男人。江小燕觉得很生气要问个明白,陈二喜却是奴颜媚骨的样子,把钱紧紧地攥在了手里,千恩万谢地拽着江小燕迅速地离开了。江小燕再也受不了了,一个人跳上无轨电车就走了,陈二喜是上不了车子的,急得满头是汗地拎着两只筐子在后面追,可是追得不远就被完全甩在了后面。

陈二喜一进到石库门就听到了哭声,卢惠琴正铁着脸在等他。陈二喜进屋就先喝了两大缸子的水,这一路追回来已经是筋疲力尽了,这才把人家给的钱拿出来,里面还有一张小纸条,他吃力地读了起来,卢惠琴知道江小燕不是捕风捉影了,上去就是一顿狠狠的臭骂。

“二喜,你过来,你是不是跟人家的太太有染啊,把小燕气成这样?”卢惠琴不客气了,“再告诉你一件更可怕的事情,陈鹏飞是共产党的叛徒!”

“没有啊,你看看人家的条子,共产党延安的报纸已经登了,陶花花按照我说的写的,这条子也说上海报纸今天就转载啊,怎么陈鹏飞就叛变了革命了,你听谁说的啊?”陈二喜觉得事情很蹊跷。

“我爸爸说的,他会胡说八道吗?消息也是吴成芳那里穿出来的!”卢惠琴很是肯定。

“小燕你就不要闹了,惠琴姐姐赶紧收拾东西,这地方不能待了,快走!”陈二喜着急了。

“去哪儿啊?二喜,惠琴姐姐?”江小燕被吓着了。

“跑啊!跟我们从夫子庙一样的跑啊,赶紧去闸北火车站,那里有最后一班的火车,快啊!你们现在就去包个黄包车,我去去就回来,信在哪里啊?”陈二喜叫卢惠琴把信给他。

“陈二喜,你真的是色胆包天,为了别人自己的命都不要了。”江小燕愤怒了。

“陶花花人家帮了我们这么大的忙,是不是应该告诉人家危险?惠琴姐姐你说!”陈二喜有些生气了。

“小燕,吴成芳是不会捕风捉影的,上海共产党真的很危险,如果你觉得不放心,那么我就一起跟二喜去,我不会让他一个人留在上海的。”卢惠琴也着急了。

“惠琴姐姐,二喜对现在的上海没有我熟悉,还是我去吧! 你们在火车站等着我,我走了!”江小燕头也不回地冲了出去。

“卖报了,卖报了! 看吴成芳被日本人在监狱里面致残,看各界政府声援南京爱国医生吴成芳,看日本政府对留学人士吴成芳的道歉,卖报了,卖报了!”上海的各大报纸都刊登了对日本人的批判。

陈二喜和卢惠琴已经在火车站等了一夜,他们知道陶花花没有说谎,只是希望江小燕不要出事,车站里面每一次日本人和军警的出现,两个人都很紧张,直到上海海关的钟声敲响很多次的时候,陈二喜看到了江小燕,身边还有那个上海人陶花花。陈二喜再也矜持不住了,冲上去紧紧地抱住了江小燕,卢惠琴也愣住了没有想到是这样,江小燕这时候也替陈二喜擦去泪水,不停地安慰他抚摸他。

“陈二喜,谢谢你告诉我们发生的一切,我们会派人跟你联系的,组织是相信你的忠诚,一路上要多保重啊,南京见!”陶花花握住了陈二喜的手,然后就迅速地离开了。

火车上江小燕告诉了陈二喜耽搁的原因,她找到了康平路以后,夜里了人们都已经睡觉了,开门的是陈鹏飞问她有什么事情,她以找陶花花要男人的理由,立刻就跟她打了起来,这下房子里面就乱了套了,刘志新也觉得根本就不可能,陶花花也真的生了气了,巡捕房的人很快地就来了,等两个人都被关进了巡捕房,江小燕才有机会把信交给她,就这样陶花花很快地就出去了,而自己一直关到天亮才放出来。

卢惠琴真的很惊讶她竟然想得出,陈二喜也觉得江小燕不做共产党很委屈,但是大家都很高兴,因为吴成芳已经放出来了,而南京也永远不是日本人的,中国也永远不是日本人的,因为这里还是有着机会的,特别是共产党人的帮助,让他们觉得活得有希望,火车就这样载着成功归来的三个人,快速地奔向南京的下关火车站。

民国三十二年的冬天,苏联红军将德国人狙击在斯大林格勒,冰天雪地的寒冷让德国人开始撤退,苏联红军开始追击希特勒的部队,胜利的消息给了法英信心,一些小国家也开始参加战斗,日德联盟也开始有所瓦解。新生的美国被袭击了珍珠港以后，也加入了太平洋战区，这时候的中国共产党游击队打击敌后，日本的军队在中国开始孤立，城市的很多部队被迫撤离去前线，南京占领军也开始抽调人员。世界各国的报纸连载了吴成芳，这让日本占领军再一次的蒙羞，樱井松子的两张特别通行证，让中国人有机会曝光文登吉野丑行。

文登吉野拿到了上司的命令，要求尽快的释放吴成芳，对于这样的要求他很失望，可是一切都是要面对的，决定要会会这个早稻田的同学，是他结束了他在南京的前途，也让洪武大路恢复了自信。车子在泥泞的道路上开得很慢，他怀念这里的一切包括过去，在这里他用了两条人命换了沉香，更不用说那些运回去的古物。

"很抱歉吴先生，为了我们各自的使命让你受苦了！"文登吉野深深地鞠了一躬。

吴成芳看了看他："你还不相信中国现在就是一个战场，很快这里就是前线了，记得我在你到洪武大路来的时候，就跟你讨论过这个问题了。"

"吴先生说的，世界局势的改变确实如吴先生预料的，美国和苏俄都开始帮助中国了，日本人撤出中国指日可待，可是吴先生你能得到什么呢？你现在的状况已经不能再做医生了，别指望国共会给你什么生活，洪武大路的统治是建立在这里内讧的基础上。吴先生，请原谅我对你的报复，这样的结果也是你咎由自取，不过你也让世界认识了人格，对此我表示尊重！我是输在了你的手里，输在受过日本教育的人的手里，而不是输在普通的中国人手里。"他还是不服气。

吴成芳看了他很久："我也不以为所有的日本人都跟你一样，不认为中国人没有败类，一个民族的忠诚是跟普遍人格有关系的，中国人会记住这个教训的，未来会重视国民品德的培养，日本人也会反省对世界犯下的罪恶，文登吉野君你是不是也要认识一下错误呢？"

"你们中国人要赢得世界的尊重还是要时间的，中国的吴成芳和卢惠昌太少了，我向你们致敬！后会有期！"他给吴成芳鞠了躬慢慢地走了。

吴成芳没有想到文登吉野立刻放了他，支撑着身体走出监狱的时候，第一次感到了阳光的温暖，几年来他从来没有见过天日，以为自己的一生只能在这里度过，这时候他想到了在日本的留学生涯，想到了在那里参加过共产党，想到了自己深爱的洪武大路，他决定要给自己唱一段，监狱的日本人知道他就要出去了，一个永远打不垮的中国医生，在每个门口都立正敬礼，吴成芳也用日语向他们道别，他不怨恨这些士兵，他们也有父母，就跟能原谅文登吉野一样，也不过是军国主义的机器。

“曹孟德领人马八十三万，
擅敢夺东吴郡他吞并江南。
周都督虽年少颇具肝胆，
命山人借东风在南屏成全。
庞士元他把那连环来献，
黄公复苦肉计火烧战船。
料不想大英雄不幸命断，
空遗那美名儿在万古流传，
只哭得诸葛亮把肝肠痛断，我把肝肠痛断，
公瑾哪……”①

吴成芳第一次是铆足了劲唱戏，这声音在整个娃娃桥传得很响亮，远远地盖过日本人的“敬礼”呼喊，他唱出了人生最大的成就，每一字都很清楚。

许大胖子给他叫了一辆黄包车，第一次垫付了车资抱了吴成芳上去，黄包车夫这时候也感动了，大声地招呼伙伴们赶紧去报信，车子进入洪武大路的时候开始震动了，坚硬的大理石砖头路面依然坚硬，远处传来了阵阵的鞭炮声，居民们也敲着锅盆各种器皿欢迎他，洪武大路的天还是那样蓝蓝的，洪武大路街边的小树已经长大了，虽然日本的国旗还是飘荡在空中，这时候已经没有原来的那种骄横。吴成芳贪婪地望着久违了的天空，太强烈的阳光让他睁不开眼，他不再说什么了眯上眼睛享受着自由的一切。

吴成芳是被陈二喜抱下车的，他看见了卢家、江家、朱家、蒋家和更多邻居们，吴成芳最希望看到的自然是卢惠琴，在人群中他看到了她向自己扑来，烟雾中的那个女人更加憔悴了，生活的艰辛已经让她不是以前的那个孩子了。吴成芳的生命中她是从来没有离开过，即使在最艰难的时刻，卢惠琴是他生存下来的唯一希望了，这个时候不能再犹豫了，看着自己的女人奔跑过来的时候，他紧紧地抱住了她亲吻了她，而此时卢惠琴早已流下了幸福的眼泪。

“成芳，你回来了，回来了啊？”卢惠琴抱着吴成芳痛哭，“你还活着啊，我的成芳啊！”

---

① 京剧《卧龙吊孝》唱腔选段。

“二喜，陈二喜，我要谢谢你的搭救啊，没有你我再也见不到惠琴了！”吴成芳紧紧地拉住陈二喜的手，“谢谢你啊，谢谢共产党啊！”

“吴先生你好吗？这是江小燕我的女朋友。”陈二喜对自己的作为很得意。

“陈二喜啊，你的艳福真的是不浅的啊，这可是个角儿啊，要知道珍惜才是啊！”他紧紧地握着江小燕的手，眯缝着眼睛笑了。

“谢谢吴先生，有件事情我不相信陈二喜，先生你是共产党人吗？”江小燕大胆地提出了自己的问题。

吴成芳看了看淳朴的江小燕：“小角儿，小角儿，现在也不唱了！”吴成芳笑了，这样的回答大家都笑了。

“你是不是跟惠民什么过啊，好像二喜很计较的。”卢惠琴很担心事情的结果。

“没有啊，我告诉你真正的原因吧，”江小燕很生气地说，“陈二喜觉得我是个‘白虎星’，不吉利！”

楼上两大间房子卢惠琴已经收拾干净了，吴成芳单独地住了一间，另一间就是陈二喜和江小燕的房子，而自己一直是回到卢家大院睡的。卢惠琴早上来的时候就觉得很奇怪，观察了一些时候后忍不住问了江小燕。回答出乎了卢惠琴的意料，没有想到这样的事情会出现，就悄悄地告诉了吴成芳，这个西洋医生听得更生气，上去就把陈二喜的被子掀了。

“你真是个能闹啊，共产党人首先要革你自己的命才对，人们的毛发根本就不可能一样，多少的问题根本就是生理现象，你要像个猴子就有运气了？我问你喜欢不喜欢江小燕？”

陈二喜不好意思的低下头，对江小燕的喜欢也不是从现在开始的，卢惠民文庙开始学戏的时候，陈二喜就有了一种莫名地嫉妒，那时候他不懂男欢女爱，更是不敢看江小燕一眼的，去妓院解救她更是一种冲动的表现，看着江小燕对卢惠民的爱心，陈二喜开始打消这个念头，还是跟陶花花的接触以后，脑子里面才有了完整的江小燕，特别是在最后一刻她去报信，让陈二喜真的喜欢上这个女人了，开始了家庭的梦幻了。

“喜欢！”陈二喜表态了。

“君子要成仁之美，今天就结婚，我和卢惠琴证婚！”吴成芳决定了。

陈二喜和江小燕在吴成芳诊所举行的婚礼，吴成芳和卢惠琴就是双方的家里人，两个人拜了天地以后吃完晚饭，卢惠琴就把他们推进了房间，然后早早地就回到了卢家大院，而吴成芳也知趣地搬到了楼下。夜深了以后，江小燕面对着不敢睁开眼睛的陈二喜，用她的头发开始挑逗他，陈二喜还是没有忘记“白虎”在家乡的传说，很多次地希望把被子掀开看上一眼“白虎”，屡次的尝试都被江小燕拒绝了，不容陈二喜半点侵犯不尊。两个人这样拉扯到天亮，陈二喜再也禁不住这种诱惑，不顾一切地扑了上去，江小燕也委屈地哭了。

“不哭，不哭，都是我惹的祸，我错了行不？”陈二喜赶紧认错。

“你说我是不是‘白虎星’，你说啊！”江小燕哽咽着。

“我已经看到了，我错了都是自己胡说的！”陈二喜真的知道错了。

“那你说怎么弥补，你说啊！”江小燕不依不饶地。

“小燕，我喜欢你，要跟你生孩子，今天晚上就要有我们的孩子。”陈二喜想到了自己的家乡，想到了陶花花温暖的大手，想到了日本人走后的幸福，一直持续到天亮的时候，才慢慢地在江小燕温暖的怀抱中睡着，这一觉是陈二喜人生的开始，真的是睡得很香很香。

洪武大路上的雪今年又是下得很大，路上的车辙几没有几分钟就被覆盖，人的脚步更是看不出丝毫的痕迹，内桥湾已经是冰雪覆盖，认不出哪里是水哪里是路，所有商店都关了门没有开，一切生意也是异常的清淡，人们都在等待这春天的来临，也盼望着日本人的撤退。江小燕起得很早很早，她在洪武大路转了一圈，最后停在了五十二号的门口。卢家文庙还是那样庄重地耸立着，大雪已经把过去的一切都埋没了，她想起了和卢惠民唱戏的日子，想起了自己过去对卢惠民的思念，现在这一切是不是就该完全结束了。

“看大王在帐中和衣睡稳，
我只得出帐外且散愁情。
轻移步走向前中庭站定，
猛抬头见碧落月色清明。
适听得众兵丁闲谈议论，
口声声露出了离散之情……”①

---

① 京剧《霸王别姬》唱腔选段。

江小燕的声音传得很远很远，也惊醒了在梦中的卢惠民，这是江小燕真的回来了，心爱的女人竟然要嫁给把兄弟，那种委婉凄厉是可以听得出来，她怨恨因为樱井松子的背叛吗？是的，他喜欢江小燕，可是这个世道还真的有爱情吗？日本人不久就会回去了，难道真的是跟日本女人一起离开祖国吗？他真的没有勇气回答一切，自己除了会唱还能做什么？太多的东西卢惠民是回答不出来的，而这时候江小燕是要回头吗？他已经失去了一次对她的陪伴，难道还要继续让她孤独吗？一切挽救已经是太晚了，他祈祷江小燕和陈二喜能够幸福，这样也算对得起自己的兄弟了。

“劝君王饮酒听虞歌，
解君忧闷舞婆娑。
嬴秦无道把山河破，
英雄四路起干戈。
宽心饮酒宝帐坐，
待听军情报如何。”①

卢惠民唱完了最后的《霸王别姬》，知道江小燕已经走远了，这窗外的大雪仿佛就是宿命，他不需要的时候永远是那么好看，树上已经结满了冰凌，只要小鸟栖息一下就会扑扑簌簌地掉下来，这就跟日本占领者的命运一样的。樱井松子就要走了，昨天已经跟家里所有人告别了，这个风雪天气回到日本，那是几千里的路程啊，想到她就去下关登船，这一走将是永远的分离了，心中也是非常的酸楚，他穿好了衣服戴上了帽子，迎着漫天的风雪向洪武大路维持会走去。

樱井松子已经接到文部省的命令，过一会就要去下关登船了，她很留恋这个地方，这里毕竟有过她的青春和爱情，可是一切就要成为了过去，昨天晚上她最后一次请求卢惠民跟自己离开，只要回到日本，就帮助他开始中国戏曲的研究，很显然是被拒绝了，她期望最后的一刻卢惠民会改变。大雪中走过来的卢惠民一件行李都没有带，樱井松子明白这是最后的分别，她指挥日本军人把东西拿上车，流着眼泪倒在了卢惠民的怀里，她要珍惜这最后的时刻，接下来漫天的飞雪，卢惠民的道路比自己更难走。

---

① 京剧《霸王别姬》唱腔选段。

"松子,我们能说几句话吗?"卢惠民首先说话了,"松子,我希望你能留下来,我的家里面也希望我们一起生活,你不能离开啊!"卢惠民哀求着。

"你是为你自己活着,还是为你的家人活着?"松子推开了卢惠民,"惠民君,你们中国人有伟大也有卑贱,吴成芳就是洪武大路上最高贵的人,而你就是洪武大路上最卑鄙的戏子!你爱江小燕却又不跟人家结婚,你学习戏曲却又不热爱,为你付出了七年换来的就是为你留下来。日本占领军在中国的行为是能饶恕的吗?你当这是演戏啊,连我都不能饶恕自己,而你又为我能做什么呢?"

樱井松子哭了:"惠民君我真的爱过你啊,你可以跟我去日本生活,在那里你依然可以喜欢你的京剧,未来中国人是很难保护这些的,他们关心更多的是权力,不是文化你懂不懂啊?你走不走啊?回答我!"

"滴!滴!"卡车开始催促樱井松子了。

卢惠民在寒风中流出了眼泪,樱井松子紧紧地抱着她深爱过的男人,卢惠民也紧紧地抱住了樱井松子,这里没有任何的语言,几年来的生活在这里就是缩影,风雪越下越大几乎两个人都看不见对方了,寒冷的雪花已经浸透了他们的灵魂。

松子给卢惠民深深地鞠了一躬:"惠民君,再见了,请多保重。"

日本宪兵的汽车在风雪中远去了,洪武大路上留下了孤单的卢惠民。

洪武大路上的雪越下越大了,道路上已经变得很泥泞了,"茶水炉子"的生意虽然点着炉火,显然是没有人来打水。卢惠民想去看看陈二喜,快到的时候突然止住了脚步,吴成芳西医诊所家的窗户上,红色的双喜已经贴了出来,卢惠民昨晚看到姐姐准备的,没有想到今天就已经是现实了。他的心里开始有些酸楚,就在这个瞬间诊所的大门开了,陈二喜也显然看到了路中央的卢惠民。卢惠民想起了两人结拜的情形,举起了双手抱拳祝福陈二喜,风雪中陈二喜接受了兄弟的建议,这也就是不远以前的一幕,也欣然地举起了双手狠狠地抱拳。两个人都开心地笑了,卢惠民头也不回地远去了,离开的那一刻潸然泪下。

卢惠民离开了吴成芳诊所觉得释然了,学戏也许是为了江小燕,走上这条路以后看到的是疮痍,那些戏文几乎是没有生命的,根本就是对生活的消沉,让人们在艳丽的悲哀中毁灭。过去自己在所有的舞台上仅仅是个丑角,人生的舞台上插科打诨太久了,今天一切的远离才明白,自己天生就是一个戏子,一个天生的唱戏材料,在这里面才有完整的人生,他要坚持唱下去,唱出人间的无奈和痛楚,唱出洪武大路的兴衰,成为用生命完成事业的角儿。洪武大路上留下了卢惠民的脚印,那么清晰那么的坚定，以至于风雪都没有办法埋没它。

“吴成芳诊所”挂出了歇业的牌子，可是依然有人闯了进来，病人包裹得严严实实，陈二喜赶紧引导到房间坐下，诊所现在一切都是卢惠琴打理，但是病人丝毫不想跟她多说，而是点名冲着吴成芳来的，这让陈二喜觉得有什么特殊，想着江小燕起来就没有看见，刚才只是意外地见到卢惠民，心里开始有点不踏实了，给房间添了炉火以后就出去了。

“吴兄啊，惠琴侄女可好，新婚大喜啊，祝贺啊！”一个熟悉的声音出现了。

吴成芳是从睡梦中被叫了起来，在卢惠琴的搀扶下才下了楼，病人立刻精神好了起来，立刻拿掉了头上的围巾，竟然自作聪明的笑了起来。

“这不是文生先生吗？”吴成芳认出来了，“干吗那么神秘啊，诊所又不是宪兵队。”也觉得很好笑就是了。

“恭喜恭喜，新年之春就是百年好合，怎么也要谢谢我这个媒人吧。”卢文生很是得意。

“哦，这不是我们办婚事，是陈二喜和江小燕的。”吴成芳很是客气。

“大堂叔，多少年没有见的，都好吧？在哪里得意呢？”卢惠琴也认出了卢文生。

“好，好，回到安徽以后我就去了延安，加入了全面对日宣战的抗日行动，见到了毛主席和朱总司令，今天抗日的烽火已经燎原了，全国人民都奋起了抗日的最后救亡，日本鬼子就要逃跑了，这是个天大的喜讯不是吗？”卢文生讲得是慷慨激昂。

“文生兄啊，你现在到底是国民党还是共产党啊？我有点听不懂哦。抗日是跟鬼子正面交锋，战场好像还没有到南京吧！”吴成芳希望听重点。

“我从来就没有做过国民党啊，”继续说着：“我现在是洪武大路的书记，这是副书记周小芸同志，回来就是开展对日的最后宣传，告诉鬼子必须向我们投降，共产党的游击队到处都是，让他们感到闻风丧胆怕得要死。”卢文生道出了任务：“吴先生揭露了日本帝国主义在南京的暴行，我代表共产党人和抗日统一战线对你表示感谢啊，也带来了毛泽东先生对你的问候。”卢文生显得非常的真挚。

“卢先生客气了，为了民族的存亡中国人都会做的，卢先生来是有什么吩咐？”吴成芳直接希望能明白他的意图。

“是这样的，日本军队在很多战场吃了败仗，我们会在统治区开展敌后的宣传，你这里就是我们的联系地点。”卢文生也很坦率。

卢惠琴听到这里是大吃一惊，什么时候就成了共产党的地盘了：“大堂叔，我就搞不懂了，抗日地点怎么就选择在我们这里了？”

“是卢惠琴吧，陈二喜同志在不在啊？”旁边的周小芸说话了，“你把陈二喜同志请出来，我有话跟他交代。”

吴成芳这才知道一切都是因为陈二喜，觉得共产党内部的事情也管不了：“二喜呢？既然不是找我们的就不要那么兜圈子了，为了抗日我们就没有任何的借口，只是不要生出麻烦来才好，我身体不是很好休息去了，惠琴搀扶我上去吧，他们的事情自己谈好了！”吴成芳上楼去了。

卢文生也没有想到事情会尴尬起来，本来以为吴成芳是支持抗日的，没有想到刚回洪武大路就碰软钉子，看看周小芸，自从当了副书记，一切的事情也是很喜欢做主的，今天的事情几乎都弄砸了，他只是希望尽早地见到陈二喜，行动才可以展开。外面的道路是越来越难走了，昨天一夜的长途旅途还没有休息，他决定先睡上一觉，就招呼周小芸在诊所的沙发上躺了下来，可是周小芸抑制不住那种兴奋，根本就不理睬自己，于是就慢慢地进入了梦乡。

“不知道大堂叔、堂婶婶见过妈妈没有啊？要不我请他们过来吧，也顺便把二喜一块找回来，好不好？”卢惠琴摇醒了卢文生。

“不用了，抗日的形式很复杂的，一切敌对势力也是很不清楚的，其中的很多事情也说不清楚，还是先谈工作好了！”周小芸的话让卢惠琴很不爽。

“抗日的事情是所有人的事情，卢惠昌是杀了日本人的英雄，卢惠炳也是鬼子杀了的，怎么还有敌对的成分了？大堂婶，抗日不能再有分裂了，国民党不可以共产党也不行，况且我们也是有渊源的，你们待着吧我去找二喜，失陪了大堂叔！”卢惠琴摔了门就出去了。

“别乱动，你是谁？”陈二喜进门后腰就被枪抵住了，“不说我打死你，信不信！”

“我，我是陈二喜啊，这家的主人哦！”陈二喜觉得很害怕，“你们是干什么的啊？”

“大堂婶，你要干什么啊？”跟在后面的卢惠琴火了。

江小燕冲上去一脚就把周小芸踢倒在地：“抢劫啊是不是，你这是找死！”。

卢惠琴在煤炭店找到了陈二喜以后，也碰到江小燕从路南回来，三个人定了煤炭就回来了，谁知道进门就被周小芸用枪逼住了，江小燕是有些戏曲武功的，这一踢让这个女人在地上几分钟都爬不起来。陈二喜也没有见过这阵势，头上的汗都吓出来了急着去厕所，楼下的动静让吴成芳忍无可忍了。

“有完没有啊这是抗日吗？一惊一乍的神经病了是不是？洪武大路还没有解

放，就什么占领区的书记副书记，谈完了快走就是了！”楼上传来了逐客令了。

卢文生早就被惊醒了，看着这一幕明白了眼前的人是谁了，很激动握住陈二喜的手：“陈二喜同志，我代表组织对于你的表现表示赞赏，陈鹏飞叛变革命的事情，陶花花同志已经汇报中央了，我代表中央对你的工作表示感谢。”

“同志你这就客气了，都是为了共产主义吗！”这话说出口陈二喜也觉得别扭。

“陈二喜同志，现在正式任命你为洪武大路的地下宣传员，也负责保护周小芸同志的安全。”卢文生一点都不客气，将妻子的麻烦交给了陈二喜，“也欢迎江小燕同志加入我们的队伍，她也可以保证我的安全，具体的方式以后再研究。”他喜欢江小燕的身手。

卢惠琴这时候紧张了：“大堂叔，你们晚上都住在那里，人家可是新婚第一天啊！”

“日本人已经狗急跳墙了，国民党也在掠夺胜利的果实，现在出去是很危险的，从今天起我和周小芸同志住这里了，陈二喜同志有一个任务交给你，今夜将这些标语贴出去，让鬼子知道抗日力量无所不在。”卢文生下达了命令。

“胡闹。”吴成芳再也忍受不了了，“文生啊，你我都是年过半百的人了，不要做那些幼稚的事情好不好？”自己从楼上往下走，卢惠琴知道吴成芳发火了。

“抗日就是贴几张纸条吗？不在前线跟日本人拼个你死我活，折腾老百姓干什么？你们关心的就是权利，考虑每个人都要居家过日子的，五十二号那么大为什么不住？这里是吴成芳的诊所，不行！”吴成芳第一次动了肝火。

江小燕也说话了：“对抗战我没有意见，共产党还没有得到天下了，你们就共产了不成啊，陶花花见到我也是千恩万谢的，你们怎么会没脸没皮的，鬼子还没有逃跑又来了一帮共产党，二喜跟我上楼有话说！”

“江小燕同志，你先生已经是革命同志了，你要服从命令！”周小芸语气中毫不犹豫。

陈二喜也是很为难的，陶花花在上海是帮了不少的忙，看起来到南京也不是卢文生的意思，既然人家都要求也不能不办：“这位同志叫什么啊，哦是大堂叔吧，标语我会去贴的，但是住在这里也是很不方便，这样我把事情办了你放心，三山街有家安徽客栈知道不？你们就住在那里吧，有事情我会去找你的，放心！”

“不行！我们是单线联系，你不可以随便找组织的，有什么事情我们可以联系你！”周小芸挣扎着坐到凳子上。

“行了行了，我要扫地了！诊所一会儿还要开门！”江小燕毫不客气地拿起了扫帚，开始了屋里的清扫，大家面面相觑的时候，她竟然把关门的牌子给翻过来了，这可吓坏了卢文生，什么也没有说拉着周小芸跑了。

陈二喜看着两个人走远了以后，在院子里面站了很久，他明白了共产党是记住他了，想着那一堆花花绿绿的传单，这大雪天日本人很少出来了，这样让日本人感到紧张也是需要的，他开始在街道上琢磨该贴在哪里，警察署是要贴的，禄文景的大院更不能少，宪兵队也是要多贴几张，然后就是所有的商铺门口，他不想贴得太低，开始在要贴标语的地方都放好了砖头，晚上趁着大雪就很好做了，这样一圈完成以后，回到家里的时候已经是天黑了。

“二喜，你真的要出去贴啊？”等卢惠琴走了以后江小燕问他。

“嗯，我去去就回来，不会花很多时间的就是了，你先睡吧。”陈二喜安慰她。

“不行我跟你一起去！”江小燕觉得不放心。

“鬼子那么多你不要去，万一追出来你跑不快的，我去去就回来，放心！”陈二喜穿上衣服戴好帽子，拿起一堆标语就出去了。

洪武大路在第二天的早晨沸腾了，人们奔走相告心里开心，大街上到处是花花绿绿的标语，从北口到南口张贴的到处都是，更有很多直接贴在了占领军的办公建筑外面，这让即将离任的文登吉野觉得是一种挑战，他绝对不能在走之前就忍受这样的送行，给上级发了电报以后，就决定一定要找到这个危险的人，他沿着洪武大路一一看了清楚，他笑了。

就在陈二喜还在睡梦的时候，日本宪兵冲进了西医诊所，他从被窝中被拽了出来，接下来就是一顿狠打。江小燕冲上去护住丈夫，也是很快地被拽开了，而吴成芳也被拖到了雪地上，让人们再次地领教了他们的淫威。

“你这个支那猪啊，你贴这些标语太蠢了，别以为你不穿鞋子我就找不到，身上有了杀蚊子的敌敌畏我就找不到你了，你真是个笨蛋贴了那么多的地方，就是忘记了给诊所贴上，哈哈！你不是会光着脚，那好我现在就让你看看，你贴的那些对打日本皇军有用没有？”文登吉野非常得意。

陈二喜被五花大绑了起来，文登吉野扯掉了他的衣服，脚上光着开始游街。他也没有想到自己竟然贴了那么多，整整的一条街几乎没有关照不到的，电线杆子、商铺店面、大面的墙壁，还有那些鬼子的汽车，都贴满了各种颜色的标语，真的是太壮观就是了。

“打倒日本帝国主义！”是红色的。

“胜利属于中国人民!”是绿色的。

“日本鬼子滚出中国!”是白色的。

“血债血偿! 共产党万岁!”是黄色的。

陈二喜没有走到宪兵司令部的时候,人就冻僵了倒在了雪地上,到江小燕把他拖回诊所的时候,已经基本是奄奄一息了,吴成芳和卢惠琴守候了几天,他才慢慢地苏醒过来了,这时候他的脚掌已经被截肢了。文登吉野没有罢休,要追查幕后策划这个事情的人,他不相信陈二喜有这个脑子,找到了卢文生和周小芸居住的客栈,并下令搜索南京的所有地方,一定要把这两个人交到上级的手里。

民国三十三年的秋天,抗日战争到了最关键的时候,蒋介石部队飞机开始轰炸南京了,洪武大路很多的建筑都在起火燃烧,到处是一片烧焦的味道,百姓虽然都躲在家里的床底下,轰隆隆的炮声是越来越近了,日本人开始在马路上向飞机扫射。文登吉野早已经逃到了下关的江边,就在登船准备离开的时候,突然想到了洪其昌的沉香,于是带着一个排的人回洪武大路,仗着对地形熟悉他进入了文景大院,可是文登吉野出来已经晚了,卢惠昌领导的社会武装,已经把禄文景大院围住了。

快要接近黄昏的时候,国民党的部队也进到了洪武大路,卢家门被敲得当当响了起来,人们都不敢开门而是不出声音,最后大门还是给撞开几下了,一个声音炸响在所有人的头顶,没有想到二少爷卢惠炳活着回来了:“老戊,姆妈,不孝儿卢惠炳回来了!”

“儿啊,你还活着啊?”周湘云觉得是在梦里,“你革命啦?”

卢文来看着儿子已经是国民党的上校团长,身边都是军人护卫着:“惠昌已经把文登吉野围了几天了,就等着国军的最后手段,兄弟打狗其利断金,你快去帮忙啊!”卢文来也兴奋起来了。

“轰! 轰!”几发炮弹落到了文景大宅的院子里面。

卢惠炳站上炮车的顶上看了一眼士兵:“所有的国民革命军的战士听着,卢惠炳现在面临的是国仇家恨,对待洪武大路的占领军,对待文登吉野一定要抓活的,国际战犯的法庭就是他的归宿,我们要让世界宣判这个杀人魔王,准备好了吗?”卢惠炳大声地问士兵。

“准备好了!”士兵齐声答应了。

“好,准备炸开禄文景大院大门!”士兵们开始填放弹药了。

“慢!”这是吴成芳的声音。

吴成芳在卢惠琴的搀扶下,来到了禄文景大院的门口:“惠炳,你知道这个大院的历史价值吗?你知道里面有多少文物吗?你知道里面有多少士兵的生命吗?面对禽兽我们不能成为禽兽。”吴成芳说得是斩钉截铁。

卢惠炳看看这个姐夫说得也不是没有道理:“那你说怎么办?”

“我想跟吉野谈谈。”吴成芳很坚定。

“你疯了吴成芳,文登吉野会杀了你,你真是活腻了!”卢惠昌喊了起来。

吴成芳很坚定:“卢惠炳,希望你能给我一次机会。”

“不行!”卢惠琴坚决不同意,“惠炳,你不能听他的!”

“给我喇叭,我要尝试一次!求你了!“吴成芳几乎要给卢惠炳跪下来。

卢惠炳面对这样的状况他还是第一次碰到,看着这个被日本人致残的姐夫,他的心再一次地莫名的难受:“好,给你一次,就一次!一个小时以后就进攻了,这是最后一次!”

“文登吉野和所有的日本军士们你们听好了,我是日本早稻田大学的毕业生吴成芳,在中国军队进攻之前我有个请求,希望能够进去和你们谈一谈,你们已经杀害了太多的中国人,你们也有自己的妻子儿女,所以我现在请求中国军队给我一次机会,希望保全你们的生命,跟你们做最后的谈判,你们同意的话就请打开门,拜托了。”吴成芳几乎用很难说话的。

“只能吴成芳一个人进来,”这是杨瘸子的声音,“一个人进来听到没有?”

“吱呀。”门开了一条缝,吴成芳推开了卢惠琴的搀扶,然后拄着拐杖慢慢地走了进去,随后大门“咣当”地又关上了。

吴成芳进到院子里面的时候,所有的窗户已经都已经震破,墙上的石灰基本掉落,房梁也已经完全的变形,禄文景大老爷已经中毒很深了,如果不及时抢救就没有希望了;很多士兵多少天没有吃喝,瘦的几乎都站不住了;几个士兵躲在墙角哭泣,更有的已经蜷缩在旮旯不敢抬头;只有文登吉野换了和服,雪亮的日本军刀就放在桌子上,看上去是准备剖腹自杀了。

“吴先生,你是不是很得意啊?你们的军队到了!”文登吉野很是不买账。

“吉野,你作恶太多真是死有余辜,士兵不应该跟你一起去死,你就忍心看他们成了冤魂?”吴成芳质问文登吉野。

“他们应该为天皇效忠的,我也必须为大和民族牺牲!”吉野很自豪。

“你难道不知道日本天皇已经宣布投降了，所有世界战场都结束了战争，你这样做就是违反天皇的命令，放下屠刀立地成佛，不为你也为这些可怜的孩子。”吴成芳劝他。

“吴先生，难道不怕我杀了你？”文登吉野问。

“你屠杀洪武大路的时候怕过，但是想想那些无辜被你杀死的士兵，就觉得活着也是被你糟蹋，今天我敢进来找你谈话，你觉得我还怕你吗？今天你能杀的只有我一个，而外面的士兵是可以杀了你们全部，为了日本孩子的安全我愿意赌一下，你如果允许他们放下枪械，那么我就任你杀任你剐了，行不行？”吴成芳回答他。

“吴先生，洪武大路的百姓是不会原谅我的，看在同是日本培养出来的人才，我不杀你，你走吧！”文登吉野送客了。

吴成芳不想放弃拯救这些士兵：“吉野君，我最后的跟你说一次，你是日本人的耻辱，我要的不是你的投降你也不会投降，而这些士兵是无辜的也是日本战后的未来，你就不能放过他们吗？而他们的父母还在期待他们回家啊！我恳求你放了他们，拜托了！”吴成芳给文登吉野深深地鞠了躬。

“吴先生，你怎么能保证不杀他们？你用什么保证。”吉野问道。

“吉野君，你是战争机器，外面的人不是，我的兄弟不会杀掉已经投降的士兵，我可以在这里做人质，如果他们得不到应有的权利，你可以杀了我。”吴成芳表示。

“请问指挥官是谁？”吉野问道。

“国民革命军的上校军官卢惠炳，我用人格保证他的善良操守！”吴成芳保证了。

“站队！”文登吉野决定给士兵一次生存的机会，等所有的士兵全部站好了以后，他一一检阅的自己的残兵败将，然后走到吴成芳面前：“吴先生，拜托了！”鞠了一躬。

“我原谅你过去的一切，文登吉野君，但愿你来生不是军人，谢谢了！”吴成芳点点头。

“吱呀”这时候大门全部敞开了，吴成芳第一个走了出来，紧接着士兵举着枪出来了，最后是身体已经残损的杨瘸子。

“杀了他们，杀了日本人！”洪武大路上的人沸腾了。

“杀了狗日的，全部都枪毙！”有人用砖块砸了过来。

“街坊们，饶了他们这些孩子吧，在洪武大路上能有一个比我更憎恨日本人的吗？他们的错误是日本的天皇造成的，我们中国人历来是礼仪之邦，我们不会成为禽兽的，我请求街坊们饶了他们，放他们一条活路，我为他们给大家道歉了。”吴成芳跪了下来。

“吴先生，请带路我要见见不敢出来的文登吉野。”卢惠炳走到了大门口。

吴成芳拦住了卢惠炳：“惠炳，你就让他效忠天皇吧，不要让他难堪了！”

“街坊们，按照国际战争结束的条例，就让他们接受战后法庭的审判吧。”卢惠炳说完以后对着大院里面：“文登吉野，看在吴成芳先生的面子，你自决吧！”

文登吉野终于撩开了自己的衣服，把明晃晃的指挥刀对准了自己的腹部，然后一刀切了下去，立刻所有的肚肠子都流了出来：“天皇啊，你为什么要投降啊，为什么要向支那人低头啊！啊！”

民国三十四年的春天，清晨的阳光是吴成芳最渴望的，这是他梦寐以求的安宁，看着卢惠琴准备的早饭，所有的窗帘都打开了，院子里面的花草已经开了，常春藤又开始向上爬升了，心里有一种说不出的喜悦。半年来的夫妻生活让他觉得开心，而且卢惠琴已经怀上了孩子，他们今天说好的就是去看望卢文来，虽然他们之间的辈分的关系，但是在很多想法上还是一样的，可是没有等他出去的时候，卢文来已经陪着卢惠昌满头是血的进来了。

“这是怎么搞的？”卢惠琴赶紧包扎，没有想到洪武路上竟然有敢跟哥哥动手的。

“还有谁啊，”卢文来很气愤地说：“老二呗，也不知道中了什么邪了，家里竟然出现个信仰共产主义的人，两个兄弟三句话说不到一起就干了起来。连陈春丽和罗秀玲都争执不下了，看看都打成什么样子了，唉！”

“卢惠炳不是国民党吗？怎么也信仰共产主义了！”卢惠琴有点着急。

“共产党就是统战啊，你不是也让两党拉来拉去的，这些年来我都搞不清楚了，国共合作不是很好吗，老蒋搞了个皖南事变就是了，卢惠炳是共产党的部队，国民党把整个部队打的七零八落的，这不是种下了祸根吗？现在日本人走了这笔账又掀了出来，成天的要求给过去个说法，这不，两个兄弟也打得不像个样子，这国家还有个消停没有啊？”卢惠昌包扎好以后头也不回地走了。

吴成芳明白了现在国家的局势，官员们议论的都是解放军，共产党已在陕西北部生根了，东北也是接管了大片的土地，原来的国民革命军将领都出来了，地方势力都归了共产党，蒋介石这时候要管理恐怕晚了。上海南京又恢复到以前了，依然是官员商贾的天下，物价也是飞涨的厉害，就连这样一个小小的诊所，也是几乎维持不下去了。这个国家究竟是往何处去啊，国民党这样的腐败究竟能撑多久，毛泽东的部队已经南下，共产党的均贫富的思想很得人心，看起来真的是要变天的。

“文来先生，你听说过共产党吗？”吴成芳问他。

“不就是卢文生、周小芸和陈二喜吗？”卢文来觉得认识的就这些。

“那国民党呢？还是以前的国民党了吗？”

“这满街的不都是国民党吗，不过真的是世道变了，国民党不值钱了！”卢文来笑了。

“三民主义是斗不过共产主义的，看起来早晚要变天，共产党的天下就要来了。”吴成芳嘟哝着。

卢文来想起了汤瞎子讲的青龙白虎，看起来这个人也不是捕风捉影啊，不禁打起了一个硕大的寒颤！

民国三十五年的年秋天，洪武大路诊所彻底地没有了药材供应，国共内战彻底爆发了，吴成芳心里冰凉！

養護兒童是父母与
教師的責任

chapter 7

第七章

洪武大路第四十一号
蒋富江与三春酱园

五台山

洪武大路上热闹的生意是“三春酱园”,“三春”指的是老板蒋富江的三个女儿。

在人们传统的生活里,父亲和女儿们永远是童话,刚毅的性格加上娇媚的小妖精们,是创造欢乐笑语的源泉,关爱和喜欢是父亲们的责任,他们从小就娇惯着自己的女儿,“三春酱园”永远没有这样的事情,老板蒋富江是典型的浙江人,说话、办事和性格像西湖的水一样,表面上似乎是永远地平静,那是人们忽略了西湖是钱塘江的一部分,这样的湖水在到达城市之前,其蔚为壮观的场面没有人联系起来,汹涌的是巨浪可以吞噬一切的。蒋富江的过去没有人知道,为了生存和女儿们的未来,他变成了一个敦厚的劳作者,除了每天的繁忙工作以外,对孩子几乎是不苟言笑的。

蒋春晓、蒋春晚和蒋春晖发育一般,没有一个身材是出众的,长相也谈不上漂亮,但整体的娇小也是很耐看的,蒋家的女儿们没有放纵,更没有别的孩子那种母爱,起早贪黑养成了她们坚强的性格,蒋富江从小就没有读过书,进过几天私塾的女儿们提前参与生意。旧时的酱园经营很复杂,不但是做各种各样的酱菜,也做酱油、醋、各种各样的调味料,生意上的忙碌永远是不停歇的,一年四季都整天地泡在酱缸里。蒋家的生意永远是谜,每年成千上万的蔬菜进去,出来的都严重地收缩了,究竟利润是多少没有人知道,这家人永远没有奢侈,最多的也就是做酱菜的原料,抓上几把炒炒就吃了,荤腥也是几乎很难得的。

“二百斤的萝卜出货的时候只有九十斤哦！加上找人切、酱缸的钱和运输等等,你看看我才赚几个小钱?”蒋富江这样地告诉客人。

这是蒋富江说话的程式,酱菜腌制的特点就是进水,二百斤的萝卜是要收缩的,但酱菜出门时候的分量却是不少的,盐水的分量是一定比清水重的,分量不但没有减少反而是更加的打秤。“三春酱园”的盐水是后院四口取之不尽的水井,南京的井水大都是甘甜的,而这里确实有点甜而咸的感觉,当然“三春酱园”也是进海盐的,马车也常常在院子里面卸货,不过那只是掩人耳目,菜腌制好了以后就放进酱缸,出来的时候还是要用井水过的,这样一来口味自然与众不同,可是这个甜而咸的秘密也只有三春知道,别人的努力也就没有用了。

蒋富江总是夜里带着菜车回家,一来不愿意阳光将菜里的水分蒸发,二来不想管送货人的吃喝,最重要的是不愿意让人看到,究竟运了多少菜进了酱园,处世的谨慎在洪武大路也是少有的。“三春酱园”的伙计们手脚非常快,菜卸下来也就几分钟时间,手脚慢的很难在这里生存。偷懒更是件不容易的事情,这里有着八只眼睛紧盯着，效率也就出奇的高了，没有人敢在这里懈怠。三个女儿也是出奇的噎人，无论是整体的批发客户，还是零散的柜台生意，对价钱的抱怨几乎不敢，就算是敢于说上几句的，几句就会被驳斥的哑口无言。

“黄酱你一个月能吃多少，半斤就齁你个半死了，你看看利润从哪里来？我们这种生意是赚不到什么的！”大女儿掌柜永远对客人这么说。

实际上并不是这样的，大豆、黄豆、萝卜、黄瓜等等原材料的进出，完全控制在“三春酱园”的手上，贵的时候就不出门卖货，即使有人想尝尝新年的酱菜，也是会被三个女儿狙击的。“三春酱园”的新货总是有意拖晚，一定要陈货出的差不多，客人们虽然喜欢“三春酱园”，但也总是免不了抱怨几句，这时候三春是一个不少地冲出来，即使蒋富江想拉也拉不住的，她们个子虽然不是很高，人也显得有些酱菜的消瘦，但是声音却是非常的大，简直就是没有腌制过的萝卜，一个比一个口味酸辣了。

“酱瓜，酱菜都是酱的哦，要吃新鲜的你去菜场就好了！”大女儿这样说。

“酱菜要酱到家才是口味，你看看颜色和口味，都是老的好哦！”二女儿那样说。

“很好笑哦，你才进多少啊，要不你去买材料，我们替你腌一酱缸，随时来取！”三女儿更是能说。

“女孩子不要多嘴！”蒋富江等女儿们把话点到才出来：“你喜欢新鲜的我给你尝尝，也拿一份老的给试试。”蒋富江有意把腌制没有到位的新鲜酱菜取一条，然后把腌制最好的也取一块：“这个您尝尝，新鲜的可以给你好价钱，你只要吃得舒服。”

蒋富江总是笑着送上新酱菜，这样的酱菜通常是刚下去没有几天的，口味透着生涩和没有腌透，每当客人感到咽不下去的时候，他总是鼓励人家再试试，结果是采购的人没有了脾气，无形中就慢慢地败了阵了。蒋富江终于有话说了，乖乖地按照指点买上几坛，就这样“三春酱园”的生意始终不输，自然也就有了永续发展。“三春酱园”绝对不让外人参与，就是材料也是蒋富江亲自采购，每年的菜价是前一年就定好的，不等长了太大就去收，所以质量也是控制得住的。

“酱菜二百斤只能腌制出九十斤，今年照顾你的家里生活就是了，赔个酱料九十斤的酱菜换你二百斤的菜，其他的货我还是照收，大家都图个友谊和方便，就这样了！”蒋富江总是笑着面对菜农。

蒋富江的理论总有效果的，家里剩下的破损残缺酱菜底子，在他出发的时候已经搜罗干净，再在上面加上一层卖相很好的，带到农村换货也是不小的成功，不但省下了大量的现金，重要的是能够陈货不浪费，几乎没有几个人可以做到。“三春酱园”的生意只赚不赔，让三个女儿在洪武大路出了名，没有一个长得脸上没有酱色，加上出门就是一身酱味儿，所以几乎没有人家敢上门提亲，到了成年一个也没有嫁出去，这就成了蒋富江的心病。

蒋富江的出身不是做酱菜的，而是浙江有名望的挖井人，这一行是很吃苦的事情，挖出水来才有收入挖不出来就是白忙，所以这行主要是家传的苦差，没有人是半路出家的。蒋富江带着女儿进南京的时候与人不同，是从最小的城门通济门进的，俗话说就是旁门左道的那种选择，知道这里是盘龙卧虎之地，很多的禁忌是不能随便招惹的，带着这样的心里暗示，关于居住的地方徘徊很久，才确定在洪武大路住下的。

“洪武大路是邪门的地方，西瓜放进里水里冰镇一下，乖乖隆的咚，什么时候都不会回温的！”这是井台上的扬州人。

“是啊，这里几家的豆腐都不会坏的，还有意思啊？”侉子的女人惊叫。

“我妈妈这几天连续喝茶，白头发都少了吓死人了！”裁缝女人也很奇怪地。

“洪武大路就是南京的龙骨啊，听说就是太有料了哦！”张麻子的女人喜欢夸大事实。

虽然是一些无聊的市井谈话，蒋富江从来都是留意认真的，看准了龙脉他就顺着八卦中的水线，贴着秦淮河的丰润和潮湿，一直找到了很简朴的洪武大路。蒋富江一跨进这条街道就惊呆了，石城青龙的胡须就压在街的下面，再仔细看那须尾的尖尖是那口井。蒋富江将三个女儿放在井台的外面，源头就是尽头聚宝门的环水，看看周围的人家都是手艺人，决定在这里做个生意，“三春酱园”的想法就这么实现了。

人们都认为靠近水的地方地基不好，卖地的人也没有太多的想法，按照市价把地转给了他。蒋富江拿到地以后首先把周围封了起来，大女儿开始照顾两个小的女儿，而他就一个人动手挖了四口井，当年就在深秋的时候把菜腌下去了。没有几个月酱园的味道开始弥漫，洪武大路空气中有了香味，这时候人们才发现，这里竟然有了一个很大的酱园，期待着给生活带来方便。蒋富江每天查看酱缸的发酵，用井水漂洗着菜根，知道出来的将是绝世精品，心里自然是最大的满足。

“三春酱园”腊月开张了，好奇加上太长时间的渴望，酱园被围得水泄不通，开始人们只是觉得一种新鲜，但口味的上佳导致了后来的哄抢，洪武大路上的人都啧啧称奇,家里开始都储存“三春酱园”的产品。洪武大路上也是穷人多,走亲戚的时候拿不出贵重的东西,“三春酱菜”终于算是一份礼物了,没有想到的是人们趋之若鹜,来南京访友的时候总是要去带回几罐,以至于“三春酱园”供不应求,这也是蒋富江没有想到的。

“蒋老板,我是城南小菜店的,能不能便宜多定点。”这是小的杂货铺。

“蒋老板,我们安徽人,就是认你的酱菜,明年我就在你这里进货,这是定金!”徽商的口气很大。

“价钱我就不说了,质量好的给我们饭店做头牌菜好了!”这是大三元的主厨。

“三十坛甘甜酱瓜,后天启程去袁世凯总统御用,误了期限治罪!”这是皇宫的菜单。

洪武大路上“三春酱园”是发展最快的,但是从来没有扩大的任何想法,面对“三春酱园”的迅速发达,南京的几家大酱园店不是没有人妒忌,他们买回过“三春酱园”的产品做研究,其中成分并没有太大的差别。很多人希望能够偷看点什么,蒋富江也不避讳人家在酱园里面参观。做酱菜的人知道盐是最重要的根本,所以就偷偷地进了同样的海盐,一年下来依然如故没有进展。只是没有人想到水的理由,洪武大路的水井也就在路边,从来没有人愿意尝上一口,更没有人去想腌菜是洗了才卖的。

“三春酱园”是典型的前店后场的结构,前面是两大块组成也彼此相连,酱场大门是黑颜色硕大木材定制的,蒋富江每年都要请人用黑漆涂抹一遍,永远有着那种可靠的神秘;大门上面有序地排列着刚强的铆钉,即使是时间久远了一些,依然有着不可替代的坚实。门楣是由大理石堆砌而成的,雕刻的“三春酱园”四个字是请卢文来秀才写的,隶书圆体很有几分儒雅的风范,算是“三春酱园”的金字招牌。大门地上的前几尺是用的大青石铺陈的,不是很平整但是很坚实,无论什么样的车碾过都不会留下任何的车辙,进到里面的时候都是整齐的青砖,偶尔的从缝隙里面钻出来的小草,让这个“三春酱园”有了生气。

“三春酱园”的名声就用了几年的时间,卖到了整个华夏的大江南北,很多有钱人希望入股“三春酱园”,大量的资金都在期待连锁的生意,但是蒋富江不为所动只开一家,随着女儿开始参与到自己的行业,这里的管理就完全家族化了。酱菜的处理自然是请人的,每年都招很多人来洗菜和切菜,但大女儿绝对不用南京人掺和,更不要说洪武大路上的闲人了。用了的人来年也不重复使用,想蒙混过去的人一眼就被蒋春晓认得出来，人们在佩服大女儿记性的同时，也怀疑蒋家一定有着什么特殊的秘密。

“你，去年就在这里做了，不行，你要留碗饭给人家吃哦！”被点到的人灰溜溜地离开了。

“你，去年做黄瓜的，今年去切萝卜，去晒酱缸！”对于年轻力壮的，蒋富江是不愿意放弃的，唯一的办法就是不能让他们做同样的事情。

蒋家的三个女儿不是吃素的，每年用人都是她们决定，看上去年龄都不是很大，认人却是非常的眼尖，大女儿喜欢身体结实做事情的，二女儿选择为人正派不说胡话的，三女儿更是喜欢对自己尊重的，三个人有两个人通过才有用，到蒋家做活真的比选择女婿还难。真正能到“三春酱园”做事情的，也基本上都是过硬的男人，在这样苛刻的选择以后，他们才真正地有资格在酱场上班。

酱场后面是一大排整齐的高架仓房，所有的货物就堆放在右手边，卸下的货是由一小车一小车地推到里面，高的时候几乎可能碰到顶棚，忙的时候这里有上百人在处理蔬菜，即使切萝卜也是雇了很多的磨刀匠，每天由上千斤的萝卜、苤蓝和生菜等着处理，切好的东西被按照不同的种类放在一些大筐里，然后投到更大的木盆中。院子中间就是一个清洗的大场，几十号的汉子在这里搓洗，并且用盐把所有的蔬菜涂抹均匀了以后，一盆盆的原始材料才被放入大缸里面，在蒋富江的监督下面，用黄泥一个个的糊紧了不留缝隙，这样才算是基本完成。

“王伯伯，您辛苦了！带点酱菜回去，别客气！”蒋富江待人很和霭的。“李师傅，赶车回去几十里的路，酱菜和烧饼，路上吃！”他一直待人很是诚恳的。

酱场的前面是跟零售的柜台是有门的，蒋富江以前一个人看两边，三个孩子上学都是大的带小的，而生意他更是仗着伙计们照看，所以硕大的酱园管理起来，多少有点捉襟见肘的困难。

蒋春晓主持生意情形就变化了，她把从大门通往零售铺子的大门关了，销售和生产俨然就是两个世界，柜台靠里面是蒋春晓的办公桌子，后面架子上是所有的账本，偶尔街坊邻居来买点酱菜、酱油、醋什么的，她就从桌子后面腾起身来，面无表情地去木桶里夹东西，脸色好像人家欠她什么。五尺高二十尺长的硬木柜台，把她和客人彻底地分的很开，对待太小的生意不是用秤而是随便抓，萝卜是按条给上几大根，酱菜更是根据脾气好坏，挖上几勺就算是交代了，然后狠狠地摔在了荷叶上，连包都不包径直地回去做事。好在分量上都是多给，人家不跟她计较，每次买东西也是不说话，把钱往桌子上一扔就走了。

柜台侧面是红木的八仙桌和四把椅子，用来专门招待订货的客人，所有生意的价格什么就在这里敲定。蒋富江在的时候总是有热茶喝的，到了蒋春晓做连茶壶都收了去，绝对没有丝毫的客气啰嗦，光秃秃的桌面透着的就是简单。过去送菜的人是很辛苦的，等把蔬菜卸完了就在这里歇息一下，边等结账边和老板说上几句，蒋春晓却是在人家还没有卸完，她的账已经做好了，所有的钱都早已清楚地放上桌子，容不得别人半点的询问。这样的气氛大家都不舒服，可是看在生意的面子上，面对蒋春晓这种待客之道，唯一的做法就是不说话，沉默地拿钱沉默地走人。

“唉，我看‘三春酱园’开不长的，都是什么样的夜叉啊！”新来的人不高兴。

“明年我可是不来受这个了，看一个女孩子的脸色。”老人难免怀念过去起来。

菜农虽然每年都有抱怨和不满，蒋春晓却是根本不在意的，收购的价格就贴在门上，看上去就高出同行许多，秤上也从来不玩花样，送菜的车马进了南京，“三春酱园”依然是第一个选择，抱怨只有留给去年了。蒋春晓经营的“三春酱园”，新年的第一天就出新货，南京人过年常常是大鱼大肉，到了小年希望能吃得清淡一点，稀饭加酱菜就终于成了最爱。年节的时候探亲访友，“三春酱园”的牌子是最响亮，价廉物美更是实惠，购买时候的拥挤程度，让人们自然就忘记了那些不快，更有的家里主动赔着笑脸，生怕错过机会。

蒋富江生活上出奇的节俭，几年都不曾换新的衣服外套，吃喝也跟所有的民工一样，除了收购季节去外地几次以外，剩余的时间就是猫在酱园里面。早上起来以后的蒋富江首先是检查酱缸的状况，给酱菜做些翻晒的工作；中午，他和工人一样吃上简单的菜饭，最多就是给自已挑几样酱菜，吃完了就去不远的澡堂子，叫人在滚烫的水中给搓个背，然后就是躺在榻子上呼呼大睡；晚上，这才慢慢地往家里走回去，剩的饭胡乱地吃上一口，偶尔也去侉子摊上买块烧饼；夜里，所有的门认真检查一下，然后在菜棚里面找个地方放下躺椅；这样的生活蒋富江几乎没有变化过。

蒋富江唯一怕的人就是蒋春晓，尽管平时对民工的要求很严苛，见到蒋春晓就彻底没话了，眼神里面更多的是服从和尊重，老子怕女儿在洪武大路从来没有的，蒋富江却是充满了幸福，一直表现出愿意的样子，只是没有人的时候也是苦笑。蒋春晓的长相很像父亲，脸盘超级的大，身材确实具有浙江人的清秀，说话做事总是低着头，那种没有笑容的表情，就是南京人骂人的寡妇样子。蒋春晓到了谈婚论嫁的年龄,却真的出现了不小的问题,她的为人冷艳,在洪武大路上无人不知;这还不算,重要的是“三春酱园”没有儿子,事业继承只有招倒插门的女婿,像蒋富江一家的日子活着的很窝囊,所以绝对没有人上门的。

“三春酱园”酱菜零售的包装有两种,一种是用荷叶包起来的那种,酱菜合着荷叶的清香,吃起来更是觉得爽口,但是荷叶的分量是很重的,买的人是用酱菜的价钱买荷叶,算来算去都是吃亏了;另一种是纸包装的,民国的纸张价格不菲,对于不常用纸张的人来说,一张纸可能一年也用不到,但是用的到时候真的难寻,有的人酱菜拿到手立跑着回家去,将酱菜倒在碗里存放,而晾干的纸张以备不时之需。杨瘸子可是常常需要纸张的人,可是又没有钱准备存货,所以在紧急需要的时候出此下策,在蒋春晓面前已经不是一次了,只是两个人都装作没有在意,好玩地彼此要着手段。

“春晓,见到先生也不热情招呼?”杨瘸子自恃教过蒋春晓,说话的口气很优势。

蒋春晓明白这个瘸子的目的,也从桌子后面站起身来:“先生要点什么,这就给你挑好的!”

“我喜欢冰凉的,细巧和干净的那种,我就好浙江味道这一口,春晓你明白吗?”杨瘸子常常说点很模糊的暗示。

杨瘸子是唯一不怕冷场的人,蒋春晓的冷艳对别人来说是一种寒颤,对于他来说是一种享受,这样的女人在床上一定不一样,是不是更有刺激感?特别是任凭自己的开发,如果能够突然地放纵,也是难得的一种消遣,比起那些秦淮风月的奉承,是不是更显得个性了许多?他很喜欢借故跟蒋春晓套上几句,尽管蒋春晓装作什么都听不懂,也是常常的不高兴的样子,但是心里面的那种期待,也就让他乐此不疲。杨瘸子虽然是想占点便宜,跟卢文来报账的钱已经花了,要写点什么只有另辟蹊径,常常到这里来看看有没有便宜可以讨。

“嗯,杨先生你是用纸包,还是荷叶包?”蒋春晓也不点破,而是笑着看他一眼。

杨瘸子已经很满足了她开口了,眯缝起眼睛仔细地打量着,常年的酱菜生意让她不是那么的白净,但是乌黑的头发和大大的眼睛,看上去也是很美的样子,特别是劳作练习出来的健壮平肩,也是一种出奇的诱惑,虽然胸脯一直没有发育起来,摩挲起来也是很有味道,就在他向上观察的时候,宽大的柜台正好是齐腰的高低,一切的梦幻在这里就截断了。

“纸包的,五分钱的红萝卜干,纸张要双层的包起来哦!”杨瘸子时常这样要求。

“荷叶的香啊杨先生,完了我单独送你张纸就是了!”春晓知道他的算计。

“不要不要了,你就拿张大点的纸给包了就好,我不缺纸张你是晓得的!“杨瘸子明明是有所图的却装作不在意。

蒋春晓看着杨瘸子的装模作样,特地用夹子选择酱汁多的萝卜,从木桶里捞出来的时候,腌制的汤汁还在流淌,她却慢慢地放上去包装,纸张瞬间就像泼墨了一样,没有几分钟就把整个浸透了。杨瘸子捧着酱菜到家的时候,酱菜汁早就已经深入了纸张,等他再把酱菜倒入碗中的时候,只能剩下的到处是窟窿的废纸了,就是不破晒干了以后,到处也是酱汁的斑点,自己还可以拿去做什么用途,也是基本不能做正经事情的。几年下来杨瘸子几乎没有一张纸可以用,这让他觉得很懊恼。

这次他自己带了个小碗来,蒋春晓一下就看出了杨瘸子的手段,心甘情愿地把酱菜倒在了碗里,纸张也就给了他有点不甘:“我说杨先生,你的裤子真的很多油斑哦。”蒋春晓知道怎么逗这个很色的男人。

“是啊,杨老师家里就缺个女人,春晓你能不能关心一下呢?”杨瘸子觉得要再试探一下,没有嫁出去是不是很寂寞呢。

“嗯,那今天我先帮先生擦一下,等哪天我有空去给你洗哦。”蒋春晓找了个抹布,在清水里面清一下然后走出了柜台。

“三春酱园”的生涯又总是要点乐子的,蒋春晓很乐意逗这瘸子玩,今天她要好好地消遣一下他,她抓住了杨瘸子的裤腿擦拭,有意无意地触碰他的敏感区,没有一会儿这个人就有了反应,时候不到她就继续努力。杨瘸子开始的时候还矜持,几分钟以后就耐不住了,眼睛从上往下不安分起来,他可以闻到蒋春晓的味道,也看到了蒋春晓的身体,原来她也是发育的有模有样啊,心里禁不住地怦怦跳了起来,手上的酱菜都开始颤抖了,脑子里面几乎就是空白了。

“春晓,这是六十担的萝卜,你要不要过过秤啊?”后面的伙计梁耿在叫她。

蒋春晓也是很自然地回过头去:“嗯,我知道了,先生真的对不起,后面的事情我去照顾一下,等有机会我去看您啊!”

蒋春晓很想着把自己嫁出去,可是总不能找这样一个瘸子,她知道什么是分寸的,所以只要有理由这时候是要离开的,剩下的就是看着杨瘸子欲火焚身,等这个讨厌的家伙走了,她会立刻回来继续她的事情,就这样两个人的玩耍一直持续,直到蒋春晓有了生命中的男人。

“三春酱园”虽然是蒋富江的成功，但对于他来说也是一种缺憾，心里依然思念着三春的母亲孙思涵，生意越是成功心里的痛越重。蒋富江认识孙思涵是在给孙家挖井，见到第一眼就知道她喜欢自己，可是他不敢有任何的非分之想，挖井就全然不跟人说话，一切离自己是太遥远的了。蒋富江生活在老实巴交的人家，挖井也就是一种无奈的选择，虽然跟着叔爷爷出来讨生活，可是没有读过书事倍功半的常常有发生，一年下来也没有多少的收入，但是蒋富江很注意观察，积累了几年自己也可以做了，在西湖边上也开始有了名声。

“你叫什么呢？”孙思涵长得太漂亮了，特别是一笑更是百媚众生。

“问这么多做什么啊？就叫我二妞好了！”这是蒋富江的小名。

“咯咯，咯咯！”孙思涵笑的快晕过去了，“一个大男人怎么取个女孩子的名字哦？”她很有兴趣。

“家里说女孩子好养，这有什么稀罕的啊，我们那里多得是。”蒋富江认真的回答。

“嗯，二妞，笑死我了。”孙思涵并没有结束谈话，“你们家是挖井的吗？”

“不是的，我是跟叔爷爷出来学的，家里的地不够种就出来找事情做了。”蒋富江很诚实。

“你挖井都挖得到水吗？”孙思涵自然很好奇，“没有挖不出水的啊？”

“基本上都挖得到，挖不到就赚不到钱的。”蒋富江如实地回答。

“昨天听你跟我爸爸说你要挖两口井才做，为什么啊？”孙思涵问道。

“像你们这么大的房子，自然是要两口的，一口是喝的水比较讲究，另一口是防火的，要是有个什么问题，也来得及哦。”蒋富江解释得很清楚。

“你很会赚钱哦，真的比我爸爸还厉害，他都说不过你。”孙思涵欣赏这个结实的少年：“我可以下去挖吗？”孙思涵想下去试试。

“不可以的，女人下井不吉利的，你就在上面看吧。”随着井越挖越深，两个人的对话的空间越来越远，慢慢的蒋富江选择了沉默。

孙思涵说不清楚为什么迷恋蒋富江，除了看挖井就是帮助他倒泥沙，说不清楚是哪种动力的缘由，反正每天放了洋学堂就找蒋富江。挖井人干活都脱得几乎没有了衣服，在井底下猫着腰干着活，等到天黑才可以上来喘口气，这时候孙思涵就会陪他聊一会儿。等到人家洗澡的时候，孙思涵就不能再陪着了，而是偷偷地透着月光欣赏这个男人的身体，她几乎能背出蒋富江的所有肌肉，她希望能够跟他一起下井，一起的做出一口口甘泉般的水井。这一切也是蒋富江所期待的，认识孙思涵以后挖井快了许多,也很乐于孙思涵看到他的能耐,一起品尝第一桶的甘泉。

孙思涵的父亲是广东的盐商,家里原来也不是很有钱的,大旱灾的时候举家来到了浙江,慢慢地就学做起了私盐的生意,清朝到民国盐都是政府控制下的,这样的走私才有大钱赚,没有多久孙家在浙江就兴旺了起来。孙老爷儿时的记忆始终是水,于是召集所有的挖井人为民众挖井,在第一轮的挖井过程中,他淘汰了所有的师傅们,喜欢上了蒋富江就找到家里,决定让这个小伙子在院子里面造井。井水的甘洌让孙老爷眉开眼笑,就接受了他的建议再挖一口消防井,南方的革命党把孙家的私盐给扣了,要孙家支持革命就放回来,这样孙老爷就启程去了广东,水井就完全地交给了蒋富江,这就给了他更多的机会接触孙思涵了。

"我爱你,富江! 我愿意一辈子跟你挖井!"孙思涵紧紧地抱住他,多少天的观察和喜欢,在蒋富江爬出井口的时候爆发了。

蒋富江也紧紧地抱住了这个小姐:"我也喜欢你,我会带着你去所有你喜欢的地方挖井,只要你开心!"蒋富江答应了。

"我爱你,富江,永远不分开!"孙思涵完全融化了。

两个人在西湖边上恋爱了,从那天开始孙思涵不读书了,从清晨到黄昏,井台的边上永远是两个人的爱情。

第二口井出来的水竟然还要好,孙老爷看着孙思涵过分的赞美明白了,一切的闲话早就传到了耳朵里面,女儿的走火入魔已经明显了,愤懑和不安也在心里迅速地膨胀,他当面就奖赏了这个年轻人,结了账就准备让他走人了。蒋富江睡觉的时候被绑了起来,然后拖到很远的一个地方,在一阵劈头盖脸的毒打之后,才见到了冷冷地站在一旁的孙老板。

"跪下,你个畜生! 你认为一个挖井的人是能养得活我的女儿吗?"孙老爷生气了。

蒋富江这个时候有些茫然了,不知道能不能让孙思涵过幸福的日子,也被眼前的阵势吓的一时说不出话来。

"现在你只有两个选择,一是拿了钱立刻走人,二是你继续跟小姐纠缠,我可以报官抓你,你偷了我孙家最宝贵的东西,你自己选吧!"孙老爷说得斩钉截铁。

"钱我可以不要的,但我保证养得起让孙小姐。"蒋富江不知道哪里来的勇气。

"来人啊,给狠狠地打,明天送官。"几个佣人一哄而上,接着就是吊起来一阵暴打。

第二天送到官府的时候，蒋富江已经整个不省人事了，堂上老爷让画了押，立刻判了他几个月的牢狱，寒冬的时候监狱关不下人了，蒋富江才被释放出来，只好沿街乞讨往老家走，到家的时候得到的只有父母的责备，不过蒋富江知道孙思涵是会来的。新年的时候全家吃饭的时候，孙思涵真的就来到了蒋家，蒋富江就跟父母告了别带着孙思涵走了。那一年干旱的厉害，两个人的生意自然不成问题，每个月都有不错的收入，没有多久两个人有了蒋春晓，一家人的生活也是其乐融融的。

"富江，我就跟你做个挖井的女人，只要你永远的不嫌弃我。"孙思涵说得坚决。

"思涵只要你觉得不委屈，我会让你过上好的日子的。"蒋富江保证。

蒋富江和孙思涵的生涯有了传奇的色彩，江浙的人们流传着上天派来的童男童女，在为大家找着甘泉雨露，一口口的井满足了人们的生活，两个人的生活也是越过越好，没有多久就在镇子上买了地皮，盖上了三进三出的大瓦房。也就是在后面的两年，蒋春晚和蒋春晖出生了，全家就这么一个男人，自然是很得宠和满足的，每天的生活都是欢歌笑语。蒋富江的生意更是做得不错，江浙两地的挖井需求，已经定到了后面几年，这是都没有想到的。晚清的时候闹革命党了，整个生活都几乎是停滞了，买新房挖井的人越来越少，蒋富江只有开始做安徽的生意了。

民国三年深秋，蒋富江的意外终于发生了，为了早点回家井台没有凝固就下去了，掉下来的泥土把蒋富江埋在了井下，人们花了几天几夜把他才救出来，回到家身体已经不能动弹了，只剩下孙思涵的嚎啕大哭了。家里的日子头两年过的去了，可是蒋富江的身体几年是出不了门的，家里的积蓄眼看就是要花光了，看着三个嗷嗷待哺的女儿，孙思涵迫不得已加入了挖井的行业。孙思涵得到了丈夫看水井的真传，带上从外面雇佣来的人，开始在安徽一带跑开了，遇到各式各样的难题的时候，这个千金大小姐也会下井作业，看着家里的生活一切正常了，蒋富江自然做好家里的一切，拉扯三个女儿慢慢的长大。

"富江，我要出去好几天，吃喝都给你准备好了。"每次出门孙思涵都要交代好。

"别下井啊，没人做就歇息两天。"蒋富江总是叮嘱着。

孙思涵终于变成了一个粗壮的工作妇女，一年下来体力和肌肉的改变，让她对男人的渴望彻底爆发了，看着挖井中年轻男人的肌肉和汗水，很容易想起自己的丈夫以前的狂暴，幻想着有一天能够回到从前的生活。那些粗壮的男人也看中了孙思涵的饥渴，开始诱惑这个长得天仙一样的女人，而孙思涵也把持不住那种矜持了，打工的男子很快地也成了她猎取的对象，在黑暗无人的深深井洞中，她成了一个骄傲放纵的女皇，轮流地享用着家庭不能给她的力量，她呻吟就像呐喊一样从井底传了上来，慢慢在浩大无边的空气中散去。

“用力啊！富江我爱你！”孙思涵总是有着内疚和放任。

“富江，你会恢复的跟以前一样，我们好好地过，我要你啊！”孙思涵总是伴随着悔恨和无奈。

孙思涵开始迷恋外面的生活了，将钱拿回家给蒋富江就没有话了，尽管自己的男人在恢复所有的体力，但比起那些外面的小伙子，她更喜欢他们的野趣和粗鲁，即使觉得是在糟蹋自己，也不再感到任何的羞愧，相反她可以尽情地挥霍自己，沉迷于那种原始的冲动。蒋富江发现了妻子的不同，孙思涵回来以后的那种冷淡，出去干活的那种渴望眼神，让他终于有了不祥的预感，夫妻间的隔阂也是越来越大，蒋富江觉得一切的未来开始有问题了，孙思涵更是把精力都留在了外面。

“思涵，事情太多不要做那么多了，好吗？”蒋富江劝了妻子。

“富江，你知道的家里需要用钱。”思涵明显是要做下去的。

“都是女孩子开始长大了，我一个人也带不了的。”蒋富江编了理由。

“那我带着春晓一起去，你带着春晚和春晖好吗？过了今年我就好好地歇歇。”孙思涵不再理会丈夫的要求，带着大女儿出门了。

蒋富江觉得自己是过分了，既然能把人女儿带去做事情，却猜疑妻子的不忠诚，心里有了更多内疚，这以后他也绝对没有任何的阻止，认认真真地调养身体，尽快地恢复已经萎缩的肌肉。蒋富江的生活开始有了希望，他每天都是更多的锻炼，也开心地带着两个女儿去镇子口，总是期待着孙思涵能早点回来。蒋春晓跟着妈妈很长时间了，白天的时候那些男人对妈妈是很轻浮的，虽然妈妈常常呵斥着这些人，从感觉上判断妈妈是喜欢的。

夜里妈妈是陪着自己睡觉的，也常常听到那些人在窗外的期待，可妈妈也是完全不搭理的，蒋春晓的过早成熟使她有了好奇心。每天白天打井的时候，那些人都是很愿意争着下去的，妈妈有时候也跟着下去，蒋春晓常常在井台边上等妈妈，可是传出来的声音却是妈妈的喘息，也有那些男人们的低沉的叫喊，她把这一切的事情悄悄地问了爸爸，蒋富江听了以后从来没有责怪，而是告诉女儿不能说出去，这样妈妈会不高兴的，蒋春晓自然是不愿意妈妈不高兴，一切的事情也就放在了心里。

蒋富江在身体恢复了不少以后，就提出了回到井下的要求，两个地方的开支总比一处要节省许多，孙思涵终于接受他的请求了，面对一切即将结束的放纵，孙思涵身体的需要已经有了习惯，尽情地享受着未来很少的机会，这样的事情能够让她忘记烦恼，孙思涵在黑暗的世界中寄托着。她是深深地爱着蒋富江的，在过去的生活里面他们男耕女织过，开创过一切的挖井的世界，一个女人在生活的同时，也是需要更多的各种生理的要求，这一天他后来没有给过她，她觉得失望和痛苦更有绝望，为了家庭她不得不做出更多的事情，也希望自己的男人能够原谅她的不贞。

"别出声，上面可以听得到。"孙思涵捂住挖井年轻人的嘴。

"就日你，日死你老板娘！"挖井人有时候是带有一种占有欲的。

"日吧，你日死我吧！"孙思涵高潮的时候，并没有能判断自己声音的大小。

蒋富江很多次是极端愤怒的，女儿的话证实了他的担心，注意到了孙思涵经常地更换伙计，而且是越换越年轻越结实的，孙思涵感兴趣的就是肉欲，身体好的都成她的需求对象，蒋富江的心里是多么耻辱和痛心，要让孙思涵为了荒唐付出代价。

"思涵，明天就是井底要砌砖的时候了，我想出去买点鞭炮庆祝一下。"他告诉妻子。

"嗯，你早去早回啊，我们等你回来庆祝，以后我真的不想出来了！"妻子回答丈夫。

孙思涵看着丈夫的远去，那井底下的诱惑又再次的浮现，虽然告诉自己不能这样下去了，可是看着就要结束的挥霍还是下到了井底，这是最后的满足和快乐，她尽情地享受着满足着，明天这一切不再拥有了，末了她终于爆发了喊着叫着。不知道过了多久她终于从亢奋中停歇了下来，挖井的男人还在纠缠自己，被她狠狠地就是一个巴掌，孙思涵穿好衣服攀着绳子慢慢地回到了地面，上面人绳子拉的是那么的没有力气，挖井人都只争风吃醋的，所以并没有的完全在意就是了，只是期待着结束过去的一切。

"你的劲都使在你老娘的身上了。"孙思涵抱怨着想爬出井面。

孙思涵没有想到人家竟然帮一把，觉得真的有些不高兴了，就在她抬起头看看是谁的时候，不可思议蒋富江正瞪着血红的眼睛看着，难道他没有走而是一直盯着自己，孙思涵开始紧张和害怕了，她挣扎着向井边伸出了手，身体也是离开了绳子："富江，你听我解释……！"

蒋富江没有听她再多说一个字，飞起一脚把她踹进了那无尽的深渊，用尽了几年没有发挥的气力，把井台上囤积的泥土在几秒钟迅速地回填下去，在他眼前是那男女交媾时候的晃动，是孙思涵的那种快乐的喊叫，是为了这个女人被孙老爷的毒打，是为了她的幸福背井离乡，是孙思涵那淫欲放荡不羁的眼神，是永远不能宽恕的那张面孔，蒋富江疾风暴雨般的泥土很快地就淹没了他们，直到确定那些罪恶不会再出现在世间，才定了定神喘了口气，却意外地看到了大女儿站在不远处，正在木然地看着发生的一切。

“三春酱园”的生意兴隆并不能抹平父女的隔阂，蒋春晓知道父亲为什么永远的洗澡，也知道父亲对母亲做了什么，更知道蒋富江是害怕自己的，她不愿意跟父亲更多的接触，在接管整个“三春酱园”以后，就从后面自己的房间里面搬到前面的零售房间，单独地经营起自己的生活。蒋春晓开始喜欢起店里的长工梁耿，这个镇江来的农村孩子不怎么爱说话，但是对于自己的忠诚是非常可信的，没有多长的时候她就接纳了这个男人，表面上他们是主人和雇佣的关系，实际上她很喜欢听听小伙的意见，夜里更是满足于跟这个男人睡觉，也许继承而来母亲的性欲，对梁耿的依赖和快乐每天都在增加着，直到她掩饰不住了这种满足，竟然就公开了两个人的同居生活。

“你捅啊，使劲地捅，白天看你累了一天，晚上还有多少的劲。”蒋晓春总是索求无度。

“捅死你，捅死你白天装模作样的不理睬人，以后还敢不敢！”梁耿也是很气壮的。

“哈哈，只有累死的牛没有犁坏的地，就不从你！”蒋春晓着实地喜欢自己的男人。

“那好，今天就让你老老实实地求饶。”梁耿尽力地伺候春晓。

对于两个人的苟且蒋富江是知道的，梁耿人长得很周正也是满身的力气，家里吃饭的时候偶尔也让他上桌，为了蒋晓春的体面特地把他调到铺面接待客人，心愿就是能将这个小伙子留下来，一个倒插门的女婿是他唯一的奢求。梁耿总是能跟三个女儿都处得不错，二女儿蒋晚春见到他就是微笑，不时地上去狠狠踹他一脚，人家也是绝对不抱怨的，三女儿的功课不是很好，梁耿也是乐于帮助做作业，蒋春晖也是对他特殊地招待，更是把他作为当家的男人看，蒋富江在仔细地观察了以后，决定招了这个小伙做女婿。

民国二十一年中秋,蒋春晓和梁耿从"中华剧场"看完戏回来,蒋富江已经亲自下厨准备了一桌子的菜,也把从浙江带来多年的"女儿红"拿出来了,这样的举动蒋春晓自然知道意思,她招呼梁耿坐到自己的身边。梁耿当然也看出来了,这时候有些不知所措了,平日里还跟几个女孩说笑,这一下的正式他反而不敢抬头,盘算着怎么可以把问题讲清楚。

"梁耿,你到店里也帮了一年的忙了?怎么样喜欢这地方吗?"蒋富江很客气。

梁耿点点头。

"打开窗户说亮话吧,看得出来春晓喜欢上你了,你有打算吗?"蒋富江单刀直入。

梁耿摇摇头。

"你不会看不上我闺女吧?"蒋富江很自信。

梁耿又摇摇头。

"看上了?"蒋富江倒酒。

梁耿又点点头。

"那为什么没有打算。"他先自己喝了一杯。

梁耿不说话了。

蒋富江是明白人看出了其中问题:"你就实话实说,我不怪罪你!"

梁耿"扑通"就给蒋富江跪下了:"蒋老板我错了,我是镇江'鸿禧酱园'的大儿子周明明,父亲让我来这里学酱园的,我实在是对不起你们,我不该骗你们的!"

这样的计划是蒋家所有人没有想到的,两个虽然不是成年的女儿也知道这个人的险恶:"你是个骗子,你是奔着蒋家的一切来的,不要脸!"蒋春晖首先发难。

"滚,我们蒋家养你原来是个坏人,滚回你的镇江,你爸爸就是法海!"春晚也骂,甚至于拿起鸡毛掸子打了上去,梁耿只好抱着头任老二发泄。

蒋富江倒是真的没有了主意,这是他最不愿意看到的,虽然一直防范着这样的事情,这么赤裸裸的状况还是不想遇到,他真的不在乎自己的家业,对于女儿究竟是怎么想的真的不知道。蒋春晓虽然喜欢眼前的这个男人,嫁过去就意味着"三春酱园"就没有了,她很气愤梁耿对她的欺骗,没有想到竟然跟这样一个男人睡过了,现在一切都晚了,蒋春晓制止了妹妹们的打骂,而是淡淡地走到了他的面前。

"梁耿你永远不许再回来,就当我们没有见过!"蒋春晓的爱情就这样结束了。

梁耿给“三春酱园”的影响太大了，蒋春晚眼下最感兴趣修理民工，对谁都不相信，更不要说是窥视“三春酱园”的生产，任何人只要打听酱园的生产工艺，或者只要有兴趣多看点什么，那就是离开“三春酱园”的日子到了。蒋春晚的报复终于起了作用，人们干活没有一句多余的闲话，更是不能背后议论蒋家，规矩看上去是没有一点人性的，从此以后蒋家真的再没有出过事情。任何一个伙计遇到蒋春晓，就跟见到了阎王一样，连公猫都知道蒋春晚的厉害，最后只有杨瘸子算是雄性，也是唯一敢跟她对话的人。

“说，谁拿了柜台上的五十块大洋？”蒋春晓严厉地问道。

两个妹妹没有一个人回答，老二是一脸的茫然，老三是满不在乎。

“是你拿的吧，蒋春晖？”她看出来的。

“我拿的，怎么样了？”春晖真的是心有不甘。

“你花到哪里去了？”春晓坐下了。

“看电影和请导演了，姐姐啊，你以为电影的路那么好走，这是需要钱铺出来的！”春晖叫了起来。

老三蒋春晖对“三春酱园”没有感情，也觉得姐姐们的愤怒过分了，回到了家里就听到呵斥员工的声音，民国在“三春酱园”根本就没有民主的气氛，这个事情跟两个姐姐争执了几次，也号召员工争取权利，可是员工几乎还是听姐姐们的。蒋春晖的家庭革命没有成功，开始一心一意地学习洋文，希望去海外留学演电影，时间长了有点神经质和表现欲望，她非常愿意给员工免费演出，只是她的独白始终是南京的腔调，常常惹得大家哈哈大笑。唯一喜欢看她表演的只有父亲，其他的人见到姐姐们的出现，早就吓得不敢抬头了，连唱戏都不看的父亲，只是捧场而已。

“你为什么要走戏子的路呢？将来嫁个好人家才对。”蒋春晓耐心中有着不满。

“我自己的路自己选择，青年人要有自己的追求。”春晖满嘴都是时髦的语言。

“你选择什么，还不是拿家里的钱去糟！”蒋春晓开始火了。

“你不糟啊你糟的更狠，你前面跟人家梁耿不是赔了夫人又折兵，还不是玩完就算了，现在又跟对面的杨瘸子搞，什么人你都喜欢，一个地道的赔钱货。”春晖终于忍不住蒋春晓对她的刁难。

“春晖，你不要说了。”春晚知道老三话说得重了，“你有轻重没有啊？”

“就要说，你找个什么样的男人不好，偏要找个又老又瘸的，你真的骚得不轻了！”春晖真的是管不住自己了。

“啪!”蒋春晓终于忍不住了,上去狠狠地给了妹妹一个耳光。

“你敢打我,老娘今天不回来了!”蒋春晖捂着脸跑了出去。

蒋富江最不愿意的事情发生了,从澡堂子回来就听到了这件事,他是不敢去说蒋春晓一句,无奈就只有去找蒋春晖。蒋春晖的朋友们都说没见过,更不敢让两个女儿出去找,要是再丢了一个怎么办,就这样几天的寻找都没有结果,还是蒋春晖终于从北京来了信,才知道她已经开始学习电影了,最后是要了笔钱去了法国。

洪武大路最喜欢传烂事,梁耿的事情无人不知了,大多数人是喜欢看笑话的,真正地心疼蒋春晓的是杨瘸子。夜里,他多次看到梁耿溜进了她的房间,透过门缝也看到过两个年轻人的云雨,这让他对蒋春晓更是迷恋,那娇小的身材和诱人的叫声,杨瘸子每次都不能自拔。自从梁耿走了以后,杨瘸子总是出现在上门板的时间,假装帮助希望的就是自己能够留下来,可是蒋春晓总是模棱两可的样子,杨瘸子装着胆子开始动手动脚了,从后面一直摸到前面的乳房,他喜欢抱住蒋春晓的腰,喜欢用自己的唇亲她的脖子。

“春晓啊,二十多不算小了,也该找个人家了!”杨瘸子决定穷追猛打。

“是啊杨先生,我也喜欢找个年龄大点好,可是合适的几乎没有就是了,你也帮学生多看着点好吗?”蒋春晓知道杨瘸子要疯了。

蒋春晓防范着也享受杨瘸子的触碰,比起梁耿的无情更喜欢杨瘸子的温柔,手触摸肩膀或者臀部的时候,她也有一种久违的触电感觉,蒋春晓希望有个男人能宠爱自己,占有自己和欣赏自己的,这个年轻的女人渴望这爱抚。蒋春晓想的当然不是杨瘸子,而是梁耿和更多别的男人,她连对面卢家的三个少爷都遐想过,只是当下体有东西要侵犯的时候,她会立刻地阻止住杨瘸子,她是不愿意让这个讨厌的家伙为所欲为,常常是大声地怒斥杨瘸子,杨瘸子这才感觉到了蒋春晓的可怕。

“你要干什么杨先生?杨瘸子你是什么东西!”蒋春晓凶狠地遏制他。

杨瘸子这时候是知趣的,一面打着招呼一面退却,回到家里就是一阵手淫,直到发泄完全了才缓过神来,他知道蒋春晓想的不是自己,遗憾的是怎么没有想久一点,祈祷下一次能有机会轻薄这个女人。可是洪武大路没有给他机会,杨瘸子被卢文来赶出来以后,离开洪武大路前找过蒋春晓。

“春晓,我要走了,洪武大路真的容不下我了!”这是最后的告别。

“你带人家的老婆去吸大烟，这事情也够缺德的了，谁都不会留你！”蒋春晓没有抬头。

“老师走了，你不会觉得少点什么？”杨瘸子希望她能挽留一下，蒋春晓没有搭理他。

“那我走了！”杨瘸子很失落地背起了自己的行李。

“等等！”蒋春晓去里面用厚厚的纸张包了很多的酱菜，然后又包了很多的烧饼和馒头，从抽屉里面拿了几块银元：“走吧，路上用得着！”

杨瘸子感动了，眼泪噼里巴啦地掉下来：“谢谢，春晓我一定要回来的！你是个好孩子！”

“杨先生，以后出门在外记住，不能做不合适的事情，你自己多保重吧！”蒋春晓没有说更多的话，而是又回到了柜台上算的账，斜着杨瘸子给她深深地鞠了躬，然后数了数手中的银元，慢慢地消失在视野中。

蒋春晓也是很难过杨瘸子的离开，洪武大路上这样学识的人不多，卢家在这个事情上也是太过分了，要吸大烟的是周湘云不是杨瘸子，这混蛋充其量也就是个跟班的，事情出了怎么就全是杨瘸子的错。这条街上蒋春晓最不喜欢的就是周湘云，身材完全是靠着大烟保养的，没有大烟以后就没有了生机，连脸上的皱纹都出来了，出门总是挽着自己小儿子的手，知道是母子关系不知道以为养的面首①，特别是那个做派就是自命不凡，总有一天是会闹出笑话的。

杨瘸子的幻觉一直延续了很长，心里一直眷恋着这个女人，希望有一天能够报答她，享受她给自己再带来欢乐。当他跟着日本人占领南京的时候，首先的想法是见见蒋春晓，然后正式地把她娶到手，享用这个充满酱菜味道的女人。洪武大路的人以为杨瘸子会去拜访卢家，谁知道他最先去的地方是“三春酱园”，大家不知道杨瘸子想什么，更不会认为蒋春晓跟这个瘸子会有一腿。蒋富江更是变得一头雾水了，不知道自己犯了什么事情，杨瘸子的身后竟然是一队日本宪兵，心里开始了忐忑不安。

“蒋老板一切可好？好久不见了！”杨瘸子很客气地招呼，眼睛却在到处搜寻着。

“把日本人请出去好不好？我们酱菜店不需要拿枪的进来。”蒋富江有点不高兴。

“好好！按照蒋老板的意见，你们出去等好了！”杨瘸子这样命令道。

---

① 面首，以前有钱女人养的男人。

“杨先生,今天来是有什么目的?”蒋富江很是不明白。

“啊,没有,我是来看看我的学生,春晓在吗?”杨瘸子说得好像是很随意。

自从日本人占领了南京,烧杀掠抢的事情屡见不鲜,女人站柜台的事是不可能的了,杨瘸子问起蒋春晓,让蒋富江不知道什么意思。就在不知道如何搪塞的时候,蒋春晓却是毫不害怕的出现在柜台里面。看着杨瘸子的那个阵势,不用说就是日本人的红人了,也知道他来“三春酱园”就是冲着自己,如果不出来的话生意肯定是耽误了。

“在啊!”蒋春晓出现在侧门,“杨先生,几年没见跟了日本人了,还使唤上了哦!”

杨瘸子多少有点尴尬:“春晓好啊,是这样的,我走的时候跟你借了点钱,这事情你好像已经忘了,做人不是这样的对不对? 我这不是来还钱的吗? 你们把箱子抬进来!”

两个日本人把一个箱子抬了进来,他打开箱子满满的一箱银元,这把蒋富江吓了一跳,很生气能借这么多的钱出去。

“杨瘸子,我给你的大头也就几块,你拿这么多钱给我们什么意思?”蒋春晓直接地问。

“利息,连本带利还就是了,还望‘三春酱园’笑纳,你们也算是帮助皇军的事业有功啦,嘿嘿。春晓啊,我现在就住在汤瞎子的老宅子,有空过来有什么学习上的问题,我们可以聊聊,好吗?”杨瘸子可不是白送钱来的。

“嗯! 收了。”蒋春晓叫父亲把东西收到了柜子里面,“杨先生,我只有一件事情拜托,南京人已经是你杨瘸子的天下,还请日本人不要为难我们‘三春酱园’哦,我们家都是女儿家,不希望那些日本人来打搅,你能做到吧! 对不?”

“放心,我已经跟所有的日本人说了,‘三春酱园’就是我的救命恩人,没有人敢为难你们的,有我杨瘸子在就放心好了,春晓啊,有什么事情就去汤瞎子的地方找我!”杨瘸子开始吹上了。

“嗯! 自从日本人来了以后这里的一切都变味了,所以我也就不留杨先生了,多保重哦!”蒋春晓明显的是要送客了。

“嗯,我明白春晓的意思,蒋家有用得着的地方只管说,我是责无旁贷的,再会!”杨瘸子很得意地领着日本人走了。

杨瘸子觉得自己很成功地做了件事情,日本人的出现让蒋富江还是害怕了,现在自己住的地址已经跟蒋春晓说了,这个小女人的变化很明显,盘起的头发依然是乌黑发亮,身体已经开始有些丰满了,特别是两个胸脯已经胀的几乎要掉出来,屁股也是向后翘起来了。特别眼睛中的渴望是强烈的,连嘴唇上的茸毛都出现了。他渴望抚摸蒋春晓的身体,听着她的粗粗的喘息声音,杨瘸子有点按捺不住自己的冲动,想着这个女人一定会自己送上来的。

几个月都过去了,杨瘸子几乎没有看到过蒋春晓,去了很多次的"三春酱园",看到的总是打瞌睡的蒋富江,打发也是越来越冷了,他心里简直凉透了,一箱子的银元也是白送了,只有抓住蒋家的事情吓唬,蒋春晓也许才会就范,可是蒋家的背景太简单了,除了和送菜的打交道,总不能把买酱菜的说成是抗日。蒋富江单身了那么多年不娶,不是没有钱找女人,一定有什么忘不了的事情,洪武大路上的人家都有亲戚,只有"三春酱园"根本就没有人来拜访,其中一定有什么隐情,再看着蒋富江沉默寡言的性格,杨瘸子在色心的驱使之下,决定要动用日本人机构查一查。

"我今天不是来买酱菜的,想和蒋富江老板你单独地谈谈。"杨瘸子话里有话了。

蒋富江看出来杨瘸子的险恶,"杨先生,你是教书的先生,有什么话就直接地说吧。"

"嗯,那好,我想请春晓一起谈谈可以吧?"杨瘸子的口气是很坚决的。

"那你等着,我去看看春晓有没有空?"蒋富江对杨瘸子行为很不高兴,这种人的势力是得罪不起的,对杨瘸子的感觉真的说不清楚,看见那一身的日本人的装束,从心里就充满了各种的不快活,人渣是得罪不起的,于是就去后院叫上蒋春晓一起说说。

"杨先生啊,怠慢了!"蒋春晓脸上沾着酱缸里面的颜色,正好几只苍蝇飞了过来就吸附在上面,越看真的越恶心。

"春晓,我今天来没有别的事情,就是浙江的一个历史案子,老板娘和伙计被人埋了,知道蒋老板是打井的出身,想得到点具体的指点。另外我也看到了延安的报纸,有个演员叫蒋春晖投身革命,我就在想是不是'三春酱园'的老三。蒋家的家教一直很严的,不可能做出什么出格的事情,所以就来跟你们说说,免得日本人问起来没有话说,都听明白了啊!"杨瘸子狠狠地盯着两个人。

这个事情被翻出来是想不到的,两个人感觉到了杨瘸子的讹诈,蒋富江不想女儿吃亏,现在是解脱的时候了:"杨瘸子你的意思我很明白,你是有证据说我杀人了,跟你走就是了!"蒋富江站起身来。

"蒋老板,你看看你想到哪里去了,不要赌气的胡说八道,还是跟春晓商量一下怎么办,日本人那边我很好对付,春晓你知道我在哪里的,我还有事情就先走了,我等你的消息哦!”杨瘸子看了看两个人屁颠的出去了。

深冬的时节伙计们都打发回家去了,月光把整个的院子都照得很亮,院子里面的所有一切都安静了,只有酱缸里面的素菜在发酵,窸窸窣窣的声音几乎到处都是,蒋富江感到非常的满足,自己离开了浙江已经很多年了,儿女们已经长大成人了,把所有的酱缸都给盖严实了,才来到女儿蒋春晓的房间。他已经决定投案自首了,杀孙思涵的事情掩盖不住了,蒋春晖抗日的事情更交代不过去,不能让女儿们担惊受怕,这样的日子也要解脱了。

蒋春晓听了父亲的想法没有话,把自己的厚被子给父亲带着,也把今天刚刚做好的酱菜包了几包,她知道这样的时候不会短,随着年龄的增长以后,她开始知道父亲杀人的动机了,尽管如此还是不能原谅没有母亲的痛,这一去也许就是永别。蒋春晓决定去送送父亲,洪武大路从来没有这么的远,两个人在路上几乎没有话,月光把银子变形了很多,父亲的身躯已经完全地佝偻了,而自己依然是那么的挺拔,她几次想停下来不走了,可是父亲很显然已经离侦缉队越来越近了。

卢惠昌自从当了侦缉队长以后,精力就是修理洪其昌和地痞流氓,看到了老实巴交的蒋富江第一次来,再看见蒋春晓手上的行李包裹,简直是一头雾水。

“哈哈,蒋老板,你怎么会来这里,是不是酱菜吃死人了吧?”他打趣道。

“惠昌侄儿,我杀人了,投案了!”蒋富江喃喃自语地。

卢惠昌开始有些恍惚的厉害,小时候爬墙偷吃“三春酱园”的黄瓜,卢文来差点没有把他打死,临了还将一块搓衣板放在当街让他罚跪。卢惠昌被晒在太阳底下,忍受人们的嘲笑和羞辱一整天,运输蔬菜回来的蒋富江听到了这件事,马上去找卢文来说是自己给的,后悔之前没有告诉伙计,在怪罪自己的同时也给父亲跪下了,卢文来开始不相信蒋富江,直到那么个老板愿意陪着儿子一起罚,这才心软地放了卢惠昌。

“你蒋富江也能杀人了,哈哈,你觉得我会相信吗? 蒋老板是受什么刺激吧了,慢慢说哦! “卢惠昌安慰着他。

卢惠昌完整地听完了蒋春晓的介绍,觉得事情真是出乎意料的难办,按理说杀了两个人是民间的大案子,标准的手续是要立即关押的,事情的唯一生机就是除了杨瘸子没有人知道,对于杨瘸子的品行是知道的,没有得到好处以前,他是不会随便地找麻烦。真正知道情况的只有蒋春晓,男人杀死淫妇奸夫也是理解的,就是判下来也不会多重，蒋春晖的事情也是可以死不认账，只要让杨瘸子住口案子是可以拖的。

“蒋春晓，你是胡说八道吧？我看出来了你想得到父亲的财产，竟然想出这样下流的事情，你不但侮辱你的父亲，还让你的死去的母亲难堪，看来你是个不孝顺的女人，出去再乱说你要考虑后果的！”卢惠昌几乎是完全否定了她说的一切，“滚啦！闻着你们酱香的味道，就觉得恶心，出去啦！”

“卢队长，这一切都是真的啊！”蒋富江还要证明一切。

“啪！”卢惠昌上去就是一个巴掌：“杨瘸子这是搬弄是非，你就害怕的胡说八道，安分的做生意就是了，回去吧！听到没有啊？滚啊！”

这下子蒋春晓算是明白了：“惠昌大哥，我们知道了，你要是能救了父亲，我们三个女儿就是给你当牛做马也愿意，谢谢了！”

“哼，我卢惠昌是受用不起的，告诉你蒋富江，还有你蒋春晓没有事情不好招惹别人，给我老实的在家里待着，少出去没事找事，今天你们也是没有找过我，那些废话就烂在你们的肚子里面，知道吗？”卢惠昌又叮嘱一遍。

蒋富江吓得赶紧给卢惠昌跪下：“不敢了，真的不会说了，春晓，赶紧谢谢恩人吧！”

春晓也赶紧跪下了：“谢谢惠昌大哥，恩情永世不忘！”

“滚啦！谢你个头啊，看你们惹的这叫什么事情，滚！”卢惠昌几乎是把他们踢出去的。

两个人走了以后卢惠昌也纳闷了，蒋富江就是一个穷挖井的，也敢把人家的千金就睡了，蒋春晓的妈妈也是胆子够大的，成天在外面乱搞图个啥，最后也是色胆包天的该杀，可是一个蒋富江带着三个女儿不容易。还有蒋春晓你招惹谁不好啊，怎么就招惹了杨瘸子呢，这不是作茧自缚吗，活该真的是报应了？不过为了洪武大路的尊严，这个事情怎么也是要压下去的，想到这里心里有底了。

杨瘸子看着蒋家父女被吓得脸色都灰了，心里是暗暗地不仅得意起来，昨天就收到了日本人的电报，原来蒋富江是这样个人啊，也难怪蒋春晓身上有着骚气，原来是娘胎里面带出来哦，特别是蒋春晖现在是抗日的人，这对于蒋家来说是最大的把柄。现在蒋家还有两个女人，今天先玩了蒋春晓再说，要不了多久蒋春晚就是下一个，等两个都争着嫁给自己的时候，那就要想一想要娶哪个为大，哪个做小才好呢。看着天色渐渐的黑暗下来，杨瘸子开始愤怒了，竟然不赶紧来伺候自已,决定亲自去看看怎么回事,胆子真的是太大了啊,他要狠狠地去问问是不是还不怕。

“杨瘸子,你要去哪儿啊?”杨瘸子的身形出现在洪武大路上,卢惠昌就看见了。

杨瘸子没有想到碰到侦缉队的人,心中的怒火一定要发出来:“我找你,今天看到来自浙江的报告,说那是蒋富江杀了自己的妻子,是个杀人逃犯应该归案。”

“哦,你说的是‘三春酱园’的老板,证据在哪里?”卢惠昌问道。

“看看,杭州日本侦缉队来的报告。”杨瘸子拿出了最后的一份报告。

卢惠昌把报告看都没有看就一条条地把报告撕掉了:“你他妈的脑子有屎啊,中国人的事情要靠日本人解决啊,人家也告你为了玩人家的女儿,这是他妈的威胁。”

杨瘸子看着被撕掉的报告:“卢惠昌,你他妈的拿人家好处了是不是,蒋春晓你是不是已经玩过了。”杨瘸子有点恼怒了。

“放你妈的屁,我又不缺女人,秦淮河的头牌也是不用花钱的,你算是个什么东西,没有日本人在这里我早就把你废了,知道不知道。”卢惠昌只是警告他。

“那你要着怎么着了? 靠,我这是被他们耍了。”杨瘸子还是叫嚣道。

“操你妈的杨瘸子,你不要狗仗人势的吓唬人家,更不能依靠日本人来欺负中国人,要是再让我知道你的所作所为,我就会跟你搞到底,你他妈的好自为之吧。”卢惠昌说完就将枪摸了出来顶住了杨瘸子的脑门:“你要是敢在外面乱说蒋富江,我就崩了你,信不信?”

“卢惠昌你敢抢老子的女人,我到日本人那里告你可以吧?”杨瘸子发狠了。

卢惠昌把枪收了回来:“杨瘸子你利用军事情报公报私仇,文登吉野会喜欢你的,你还把共产的抗日情报拿出来乱说,我们到日本人那里评评理,要不要啊? 你说!”接着卢惠昌抡起了拳头向杨瘸子砸下去,等这个畜生倒下去以后就是一顿暴打。

“惠昌,惠昌不打了,我不敢了,蒋春晓就归你好了!”杨瘸子几乎要哭出来了,卢惠昌并没有立刻地停下来,打足了他然后狠狠地啐了一口扬长而去。

杨瘸子第二天开始就没有上班,文登吉野知道以后并不在意,以为仅仅是两个人的争风吃醋,不正常地是杨瘸子为什么不来报告,日本军队进入洪武大路以来,对街道的清查都很彻底,只是为什么就没有搜查过“三春酱园”。这个地方是洪武大路上最大的产业,做工的人虽然复杂,但是没有询问也是疏忽的,也许这里面就有国民军人，这些抵抗力量不完全铲除，以后也是一种反抗的力量，这都是杨瘸子自作主张，现在去检查还是来得及的，如果里面确实有抗日的人员，那么就是重大发现了。

“杨先生，你跟我说实话，为什么没有搜查过‘三春酱园’?”文登吉野突然发话了。

“没有啊，你去搜啊！不觉得里面有什么奇怪的东西！”杨瘸子解释着。

“不觉得是什么意思，那是你的意思吧，我觉得很有必要！”文登吉野很敏感。

“只是说的是这里面也许很奇怪，你要搜我哪里敢有什么想法。”杨瘸子嘟哝了。

“那好，杨先生，你带队我们去看看。”吉野的命令已经下了。

杨瘸子这时候不敢说没有问题了，进到洪武大路的守军很多人消失了，带着军队搜查了所有的铺面和民居，加起来的人数少得可怜交代不了，他怀疑过“三春酱园”窝藏，碍于蒋春晓的面子不好进去。文登吉野突然问起这件事情，也觉得事情千万不要意外，不然自己跳进黄河也洗不清。带着部队走进“三春酱园”的时候，蒋富江的惊恐已经暴露无遗了，而蒋春晓的神态也是慌张的，文登吉野一下子就知道了什么。

“杨先生，你和他们以前有过很深的交往吧！”文登吉野问道，“这就是你的女人吗?”

“这，不是，不是啊，她原来是我的学生。”杨瘸子解释。

“不对哦，我看到的是一种不安，小姐我们不是来找你的，你是要保命还是说出秘密?”文登吉野让杨瘸子翻译：“杨先生，你要如实地翻译哦，不要欺骗朋友，不好！”吉野有点不耐烦了。

“太君，我们就是一家做酱菜的，你要不要尝尝?”蒋富江吓得胡说八道了。

“嗯，你真的是良民，尝尝！”看起来蒋富江是最胆小的，文登吉野对于递过来的酱菜，“嗯，太好吃了！好了，酱菜吃完了我们说正经的事情吧。”

“什么正经的事情?”蒋富江吓的往后退。

文登吉野开始用指挥刀切酱菜，锋利的刀口展示出来了：“这位小姐说！”

“这位太君酱菜还满意吗？杨先生和我是师生关系，也是街坊邻居的关系，可是他却老是来跟我找别的要求，我没有办法也就从了几次，谁知道他没完没了的了，现在又把你们找来，这不是要我没有面子吗，呜……”蒋春晓希望把事情说到别的地方。

“我要听的不是这些！”文登吉野早就不耐烦了：“你们在酱园店里藏人了吧?

那些反抗日本占领军的国民部队！搜查!”文登吉野下令了。

“太君,店里的伙计基本都走了,你们来了以后这里的生意就很清淡了,除了家里的人,其他就没有什么人了。”蒋富江出来阻挠。

杨瘸子刚才的怒火还没有消,又遇到这个蒋富江出来不听话,为了在日本人面前表现出自己的清白,“啪!”他一个耳光就扇了过去,打得蒋富江趔趄了一下差点没有倒下去:“来人啊,给我里里外外的搜查!”

日本人不费劲地就在后面搜查到了一个男人,被带过来的时候杨瘸子看出来了,这个人不是洪武大路上的,而且胳膊已经被完整地削去了,毫无疑问这就是抗日的国民军,搜出来无疑就是自己的错误,他低下了头不敢看文登吉野。文登吉野也看了一眼杨瘸子,中国人的脑子真的是怎么想的,这样的事情是可以耽误的,再看看蒋富江已经傻了,蒋春晓也无话可说了只是眼睛看着杨瘸子。

“来人啊,把这个人和全家人带到宪兵司令部。”文登吉野觉得很成功。

一辆车过来跳下了几个日本兵,迅速地把蒋富江、蒋春晓、蒋春晚和男人抓了起来。

日本宪兵队的刑具是最完善的了,审讯室里面的炉火烧的很红,这里没有人能够逃出文登吉野的询问,他太知道怎么对付多数人的软弱,今天抓到的这个男人,虽然右手的手臂已经完全地残废了,但是眼神里面的不可以侵犯,还是有着一种值得要的东西。这是 个受过训练的军人,绝对没有贫民面对残酷的那种懦弱,如果能从他这里得到讯息的话,那么洪武大路藏起来的军人就全暴露了,他决定要亲自审问这个人,让手下的人把他绑在了椅子上,很久很久才开始问话。

“无论作为哪一方的军人,我们的责任就是保护百姓安全,你怎么可以躲藏在平民之中,这是有辱军人的身份。”吉野做的第一个事情就是让他承认。

文登吉野看出来这个男人是不想说任何的东西:“杨先生,他是洪武大路的人吗?”文登吉野问道。

“我从来没有看见过他,我们进城以后他才出现的,说明他是退守的军人。”杨瘸子肯定了,“听口音他就是一个山东人,而且是国民二十二集团军的分子。”

“那么这位先生请问你,你是什么时候来洪武大路的,来洪武大路又做了什么?”文登吉野直接希望找到问题的核心。

“杨先生,我来洪武大路的时候,你在哪里？你在东北帮助日本人,真的是丢死人了！日本太君,你们进攻南京以前我就在‘三春酱园”做工了,在洪武大路腌制咸菜,制作酱油这也有错误吗?”男人的话不是很多,但是讲得很清楚。

“哦,你现在就证明你不是军人,说说三江酱园的工艺,可以吗?”文登吉野很得意给他出了个不小的难题。

文登吉野真的是算盘打错了,中国的百姓每家都有制作冬菜的习惯,虽然是地域不相同程序确是一样的,在养伤的这段时间里面,虽然不能亲自参与其中的工作,酱菜进出时间还是知道的。他很详细地把酱菜的生产过程,人员的安排和销售的情况,事无巨细地完整地说了一遍,最后问了一句杨瘸子。

“杨先生能说得出来吗? 如果他说不出来就不要骚扰百姓!”残疾人很自信。

文登吉野并不死心:“那么你身上的伤是怎么回事?”

“战争是给人民带来最大的灾难,我去安徽进货被你们的炮弹击中的,伤口的处理也是军队医生帮助的,这一点我很感激我能活到今天,我曾经想去吴成芳诊所,即使是用民间医生的包扎,你们依然是会寻找报复中国人的机会,占领军先生我说的不是事实吗?”中尉很明显已经做好了死亡的准备。

“哼,你不是个诚实的军人,来人啊,将他的女人带过来,看他还说不说?”文登吉野命令到。

“太君这一切都是我的错,你放过我的父亲和妹妹,我就回答你一切问题。”蒋春晓知道事情瞒不住了,只能拖一步是一步,最重要的是能够让家里人平安。

吉野看出了其中的问题:“好,只要你回答我的每一个问题,我就放了你的家人,首先你要告诉我,这个男人是谁?”

“他叫梁耿,我家以前的工人,现在是我的男人!”蒋春晓回答道。

“胡说,他不是梁耿,他就是军人。更不是她现在的男人。”杨瘸子叫嚣道。

梁耿这个人杨瘸子是见过的,那是一个皮肤白净的年轻男人,眼前这个人真的是很粗俗,人虽然很高大五官也很分明,但是绝对没有以前文气,骨子里面就是一个军人,现在他的手臂完全没有了,蒋春晓不可能接受他的。文登吉野找的就是这样的人,现在最重要的是证明他是军人,也绝对不能让这个人逃脱掉,蒋春晓唯一的男人是自己,不能让整个洪武大路人耻笑自己,他要让这个人最后被枪决。

“杨先生,告诉我他为什么不是梁耿?”吉野有些焦虑了:“那么梁耿是谁呢?”

“吉野君,梁耿是她的第一个男人,玩完她早就远走高飞了。”杨瘸子实话实说。

“哦,我不关心他是第几个男人,只关心他是谁?”文登吉野话说得很直白。

“皇军,请你尊重我们中国女人,我只有这一个男人,绝对没有第二个。”蒋春晓的话很坚定。

杨瘸子觉得受到了侮辱:“那我算什么,我给了你银元,你让我摸过玩过这是犯贱吗?”

“杨先生,我觉得你没有介绍清楚梁耿先生,而是作为情敌在发泄你自己的感情,你不需要激动不是吗?”文登吉野很奇怪杨瘸子的情绪。

“吉野君,他不可能是她的男人,他就是一个真正的军人! 请相信我。蒋春晓,你能证明这个男人跟你是有关系的,我杨瘸子就认输了。”新仇旧恨让他觉得报复的机会来了。

“哼,杨瘸子你真的是不要脸了,你能说出我身上的特征吗?”蒋春晓看着杨瘸子,“你问日本人,是不是我能说出我男人的身体上的特征,你就放了他吗?”

蒋春晓真的看过所有逃出来人的身体,当他们在院子当中沐浴换上百姓的衣服,她是不愿意错过这样的眼福的,作为青春女人,她好奇地观察过每个男人,她迷恋男人身体的结实,喜欢他们的黝黑的皮肤。蒋春晓没有过一次触摸的机会,对男人的渴望和对英雄的崇拜,让她不止一次地梦想过这个男人,只是他的手臂没有了,虽然是救护了他的生命,但是作为夫妻她是从来没有想过的,现在只有用耻辱来挽救他了。

“嗯,你要说出你男人的特征,当着众人任由你的男人亲吻你,我就放了他!”文登吉野知道中国人的风俗是什么,男人和女人的禁忌在哪里。

蒋春晓看了这个男人很久:“梁耿的屁股上有块很大黑痣,那个玩意已经不怎么中用了,前段时间被炮弹截去了不少。”

文登吉野慢慢地走到这个中国男人面前,用刀向上一挑就划开了他的裤子,包裹的不是很整齐的伤口出现在人们的眼前,他终于被激怒了不顾捆绑叫了起来:“畜生,你们杀了我吧,我就是中国军人!”男人开始撕心裂肺的叫喊。

文登吉野看虽然看到了蒋春晓的事实,但是他更相信这个人就是军人,男人到了这个地步比死了还难受,即使他是一个中国军人这样生不如死地活,让他更有那种暴虐的成就感,占领首先是人口的灭绝,一个没有生育能力的人来说,留着他远远比杀了更残酷。文登吉野笑了不再追问下去了,而是觉得杨瘸子很没有骨气,这个女人怎么就选择这样的混蛋。

“杨先生,你看了以后不觉得自己很行吗? 对一个没有生育能力的人来说,你更是让我觉得你的无能,我不能确定他是不是梁耿,这个男人已经对我们没有意义了,而你酱园店的女人,你就守着这个男人吧,一直到他死去你都不会有孩子,这就是你说谎的代价,放了他们!”吉野这时候觉得特别的释怀,终于有机会侮辱了中国男人。

“你们杀我了吧,不要这样侮辱我!”这个男人还在叫嚣着。

“哈哈,赶他们走!”文登吉野开心地命令下属。

文登吉野等蒋春晓和他的男人走了以后,走到杨瘸子面前抬起了他的头:“你觉得被侮辱了是不是,蒋春晓这就是侮辱你知道吗?她宁愿找个没有膀子的男人,也不好你这个有上身的人,她真的是看不起你了,我也看不起你这个人,你不算是个真正的男人,你调查过蒋富江是不是?是还是不是?”

杨瘸子这时候已经吓得不轻了,“扑通”就给鬼子跪下:“对不起,我是色胆包天了,我查了蒋富江是个杀人犯,他杀了他的伙计和妻子,然后逃到南京做起酱菜生意的;他的女儿也是延安的抗日演员。”

“那你为什么不跟我说?”文登吉野问道。

“我只是想能够和蒋春晓结婚,我喜欢这个女人。”杨瘸子害怕了。

“起来,没有出息的东西,你现在把蒋富江带来,我有事情跟他谈。”文登吉野命令。

“是!”杨瘸子去提人了。

文登吉野对这些残兵败将没有任何兴趣,要毁灭的是抗日的有生力量,既然不能得到这一切,那么他是不会就此罢休的,刚才蒋富江给自己尝的酱菜日本没有,虽然日本继承了很多的中国饮食,真正的精髓还是中国人自己保留下来了。这次来中国虽然搞到了不少的文物,可是那都是政府的要求,任何的东西带回去都是可能被查出来的,只是酱菜的秘方是完全可以属于自己的,将来战争结束了以后,在北海道开个酱园,也是很好的创意构思,现在最重要的是拿到它,解决这一切的只有蒋富江了。

“蒋先生,你杀了你妻子的事情已经暴露了,窝藏国民军人的事情也清楚了,女儿也是抗日分子,就算杀了你不算冤枉吧。”文登吉野问他。

吉野看着这个中年的汉子已经头发花白了,粗糙的大手显示着一生的劳碌,虽然穿得不是那么的肮脏,其中的酱油的痕迹依然浮现在衣服上,脚下的布鞋已经很久没有换了,酱色和黑白混在一起多少有些不舒服,只是眼睛里面依然的是恐惧和不安。

“不冤枉,只要保全我的女儿和女婿,我就不冤枉!”蒋富江已经做好死的准备。

“很好，一个好父亲，中国人的传统我多少是知道一些的，妻子在外面跟别的男人有染，算是死有余辜了；而作为一个军人在抵抗的过程中，失去了能力我也是深表同情；至于唱戏抗日那就是一个笑话，我认为女性的虚荣就是表演；这一切都不是文登吉野感兴趣的，我可以放了你和你的女儿女婿，如果你能答应我的条件，我可以现在就让你们走！”

蒋富江不知道对方的条件是什么，觉得自己就是待宰的羔羊，除了“三春酱园”以外什么都没有了，难道日本人真的要抢占自己的家业，只要能保证自己孩子们的性命，他是不会吝惜任何的财产的，更是不想看到这个杨瘸子了。他决定放弃所有的一切，在这之前自己是要争取能争取的，他知道文登吉野是有能力的，洪武大路杀人放火他做得到，限制杨瘸子对女儿的骚扰也一定可以。

“日本先生，只要我能给的你就拿去，就是不希望再看到杨瘸子了。”蒋富江提出要求。

“哈哈！杨先生，看看蒋先生的眼中你是多么的讨厌，哈哈！”吉野很是开心，“你只要把‘三春酱园’的所有配方给我，那么我就赦免你一切的问题。我保证！”

蒋富江终于明白了这个日本人的要求，没有说什么就带他回了“三春酱园”，从自己的枕头底下摸出了收藏多年的酱菜本子，在他交出的时候看了一眼文登吉野，有些心里很不愿意的感觉，但是这个情况下是唯一的出路。文登吉野也是欣喜若狂的在拿到这些东西的时候，立刻就叫杨瘸子在他的办公室翻译，这也是在中国掠夺到的重要财富。

“春晓，谢谢你救了我！”男人很挣扎地感谢她。

“不用，人都是有命的，只要你能活着就好。”蒋春晓很淡淡地说。

“你以前的男人叫梁耿啊？”男人问她。

“你提他干什么，现在洪武大路都知道你是我的男人，睡吧！”蒋春晓显得很无奈。

“没有，如果有一天他回来，我是可以让他的。”男人说出了自己的打算。

“嗯，不是他回来你要让的问题，是谁还再要我了！”蒋春晓哭了。

男人没有想到这样的结果，无意中的话竟然惹得蒋春晓流泪了，他本来是想安慰一下的，结果却没有能做到，反而是自己没有了主意，只好扭过头去自己睡了。

“你有过女人吗？”蒋春晓也是好奇，哭完了两个人就跟陌生人一样的询问。

“没有过，你是第一个我的女人，真的！”男人很真实地回答她。

“那给你摸摸我哦，反正是自己的女人也不要不好意思。”蒋春晓把男人的手放到了胸脯上,另一只就放到了下面,“喜欢吗,喜欢就抱着睡吧。”

男人按照蒋春晓的要求,每天都抚摸着这个挽救他的性命的女人,是一种感激更是一种安慰,希望她的身体不那么空虚,他觉得蒋春晓真的很美,未来一定要有属于自己的生活。而蒋春晓却不敢再有任何的奢望了,眼下虽然只是简单的抚摸,却是赶走了人生长夜中的寂寞,她开始离不了这种拥抱的睡眠,尽情地享受着男人巨大的手掌,慢慢地她竟然爱上了这个男人,也就真的成了她每天睡觉的寄托。

民国三十四年的春天,“三春酱园”遭受了猛烈的炮击,很多的大酱油缸都被炸的流出来了,更多的酱菜都是漫天飞了,蒋家的人都在睡梦中被惊醒了,看着家园被炸成这样,都是奋力地去抢救,男人不但阻止了她们也把蒋富江藏了起来。然后,男人用左手推开了房门,叫蒋春晚爬上了顶棚,从上面取下手枪藏到了衣服里,蒋春晓突然觉得要失去什么,她紧紧地抱住男人眼泪就流了下来。

“你要去做什么呢?不许去,你是我的男人,你要是死了怎么办?”蒋春晓不放手。

“春晓,我要出去找部队了,打日本人也不能炸了‘三江酱园’,你等着我回来一切都是可以解决的,我不会跑的放心。”男人跟他解释。

“你说的能管用吗?你还是不能走啊。”蒋春晓还是拉住他。

“姐姐,姐夫要走你就让他去好了,看你那个样子没有见过男人啊,成天晚上哼哼唧唧的,这时候就要靠男人来保护我们的,放手吧!”蒋春晚觉得根本就拦不住的。

蒋富江火了:“春晓,你想家业都给炸光了啊,人家要试试你就让他去,死马就当活马医不行啊!”

就在大家犹豫的时候,男人终于冲了出去:“春晓记住我的名字叫薛宝勇,有军队就跟他们说,不会再为难你们的。”然后就消失在浓浓的硝烟中间。

战争持续了很多天,洪武大路已经完全被笼罩在烟雾中,虽然飞机依然在空中轰炸,炮弹依然在洪武大路上射击,“三春酱园”却是完全不是目标了,周围的建筑包括卢家大院都成了瓦砾,但是这里却是基本完整无缺,蒋富江知道是薛宝勇的办法。天刚刚亮的时候,蒋春晓也担心薛宝勇的安危,就打开大门往外看看,谁知道门口全是士兵在把守,就在她不知道怎么办的时候,一辆军队的吉普车开了过来,上面的军人给他们敬礼了,这让蒋春晓很不理解。

“请问是蒋春晓小姐吗?”上面的军人快步走到面前。

"是,我是。"蒋春晓根本就没有想过认识军人。

"请打开大门,我们奉首长的命令将打扫我们造成的损失,敬礼!"蒋春晓惊呆了。

军队只用了一天就把所有的地方收拾好了,第二天又是汽车运来了很多的大缸,比原来的酱园看上去还要整齐,可是蒋春晓纳闷他怎么就不回来看自己一眼,虽然谈不上怎么样但是已经是同床共眠了,她有些失望了。黄昏的时候军队的汽车终于真的进城了,洪武大路两边真的是人山人海的,欢迎的队伍把整个洪武大路都站满了,蒋富江很高兴杨瘸子已经被抓起来了,文登吉野也自杀了,看起来民国政府真的恢复统治了,"三春酱园"又可以开张了。

"春晓!"这是薛宝勇回来了,蒋春晓一眼就认出了他,穿着整齐的军装而且是少将军衔,脸上已经没有了那种无奈的神态,新做的马靴子也是擦得锃亮,手套都是那种雪白的,前呼后拥的一大片人:"春晓,我终于活着回来了,你们下去吧,我有事情跟自己的家里人谈!"

"姐夫哦,你可回来了,姐姐没有你可是睡不着了,不哼哼唧唧可是很难受的哦。你升官发财了吧,看看少将军衔啊可是真的厉害了,我们蒋家就靠你做后台了,姐夫给我找个工作怎么样啊?"蒋春晚可是好不客气。

"春晚不要闹了,你姐姐和姐夫有正经事情要谈,你不要打搅了跟我到后面帮个忙!走啦!"蒋富江拉着二女儿走了。

蒋春晓没有想到救的是一个将军,看着人家这样回来一下陌生了,这么多天总是一直牵挂他,抚摸和拥抱已经成为生活的一部分,她开始收拾床铺,可薛宝勇说了,以后不能住在这里了,他需要做更多的工作。这时候她才想起来,今天"三春酱园"是整个被包围了,外面都是持枪站岗的士兵,家里除了蒋春晚觉得很有意思,但是生活完全地被打乱了,这里还是酱园吗?这是兵营啊,那天也就是她和薛宝勇最后的一夜,虽然他像以前一样地宠着她,在夜里也是那样的抚摸她,但是天亮的时候他就在护卫下走了,蒋春晓知道寂寞的日子又来了。

第二次世界大战的结束,让美国和俄国重新地瓜分全球的势力范围,国民党和共产党也在全国开始了角力,洪武大路作为江南的重要街道,这里也是吵闹得乌烟瘴气。卢文生、周小芸代表了共产党的要求,卢惠炳作为国民党的代表跟大堂叔据理力争,一家人竟然出现了很多的阵营。卢惠昌、吴成芳和卢文来都算是抗日英雄,卢惠民也就是待定的汉奸。家里人几乎不能在一个桌子上吃饭,一谈到抗日的功劳就是混战，周湘云更是觉得生气的厉害，周小芸一个以前的丫环，竟然也可以指责起小少爷来了，一生气终于把所有的人都赶出了家门，这下家里才慢慢地安静下来，卢文来更是看不懂国共合作，胜利了竟然那么多的是非。

洪武大路的街道公所就设立在日军宪兵队，两层楼的建筑墙体是非常的浑厚，混凝土的机构让人们觉得很牢固，虽然国民军进攻的时候留下不少弹孔，但是现在也是很快地修复了，对面就是徐侉子的烧饼油条店，早点吃起来也是方便，下午饿了也有谢寡妇的凉粉，垫垫饥也是非常方便的，不知道是谁选了这样一个地方。楼上的几间房子目前还是空着，等待这公所主任的诞生然后入住，大家都以为这个人选就在卢家，所以几乎没有什么人参与。楼下是几百个平方米面积的大房间，已经由军队布置的非常的隆重，蒋介石的像被悬挂在正中间，两边是国民党的党旗和中华民国的国旗。

会议还是由新区长卢惠炳主持："各位长官，各位领导，各位街坊，各位同仁，今天是中华民国恢复对全国统治的时刻，按照中央政府的要求，首先为在战争中失去生命的共和国将士，以及那些无辜失去生命的人们默哀！"

洪武大路上所有的人都哽咽了。现实让很多人湿了眼眶，洪武大路被日本人整整占领的八年里面，死去的人简直太多了，内桥湾哪天不漂浮起几个生命，每家每户都有失踪的人口，想到这里的时候大家都沉默了。静穆以后，卢惠炳就宣读了国民政府对洪武大路在抗日战争中的表彰，事无巨细地将洪武大路活着的人都表扬，最高的荣誉当然是吴成芳和蒋富江了。吴成芳根本就不想参加，奖章是由卢惠琴代领的，蒋富江也出去拉菜去了，也只好由蒋春晓代领，卢惠炳没有想到会议这样尴尬，就在蒋春晓要出去的时候，他示意她坐下来等一会儿，蒋春晓有点摸不着头脑。

"在整个的抗日战中的艰苦斗争中，'三春酱园'的蒋春晓小姐，为了保护我革命军人敢于献身，跟日本人做了英勇的斗争，事情已经被选入了小学生课本，要让下一代不能忘记她的贡献！"卢惠炳的表扬让蒋春晓不好意思了："今天我们洪武大路街道公所要选举主任，我觉得没有比蒋春晓更合适的人选，我推荐她担任，请大家表决！"率先地鼓起掌来，顿时会场里被这样的激情鼓动感染了。

"国民政府万岁！"

"蒋委员长万岁！"

"支持蒋晓春担任区公所主任！"

“革命尚未成功，同志仍需努力！”

在一片的欢呼声中蒋春晓被吓了一跳，赶紧出来推辞：“不，不，我做不了的，我没有那个意思！”蒋春晓吓得要跑，被门口的军人们热情地拦住了。

“人民的托付，不是哪一个人的要求，这样的工作是为了洪武大路，为了国家，请尊重大家的意见！”卢惠炳已经很会说话了，“大家鼓掌通过！”

蒋春晓没有想到还有鲜花，更有人们把她扔向了空中，脸刷地一下红了起来。

蒋春晓担任洪武大路公所主任，真的是令很多人跌破眼镜的，卢文生和周小芸更是震动，昨天晚上他明明地跟二侄子说好，提名他们两个人做竞争的候选人，周湘云和卢文来也是支持的，就连吴成芳也是表示支持，怎么今天就冒出了个做酱菜的。洪武大路上保护革命军人的不只是他，朱老大、江老板、禄文景、徐侉子都算得上了，就是卢惠昌或者卢文来都比她做得多啊，真是奇怪了怎么就换了个女人来做了，这是对国共合作的彻底否定啊。就在两个人嘀嘀咕咕地抱怨的时候，卢惠炳又宣布了新的任命。

“经过街道公所的推荐，区民国政府的讨论，报市国民政府的批准，任命卢惠昌为洪武路警察署署长，任命陈春丽为妇女主任，任命罗秀玲为洪武大路小学校长，请大家鼓掌通过！”卢惠炳根本就不管大堂叔一家了，卢家的人都有了相应的位置。

“国民政府万岁！”

“蒋委员长万岁！”

“支持卢惠昌担任警察署长，支持陈春丽担任妇女主任！支持罗秀玲担任洪武大路小学校长！”

“革命尚未成功，同志仍需努力！”

“不行！”卢文生终于把持不住了，“这是国民党对于共产党的排斥，卢惠炳你这是事先安排好的，我要向国民政府抗议！”

“大堂叔，你真的是很不讲道理哦，这里面哪里有一个国民党人，如果有个共产党人才叫公平，那么这就不是国民政府了，请坐下参加选举哦不然就请出会场哦！”虽然卢惠炳没有发话，但是维持秩序的军人已经靠近了。面对这样的危险卢文生知道后果，想到了过去被国民党抓捕的日子，被日本人的修理过程，心顿时就安分了许多。

卢惠炳依然地在讲话："很高兴今天的协商会议开得很成功，特别是共产党表现出来的合作态度，表明了我们在抗日中间同心协力，就是抗日战争的胜利以后，我们两党为了人民利益而奋斗的结果，也对共产党的代表卢文生、周小芸同志的参加，再次表示我们最崇高的敬意，最后让我们演唱《国歌》结束我们的会议，大家起立唱《中华民国国歌》！"

"三民主义，吾党所宗，
以建民国，以进大同。
咨尔多士，为民前锋；
夙夜匪懈，主义是从。
矢勤矢勇，必信必忠；
一心一德，贯彻始终。"①

卢文生和周小芸气得几乎要吐血了，自己没有担任任何的公职，竟然还要唱中华民国的国歌，他没有想到那么淳朴的二侄子，也开始要贱耍滑头了，会议还没有开完两个人就忧郁的出了会场，里面的会议依然是非常热闹，国歌还没有结束的时候，人们簇拥起蒋春晓走了出来，主任的称呼在他们两个听起来很是刺耳。在国民政府的鼻子底下，一切都不是共产党说了算的，他们相信共产党就会全面夺取政权，所有的战场都会打响的，那时候再跟这些人好好的理论，中国究竟是谁的天下。

蒋春晓第一次受到人们这样的尊敬，她虽然不是很会笑但也是轻松了，本来她对这样的事情很没有兴趣，后来看到这么多人的尊敬，卢惠炳也是客气的异常，这时候觉得自己真的被埋没了，应该为洪武大路做些事情。会议结束竟然还有人送上鲜花，更多体质健壮的男人保护自己，开始觉得做官是很好玩的，她可以利用机会在中间选择，现在想起来梁耿就是垃圾了，她同意薛宝勇结束关系的建议，看着那么多崇拜的眼神，是不是要开始新的计划，不但把生意做好，更要把生活安排对才是。

---

① 中华民国国歌。

蒋春晓被任命作为街道公所的主任，卢惠炳也是在宣布的最后的一刻才知道，本来已经答应卢文生给周小芸这个位置，会议前竟然接到了上级秘书的电话，指示一定要让蒋春晓担任这个职务，电话对面的态度很强硬，根本就没有商量的可能。卢惠炳自从从军以后，知道服从带来的好处，浴血奋战了这么多年，总不能为了周小芸的升迁，而挡住将来的发展和前途。把蒋春晓推到了这个位置，卢惠炳是很担心的，决定让蒋春晓去讲习所学习，这样才能够缓解大堂婶的抱怨。

"她就是命好，救个当兵的会有今天。"湖北女人把衣服砸得啪啪地响。

"卢文生的学问都在她之上，她也好意思跟人家争？"朱老八的寡妇气愤地把菜叶子都留下了，菜让水给冲走了。

"她是什么东西，人家还没有倒插门就把梁耿睡了，真够狠的哦！"刚搬到的新人，可能是还没有找到事情，怨气都发到了蒋春晓的身上。

"这不早晚也会上了卢惠炳的床，看蒋春晓个狐狸精的样子！"最恶毒的是草包店没有烧死的女人，眼前的敌人是和她女儿一样大的女人。

洪武大路井台跟"三春酱园"一墙之隔，这些话早就从墙头上扔进去，蒋富江非常难过薛宝勇就是个废人，为了拯救他差点把命都搭上去，本来日本人走了指望两个人好好过，这样的废人竟然成了国民政府的高官，搬走以后夫妻缘分也算是到头了。昨天他听到女儿被任命公所主任，洪武大路是鱼龙混杂啊，上下九流无所不有，蒋春晓以后的日子也不会好过，晚上找卢惠炳要辞了这个差事，人家死活说是上面的意思，现在觉得救了薛宝勇真的是错了，这样的生活什么时候算完啊。

蒋春晚的脾气可是不一样，面对那些闲言碎语脾气大了，她搬了个梯子搭在靠近井台的墙上，如果任何刺耳的话出来，她就端上一盘酱油活生生地泼下去，长舌的女人不但自已身上搞的一股味道，带去的衣服也是永远洗不出来了，事情自然是要告到卢惠昌那里。警察署是在街道公所领导下的，他就笑着让人家去找周小芸，把个邻里纠纷搞成国共矛盾，弄得卢惠炳也不知道怎么办，最后只有回家扯上几批料子，白白地送给这些人家，一来二去也是怕上了这个丫头，见着蒋家的人只好绕着路走。区长做到这个份上也让卢惠昌笑得肚子都疼了，想起了他以前的太多笑话了。

"忘恩负义的薛宝勇出来，我姐姐蒋春晓救了他的命，反而给按了个什么公所的主任，你叫他出来见我。"蒋春晚在军区大门口破口大骂。

没多久一辆吉普车开过来，跳下来几个人客气地请她上了车，汽车就像走迷宫一样的转了几圈，才到了一个大宅子的门前，薛宝勇热情地赶上前给她开了车门，然后就像个跟班的一样伺候着进了大门。这样的气派蒋春晚还是不买账，坐下来就是一顿数落毫不留情面，薛宝勇似乎是欠了债一样，一直是憋着不说话等她气消了，才问她来是做什么的，看着这个蒋春晚不愿意别人听，赶紧招呼所有的人下去等着，自己却是毕恭毕敬的在旁边候着。

“春晚好，春晓和蒋先生都好吗？”薛宝勇给蒋春晚削了苹果。

蒋春晚看见眼前这个人觉得好笑，看起来他是特地穿了军装，虽然是毛料的很挺括漂亮，袖子却是始终地吊在旁边，本来是可以不用做这个袖子的，浪费材料更是看上去没有用的；少将的肩章是闪闪发亮的，胸前的勋章几乎都挂满了，这些东西除了花花绿绿是个装饰，至于怎么得来的就不知道了，可能就是随便封上去的；裤子也是烫得很平整的没有一点瑕疵，脚上的皮鞋几乎都能照出影子来，可是男人最有用的玩意却是少了，想到这里蒋春晚忍不住笑了起来了。

“笑就好，春晚开心是我最快乐的事情，有什么事情可以叫我做的。”薛宝勇很得意关系的缓和。

两个人各自笑的内容是不一样的，蒋春晓这时候才想起来：“对了，你给姐姐安排得工作好累啊，成天的什么事情也办不成，我也就是个看酱园的命，真的管起生意也是不容易的，眼下的生意真的一落千丈，洪武大路上的人的嘴是不闲着的，我跟卢家老二说了这事情姐姐真的做不来，而酱园里的事情我也真的做不了，可是人家说这是你的指示，我这不来找你了。”她是真的抱怨。

“哈哈，我明白了你的想法了，”薛宝勇听得很认真：“春晚你真的是个孩子哦，我这么跟你说，姐姐的潜力你是没有看出啦，将来只要她好好地做一定有前程的，而你就是要把家里管好才对，生意的事情我帮你想办法，我会让国军都用你家的酱菜，也不要做得那么精致就好，当兵的吃的没有那么讲究。你看行不行啊？”

“你可真的有本事教训人哦，可是你对我姐姐不够好哦，现在她晚上睡觉的时候都是在哭哦，没有你在身边她很寂寞的，你该帮帮她，回家看看她，好不好？”蒋春晚央求他：“不用多哦，一个月去个几次让她又哼哼唧唧就成了。”

“春晚不可以乱说的，我跟你姐姐没有任何的婚姻，为了只是不让日本鬼子看出来才同居的。”薛宝勇变得非常严肃起来。

“你少来这一套，蒋春晓不是跟你有什么能那样啊，你这个做官的人怎么不承认做的事情，可是苦了我们这些老百姓了，真是个忘恩负义的东西。不跟你说了我走了，去不去由着你自己了。”蒋春晚这就要走。

“站住！”薛宝勇呵斥住了蒋春晚，“你不要任性，我的那个玩意被日本人给炸坏了，后来根本就没有用的，我跟你姐姐分开也是为了她，这一点你的父亲和姐姐都知道，我难道是那么自私的人吗，薛宝勇不是一个忘恩负义的人，为了大多数的幸福生活可以牺牲自己，为了蒋春晓的未来生活我也可以放弃的。”薛宝勇不想再解释了，而是流着眼泪把目光转向窗外。

“别说了薛宝勇，我要为你留下来！”蒋春晚抑制不住紧紧地抱住他：“今天蒋春晓有了自己的事情，她不会再跟我争夺你了，谁让她同意放弃你的，你应该属于我才是对的，从你来‘三春酱园’的第一天，就知道逃脱不了这种命运，今天来找你吵架也是想看看你，你不在身边‘三春酱园’是待不下去的，从今天开始你去哪里我跟你去哪里，不要再放弃生活和爱情，我跟你好好地走完你的最后，你不要放弃我求你了！”蒋春晚的眼神里面有着坚持。

蒋春晚已经是几天都没有回家了，下午薛宝勇的车子送她回来取东西，在要离开的时候被姐姐挡住了去路，看得出来蒋春晓的脸色很是难堪，眼睛中显露出少有的怒气，她知道姐姐要说什么，而一切都已经跟父亲完全说明白了，薛宝勇已经打算明媒正娶了。蒋春晚看着姐姐的嘴脸也不在乎，姐妹两个人把问题说清楚没有什么不好，蒋春晚跟开车的士兵打了个招呼，把东西让人家先拿到车上，自己在八仙桌子前面坐了下来，眼睛却是根本不看蒋春晓一眼。

“春晚你不能太任性啊，你怎么可以嫁给你的姐夫？”蒋春晓想把问题说得严重一点。

“姐夫？怎么就姐夫了，你们根本没有怎么样！”蒋春晚不买她的账，“你是不是嫉妒我了，你不是最近开始勾搭卢家的三少爷了，不要吃了碗里的还看锅里的。蒋春晓你一直对我就很不满意，成天的就是指东指西的，就算是一个残废的军人，他能给我荣耀给我靠山，是你不要的我才捡起来的，我就喜欢他你能怎样？”

“我不能把你怎么样啊，你是我妹妹啊，共产党早晚会打到南京的，你不要执迷不悟。”蒋春晓说出自己的担心。

“你这种言论可是通匪的不怕人家来抓你，你现在也是国民政府的公所主任，共产党来了也放不过你，而我可以跟薛宝勇去台湾，大家都已经开始准备了，不要拦着我，滚开！看着你我就心烦的厉害。”蒋春晚不理睬她自己走了。

蒋富江听到了姐妹的谈话，这两个女儿太像孙思涵了，大女儿没结婚就跟梁耿睡在一起了，这卢家也真的会算计保住了小少爷，竟然撮合起了两家的婚姻，可是结婚没有多久卢惠民又是失踪了，这在整个洪武大路也是抬不起头来，他真的不知道蒋春晓是什么变的。蒋春晚也是真的要命，一个没有结婚的女孩子竟然爱个残疾，回家也是薛宝勇的车子接送，不知道她是真的爱上姐夫，还是要诚心跟自己和“三春酱园”过不去，家里的生意完全是薛宝勇撑着，可是国民党要是倒了，酱菜又有谁来买呢，他真的是没有了主意。

民国三十八年春天，蒋家姐妹们争吵后的没有几天，中国人民解放军渡过了长江进入了南京城，蒋富江冒着枪林弹雨冲到御道街，兵营已经人去楼空了，指挥所里面他看到了二女儿的旗袍，只能把女儿无意留下的东西作为纪念，意味着永远可能回不来了，蒋富江哭得很厉害。路上路过总统府的时候，城楼上已经飘满了红旗，青天白日的旗子瞬间就被扯了下来，从高高的建筑顶上飘落下来，共产党终于改朝换代了，在毛泽东和朱德的领导下，中国人民建立起了新的国家，中华人民共和国开始了公元纪年，蒋富江这时候才想起有个共产党的女儿，蒋春晖她会不会回来呢。

“欢迎中国人民解放军进城！”
“打到国民党发动派！”
“一切权利属于人民！”
“中国共产党万岁！”
“毛主席万岁！”

整个洪武大路上更是欢声雷动，人们在街道两旁在等待着欢迎军队，所有的小摊小贩都乐意提供东西，他们听说这是穷人领导的政党，将来是要穷人做主的，所以他们绝对不能放弃这个机会。徐侉子烧饼油条店更是直接的送上热腾腾的豆浆，所有的烧饼油条是每人一副，这是难得的大方啊，谢寡妇也是拿出了家里的凉粉慰劳军队，只是当兵的吃凉粉不快，谢寡妇怕的是碗被拿了去，一路上催促人家快吃就好，一天下来也没有送出去多少。卢家这时候就像霜打的茄子，全家人都没有了精气神，卢文来很后悔没有记住汤瞎子的话，现在的天下已经是共产党的了，家里除了卢惠民都是反动派，以后的苦头是有的吃的。

“解放区的天是明朗的天，
解放区的人民好喜欢，

民主政府爱人民呀，
共产党的恩情说不完啊，
呀呼嗨嗨一个呀嗨，
呀呼嗨呼嗨，呀呼嗨嗨嗨，
呀呼嗨嗨一个呀嗨！”①

洪武大路的热闹不是几天就过去的，穷人们的店全都开起来了，更多的是南京各区的人都涌了进来，人们都是笑逐颜开地鼓舞着，看得出来穷人翻身是真的了，卢家大院的伙计们已经不听从卢惠琴的安排，而是在周小芸的带领下，冲上街头去慰问解放军去了。蒋富江不知道自己是算穷人还是富人，吃穿上跟所有的工人都一样，洗澡也是去了三山街的“清华池”最便宜的，那里都是每天拉人力车的家伙，自己出身本来就是一个无产者，怎么说也算是革命的人。现在洪武大路上最有权利的是周小芸，蒋富江要去找她表达对革命的欢迎，也希望能把酱菜送给革命同志，这样的举动真的是有效果，很明显的对“三春酱园”另眼相看了。

“蒋富江同志不认识我了，我是蒋春晖啊！爸爸！”一个女孩子冲进了“三春酱园”。

“认识，当然认识啊，蒋春晖同志，欢迎回到革命的洪武大路！”蒋富江笑了。

“春晖！”蒋春晓也从房间里面跑了出来：“你真的是革命军人了！恭喜啊！”她上去热情地拥抱了妹妹。

蒋春晖这时候的脸色有些难堪，不是因为姐姐的一个巴掌让她出走，而是她已经知道姐姐就是这里的公所主任，对于姐姐担任反革命政府的工作，她的心里多少有点没有想到的，更严重的是二姐竟然跟了国民党的薛宝勇，这个人虽然已经跑到台湾去了，但是欠人民的血债是没有还的，面对着姐姐的拥抱让她不知所措。

“春晖，你是不是还记着姐姐的不是，现在南京解放了你也是军人了，该大度一点才是啊，你要不要尝尝刚出来的莴笋，这是你最爱吃的酱菜，我这就去取给你！”蒋春晓想去拿。

“蒋春晓你还有时间吃啊，还不赶紧向人民政府自首，你知道那是什么啊，是阶级敌人的角色啊，解放军进城了首先解决反革命，我已经跟组织上说了，爸爸是挖井的穷苦大众，可是你是有历史问题的了，懂不懂啊？”蒋春晖告诫姐姐。

---

① 民歌《解放区的天》。

蒋春晓终于明白了妹妹的意思,她很失望地走出了“三春酱园”。

蒋富江刚刚获得的喜悦,在蒋春晖和蒋春晓的对话中消失了,看着女儿们的隔阂心里很痛,共产党也是讲道理的大政党啊,蒋春晓的一切也是不得已的,所有都是薛宝勇安排卢惠炳宣布的,怎么最后的账要算到蒋家的头上。国共开战一来,家里的生意也是一落千丈,蒋春晓也是忙里忙外地处理事情。确定了共产党要进洪武大路,蒋春晓也是让人把街道打扫干净,鼓励所有的人去欢迎解放军,现在怎么就要去自首呢,他担心又是什么运动开始了,对于蒋春晓是绝对不能认错的。面对小女儿的态度,蒋富江是有意见的,这么多年参加革命姐姐是保护的,没有姐姐怎么会有她的今天。

“春晖,你离开家日子长了,这些年都是春晓帮着家里的,春晚的事情也是她的选择,就跟你去革命也是自己决定的,只是他们没有你幸运的,你不能这样的要求所有人啊,你先坐坐吧,我去给你烧壶水泡茶,歇歇就好了!”蒋富江也不想跟女儿争执。

蒋春晖也很难过的,看着家里的一切都是原来的样子,几天来的炮火进攻到处是残垣断壁,院子里面的酱缸还在慢慢地往外漏,那些刚收上来不久的萝卜几乎烂掉了,看起来是没有人愿意来帮忙了;再看看周围家具和东西没有任何的改变,桌子已经磨损了原来的颜色,蒋春晓还是睡在简单的铺板上面,木桶里的酱菜已经很长时间没有人购买了,只有剩下的纸张在寒风中散落在地上;回头看父亲明显的老了很多,穿着依然是那样的简朴,以前自己提的那把茶壶,现在父亲已经吃力地放到了炉子上,虽然加了几块煤块,但是火却是慢慢地在燃烧,屋子里面到处是褐色的烟尘,她有些心酸了。

蒋春晖眼睛里面充满了泪水:“爸爸,你也不用太担心了,我现在是革命的宣传员,这次我是绝对不走了,事情我和姐姐一起承担就是了,就算春晓和春晚再多的不好,我对革命的贡献也是可以抵消的,你不要烧水我这就要回部队了,等有时间再回来看你,多保重爸爸!”房子里的烟是不是太浓烈了,她没有回头就走了。

蒋富江心里也是空的厉害,女儿们终于都长大了而且懂事了,女儿们的命运也跟妈妈一样坎坷,大女儿的爱情永远有着遗憾,三个男人没有一个挽留住的,最后还要落得一个自首的下场,难道她就是天生的苦难宿命吗?二女儿竟然爱恋的是姐夫,本来在南京的生活也算是安定,改朝换代就去了台湾,也许这后半生都是见不到了,这是谁的选择啊?老三也是为了革命东奔西走,那些言语里面几乎没有亲情,是谁在左右她的未来?蒋富江有许多的不明白,可是又没有人可以问,于是他在院子里面点亮了油灯。

“思涵啊，思涵，你听得见吗？给女儿们一条生路吧，你是她们的母亲啊！”

油灯忽闪着很长很长的时间，然后就慢慢地慢慢地灭了。

民国三十八年酷夏，蒋家的“三春酱园”因为没有人打理终于打烊了，蒋富江很是失望，心里是刺痛！

草場門
清涼山
清涼門
莫愁湖
南湖
最高法院

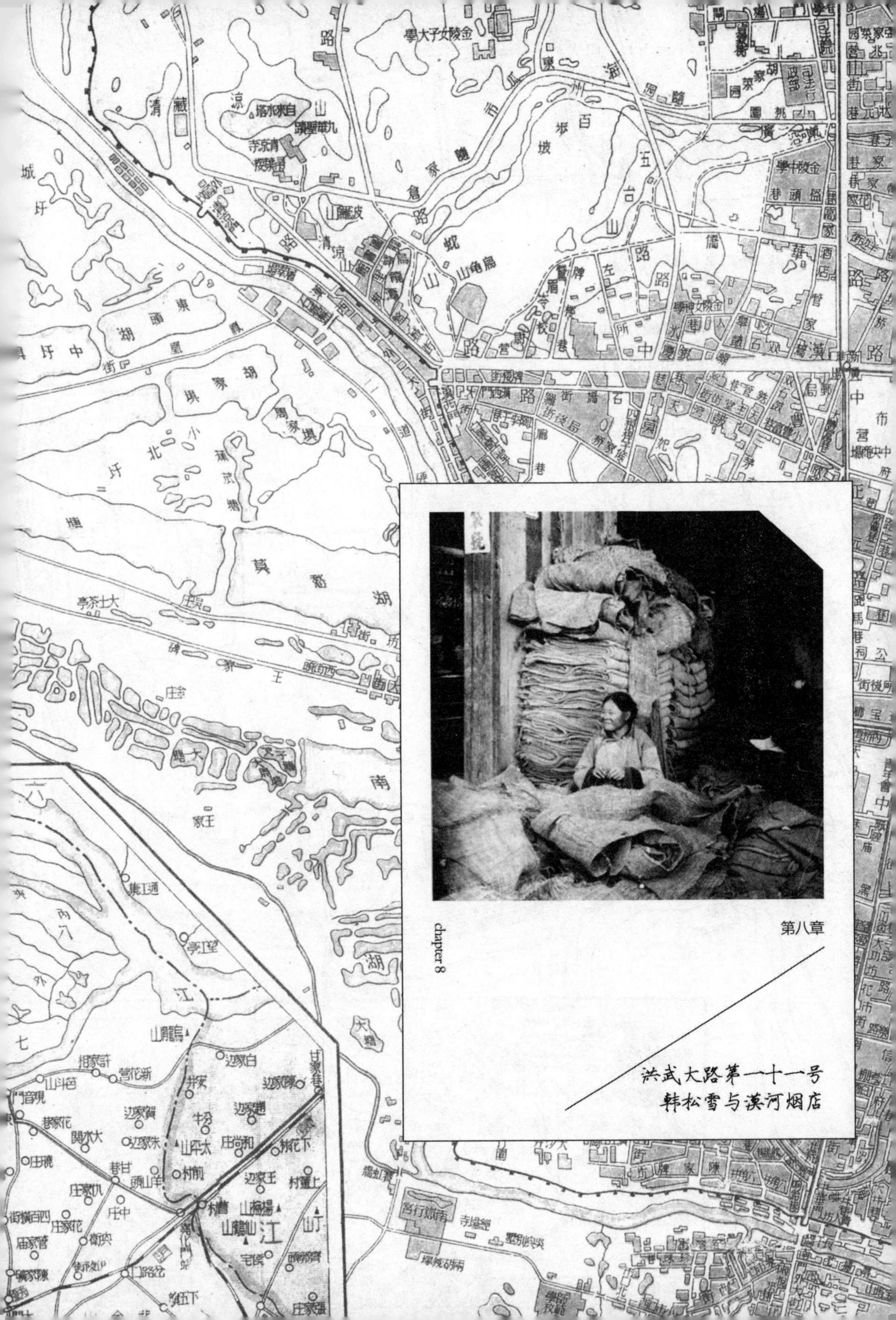

chapter 8

第八章

洪武大路第一十一号
韩松雪与汉河烟店

國民政府
勵志社
總司令部
後宰門
古物保存所
東長安門
西長安門
午朝門
內五龍橋
外五龍橋
飛機場
第一公園
公共体育場
白虎橋
御道街
洪武東街
洪武西街
圖例

洪武大路上最小本的生意“漠河烟草店”，是南京被日本人占领以后才开的张。

老板陈大宇和老板娘韩松雪，从年龄上判断显然就不是夫妻，男的是二十刚出头的年轻人，一年四季都是把头皮刮得干干净净，永远是土布的上衣和长裤，三九的寒冬就在外面加个长皮袄，沉默寡言的内敛性格，一种永远使不完力的气度，着实让洪武大路上的人不敢去招惹他。“漠河烟草店”的女当家叫韩松雪，年龄上看要去比陈大宇大不少，五官长得也是确实棱角分明，黑色大破浪的卷发下，是细长的眉毛和大大的眼睛，挺直的小鼻梁和薄薄的嘴唇，更让人很容易地就记住她的妩媚，身材也不是南方女孩的玲珑，发育的成熟使得身体丰满坚实，抽烟的习惯让声音稍有点沙哑，更是一副风情万种的样子，诱惑着男人们的浮想联翩，两个人确切的身份是东北山上下来的土匪。

“这是谁家的少爷啊，真长得秀气哦！”韩松雪抢过来狠狠地亲上一口，接着就是买糖。

“这位大爷，你缺钱不是吗？香烟可以拿去的，如果过日子不给钱，真的是去你家里要哦，别闹得嫂子不高兴就好！”韩松雪接人待物分寸很准。

“玉米棒子一定比你管用，您就别费那个心思了。”韩松雪对下流男人回答可是大胆的。

“惠民少爷，路过文庙听见你唱了，演出一定要叫上我哦！”韩松雪不忌讳表露喜好。

两个人根本就不在乎别人的看法，喜欢做自已的事情，一年四季韩松雪就是开门看店，关门的时间也由自已决定，中间甚至可以出去溜达一圈；在洪武大路人们的眼里，这两个人根本不是做生意，除了到处的逛游就是睡觉。韩松雪也喜欢看戏凑热闹，连耍把式她都要看，是戏迷中最不成材的那类；她很喜欢哼唱几段，可是走调也非常坚决，“漠河烟草店”的生意不好，跟她唱戏不能说没有关系，只要她在店里唱戏，是没有几个人敢去听的，能忍受她瞎嚎的只有这里的掌柜了。

陈大宇就更不能说是掌柜的，唯一的事情就是去外地进货，十天半个月出门带足了干粮，回来马车上都是满满的烟草，卸了货倒头一睡就是几天；他很少在马路上晃荡，洪武大路天大的事情跟他没任何关系。常常地一个人在店里发傻，有客人进来也不招呼，东西拿走了钱放桌子上就行。陈大宇很喜欢在院子里烤肉，香味可以传出很远很远，就在人们好奇寻找源头的时候，已经半只羊腿下肚了，这样的身体没有几个人有的，所以人们一直怀疑他们的来由，只是不敢往远处想，真是那样的结果就庸人自扰了。

民国二十七年,溥仪在东北成立了满洲国,做了日本人进入中国的傀儡,汉族是东北人中的主要成分,民国好不容易才得到回归,土匪开始对峙着傀儡政府,后来就直接地跟日本人干上了;关东军借着维持地方治安名义,开始疯狂地镇压地方武装,目的是消灭未来的抗日力量,剿匪运动持续在封山的日子中。陈大宇和韩松雪所在山头叫"坑山",也是东北土匪中最狠的一股,不但杀了不少的伪满汉奸,把最大的日本人兵营都给炸了。这下激怒了日本人的司令植田谦吉,动用了几个兵团的力量围剿,战争打了几天几夜的工夫,土匪们的尸体散落在大兴安岭的每个角落。

"大宇,这次日本人和溥仪把血本都拼上了,看来是没有太多的机会出去了。松雪知道我的钱藏在哪里,你是我一手带大的就交给你了。这个小娘们就是'骚'的厉害,你替我看紧了,不要让野汉子给叼了去。你也给我看紧你的腰带,别让我知道你们有那个事情,我不想父子在阴间反目,你走吧!"土匪老大知道没有希望了。

"不行啊,干爹我们一起拼了吧!"陈大宇还要冲出去,"坑山不能就这样灭了,我日溥仪和日本人的亲娘!"他把所有的手榴弹都绑在自己的身上。

"你给我住手。"韩松雪这时候叫住了陈大宇,"你敢不听大哥的话,我杀了你信不信啊！大哥来世我们再做夫妻,我会留着清白的身子等着你。走啊,陈大宇快跑啊!"

两个人还没有跑出几米远,后面的日本人就赶了上来,面对很多天抓不到的土匪们,日本人的机枪当然不会停下来,韩松雪拉着陈大宇赶紧趴下,周围人都被打的像筛子一样,受了伤的土匪老大,被追上去的日本兵用刺刀捅的全身窟窿,日本人还不解恨就浇上汽油,把他活活地就给烧死了。这样的残酷是不多见的,韩松雪抢过陈大宇的枪扔掉了,也找了锅灰把自己整得没样子,完全就是一副被抓来的无辜,日本人很快地就找到了他们,带到了临时的指挥部里面,这里面的气温显然比外面高,进来以后两个人都出汗了。

"谢谢太君解救了我们,这帮土匪太厉害了关了我们几天啊!"这是韩松雪的哭诉,占领军的大佐很讨厌女人的肮脏,再看看她身边的这个男人,上去狠狠地踢了陈大宇几脚,这个年轻人就是不跪下,日本人恼怒了用枪顶着他的头,韩松雪这个时候真的怕了,冲上去给了陈大宇几个耳光:"弟弟,还不谢谢太君救了我们,跪下啊!"

陈大宇没有任何的反应,呆滞的目光望着窗外。"你怎么不懂事呢,这都是什么时候了,低下头啊!"韩松雪用力地按住他的头,好不容易才让他屈服了。

日本大佐被韩松雪逗笑了，搜查了一下也没有什么就放了他们，下山的时候已经是清晨了，阳光下只有烧焦的满山尸体，陈大宇永远是一个表情，而韩松雪也是抑制住泪水。下了山韩松雪就让陈大宇背着跑，一天后才搭上了去抚顺的小火车，到了客栈韩松雪想做掉陈大宇，可是出来的时候没有枪，又怕以后没有了帮手，思来想去还是觉得把他留下，陈大宇麻利地用刀干掉了联系人，两个人终于登上了入关的火车。陈大宇随便找个地方就睡了，韩松雪却是睡不着为过去难过。

韩松雪很年轻就跟了土匪老大，年龄上两个人算是差了一辈，入土匪很简单就是为了逃婚，她被许配给当地的一大户人家，新婚的当天晚上才知道是个瘫子，第二天就起床开始干活了，韩松雪知道是父母出卖了她，趁着黑夜就上了坑山成了土匪。家里人知道以后就断绝了来往，可是土匪老大却把她当女儿养，任她娇惯任性，没有几年的工夫自愿做了山寨的妇人，也接受了土匪老大的“养子”陈大宇的称呼，这样土匪一家很快地在江湖上有了名声。眼睁睁地看着男人被杀了，陈大宇又是这副德行，唯一的想法就是去上海，然后去人们传说的美利坚国家，听说那里是很不错的地方，横着心终于离开了家乡。

“陈大宇，醒醒。”她狠狠地踢了他，“到站了。”

“哪儿，我们到哪儿了？”陈大宇的眼睛这才睁开。

陈大宇真的是累的几乎倒下了，背着韩松雪跑了几十里，到了旅顺也没有睡觉，直到把沉重的箱子放上火车，韩松雪才让他合个眼睛，醒来火车早已经过了黄河了。陈大宇看上去是“坑山”老大的养子，实际上是一个无家可归的孤儿，根本就没有想过能活下来，所以杀人放火无恶不作。昨天路上韩松雪叫他改掉了称呼，他就按照辈分完全地答应了，看着外面的阳光和原野，他也知道自己这生是回不去了，就跟着韩松雪四处流浪吧。下了南京的火车以后，两个硕大的箱子让他觉得也吃力，还是韩松雪体谅他的劳累，自己冲出车站找车子去了。

韩松雪目标是上海的轮船码头，火车刚进了济南日本人就上车了，她赶紧地抱着陈大宇装着睡着了，人家没有想到土匪老大的女人这么年轻，再是陈大宇看上去也老的厉害，宪兵迫于停站的时间，最后也就放火车入关了，这才逃出了临淮关进了蚌埠，上了长江的火车轮渡。不容易渡过江来火车就被卸在了下关，才知道前面是日本人的军队，他们已经把整个南京城都给占了，两个人不能就这么在火车上等着，韩松雪开始担心身边的财物，她决定先去南京市区看看再说，正好有去新街口的骡马车，招呼着陈大宇把东西抬上去，到了洪武大路的牲口市场天已经完全黑了,商量了一下决定就在草棚忍一宿,所有的安排等天明再说。

两个人出来的时候没有带盖的,大雪天夜里的寒风也是不小的,韩松雪让陈大宇睡在靠外面的地方,靠着这个挡风的巨大身躯睡了,她的这一靠让陈大宇有了反应,还好两个人是背靠着睡的,一切的尴尬自然是掩盖过去了,就在疲劳中慢慢地睡着了。一阵的牲口叫声惊醒了韩松雪,揉揉眼睛才发现已经不是东北了,四周原来是个牲口交易的地方,就在她要起身的时候,觉得身体已经被一双大胳膊抱住了,想要挣脱开来是几乎不可能的,等她往下一看简直不敢相信自己的眼睛,天下竟然有这样的尺寸的东西,看着陈大宇真的睡着了,决定逗逗他。

"大宇,那么大啊?"她悄悄地喊他,"要起来撒尿喽!嘘!"

"嗯,松雪姐!"陈大宇抵挡不了这样的诱惑,迅速地抱紧了身边的女人。

韩松雪开始宣泄起几天的紧张情绪,迅速地把陈大宇插进自己身体,这是一阵窒息的感觉,身体虽然是突然非常的酸胀,但是却是一种异样的满足,她尽力地享受着异地的无奈,眼睛瞪得很大看着陈大宇感到满足。韩松雪感到了这个年轻男人的狂野,只要这样地征服和满足他,未来的一切也都是可靠的了,她拼命地迎合着他的要求,手指也紧紧地抓住了陈大宇的头发,引导着他走向高潮走向快乐,就在一股热流冲击到身体里面的时候,她捂住陈大宇的喊叫享受着宣泄,不知道过了多久她才缓过精神来,也许这就是另类人生的新开始。

南方早晨的阳光是那么的柔软,韩松雪简单地休息了一下就缓过神来,几天的奔波和刚才的激情,让身体有了更多的疲惫,但是时间是坚决耽误不起的,看着满街都是日本的宪兵搜查,知道上海这种状况也好不到哪里。继续往前走的危险越来越大,身边的两个箱子只要被检查,一切就是一目了然的了,看起来只有在这条街上暂时歇一歇,等以后有了机会再挪动才是。她于是凑合地把裤子提起来,对着还在喘息的陈大宇说话了。

"陈大宇你起来了,去对面的烧饼油条店去问问,周围有没有什么铺面可以租的?先找地方安顿下来。"韩松雪的声音里面没有了激动。

"不是要去上海吗?那还去不去外国了?"陈大宇显然是有些不理解。

"陈大宇你还想问多少,你睡了你大哥的女人,真的以为自己是大哥了吗?"韩松雪显然有些恼怒,这句话让陈大宇明白了过来,没有再说任何话爬起身来,顶着寒风去了对面的早点店。

"漂亮的小女子,东北来的啊?有没有什么事情要叔帮助的?"陈大宇走了没有多远，就传来了大老刘的关心，眼神里面也有着一种贪婪和占有。

韩松雪对东北口音是敏感的，摸了摸藏在靴子里面的刀子："大叔，我和男人是从北面逃难来的，这不正在想办法吗？"韩松雪敷衍着。

"嗯，刚才大叔都看到了，也听到了是新婚不久吧？哈哈！"大老刘自作聪明地说了。

韩松雪知道背后有人正盯着自己，看着这个魁梧的东北男人，有了一种莫名其妙的不安，这个时候杀了他几乎不可能，外面全都是在交易牲口的人，这个男人的真正目的还不知道，绝对地不能贸然动手，看着他的眼睛老是盯着自己，心里是非常反感和抵触的，流浪到这个连无名鼠辈都敢吓唬自己，心里开始慢慢地愤怒了起来。

"大宇，这里碰着老乡了，你回来吧。"韩松雪朝着对面喊起来。

"松雪姐，我这就回来，马上哦！"陈大宇正在和徐侉子聊着事情。

大老刘瞬间就捕捉到了信号，不再认为这是一对新婚夫妻，而是一对出逃的野鸳鸯，他眼睛紧紧地盯着韩松雪："姑娘，是你拐了人家的后生吧，刚才的做派你不是没有过人家的。说实话吧老叔我也许能帮帮你，要是不说实话我立刻将你送官，两个箱子里面是什么，说出来我就饶了你，不说你就等着看吧。"

韩松雪知道真的惹上了不小的麻烦，看着大老刘眼睛直盯这两个箱子，她知道一切的危险都是回避不了了，进了警察署这样的财物立刻就会暴露身份，看着陈大宇那种没有脑子的样子，开始后悔刚才自己的冲动，这个小子依然是靠不住的。眼下只有解决所有的难题了："这位大叔，可以借一步说话吗？人来人往的不是很方便哦，去你的房子里面说吧，也不影响您的生意是吧？"韩松雪看上去有点跌软了。

"不影响，不过一会生意来了大叔是没有时间的，抓紧时间哦，大叔等着你！"大老刘知道是到手的肉了，心满意足地去了房间等着了。

大老刘走向自己的牲口房间以后，韩松雪立刻向陈大宇求援，他竟然坐下吃了烧饼和豆浆，开心地和店家在谈论着什么，看到自己的招手竟然笑着没有理睬，依然是嘻嘻哈哈样子狠聊，很快地那种生气变成了无奈了，这时候拎着箱子跑就会暴露一切。韩松雪后悔刚才的举动给了陈大宇放纵，然后立刻钻进了那件羊皮大氅，在里面把衣服脱得一丝不挂，只留下光秃秃的身体贴着兽皮，又检查了靴子里面的那把锋利的短刀，一切都妥当了以后走出去了，轻蔑地笑着迈向大老刘的房间。

“怎么没有家教啊是不是，门有开那么大的吗？”大老刘装出一副很严肃的样子。

韩松雪推门进来的时候，风是刺刺拉拉的跟进来的，大老刘脱的就只剩下内衣了，就在他埋怨的时候，这个东北老乡竟然给自己跪下了：“大叔，我是从东北过来的，丈夫让日本人杀了，刚才那是我的小叔子，昨天晚上的事情你都看见了，真的是没有脸见人了，这事情还望大叔看在乡亲的份上不要传出去，不然我们怎么见人啊？”韩松雪是在给他磕头了。

大老刘早看出来这两个男女有问题，心里告诉他是一定能诈出钱财的，那么大的两个箱子不是随便搬运的，不说里面有黄金白银的，起码也是上千两的财物，再看看眼前这个女人的风韵，深山里面出来的女人比起秦淮河的那些万人用的，不知道是要干净多少倍就是了，特别是小女人那双迷人的眼睛，真的是这一辈子看到最漂亮的，财色全收也是上天安排的，绝对不能辜负这个极好的机会，那小叔子就是天生的傻子，先占了便宜再说。

大老刘看到这里的时候都已经硬生生的了：“哦，做了不要脸的事情还要保密，真的不是东北的后代，但是大叔我理解起来，起来。”说着就去扶起韩松雪。

大老刘就在碰到这个女人的一刹那，颤动了女人的身体让他激动起来，瞄了一眼她空穿的外套，很容易就看见了那对白晃晃的大奶，这是没有生育过孩子的特征，皮肤雪白乳头很小，看起来人家已经完全准备好了，热血一下子就涌上脑门：“大叔怎么会说出去呢？只要你乖乖地听大叔的话，什么事情都好商量，不是吗？”

大老刘已经很久没有碰女人了，这里的妓女是不上门做事情的，也没有一个女人愿意接待杀牲口的屠夫，即使是找到一个能办事的也是上了岁数，一边跟他做事情一边可以哼小曲。这样一个尤物到了自己的手里，难道是那么简单就放过的，他开始不自觉地褪去了身上的长裤，连衣服都赶紧脱了个精光，就等着这个漂亮的女人伺候自己。

“快点了，不要磨磨蹭蹭的了，别耽误我出去做生意哦。”大老刘心急火燎的命令着小女人，早上的一幕又呈现在眼前，他听到了这女人在陈大宇进去时候的朗声细语，也看到了她趴伏在小伙子身上的挥霍无度，他渴望这个女人能主动求欢。

“大叔，是想要小女子伺候对不对？”韩松雪开始笑了起来，声音中透着一种不可侵犯的威严，“大叔你不要笑话小女子身体上的缺陷。”说着迅速地脱去了上衣，就在韩松雪外面大氅掉落的那一时刻，一条青红相间的纹身大龙呈现在韩松雪的身上。

东北的土匪里面有着身份的差别，身上刺着青龙的就是山里的小头头，而红色的龙则是山头的帮主，从青龙的到红龙的颜色改变需要十年，有的混混一辈子都没有染上颜色，通常这样的纹身都是在男人身上的，韩松雪算是老大的女人也就加了颜色。韩松雪的青红两色的龙雕刻的非常漂亮，龙爪飘向四个细白的肢体，龙头激荡在两个乳房之间，而龙尾直接指向她的生殖器官，女人看了就是意味着去死。大老刘早就听说过这种传说，可是真的是没有见过，这样的女土匪他也是第一次看见，当然这时候才发现她的靴子里有刀。

“小的有罪，小的不敢了，不知道是东北山头上的人下来了。”大老刘吓得跪倒了。

“大叔，这可是你逼的哦，你已经知道了你不该知道的，那怎么办呢？”韩松雪一只手从靴子里面掏出雪亮的刀子，另一只手紧紧地握住了大老刘的身体，“要不要阉了你啊？”

“大姐，饶命啊，我老刘真的有眼不识泰山，今天一切都当没有发生就是了，你们需要什么尽可以要我去做，饶命啊！”大老刘尿都吓出来了。

韩松雪把刀子插在了桌子上，披上了大氅头也不回地走了出去。

陈大宇终于等到了谢寡妇的回应，价钱也问得差不多的时候，竟然看到韩松雪在牲口棚里穿上外衣，他不知道发生什么事情了，只是觉得她把自己脱得一丝不挂，一定是有什么特殊的理由，难道早上还没有把她伺候好。他赶紧回到了牲口棚，可是又不敢开口问，脸色一直是铁青。韩松雪也没有搭理他的意思，换好了衣服以后开始听他的介绍，无意中看到大老刘竟然拎着热水来给他们，这才有点恍然大悟的样子，多少有点不满和愤怒了。大老刘一副奴才的样子，不但给他们送来了洗脸的脸盆，竟然连所有的毛巾都准备了，对待自己也是始终神秘的微笑，陈大宇气得简直要揍韩松雪了。

“你做什么去了，你这样做对得起大哥吗？”陈大宇不知道说什么了。

“这是指责吗？早上你操我的时候就是对得起你大哥了，我刚才喊你回来你都不搭理，这时候来说我了，你真的想管着我了，是不是？“韩松雪不爽了。

“你怎么是这副德行啊，我去问房子也是你的要求啊？”陈大宇声音大了。

“啪！”韩松雪一个耳光扇过来，“你给我住嘴吧，轮不到你来教训我，知道不？”严厉地告诫他。

真正委屈的是屠夫大老刘，这两个土匪租的房子还没有腾出来，韩松雪已经把整个牲口棚都占了，房间里面的床铺是她睡着，自己被挤到和陈大宇睡在牲口棚，每天的吃喝他都得准备不说，稍不满意就会被一顿拳脚，天天几乎是鼻青脸肿的样子。就是夜里也不能安生地睡觉，常常是明晃晃的尖刀架在自己的脖子上，衣服被扒得一丝不挂的，寒风中先是吹上半个时辰，陈大宇非要他说出和韩松雪的奸情，细节的事情是一点都不能放过，大老刘只好胡乱的编造，如果不一样就是一顿暴打，真的也是要完全一样也做不到，何况这是屈打成招的。

"没有啊，我的爷爷啊，她是引诱我上床的，除了看纹身什么都没有做。"老刘辩解。

"你他妈的身体都看了，下面都知道怎么画的，还说没有！"陈大宇一阵暴打。

大老刘被逼得几乎是没有活路了，每天只好活在编故事的生活中，吹牛太逼真也是惹怒了陈大宇，好一点是几个嘴巴和拳打脚踢，如果讲的有漏洞太多，整个脱光了推到寒风中一夜。大老刘的嚎叫几乎经常发生，即使日本人来问过几次，他也只好说是自己的不是，大老刘身上青一块紫一块的，根本就不是什么稀罕的事情。韩松雪也乐意夜里面听着热闹，看着陈大宇打人有时候兴奋，就在大老刘招架不起的时候，她总是把陈大宇叫到房间里面，先是争吵接着韩松雪的哀求，两个人通常可以折腾到天亮。

"你说，你是不是欠操？"陈大宇狠狠的叫。

"我欠操，你操死我好了。"韩松雪叫嚣道。

"你是不是跟老刘办事了？"陈大宇要她说出实话。

"没有，我没有？"韩松雪实话实说。

"不说实话就不操你了，说不说！？"陈大宇又逼他了。

"求你操我，操了，大老刘操了我！"韩松雪必须说假话才能过关。

"操得爽不爽？"陈大宇愤怒了。

"你爽，你操得爽，我以后就让你操！"韩松雪狂叫。

"啊！"随着陈大宇一声大叫，没有了声响。

"你他妈的真是没有用，再坚持一会我就到了，滚啦！"接着陈大宇被赶出门去。

"漠河烟草店"开业以后，生意也是很清淡的，每天卖不了几斤烟叶子，也根本就赚不到什么钱，他们不是真的做生意，而是用一个身份掩护就是了。烟草的食用来自社会底层，黄包车夫们是主要的客户，在城里跑累了一趟生意，最好的解脱就是抽上一袋烟。香烟出现了以后的岁月，没收入的人就捡烟头卖给他们，"漠河烟草店”把烟头里面的烟丝剥出来，新旧烟丝掺杂了以后卖出去，自然也有不少人捡便宜的。韩松雪根本就不缺钱，香烟也常常是原价卖出去，解救了不少抽不起香烟的人，后来还卖起了南京和上海的报纸，生意做得也是有模有样的，只是陈大宇常常回到东北，心里想的就是能不能再起山头，他是不喜欢南京这样的生活。

洪武大路上抽起好烟卷的只有卢家，周湘云是他们的主要顾客，一来二去也是熟悉了，好的香烟自然就给她留着，周湘云的订单永远是第一位的，韩松雪欣赏这个女人的做派，看戏的时候碰到也是非常热情的，很想成为南方女人的样子。卢太太也很喜欢这个东北女人，人是那么的漂亮也是大方的可爱，一直问起在南京做些什么生意好，看上去不是简单的小买卖的打算，而且陈大宇虽然人是木讷的厉害，见到周湘云的时候还是破例招呼的，这就让卢太太非常的满足。只是看着韩松雪对待陈大宇的命令，心里老是觉得很慌张，她尝试着悄悄地说服她的态度，慢慢的两个人竟然比起以前和谐多了。

“陈太太我跟你说啊，要相信爱情的力量你知道吗？我认识卢文来的时候，他也就是个刚开店的小业主，那时候房子还没有你的大，可是他有文化做事情也有章法，要不是政治的动荡也不会落到今天，维持会长的事情真的不是他要的，日本人非要请他出来做有什么办法，别着急总会有好机会的，要好好珍惜自己的感情生活哦，看人家是多么的在意你啊，陈掌柜真的是个男人哦！”周湘云的眼睛里面满是羡慕。

韩松雪知道跟周湘云没有比的，论财产不输给卢家但是论影响，人家可是正宗的晚清秀才，论生意也是洪武大路上最显赫的，论风貌周湘云也是娇小玲珑，唯一可以比的就是陈大宇的硕壮结实，只是这家伙太爱吃醋。韩松雪的要求也是超强的，陈大宇不在家的时候也常常跟客人来住，关了店门就是自己的天下了，陈大宇回来是会检查的，发现什么也不敢跟自己怎么样，只是那些喜欢的男人都被他修理，以至于没有事的男人也是绕着走，连香烟都让孩子或者家里的人来买，生活久了也觉得没有刺激了。

“来两根古巴雪茄，帮我切好了口带走，也要一包长火柴。”卢文生的出现迷倒了韩松雪，西装革履带着礼帽透着精神，说话也是浑厚的声音。

韩松雪开始走神了：“真的没有想到这里遇到识货的人哦，反正放了很多时间也没有人懂的，这位客人就算是帮我处理了，送你了！”心里竟然是扑通地跳个不停：“先生不是洪武大路的人吧？”韩松雪希望认识他。

“你不认识我怎么可能，我在洪武大路生活的时候，那时候你还没有出现过哦，这当然也不能怪你，生意兴隆哦祝你发财哦，撒以窝啦啦！”卢文生拿了雪茄就走了。

卢文生走的时候没有忘记暧昧一下，回到洪武大路以后完全是日本人的天下，卢家整个是个伪政府了，卢文来是个日本人维持会长，卢惠昌是日本人的侦缉队长，卢惠民更是跟日本女人上床了，一切都是乱七八糟的。就是吴成芳也是不待见他，唯一的助手周小芸根本不听他的，陈二喜被抓了以后大家都不收留了，今天碰到了韩松雪让他自信了，洪武大路上还是有人欣赏他，只是自己一定要小心，因为他已经成为日本人最想抓的人了。

韩松雪期待卢文生的再次出现，生意也起得更早关得更晚，可是慢慢地就失望了，确定这是个过客而已，只是遗憾没有跟人家有个什么，很想体会文明人做爱的感觉，想到这里也希望陈大宇能早点回来，无论如何也是个生活的陪伴。周湘云也是常常来看她，她欣赏韩松雪的饱满，旗袍定做的没有几天就送来了，红底白色大牡丹的图案看上去耀眼，穿上照了镜子没有人还认得出来她，两个人自然话就多了不少。家长里短的闲话自然就是主题，韩松雪恨快地就知道卢家的结构。

“卢太太啊，前几天我店里来了个抽雪茄的人，说是在洪武大路生活的时候我还没有出现，嘴里竟然会说日本话哦，你说他是谁啊？”韩松雪很不经意地找到了话题。

“还能有谁啊，就是我的堂叔子卢文生呗，怎么他又出现在你这里啦？”卢太太吓了一跳。

“是啊，前两天他来拿了两根雪茄去，看上去就是一派风范啊。卢太太你们江南的人一看就是有学识的，卢老爷、卢惠民和卢文生都是读书人的儒雅，嗯，让人真的是很羡慕哦！”韩松雪不禁眉飞色舞起来。

“卢文生跟我们家可不是一种人啊！”周湘云注意到了韩松雪的表情，她完全理解生意女人对卢文生的迷恋，“他是在日本留学的，跟晚清的秀才还是不一样的，特别是竟然娶了我的丫环，你能理解吗？”周湘云是在暗示卢文生的不可靠。

“啊，竟然和一个丫环私奔啊？”韩松雪看上去是惊讶，“为了爱情什么都不在乎的人这个时代不多了，没有想到卢家也很现代哦，哈哈！哈哈！”

“陈太太，我们哪里说完哪里了啊，我把你当亲姐妹看的，卢文生现在是倾向于抗日的共产党哦，日本人都在抓他，以后别随便的让他进来，吃上官司可是不小的哦。我还有事情要去做，记住姐姐说的话哦！”周湘云叮嘱了几句就走了。

韩松雪知道周湘云话里面的意思，卢文生竟然是个共产党人，陈大宇现在也常去东北坑山，那里已经是抗日联军的地盘了，共产党人正领导着所有的力量抗日，对付日本人的勇气也是很难得一见的。想起上百个弟兄死在日本人的手里，心里的那个恨是无法平息的，为了能早一天回到东北的家乡，陈大宇也会支持卢文生的抗日行为，她决定为这个男人做点什么，也期待能够领受到任务，而不再仅仅是对他身体的想象，她又开始期待着卢文生的出现。

“你是卢家的二老爷失敬失敬哦，听说你是回来抗日的共产党，对不对？”卢文生没有想到韩松雪知道了他的全部，心里不免怦怦地跳了起来，“你不要担心我会说出去，我们都支持东北的抗日联军的，只要能够把日本人赶出中国，你们需要什么，就是倾家荡产也在所不辞的！”韩松雪话语是很坚决的。

卢文生紧紧地握住她的手：“谢谢你同志，谢谢你们东北抗日联军的支持，洪武大路要的就是你们的帮助，你这里离日本宪兵队太近了不方便，有一天需要的时候自然会来麻烦你的，请你多多的保重，日本人在中国的日子长不了的，胜利属于中国共产党，胜利是属于中国人民的！”韩红雪整个脸都红了，心里充满了幸福和骄傲。

陈大宇进货回来听了韩松雪的话，沉默着就走了出去很久才回来，用刚买了的铁锹就在整个院子后面挖了起来，卢文生遇到危险的时候一定上门，他不能拦着韩松雪给老大报仇，也不能让她落到鬼子的手里。陈大宇花了几天时间做好了地洞，趁着大雪融化的时节种上了树木，祈祷着一切都不要意外地发生，这是唯一能救她的地方。日本人在东北已经开始溃败，陈大宇决定再回一次坑山，除了东北抗日联军的进攻，还希望能找到过去的兄弟，尽早地给自己的养父报仇，所以趁着天气的开始转暖，他又踏上北去的火车。

卢文生的到来成了韩松雪的满足，每次卢文生握住她手的瞬间，都感觉到抗日战争的胜利希望，这个男人的手是那么的细致和温暖，最重要的是给她讲革命的真理，让她明白了只有共产党才能领导抗日，才能建立真正的新中国。韩松雪总是心潮澎湃地希望，卢文生能够留下来过夜，这是让她真正喜欢和崇拜的男人。卢文生也清楚地告诉她，眼前最重要的事情就是抗日，韩松雪第一次为自己的冲动感到羞耻，信任卢文生是真的共产主义者，尽管如此他们拥有了拥抱，一种为了民族事业革命的决心。

“陈大宇不要阻止我和卢文生的来往，不要小看了人家卢文生，人家才是真正的抗日君子，一个人就到了洪武大路，你敢一个人在旅顺吗？再多说一句你就给我滚蛋！”韩松雪火了。

“操你个亲妈的啊,你不觉得这孙子就会吹牛啊,带着人家的丫头就跑了,陈二喜一个放火犯知道什么是抗日啊,贴那些没有用的东西被抓了吧,洪武大路上的抗日英雄数的来就几个,吴成芳叫你做什么才对的,卢惠昌说什么才是真的,日本人在洪武大路上为非作歹,你见过卢文生出面过吗,这种人就是一个贪生怕死的货,一个骗吃骗喝的东西!”陈大宇嘴里开始不那么好听了。

“人家什么时候骗吃骗喝了,人家来拿东西少付一分钱了吗?共产党的抗日是游击战你懂不懂啊?”韩松雪教育起来他了。

“屁!就是怕人家日本人,国民政府怎么就不游击啊?”陈大宇不相信。

“你不要骂人共产党哦,国民党能打仗结果死了多少人啊,跟我们山头一样不是给日本人灭了,卢二老爷是日本留学回来的你懂不懂啦,对付日本人自然有一套,你少管哦!”韩松雪开始不爽了。

“留日本的有的是啊,人家蒋介石混成什么样子了,他卢文生又混得什么样子,就是做梦娶媳妇想得美,真正的共产党现在在东北,他也许就是日本人的探子。”陈大宇越说越生气。

“你个土匪出身懂什么革命,早点歇着吧。”韩松雪开始打发陈大宇了。

韩松雪真的对陈大宇失去了兴趣,即使半夜陈大宇性子来了,床上云雨一番的时候,在她的脑子里面却全是卢文生的形象,这其中包括卢文生的笑容,卢文生手的抚摸,卢文生的儒雅温柔:“操我,不要含羞,不要那么文静,使劲地操啊!求你了!”这是韩松雪的哀求。

陈大宇恨韩松雪心里想着别的男人,暴风骤雨的方式的作为洗刷不掉她移情别恋:“你他妈心里只有那个卢文生,操死你个不要脸的女人,看你以后还找不找他了?”

“就想,就要,有一天我还要为他牺牲!”韩松雪在自己的理想中到了高潮。

陈大宇愤怒地到处找卢文生,可是真的很难找这个人,自己对南京城市不是很熟悉,一怒之下决定回东北抗日联军了,从此以后也就不在洪武大路上出现了。韩松雪对陈大宇的出走先是心里觉得过意不去,时间长了也就是慢慢地适应了,韩松雪觉得应该做点什么,她买来了大量的花花绿绿的纸张,开始模仿抗日的标语,深夜就悄悄的贴到南京的所有街道上,这个东北的女土匪自然有方法,鬼子抓了多少次始终是见不到她,她很得意在为卢文生的抗日做着所有。

日本人几乎被整得发疯了,满街的标语就是找不到人,韩松雪期待着卢文生出现在她的铺子，握着自己的手表扬她对抗日的贡献，可是整整的几个月过去了，卢文生就是没有出现过。韩松雪也旁敲侧击地问过周湘云，看起来卢文生真的凭空消失了，祈祷他不被日本人抓了去就好，韩松雪看着外面已经是春天了，知道东北的抗日联军已经成功了，而陈大宇也一定是带着兄弟回到了坑山，她决定要回去看看了，也许真的是能拉起原来的队伍，于是把院子里面的一切都收拾好，准备早上起来带着箱子回东北。

“松雪，开门，我是文生！”声音是颤抖的，听得出来他在被追击。

韩松雪顾不得一切立刻就开了门，卢文生没有了以前的潇洒，身上已经完全的湿透了，另一只鞋子早就没有了去向，她赶紧把他弄进房间来关了门，房间里面就是漆黑一团，只能听见卢文生呼吸不均匀的喘息。“松雪，你要救我啊，我们在新街口被日本人盯上了，周小芸已经被日本人抓住了，只有你这个地方我从来都未跟她说，麻烦你把我藏起来吧！”卢文生几乎是哀求了。

韩松雪想起了陈大宇挖了地洞，没有犹豫就把他放了下去，然后在上面铺上了厚厚的烟叶，看到韩松雪的沉着，卢文生心里总算是安定下来了，接着就听到“哐当”一声门板被踢到了，很显然日本人是冲进了房间，卢文生开始担心韩松雪会不会出卖他，自己的性命就全交在这个女人身上了。韩松雪装着紧张从床上爬了起来，将身上的刺青露了出来，这东西不是中国的文化，十七世纪从东洋慢慢地传过来，东北最早的日本艺人就是靠歌舞伎和刺青为生的。

“你是日本人？是从哪里来的？”日本军曹用日本话问他。

“我，不是日本人，但是我的纹身是日本人给的，你看不出来？”韩松雪是东北长大的，虽然不能说日文，简单的对话还是知道的，“我是从东北下来的，你们想怎么样呢？”

“你是关东情报部门的？是，还是不是？”军曹看出来这个女人的妩媚。

“你问我的问题，我可以回答你也可以不回答你，是不是今天晚上我跟你们走？”韩松雪唯一想法就是领着出去，好让卢文生有逃跑的机会：“我跟你们去宪兵队讲清楚好不好？走啦！”

洪武大路的雪已经开始化了，月光在寒风中显得异常的凄凉，韩松雪知道进去是没有出来的机会了，她开始怀念自己的第一个男人，怀念跟自己上过床的陈大宇，就这样地没有跟一起出来的男人打个招呼，心里有了一丝的难过和不安，可是她真的是喜欢和崇拜卢文生，只是在他的身上多少有点遗憾，但是很知足为了他去死了。韩松雪没走几步自己的鞋就完全的潮湿了，她很后悔自己没有穿厚点的鞋子，日本人杀了她黄泉路上也是不好走的，她艰难地一步步地在雪地里前进，尽量地争取每分钟的时间给卢文生。

“啪，”军曹狠狠地扇了她一个大耳光：“你是坑山帮的土匪，专门跟我们日本人过不去的，你说你把共产党藏在哪里了。”

杨瘸子被叫来的时候也是狐疑，洪武大路上竟然有日本的探子，他早就注意到了这个女人，长相和气质都不可能是陈大宇该拥有的，开始有些觉得事情很蹊跷，如果真的是抓错了，那时候就是很麻烦的了，很快他就让日本关东军核对身份。看着这样难得的好色机会，他决定还是要献媚一下这个女人，听说她是很喜欢不同的男人，说不定自己真的能有艳福，看见了徐侉子烧饼油条店开门了，立刻端了一碗豆浆和几根油条进来，就在她自顾地开口大吃的时候，日本人的电报揭穿了一切。

“啪！”杨瘸子连续扇了她两个耳光：“你他妈的是土匪啊，竟然敢冒充皇军啊，你交代卢文生在什么地方。”他很愤怒早上从被窝里面被叫来。

韩松雪这时候也知道一切都暴露了，拼足了力气撞向扇她耳光的杨瘸子，然后没有轻重地就是一顿乱扇，等日本人反应过来的时候，杨瘸子这时候已经是眼冒金星了，惹得日本人一阵阵的大笑，鬼子们都觉得这个女人真的是强悍了。

“你们笑什么，这么好的货色你们不要啊，这女人不是婊子，很干净的你们为什么不玩啊？”杨瘸子有点歇斯底里了。

杨瘸子的喊声是极其有诱惑力的，日本人在这样的启发下疯狂了，鬼子兽性大发了只几下就把她扒个干净，军曹第一个冲了上去解了裤带，一个接一个地轮奸了韩松雪，杨瘸子的怒气还没有消，也加入了这场惨绝人寰的侮辱。韩松雪被从宪兵队扔出来的时候，后面的龙都成了模糊不清的图案，徐侉子看见韩松雪被糟蹋得不成样子，招呼谢寡妇赶紧拿出被子，两个人搀扶着她回到“漠河烟草店”。韩松雪痛哭失声地嚎叫着，她不后悔为了卢文生被抓，觉得自己再也见不得人太脏了，韩松雪关好门，刀洗得干干净净，对准自己手腕割下去，渐渐地一切都是模糊的了，陷入了没有声音的黑暗。

“松雪姐，松雪姐，你醒醒啊！”这是遥远的地方传来的声音，她觉得是在东北的山里面，觉得浑身都是冰冷的看见了卢惠琴。

“老板娘，你别着急慢慢就会好的。”这是周湘云的声音。

“加镇静剂，不要让病人一下就醒过来。”这是吴成芳的声音。

韩松雪知道自己没有死，她流泪了很后悔这帮人救了她，真的是不愿意自己活着，她嚎叫了一声又晕了过去。

陈大宇回到“漠河烟草店”，看到了背后支离破碎的韩松雪，听到了谢寡妇的叙述以后，让他们把韩松雪送到吴成芳诊所，然后就狠狠地插上了大门。他先是把头刮得一根不留，白色的头皮已经完全地泛青了，然后脱去了一直穿在身上的衣服，露出面目狰狞地咆哮的青龙来。接着去上面的梁上取出藏的机枪，把几颗手榴弹和炸药绑在了身上，最后画了一副地图告诉韩松雪自己回东北了，怕她不能理解还画了几颗心，下辈子陈大宇还是他的马弁。陈大宇点燃了香火朝着北方，先是重重地磕了头，把整个土地都砸的震动了起来，一直到头上流下了鲜血才开始说话，慢慢地整个脸都披上了道道血印。

“东北坑山土匪陈大宇，无奈落脚南京洪武大路，大哥死前说了不能碰他的女人，无奈欲火难填犯了江湖大忌，今天是还债的时候了大哥，请道上的阎王小鬼给个方便，不要下十八层地狱，来生报答就是，陈大宇拜上！”陈大宇又跪拜了北方。

陈大宇出了烟草铺没有丝毫的停顿，径直地走向马路对面日本宪兵队，这是日本人最后逃亡的日子，他们正忙着将所有的重枪械装车，根本就没有注意到这个光头的中国人；而路边的徐侉子看到了，首先是看见了陈大宇手中的长枪，也看到了他手中的手雷，更看到了他冬天袒露的上身，知道这一切都是要发生的，他没有害怕再躲起来，崇敬地看着顶天立地的汉子，陈大宇从来没有这样大步，洪武大路只是几步就迈了过去。

“啪，啪，啪。”陈大宇手中的枪响了，几个日本人瞬间就倒下了。

这枪声在这个早晨显得非常的响亮，很多人惊讶地看着枪声的来源，这个平时沉默寡言的男人，后背的那个纹身显得是那么威武，在灿烂阳光的照耀下显得栩栩如生，他边走边开枪边将手中的手雷扔出去，日本人显然没有做好任何的准备，没有几分钟就死了一地，他冲进了宪兵队接着又是一阵枪响，连二楼的玻璃都炸得脱落了，不一会他提着军曹的领子出来了，顺着洪武大路向前走，洪武大路的人都惊呆了，没有一个人的眼里不是敬仰。

陈大宇走到游府西街口的时候，日本人从四个方面包抄过来，文登吉野也知道发生什么了：“年轻人，我们可以谈一谈，中国已经战胜了日本，我们的军队正在撤退，一切都留给国际法庭处理好了，请珍惜你自己的生命！”

“日本人你们听着，我们在东北没有惹你们，你们杀了我的弟兄；我们逃到南京，你们侮辱了我的大姐；看见没有我是不准备活了，这个王八蛋强奸了我大姐，那么我就要替我大哥讨回公道，那些畜生我已经都杀了，我现在要的是杨瘸子，你只要把他交出来免你一死，你们的事情等着国际法庭，跟我是没有任何关系的，你说对不对？”陈大宇声音不是很高，但是很严厉。

“陈先生，我已经问过了，那些违反军纪的人你已经处决了，就请你放下枪，我们商量解决。”很显然吉野是怕继续有伤亡，特别是军曹再死自己的责任更大了："我可以把杨瘸子交给你，你出来杨先生！”吉野没有说什么，迅速地从身上取出刀斜着就砍了出去，瞬间杨瘸子的右胳膊就没有了，血瞬间就飙了出去他瘫倒了在地上："陈先生，还不够吗？”

对于文登吉野这样的处理，陈大宇觉得够本了："日本鬼子，陈大宇的恩怨就此结束了，洪武大路老子再也不回来了！”说完就拉起了身上的雷管。

民国三十四年的春天，日本人彻底无条件的投降了，文登吉野虽然是剖腹自杀了，杨瘸子却是被关进了娃娃桥看守所，日本人的汉奸总是要被犯人揍上一顿，许大胖子也是对他不依不饶的，几天都不给吃上一顿饭，现在他只剩一条胳臂了，身体上的残缺是几乎完美了。杨瘸子知道逃不过一死，今天总算是熬到了日子了，早上许大胖子已经让他留遗言了，他本来是想对蒋春晓说几句，可是也觉得人家根本不会看。吃完早饭以后对着太阳祈祷了，希望解放军是用枪毙，而不是传统的刀砍，那样的话也算有个尸首了。

“杨瘸子，你他妈的真的有福气，竟然有人来看你啊！”许大胖子叫他出来。

韩松雪这时候拿了一套寿衣扔了过来："杨瘸子，老娘今天给你送终了！我终于等到这天了！”

杨瘸子哭了："陈太太，不韩小姐是你先打得我啊，没有想到日本人是兽性大发啊，你原谅我吧，求你了！”

“穿上寿衣再说！”韩松雪命令他，“嗯，现在你是认好了这是陈大宇的寿衣，他在阴曹地府等着修理你，你怕不怕，说啊！”这是她的愤怒。

杨瘸子想脱了这身衣服已经来不及了，几个军人进来就是五花大绑，然后迅速地把他押上了去江东门的刑场，车出了大门的时候已经是人们挤满了街道，所有的脏东西都扔了过来，没有多久他的脸上和身上都是泥污了，杨瘸子现在最怕的就是陈大宇找他，很怪罪文登吉野怎么不把自己杀了，现在他走到哪里都是陈大宇的冤魂，身上的债是永远还不清了。

“打倒杨瘸子！打倒汉奸！”

“国民政府万岁！”

“血债要用血来偿！”

“报应，这是报应啊！”

杨瘸子没有想到最后的路那么难走，人们的愤怒把整个街道塞满了，活着的人都在欢呼他的死刑，他挣扎着往外看是不是有人能原谅他，汽车路过“三春酱园”的时候，他看见了蒋富江也看到了蒋春晚，可是就是没有看到蒋春晓，他知道最后的时刻是不会有任何的希望了。他被带下汽车的时候就求早点死了。远处监斩的人们下了命令，这时候他终于知道是谁在主持今天的处决，原来是蒋春晓残废的男人啊，他发布命令的声音是很坚决的，他突然觉得很是冤枉，文登吉野竟然是那么的愚蠢，他要去阴曹地府问问日本人，他们杀人怎么就自己承担了，他听到了拉枪栓的声音，然后就是掉下了无底的深渊。

“大宇啊我来看你了，谢谢你为我做的一切。”韩松雪在给陈大宇上坟。

“大宇啊我想回家了，可是现在你在这里我也回不去了，可是我真的想回去啊，你给我出个主意吧！好吗？”点燃了身边的那些草纸。

陈大宇的墓就葬洪武大路的乱坟地上，为了等待抗日战争的最后胜利，韩松雪在洪武大路已经是五年了，“漠河烟草店”早就关门了，她每天在房间里面烧香祈祷，祈祷老大能够有个归宿，也祈祷陈大宇的灵魂安息，她一直不敢离开南京，因为两个死鬼没有一个全尸，这就让她很难取舍。国民政府成立以后，卢文生是南京国民政府的参事，没有来看过自己，更没有上过陈大宇的坟，渐渐地明白革命只有付出，而不该有任何的要求。她去找了政府很多次，希望能给陈大宇一个英雄的碑文，到今天也没有下文。

“大宇啊，告诉我是该留在洪武大路呢？还是我该回东北的老家啊？如果是继续要我留在这里，你就灭了烛火。要是后面你就继续点着，我听你的！”韩松雪把目光转向蜡烛。

三根蜡烛齐齐地就灭了，韩松雪决定继续地留在洪武大路。

杨瘸子快速枪决是蒋春晓的政绩，洪武大路早已不是卢家的天下了，尽管她的上面是国民党的卢惠炳区长，左右是共产党的卢文生和周小芸参事，前面是政协委员的主席吴成芳，后面有政府警察署长卢惠昌，这是一般人都应付不了的，但是他们的上面是薛宝勇,这个名存实亡的婚姻,帮助她成为洪武大路说了算的人。蒋春晓顺应民心首先杀了杨瘸子,她做的第一件事情就很得人心,迎来了更多人们的尊敬,在洪武大路也就有了说话的权利。

“各位长官,各位领导,各位前辈,各位相邻,各位同仁,各位街坊,今天我们在这里开会,就是要解决历史遗留下来的问题,不是一个杨瘸子被枪决了,洪武大路就平安无事了,我们还要发动大家更深入的排查,是什么原因导致韩松雪的被捕,在洪武大路上还有没有人,要为这个问题承担责任?”蒋春晓当然是有所指的:“卢署长,你家出了不少的抗日英雄,也有跟日本人走得很亲密的,是不是也要说一说。”

“什么是真正的抗日,就是不给人家汉奸日,摸摸还是可以的对不?卢惠民是真的操日本人,狠劲的糟蹋日本女人,你蒋主任倒好让杨瘸子羞辱都不敢说一句话,操日本人的不表彰,反而是给汉奸摸得有理了,当什么鸡巴主任啊!”卢惠昌依然粗俗不变。

蒋春晓脸是一阵红一阵白的,她很后悔自己跟杨瘸子说不清楚的那段,不然哪里轮到卢惠昌这样说自己,卢惠昌也是救了自己的父亲,这样的追查人情上说不过去的,卢文生和周小芸很尴尬,也不知道说什么好了,会场边的一片寂静。

“谈问题不要人身攻击哦,卢惠昌同志你能文明一点吗?”周小芸开始发话了。

“哦,大堂婶觉得我不文明了,那就来点文明的好不好啊?洪武大路上革命的时候,你是我姆妈的丫环对不对,和大堂叔去了趟武汉就成了抗日分子,回来洪武大路你做了什么呢?鼓动陈二喜去贴个什么破传单差点把命搭进去,然后就是成天在洪武大路一带乱窜,结果人家一个卖香烟的都给牵扯进去了,洪武大路没有你们会更太平。”卢惠昌真的是发泄了。

“卢惠昌,你怎么说话的,这是你大堂婶婶,周参事你也不要把家庭的事情扯进去。”卢文生各打五十大板道。

周小芸是不服输的:“文生,现在都是革命同志了,卢惠昌你好像对我有意见哦,现在是国共合作,不要用旧时的国民党的观点看事实。”

“我说周小芸同志,你能不能不说话吗?国民政府的参事妈的什么都不是!我说说蒋主任碍着你们什么了?把惠民抓起来就认可你们了,别忘了你们是共产党,现在是国民党说了算,真是狗咬耗子多管闲事的厉害!”卢惠昌点燃了烟斗。

“惠昌,你说话要注意分寸,虽然你是卢家的抗日英雄,不要翘尾巴哦!”卢文生出来打圆场。

蒋春晓是有她的如意算盘，迅速镇压汉奸枪毙了杨瘸子，政府也表彰了这里的工作，可是韩松雪是被出卖的，这让她知道卢文生是讲不清楚的，只有把这件事情追查下去，这样卢家才不会兴风作浪跟自己过不去。只是卢惠昌以为是查卢惠民，这让事情变得没有了方向，卢家是瘦死的骆驼比马大，多少还是有些影响力的，不把卢家整出点问题，自己的管理就不会太平，以前在酱园这样的场面见多了，不出来点拨真以为蒋春晓好欺负，她决定要提醒卢家的每一个人。

"大家不要吵了就好！"蒋春晓觉得事情还是要做下去，"大家再想想，洪武大路上有没有变节的，或者出卖过革命同志的，按照上级的指示怎么也要抓几个吧?"

蒋春晓虽然是信口一说，大家立刻就炸了窝。

"几个，蒋春晓没有被酱菜吃坏脑子吧，这洪武大路除了杨瘸子那个不抗日，你蒋春晓也是帮助了薛宝勇的，不然你哪有今天这个样子的，要说表彰洪武大路还差不多，哪有那么的多的汉奸王八蛋的，你不要日本人走了以后犯神经病了，有什么想法你就说出了好了，你当是腌制酱菜啊，没完没了的把我们放在酱缸里面!"卢惠昌很是不爽。

蒋春晓知道继续追问卢文生的事情，有卢惠昌在就是没有可能的，继续这么说下去就是乱了，眼下她只想让卢文生变得尴尬，周小芸也是宦是姬使的做派，不出出他们的丑是不行的，于是她看了看手里的材料，决定把问题推给周小芸，看卢文生怎么解释当时的情况，虽然现在是单打独斗，薛宝勇早就告诉了她秘籍。

"韩松雪被日本人抓走的原因，有共产党的抗日分子躲进了她的家里，我想请问一下那是不是卢文生参事，为什么要躲进一个女人的家里，是真的躲避日本人的追踪，还是有别的什么其他想法，这对于为她的报仇是很重要的，卢参事你就介绍一下吧!"蒋春晓按照薛宝勇的教法讯问起来。

卢文生没有想到蒋春晓会提这样的问题，韩松雪被日本人抓走以后，他就赶紧地离开了"漠河烟草店"，一分钟都没有停留在洪武大路上，跑回了安徽老家一直躲藏着，整段历史他从来没有跟组织交代，事情的结果也是出乎意料的。本以为杨瘸子被枪决以后，就没有人知道韩松雪为什么被日本人抓走，为什么有机会被日本人侮辱，韩松雪主动跟蒋春晓报告的? 韩松雪的被迫害和陈大宇的死，卢文生都是有着推卸不了的责任，蒋春晓这样问说明有证据了，想着这一切身上沁出了汗水。

"啪!"周小芸火了上去给了卢文生一个耳光，"老娘被日本人抓进去的时候，原来你竟然去找女人了，早就知道你有了外心，竟然跟土匪的女人勾搭上了，我跟你革命图的是什么，你就是个丧尽天良的东西！”说着就扑了上去。

“没有啊，我进去就躲在地洞里面，真的什么都没有做啊！”卢文生捂着脸在争辩着。

“你还要说什么？难道以前没有去过，那么熟门熟路的还挖了地洞，你们就是一对奸夫淫妇，是不是啊！”周小芸大哭起来。

卢惠昌也觉得问题不简单了，韩松雪被害的直接原因就是卢文生，可是从来没有听到韩松雪说过，母亲周湘云跟韩松雪关系很好，知道她来找过卢文生几次，可是没有想到两个人竟然私下来往，真的没有这样不知羞耻的。自从陈大宇死了以后，“漠河烟草店”整个都关闭了，韩松雪一个人永远的不出门，这条街道上的人都知道这历史，现在这帮人竟然还在这里争吵，他真的是怒不可遏了，一下子就跳了起来。

“你们还在这里吵架，有没有想过人家一个寡妇人家，想没有想过一个土匪为了尊严爆炸自己，你们是人生父母养的吗？”卢惠昌大声地骂了几句。

蒋春晓终于在卢家找到了缺口，接下来的一步就是按照薛宝勇的要求，把这个难题出给卢惠炳，让他看看怎么处理和解决：“散会，散会了，今天的事情我们要保密，这牵扯到国共的关系，也有卢家在洪武大路的面子，我去跟区长汇报一下，明天继续请你们出主意，这样可以吗？”

“可以，可以！”卢文生觉得再不能待下去了，没有办法面对未来的现实。

“你够狠，蒋春晓同志！”周小芸哭着就追了出去。

卢惠昌这时候明白了蒋春晓的意思，卢文生和周小芸是不敢来了，什么他妈的国共合作就结束了，洪武大路又成为了国民政府的天下，他笑着对蒋春晓说了：“你可是真的厉害到家了，没有想到酱菜能喂出你这样的脑子，太聪明了！”

“卢惠昌你不可以调戏妇女的，注意上下级关系哦！”蒋春晓很得意地笑了。

民国三十四年初夏，南京进入了骄阳似火的日子，洪武大路上的所有都在热浪中，蒋春晓骑车出来的时候，马路上的人都热情地招呼她，“冰水酸梅汤”更是管够，卖冰棍的穷人也是主动给她雪糕，即使她付了钱也是人家不敢收的，这让她觉得从来没有过的尊重。卢家的锐气是要杀杀的，卢文生是共产党的耻辱，韩松雪为了卢文生牺牲了尊严，这家人竟然都没有一个人出来说话。周小芸就是一个丫环出身，连人家韩松雪的一半都没有，老是要自己说了算的样子。问题是卢惠民这次是跑不掉了，所有人对日本人的仇恨，都集中在他和日本女人的故事，不明白这洪武大路上就没有女人了吗，真的是好高骛远的厉害。

卢惠炳听完了蒋春晓的汇报，知道蒋春晓自然没有这样的手段，都是薛宝勇安排设计好的，难道真的要在卢家找个汉奸，卢文生和卢惠民都是血亲太残忍了吧。端详着这个精瘦的女人，骨子里面却是一种未来的渴望，说服她放弃任何是不可能的事情，除了有她完全需要的才行，这是什么呢他不得不苦思冥想。

"蒋春晓同志，在锄奸的行动中你做得很好，枪决杨瘸子真的大快人心啊，卢文生和卢惠民虽然是我的亲戚，但是作为政府的人我不姑息，我个人的看法供你参考，卢惠民的问题是历史问题，和樱井松子的接触也是年轻人的冲动，最后的关头没有离开祖国，毅然决然地跟日本女人分手了，举动也算是明智对不对?"他看着蒋春晓。

蒋春晓几乎被苹果噎住了，剩下的只能是大口的喝水："那，你说卢惠民是爱国的人士了？这好像扯不上的哦！"

"卢惠民就很崇拜你的。"卢惠炳这是第一次的撒谎，不敢把眼睛再盯住蒋春晓说："他很后悔以前和日本人的接触，现在已经知道问题的严重性，卢惠民今天的错误是自己造成的，也是我们对他从小的娇生惯养，他并不明白什么是真的爱情，这就需要你的帮助、理解和体贴，你愿意帮助吗?"

蒋春晓简直不认识卢惠炳了，卢惠民对于她来说没有任何的感觉，洪武大路上谁不知道他跟江小燕的事情，为了一个女人离家出走，后来跟凤楼也是不清楚的，这还不算跟樱井松子的事情，她脸上出现了完全不快。

"卢区长你觉得我和卢惠民，我可是已经有男人的女人啊！"蒋春晓决定不给他留面子了。

"保护抗日将军薛宝勇的事迹，对于洪武大路的人来说，也是无人不知无人不晓的，可那不是爱情不是婚姻，是你为抗日做的贡献，薛宝勇也很多次跟我说，希望你幸福，能够过正常的生活，难道你不愿意吗?"卢惠炳决定不再绕圈子了。"蒋春晓同志，卢惠民是有很多的缺点和毛病，和日本人订婚不是真正的结婚，就跟镇江那个做酱菜的跟你在一起，也就是年轻人的冲动，即使你跟薛宝勇同志同居，也是为了抗日的需要是不是？你们两个人都经历了太多的风雨，你们都老大不小的了不能不考虑孩子的问题。当然革命的工作还是要做的，只是我们怎么样做得更好，对不对?"卢惠炳说完了才喘气。

蒋春晓没有想到会有这样的变化，卢惠民戏唱的也算可以，穿西装的样子也很不错,跟他以前的几个女人比自己差太远了,要想在南京城里找个像样的男人也是费劲了,问题是解决了卢惠民,就是要放过了卢文生,这个工作下面怎么做呢?她开始犹豫起来了,虽然国共刚刚开始斗争,上面的目的是清算共产党,自己怎么能放过卢文生,想到这里她觉得不能贸然就答应了,还是想想再说吧。

"蒋春晓同志,蒋春晓!"卢惠炳看出了她的犹豫:"洪武大路的锄奸工作还是要做,你怀疑了卢文生是韩松雪的直接受害原因,那就查下去我支持你,为了工作是可以大义灭亲的,特别是对待贪生怕死的共产党人,你怎么办都不为过,这就是我支持你工作的态度,政府永远站在你这一边!"

卢惠炳给蒋春晓的路留了缝,设计也是合理而没有漏洞,从他回到南京的第一天,就从来没有过和卢文生交往的想法,他对共产党人身份很敏感,现在国共内战就要爆发了,卢惠昌已经帮他捡回一条命,可是他从来不知道感恩,在外面也从来不给自己面子。看着蒋春晓还没有盘算好,只能安慰完了以后,卢惠炳把她送出了区政府的大门,看着她远去的背影叹了口气,为卢惠民叫屈,也为自己悲哀。

蒋春晓连续几天都是在家里听卢惠民唱戏,五十二号就在自己的对面,以前她可是真的对这个完全没有兴趣,不知道什么时候觉得很好听了,特别是卢惠民的旦角唱法,里面有着更多人生哀怨就是了。

"千里迢迢乞讨京都上,
一双儿女受尽了奔波与风霜。
　　打听得儿夫中皇榜,
　　实指望夫妻骨肉同欢畅。
　　谁知他、他贪图富贵把前情忘,
　　狠心的夫啊!忍叫骨肉漂泊异乡。"①

蒋春晓连续听了几天的京剧,体会了卢惠民对于生活的想法,理解京剧人生故事的人,几乎就不可能成为汉奸,这个事情还是要另辟蹊径,她要挽救卢惠民在所有的过程中,一定能够找到方法的,至于突破口就在卢文生的身上,这样一个家族都要抛弃的人,对他来说已经不是问题了,如果他不姓卢问题早就解决掉了。

"蒋春晓同志,韩松雪她救了我的命我不会出卖她的!"卢文生哭诉着。

---

① 京剧《秦香莲》唱腔选段。

172

"那你就交代事情经过,要是撒谎后果你自己承担哦!"蒋春晓很想知道细节。

"那天我就是被日本人抓到了,关在宪兵队的监狱里面,换班的时候他们搞错了人,我就被分到了报社记者的人里面,我撒谎是《中央日报》的,鬼子就放我出来了,谁知道刚出门他们就追出来了,'漠河烟草店'离得最近,我一下子就冲了进去。韩松雪把我藏好没有秒钟,日本人就踹门进来了,她露出自己的纹身说是日本人做的,日本人问她是不是他们的人员,她没有表示是也没有说不是,这样日本人就把她带走了,后来我也就跑出来上了火车,去了安徽老家了。天地良心我说的是实话哦!"卢文生如实地回答了问题。

蒋春晓知道了事情的真相,卢文生是从宪兵队逃出来的,韩松雪也是有意保护他的,这个忘恩负义的东西。这样的秘密不是他亲自说出来,整个案子是没有事实根据的,看着卢文生这样的贪生怕死还不够,事情不能就这么放过去了,卢惠炳让他把案子往这里办,也不是没有道理的事情,配合上面的指示那么,就让卢文生自行了决吧。至于卢惠民的事情她也考虑了,现在的那副德行也配不上自己,不过从年龄和家庭算是门当户对了,如果自己这个年龄不生孩子,那以后也就没有机会了,所以决定还是保卢家的人,必须用权利为自己的未来考虑。

"逮捕韩松雪?她会是日本人的奸细?"卢惠昌吓了一跳,"大堂叔贪生怕死我见识过,大堂婶带着日本人去抓卢文生我也信,甚至说蒋春晓是日本人的走狗我都信,就是不相信韩松雪是日本人的奸细!"他真的愤怒了。

"卢惠昌你想不到的事情多得是,陈大宇是土匪你想得到吗?他是韩松雪的养子你想得到吗?为了跟你大堂叔苟且的事情,她是每次都诱惑人家你想得到吗?我也没有定论啊,只是把她带到警察署询问一下不可以吗?"蒋春晓坚持自己的决定。

"操他妈的有愿意被一群畜生糟蹋的汉奸吗?你怎么不说陈大宇是汉奸,有汉奸夫妻为了报仇,拿命去拼死的吗?不要丧尽天良行不行啊!"卢惠昌开始骂人了。

周小芸这时候按捺不住了:"卢惠昌,你今天是怎么回事,你是在为什么人说话?"

"老子在说人话,我就是不相信东北女人是汉奸!"卢惠昌加重了语气,"大堂叔你说句人话啊!"

卢文生真的被逼到了墙角,不说韩松雪自己就是汉奸了,看着周小芸脸色铁青，而蒋春晓正在神秘地看着自己，卢惠昌又是那么蛮横，卢文生沉默了好久终于开口了："她说自己的纹身是日本人做的，日本人问她是不是自己人，她是没有说话反对的！"

"大堂叔啊，那是人家为了救你啊！你怎么就不知道廉耻啊！"卢惠昌跳到椅子上了。

"你才是忘恩负义呢，卢惠昌别忘了你当过日本人的侦缉队长，在你手里面也抓捕过革命群众，要不要拿出来查查，别以为杀了日本人真的就是英雄了，你的屁股也不干净！"周小芸站了起来。

"这里没有你说话的份儿，你就是卢家一个丫环也被日本人抓过，谁知道你在里面讲过什么，难道你不是汉奸吗？"卢惠昌被激怒了。

"都是我惹得麻烦，都是我的错你们枪毙我吧，我不想活了！"卢文生叫嚣着把头撞向了墙壁，瞬间头上的鲜血就流了下来。

几个人顿时闹成了一团，周小芸冲上去紧紧地抱住卢文生头："你们这是迫害共产党人，蒋春晓你要为破坏国共合作负责！"

"周小芸，你就是共产党了，你代表的是卢家的丫环革命，我操你家八辈的祖宗！"卢惠昌可是不受任何羁绊了，破口大骂起来。

"卢惠昌你闹够了没有啊？"蒋春晓开始发飙了，"请接收国民政府的指示，将卢惠民和韩松雪带到警察署做调查，为了避免更多的不信任和猜疑，我们分成两个组解决问题，卢惠昌和周小芸负责调查韩松雪，我和卢文生负责调查卢惠民，散会了！"

蒋春晓看着卢文生去了西医诊所，看得出来卢惠昌保护着韩松雪的，有他在一切事情就不会出意外，韩松雪虽然要经历一些屈辱，但是结果是解救了卢文生，卢家的所有人就可以置身世外，也没有人再反对自己嫁给卢惠民。至于自己亲自审问卢惠民，让他充分了解是谁救了卢家的命，要让他心服口服地爱上自己，未来的幸福是指日可待了。

"她母子只哭得天昏地暗，
就是那铁石人也要心酸。
陈士美等龙门把天良丧尽，
我韩琪虽微贱义重如山。

你们逃命去吧！”①

蒋春晓虽然不会唱戏，对戏曲故事也算是听过，她很得意自己的算计，不出意外的话一切都在自己的掌控之中，她哼上几句回“三春酱园”去了。

卢家的晚饭是周湘云亲手做的，但是一家人几乎没有话题，卢文来看着卢惠民若无其事的样子，心里真的是说不出的反感，本来是好好的生意继承人，结果去了上海学戏做戏子，跟个江小燕整得要死要活的，结果又为了陈二喜回来，跟日本女人走得那么近，人家逃跑的时候也不跟着走，结果现在是洪武大路的锄奸对象。卢惠炳作为兄弟也算是尽职了，跟父母提起与“三春酱园”的联姻，可以免了卢惠民的这一劫，对于蒋家卢文来是没有不好的看法，只是蒋春晓的风雨太多了，查日本奸细的事情如火如荼，如果不这么做又怎么保全卢惠民的生命，夫妻两个商量一夜终于同意了，而当事人却是一脸无所谓。

“惠昌，你吃饭啊！不对胃口啊！”周湘云希望卢惠民进去不受罪。

“惠昌，要不要喝一口啊，爸爸陪你喝！”卢文来也是拿出了家里的最好佳酿。

“老戊，姆妈，你们是怎么了，那么多话啊！”卢惠昌显得很不耐烦。

一家人的吃饭瞬间变得很不自在，倒是卢惠民很享受地吃完了饭，然后又喝了口汤，末了擦了擦嘴：“大哥，是不是现在走啊？”

大家不知道接下来又有什么台词：“大哥，卢惠民一不偷二不抢，与樱井松子的订婚也就是一段正常的异族通婚的故事，正说明中日人们都是痛恨战争的，战争把我们联系在一起的，也是战争把我们分开的。既然是要吃牢饭了我就把洪武大路写下来，就跟很多人一样啊，为爱情去死也是一种高尚的时髦哦！”卢惠民显然是准备好了。

“放你妈的屁！”卢文来终于忍不住了，“你哪一天让这个家省过心啊，你去唱戏把家里搞了个四分五裂的，跟个日本女人搞得满城风雨的，日本人撤退的时候叫你走你不走，现在找上门了吧！你想过你的兄弟没有，一个是区长，一个是警察署长，你要他们怎么办，还爱情爱你个昏了头的东西。”卢文来几乎要用拐杖揍他。

“别，别动手啊！”蒋春晓这时候进来了，冲过去就按住了卢文来：“卢老先生，我们都是几十年的邻居了，你们家的为人大家都知道的，再说一家出了两个抗日的英

① 京剧《铡美案》唱腔选段。

雄，还会出什么汉奸啊，首先我就是不信的对不对？但是程序在啊，所以惠民也就是去问个清楚，一切没有了问题，自然是要放回来的，放心了好吧！”

“蒋主任啊，饭吃了没有啊，一起吃吧！”周湘云招呼着她。

“嗯，谢谢卢太太，正好没有吃呢，那我就不客气了。”蒋春晓就势坐下了也看了一眼卢惠民，以前真的没有这样端详过这个猎物：“卢警长啊，这里的事情交给我好了！你去办别的事情吧！惠民再陪我吃点吧，都是一家人不要拘束啊！”

“小畜生你给我坐下，不知道跟蒋主任打招呼啊！”又是卢文来的教训。

卢惠昌的心情非常沉重，蒋春晓就是一种地痞的讹诈，蒋春晓催促自己去抓韩松雪，看看没有什么话说就出了家门。蒋春晓要的是卢家的婚姻，只要他能够答应就真的没事了，卢文生也是没有事情了，怎么也是卢家的长辈，这样她的地位在卢家就提升了，要倒霉的是韩松雪了，这些人绝对是无形的侮辱，自己一定要保护住她，而且要面对所有的刁难。看着“漠河烟草店”越来越近，卢惠昌的脚步是越来越沉重，双腿像是灌了铅很难地挪动。

“漠河烟草店”的铺面很久没有开了，门板上的尘土已经没有擦了，整个都是一种败落的褐色，门口显然是很长时间没有打扫了，枯枝几乎把进去的路都堵住了。昏暗的路灯下面，商店的招牌真的是要掉了，缝隙很大的门透出一点微弱的灯光。卢惠昌看见韩松雪正在一个佛像前面祈祷，从散落下来的头发上看，她已经很久没有打扮了，身材也是异常的瘦弱了，完全是点灯熬油的感觉，让人觉得是非常的孤独，一切都是那么的可怜。卢惠昌在门口站了很长时间，思想着以什么样的理由带走她，几次想把门敲开来，而这些理由都是自己不相信的，这样怎么能够欺骗人家呢。

“卢警长是吧，站在门口做什么呢？”韩松雪打开了虚掩着的门。

“没有什么，只是路过这里看见灯光，想给姆妈买包香烟。”卢惠昌支吾着。

“嗯，卢太太还好吧，谢谢她经常来关照我！可是我已经不做了，你去别的地方看看！”韩松雪充满了抱歉。

“韩大姐，最近的身体还好吗？”卢惠昌不想让她关门。

“还好吧，过的去吧。”韩松雪没有在意。

“我觉得你还是应该开张，怎么也是个寄托的！”卢惠昌很后悔自己的失言。

“一个女人做生意是不方便的，卢警长应该知道的。”韩松雪这时候觉得奇怪了，“卢警长，你是不是有事情要找我？”

卢惠昌也瞒不过去了："大姐，是这样的现在国民政府了，很希望你能登记一下自己的身份，所以就只好上门跟你核实，没有别的意思。"

"明白了，那我现在就跟你去吧。"韩松雪把大门开了。

韩松雪依然是那样的充满了真诚，头发虽然是凌乱依然是乌黑的，身上穿着陈大宇留下的大氅，显示出对自己男人的思念，她关好了门然后转过身来，看着卢惠昌觉得可以走了，卢惠昌现在很后悔刚才的谎言，跪下了从口袋里面拿出了为她准备的证件："陈太太有人出卖了你，离开洪武大路以后不要回来了，你可以回东北或者去什么地方，这里真的容不下你了，不是惠昌不帮忙是没有办法啊，今天就算过去了，但是不知道哪天又会有麻烦的，你走吧，快走吧！"卢惠昌选择的是救助。

"惠昌兄弟啊，你觉得我能去哪里啊？大宇让我留在这里的！"韩松雪很坚持。

"你不能忍受这些没良心的东西，洪武大路有人在为难你啊！"卢惠昌直接说了。

"你说的是你大堂婶吧，我要还卢文生一个清白！"韩松雪没有害怕。

"事情不是你想得那么简单，他们会把你当汉奸来审问的，走吧！你可以现在就去火车站，或者去上海的船也可以，反正你不能待到明天。"卢惠昌觉得说不下去了，径直地离开了"漠河烟草店"，消失在春天的寒风中。

韩松雪完全明白了卢惠昌的意思，抗战胜利没有给生活有任何的改变，杨瘸子是被枪决了但斗争也更残酷了，战争结束以后她已经没有任何朋友了，土匪身份的暴露意味着待不下去了，她有钱财不是没有地方可以去的，但她在按照陈大宇的意思等待着死亡。她想起了在坑山的日子，这一次她绝对不再选择逃跑，这一生怕的东西太多了，归根结底就是怕死，等这样的东西坦然了以后，还有什么不能应付的事情。

清晨的时候，韩松雪她第一次起得这么早，整个家里收拾停当以后，就把换洗的衣服放进了包袱里，给坑山老大和陈大宇的牌位磕了头，吹灭了已经即将熬完油的灯，她知道只有时间能说明一切，她听到了陈大宇的呼唤，也听到了东北兄弟的呐喊，也许这是她最后的人生，要昂首挺胸地走完才是。这里就是她的第二故乡吗？一切都是那么的陌生！这里是她生活过的洪武大路的人，没有人不是用异样的眼光看着自己，街道上的阳光也是那么多的尘埃，东北比起这里的空气好太多了，最起码空气中间多点真诚，而这里有的永远是那些利益，她要面对一切的污蔑，带着这样的想法她走进了警察署。

"韩松雪我们等你多时了！"这是周小芸傲慢的态度，"我们需要你的解释，你作为日本的情报人员在洪武大路上都做了什么?”

韩松雪没有说话更没有抬头,从话语中知道卢文生说了什么,这让她觉得自己的感情竟然那么不值,过去她是多么的迷恋着卢文生,这个身材高大的男人竟然这样的卑鄙,这时候她觉得很愧对于陈大宇,就在男人为了生活四处奔波的时候,竟然是陷入了不该有的诱惑。她仔细地端详了眼前的这个女人,个子也就是仅仅超过不了椅子多少,在宽大的办公桌的后面很好笑,人是不大声音却是不小,原来这就是卢文生的女人,倒是有点丫环领袖的风采就是了。

“你说话啊!”周小芸提高了嗓门拍了桌子,“你说你是不是汉奸!”

“大堂婶!你是办案还是公报私仇啊?你不好好说话是不是,我可以让人把你拉出去,信不信?”卢惠昌警告她了。

韩松雪对于她的侮辱是能够原谅的,谁让自己对人家的老公太多的幻想,面对无论是报复还是报应,都应该坦然接受就是了,汉奸这个话题惹火了她,绝对不能容忍诽谤。

“我是不是汉奸卢文生最清楚,你去问他就是了。”韩松雪的态度很忍耐。

“啪!”周小芸的怒火被点燃了,“你,韩松雪你真是不见棺材不掉泪啊,来人啊,给我把这个女人吊起来!”

“住手,大堂婶,你还有没有我这个警察署长啊,你说怎么样就怎么样啊?”卢惠昌火早就上来了,“要是你再敢胡来,我就先把你给抓起来,你信不信?”

“卢惠昌同志,你把我当成什么人了,我这是在审查汉奸!”周小芸终于发飙了。

“呦,呦!你别吓唬我成吗?汉奸?哪里有汉奸啊,你这分明是公报私仇吗,有这样的汉奸吗,我还怀疑你在监狱里面是不是招了,别对一个流浪在外的女人太刻薄!”卢惠昌一副看不起的样子。

“你还有大有小没有啊,卢惠昌同志现在是国共合作,我是代表共产国际和你谈话,你作为国民党要好好合作,听到没有?”周小芸真的严肃起来。

“大堂婶,日本人侵犯中国的时候共产国际管了吗?日本投降共产国际乘机就进了东北三省建立了根据地;国共合作只是蒋委员长给共产党一条活路;你不要拿着鸡毛当令箭了,政治上我是无党无派的,警察署就是公平断案,你要是在这里敢造次就给我滚出去!尽是问那些男女私情的东西,家里的事情你去问大堂叔好了,今天就到这儿了歇了!把韩松雪押下去好了!”于是哼着不搭调的小曲走了。

韩松雪流下了伤心的眼泪,觉得自己真的是很荒唐,面对人家的妻子心里也是很内疚，就在被带走的时候停了一下，给周小芸深深地鞠了一躬，算是自己对人家的道歉了。

卢文生也憋屈的很厉害，不知道怎么就出卖了韩松雪，口不遮掩的把事情越说越大，等后悔的时候已经来不及了，韩松雪进警察署的时候他看见了，这个女人完全没有了往日的风韵，面容的憔悴也是非常明显的，自己给这个女人带来的耻辱，让他觉得是无比的羞愧。但是他没有勇气去招呼她，很后悔自己演化了真正的事实，虽被安排讯问卢惠民，可是他的心完全在另一边，他不希望周小芸做出偏激的举动，如果进一步羞辱韩松雪那就是灾难，还好卢惠昌压住了一切，看着周小芸走了出去，他的心情才放松下来，看着蒋春晓滑稽的表演。

蒋春晓见到卢惠民是去年秋天，樱井松子是蒋春晓见过最漂亮的女人，穿着日本式样的白色长裙，左手挽着穿着西装的卢惠民。虽然那时候她没有妒忌，但是现在一切都将换成自己了，也可以挽着卢惠民的手走在大街上，夜晚也可以跟这个皮肤细腻的男人同床共眠。她仔细端详一下卢惠民，这个男人的皮肤那么的白皙，两只手也是修剪的非常的整齐，身材也是过于纤细和干瘦，开始怀疑这样的男人，是不是真的能给女人满足。

"蒋主任开始吧！"卢文生打断了蒋春晓的贪婪，"你都看了半小时了！"

"卢惠民，叫你来是想问清楚你和日本人的关系，特别是你们交往的细节部分，有利于我们向上面汇报，不要隐瞒任何事情如实地说，那样我们就可以帮你解脱人们的看法，开始吧！"蒋春晓表现得很严肃。

"请问蒋主任和卢参事，你们需要我讲些什么呢？"卢惠民是很茫然。

"这样吧，交代你和日本女人怎么认识，你是怎么不愿意帮助日本人的，她如何用手段拖你下水，可是你就是不答应，最后她很失望地放弃你了，最后对你跟她的交往做个忏悔，这就是我们全部的要求。"卢文生为他做好了引导。

"哦，谢谢卢参事，我可以回去写下来吗？"卢惠民问道，"蒋主任还有什么建议？"

卢文生简直听上去就是在问秘书："蒋主任，蒋主任！"叫声终于把蒋春晓拉回到现实中。

"啊，你说什么大堂叔！"蒋春晓并没有发现自己喊错了。

"蒋主任，你怎么可以叫我大堂叔，卢惠民要回去写事情经过，你觉得怎么样啊？"卢文生强调了语气。

"哦，这个事情啊，惠民你什么想法呢？"蒋春晓问起了卢惠民，"嗯，一切按照卢参事的决定，他说了算。”

“嗯，那今天就谈到这里，卢惠民你去后面写情况的交代，蒋主任没有什么事情我就回去了。”卢文生悻悻地交了差回去了。

蒋春晓看到卢惠民被带走了，才想起来后面的安排，不能让卢惠民就这样的饿着，她回到家里就挑了最好的酱菜，又去了街南口的卤菜店买了鸭子，一切都给后面的拘留的房间安排好，这才准备出警察署。可是谁知道看到了卢惠昌送饭，这时候多少有点尴尬，还好人家看都没有看自己，这才想起来卢惠民生活上还不属于自己照顾，看着天色已经暗下来了，庆幸在处理汉奸问题上的布局。

周小芸是比卢文生要回来得早，对韩松雪的讯问让她没有做饭的心思了，语气里面她是否定了和丈夫的关系，但是就不相信男人能那么的矜持，做丫环的时候见了卢文生一面，半夜就被领到自己的房间做了，并使出了在东洋学的浑身解数，把自己弄的七荤八素的，说明留洋的男人是多么的花心。离开了洪武大路以后，卢文生在任何一个地方都没有停歇过，即使在武汉卢文生给日本人做工，没有几天就把房东的女儿肚子搞大了，幸亏他被国民党抓起来了，不然现在外面不知道有多少野种，想着想着她的怒气又冲了上来。

周小芸能够嫁个主子的家人很知足，卢文生的婚姻就是这么一段，没有成为人家小的，说出去也是很有面子的。后来的日子并没有做丫环的好过，卢文生进了监狱以后，一个人带着孩子很没有着落，无奈之中就是帮人家缝补过日子，中间她也是有过一个卖肉的男人。

“卢太太，很久没有看见你来了，这不送点剩的给你哦！”卖肉的男人对他很殷勤。

“最近不怎么喜欢吃肉的，谢谢师傅了。”周小芸不敢说自己的丈夫被抓了，苦笑了笑。

“卢太太，这可是好的肉哦，我特意给你挑的，不用客气了老主顾。”卖肉的男人很淫荡地笑着，手是在身上抹着有光的手。

卖肉的知道这位太太家里的事情，看着周小芸失魂落魄的样子，先是切下了狠狠的一刀肉，慷慨地扔进了周小芸的菜筐子里面，把她摁在了里面油腻腻的床上，她想过挣扎但是一切都是徒劳的，一直到那头猪气喘吁吁的，才逃出了她永远悔恨的肉铺。周小芸回到家以后，把肥的熬成油做了饭给丈夫送去，瘦的给了自己的儿子吃，周小芸虽然是永远的悔恨，但是怎么也不能容忍别人霸占，她要知道所有的真实情况，她要置这个土匪女人于死地，找回自己的尊严。

“你跟东北女人干了几次？”卢文生回家被问得第一句话。

“什么几次，你今天不是讯问了吗？你可以问那个女人啊！”卢文生没有理会她。

“问你跟东北女人接触多长时间了？”周小芸继续地问。

卢文生真的觉得是很累了，今天的讯问几乎就是一出戏啊，蒋春晓的献媚让案子变得可笑，这行为真的跟周小芸不分上下，让女人主宰简直就是一场噩梦。他没有理睬准备出门，但是一把就被拽了回来，看着周小芸手里的菜刀，也觉得害怕了就坐了下来。

“老实交代，”周小芸显然不允许沉默，“人家都招了你就是不说啊？”

“我跟她有什么事情啊，不那天逃跑去了她家里为了躲藏啊！”卢文生很委屈。

“这件事情我当然就不追究了，被日本人追得满处跑想干也硬不起来了，我是问以前的事情。”周小芸平一脸轻蔑的样子，“说，你什么时候开始跟她上床的？”

“上床，你真的是可以啊，我什么时候跟人家上床的？”卢文生火了。

“你不想说是吧，好我跟组织汇报！你把陈二喜同志出卖了，你就是个贪生怕死的叛徒。”周小芸是明显想好了的。

这样的最后结局是卢文生没有想到的，如果周小芸把这段话给上级汇报了，自己真的就是叛徒了，枕边的人是最可怕的，他沉默了。周小芸知道打中了卢文生的要害：“你要不要说啊？”周小芸追问他。

这时候的卢文生才知道丫环的厉害，这周家是怎么培养出来的啊，他委屈地看了看周小芸，无奈地点点头屈打成招了。

今夜的月亮总是在云朵里面时隐时现的，一会儿出现诱人的光晕，一会儿又消失的不见踪影，在天上看着洪武大路上的种种不平；警察署的人也是不再像以往那样的打扑克，而是找个地方早早地睡去了。警察更是不想招惹韩松雪，这个东北来的女土匪后面是多少人不知道，陈大宇在洪武路宪兵队杀了几十个人，死的时候没有一点害怕。韩松雪出奇的冷静是没有想到的，没有任何的吵闹和叫骂，而且对所有的人都很客气，大家也觉得良心上是过不去了，审问她也许就是个过程。

“卢少爷，你唱个戏文吧，我可是最爱听你唱的。”韩松雪主动地问了隔壁的卢惠民。

“姐姐想听什么戏文，说出来我给你唱哦！”卢惠民是尊重韩松雪的。

“那我就不客气了，唱《昭君出塞》吧，我喜欢听哦！”韩松雪也不客气了。

“嗯，姐姐是不是想家了?”卢惠民有些感到难过。

韩松雪没有回答任何的问题了，想起了远离的大兴安岭小家，父亲把她几乎是当儿子养，十五岁在学堂里面不好好的读书，戏弄教书先生被告到了家里，父亲当着所有人的面就是一个耳光，还罚她给先生跪了下来，她不愿意做这样的事情，也就没有再去学堂的机会。虽然这件事情她没有忘记，可这时候却是想起了父亲的苍老，是不是该有机会回家看看，再怎么样那曾经是自已的家。这样的讯问是已经准备好的，也许这些人就不准备放她了，她想给月亮说一声，父亲，祝福你一切平安啊!

“哎呀爹爹呀！孩儿今日别了你，
再不知何年何月何时，再得见我那爹爹呀，
我只得转眼望家乡，飘渺一似云飞。
又只见汉水连天，汉水连天，野花满地。
站在雁门关外望长安，纵有巫山十二难寻觅。
怀抱琵琶别汉君，西风飒飒走胡尘。
六宫粉黛千千万、始信功劳在昭君。
云已散，风阵阵。连天芳草绿如茵。
谁言塞北风沙紧，
千里花香，蓝天白云，风光似锦。
手扶鞍缕放眼看，又只见茫茫草原毡幕现，
我与那单于结线，汉与胡永和好成姻眷。
只听得金鼓连天震地，人似虎彪马似龙驹，茫茫草原闪着旌旗。
压番兵一列列迎亲队，
鼓乐声声，平添喜气。朗汉和亲，征战永息，
哎呀，御弟呀，叫他们二个一个，排列到关前去。”①

卢惠民全部的本领都用出来了，曲调是那么的凄凉和委婉，声音不仅仅是在洪武大路警察署停留，让韩松雪感到了从未有过的满足，虽然她可能再也回不去东北，在卢惠民的戏文中领略了北国的风光，看到了林海雪原，更看到了远方已经

① 京剧《昭君出塞》唱腔选段。

成功的坑山。卢惠民的唱腔在昏暗的夜里传得很远，洪武大路的人们知道这是哀鸣，可是又有谁能说明其中的内涵，大家在叹息之后昏昏睡去，让这声音也去更远的地方，自然“三春酱园”的空旷，很快接纳了这个人间的哀怨，从天上下来钻进了蒋春晓的房间。

蒋春晓这一夜翻来覆去怎么也睡不着，眼前总是卢惠民的种种影子，担心卢惠民一个唱旦角的男人，是不是有那样的功能呢？将来的夫妻生活只能自己主动了，她要抚摸他修长的双腿，要看着那张清秀的脸庞，然后爬上去占有他的全部。看上去这个男人是没有反抗能力的，比起梁耿的那种强烈的进攻，比起薛宝勇的那种粗壮。她要享受对卢惠民的恩宠，让这个男人成为自己的附庸，她经不住开始了手淫，就这样一直折腾到几乎天亮，最后，她终于在高潮中昏死过去。

韩松雪清楚地知道卢惠民是关不久的，蒋春晓是全力护着卢惠民的，晚饭也是蒋春晓给他送的，女人的色心已经完全毫无顾忌了，将给未来生活酿成大祸的，然而幸福中的女人都听不进去的，就像自己对卢文生的感情，没有任何的回报反而罪恶。她庆幸着卢惠民有了希望，唱腔也是确实美妙极了，可惜了乱世中间的这条嗓子啊，希望卢惠民在戏曲道路上走得更远，她突然有了一个心愿就是听戏，让普天下所有人都听到最好的戏文，这一切以前怎么没有想到，她决定要做到做好才是。

“谢谢了，惠民少爷，你真是个大角儿啊，松雪算是见识了！唱得好！”韩松雪鼓掌。

“松雪姐姐，你恨不恨我找了日本女人？大宇哥是死在日本人的手里。”卢惠民很内疚。

“哈哈，那你就多想了，大家都是过日子的人，陈大宇是乱杀乱恨的人吗，只有那些不是人的鬼子才该杀啊，你喝口水吧，你想多了，惠民少爷。”韩松雪安慰他，“惠民少爷，松雪姐姐有件事情求你了，不知道你能不能帮啊？”韩松雪靠在墙上问他。

“姐姐你是客气了，只要卢惠民可以出去，一定办好和让您放心的。”卢惠民答应了。

“惠民你靠近一点我的牢房跟你说，你过来呀！”韩松雪自己先移到了栅栏边上，等卢惠民靠近才轻轻地告诉他：“姐姐在自己的床底下有个洞，里面藏了不少的银两，也是山上弄下来的，你出去以后一半用去唱戏，姐姐希望你能成为真正的角儿，不要吝惜哦！另一半你带上我的骨灰，送我回大兴安岭，在我的家乡把我葬了，剩下的就给我的父母，唱一段《昭君出塞》就好，这是姐姐唯一的拜托，求你了！”韩松雪给卢惠民磕了头。

“松雪姐姐，你放心好了，只要惠民活着一定办成！”卢惠民也哽咽了，“听弟弟再给你唱一曲《文姬归汉》好吗？”

“见坟台哭一声明妃细听，
我文姬来奠酒诉说衷情。
你本是误丹青毕生饮恨，
我也曾被蛾眉累苦此身。
你输我及生前得归乡井，
我输你保骨肉幸免飘零。
问苍天何使我两人共命，
听琵琶马上曲悲切笳声。
看狼山闻陇水梦魂犹警，
可怜你留青冢独向黄昏。
这叫做惜惺惺相怜同病，
她在那九泉下应解伤心。
我只得含悲泪兼程前进，
还望她向天南月夜归魂。”①

“惠民弟弟不唱了好吗？一切简直是太凄凉了！”韩松雪打住了卢惠民。

天色已经是拂晓了，灿烂的朝霞从天空中映照出来，所有的建筑上都沐浴了那种斑斓，听着卢惠民已经开始打呼噜了，知道这个少爷是累了，而自己也就要结束最后的人生，她把周湘云给的衣服从包袱里面拿出来，整理的干净以后穿在了自己身上，她用房间里面的水把脸洗得很白净，然后也给自己修了眉毛，最后不忘了换上从东北带来的靴子，虽然整体上有些不是那么协调，但是今天也就只能打扮到这样了，她很知足地看了自己的全部，然后静静地等待着周小芸的提审。

周小芸心里的平衡被打破了，爱和仇恨也剧烈的增加，顾不得卢惠昌还没有到

---

① 京剧《文姬归汉》唱腔选段。

来，就开始提审了韩松雪，她希望随心所欲地报复这个女人，看着面前的韩松雪的打扮，原来的那种妩媚完全地在挑战自己，那无所谓的神态更是让自己愤怒，决定不再跟她兜圈子了，彻底打垮这个日本人的奸细。女人的残酷是最歇斯底里的，周小芸完全不顾审问的程序，而是直接地将一杯水泼在了她的脸上，只要卢惠昌不在就可以调动一切，她叫了新来的警察站在身边，随时地准备修理韩松雪，看她如何的坚持抗拒自己。

“昨天晚上我问了卢文生，你们是有其他来往的，是不是？”周小芸问得很直接。

“是！”这样的场景不是第一次发生，在东北入帮的时候她看见多了，只要给满清政府的人抓到了，政府的人出现了不问出来是不可能的。而日本人的时候更是疯狂，你就是不说也要把你逼出来，刑法一直让你没有了尊严，最后身体都是支离破碎的，你还是要被定罪的。走这条路不是她怕死和重刑，而是不愿意将来去阴曹地府失去原来的样子，那样的话跟两个男人没有了交代，也许他们等待着她的到来。

“你和卢文生上过几次床？”周小芸咬住嘴唇。

“你问他吧，他说几次就是几次！”韩松雪并不在意自己的屈辱。

“你是日本奸细吗？”周小芸要置她于死地。

“我不是，我是个风骚的女人，我不要脸可是我不是日本奸细。”韩松雪坚持着。

“来人啊，把这个女人的上衣扒了！”周小芸命令道。

这是韩松雪最不愿意触及的伤痕，可是一群从国民党转业下来的军人，现在成了警察署的职员，很乐意对付这样的奸细查看她的身体，冲上去只几下红青色的纹身就暴露无遗，这帮人就是人渣，看着韩松雪低下了头，心里充满了得意和快乐。

“你的纹身是不是日本人做的！”周小芸很是得意。

韩松雪这时候已经彻底的感到了羞辱，她哭了点点头。

“你说，你是不是日本人的奸细，不说就拉你去游街了！”周小芸没有在开玩笑，女人的嫉妒是要杀人的。

听到游街的说法，韩松雪彻底崩溃了，土匪被抓到以后都是要游街的，沿街的百姓是用各种的器皿砸过来的，等人被打得遍体鳞伤以后，政府还是最后拉到一个地方就是枪决，这样的侮辱是没有尊严可言的。韩松雪知道这个女人说的是真话，她不想遭受这样的侮辱，在洪武大路她已经受够了，看着那些警察的嘲笑，知道卢惠昌救得了她一时，但是救不了她一世的。

“求你不要再羞辱我了，我韩松雪认了是汉奸、是奸细，也是不要脸睡了你的男人，你现在就杀了我吧。”韩松雪低头哀求周小芸了。

“来人，给她签字画押，然后关起来，等蒋主任来了以后就送娃娃桥。”周小芸觉得整治这个女人太容易了。

卢惠昌有意来得很晚很晚，尽量地拖延时间不让韩松雪招认，等到进到警察署的时候，看着新来的警察窃窃私语的时候，知道一定出了什么岔子，进到办公室的时候，周小芸把讯问笔录朝自己扔了过来，等他看完所有的记录才知道事情出大了。他不再理睬眼前的大堂婶，不知道用了什么手段屈打成招，不顾一切地冲进了牢房。

“大姐，你不可能乱说的，这样是要送命的！”卢惠昌几乎救不了了。

韩松雪看了看卢惠昌：“惠昌弟弟，姐姐我也活得很累了，要下地狱就让我去了，我要去还债！不要再来打搅我了！求你了！”

蒋春晓自己折腾了一夜，天亮了很久才醒了过来，一想到今天要去讯问卢惠民，她就充满了期待快步地来到警察署，她没有想到周小芸已经把韩松雪的案子结束了，看着笔录她也觉得很奇怪，卢惠昌的人也去了区政府，她真的不想问得太多，卢家的事情总算是有人顶了。卢文生进来的时候脸色很难看，她一下就明白了发生了什么，只是还是装作不知道的好，不想全部的事情没有结果，韩松雪的案子不是自己审的，就是出现偏差也不是问题，将来真的复审，一切由周小芸和卢惠昌去解释，关键是要让卢惠民过关，昨天晚上的一晚真的太痛快，真人岂不是更刺激。

“卢参事，是不是有什么心事啊？这脸色是不好看啊！”蒋春晓明知故问。

“没有什么了，还不是为了卢惠民的事情，你说找个日本女人干什么，中国女人难道还不够用吗？这惹得事情不算小了，唉！”卢文生有点抱怨。

“嗯，这事情说大也是大的说小也不算小了，我和惠民从小一起长大的，看着他一步步误入歧途的，我应该出来拉他一把才是，浪子回头金不换，惠民只有娶上一个革命的干部，才能证明他是洗心革面。我也可以在未来的日子里面，照顾和帮助这样一个有过错误的人，也是一个革命干部的责任不是？”蒋春晓希望他能做媒人。

卢文生不喜欢这个酱菜女人：“蒋主任啊，我卢家感激你在挽救卢惠民，但是婚姻的事情还是他自己说了算，我们是乐观其成，乐观其成！”

“卢参事，你看我们都是成人了，这样的事情我怎么自己出面呢？”蒋春晓看着卢文生。

“由我来讯问卢惠民好了，有结果我告诉你！”卢文生径直地去了。

卢惠民奇怪蒋春晓今天怎么不在了，大堂叔惆怅的样子就不是好事，洪武大路已经被这几个人折腾得要死了，今天不是抓这个就是明天审问那个，整街上的人都开始反感他们，韩松雪的话心里很冷。刚才大哥跟韩松雪的对话听到了，一切都是这个堂叔惹的祸，韩松雪是没有过错的，为了拯救无辜的女人，卢惠民愿意拿自己交换了。

“卢参事，请蒋春晓主任过来，我有话跟她说，去啊！”卢惠民第一次大声。

“来了惠民，不好发火啊，有什么事情慢慢说好了，我洗耳恭听哦！”蒋春晓并没有走远。

“你要什么就说，我都答应你！”卢惠民看着眼前这个女人。

“是这样的哦，还是卢参事解释比较好啦，我记录！”蒋春晓红了脸。

“惠民，你和蒋主任是一起长大的，这么多年你一直是走的弯路，先是出去唱戏了把家庭的颜面都丢尽了，这还不算竟然跟日本女人走那么的近，现在可是给卢家惹上了麻烦哦。人家春晓姑娘就比你懂事了，在这种关头还是希望挽救你，我做主卢蒋两家联姻，以后蒋主任也可以看着你，就不要再惹是生非了，知道不？”卢文生把要求说完。

“嘿嘿！”卢惠民开始冷笑了，“卢参事你是为了自己吧，我丢颜面的事情做了什么，我没有把丫环变成大婶，你为了自己竟然诬赖一个女人，韩松雪是奸细吗？你说啊？”

“可她是土匪，也不是什么好东西！蒋春晓主任看得上你是福分，你不要敬酒不吃吃罚酒。”周小芸跳了进来。

“你们给我出去，这成了什么样子，这是讯问还是翻老账。”蒋春晓直接火了，“出去！”

蒋春晓真的火了把两个人都轰了出去：“惠民，怎么办就听你的了！”

民国三十六年的深冬，韩松雪被送进了娃娃桥监狱的时候，卢家在洪武大路上给每家发了喜帖，卢惠民和蒋春晓的婚宴将在“大三元”举行，不知道是天气的原因还是人心散了，几乎是没有什么人到场祝福，卢家的所有喜糖竟然没有发出去，连要饭的都不接受，卢文来第一次觉得没有面子。蒋富江觉得能把女儿嫁出去，已经是很开心的事情了，就在多喝了几杯以后，竟然和卢文来动起手来。早晨出来检查酱缸的时候，院子里面却放满了花圈，上面全是羞辱的字样，这在南京人的风俗里面是绝无仅有的，气得当场就整个瘫倒在“三春酱园”的天井里面。

“卢惠民，你去了哪里？”蒋春晓大清早就叫嚷开了，“我可以撕毁一切的，你这个戏子敢不回来，韩松雪就活不到下个月。”

蒋春晓找遍了南京的大街小巷，半天也没有一个人影，最后还是卢家的大媳妇罗秀玲告诉她，卢惠民已经去了东北唱戏了。她愤怒了，一个土匪竟然比自己还重要，她觉得不能这样饶了韩松雪。是卢惠民首先撕毁了协议，她把周小芸的讯问记录交了上去，上级很快地就批复下来，立即正法日本间谍韩松雪，瞬间枪决韩松雪的布告就贴满了洪武大路。卢文生和周小芸知道待不下去了，正好国共的内战彻底爆发了，两个人就匆忙地离开了南京，周湘云知道回天无术了，默默地给韩松雪做起了寿衣。

南京城里没有下过这么大的雪，鹅毛的雪花将整个洪武大路都覆盖了，那些青瓦的建筑看不到一丝生机，常走的大理石头的路面都是白茫茫的，内桥的河水已经完全被冰雪封住了。许大胖子叫醒了睡梦中的韩松雪，让她换上了最喜爱的缎子旗袍，把她的靴子也擦得锃亮，韩松雪知道时候到了，她整理了一下面容，给将要开枪的士兵鞠了躬，唯一的要求就是出去她唱上两句，这样的要求也得到了认可，她喝足了几口水就被押上了汽车。

“又听得法场外人声呐喊，
都道说我窦娥冤枉可怜！
虽然是天地大无处申辩，
我还要向苍穹诉苦一番。
这官司眼见得不明不暗，
那赃官害得我负屈含冤。
倘若是死后灵应不显，
怎见得此时我怨气冲天。
我不要半星红血红尘溅，
将鲜血俱洒在白练之间；
四下里望旗杆人人得见，
还要你六月里雪满阶前；
这楚州要叫它三年大旱，

那时节才知我身负奇冤!”①

“好！好!”路边的洪武大路的人都叫起好来,车子出来监狱就听见韩松雪在车头上大唱,凄厉的唱腔回荡在整个洪武大路上,韩松雪穿着红底白色牡丹的旗袍,眼睛里面全是哀怨的泪水,不禁为之动容的一片哭声,洪武路上的人都出来了,要送送这个土匪女人,更是将热水一挑挑地洒在路面,为了是让车子开的稳当些,所有的商号都关了们,人们跟着车子看着韩松雪,这是洪武大路上的世纪大冤啊,大家号呼着在警车驱赶下跌倒,爬起来再跌倒,一直到韩松雪完全地消失在洪武大路北口。

“松雪,你要好走啊,以后回来看看!”这是周湘云的喊声。

“妹妹,我的错啊,没有救得了你啊!”这是卢惠昌的痛苦。

“别回来,永远不要再回洪武大路,一路走好啊!”这是徐侉子的呐喊。

“杀人的天啊,你睁开眼睛看看吧!”这是吴成芳的哭诉。

韩松雪在民国的新年刚过,就在南京的江东门被枪决了,那一年的雪下了整整四十九天,到处都是冰天雪地人少马稀的,洪武大路的人过了一个最郁闷的冬天。

卢惠民离开洪武大路以后就去了东北,二十多个小时的火车把他都冻僵了,抚顺是个冰天雪地的城市,他丝毫没有冰冷的感觉,而是觉得整个人都是热血沸腾的。共产党已经在这里接管了所有,街道上到处都是漫天的标语,面面红旗在迎风招展,马路上的戏台子上都是斗地主的戏,唱戏的人有军人也有市民,戏剧的演出也是每天都换的,比起那些过去的戏文差距是很大的。卢惠民在戏台子的前面看了好几天,才知道革命的戏剧是那么的有活力,演绎的都是人民当家做主的故事,演出到了高潮整个演出的场子都呼喊起来,那声音完全盖过了演员的演唱,观众都被彻底的感染了。

“打到万恶的旧社会!”
“打败蒋介石,解放全中国!”
“共产党万岁!”

---

① 京剧《窦娥冤》唱腔选段。

“毛主席万岁!”

“人民政府万岁!”

卢惠民是第一次出远门,这里竟然那么的气势磅礴,山岭始终是郁郁葱葱的松树,一路上都是高大挺拔直冲云霄,皑皑的白雪覆盖了整个山峦,山谷回荡着人们的喊声;荒芜人迹的道路上偶尔是那些野兽,看见人们没有太多的畏惧悠闲的奔跑,韩松雪就是出生在这样美丽的地方,难怪姐姐看上去那么的大气,这里是她的根啊! 卢惠民的心也激动起来了,决定办完了所有的事情以后,一定要回来成为解放军,他要为新中国的戏剧事业做事情,他依依不舍地离开了抚顺,租了一辆马车向大兴安岭的深处进发。

马车在山里面跑了几天才到了“坑山”,遗憾的是当地人告诉他日本人灭了镇,坑山已经没有人居住了,他终于找到了韩松雪出生的小木屋,在旁边给她的父母修了墓,然后就在那里花钱搭起了最大的戏台,他要唱《文姬归汉》,他要唱《牡丹亭》,他更要唱《窦娥冤》,还了韩松雪的心愿。几天以后他去镇里接场面上的人,没有想到在胡琴师傅的报纸上,竟然看到了他出乎意料的报道,黑色标题写着《日本间谍韩松雪在南京正法》,卢惠民几乎崩溃了,他开始后悔自己的鲁莽,面对着大兴安岭一整夜嚎哭着,最后终于无力地倒在了雪地上。

“松雪姐姐,惠民已经按照要求在这里给你安了家,你回来吧!”又是大哭。

卢惠民花了几个月的时间,雇佣了坑山的所有人在山崖上面修建了一座大庙,碑文上面写着“抗日大英雄陈大宇韩松雪之灵“,远远看去比整个山峦还气派。

卢惠民从那天开始就在搭好的戏台上清唱,周围的篝火映照出年轻戏子的感情,也彰显了他柔美的唱腔,整个大兴安岭被唱出了雪崩,山体在迅速的滑坡,紧接着就是巨大的鸣响,卢惠民整整地唱了七七四十九天,从《牡丹亭》唱到《文姬归汉》,从《霸王别姬》唱到《窦娥冤》,直到嗓子彻底发不出声音来,才慢慢地停歇下来。卢惠民这是对韩松雪的思念,也是对国民政府的控诉,仿佛她是真的是听到了暴雪越下越小,一直到了第五十天放晴,太阳出来了,大兴安岭是一片的光明,山峦出现了从来未有的辉煌,卢惠民终于感到一种欣慰,他要下山了,去找戏曲的前途,一个国家戏子的真正前途。

“松雪姐姐对不住了,我要走了,我要革命去了,我不能就这样的下去,我要为你的死亡让国民政府付出代价,我参加解放军,我要加入共产党!”这是卢惠民的誓言。

卢惠民决定回抚顺去，在那里有真正的百姓生活，有人民当家做主的戏剧。

“啪！啪！”

卢惠民把两个箱子重重地放到桌子上，财物瞬间就吸引了所有人的注意，他面前的军人似乎不为所动，并不打算收他成为解放军，他反正是铁了心要参军的，僵持了很久军人才去楼上找来了领导，一个中气很足的男人先是跟卢惠民握了握手，然后仔细地打量了他半天。这个人在广场上看了很多天的戏，这时候想必是想好了的，穿着打扮都不是一般人，举手投足似乎是戏曲出身，可是革命了以后这样的戏曲很少用，他们关心的是现代话剧的剧本，人家这么诚意，总是要好好的应付一下的。

“你是戏曲演员出身吧，带着这么多的财产，想干啥事呢？”招呼他坐下。

“这位军爷，在下是戏曲花旦出身，姓名卢惠民是南京人士，这是我的所有财产，只是希望能够将戏班改名‘松雪剧团’，我也愿意参加演出而且不取酬劳，只要有口饭吃就好，还望军爷成全。”卢惠民介绍完了，所有的人都笑了。

“嗯，您是位少爷吧，喜欢票戏？”军人哈哈大笑。

“请问军爷有什么好笑的，是怕我没有东西，要不我给您清唱几段？”卢惠民不甘心。

“那倒不需要了，一看就是行家里手，可是我们是革命的文工队，是不唱那些东西的，再说我们是人民解放军的文工队，宣传的是革命思想，你能接受吗？”军人严肃起来。

卢惠民终于明白了：“我看了贵文工队的演出，你们不是要生活戏剧吗？我这几天写了一个，讲述的是个抗日女英雄韩松雪的故事，请军爷不吝赐教！”卢惠民递上了剧本。

“嗯，看来你是有备而来的啊！这样的东西我们不收的，剧团改名字也是没有可能的，对于你能不能参加革命你先填个表，剧本我们看了以后一起跟你谈，你看行吗？”军人很明显是要想一想。

卢惠民的热情似乎没有任何的用处，在履历一栏他写上了“盖家班”，填好交上去以后就在外面等着了。他看着进进出出的人群心里是忐忑的，如果这些人不要自己下面只有一条路就是去搭班，只是辛辛苦苦写的剧本没用了，出了解放区是没有人看的，心里难免有点难过。

“卢惠民，卢惠民有没有，请进来！”一个战士招呼着。

“有！有！”卢惠民赶紧去打招呼。

卢惠民被带到了楼上的一间房间,那里面已经有好几个人了,见到的军人正给所有的人倒茶,见到他进来了赶紧给大家介绍:“这就是编剧卢惠民先生,卢先生这是华北野战军的陆政委,这是宣传部的肖部长,这是文工队的祁队长,大家都认为你剧本写得很好,塑造了一个真正的抗日英雄,但是有些意见是要跟你商量的,有些话也是要修改的,我们首先想听听你为什么要写这样的东西,请给我们介绍介绍吧!”

卢惠民这时候知道有戏了,从头至尾地介绍起韩松雪的事情,也讲述了陈大宇的故事,更讲述了文登吉野的残暴,就在继续的时候有人打断了他:“剧本的故事写得是很好,但女主角儿土匪出身不合适,还是改为一个农民的女儿好,陈大宇的出身问题就更大了,也改成贫农的身份比较好,我看你还是有些旧思维的,哈哈。”肖部长定调了。

“那是,那是! 我一定好好修改!”卢惠民想起了江小燕讲的规矩,大家都笑了。

“你的态度太好了,卢同志就留在了我们的文工队,做专职的编剧,焦导演啊你要好好地帮助他啊,先领他去吃饭然后换军装,欢迎你成为革命文艺战士的一员!”说话的陆政委。

“是,军爷!”卢惠民也行了一个军礼,可是显得很滑稽。

民国三十七年冬天,韩松雪在南京被国民政府枪决以后天一直下雪,卢惠民在东北修改剧本,心里是思念!

chapter 9

第九章

洪武大路第八十四号
禄文景与大宅之死

中央大學
國民政府
新街口
金陵大學
金陵中學

洪武大路上游手好闲却被大家羡慕的人，只有天生的贵胄玩家一品大员禄文景了。

清王朝的“八旗子弟”都是生活在北京城里，而禄文景却是没有这样的好运，父亲是清政府督办大员禄崇厚，禄文景光绪五年出生就随家派往了天津，接受北洋大臣李鸿章的邀请，督办有名的天津机器制造局①。光绪二十六年春天，天津发生了与外教冲突的“义和拳”②，禄崇厚被光绪皇帝派往跟洋人讲和，所有的分寸都是上面李鸿章的，“辛丑条约”③的赔偿确实太大了，让清王朝上下怨声四起，加上李鸿章在次年归天，责难自然就由禄崇厚一人承当，禄崇厚很快地就被革职下了大狱。禄文景的爷爷用银子买通关系，命算是保住了可全家被赶出京城，于是就流落到了南京户部街。

禄崇厚虽然是非常冤枉的，但为皇家的血脉面子是要保持的，他在南京补了个江南督办的缺，这是一个风里来雨里去的差事，他却是乐此不疲的开始奔波，一方面启用酷吏巧取豪夺，让江南的所有产业都严重税赋，另一方面禄家暗度陈仓，赚得已经是钵盂满满了。宣统皇帝登基以后，禄文景把烂账交了解甲归田，成了南京城里不多的有钱人，但是表面上却是依然朴素，皇帝感念禄家对皇家的忠心，终于赐给了禄文景一品虚职，这下禄崇厚才重重地舒了一口气，原来自己在下面这么多年，所有的作为皇上是根本就不知道，这时候才觉得是重整面子的时候了，借着这个理由在洪武大路盖了房子。

“你的事我去跟户部商量一下，等着就是了！”禄文景是耳濡目染从禄崇厚学来的。

“嗯？嗯！我跟皇侄儿说，按照你的要求办好了！”禄文景的敷衍方法屡试不爽。

皇亲国戚们在京城觉不出，北京城里到处是座座大宅子，王爷府邸更是气派的厉害，像禄家也就混个大点的四合院，但是出了京城就不一样了，怎么也是个鹤立鸡群的荣耀，禄崇厚建造的家宅也不敢铺张，更惧怕宅子在皇城起个什么议论，外面只是设计成大点民宅的样子，里面却是画龙雕栋极尽奢侈。可是禄文景却是不怕的，从山西运来两个石狮子放在门前，谁知道革命以后就没有了诚信，没有多久竟然开始斑驳的厉害，运走不是那么个容易的事情，把个禄崇厚气得个半死，从此

---

① 天津制造局，清政府最大的枪炮工厂。

② 义和拳，晚清最大市民反洋教运动。

③ 辛丑条约，清政府与八国联军的赔偿协议。

开始禄家的风水算是破了。

“辛亥革命”成功地改朝换代了，虽然北京城的皇亲还有一些体面，散落在各地的国戚们都没有了优势，洪武大路的禄崇厚自然难逃这场洗礼，开始了门庭冷落的多重衰败。民国遗留了很多满清的习气，禄家依然是场面上的重要道具，城里大户人家的婚丧嫁娶，还是花些银子请他们来撑撑场面，禄崇厚对待这样的邀请总是拒绝，而禄文景却是乐此不疲的，把大部分精力就转移到这方面，忙忙碌碌还有银子拿也是充实。禄崇厚看着大清的江山倒了，心里有着一种报复的快感，同时也觉得儿子太不成材，一喜一忧没有多久病倒了。禄文景没有了管束，更是肆无忌惮流窜于市井，浑浑噩噩地听戏吃喝，日子过得也是开开心心的。

“原来是满清的遗老遗少啊，知道革命了吗？”革命军冲进来的时候，首先抓住的是禄崇厚，按住了头上的辫子“咔嚓”剪了去。

“祖宗啊，不是禄氏后代不孝啊，而实在是革命的浪潮太猛烈了。”禄崇厚在革命的面前选择了死亡，吊死在禄家大院的高大房梁上。

禄崇厚比起儿子禄文景是迂腐透了，孙中山的革命很快地就被袁世凯篡夺了，洪宪元年他想起了监督枪炮织造的禄崇厚，让这个人重出江湖继续生产，才符合君主立宪政权的背景，谁知道禄崇厚早被革命逼得上吊了。于是，袁世凯召见了禄文景来了京城，禄文景拿到了款子之后没多久，新皇帝袁世凯就一命呜呼了，接着北洋军阀混战了几年，枪炮制造的事情就不了了之了。民国的出现让禄文景觉得很有趣，皇帝真的是一朝比一朝的短，有了银子以后加上家底，他决定不再混迹于官场，而是每天朝晚地看戏，这中间突然喜欢上了昆曲，于是又把所有的精力放在这上面，没有多久竟然能说出个子丑寅卯了。

禄文景的日子过得也很无奈，昆曲也不是总是有的看，出头露面的事情又成了职业，这时候皇帝都没有了，可他喜欢穿皇上赐给父亲的黄马褂，无论是春夏秋冬都是罩在外面，人群中很容易就认出来的身份，这就成了场面上最大的气势，让禄文景永远是谈话的核心。民国了规矩还是存在的，尽管他在家里闲的无事可做，出门的事依然要事先预定，接他的人也是要准时的。禄文景进到场所的时候，所有人是要起立鼓掌的，不然觉得很没有面子，至于喊得声音也不像以前专门讲究，最后红包自然是要拿的，他循着这样的既保住了颜面也有了不菲的收入，对于昆曲的爱好也就慢慢的淡忘了。

“革命了啊，革命了！这样的礼节要不得，大家都是同志了！”见了黄马褂是要下跪的却装出非常的客气。

禄文景在所有的场合都是上席，成为了洪武大路上最大的骄傲，只是一件事情让他很是烦恼，南京人把卢和禄的读音搞得接近，不认识的人家常常找错门了，后果是很多吃喝的事情都耽误了，最重要的是挣钱的机会丢了不少。这样的事情是屡见不鲜的，禄文景也没有根本改变的方法，而卢家虽然很热心地派人来解释，往往都是在事情耽误之后。卢家没有几年就开始人丁兴旺，生意做得也是红火热烈，随着民国的改良运动，卢家的社会地位开始提高了，卢禄两家同时出现的概率迅速地增加，尴尬的场面也就是又发生了。

"卢老爷早生贵子啊！"禄文景心里很不是滋味，至今自己仍然是没有家眷的。

"卢老爷生意发达啊！"禄文景更是难过，家境几乎是一天不如一天啊。

慢慢的这种种演变更是出奇的夸张，等卢家的三个儿子长大以后，五个人同时出席隆重的庆典，人家对卢家的恭贺让禄文景更是不知所措。

"卢少爷要跟卢老爷好好学啊，将来宏图大展！"禄文景的父亲是气死的。

"卢少爷真的孝顺哦，知道给长辈磕头了！"禄文景简直怒不可遏，皇亲可以这样侮辱？

禄文景看到具体的场面一切才顺气很多，生活中总是不胜其扰的。

禄文景常常感叹没有做生意，看着卢家的产业越做越大，坐吃山空的状态也是感慨，最后的解脱方式就是读历史，他把所有的精力又转到研究上，买了大量的历史文献，加上以前的察言观色，也算是掌握了不少的典故，面对这样的结果很是满意，喜欢去洪武大路找卢文来切磋，谁知道几句话人家就拜倒了，也让他感觉得到很得意。卢文来在洪武大路上修缮文庙，他亲自去北京大费周章，终于拿到光绪皇帝的牌匾，这样引来了卢文来的折服，终于彻底地打垮了嚣张，让禄文景在洪武大路高出了很多，只是他也暗暗叫屈的厉害，赔本的买卖不是可以常做的。禄文景有了体面以后，倒是开始帮助起卢文来了，看着他到处求官也点拨他几句，一来二去两个人算是有了交情。

"卢秀才啊，你怎么相信买办？这样下去是耽误工夫的！"了解事情之后这样说。

"那，文景大老爷，您给指点一条路啊！"卢文来看着禄文景。

"别了，你不会是要我给你疏通吧？"禄文景摆摆手，"革命党闹得厉害啊，孙中山在海外在搞谋反啊，美利坚在后面撑腰了，天朝也不敢抓，看来是要成功的了！唉！"禄文景有些杞人忧天。

“这么说清朝是会那个，那个没有的吗？”卢文来很惊诧。

“嘘，这个时候去求取功名就是去找死啊！我看你还是支持革命的好，现在是军阀混战的时候，蒋介石这个人我看是不错的，去日本国学的是军事打仗，跟美国人讲的是交情，你就别再瞎忙就是了，懂不懂？”禄文景指点着他。

卢文来真的就信了禄文景的话，先给孙中山捐了几十两白银，后又给国民党捐了几百块的大洋，生意也算是风调雨顺的发展，他开始仰慕了禄文景的历史才学，年节的时候不忘给禄文景送些东西，两家的关系着实地缓和下来，这在洪武大路也称得上是美谈。禄文景也是给足了卢家的面子，任何的请柬都没有推辞过，常常介绍一些清廷的人照顾卢家，而卢文来在禄文景需要帮助也不吝啬，什么家里要人打扫的事情，派了家里的伙计歇工也去，结果是两家一直帮衬的不错，如果不是革命的原因，没准卢文来真的能随了卢北宁的愿，在江南弄上个一官半职的，可惜人算不如天算，一切到来的的确是太晚了。

民国十六年初春，国民革命军打南京的时候，一颗炮弹把禄家门口的石狮子炸去半边，看上去只剩下两条腿可以支撑，禄文景借故去找国民政府赔偿，希望能给个什么职位谋生，人家听了半天都是云里雾里的，结果赔了点钱也就把他打发回去了。蒋介石因为对英国军舰的炮击，采取的息事宁人的态度，被武汉政府免去了政府委员职务。禄文景已经拿了好处，替蒋介石叫屈的厉害，连夜地上书这个民国时期的将领，讲述了几千年的中国革命历史，希望蒋介石能够忍耐一时，这封信不知道有没有作用，一年以后蒋介石真的恢复地位，成为了北伐军的总司令，可是禄文景把这个事情全忘了。

禄文景还呼呼大睡就被叫醒了，结果受到蒋介石的亲自接待，两个人深谈了一个整夜，出来的时候他已经是国民政府的研究员，这在满族人中真的是凤毛麟角了，在南京城里也没有几个，洪武大路更是显赫的厉害。禄文景就在回来的第二天，包了几辆黄包车把家里的所有上档次的家具搬了一半，放在了中山门故宫博物院的办公室里，这样的气派是总统都没有的，他也雇佣了一辆专职的黄包车，每天地奔波于洪武大路和中山门之间，俨然真的成为了一个历史学家，禄文景的地位真又腾达了。

“嗯，太精辟了！”禄文景看了一些资料简直是感叹。

禄文景看到外面没有的资料，没有多久迷信上了共产主义，这些新思想的书目中间，他最有兴趣的就是一本油印的粗糙小册子，叫做《中国社会各阶级的分析》。

禄文景喜欢上了一个叫毛泽东的年轻作者，仔细地查看了所有的背景才知道，在江西一带搞起“秋收起义”的是这个人，提出国共继续合作的也是这个人，提出中国要解决农民权利问题的也是这个人。禄文景是皇家出身显然也没有吃过苦，但对于洪武大路的种种现象是研究过的，这个人的想法跟自己是不谋而合，他极力主张废除三民主义的虚幻，不再接受西方社会的思想观念，而是启用毛泽东的学术理论，找到一条真正属于中国改良的道路，他提出了几万字的成果报告，兴冲冲地连夜交到了院长的手里。

“禄研究员在研究中国的农民运动，这是很危险的是不是啊？您预测了国共合作的未来，但是几乎是替共产主义在说话，我们是单纯的研究单位不要预测未来，那是政治家的事情哦！如果禄研究员喜欢的话，还是按照你简历上的强项，多谈谈文学艺术中的昆曲，这个方向才是大家可以讨论的，您看呢？”院长是根本看不上他的，只是客气一下而已。

禄文景在官场上见多了，这样说话的含义是很明显的，再说也就是混碗饭吃而已，大可不必那么大费周章：“还是院长的思想全面，我这样的研究也就是个庸人自扰，既然您给我指出一条康庄大道，禄文景自然是非常地感激，我还是专心昆曲的整理，也会编辑成册的，你看这行不？”立刻顺驴下坡了。

“不亏是满族的后裔了，一切事情都是那么的明白，我们不强求您一定出成果，不过是委员长亲自推荐的专家，我们是诚恳地希望向您学习，一切就按照您的想法做！禄研究员是我们难得的人才啊，南京故宫博物院现在真的是如虎添翼了，相信我们能获得更多研究项目，也一定可以做得更好，谢谢了，谢谢了！哈哈！”院长终于如释重负。

禄文景出来狠狠地舒了口气，从来的那一天开始，这里的人整个就不搭理他，如果说是文人相轻的话，这些人眼里他连文人都算不上，研究了毛泽东思想才知道国家的希望在哪里，院长的见面的谈话就是一盆冷水，他的方向几乎完全搞错了，还好自己脑子转得很快，不然是没有自己的立锥之地了。禄文景开始感叹国民政府真的没有人，那些博物院的人也就是成天喂饱脑袋的水平，等中国共产党真的有了气势，蒋家王朝是坚持不了多久的，这时候还能做什么呢，想到这里他觉得还是安生一点，即使清朝也没有那个雄心，父亲一生为了朝廷卖命，结果不是也落个身在京城外的命运，而自己报效蒋介石的想法也成了泡影。

“一见马谡跪帐下，

不由老夫咬钢牙。
自你归顺先皇驾，
斩关夺寨把功加。
闲来与你常谈话，
听你的韬略也不差。
今日把将令当玩耍，
失守了三城你差不差？”①

禄文景不再坚持研究毛泽东思想以后，生活一下子就变得简单了许多，首先请人把门口的石头狮子修理好了，去了周湘云的裁缝铺做了几件新衣，院子里面又开始养些奇花异草，还叫了人把假山完整了一遍，这才满意了下来。早上徐侉子热乎的豆浆会送来，中午去大三元叫了酒菜，晚上更是吃饱喝足后就是听戏了，雇佣的那辆黄包车不是去上班了，而是去南京城找最好的饭馆，一家家地吃个完整和舒服，听戏是他现在唯一的嗜好，从城南的秦淮小戏院一直听到下关剧场，从很小的饭店茶肆一直看到政府的大会堂，到处都有他的足迹和掌声，这样也就免去了很多烦恼，年底还成为全国不多的研究家，受到国民政府的大肆表彰了。

禄文景在被表彰以后才去想课题，很后悔变卖了太多的东西了，本来有些抄抄写写就可以出版的，真想要的时候就什么也找不到了，好在政府的图书馆离这里也不是很远，里面的检索也是简单好找的，几天的工夫一切都算是妥当了，只是有些出入还是要考证的，他决定还是去博物院核对一下，然后又可以过上休闲的日子。禄文景起了个大早穿好衣服，让下人准备了满满的各种饭菜，趁着天气还不是燥热的时候，准备在博物院里面混上两天，成天的昏睡和听戏，让他几乎忘了还是生活在南京，坐着黄包车从洪武大路出来，向东一直闯过中山路、御道街、明故宫，最后才在博物院门前停下。

故宫博物院的藏书都是在地下，从正门进来的时候有一股寒气，全部是由金陵女大的毕业生王文贤守着，这里一切都是她说了算的，王文贤人长得看上去很舒服，个头也不是太高，长得和谐，蒋介石委员长的推荐人，在整个故宫博物院就她一人，没有废话就让他进去了。博物院的藏书馆宽大而明亮，每一排每一行都是井然

① 京剧《斩马谡》唱段。

有序的，比起成贤街的图书馆要干净多了，禄文景赞叹起王文贤在管理上的认真，只是转了一上午也没有找到东西，他渐渐地就失去了耐心，把书目单子放到了王文贤的办公桌上。

“哦，禄文员要看昆曲曲谱啊，这可是明朝遗留的文物哦，借出去是要院长亲自批准才行的。”王文贤笑起来露出了小白牙。

禄文景并不觉得需要客气：“王小姐，先不说我借不借出去，可是东西就根本不在那里放着啊！”

“那些资料被宣传部的专家郭先生借去了，一直没有送回来。”王文贤也很无奈。

“嗯哈，就是娶了日本人做小老婆的人吧，他不是研究什么甲骨文的吗？对昆曲也就是个爱好罢了，难道中国的昆曲也要东洋文化掺和进来？”禄文景有些不满了。

“禄研究员，我们就是一个跑腿办事做不了主的，要不我跟院长催一下？”王文贤表现出歉意，“禄研究员您不要生气，南京也就一个您这样的人才，借出去是我的不对，我这就写信给要回来，一到手我就给您送到府上，也请您原谅我的过失。”王文贤低下了头。

禄文景面对女孩子的诚恳态度，没有理由跟人家过不去。只是对于这里的文物做什么用的都不清楚，刚才提到的郭先生就是留洋的学生，对戏曲的认识就是喜欢女戏子，这样的人做了宣传部的专家，也是实在是搞不懂。自己作为一个国家的研究员，也是上面指定的研究课题，怎么都看不到原始材料。本来是想抄抄写写就完了的事情，被这样一弄不知道拖到什么时候，看看那些带来的吃食浪费了，心情一下子就坏了许多，从第一份研究报告被否定，到今天来看书什么都没有，可见就是一个地道的摆设，想到这里原来的心情彻底被搞坏了。

禄文景中午气得饭是吃不下去了，决定不在这里待着就出了博物院的门，可是上哪里去也没有安排，洪武大路上传说卢文来已经病了好几天了，决定还是自己去看看人家，不说人家逢年过节的送礼，就是平时也不少来看望，卢文来的人品在南京也是不多见的，看着不远处中山门的下面很多小贩，他决定要先买点水果才好。禄文景看着新鲜丰富的水果，心里的那种郁闷是消除了不少，要了几斤从浙江贩运来的黄桃，点了几挂南方过来的上好的荔枝，又准备挑上几个新鲜的西瓜，就准备付钱的时候被阻止了。

“禄研究员，你这个年龄吃黄桃对胃不好哦，荔枝更是容易上火的，还是买点梨子和香蕉的好，我帮您挑吧！”王文贤也是趁着中午时间出来的，禄文景看着她和人家打交道，才知道她是地道的苏州人："禄研究员我都帮你办好了，这样才是对身体健康有好处的，上午的事情我再次抱歉哦，等东西到了我自然是给你送家里去，拿好了哦！"

禄文景才想到早上的脸色一定不好看："对不住了，都是我的脾气不好！"

"这根本就不算什么了，博物院里脾气坏的多得去了，只要你不生气就好了，黄包车来了，您请上去哦！再见，禄研究员！"车子走了很远了，他依然看见王文贤还在招手。

禄文景的气真的全部都消了，觉得南京的春天是很不错的，一路上的所有树木都是茂盛的，特别是街边的人们也是可爱的，南京人喜欢在中秋的时候吃鸭子，这时候鸭子摊上已经是挤满了人，队伍都站到了马路上。这座城市虽然不是故乡，时间待长了也就是适应了，王文贤给自己挑的这些水果，在整个北京城也就是皇上才有的口福，而这里任何一个人都可以享用的，南方人就是会做生意，这果篮扎的就是细巧精致，在北京就是一个纸口袋，没有一点的诱人的地方，看起来南京还是有自己的吸引力。

"停！停一下！"在禄文景叫停了黄包车，付了钱就让人家走了。

今天早上黄包车停在博物院的时候，偶尔过去的人都是中山装了，身上的长袍马褂还是大清的式样，打扮确实显得有些老土，决定要给自己换一身时代的衣服，这里做新潮衣服的真不少，门口都是政府官员的照片，他想起了蒋介石委员长，那次谈话也是穿成这样的，看看门面也是不小，就推门进去了。

"老爷您是做单领子的式样，还是老领子的式样啊？"裁缝店里都是和领导人的合影。

"这个我第一次做，你看着办吧？"禄文景真的不知道这么多名堂。

"做老实样的就跟总统一个样子，这样显得庄重和大方，不过容易显老。"裁缝认真的介绍，"做单领子的显得文化艺术的样子，当然也就让人年轻洒脱了不少，您是不是都做？"

"单领子的就好，做吧！"禄文景知道人家是要做生意的，可是价钱真的贵啊。

出门的时候他觉得奇怪了，怎么今天突然想打扮自己了，按照年龄也是应该做老式的，怎么就鬼使神差地选择了年轻的东西，他都搞不清楚发生了什么，反正已经做了也就不再计较，看着兜里的钱还有几个，心里也就不那么紧张了，拎着不轻的水果和糕点向洪武大路的卢文来家慢慢地走去。

禄文景到卢家的时候已经大汗淋漓了，本来是想叫一辆黄包车走的，下面半个月的日子要过就不能奢侈。他过怕了几年来的紧张日子，从国民革命开始皇粮是没有的吃了，本来做个掮客赚点中间的好处，这样的事情是越来越少了，家里的东西都折腾得差不多了，剩下的价格太高，也没有人出得起钱。好不容易整个政府的差事，体面的生活是要付出代价的，底下人的开支现在也高了，物价也是每年飞涨的厉害，几次真的是想不用黄包车了，可是出门又怕别人看不上眼，就这样拖着每个月都是空的，这让他心里多少有点说不出的酸楚了。

卢家的二媳妇陈春丽首先看见他，叫喊着忙不迭地冲了过来："哎呀，禄老爷您怎么自己拎着东西啊，下人们真的是怎么回事，给我！" 拿了东西就冲着后面提高了声音："妈啊，爸爸呀，禄老爷来看你们了！"一边说一边往里面让。

禄文景也觉得有点虚张声势，这不老二才当家，这里里外外的一吵吵就是显得地位，看起来卢家也是不能脱俗的。看到卢文来还是在床上，这个事情闹得算是不小了，本来只是简单的看一下老邻居，没有想到陈春丽也把二儿子喊了回来，就在他进退两难的时候，还是卢文来摇摇手让所有人出去，这样两个人才有说话的空间了。

"卢秀才，惠民是怎么进了这个行当的，年龄也是不小了啊！"禄文景很奇怪。

"都是他妈妈惹得货啊，帮助了一个安徽的唱戏班子，结果就拜了师傅。"卢文来说起来是很生气的，现在是很无奈的。

"别了，卢秀才你也不要生气了，国民革命了也管不了年轻人了，怎么说唱戏也算是一种职业吧，只不过成功不像人们想象的那么容易，真的成了大角儿的时候，整个社会也是承认的，四大名旦和四大老生哪一个不是名噪华夏的？我看看能不能探听小少爷的下落，您别着急就是了。"禄文景表现出最大的帮助。

"禄老爷，你不会开玩笑吧，你一个历史学家怎么去找，唉，生死有命，富贵在天，您不用操心了。谢谢了！"卢文来知道这是安慰。

"卢老爷你真的是不相信，我正在研究中国昆曲的曲谱，就要去一趟江南的城市，碰到戏班子的时候自然留心，说不定踏破铁鞋无觅处，得来全不费工夫，有消息我就通知你，别着急了好不好，少安毋躁，少安毋躁啊！"禄文景极力地安慰卢文来。

"这就让禄老爷费心了，你主要是去哪些城市呢？"卢文来也觉得是一种办法。

"嗯，我想先去苏州水磨腔的发源地周庄看看，然后转去演出发达的上海看看，卢惠民要是学京剧，江南也就这两个地方才有出路，别的地方可能性不算是很大了。卢少爷是新人只要出现一定很显眼,我会都打听清楚的,卢秀才你放心就是了!"禄文景简单地说明了自己的安排。

卢文来知道这样的计划不完全是为了孩子,能有人这样的用心也是很感动了,他从床上支撑起来,去柜子里面取出四十块大洋:"禄老爷你别嫌少啊,不指望你能真正地找到惠民,这么多年来你对卢家的照顾也是一点心意,你一定要收下就是了,也祝福你的研究顺利啊!"

禄文景走还是卢家当家二少爷送的,陈春丽也是满面春风跟着,只是周湘云被摆在了一边,想想自己也是这个命运。告别了卢家他一刻也没有停步,而是快步了转回了家里。

禄文景没有想到金钱是可以这么来的,想想对南京城这么多年的贡献,现在研究的也是中华文化的宝藏,要跟以前帮助过的人讨点盘缠,也是一件顺理成章的事情。晚上,禄文景把所认识的商贾列了一个长长的单子,然后就开始奋笔疾书写起帖子①来。这些人没有少占自己的便宜,现在是要回来的时候,这并不是伸手去跟别人乞讨,将来曲谱出版的时候也会写上他们的大名,平心而论费用绝对是合理的,只要其中的一半人掏钱的话,那么这趟苏州之行是可以圆满的,这是抢救中国的重要文化,和以前的吃喝完全是两回事,直到天亮的才算忙完帖子,招呼下人今天送出去了,禄文景才倒在床上继续做戏曲梦了。

失望是接踵而来的,禄文景的帖子发出去几天了,根本就没有分文的进账,倒是毫不相干的吴成芳送了四十块大洋,这才让他觉得南京人的小气。禄文景那么多年的经营,真的没有一个人在意他的请求,盘算了所有的开支,最多也就是去个苏州了,要是再做个什么出版真是生活都维持不了。只能去故宫博物院问院长,也许能够给加上一点盘缠。等了几天院长连个人影都没抓住,想到这里他特地起了个大早,拎了一篮子的饭菜,准备是狠狠地等上一天了。

"禄研究员早啊,很抱歉书还没有到啊,我也着急的厉害,等到了我就给你送去好了,别着急啊。"王文贤也是很勤奋的,一早就开了地下书库的门透气。

"不着急,慢慢来,慢慢来!"禄文景也学会了这里的节奏。

"禄研究员我给您端个凳子您坐,您是在等院长吗?他一会就出现的,不过时间不长你要抓紧了,我还忙,再见啊!"王文贤放下凳子就去忙了。

---

① 帖子,旧时代比较正式的私人信函。

院长进来的时候是一眼就看见禄文景了，赶紧地下了车过来招呼："不好意思，不好意思早上有会来晚了，请楼上谈，楼上谈。"

禄文景看得出来院长分明是刚起来的样子，脸上枕头的印子还没有褪去，文化人说起谎来更是无耻，跟街头的小贩都有一拼，这样的行为明显就是说谎，博物院的人没有敢点破的，禄文景也不计较了。院长进了房间就是一通的繁忙，先是去刷了牙然后就洗了脸，然后才给两个人泡了茶，最后从包里拿出早点招呼禄文景，拒绝以后自己就吃了起来，直到中间喝水的时候，才想起来禄文景是一定有事。院长听完了禄文景的要求，早饭已经是吃不下去了，把手擦得干干净净，狠狠地喝了口水才缓过劲来。

"禄研究员啊，你可是真的给我出了个大难题哦，现在国家重视自然科学的研究，对文化的投入是有限的啊，我们博物院一年的费用也就几千万，去掉工资和文物的保管以后就几乎剩不下多少经费了，你在外面找钱的事情也很久了，人家昨天都来核实这是不是真的，弄得我很尴尬的不能说没有，你事先也该跟我通个气啊，虽然您是德高望重的人物，但是也不能让我们下面很为难啊，不知道您筹划了多少了？"院长很巧妙地问了他。

"只有八十块现大洋，还都是街坊凑得啊，也不完全是用在研究上面的。"禄文景解释。

"嘿嘿，以禄研究员的影响能力这怎么可能呢？您这是笑话我们博物院哦，募集的经费我们绝对不过问，不过请禄研究员体谅我们的苦衷，既然您开口了我们一定要做贡献的，这样吧我在博物院给你派一个助手，我征集一下意见，让人家主动跟您联系，您看怎么样？"院长很爽快地答应了。

"那钱呢？"禄文景急着问。

"禄研究员又开玩笑了，你募集的资金绝对不只是一点点，就这样说定了好吧，我们派人帮助你，至于经费就你自己解决了，我还有个会要开抱歉了。"院长几乎是用推的方法解决了危机。

禄文景被粗鲁地推出来真的无言了，偌大的一个国家博物院竟然没有钱，去苏州的钱还不够他汽车跑一会儿，这就是打发自己去要饭啊，一个高阶层的院长文化人没有廉耻，说谎跟个三岁孩子一样，这还不算竟然窥视起别人的募集，就是说了卢文来是帮助，人家也是不相信的了。就在他要走出博物院的时候，突然发现坐的椅子还在门口，赶紧把它收回来给人家送去，搬动的时候才知道这也是实木的东西，王文贤就那么轻盈地挪动过来，也许自己真的老了胖了，跌跌撞撞地好不容易才搬下去，王文贤正在里面忙着自己的事情，禄文景放下椅子觉得要回去了，面前一个人挡住了她的去路。

“没有要到钱吗？禄研究员！”王文贤从外面回来了，“哎呦，你怎么能搬椅子啊，那多沉啊要用推车。”她觉得很是过意不去。

禄文景看到王文贤的手里有个推车：“没有用过车子搬东西让您见笑话，咦，你怎么知道我是要钱的？”突然觉得自己的无能。

“早上在门口等着的人，不是要钱能干什么啊？你不会去周庄听昆曲吧，我知道你在做这个项目哦！院长给你人了吗？”王文贤很好奇地问。

禄文景这才发现王文贤的精明之处，博物院的事情她不会无所不知吧：“他说是要征求大家的意见，你觉得他真的会给人吗？”

“你想要就会有的，就怕你不愿意人跟出去，禄研究员，再见！”王文贤又是露出一口白牙，然后神秘地笑着走了。

王文贤的话让禄文景想了很久，后来才明白就是监督自己的开销，花钱请个督办不累赘吗，想想这点经费花得都紧张，再来一个人又该怎么办啊，他很后悔没有先听听人家的意见，一切都是那么的晚了。禄文景忐忑不安的心情持续很久，就在想推掉别人的时候，王文贤竟然出现在他的家里。今天她全然没有了机关的样子，除了把那些要的资料送来了，也给他办好了所有的证件，最后王文贤还把车票递到了他手上，什么也没有说就匆忙地消失了，看起来是没有人跟着自己了，他的心终于放下睡了好觉。

“原来是你啊？”禄文景没有想到在火车上看到王文贤，“你怎么不早说哦！”

“我是找机会回趟家的，也算陪陪你这个研究昆曲的，欢迎吗？”王文贤很得意。

“谢谢王小姐了，我还担心派什么人来，别找个麻烦是非就好！”禄文景很是庆幸。

“禄研究员，你怎么就知道我没有麻烦是非了？”王文贤很调皮地问他。

禄文景这时候没有话说了，自己的判断也是太冒失了，对人家的好感没有任何的遮掩，别让人家觉得有什么想法。禄文景把尴尬移到了远方的原野上。为钱的事情没有少找人，现如今真是世态炎凉了，不是借故不跟自己见面，就是一副生活艰难的样子，最后还是典当了几样东西，这才筹足了盘缠出来。禄文景不明白政府的研究，最多就是装装样子，自己也就是戏曲的票友都谈不上，现在竟然是国家的研究员了，资格是不是太随便了。

已经到了夏收的季节,远方的烈日下到处是忙碌的人们,大家弯着身子奋力地回收投资,而稻草们很甘心地被捆扎弃在一边,等待着变成人们的粮食,偶尔掉落的稻穗也被孩子捡拾起来,为了生活人们在拚足了体力,这个世界原来是那么的挣扎。禄文景突然感觉就像是犁田的牲口,自己在奋力的拖动着爬犁,将还没有喘息的田地翻过来,院长的开心是在于耕作的收获,他决定着一切的生长谷物和粮食,即使再有营养的事物,也是根据他的收获来测算了,很多的田地是没有资格获得水流,因为即使再美丽的花朵,对比起野草也是一种浪费,难道国家真的需要昆曲研究吗?他开始怀疑起自己课题。

禄文景和王文贤从苏州火车站下来,叫了一辆黄包车去了文化局,听说是南京故宫博物院来的,政府的人立刻就动员起来了,没有几分钟就安排了在"拙政园"住下。这里是很大的套房为主,大家以为王文贤是秘书,安排在对面的小一些的房间了,禄文景吓坏了不知道房价,王文贤笑着告诉他地方接待的时候,他立刻不满意了,也为王文贤争取了一间大的。晚餐是被招待在了"松鹤楼"了,苏州文化局的所有领导都来了,点菜的事情自然就让到了禄文景,这是个八旗少爷山珍海味是见过,但是点苏州菜就真的没有经验了,还是王文贤化解了尴尬,点了著名的"白汁鼋菜"、"响糊鳝鱼"、"松鼠鳜鱼"和"太湖莼菜汤",这让整个接待的领导几乎惊呆了,秘书竟然有这样的水平,更是叫来白酒招待。

"王秘书啊,能在南京博物院做领导了不起啊,我先干!"文化局的姜处长喝了第一杯。

"禄研究员怎么也要喝一个哦!"文化局的局长对等地招呼。

禄文景暗暗庆幸王文贤的出现,不然是要下不来台的,他开始认真地打量起这个博物院的小女人,她的个子应该是不算矮了,人长得就是非常的秀气,眉宇间有着一种女人少有的洁净,手指也是修的非常整齐,在满族人里面是妃子的模样,还好民国了,不然就要被皇上选去了。王文贤可是一眼都没看他,只是主动地替禄文景挡酒,搁不住这么多人的起哄,禄文景有些开始把持不住,连续的几杯下肚人也话多了起来,最后控制不住把黄马甲露了出来。

"禄大老爷在上,江苏巡抚吕思行后代,苏州文化局长吕笔畅,拜见。""扑通"就跪下。

"啊哈,革命了不兴这个了,平身坐着说话就好!"禄文景觉得很受用。

"是,是! 禄先生此次苏州到访是要做什么研究?"吕笔畅很是奇怪。

“昆曲!”禄文景看着大家都面面相觑的不懂,才慢慢地说道:“就是‘水磨腔’啊,因为出自昆山,所以我们研究的人就喜欢叫它昆曲,我来就是研究这个的。”

正好楼下的评弹演员上来了,禄文景本来要解释被打断了,也就只好地听了下去,可是一个完全的北方人,虽然知道一点点苏州话,要是没有本子就完全不懂了,他苦笑地听着两个人的唱腔,王文贤可是很开心,而且还不停地叫好。

“窈窕风流杜十娘,自怜身落在平康。
她是落花无主随风舞,飞絮飘零泪数行。
青楼寄迹非她愿,有志从良配一双,
但愿荆钗布裙去度时光。
在青楼识得个李公子,啮臂三生要学孟梁。
她自赎身躯离火坑,双双月下渡长江。
那十娘偶尔把清歌发,呖呖莺声倒别有腔。
哪晓隔舟儿听得魂无主,可恨登徒施计要拆鸳鸯。
那李郎本是个贪财客,辜负佳人一片好心肠,
说什么让与他人也不妨。
杜十娘,恨满腔,可恨终身误托薄情郎。
说郎君啊,我只恨当初无主见,
原来你是假心肠一片待红妆。
可知十娘亦有金银宝,百宝原来有百宝箱。
我今朝当了你郎君的面,把一件件,一桩桩,
都是价值连城异寻常,何妨一起付汪洋!
青楼女子遭欺辱,她一片浪花入渺茫,
悔煞李生薄情郎!”①

“好!”人们还在叫好的时候,禄文景早在梦乡里面了。

“王秘书啊,你是他身边的人,卢老爷怎么喜欢研究乡下的东西,哪有评弹好听啊,这才是我们苏州的精髓啊!你说是不是啊?”吕局长吩咐评弹下去了。

---

① 评弹《杜十娘》唱腔选段。

王文贤看着禄文景是叫不醒了，可是不说又是不行的了，禄文景的那篇共产主义的研究，早就在故宫博物院四处传来了，其中的道理是没有人敢说的，也是多喝了几杯胆子也大了。

“唉，京剧是不是四大徽班进京才有的，民国的时代不是也要找个进南京的，这是政治上的考量啊，只要蒋委员长或者是妇人喜欢，昆曲就是民国的国家戏曲，苏州的文化地位就一下提高了，这对于国民革命有很现实的意义，也对你们苏州未来的发展也是基础啊，所以要挖掘这个化石啊，这样一说你就明白了没有？”王文贤说得什么都忘了。

“禄老爷真的是高人啊，就是比我们看得透，我们一定要连夜的研究，明天给你们提供最好的研究对象，谢谢王秘书的点拨啊！这我就干了您随意啊！”吕笔畅真的佩服了。

“王文贤啊，您唱得是哪出啊，够精彩的！”禄文景被扶下楼的时候已经糊涂了。

吕笔畅这下是真的感到了压力，本来是想招待一下南京的官员就算了，没有想到来了个真的要做事情的，王文贤的说法让他觉得真是远见啊，如果“水磨腔”真的从苏州流到了南京流到了全国，自己的历史地位一定超过先辈啊，这样的机会怎么能错过啊。

“禄老爷醒了啊，早饭已经安排好了，请用膳吧！”吕笔畅等了很长时间，“今天我们就安排您和王秘书下去，路上我们都安排好了，所有的资料都交给了她，这是我们文化局的一点意思，您笑纳了。有任何问题直接找我，今天去市里汇报这事情，就不送你了。”说着就把四十块大洋递上去。

“谢谢吕局长了，给你们添麻烦了，也感谢你们为国家做出的贡献，民国政府是不会忘记的，也代问市里面的长官好，再会，再会！”禄文景不知道怎么办。

禄文景的酒显然是还没有醒，大洋还是王文贤替他收了下来。早餐自然是非常丰盛的，比起徐侉子的烧饼油条好得多了，昨天晚上的事情虽然历历在目，可是他还是怀疑是不是真的，自己一个落魄的八旗子弟，从昨天下了火车就受到了特殊待遇，好像是真的清朝一品大员了，可这是民国对不对？

“睡好了没有啊禄研究员？哎呦，你换上中山装了还是新派的，至少年轻十来岁啊，这样一看比我们院长还气派，真的是潇洒的厉害哦！”王文贤笑得站不住了。

“不好看吗？我觉得也还可以啊，没有了羁绊走路轻松了许多。”禄文景自嘲。

“真的是好看啊，我觉得啊您还是多打扮才好，这样我这个秘书也有面子哦。”王文贤开始逗他了。

"谁说你是秘书的,乱说乱话的生分就是了,王小姐什么时候走啊?"禄文景问了。

"禄研究员您总要让我吃点东西吧?"说着坐下就吃了起来。

禄文景才发现王文贤今天穿了制服,虽然显得老气了不少,但显得更加的端庄,白色的皮肤在藏青的布料下更体现出文气,有一种内敛成熟的感觉,裤子也是烫的裤线都出来了,正好的遮住脚面的地方,脚下虽然穿的是布鞋也加了跟的,人一下子就变得挺拔起来了。王文贤吃饭的样子也是很娟秀,几乎是用小嘴在慢慢的吞咽,一个包子要吃上很长的时间,禄文景很享受这个时间,一直看到她把碗里的最后一颗粥米喝下去,这才起身两个人一起出来,偷偷一看也真的是比院长还气派,竟然有了自己的秘书了。

周庄是江南最美丽的古典小镇了,一条清澈的小水沟贯穿了居住的地方,小河的两岸都是一些商贾人家,比起洪武大路不知道小了多少去了。黄昏的时候各家都休息了,船就拴在自己家的门前,上了几节台阶就是简单的民居,清一色的都是小砖小瓦白灰的墙,道路也是那些大大小小的石头垒砌来的。虽然不如洪武大路的磅礴,也不是那种纯粹农家的平凡,骨子里面透露着世外桃源的风采。每家都在自己的岸边放了小桌子,一家人就是简朴的咸菜和稀饭,最丰富的人家也就是多了几碟小菜,里面是一些腌制的小鱼或者肉,绝对没有洪武大路的喧嚣,到处是一片的静谧与安详。

"禄研究员吧,欢迎欢迎啊,我是这里的镇长叫周文彪,晚饭已经安排好了,住也准备就是了,先去吃饭吧!"一个皮肤黝黑的中年人把他们接下汽车。

"啊哈,周镇长打搅了,谢谢!"禄文景突然觉得好笑,以前这是朝廷里面的九品了,随父亲巡视的时候,这些人没有一个敢抬头的,现在世道真的变了竟然握手了。周文彪穿着打扮显得真实,粗布的短褂说明他依然耕作,挽起的长裤上面多处是泥土,脚上的布鞋也是自己做的,只是年代久远显得很破旧就是了,粗壮的大手那么有力,革命的确能够改变多少,自己不是也跟女孩子一起出门了。

"禄研究员是清朝的一品哦,不是革命真的没有机会见到您啊,真的是让我们周庄蓬荜生辉哦。幸会,幸会啊!"周文彪边客气边带着路。

"哪里,哪里啊!革命是件好事情啊,我们以前是清朝的官员,因为对百姓的疾苦照顾不够,国民政府才有机会推翻啊,眼下要根据中山先生说的,民主民权民生'三民主义'作为行动的准则,只有这样我们的民国才有希望啊,对不对?"禄文景学会了革命的官话了。

周文彪家是周庄最气派的房子，门口的气派绝对不输给文景大宅，门口的石头狮子没有战火的骚扰，看上去更是跟新的一样。门的尺寸也不受满清的限制，黑漆的大门一直通到房顶，屋檐也是大型的辟邪吐水，照壁就是和北京故宫里面的一样，九龙戏珠的图案虽然没有皇帝的讲究，猛一看也是气势不凡。进了门就是一个硕大的院子，分开来是很多的单独庭院，每个院子又有很多的房间，即使在北京也不是一品住得上的，花草也远远地超过了皇家花园，特别是西湖运来的假山石头，比起溥仪住的地方都不差，有些更是让人惊叹不已。禄文景震惊了天下竟然有这样的地方，这也就是一个普通的镇长啊！

晚宴就摆在周家的大院子，禄文景见到了这里有头有脸的人，周庄的秀才也是江苏最多的，大家都是着了以前的官服前来，有四品以上的皇家赠与也是不少的，呼呼啦啦地跪下了一片，禄文景的朝服早就烧了只有黄马甲了。禄文景几乎是要掉眼泪了，自从出了北京城从来没有再见过这阵势了，特别是一些老人更是哽咽不已，他走过去一一的把他们扶了起来。还是王文贤想得周到，早就有一些银元换成零散的，让禄文景给了大家不少的赏钱，然后才慢慢地平复下来，王文贤的表情似乎没有开玩笑，也就慢慢地镇定了下来。

“平身啊，现在是民国了不兴这个啊！”他极力掩饰自己的得意。

“不行啊，祖宗的体制不能乱啊。”四品赶紧维护。

“禄文景大老爷能来周庄，是我们百姓之福！”七品也山呼万岁。

“大清朝是要恢复的不是吗？”五品对自己的提升还抱有期待。

“诸位，你们的礼俗广义都尊重，这不禄研究员不是刚来吗？总要让人家吃个饭吧，有什么事情吃完了再说，可以了吧？”周文彪打断了太多的礼节，“禄研究员，初次来周庄吧，粗茶淡饭的不成敬意啊，有什么招待不周到的地方多多担待啊！退了，退了啊！”

一切的安排都是新鲜的，连素菜也是刚刚从地里采摘回来的，看着那还在蠕动的鱼头，爆炒的江南螺蛳，在汤里面扑腾的河蚌，以至于推杯换盏不断的米酒，禄文来想起了皇帝说的话，真的好个忆江南啊！

为了迎接这个政府的历史研究，周家把里面的一个院落彻底腾出来了，正面的房间是禄文景的，里面放了雕花的红木家具，当然也有长长的贡品条案子，八仙桌被擦拭的很亮透着古红色，两边的红木椅子也是宫廷里面式样，茶具都是从江苏景德镇新采购的,茶壶却是宜兴的,准备的茶叶也是西湖的龙井,完全是按照一品大员的接待规格。王文贤的房间就在旁边,陈设虽然简单很多,只有床和小桌,但是却是有着更多的特别准备,床上的一切不是一个人睡觉的准备,连枕头都是两个的。王文贤突然觉得人家在猜疑什么了,错把自己当成了禄文景的丫环了,这倒多少有些失望和无奈。

“禄研究员,要是不累的话我带你去看古戏台啊,要不要啊?”王文贤换了便装。

禄文景惊诧了很久地看着王文贤,这是大户人家才有的丝绸,上面完全是手绣出来的莲花,一直延伸到下面的白裤,脚上的绣花鞋也是高级缎子的柔软,黑白相间之中有着文人的图腾,他在猜想这是一个格格还是大户的千金。王文贤说是顺便回家看看,可是到了苏州她没有请假,到了周庄也没有回家的计划,穿成这样的装束还不回家,那么她说的家乡究竟是哪里啊,禄文景跟着王文贤走到了外面。

“文贤同志,我想起来了你是苏州人,为什么不回家去看看呢? 要是你有事情出去我是没有意见的。”禄文景不知道为什么,竟然改变了称呼。

王文贤沉默了一小会儿笑了:“论革命同志我是可以不照顾你的,可是要说是一品大员巡游,周围没有丫环是不可以的,不然你怎么听得懂别人说什么,况且我觉得您照顾自己的能力都没有啊! 您说您是哪一种呢?”

禄文景这时候不知道该怎么说,本来他是要说都是革命同志,这样一来王文贤走了怎么办,两天的生活好像真的离不开她了,且不说在苏州没有她的解释,手上不可能多了那四十块银元,也就有可能去更多的地方看戏。一品大员是更不敢说了,这是民国的天下不是反对革命吗,在乡下人们是不会那么的在意,可是都是政府的人就很难说了,看起来王文贤也不是开玩笑,那种认真的样子多少是有些期待的。禄文景开始选择沉默面对对话,可是走在幽静的石子路不说话,也显得有些特殊的荒凉。

“古戏台远吗?”禄文景岔开了话题,“夜里会不会不方便啊,黑灯瞎火的!”

“看一眼吧,也许这里真的给你很多灵感哦,对禄研究员的研究是有帮助的,好不好?”昏暗中有着一种怀旧的情绪。

街边的奶奶在照顾着孩子睡觉,大家都去了麦场打麦子,整个周庄显得很荒芜,禄文景随着王文贤穿梭在小街小巷,听着河水在慢慢的流淌,知道古戏台离这里不近,就这一个小地方又能走出多远,再看看王文贤的表情也是沉浸,他真的不知道该不该问。

“文贤,要不要买点东西去拜访一下父母,钱不是问题的。”禄文景边走边问。

王文贤很久才说话:“禄研究员不要跟所有人讲好不好?”

周庄的夜景是城里面没有的,除了从小河面上吹过来的凉风,剩下的就是偶尔跳出水面的鱼儿扑通声音,更多的是一片没有回应的寂静,每家每户都是在夏收中忙碌,只有窗户上昏暗的油灯影子告诉大家,这里还是有人熟睡的。禄文景是很愿意听听她的故事,这样一个端庄体面的女孩子,能把自己的心里话说出来,也说明对自己的信任和托付,虽然现在已经不是八旗的天下了,但是并不意味着人们之间没有帮助,想起洪武大路的繁杂,在这里他喜欢每个故事,更喜欢在这寂静夜里王文贤的倾诉。

“我就是周庄的人,你觉得很意外吧,是不是?”看着禄文景点点头。

王文贤知道他听下去的:“我妈妈就是一个唱水磨腔的,在古戏台认识了我父亲,去北京不久就生下了我,妈妈到现在还在等着结婚,不然一辈子都不回来了。”王文贤哭了。

禄文景太知道官员是如何玩的了,婚姻基本是家族的联姻结果,有机会就会在外纳妾养女人,而戏子们的美艳和喜欢就成了牺牲品,这样的等待是漫长和无期的。沿袭着祖制也许可以招偏房,到了民国了这些人已经没有能力照顾别人,像王文贤的母亲在北京多了去。能够把自己的女儿培养到金陵女大,说明了她性格中的倔强,听完了这个水磨腔的故事,昆曲岂止是简单的民间唱腔,也是人生的悲切期待啊。

古戏台不是很远几分钟就走到了,眼前已经完全的败落了,这是一个硕大无比的庭院,周围三面是镂窗的二层楼,上面辉煌的时候是有钱人的包座,对于整个戏台一览无遗的,也是对于戏曲的一种民间的显赫,只是这里长时间没有修缮了,多少有些腐朽的感觉,慢慢地摇摇欲坠了。楼下是卖吃食的小铺子,可以想到这里曾经繁华过,长长的条凳都是上好的木材,只是岁月已经风化了一切,就连木条凳都显现出斑驳。院子的正中央南面是舞台,高耸的楼台用栏杆围了起来,“将出相进”上下场门的帘子早就没有了,风尘吹过来也是在墙上沙沙地作响,两边高大的柱子依然是娟秀的对联。

泽曰南湖,誉满摇城二千年;
腔称水磨,风靡昆山六百年。

"这是我父亲亲笔写的,禄研究员觉得写得好吗?"王文贤问禄文景。

"上句将这个江南小镇用水、用城和岁月,描绘了这个江南古镇特有的风貌;下句却是用水、用山和历史,写出了'水磨腔'成为昆曲发展的辉煌和过去;可见'百戏之祖'——昆曲其中的秀美和永隽,在文人骚客的眼里不仅仅是美轮美奂,没有更完美的腔调可以胜出和替代。"禄文景是对王文贤父亲的尊敬。

"在我看来上句讲的是华夏两千年的历史,恩泽了母亲生活过的无锡西湖,对百姓来说是这里的西湖,但是对京城的父亲来说这里是南湖;下句是昆曲唱了六百年,那种民间的哀怨摧毁了清王朝六百年的统治,也就是父亲早就预料新社会的诞生,这是他对母亲的思念,也是对清朝的嫁娶礼教的反对,您不觉得有意思吗?"王文贤说出了自己的观点。

"是你父亲的意思?"禄文景非常吃惊。

"不是,是我自己的感叹,你还觉得昆曲就是曲谱吗?每一个昆曲的故事都不是简单的,我儿时的时候就感受到了,当禄研究员做这样研究的时候,我就愿意成为您的学生,陪着你把真正的昆曲整理出来,这是王文贤觉得唯一有意思的事情,你能带着我做吗?一直到彻底跟人们讲清楚这个历史,谢谢了!"王文贤深深地鞠了一躬。

街道昏暗,夜场收割的人们开始回家了,车拉人背的把沉甸甸的稻谷往家里搬,沿途的人们都是哼着小调和水磨腔,禄文景是听不懂苏州话的,旋律中他懂了其中的道理,人间美好是有环境限制的,秀美并不是属于整个的社会,民间曲调在生活里的倾诉,王宫里面几乎是听不懂的,历史上的戏曲理论家讲述的是工艺,而这里给予的才是真正的生活。

"原来姹紫嫣红开遍,
似这般都付与断井颓垣,
良辰美景奈何天,
赏心乐事谁家院。
朝飞暮卷,云霞翠轩,雨丝风片,
烟波画船,锦屏人忒看的这韶光贱。"①

① 昆曲《游园惊梦》唱腔选段。

王文贤在低声地吟唱着，她是在为母亲唱，也是在为禄文景唱！

民国二十七年盛夏，禄文景校订的昆曲剧本出版了，《浣纱记》、《宝剑记》、《绣襦记》、《玉簪记》开始成为昆曲的的标准，王文贤做的事情就是给母亲寄去了一套，这里面包含了对长辈的问询，在征得母亲的同意以后，禄文景和王文贤在周庄举行了婚礼。周庄晚上都挂满了红灯，证婚人当然就是吕笔畅了，面对周文彪和所有的乡亲们祝福，禄文景拿出了所有银元，请求乡亲们帮助修缮周庄的古戏台，并宣布在这里永久的居住。国民政府也决定在苏州成立了昆曲研究所，这对于这个江南小镇是何等的辉煌。

民国二十八年的深冬，日本人迅速地占领了上海和南京，周庄的古戏台修好没有几天，又被日本人的飞机给炸塌了，上海戏剧人才都逃到了周庄，很多人都居住在禄文景的家里，生活的艰难使得两口子都去农作，剩下的米就只能给大家熬粥喝了。这对于禄文景是难得的机会，他白天在田地里面劳作，晚上就和戏子们一起研究戏曲，而王文贤也是把以前的曲谱再翻译成简谱和线谱，希望能够在未来继续出版。两个人很满足于自己的事业，虽然生活上不是那么的习惯，只要家人在一起就觉得幸福。

“文贤，我要回趟南京行不行?”禄文景想了好久才跟她说。

“你怎么会有这样的想法啊？日本人把南京给占了抓你还来不及呢，院长都成为了伪文物局长了，你是谁推荐去博物院上班的，是抗日的全军的统帅蒋介石啊，你出得来吗?”王文贤没有同意。

“文贤你记得借给我的那些曲谱吗？就是走的前一天交到我手里的，现在还在南京的家里，这样的战火和情形是要毁灭的，对不对?”禄文景有些着急了。

王文贤才想起这件事情：“那你可要早去早回来啊，更不要去故宫博物院啊，听到没有啊！”她哭了。

周庄这个时候已经是冬天了，河里面的船时常地被大雪覆盖，街道上的石板路已经湿滑了，这是他们十年后的第一次分开，尽管禄文景成了一个自食其力者，镇子里面的人还是要送到路边的，王文贤更是挺着大肚子哭泣。上海的很多戏曲家也很敬佩他，在这里也是很多天吃喝了，决定给他唱一出《杨家将》，大家在风雪的河边就表演上了，禄文景紧紧地抱着王文贤，告诉她，让孩子听听中国人的气概。

“猛听得金鼓响画角声震，

唤起我破天门壮志凌云。

想当年桃花马上威风凛凛，敌血飞溅石榴裙。

有生之日责当尽，寸土怎能够让与他人！

番王小丑何足论，我一剑能挡百万兵。

我不挂帅谁挂帅，我不领兵谁领兵！

叫侍儿快与我把戎装端整，抱帅印到校场指挥三军。”①

禄文景没有看完演出就走了，只在周庄的河边留下了王文贤，不知道什么时候才能回到心爱的周庄，可是他相信自己一定可以回来。

“站住！什么人敢闯占领军的司令部？”日本兵用刺刀逼退了禄文景。

“我操！”禄文景知道日本人听不懂中国话，“你的家在日本，这是老子的家。”说着就把身上的黄马褂露了出来：“你捅啊，我操捅死我，你能怎么样？王八操的！”他知道日本占了他的家。

日本人虽然听不懂中文，但看得出来这个人是不买账，日本人把枪一下就上了膛：“滚，不滚老子就开枪了。”就朝天放了一枪：“你这个中国人，给我滚！”

就在两个人争执的当中，杨瘸子突然冒了出来：“啊哈，这不是禄文景大老爷吗？小的杨瘸子这里请安了！你去哪里啊，整个新政府到处找你啊，看来你是回来合作的了，欢迎欢迎啊！”杨瘸子跟他开起了玩笑。

“杨瘸子，你是文庙的那个教书的吧，日本人怎么就随便占据名宅呢？我可是大清朝的一品，就是溥仪见到我也是要叫叔叔的，知道吗？”禄文景几乎愤怒了。

“这不正在跟你商量吗？溥仪皇帝也就是你侄儿了，正在和日本人建立大东亚共荣圈，请你去谈好不好？”杨瘸子这就要带他进去。

“慢着，这里是我的家啊，是我要不要你进去的问题，对不对？”禄文景当然不满意了。

“好好，就算你让我进去可以了吧，禄老爷我能进去吗？”杨瘸子不想和他斗气，让日本人把刺刀放开，跟着禄文景进到了里面。

禄文景的大宅已被搜刮一空，墙上的名人字画已经完全没有了，题写的那些对联都被拿走了，取而代之的是日本人的膏药旗，南京地图被高挂在墙上密密麻麻地

① 京剧《杨家将》唱腔选段。

写着日本字,更多的是标记着红蓝的箭头。黄梨木的家具成了办公桌子,上面乱七八糟的是电报机器,连吃的东西都是没有擦干净,院子里面的珍奇花卉全死了,那些书籍早已经不知道去了哪里,看着杨瘸子正冲着自己傻笑,心里全部的怒火就上来了。

“这就是你们的大东亚吗? 这还是我的家吗? 下人呢,他们去了哪里?”这一切他悲痛欲绝了。

禄文景叫声让办公的日本人停了下来,大家不知道为什么会有这样嚣张的人,文登吉野看到了禄文景,洪武大路都尊敬这个晚清的后裔,只要眼前的这个人屈服,就是给这里人树立起一个榜样,不把这样人的气焰打下去,以后南京城是不好统治的,想了想把军刀紧紧地握在手里,决定要好好地教训一下这个皇亲国戚。文登吉野慢慢地向禄文景走了过去,就在两个人靠得很近的时候,他突然拔出了自己的军刀,立刻就架在了禄文景的脖子上,这突入奇来的举动真的吓到他,眼睛都紧紧地闭上了。文登吉野哈哈大笑起来,周围的日本人也笑了起来,杨瘸子也是吓得目瞪口呆。

“禄文景你过来我跟你说,”文登吉野把军刀紧紧地握在手里,“我知道你是皇亲国戚,所以我是很信任你的,你就负责监管中国人为我们做的伙食,你是国民政府的历史研究员,那就请研究中国的饮食文化,认真做好每一顿我们的餐饮,你听明白了没有?”文登吉野把刀迅速地转移开,狠狠地削去他身边的花草:“你是个明白的文化人,以后不要有这么大的脾气就对了,你可以去准备饭菜了,拜托了!”他又是鞠了一躬。

看着禄文景几乎是被吓呆了,瘸子开始哈哈笑了起来:“禄文景大老爷,真的是敬酒不吃吃罚酒了,好了也不跟你废话了,去准备午饭吧。”

“不,不,杨先生你跟他一起去,跟一个一品大员一起做饭,也是你的荣耀对不对?”吉野不喜欢别人利用自己,杨瘸子知道是得意忘形了:“是,吉野君说得对,我这就去!”赶紧给文登吉野鞠了躬,然后转过身子对禄文景吆喝:“走了,禄文景一品大大老爷!”

“钱,给钱啊,你当饭菜也可以抢的啊?”禄文景对文登吉野伸手要钱。

“哈哈,我忘记了,杨先生你带他去军需部领钱,就安排他住在伙房里旁边好了,还有什么需要就找杨先生好了,拜托了!”吉野还给他们鞠了个躬。

禄文景面对日本人的屠刀是想到过了,只是在死去之前一定要找到曲谱,这是他回来的唯一目的,现在他又被安排在这里住下了,怎么说也是还有机会查看的,想到这里彻底地释怀了刚才的侮辱。

“禄文景大老爷出门买菜了!”禄文景吆喝着带着杨瘸子走了。

“禄文景大老爷,从那儿锻炼的这腿脚,不会去做了什么抗日力量吧？告诉你现在是日本人的天下,杀死我们比杀死你的花草还容易,以后不要耍诈就是了,不然的话我们都死得很难看。”杨瘸子紧赶慢赶的。

“杨瘸子你我都是中国人,要脸行不行啊？你告诉我,以前房间里面的那些书本都去哪里了?”禄文景开始打听了。

“命都是人家的了,还想那些没有用的东西,那些破烂都放在了文登吉野房间里,告诉你不要犯蠢啊,那是要掉脑袋的,走啦!”杨瘸子催促他。

禄文景真的是回到了洪武大路,他现在已经不是一品大员了,而是日本人的一个中国厨师。禄文景每天一个人推着个小的单轮车,摇摇晃晃地从文景大宅出发,首先去了南口的菜市场,再也没有以前的那种骄横,老老实实地挑仔细了才满意,回来车子压得轱辘都响着,却是尽力地讨好日本人。大家觉得文登吉野是有手段,不仅把卢家收拾得服帖,连这个清朝的一品大员都是厨师了,卢文来也想替他求情,可是禄文景根本就不在意,先在日本人的面前表态热爱这份工作,然后会跟卢文来道个谢,很显然他是有自己的想法和安排。

“痛快啊,痛快,老子一生都没有做过力气活,以前看不惯我的现在报复啊,只要大日本皇军满意,这也是我的光荣机会啊,哈哈！使劲啊!”这个上了年纪的人上衣都湿透了,对于鄙视他的人总是笑容。

禄文景天不亮的时候就起来烧稀饭,煮得是粘稠程度最好的时候,就蒸上几笼屉的大馒头,出来个个都是非常地宣和,看上去也的确的好看;接着去“三春酱园”要各种酱菜,用日本人的麻油拌了摆成一盘盘地放在了桌子当中。日本人上班第一件的事情是去吃早饭,几天下来日本人满意极了。禄文景还去烧饼店叫了油条,专门等文登吉野来了才去买;午饭也是大盘的红烧肉,素菜也是每天换着花样的做;晚上,还为日本人准备了烧酒,出去买来的卤菜也是城里最好的,让日本人觉得是太享受了,渐渐地喜欢上这个厨师的敬业。

“嗯,谢谢你禄先生啊！你让所有的人都觉得很满意,好好地做!”文登吉野开始鼓励他,“这样的做你不是没有目的的吧?”

“那是,那是,我就是有个请求,不知道皇军能不能允许?”禄文景终于要开口了。

“什么事情?”文登吉野是个很敏感的人:“是不是希望能把什么要回去?”

“要回去？这可从来没有想过,我想那些曲谱而已。”禄文景在观察。

“哈哈,你是个狡猾的中国人啊,可以给你看的就是了,不过你要告诉我那是什么曲谱。”文登吉野想知道是什么:“你不要随便耍任何的花样知道吗?”

“这是附近的一种戏叫磨豆腐强调,磨豆腐你明白吗? 也就是制造豆腐的工艺,明朝的一个非常有名的工匠叫做关老板,他把这个厨艺不想传给别人,就用了一种唱的符号记录了,我们这些八旗子弟不是也要吃饭吗? 以后皇军回去了日本,我不是还要生活吗,对不对?”禄文景希望故事没有漏洞。

“禄先生,你的故事有漏洞哦!”文登吉野一下抓住了,“关老板是可以传给后代的!”

禄文景笑了:“中国人的手艺是传儿子不传女儿,关老板是没有儿子的,后来这就到了我的手里。唉!”多少有点惋惜就是了。

“嗯,既然说了我就让你试试看,但是不能拿走的只能看,做出来的豆腐我都要尝尝的,就这样了! 你去准备我们的午饭吧,拜托了!”

文登吉野没过几天就尝到了豆腐,好吃让他觉得非常的神奇,要求禄文景把剩下的写出来,又让杨瘸子翻译成日文,他不但把“三春酱园”的秘方带走,更感兴趣明朝豆腐的做法。问题可是苦了杨瘸子了,禄文景的豆腐做法没有不同,不过是买来的豆腐发酵的时间不同,等到他看了戏曲曲谱,才知道禄文景是在抄写文物。

“杨瘸子,我们都是中国人啊,这东西可是不能交出去,看到洪家的‘房契’没有,等战争结束了我就给你,你也可以去卢家换回沉香,算是交换吧!”禄文景跟他交易了。

杨瘸子顿时就来了精神,把房契收好了以后,根本就不需要禄文景的豆腐稿,而是去了古旧书店找了基本菜谱,加上一本中药的书,每天都是一张的翻译,算是在文登吉野面前交代了。文登吉野也满意这样的效率,已经搜集了几十种豆腐的做法,他幻想着战争结束,在北海道做酱菜豆腐,他的事业将会是新的高峰。

民国三十四年夏天,日本人已经宣布战败了,可是文登吉野带着部队还是逃了,禄文景早上去买菜的时候就溜了,文登吉野开始没有在意,觉得这个厨师已经羞辱的可以了,然后带着部队去了江边。禄文景看着鬼子是跑远了,这才闪了出来回到家里,从厨房的缸里取出了曲谱,他用几年的心血换来的,决定今天就交给进城的部队,还完账就可以安心地回周庄了,谁知道杨瘸子带着人又回来了,在门口和文登吉野照面了,曲谱一把就被他抢了过去。

“禄文景,你想跑啊? 为什么带着豆腐的做法?”文登吉野瞪着他。

“太君,我不是说了吗,你们回家投降,我总要混饭吃吧?”禄文景赶紧解释。

“好，我们现在还没有投降，你就做饭好了，豆腐做法依然放我这里，等我们的军队救了我们出去，我还给你就是了！做饭吧！”文登吉野带着曲谱进去了。

禄文景很后悔动作太慢，怎么就给文登吉野抓住了，听着外面的枪声军队还没有来，可是士兵只要出现在墙头，就被外面的卢惠昌的人干下来，他决定耗着等部队来了，这帮日本鬼子也就要投降了，看来文登吉野是疯了，要他投降也不是个简单的事情，这帮人也是伺候的够了，总要有个回报就是了，想到这里他和鬼子一起在里面忍了很多天，直到厨房已经是没有任何吃的了，这帮王八蛋还是负隅顽抗。

“禄文景啊禄文景，你是怎么做顿饭的，每天都跟喂猪一样的，不知道控制口粮啊，这都没有吃的了啊！”杨瘸子把他叫了出来。

“我说杨瘸子啊，这样抵抗是没有用的，人家在外面我们在里面，投降吧！”禄文景期待这国民军打进来。

“胡说，日本政府会解救我们的！”文登吉野看出来禄文景的意思。

“没有吃的怎么做啊，巧妇难为无米之炊啊，文登吉野先生啊！”禄文景表示无奈。

“豆腐，你有黄豆啊！就用这些做豆腐给大家吃，快去做！”文登吉野急了。

黄昏的时候豆腐竟然做出来了，而且是那么的雪白雪白，士兵已经几天都没有吃的了，看着豆腐就立刻的冲上去，连杨瘸子都抑制不住流口水了。

“慢着！禄先生，我希望你先尝尝，你是我们这里的大厨师有这个义务！”文登吉野严厉地看着他。

禄文景笑了笑：“吉野，你真是个小人啊，死到临头了你还想着算计，我先吃行不？我也不想这些士兵成饿死鬼的，你就放心吧！”

禄文景走过去给自己盛了一大碗，然后回到了大院的角落，吃得是津津有味地，日本军人几天来的粮食控制，已经被饥饿到了相当程度，再也忍耐不住了哄抢成一团，顾不得豆腐的烫和难咽了，锅里几乎就没有任何的剩下了，几个士兵竟然地动起手来了。文登吉野看着自士兵远渡重洋，按照天皇的命令征战东南亚，无论如何没有想到是这样的结果，他感到伤感和痛苦。

杨瘸子虽然也饿但没敢忘记吉野：“吉野君，我们就是战死也不能做饿死鬼啊，你就吃上一口吧！”杨瘸子抢了一碗雪白的豆腐。

“混蛋，你也要羞辱我吗？滚！”吉野愤怒了，上去打掉了杨瘸子的豆腐，“你也不许吃，一切都留给这些士兵知道吗？”眼泪慢慢地流了下来。

“啊！”吉野突然听到了一阵碗摔在地上：“不许吃，不许吃这个满族猪做的食物，他下盐卤是要人命的东西！”

文登吉野想起豆腐做法，杨瘸子也说过盐卤是可以毒死人的，再看看禄文景已经在地上抽搐了，口里吐着白色的沫子。

“这家伙在说谎！他骗了我，把那个磨豆腐的曲子烧了！”文登吉野在咆哮。

禄文景看到所有的曲谱在燃烧，他想到了王文贤和自己的孩子，想到了周庄的古戏台，想到他们在一起的时光，最后看着它们都化为了灰烬。

战火把洪武大路都炸得支离破碎，禄文景大宅当然不能幸免，从文登吉野带着部队被堵在里面，卢惠昌手下用步枪和机关枪的扫射，让所有的门上都是弹孔的圆洞，比起原来的那些铆钉更是显眼。接下来是国民政府的飞机轰炸，所有的山墙基本都炸塌了，剩下的柱子也是漆黑一团，房间里面的一切都被毁坏了，桌子椅子几乎没有什么完整的；院子里面的花盆都被炸成泥浆，珍稀花木在火焰中完全烧死了根茎，禄文景大宅终于不能居住了。

“禄文景，禄文景你醒醒啊！”远方这是一个女人的声音。

“禄文景，禄文景你可以动一下你的手吗？”近处又出现一个男人的呼唤。

禄文景几乎是梦一般觉得是在地狱里面，吃力地睁开眼睛看着周围的一切，身上周围的火都没有了，只有雪白雪白的墙面和器具，再看看上面的房顶已经炸出了大洞，周围的柱子都已经几乎是黑色的了，身边站着的竟然是吴成芳和卢惠琴。

“你可真的是命大啊！肚子里面的油水都给日本人榨干了吧，切起来也顺利的许多，哈哈，你少了一大截肠子了，以后不要去人家的酒席吃喝了，真是冤家啊！”吴成芳笑了。

“成芳兄，麻烦了，还欠着你四十块大洋啊！”禄文景想起了曲谱的事情。

“你欠不着我的，已经给周庄打电话了，你小媳妇已经在路上了！”吴成芳要他休息。

禄文景醒来的第二天，王文贤就带着女儿来看他了，孩子显然已经是不小了，长得跟妈妈一样，这让禄文景兴奋不已，可是孩子对他是很陌生的，一副不想搭理的样子，禄文景眼睛湿润了，看着妻子已经明显的老了很多，头发都有些白了，很是过意不去。

“看上去长得像妈妈哦。”禄文景在讨好妻子。

“脾气看上去像爸爸哦！”王文贤回答得很干脆。

“给孩子取了名字吗？”禄文景很幸福地看着他们。

“取了，以为你不会回来了，就叫了禄昆曲，记录昆曲的意思，要改吗？”王文贤有点觉得自己的鲁莽。

“好，记录昆曲就是我们的姻缘，你可是真的有才啊，就叫禄昆曲！”禄文景赞叹起来，“对了，我想把记住的那些曲谱这两天整理出来，然后再回周庄你说好不好？”

“还没有忘记要你命的东西，做完再回去就是了！”王文贤做饭去了。

冬天的洪武大路本来就寒冷，而禄文景的大宅现在已经是四面透风了，他们把孩子安顿在风小的地方睡着了，两个人就开始了对曲谱的回忆，王文贤用简谱记录了所有，这是禄文景用性命换回来的东西，在每段的曲谱当中都有着对文化的倾注。寒风的夜里，他们轮流地抄写，两个人的努力没有白费，就在女儿终于肯叫他爸爸的时候，几百页的昆曲曲谱终于是写完了，这也是夫妻分别以后同眠，禄文景紧紧地抱着瘦小的妻子，心里面全是温暖；而王文贤也依偎着花甲的丈夫，脸上全是眼泪。

禄文景和王文贤离开南京的时候，顺便就去了故宫博物院，楼下的藏书馆已经被战火毁了，王文贤花了时间打扫了一遍，完了去了楼上禄文景的办公室，看着房间积满了灰尘，从外面打来了水整理一下，但是被禄文景给阻止了。禄文景写了辞职的信件，告诉人家自己算不上一个历史学家，就戏曲的认识程度算是票友，最后把和王文贤整理的曲谱，认真地检查了一遍以后，就放在了自己的桌子上。在中山门的下面，禄文景给女儿买了水果，想起过去的认识，禄文景觉得在博物院唯一的收获，那就是这个相濡以沫的小媳妇；而王文贤也觉得是博物院给了她爱情，她将永远地怀念这里。

民国三十七年的春天，禄文景、王文贤和孩子禄昆曲，向国民政府正式申请定居，终于获得了批准，两个人也就成了苏州昆曲研究院的专家，而周文彪被调到苏州国民政府任职，三进的大宅子就借给了他们，禄文景和王文贤成立的昆曲班子，开始在苏南一带唱戏，庙会上、田野里、集镇上和乡村的婚丧喜庆都看得到。苏州过节的时候，周文彪也是帮助修缮古戏台，积极鼓励乡亲们唱戏，昆曲在整个苏州热闹了起来，可是好景不长国共开始了战争，共产党在全国建立了根据地，上海的文化力量也分成两派打起来了，禄文景对政治没有兴趣，只是继续整理昆曲曲谱。

“禄文景先生，你是不是在上海的报纸写东西了？”周文彪突然回来了。

“是啊？怎么了？”禄文景没有想到是这件事情。

“文景先生啊，国民政府现在的状况你怎么写了《长生殿》？”周文彪开始着急了。

“《长生殿》不是我写的，我只是评论这样的昆曲啊，又妨碍的谁啊？”禄文景也不满意了。

“你是不是盼望国民政府完蛋，好让共产主义来到中国？文景先生你真的糊涂啊！”周文彪开始警告他。

“那你说怎么办呢？”禄文景也没有了主意。

“如果上级政府查下来，你要有准备怎么应付？”周文彪报信以后就走了。

王文贤看着周文彪的慌乱吓坏了，刚才他们的谈话她也都听到了，不觉得事情有那么的严重，唐明皇的故事也唱了很多年了，怎么就突然冒出了这样的问题，禄文景的文章自己也看过，没有丝毫对蒋介石委员长不尊敬，她觉得事情可能是误解了，最多也就是解释一下了。就在她心里忐忑不安的时候，已经久违的文化局长竟然出现了，他依然是那种官吏的派头，上面是藏青色的中山装，下面是笔挺的西裤，脚上是雪亮的皮鞋，头发梳的油渍瓦亮的，看得出来也是满面春风得意的样子。

“禄研究员久违了，近来生活还好吗啊？”进来的竟然是文化局长吕笔畅。

“还好，还好了，托吕局长的福气了，生活还是过得去的。”禄文景没有想到上级竟然是他。

“那就好啊，可不要温饱思淫哦！禄研究员，我现在是国民政府的文化专员，负责调查共匪的言论，最近报纸上出现了您的大作，对《长生殿》是大加赞赏，是不是在配合共产主义的宣传呢？”没有想到吕笔畅是这样的角色。

“请问是哪些是反动的言论？请吕先生给个交代，禄文景也好知错！”禄文景没有想到竟然可以这么说。

“不提防余年值乱离，逼拶得岐路遭穷败那段，你赞赏不已的样子，就是讽刺国民宪政！”吕笔畅不客气了。

禄文景面对这样的东来西扯当然不满：“记得吕专员是喜欢苏州评弹的，那天你请我和王文贤的时候评弹就是杜十娘了，这样的戏文是不是也是说委员长，薄情寡义丧尽天良地抛弃了共产党啊，你真的是没有资格喜欢昆曲的哦，真的为大清后代有你悲哀！”禄文景瞪着他。

“好吧。你说的我是跟你商量，那王文贤饭桌上跟我说的话没有忘记吧，你说了戏曲的兴亡跟朝代有关系，不同背景下的王朝，皇帝都是喜欢不同的戏曲，清朝喜欢了京剧这就亡了，你鼓动我发扬昆曲，希望能引起蒋委员和宋美龄女士的关注，也是盼着国民政府的倒台，你是居心叵测是不是？”吕笔畅孤注一掷了。

王文贤没有想到吕笔畅说这事情，禄文景觉得是文章惹得祸："吕专员，你把事情扯远了吧，关于《长生殿》的事情都是我写的，只要不牵连我的家人什么都可以，我这就跟你走就是了，也请以后不要为难我的家人。"

"真的哦，看起来真的是恩爱如初啊，哈哈！"吕笔畅笑了起来，"出来啦，周文彪！"两个人是哈哈大笑的厉害，把欲哭无泪的禄文景和王文贤愣住了。

"禄先生不跟你们开玩笑了，我们接到国民政府的委员长办公室的电话，他们说找不到你，是不是你已经把故宫博物院的工作辞了？"吕笔畅问他。

"是啊，我本来就不适合这个工作的。"禄文景很奇怪。

"王文贤预测得真的准啊，国民政府看来是要走了，一个昆曲的复兴真的是王朝的丧钟啊，蒋委员长希望能够最后见见你，怕你不去所以想吓唬你一下的，真的对不起了！"吕笔畅解释了事情，"昆曲是不可能造成这样结果的，来源是我们的政府太腐败了，既然蒋委员长要见你这个历史学家，你说怎么办？"

周文彪看着禄文景有些犹豫就道："我们苏州人觉得应该去，你作为我们周庄的女婿，替我们送送蒋委员长吧，行不行？"

"那有什么不可以的，我去送送我们的蒋委员长，也迎接大家的毛泽东哦！"禄文景觉得无比自豪。

禄文景送走了蒋委员长以后，就收到了南京人民政府的邀请，请他担任区文化局的顾问，王文贤也受到了故宫博物院请她回去的通知，看着苏州城乡一片欢腾，更多的贫民获得了土地，两个人都对共产主义有了更深的好感，商量一下决定离开周庄。吕笔畅和周文彪早就是共产党的地下党员，现在也是出来负责工作，但是对两个人的离开，表示出相反的意见了。

"禄先生还是三思的好，"这是吕笔畅的意见，"新政权的理论就是马克思主义，共产党在这个阶段还是摸索的，照搬苏联共产主义的很多东西，对文学艺术的认识和禄先生不同的，南京是国民政府的首都，人际关系也没有周庄简单，顾问晚点再去也可以的。"

"吕局长，你的好意我们领了，政治在哪里都是躲不过去的，我相信共产党是仁义之师，毛泽东也做过国民党中央的代理宣传部长，他在延安的很多讲话我都读了，是要建立一个全新的中国，去了以后我不会担任任何职务，只是顾问不会惹上什么麻烦的。"禄文景说出了自己的意思。

周文彪是为禄文景和王文贤践行的，冷场是不愿意看到的："既然禄先生想好了,王文贤也决定了,我只有祝福你们了,如果有什么状况随时可以回来,周庄欢迎你们。”

禄文景也很感激周庄的所有人,决定今晚给大家唱上一段,乐队立刻很兴奋闹腾起来,大家都喜欢这个大清的一品官员,朝廷如果都是这样的人,那江山就不会倒了的。禄昆曲也很开心,从来没有听过爸爸唱戏,虽然他被说成是戏曲艺术家。

“丹心一片淩云霄,可畏风霜义气豪。扫尽人间不平事,全仗蟠龙棍一条。

俺,赵匡胤只因在汴梁城内,抱打不平,杀死土豪,闯下大祸,

只得逃往关西一带,创立基业。”①

禄文景念完了赵匡胤的定场诗以后,就唱了起来:

“大丈夫创基业,志气豪。

争得个,地动山摇。”②

“好!”所有的乡亲们都围禄文景喝彩了,王文贤也按捺不住了,放下手中的女儿也站了起来。

“唉呀呀啊,(王文贤)

啊!却只听,哭啼啼,悲惨惨,一阵阵送耳梢。(禄文景)

啊呀且住!这古庙之中,为何有女子啼哭之声?嗯,倒要看个明白。(禄文景)

唔呼呀!这哭声,原来在这青石板下。(禄文景)

哎呀!大王爷饶命!饶命!(王文贤)

啊!”③(禄文景)

“好!好啊!”周庄的父老百姓都来了,也为这对夫唱妇随的戏曲鼓掌了,大家

---

①②③ 京剧《千里送京娘》唱腔选段。

也哄笑着希望他们多唱几段，可是禄文景嗓子太难听了，大家所有的人笑得前仰后合的，只有吕笔畅和周文彪脸色不是那么好看，他们担心在南京没有人能保护他们，可是没有办法阻止这个人的热情，包括还没有长大的禄昆曲。

洪武大路的变化真的是太大了，首先是街道有了从来没有过的整洁，两边和街道上都是鲜艳的彩旗，卢家文庙上的扩音喇叭播放着革命歌曲，禄文景的大院已经被修缮一新，很多的人正在粉刷那白得耀眼的墙面，来接他的是区委书记陈二喜，街道主任是原来卖烧饼的徐侉子，小角儿江小燕也过来搀扶着他。禄文景两口子感到很新鲜，再看看里面的家具和陈设都是按照原来的修复了，毛主席的头像放在了大堂的中央，院子里面也满是花草，这更让禄文景感激不尽。

"谢谢陈书记啊！谢谢许主任啊，人民政府就是了不起啊！"禄文景赞叹了。

"禄顾问，王老师，你们是人民政府的客人，有什么需要就说！"陈二喜很爽快的。

禄文景非常喜欢这个年轻人，从帮助吴成芳的事情上看出来了，街道主任徐侉子是个小生意人，对自己的要求也是无微不至，在没有几天的情况下自己的房子修得这么像样，看着一切都安排得那么妥当，也佩服共产党人的办事效率。王文贤也是求之不得的，她在禄文景的身边听到太多的故事，当面对这些活生生的人物时候，觉得自已真的是太渺小了，以至于羞愧地红了脸，依偎在禄文景的身边，大家也对这对夫妻表示出贺喜，特别是周湘云还送来了祝福的鲜花，这让他们觉得非常的温暖。

"哎呀呀，禄顾问真的回来了，没有通知一声啊，怎么也要欢迎一下才是哦！"热情似火的是周小芸，"禄顾问不认识我了，我是卢文生的妻子啊。"

"哦，想起来了，你是周小芸吧，卢文生好吗？"禄文景问他了。

"呜！"周小芸放声大哭起来，"他被国民党杀害了，死得好冤枉啊，呜，他是革命的烈士我们要宣传他，这就是我要跟您商量的，要整一出昆曲纪念他，对不对？"

禄文景心里很难过她失去了亲人，要整一出就有点不好办了，正在他不知道怎么回答的时候，还是陈二喜过来打岔了："禄顾问啊，我忘了个你介绍了，这是文化局的书记周小芸，以后你们是一起工作的。"

"哦，哦！以后周书记还要多多指点，多多指点哦！"禄文景只好应付了。

"都是革命工作大家一起做就是了，正好禄顾问也在，我们就把洪武路的文化局长定下来，你们看谁比较合适大家讨论一下哦。"周小芸一屁股就坐了下来。

"我看刚回来的卢惠民可以的，他是学戏曲的出身又是编剧，现在也刚从军队转业下来。"江小燕推荐他。

"你是说是卢家的三少爷,他什么时候就成了军人了?"禄文景赶紧问。

"我说你能不能不提这个人啊,你是不是有私心啊!"陈二喜的醋劲上来了。

"不要吵了,听听禄顾问的好不好! 禄顾问你说说是什么意见啊?"周小芸要禄文景表态,这可是难倒他了不知道怎么办,不由自主地就看了看王文贤。

"文景啊,我看这事儿还是看区长,街道主任的意见吧,你刚回来弄不清楚的,先收拾屋子吧,对了几位忘记给你们倒水了,我这就去烧水,你们等着啊!"王文贤要把禄文景解救出来。

陈二喜早就看出来了状况:"禄顾问也是一天的车马劳顿的,我们先让人家歇歇好不好,禄顾问王老师再见啊!"趁着慌乱溜走了。

禄文景完全被眼前的一切弄蒙了,这就是自己未来的工作? 他决定明天要去问问区政府,回来的重心到底是什么啊? 是保护那些故宫博物院的文物,还是继续昆曲剧目的整理,对于洪武大路上的人事问题一点都没有兴趣,今天的这个架势不是好逃避的。他开始觉得这里是不是不该回来。看着女儿在院子里面很开心,觉得太多的事情是命运的安排,区委到底是个什么组织呢? 既来之则安之吧,禄文景觉得很茫然一开始就疲倦了。

禄文景和王文贤忙了一夜的书籍整理,早上还没有休息好就被叫起来了,原来是徐侉子敲响了大门,通知他们去街道办公室开会。禄文景顿时地觉得事情复杂了,邀请回来的时候没有王文贤,她基本还是要回博物院工作的,再说孩子究竟谁来看管,不像周庄邻居都可以照顾的。王文贤也似乎已经看出了问题,没有多说给禄文景换了衣服,很早就出去买了些早饭什么的准备孩子吃的,剩下的就装在了篮子里面,把家里收拾停当了以后,搀着禄文景就赶紧出了家门。

"哎呦呦,不好意思这么早就打搅两位哦,都是工作太紧张了,禄昆曲也来了哦。叔叔给你买糖吃。"陈二喜说着就叫了办事员把孩子带出去,可是禄昆曲就是不听的,怎么也不肯跟生人离开,争持之下竟然大哭了起来。

"谢谢陈书记啊,孩子是农村长大没有见过世面的,不好意思,不好意思。"王文贤赶紧哄起孩子了,心里犯疑究竟找自己来干什么。

禄昆曲闹了一会儿慢慢地睡着了,这样大家才安心地开会了,这时候又来了很多的人就满满当当地把会议室挤满了,看着这么多俊俏模样的年轻人,王文贤才知道这是要演戏啊,也许就是要自己教点什么吧,心里也就基本明白了。禄文景离开洪武大路很长时间,新的邻居几乎是不认识的,包括秦淮河边凤楼解放出来的,看得出来这些人是知道禄文景的,上来主动地和他们打招呼,这下才让夫妻两人有些面子,相互默契地看了一眼。

“首先,我们热烈地欢迎禄研究员回来,现在他已经同意担任我们文化局的顾问了,大家鼓掌欢迎了。”周小芸开场白很激昂,一下就带动了会场的气氛,就在大家鼓掌的时候卢惠民悄悄地进来了,在角落找了个地方坐下,顺便地跟禄文景用眼神交流了一下,然后就翻开了手中的报纸。

“现在最重要的宣传任务,就是恢复我们老百姓的文化生活,毛主席和周总理都下了批示,要让人民看到自己的戏剧,请大家来就是完成党中央的命令,大家出谋划策。谁先说。”周小芸说完了就把目光投到了陈二喜。

陈二喜这个书记也是陶花花推荐的,怎么也没有想到解放以后,市政府很快地就找到了他,当初革命的时候是喜欢共产党,在救援吴成芳表现出了对爱国人士的帮助,但是他也从来没有想过当官,更没有想到卢家在他的下面,更不想领导这个周小芸。卢文生被国民党抓住以后,周小芸就回到了洪武大路,她是希望跟卢家划清界限的,家里面就一个革命军人卢惠民,竟然去东北写了韩松雪,这不是要她难看吗,虽然那个故事在全国很红,到了洪武大路还是自己说了算,绝对不能让陈大宇和韩松雪复活,今天的主题就是剧目的事情。

“我对戏文这东西不懂,还是请禄文景顾问多指导吧!”陈二喜摇了摇手。

“对了,我忘记跟大家宣布了,在聘请禄文景的时候我们就想到了,我们更需要专业的音乐辅导,王文贤就是我们的音乐老师,大家欢迎啊!”王文贤被周小芸一宣布,赶紧就起来跟大家招呼,不小心禄昆曲又哭了起来。

几个年轻人赶紧过来哄,可是孩子就是不听的厉害,王文贤着急了赶紧抱着孩子出去了,这样里面才恢复了一切的平静。会议的气氛几乎都给破坏了,周小芸心里有点不舒服了。

“这是革命工作要严肃,大家都没有主意的话我就说了,经过区委、区政府和我们文化局的认真讨论,就决定上演革命京剧《白毛女》,这个戏大家都看了吧,看了就好我们就排练这个好不好!”看着大家都赞同。

周小芸得意地看了看陈二喜和江小燕:“我们有这么多的人才,不能简单的照搬照套,所以邀请卢顾问和王文贤改编成我们江南的昆曲,大家说好不好?”

禄文景这才知道被放在特殊的位置上,《白毛女》在苏州看过的,讲述的是贫民被地主逼债的故事,女儿不甘受辱逃进了深山,一直到革命解放以后才重见天日的故事,论内容和形式作为京剧已经非常的现代了,再改成昆曲不是有点不伦不类吗?

“不好!”就在禄文景想怎么说的时候,卢惠民竟然放下了报纸,“我说大堂婶子你懂不懂啊,京剧和昆曲是完全不同的东西,怎么能混为一谈呢?再说洪武大路应该上演《松雪英魂》才对!”他的语气中有讥讽。

“我也觉得不合适,这东西是话剧改过来的,要是能改昆曲早动了,周书记你就不要多此一举了好不好?”江小燕也插话了。

这样的局面是周小芸没有想到的:“你们是戏曲界的晚辈哦,我们这里有国家级的专家,也是德高望重的政协吴成芳主席推荐的,还是请禄顾问说说他的意见。”问题又被周小芸来拉回来了。

禄文景知道不说是不行的了:“谢谢各位领导的器重,禄文景不才也就是对历史有兴趣的人,对戏曲的研究方面根本不及卢家的三少爷和名角儿江小姐,我觉得他们的意见是有道理的,而且唱腔的改编也是有困难的,这一部分我真的还是要问问贱内文贤,这样吧如果大家不嫌弃的话,请移步寒舍也请大家吃个便饭,有些问题是可以在饭桌上沟通的,周书记您看这样是不是可以?”他的意思是劝服这个女人。

“我看行啊,”陈二喜搭腔了,“早上的会就这样结束了,吃饭的事情我想就免了吧,下午我们去禄顾问家里谈,毕竟是私人的地方也没有那么大的空间,周书记、江小燕和我参加就可以了,其他人等待通知,晚上还在这个地方排练。散了,散了!”

禄文景出了街道的大门奔着西医诊所问罪了,顾问的事情并不是市里的安排,而是在洪武大路上找不到人了的填补,面对这样的艺术创作就是胡闹,他相信吴成芳绝对不是恶意,但是结果就是出现了混乱,自己的曲谱还没有完全的编完,如果把心思花在这些上面,真的是有些得不偿失了,要辞去这个职位的唯一方法就是找他,让吴成芳把自己从纠纷中解脱出来。

“哈哈,你知道我为什么要找你做这事情吗?”吴成芳招呼卢惠琴上茶。

“为什么?我欠你什么啊?”禄文景很是恼怒。

“你欠我四十块大洋,也欠了卢文来的四十块对不对?想起来了没有啊,哈哈!”吴成芳很得意。

这下禄文景终于想起来了:“那你也不能让我跳火坑啊,你没有看到周书记的那种无知啊,人家两个角儿都说了不合适,她就是要那么做还让我做决定,不是出我的难题吗？”

“坐下坐下，什么是难题啊禄大老爷啊，知恩图报懂不懂啊？卢文来是我们的老人，解放人家就成了反革命，卢惠昌和卢惠炳也是被找去上学习班了，卢家就只有卢惠民了，我推荐他做文化局长，可是上面就是不批宁愿空着，周小芸要是有能力早就局长了，她就是个摆设。你非要认真，现在是要讲对革命的贡献了，保全我们洪武大路是责任啊！”

禄文景没有想到事情有那么多的蹊跷，更没有想到吴成芳的心思，这样一说算是明白了，他的不满意，反而变得有些不好意思了：“成芳兄，那我回家做饭去了，文贤还等着我呢！”

“中午在这里吃了饭再回去，你给日本人做的饭还不够，连豆腐吃得都比别人多，我们也是多年没有见了，叫卢文来是不方便了，就我们两个人在这里喝一顿，惠琴啊好好招待我们国家的文物，这是难得的人才啊！”吴成芳招呼着禄文景。

禄文景和吴成芳很久没有见面了，谈得非常投机开心也有感慨，虽然是看着时间吃的午饭，但是等到两个人的分手已经是晚了许多，还是吴成芳专门派卢惠琴送的，等到了家门口的时候，里面的会议早已经开始了，传来的是王文贤从来没有的叫声。禄文景知道事情不小了，上了台阶就看到了江小燕在努力的说和，陈二喜也是一语不发地垂着头，周小芸的脸色已经不好看了，只有王文贤的声音明显比平时高了不少，禄文景叫苦不迭地赶紧冲了进去把两个人拉开。

“周书记，昆曲要唱《白毛女》几乎是不可能的！”王文贤的声音很大。

“别急，试看看就是了，王老师不要急哦！”江小燕在中间和稀泥。

“王文贤同志，你是研究昆曲的专家，坚决执行党的任务！”周小芸坚持。

“我不是这方面的专家，只是帮助禄文景做些整理，昆曲的演唱题材是有限制的，不是任何的东西都可以改的，如果周书记真的不相信，那么有时间看看我们的书就好！”王文贤根本就不买账。

周小芸明显被激怒了：“我怎么不信任你们了，这里不是没有可以改编的人，但是你们的政治立场我们相信，才请你们回来做这件事情，昆曲难道不是劳动人们创造的，王文贤同志，你的思想存在严重的问题哦！”

“我有问题，我有问题！”禄文景赶紧把大家给劝开了，“都怪那个天煞的吴成芳非要请我吃饭，结果把正事情给耽误了，文贤你不要坚持了，吴成芳先生都指示了，昆曲改编是可以试试看的，不要再说了！”他迅速地给妻子一个默契的眼神：“我刚才接到了吴主席的要求,《白毛女》是要改成革命昆曲的,但是这需要时间不是吗?所以我们是不是为了完成毛主席的任务,先在洪武大路上上演革命京剧《白毛女》,后面的工作我和文贤一定做好,周书记您看这样可好?"

王文贤没有想到禄文景变了,虽然她不知道改变的原因,以丈夫的学识和跟吴成芳的交情,其中一定有什么特殊的理由,她决定不再坚持去看看孩子了。

周小芸也对禄文景的改变很是满意:"禄顾问啊你就是理解文化局的工作,既然您的思想做通了就好,对待王文贤的工作态度你还是要管的,都是为了革命的工作,不可以有旧的习气。下面我们就讨论一下演员的安排,我这有个名单你看一下,好不好?"

"好,好!当然是好了!"禄文景拿过名单一看,顿时差点晕过去,"你让陈二喜同志唱角儿,可是二喜书记从来没有唱过啊!"

禄文景的这句话让所有的人大笑了起来,陈二喜也吓得差点从凳子上掉下来。

"哈哈,二喜能唱戏啊?我怎么不知道呢?"江小燕笑得几乎晕倒了,"你让他演杨白劳,我就不知道周书记怎么想的啊?说说,哈哈!"看了一眼自己的丈夫。

"江小燕你严肃点好不好?这是在讨论工作不可以把私人感情放进来。陈二喜是贫苦人家出身,你也是角儿出身只要用心,一定能把组织的任务完成好的。"周小芸非常自信。

"我没有那个能耐哦,自己唱还忙不过来的,怎么有时间去辅导他?"江小燕看着陈二喜也是不愿意,就决定狠狠地拿一把。

"江小燕既然不愿意演出喜儿,那么就由刚改造好的叶红春来演,你就负责把陈二喜教会教好,这总行了吧?"周小芸早就备份好了。

"那卢惠民呢?人家可是真的不错的角儿啊,周书记总不能浪费吧?"禄文景想起了吴成芳的话。

"卢惠民出身于洪武大路的剥削阶级家庭,对剥削阶级的思想有深刻的体会,就由他来扮演阶级敌人黄世仁!陈二喜书记你没有什么意见吧,就这样决定了晚上开始在街道排练,演出的排演就请禄顾问费心了,散会!"周小芸安排好一切又去忙别了。

演出是在"文庙"前面的戏台子上演出的,几个月下来洪武大路已经是夏天了,街道主任徐侉子下午就把所有人围在了这里,演出喜儿的就是凤楼的小红娘,在改造的期间被换了个名字叶红春,人家也是角儿出身身段也是训练过的,只是岁月的痕迹怎么也去不了。卢惠民对小红娘的出现也是有顾虑的，既然大家都不愿意回忆过去，装着彼此不认识也很好，所以并没有任何一个人知道内情，一切也就很自然的掩饰了过去。排练中间叶红春也是尽心尽力的，疲劳加班嗓子不那么好听了，洪武大路的人也就是看个热闹而已，大喇叭天天的广播《白毛女》，所有人也算是耳熟能唱了，只是这里真人的表演很有意思。

“北风那个吹　雪花那个飘　雪花那个飘飘
年来到　爹出门去躲账　整七那个天
三十那个晚上还没回还
大婶给了玉交子面　我盼我的爹爹回家过年
卖豆腐赚下了几个钱　集上我称回来二斤面
怕叫东家看见了　揣在这怀里头四五天
卖豆腐赚下了几个钱　爹爹称回来二斤面
带回家来包饺子　欢欢喜喜过个年 欢欢喜喜过个年！”①

“好！好！”在徐侉子的带领下，人群多少有点激动就是了。

叶红春毕竟是见过世面的，在大家的鼓励下有点控制不住了，角色很快地就游离了人物的本身，动作上的表演显出了各种风骚来了，禄文景和周小芸都是完全没有想到的，到后来她竟然跟所有看的人抛上了媚眼，无奈还是周小芸脚狠，把陈二喜几乎踹到了台上。可是叶红春一点不在意陈二喜，完全投入到凤楼的鼓舞中去了，竟然给自已加了很多的戏，看的人几乎是血脉偾张，周小芸不知道如何是好，江小燕狠狠地瞪了一眼丈夫，这才让陈二喜缓过神来，立刻地表演起来了。

“人家的闺女有花戴　你爹我钱少不能买
扯上了二尺红头绳　我给我喜儿扎起来
唉呀呀　扎起来　扎起来！”②

陈二喜是彻底的左嗓子加上紧张，开始的时候就没有找到调，观众一下子就完

① 歌剧《白毛女》唱腔选段。

② 歌剧《白毛女》唱腔选段。

全笑了;他这时候更是慌了神唱的更远了,这样的效果更是倒彩一片。

"好!好!"陈二喜更不知道怎么办了,一直到了卢惠民扮演的黄世仁上场,接下来的更多是倒彩连连,枪毙黄世仁的枪声打了三次还没有响,大家更是笑得前仰后合,洪武大路终于迎来了最欢快时刻,大家也不顾及徐侉子的管理,趁着天色还没有看不见,都一窝蜂地往外挤出去,戏还没有完的时候人都几乎走光了,这让周小芸有些怒不可遏了。

"怎么回事禄顾问,这还是革命的戏剧吗?这么汇演怎么跟领导交代?"周小芸发怒了。

"周书记啊,我就是不会唱戏啊,不要再责怪别人了!"陈二喜哭丧着脸。

"我一开始就说是不行的,还是请求周书记放弃前嫌,请卢惠民出来唱杨白劳吧,江小燕也是难得的好嗓子,喜儿在南京非她莫属了,还请领导三思啊!"禄文景知道说话的时候到了。

周小芸知道是彻底失败了,面对这样的结果是没有想到的:"江小燕唱喜儿,卢惠民唱杨白劳,陈二喜唱黄世仁,就这么定了!明天继续在街道排练,砸锅卖铁就这一锤子了,禄文景你看着办了!"气呼呼地走了。

禄文景这才重重地松了一口气,卢惠民上台的时候仔细观察了,很显然就不是唱老生的,为了卢家的安危也是难为他了,世道真的是变得太快了,洪武大路上的是非尊卑不是原来了,以周小芸丫环也学会了教训别人,陈二喜做了没有决定的革命领导,卖烧饼油条的侉子也有了地位,而自己也就成了趋势附炎的人物,洪武大路真的乱了吗,还是原来就应该这样。

禄文景每天回到家里都是深夜了,可是王文贤始终是在等他,给他热了饭菜倒了水才去陪孩子睡,而他却是怎么也睡不着的,虽然排练不是很辛苦心却很累,不知道什么时候也学会了抽烟,而且是越抽越厉害了,咳嗽外面都听得见。王文贤会起来帮助他揉腿捶背,看着妻子一天天的消瘦,禄文景心里也是难过的厉害,几次劝她回去苏州,她都是不愿意走,可是在家里没有事情可以做,他开始后悔回到洪武大路,真的不知道自己还在留念什么。

汇演是在南京人民大会堂演出的,徐侉子按照周小芸的要求,印了大量的海报在南京城里张贴,面对重新出山的两个角儿,南京知道的人还是很多的,本来是发赠券的事情,到最后演变成一票难求的局面,连省市的重要领导都给周小芸电话,希望能够有自己的位置。这样的结果是根本没有预料的,炎热的夏天徐侉子给演员们送绿豆汤,对禄文景也派了人专门照顾,希望一切演出能够顺利。

"看东方,百万工农齐奋起,风烟滚滚来。
闹革命,工农翻了身,推翻旧世界。
多少喜儿翻了身,锦绣河山放光彩。
看东方,百万工农齐奋起,风烟滚滚来。
闹革命,工农翻了身,推翻旧世界。
永远跟着毛主席,永远跟着共产党。
永远跟着共产党,永远跟着毛主席,
革命到底!"①

高潮的时候全场都沸腾了,大家一起跟着唱了起来,楼上楼下到处是一片欢呼,面对卢惠民和江小燕这样的角儿,南京的各级人士是渴望已久的了,省市领导没有想到南京竟然有这样的水平,特别是唱腔改的更有南京味道,他们都祝贺周小芸的文化管理成果,这让她几个月来的奔波有了安慰。徐侉子跑到了后台告诉领导要亲自接见,也为新闻单位准备好了拍照的地方,等一切妥当大幕才又徐徐地拉开了,演员重新地回到了舞台上。

"你们要不要脸啊!"蒋春晓冲了出来,"江小燕你真是个不要脸的女人,陈二喜你就是王八啊,卢惠民你给我回家去!"

演出的秩序完全被彻底打乱了,几个治安人员本来只是领导的保卫,这时候已经冲上了舞台,紧紧地抓住了蒋春晓的手,所有的人知道发生了什么,只是对于这样的突发状况也吓得呆住了。

"抓起来,送警察局!"周小芸叫喊了起来。

"你们真的是不要脸啊!什么革命演出,就是不要脸的鸡鸣狗盗,周小芸,陈二喜,你们没有好的下场,你们破坏人家家庭啊,什么革命是骗子。"蒋春晓叫嚣着。

没有几天的时间对蒋春晓的判决就出来了,这竟然成了一场政治风暴的开始,她以国民党的旧势力被逮捕了,在监狱待了不久就送回到街道强制劳动,从此洪武大路的清扫就成了她的工作,每天的早晚都是这个女人维护着街道的干净,在很多人心里这样的惩罚太轻了,这个女人做的罪恶是她一生都洗不净的。

① 歌剧《白毛女》唱腔片段。

公元一九五一年深冬，中共中央发布了《中华人民共和国惩治反革命条例》，洪武大路上开始的“肃反运动”，每天的深夜都有军队来抓人警察署已经关不下人了，也开始将草包店和煤球厂改为了审讯室，审讯的速度远远落后于抓人，这就要求更多的人来帮助，洪武大路上进驻了政府人员，以至于街道办事处竟然要搭通铺了。

“卢文来，你支持过国民党吗?”审问的人说话了。

“报告长官，我给过国民党军饷。”卢文来不敢说谎。

“给了谁了?”审问的人严厉起来。

“给了孙文五十块大洋，他说要革命的。”卢文来如实地说。

“孙文是谁？住在哪里?”审问的人觉得有更大的反革命了。

”孙文就是孙中山。报告长官!”卢文来知道事情不小。

“混账，孙中山是革命的先驱，你滚吧！下一个卢惠昌!”审问的人不耐烦了。

“卢惠昌，你做过国民党的警察署长?”审问的人又说话了。

“是!”卢惠昌承认了。

“杀过共产党人吗?”审问的人瞪着他。

“不认识共产党人，只杀过日本人!”卢惠昌已经不在乎了。

“混账，现在不是你表功的时候，押起来！听从人民的审判！下一个卢惠炳。”卢惠昌被打入大牢。

“卢惠炳，你是国民党的党员，对洪武大路的人民犯下了滔天罪行，押起来！听从人民的宣判!”卢家又一个进了监狱。

禄文景是在夜里被抓走的，他没有丝毫的害怕紧张，一个对共产主义有过信仰的人，不相信人民政府会滥杀无辜，自己为中国昆曲的发展是有贡献的，看着卢家的人只有卢文来逃了过去，觉得自己也是应该没有问题的。

“禄文景，你是满清的遗老遗少，做过什么反革命的事情?”审问的人很不在意。

“我没有做过反革命的事情，相反我规劝过国民党不要跟共产党为敌!”禄文景很得意。

“看来我们是抓错了对不对？那么你说是规劝谁的?”审问的人准备下一个了。

“我规劝了蒋介石两次，希望他能理解共产主义!”禄文景是斩钉截铁的。

“两次，你说你跟蒋介石见过两次面，怎么证明你没有给他杀害人民提供建议?”审问的人认真起来了，“蒋介石没有深刻的反省吗？你在说谎，你就是帮助国民党助纣为虐，你罪大恶极，押起来，等待人民的审判！下一个许正德!”审问人愤怒了。

“你真是栽赃陷害我，禄文景从来没有说过共产党一句坏话，我是信仰共产主义的！”禄文景的叫嚣一点用处都没有，还是被关押起来了。

禄文景没有想到成了反革命了，人生里面除了吃喝玩乐，就是跟着王文贤一起整理昆曲，面劝蒋介石也是对革命的向往，倒也改造成了一个自食其力的人，很多的问题上是审问人的误解，他相信自己是一个无党无派的人，一切在人民法庭是可以讲清楚的，他决定花时间把一切都记录下来，洗刷自己的各种耻辱，期待着人民给他一个讲话的权利。

公元一九五四年冬天，禄文景已经在监狱里面等了很长时间，终于迎来了一队解放军，给禄文景摘除了手铐脚镣后改成了五花大绑，审问人当面宣读了人民政府的命令，这一切都是他没有想到的，原来以为还有最后争辩的机会，可是眼下一切都没有了，他只好慢慢地闭上眼睛了，等待着最后时间的到来，他想到了无为的人生，想到了与他休戚与共的王文贤，想到了孩子禄昆曲，就是没有想到推荐他回来的吴成芳，眼泪终于流了下来。

“禄文景，原名完颜文景，满清镶黄旗的后代，进入南京从事大量的反革命活动，在洪武大路赚取人们的民脂民膏，过着寄生虫一样的生活；国民党占领南京以后，奴颜媚骨向国民党政府乞求，获得了故宫博物院的研究员职务，做资产阶级的艺术研究，将大量的剥削阶级的故事搬上舞台。禄文景生活糜烂霸占年轻的女大学生，撰写大量的反革命文章，流窜到苏南一带联系反革命组织，按照中央人民政府的相关条例，判处死刑，立即执行！”

禄文景迅速地被押上了卡车，在身边有很多熟悉的人，卢惠昌、卢惠炳、许大胖子和以前的一些街坊，大家都被在脖子后面插上标语，车子很快地就出发了，远远看去街道上的人是不少的。

“打倒反革命！”

“坚决镇压反革命！”

“把无产阶级革命进行到底！”

“打倒禄文景！打倒卢惠昌！打倒卢惠炳！”

“人民政府万岁！”

每到一个路口都是沸腾的人群，禄文景被五花大绑着，只有眼睛还可以活动一下，他看到了生活过的城市，看着绿荫的梧桐树，看着那熟悉的街道，人群中看到了卢文来，看到了死去活来的媳妇们，另一侧他看到了吴成芳、陈二喜和江小燕，特别是看到了王文贤和自己的女儿。禄文景觉得自己真是有罪的，太多的是吃了人家的，从来没有付过房租，跟吕笔畅也是花天酒地，多少也算是罪大恶极了。他要唱可绳子紧紧地勒住了脖子，禄文景哼唱的只有自己能听到了。

“离却了九锦八宝连环帐，
耳听得那曹营吴兵魏将，
队队貔貅闹嚷嚷，
东门吴寇来阻挡，
南门曹兵似虎狼。
看西门，西门也有兵和将，
看北门，唯有北门无埋藏。
观罢阵情回宝帐，
不由某心中暗思量。”①

禄文景在还没有到刑场就咽了气了，军警只是胡乱地开了一枪，里面的黄马褂真的打出一个窟窿，伴随着一种无奈的人生，他死了。

王文贤对于禄文景的死是有准备，人生得意的时候是要付出代价的，也许这就是两个人太幸福的报应；她没有太多的眼泪悲伤，所以在清凉山烧完了自己的丈夫，不像所有的妇人一样地嚎哭，静静地取回了丈夫的手稿，希望孩子长大以后能读一些。车子是周文彪专门派来的，马车夜里的出现没有引起任何的注意，骨灰也就是装在一个菜坛子里面，她关好了丈夫家的大门，然后头也不回地回到了周庄，到了故乡叫了几个人，他们都是禄文景生前做事情的粗人，大家连夜就把菜坛子埋到了地下，一个靠水很近的地方。

禄文景仔细的算来就不是南京人，在洪武大路上也就是有个偏门，北京城里跟他更算不上是丝毫联系，招魂是没有地方可以去的，还是周庄的乡亲喜欢他，在古戏台的前面有了他的介绍，让他成了乡边上的一个孤魂野鬼了。

---

① 京剧《走麦城》唱腔唱段。

“妈妈，这些曲谱都是些什么啊，这里面埋着的是什么人?”禄昆曲当然是好奇的。

“嗯，我给你讲个故事吧，很久很久以前北京有户人家，出了一个不学好的孩子，他成天的就是吃喝玩乐，到了一个新朝代的时候啊，皇上就换了给他一份工作去抄写曲谱，他认识了一个漂亮的女孩子，两个人就一起生活也有了孩子；后来谁知道啊又换了一个皇帝，说抄写的那些东西没有用，说他浪费了很多的纸张，决定就把他拉去杀了头，他死的时候很高兴，因为没有人知道他抄写的是什么，这些秘密也就永远地放在了心里!”王文贤只能这样告诉孩子。

“文贤啊，不能这样告诉孩子的!”周文彪常来看看他们。

“那你有什么更好的答案吗?”王文贤不知道该说什么。

周庄的晚秋是非常美丽的，除了山水之外就是永远的“水磨腔”，这里人最大的特点就是没有话，更不会宣传这话是什么经典的故事，禄文景下葬的地方没有人知道，即使后来吕笔畅和周文彪的祭奠，也就只能对着远处的小河念叨几句，纸钱也是慢慢地撒在河面上，只是在后来的时光里面，常常听到禄昆曲的演唱，那是一个孩子的纯真，没有丝毫的哀怨的情绪，但是真的是很久地回荡在心里。

“海天悠，问冰蟾何处涌?
怕玉杵秋空，凭谁窃药把嫦娥奉?
甚西风吹梦无踪?
人去难逢，须不是神挑鬼弄在眉峰，
啊呀! 心坎里别是一般疼痛!”①

禄昆曲在周庄河边永远唱着这曲子，是妈妈用爸爸抄写的谱子教的，她就是喜欢了!

公元一九五五年的春天，禄文景没有等到他的昆曲曲谱的出版，作为反革命就被枪决了，心里很憋屈。

---

① 昆曲《离魂》的唱段。

第十章

chapter 10

洪武大路第一十七号
徐侉子与烧饼油条

小營
國民政府
交通兵團
中央商場
西華門
飛機場
光華門
中央大學
石門檻
中和橋
觀音寺

洪武大路上做烧饼油条的人叫徐侉子，人们怎么也没有想到他竟然那么出息。

徐小山是江苏和山东交接处的蚌埠农民，因为长得太平常几乎没有记号，口音就成了人们记录他的方法，被洪武大路的人称作徐侉子。徐家的生活在当地不算错的，烧饼油条卖到了方圆几十里的集市。徐侉子八岁就跟着父亲学手艺，烧饼、油条、煎饼、麻花等等都做得不错，十来岁的时候能力已经超过父亲，心里的愿望就是去外面闯世界。烧饼油条的做法是不上餐馆台面的，起码的层次也是要做面条，父亲也愿意给他做帮手，就在蚌埠开了一家面馆，随便做更精细的糕点就是了，馓子、包子、花卷、锅贴也是侉子看来的，心高气傲的徐侉子开始又不满足了，心里想着去更大的地方发展，这可把本分的徐大侉子惹火了。

“你真的是昏了头了，高级点心是你能做的吗？你的那双手就是穷命哦，连个烧饼油条做的大小不一，麻花馓子都粗细不均匀，算了吧。”这是父亲的嘲笑。

“怎么就不行了，人家做生意的都是选利润大的，而你就是越做越小不是吗？煎饼的收入远远比麻花低做煎饼；烧饼油条比麻花的利润低做烧饼油条；看不出来你是怎么想的，天生的穷人思考！”徐侉子也很犟嘴。

“我们就是侉子你懂不懂？赚的就是辛苦钱知道不知道，枪炮的生意赚钱你去做啊，银行的差事挣得多你去啊，不要不知道自己什么分量，把面给揉出来三十斤，不要一天到晚做你的大头梦！”父亲对自己的生意非常知足。

“哼，我以后就是要做大厨的，至少是大饭店的白案，烧饼油条不是我的命，你等着细瞧就好了徐大侉子，发了以后你可是不要后悔哦，到时候别指望我再用你！”说着把面团扔在一边：“徐大侉子啊，今天我就不做了给钱，我要去北京城看看出路。”他没有玩笑而是正经的。

“滚，老子养你这么多年还没有收钱呢，你给我滚永远不要回来，明天我就雇个帮手回来，也永远没有你这个儿子了。”徐大侉子抄起了擀面杖追出来：“有种你就不要回来哦！奶奶熊的，这是个什么玩意啊！”徐大侉子追出去，而在早就跑得没影子了。

徐侉子都是事先安排好的，认真跟父亲说是没有用的，激怒父亲就是把路彻底就给断了，破釜沉舟才是新希望的开始。进了京城没有几天，就在北京的东四找了个事情，做起了南来顺餐馆的小伙计。徐侉子脑子聪明人也勤快，南来顺是皇家常点的厨房，几年的工夫就被留在了御膳房帮厨，他自己选择了皇家面点的制作，心灵手巧很快就成了白案厨子，专门伺候后院的嫔妃们，赏钱虽然不如皇上给的大，但是数量却是每天都有，徐侉子真的觉得大侉子没有眼光，期望几年以后荣归故里，给徐大侉子开一家皇宫面点店，徐侉子对未来充满了期待。

宣统三年的寒冬，“辛亥革命”终于把皇帝给赶下了台，徐侉子的命运也开始了变化，仗着自己留下的腰牌①转到了天津，在“狗不理”饭庄做了真正的大厨，虽然这里不是皇宫那么气势，但是地位发生了翻天覆地的变化。每天只要一踏进饭庄，人前马后都是一帮伙计伺候着，除了真的是老板家里请客，平时根本就不用动手，就是老板也常常赔着笑脸。好景不长北伐又开始了，军阀炮弹打得天津是昏天黑地，百姓不敢出来饭店也就没了生意，徐侉子这时候才想起回家的事情。火车到了蚌埠父亲的烧饼油条铺早没了，在车站上听说南京好做，还是不甘心家乡没有机会，又上了火车就来到南京。到了洪武大路看看穷人不少，就决定在这里先开个烧饼油条店，以后再找机会给大总统伺候。

早点的生意徐侉子是小了一点，也算是自己有了家业，早上的生意特别的好做，饿了的人们是不在乎花这点小钱的，收入是根本不用怀疑的。想起父亲的谆谆教诲，徐侉子努力把每块烧饼做的厚薄大小一致，油条也是胖瘦高矮不差，日子也就慢慢地好起来了。中午生意也就算是结束了，徐侉子用剩下的时间补个午觉，起来就去“三春酱园”买点酱菜，馋了就去卤肉摊子上叫几两猪头肉，或者再买点蔬菜面条，很快的每一天就混过去了。徐侉子很气愤徐大侉子把蚌埠的店给关了，不然饭馆早就开成了，南京要走也不是那么简单的，时间长了回家的打算又搁置了起来，每天继续做着传统的生意。

“侉子房间要打扫干净哦，我是不租借给不爱干净的人哦!”这是谢寡妇的叮嘱:“早点结束，要记得把外面弄干净才好，有要帮忙的不要客气哦!”她是很话多的人。

徐侉子的二房东是扬州人谢金兰，总是絮絮叨叨的厉害，谢寡妇带着一个不小的孩子，租下了这个铺面做凉粉，小本生意承担起房租压力很大，听说徐侉子找地方卖早点立刻就答应了。房子分租不但租金省了下来，也算是夜晚有个照应，面粉和井水是共同的生产材料，也都是彼此可以拆借的，特别是都要早起早睡地准备，一来二去相同的作息习惯，很快地就睡到了一起，只是这样的生活跟常人不一样，他们办事通常是在白天的。

---

① 腰牌，皇宫进出的证明。

“别那么用劲啊，都要给你撑破了！”谢寡妇总是那么的大惊小怪。

“娃儿都有了还能撑破了，皇帝都喜欢你们扬州虚子哦！”徐侉子既幸福又快乐。

“娃儿是很多年前的事情了，多年不用了你要轻点啊！”嘴上这么说身体是紧紧缠着的。

“不日死你个扬州虚子，我就不做山东人了。”徐侉子狠命地作就是了。

谢寡妇的床就是一个竹子的，哪经得起这样的折腾，每次都是叽叽喳喳的作响，仗着年轻徐侉子每天都要整，而谢寡妇也就是撒娇而已，在徐侉子的重压之下谢寡妇每次都是遍体鳞伤。谢寡妇的儿子睡觉很警觉的，被吵醒以后看着徐侉子正趴在妈妈的身上，总是要冲上去推开的，这节骨眼上女人总是不好意思的，她迅速地推开这个年轻的男人，去抱着自己的儿子并哄他睡着，等一切都停顿了以后，徐侉子已经是呼噜声震天了，终于留下了不少的遗憾。

竹床既然是徐侉子忌讳的场所了，谢寡妇就换到了面粉仓库里面，孩子熟睡后谢寡妇就把徐侉子带着这里，这一袋袋的面粉都是没有让劲的，谢寡妇也是喜欢在这上面折腾，一方面是免去了对竹床的担忧。新的问题没有多久就又出现了，尽情地享受鱼水之欢，徐侉子的声音是非常大的，有时候几乎是惊天动地的喊声，合着汗水徐侉子可是没有顾忌的，谢寡妇很多次捂住他的嘴，结果是手被咬的到处是伤，好在儿子也不是喜欢问，谢寡妇就用手绢包裹着，炸油条的时候都说是油烫伤的，徐侉子很得意叮嘱要小心，心里想着还是两个人的苟且之事。

“金兰姐，我要娶你做我的女人，这辈子就是你了！”徐侉子又把谢寡妇按在面粉上了。

“你少来了，看‘三春酱园’的那个眼神，就知道你不是好东西！”谢寡妇知道徐侉子脑子里面想着别的女人。

“没有啊，我只喜欢你老马识途啊，你不觉得我就是你要的。”徐侉子挑逗着。

谢寡妇被徐侉子完全支配了，神情也已经变得模糊了：“我不管你以后有没有女人，反正这个店你是不能退租的，你的人也是不能退租的，我就是你的了！”疯狂的扭动着弱小的身体，拼命地迎合着这个侉子的要求。

“侉子，来啊！来啊！”谢寡妇喘着粗气。

“姐姐我来了，一起来啊！”徐侉子也咆哮着。

烧饼油条店的面粉袋固然结实，可两个人身体迸发出来的汗水，还有那些液体也很容易地被面粉吸了去，烧饼、油条、凉粉也多少有些恶心了，外面的人们并不知道这一切，谢寡妇是从来不沾店里的东西，两个人心知肚明地笑着，热情地招呼着南来北往的客人们。狂热之后大汗淋漓的徐侉子，最喜欢在月光下面欣赏自己的女人，本来就很白净和苗条的谢寡妇，身体沾上面粉会显得更加的白皙，这常常引来徐侉子的又一次疯狂。徐侉子就在这个很小的生意铺里，穷尽了一切表示出对女人的迷恋，更是对自己成功的表彰。

徐侉子喜欢注意卢家的事情，表面上和大家一样尊敬卢文来，心里有着莫名其妙的羡慕，对卢家的三个儿子的成就，那就是全然的妒忌就是了。老大卢惠昌是警察署的官饭，根本就是人家汤瞎子的手段，老二就是找女人也是妈妈和哥哥帮忙，老三喜欢唱戏也是班子自己找上门。如果能生在这样的家庭，做得要比他们好的太多。谢寡妇却不指望徐侉子有地位，有这样一个男人用很知足了，徐侉子的胆小也是她期待的，这样不会惹出大的事情，可是没有想到有时候太窝囊了，洪武大路上几乎人人都可以修理他，这样的男人是安全了，可有也是一种想不到的负担。

“操你妈的侉子，这都糊了的烧饼也敢给老娘吃，你不怕我把谢寡妇拉去窑子，换一块听到没有啊！”年轻妓女可以教训他。

“你们还不回去睡觉啊，卢惠昌过来喝豆浆了啊！”徐侉子知道她们怕谁。

妓女吓得转身就跑的时候，听到了徐侉子的笑声，知道这是一场恶作剧，边清除身上的豆浆又是一通大骂：“徐侉子你敢吓唬老娘，我现在就先收拾你！”妓女真的要动手。

关键的时候总是谢寡妇冲出来了：“日你个亲娘的有的完没有啊！”

妓女们总是被谢寡妇打得四处逃窜，她的脸色也气得发青了许多，真害怕徐侉子被这些妓女给办了，谢寡妇知道徐侉子是大事做不了，小事又害怕的没有种的东西，扬州人的那种泼辣，很快地就遭到了报复。妓女们用很少的东西，就从她儿子的口中套到了话，连什么姿势跟徐侉子做爱，竹床搞坏了都知道得一清二楚的，大家愤怒两个人用面粉袋做爱，几个星期都没有人敢买烧饼油条了，直到所有的面粉卖完了大家才恢复，殊不知两个人依然如故，而且在上面更是有意的发泄了。

民国二十七年冬天，日本人占领了整个洪武大路，宪兵队就设在了烧饼油条铺的对面，门口是日本人的宪兵日夜的把守着，进出的鬼子还带着狼狗到处闻，畜生一有什么特殊的反应，日本兵的刺刀枪瞬间就围了上来，全身搜得是仔仔细细的，严重的就是拖进去严刑拷打。徐侉子的生意一下子惨淡了，没有人为了一副烧饼油条的事情，愿意在宪兵队的门口晃一下，大家都绕着这里走，洪武大路的北口一下子就冷清了。当然也有不那么怕日本人的，洪其昌、杨瘸子、卢惠昌和许大胖子就好多了，他们有时候还给日本人带点，当然也有饿得实在是干不动活的黄包车夫，所以徐侉子还能勉强度日。

“唉！我说谢寡妇啊，这油条几乎都是生的了啊，是不是夜里两个人整得太厉害了，早上炸油条的力气都没有了，要在油锅里面多滚几下懂不懂啊，看起来你是不会玩啊，怎么会变得越来越小的呢？徐侉子啊要教会谢寡妇在里面停一下，停一下再捣再折腾才是尽兴的！”洪其昌自从成了保长以后，有点肆无忌惮的了。

“洪家大哥啊，油条不是麻花啊，讲究的就是嫩和新鲜啊，你喜欢的老油条的话，等我们这里下市的时候，剩下的我一定给你回锅好吗？”谢寡妇对付洪其昌有一套。

自从谢寡妇掌管了油锅以后，油条下去的时候绝对不多停留，她不想耗费更多的猪油，抱怨的不只是洪其昌一个人，只是别人不想争执太多，把日本人招来了麻烦更大，能不挑剔的买上几根到回家里，已经是最大的万幸事情了。谢寡妇不是没有大方的时候，儿子吃可是狠劲的翻滚，再挑上两块上好的烧饼，给儿子带了去上学，有时候被洪其昌看见，就点名要起锅的那两根。

“我就要这两根哦！”洪其昌指着在油锅里金黄的油条。

“嗯，这两根是给我儿子的，你要是叫一声好听的就给你！”谢寡妇漫不经心的。

“你他妈的是人生父母养的吗？以为烧饼铺是卢家啊，老子不吃了行不行啊，别以为事情就过去了啊，你等着！”洪其昌恼羞成怒了。

洪其昌回去做了一件很损的事情，就是请杨瘸子带着日本人吃早点，虽然是损失了几个小钱，可徐侉子的生意真的一落千丈了。徐侉子知道是谢寡妇惹得麻烦，就带着东西去了洪其昌的家里，希望他能够放自己一马。洪其昌见到徐侉子的到来，心里的火气更大的是谢寡妇不来，他洪武大路就算谁都治不了，也不能输给徐侉子和谢寡妇，洪其昌多少要抖一下威风的就是了。

“洪老板，这事情都是谢寡妇不懂事，这点意思是她让我送来的。”徐侉子说好话。

“谢寡妇不懂事你来做什么，她跟你有任何关系吗？你让她自己来就是了。”洪其昌火又上来了。

洪其昌垂涎谢寡妇已经很久了，去烧饼油条店表情都是色眯眯的，更是很多次用黄话引诱她，谢寡妇听懂了却装不明白，从来没有搭理过一次，这个机会洪其昌是不会放过的。徐侉子也是当然明白的，也非常看不起这个家伙，上次在清凉山几乎被打死了，每天都是洪春花给他送豆浆，油条也常常不收他的钱。日本人来了以后就忘了，成天是泡在烧饼油条店算了，现在竟然恩将仇报，想占谢寡妇的身体便宜，这还算是洪武大路的街坊吗。可现在是日本人的天下，宪兵队的人在杨瘸子的教唆下，早上都是坐在那里吃早点，等他们走了还有谁敢进来，最好的方法还是装孙子，希望洪其昌能放他们过去。

“洪老板，你一个有地位的人，怎么跟她一般见识啊，下次不敢再慢待您就是了，嫂子不在家啊还是出去了？”徐侉子开始提高嗓门：“洪老板，你就大人不计小人过了，谢寡妇都认错了你就原谅吧，都是老邻居了不要在意计较了，大嫂方便的时候一起来啊，我一定把你们伺候好！”

徐侉子知道洪春花正在床上听着，放下手里的东西快步地走了。

这件事情在洪武大路已经传很久了，有人认为徐侉子的生意是坑人，让个寡妇出来偷工减料，做得真的是太不地道了，洪其昌折腾一下也是有道理的，可是把日本人作为筹码也算是损的，中国人的纠纷为什么要日本人威胁，所以大家也不喜欢他的做法。洪春花知道洪其昌醉翁之意，碍于家里的沉香宝贝，多少也是顺从的就是了，自从担任保长就是完全变了，去秦淮河找妓女不算，现在竟然吃起了窝边草，根本就是目中无人了。

“洪其昌你要脸不要脸啊？你想怎么样啊？”洪春花出来说话了。

“没有怎么样啊，就是要教训他们一顿！”洪其昌解释起来。

“少来了，你那个花花肠子我看不出来，喝了人家一碗豆浆，吃了人家两根油条，就想人家陪你上床，你以为所有人都跟我一样傻啊。”洪春花点中了事情的要害。

“没有啊，真的没有，我就是觉得那寡妇太嚣张，人家卢惠昌去就招呼的很好，而我去就是不行呢。”洪其昌辩解的振振有词。

“亏你还是跟我父亲学了不短的时间，穷人要到贵族是几代人的努力，你也不读读你的家谱，日本人是你的亲娘祖宗啊？你以为你给日本人做事情，人家就会怕你了是不是？谢寡妇能看不上你，整我都没有效果还想整扬州女子？那是皇帝选妃子的地方，哪一个不是真材实料的，表面上是娇柔万分，上去不消一个时辰把你榨干信不信？癞蛤蟆想吃天鹅肉啊，你就省省吧！”洪春花开始讥笑他。

洪其昌被老婆一阵修理，觉得很没有了面子低下了头，烧饼油条店生意萧条是目标，这个扬州白白的小女人一定会求他，到时候就可以上了这个小寡妇，徐侉子这么一闹腾说明坚持不下去了，离自己的要求是越来越近了。他不能就这么算了不是，想到这里他又伸出了手，说是场面上要应酬拿了几块大洋，头也不回地去了维持会。

"咋办啊，现在的生意只有三成了，这样下去我们撑不了半年，还是搬家吧。"徐侉子开始唉声叹气起来。

"你还是不是个男人啊，这点事情你就怕了，我去找洪其昌，你就等着看我整死他吧！"谢寡妇早就有了自己的计划，徐侉子听完才觉得有些后怕，养过孩子的女人什么毒计都使得出来。

徐侉子觉得这事冒险不成后果更是严重，谢寡妇看出了他的担忧："那我就再加个保险，一切都按照我说的做，听到没有！"

徐侉子看着满屋子的日本人坐着，看起来要坐到中午了都不会走，烧饼油条不是狼吞虎咽的，而是用手掰着慢慢地填到嘴里，日本人见到徐侉子更是竖起大拇指，夸奖他的烧饼油条做的好，面对这一切也只能是苦笑了，也只好对日本人伸出大拇指，真的希望他们快点离开，可是鬼子更是高兴了，竟然几个人要跟他学做烧饼，油条也是一个小鬼子感兴趣的，店里真是越来越乱了，真的是伤心到了没有办法说了。

"洪大哥，那天玩笑跟您开得过了，你不要生气了。"谢寡妇真去了维持会找洪其昌。

"不要生气了，你以为我是谁啊，你想我要生气就生气，不想要生气就不生气了！"洪其昌看到谢寡妇得意极了。

"人家都来认错了那你说要怎么样？洪大哥就饶了我们两个小生意人了，再这样下去我们的生意真就垮了，你把日本人带走我就请你，任凭大哥喜欢，我都能伺候！"谢寡妇羞涩地低下了头。

洪其昌热血都沸腾了："小谢，我明天就请皇军改吃别的，晚上你是不是就该兑现承诺？"

"嗯！"谢寡妇特地看了看周围："明天晚上九点孩子睡了以后，大哥你来！"

洪其昌看着谢寡妇远去的身影，不由地心里是暗暗窃喜起来，可是一想起洪春花天天的索要无度，就觉得明天是要保证质量地，他打算今晚就在警察局熬上一夜，明天就可以尽情挥霍了。他开始得意起精妙的算计，小娘们终于是自己囊中之物了，正在想着明天的好事，杨瘸子来要明天的早饭钱，他很爽快地把银元抛在了桌子上，杨瘸子看着白花花的大洋这么多，知道这家伙是有了别的要求，看着他一脸春风得意,觉得这可是狠狠敲上一笔的时候了。

“你确定不要皇军去烧饼油条铺了？人家要是自己去了呢?”杨瘸子暗示他。

“你领他们去别的地方不行吗？再说吃多了也要倒胃口的。”洪其昌有点不安。

“换口味也就是夫子庙的‘永和园’了,这点钱半碗面就是了!”杨瘸子伸出了手。

洪其昌这时候觉得很疼了,可是怕明天的计划不能实施,无奈就从抽屉里面拿出了私房钱,杨瘸子看着洪其昌给了十块大洋,简直是心花怒放了,早点的免费就要结束了心里有些不甘,他先把洪其昌给的钱放到了口袋里面,然后又伸出了手看着他。

“你还要什么呢?”洪其昌装傻,“不就是请皇军吃个早饭!”

“洪保长啊,你真的是不明白吗,我这样帮你也不能没有好处吧。”洪其昌心里骂着,不情愿地从口袋里又掏了两块。

“洪保长,你不算是个聪明人哦,不认为你能算计过那两个人,你就是个木头脑袋知道不？给自己留个心眼吧!”杨瘸子警告完就走了。

洪其昌正在想着杨瘸子的话,觉得这就是一种恐吓而已了,他正准备出去给谢寡妇买点东西,这样是不是更能让人家满意,洪春花突然就在了他的面前,是不是什么事情泄露了,他心里感到非常的紧张:“春花,你现在来有什么事情?”

“你没有事情吧,脸色不是很好看哦!”洪春花很敏感的。

“没有,今天的事情特别多!”洪其昌悬着的心放下了,“你有什么事情我忙着呢!”

洪春花情绪很兴奋:“你这个保长的差事不是白干的,六合的农具店把生意都交给我们了,只有你能够把铁器送出去。农村现在缺这个的厉害,所有的钢铁现在都不让进出城了,你是保长不是管个那个证明吗,接下来南京城里就我们可以做了,水涨船高啊价钱就要发了,不是吗?”

洪其昌听到这个事情心彻底地放下了,日本人在洪武大路是待不久了,现在连钢铁进出都要保长证明,人们买把菜刀都要上这里来,也没有想到还有捞钱的机会,那以后谢寡妇还是可以维持的了,这时候心里很是觉得舒服,他看着洪春花还不想走,她正傻傻地瞪着自己笑,心里顿时毛骨悚然了。洪其昌暗暗叫屈厉害,天啊！母猪竟然这时候发情了。

“不行啊,一会有事情要出去啊!”洪其昌准备逃跑了。

“孩子我都打发不在家了,回去一会就可以了!”洪其昌被一把拉住了就走。

“真的啊,皇军找我去开会啊!”洪其昌开始乱说了。

洪春花正在亢奋之中没有顾忌，也不顾及地就扒掉了洪其昌的裤子，洪其昌知道这是躲不过去了，只有无奈地勉强地应付着，可脑子里面全是凉粉店的谢寡妇，谢寡妇的眼神是那么的妩媚，谢寡妇的笑容是那么的可爱，谢寡妇的身材是那样的修长，随着洪春花的疯狂扭动，他再也忍不住了瞬间就坍塌下来。洪其昌觉得这就是卖春的感觉啊，而洪春花连个招呼都没有，系好了裤带推开了门就走了出去，洪其昌感到无比地愤怒了跌坐在椅子上。

"啊，洪老板，哈哈！在房间里面做事的是你啊，靠，你老婆真的是厉害啊！"许大胖子算是领教了，"中华门下面有个王秃子，有祖传的秘方专门对付要求的，我用了管用的很了，同情才告诉你！"人家见怪不怪地走了。

洪其昌觉得那样的折腾算是耗尽了，正在自己六神无主的时候，这个猪一样的许大胖子告诉了秘密，他觉得就是天助自己的放纵，翻了翻抽屉下面还有几块银元，揣在口袋里面晃晃悠悠地出去了。

徐侉子心情忐忑了一整天，自从谢寡妇跟他说了计划，烧饼不是煳了油条就是过了，白白地浪费了一袋多面粉，明天晚上洪其昌的出现，处理不好就是灾难啊，想到这些事情心里就慌乱的厉害，下午在床上翻来覆去地睡不着，看着谢寡妇一碗碗地卖凉粉，好像什么事情都不曾发生一样。谢寡妇真的是没有一点的害怕，一切都在安排之中，晚上不但给徐侉子做了肉汤，也去打了几两的烧酒，酒精的作用能让男人更雄壮，吃饭听着徐侉子的长吁短叹，终于忍不住了摔了碗筷。

"看你那没有见过世面的样子，你不是也尝试霸王硬上弓吗，成功了吗？女人的身体是铜墙铁壁，也是可以说是稀泥一摊，那要分谁是谁非了！"谢寡妇的态度很坚决。

徐侉子算是长长地舒了口气，洪武大路上不少人动过谢寡妇的心思，每次都是被她打得落花流水，这女人对自己是很上心的，遇到任何事情都是不怕的，他开始喝酒了也觉得很舒服。他恨这个世道的黑暗，中国人怎么就喜欢折腾中国人，自己也就是一个小小的生意，洪其昌就是不愿意放了他，杨瘸子也是明明晓得那畜生的想法推波助澜为虎作伥的，洪武大路真的欺弱怕强啊！

"我去进货了，你一个人要小心啊，我一会就回来陪你！"徐侉子喝了点有点晕。

"今天太累就不要去了，等我把孩子哄着了一起去？"谢寡妇有点担心。

"不用，我就一个人去好了，你早点睡吧！"徐侉子走到外面推起了小车。

徐侉子的车推出了洪武大路的时候，怎么也没有想到竟然碰到了洪其昌，除了买来许大胖子说的药酒，还来了块上好的猪头肉，见到酒气的徐侉子还上去打了个招呼。

“徐侉子这是去进货啊，有我洪其昌在，保你生意兴隆哦，喝了不少啊是不是？要不要跟我回去喝点啊，未来怎么我们也算是有联系的了，哈哈！”洪其昌很不要脸。

“你，你就是个不是人的东西，你以为我不知道是你整得我啊，告诉你是有报应的！”徐侉子把怨气发了出来。

“徐侉子你长脾气了是不是？要不是谢寡妇出来为你说情，我早就灭了你了，不跟你一般见识了，回见了！”洪其昌免得明天晚上的事情生变。

“一霎时白茫茫满江雾露，
顷刻间看不出在岸在舟。
似这等巧机关世皆少有，
学轩辕造指南大破蚩尤。
鲁子敬坐舟中浑身战抖，
把性命当儿戏全不担忧。
这时候他还有心肠饮酒，
怕的是到曹营难保人头。
劝大夫放宽心只管饮酒，
顷刻间到曹营去把箭收。”①

徐侉子看着这个不是人的东西没有回嘴，突然觉得事情有些变化了，他不打算去进货了，决定回去好好地陪着自己的女人。

中华门的祖传药酒真的管用，洪其昌喝下没几口就浑身发热，下面胀得几乎受不了了，庆幸找到了这个东西，而且得来全不费工夫，开始幻想明天就要发生的事情，谢寡妇随了自己就算是齐人之福了，最好是再能给生个儿子，怎么也是身材出众的。日后成为了维持会长，洪春花就是拦着也没有用了，接着就是把洪春花送回老家伺候父母，洪其昌就是洪武大路上最幸福的人了，他越想越按捺不住反应了，路口看见了徐侉子离开，说明今天就是最好的机会。

① 京剧《草船借箭》唱腔选段。

洪其昌走出维持会的时候，虽然天色已经完全地暗淡下来，可是路灯却是跟太阳一样，照得到处都是一片惨白，走了没有几步他忽然发现，街道上的一切都变得模糊了，地面也是忽高忽低的，只有自己的下面在疯狂地膨胀，身体的所有力量都汇聚到那里，他的眼前是烧饼油条铺的面板桌子，是后面的那张竹床不停的响声，是谢寡妇的淫荡的笑声，是徐侉子的心甘情愿，已经摇摇晃晃地看到了店门。

“啪，啪！”洪其昌的药性发作了：“谢寡妇开门，开门啊！”

这一下把谢寡妇吓得完全醒了，没想到这个东西今天就来了，徐侉子也不在家该怎么办，她觉得要拖延时间才好解决，把这个畜生挡在外面是唯一的方法了：“哎呦，洪保长啊你不是说明天才来的吗？人家今天有些不方便的。”

“开门啊！小美人啊！”洪其昌已经控制不住自己了：“我来了，你开门啊！”把门砸得震天的响起来了。

谢寡妇现在是很犹豫了，开门很可能就是场肉搏，不开周围邻居怎么想啊，砸门的声音是越来越大，洪武大路都完全能够听见，谢寡妇害怕了赶紧把门打开，洪其昌在跨进门里的那一瞬间，她开始后悔这样的举动，洪其昌的脸完全的变形了，眼珠子也是突出来的，身体就像一个发情的公猪，不顾一切地冲了过去。谢寡妇吓得往旁边一闪，洪其昌重重地摔在了地上，可是他接着爬起身来，迅速地就把衣服扒个精光，绝大的阳具立刻显现出来，这可把谢寡妇弄得不知所措，顾不得颜面也开始大喊救命了。

“洪老板娘，洪老板娘！出事情了啊！”徐侉子看到洪其昌从维持会出来，知道事情出现了意外了。

洪春花今天刚接了大的订单，白天在洪其昌的办公室苟且过，下午又去了汉中门采购木料，所以晚上吃了饭就睡下了。大雨给洪武大路的酷暑降了温，她此时睡得正是很香，梦里面全是农具有人买，整个门口都是那些穷酸的农民，她很不愿意别人的打搅，这时候却是被急切的敲门声吵醒了。

“什么事情啊？”洪春花开了门。

“老板娘不好了，刚才洪老板冲到我家里去了，不知道吃的什么东西，整个人都几乎要疯了的样子，你去看看吧！”徐侉子脸都白了。

“什么？这个畜生白天还没有喂饱啊。”随手就拿起一根擀面棍，头也不回地往街南跑去。

徐侉子看着洪春花按照要求走了，他想起了谢寡妇安排的第二步，随即就跑到了卢家大院：“卢队长在吗？我找卢队长！”徐侉子见到卢惠昌二话不说跪下了：“卢队长，赶紧去看看谢寡妇吧，洪其昌这个畜生闯到了她的家里，拜托你去看看吧！”

“洪其昌去你家多长时间了？”卢惠昌冷笑：“徐侉子，你这个时候你不去救自己的女人，却是去报了洪春花又闯到我的家里叫我，你骗谁啊，我是卢惠昌！知道不？”卢惠昌大声地喊道：“你们丢自己的脸还不够，竟然让日本人看洪武大路的笑话，是不是中国人啊！滚！老子没有工夫管你们的破事！”

卢惠昌身体根本就没有挪动，依然在院子里喝他的茶。

洪春花冲到烧饼油条店的时候，洪其昌身上是一丝不挂的，而下身则是根本失去了控制，骡子般的在房间里横冲直撞的，谢寡妇吓得也不成了样子，尖叫着在烧饼油条铺子乱窜，而洪其昌更是开心叫嚷着捉住了她，一下就把上衣给撕了下来。谢寡妇才知道祸是闯大了，就在她叫苦不迭的时候，儿子用炸油条的棍子上去就是一下，他没有放弃眼前的女人，重重地把谢寡妇压在身下，瞬间就把她的裤子扯了去，不顾一切地要占有这个女人，突然头上又挨了一擀面杖，他火了爬起身来看到的是洪春花，他又扑向了自己的女人。

“你个不要脸的东西，中午刚喂过晚上你又翘了啊！你也是个不要脸的东西，有侉子了还要用老娘的！”洪春花不但修理了洪其昌，冲过去又是一顿暴打谢寡妇。

谢寡妇被打得还不了手：“老板娘啊，这跟我没有任何关系啊，都是洪老板的事情啊！”

“一个人的事情，母猪不翘屁股，公猪上得去吗？”说着又是几棍。

洪其昌想挣扎爬起来：“春花，你不能动手啊，你听我解释。”

洪春花看见了丈夫的样子，显得极其地愤怒和仇恨，多少年来都是主动的伺候，洪其昌没有过这样尽心尽力，在这种状况下还是那么的威风，她手上的擀面棍再也控制不出了，向洪其昌的下身一阵乱打过去，没有几下洪其昌就倒在了地上。看热闹的人赶紧过来拉开，日本人的宪兵见到这场面，当然是笑得站不起来，洪其昌躺在地上也只有哀嚎的份了。

“住手了！”卢惠昌突然就出现了，“谁要是再动手，我就开枪了！”

卢惠昌过去看了看洪其昌：“这样是谁打的！”看着谢寡妇擀面杖明白了：“你就是蠢货啊，洪春花、洪其昌你们就是一对蠢货，谢寡妇你也想得出来，徐侉子你也做得出来，你们不怕丢中国人脸啊！谁叫的日本宪兵啊？谁啊！先用车把这个公猪送到吴成芳那里，等事情完了再找你们算账！”卢惠昌呵斥着。

“你们看什么啊？”卢惠昌冲着日本人吼了，“回去了！”

日本人知道这是侦缉队长，心里虽然有些不满意，觉得也是看得过分了，看都不看地几个人就走了，卢惠昌真的后悔来晚了，这些中国人就是不要脸啊，他觉得真的不该是中国人了，他把枪插进枪套里面，过去对着徐侉子就是狠狠一脚。

洪武大路的井台第二天又有话题了，一群女人几乎是不做饭地开始长舌了，只是卢惠昌让警察守住了这里，所有人说话都是悄悄的了。

“这洪武大路上真的出人才啊，卢惠炳算是能干的吧，结果还有洪其昌。”

“听说啊，这家伙的东西比驴子还厉害，都转弯了哦！”

“那还得了啊，那谢寡妇不是被穿了啊，徐侉子也没有任人家糟蹋，拼了命也不行的！”

“这件事情这么说吧！徐侉子也不是省油的灯哦，根本就没有打算娶人家！”

谢寡妇知道人们背后都议论自己，她真是感到是无比的委屈，为了能维持徐侉子的生意，把自己的尊严都出卖了，什么人都知道是洪其昌的错误，也不是个个都说自己无辜的，事情过去了徐侉子根本不在乎。看着徐侉子依然跟客人们谈笑风生，仿佛一切都不曾发生过，在一起竟然问起洪其昌的尺寸，不再相信这个共同生活的男人，她决定跟徐侉子分了，自己依然回到自己的竹床上。而徐侉子也没有再找过她，每天的生活就是工作事情，只是孩子大了也开始帮着妈妈做事情了，没有多久也可以帮助算钱了，偶尔还可以帮着和面。

公元一九四九年的春天，徐侉子起来看到的是满街解放军，豆浆好了以后大家都排队装，末了还是当官的过来给钱，他真的从内心不敢收的，唯一的办法就是多兑水，本来一桶的豆浆这时候成了三桶，好在当兵的并不在意质量，徐侉子这才完全放心了。为了做上部队的生意，几十套的烧饼油条送到军需站，免费地让人家尝尝，很快地附近部队都来拿他的货，这让他想起了蚌埠的生意，多少走街串巷的小贩批货。徐侉子的脑子不止于此，还把更多的毛主席、朱德司令的画贴在墙上，两边也是拥护解放军的标语，终于把烧饼油条店办成了部队食堂，竟然就成了洪武大路上的拥军模范，徐侉子觉得这就是圣旨啊，他仔细地把它裱糊好，端端正正地放在了最显眼的地方。

“徐小山同志，是不是啊？”陈二喜在称呼他的大名，“请你过来一下！”

徐侉子没有想到卢惠炳下去了以后，上来的竟然是小贩陈二喜，面对父母官他自然是知趣的：“陈书记啊，烧饼油条你随便吃，金兰啊你把手里放一下啊，给陈书记来碗热的豆浆，多放糖哦！”徐侉子很想攀上关系：“你吃着，不够只管拿就是了！”

徐侉子心里是有盘算的，解放军占领了南京城市，虽然不拿群众一针一线，但是开不出饷就会跟国民党一样，这些的事情都是从早点摊派开始的，不要说挣不到钱没关系，说不定还叫他们关门打烊去兵营做，在天津的时候不是就这样吗，十天半个月下来就彻底完蛋了，现在区委书记就是管这的，他不在乎伺候陈二喜一个人，怕的是他成为劳军的第一个人。

“徐小山同志你过来，有更重要的事情跟你谈，你停停好吗？”陈二喜琢磨一晚上了。

“是，是！有什么事情尽管吩咐，军队需要烧饼油条和豆浆管够就是了！”徐侉子暗暗地叫苦不迭。

“徐小山同志这你就想错了，这是毛主席教导我们三大纪律八项注意，绝对不可以扰民的，你难道没有看到吗啊？”陈二喜有点不高兴了。

“那是，那是！毛主席万岁！”徐侉子认真的呼起口号，“那你要我做什么呢？总不能要我提供蔬菜吧？我又不是做这行的，这就是小本生意比你以前的都小啊！”陈二喜很无奈。

陈二喜这时候看出来他的担心，抱怨这个没有见过世面的侉子：“你怎么就永远出不来烧饼油条啊，你是贫苦人的出身是不是？你深受三座大山的压迫是不是？现在解放了你要翻身了是不是？”

“是！是！洪武大路家家都是山啊，压得我都喘不上气来，”徐侉子觉得陈二喜了解自己就放心了，“这几年也没有赚什么啊，不信你问金兰就是了，是不是啊，金兰！”

陈二喜觉得再说下去也没有用，就直接把话说出来了：“你出身贫寒是不是？你苦大仇深是不是？你冲破封建枷锁过自己生活是不是？人们政府相信你的背景，经过区委认真的考虑，洪武大路需要建立人民的管理，现在决定让你去北京学习几天，回来担任这里的领导干部，把洪武大路管理好，祝贺你徐小山同志。”

这完全出乎徐侉子的意料啊，他不相信自己的耳朵：“二喜，你不能这样跟大哥开玩笑的，你是说要关了整个的生意吗？再说我以后靠什么生活啊！”

“又来了不是啊，你就是那个小算盘打得精细，你是政府的人自然是吃官饷了，这个烧饼油条店就由谢金兰同志接受，你准备一下就去区委报到，我们期待你为洪武大路贡献你的力量。”陈二喜安排完了就走了。

“乖乖隆的咚，徐侉子，你是时来运转了啊！”谢寡妇惊叹的叫得起来。

谢寡妇几乎发现了一个宝藏，怎么也没有想到徐侉子能有今天，徐侉子将来就是个靠山，自己的儿子也是可以走仕途了。扬州人女人嫁给侉子也会被笑话的，所以尽管两个人同居很长的时间，也是从来不告诉扬州的亲戚。现在不同了洪武大路的人恭维她，连井台上去打水人家都让着自己，更有很多女人都对徐侉子笑，这让她觉得是很嫉妒的，这样的男人真的是找不到的了。晚上谢寡妇的儿子睡着了以后，她把以前陪嫁的首饰都捧了出来，要投资在徐侉子身上，将来这个人是区长、市长甚至于是省长，即使变心了也是他的女人，只要他以后把儿子安排好。

"侉子啊，你不要忘了我啊！"谢寡妇主动地骑了徐侉子。

"不会，我喜欢老马识途的啊，你这么多天不给不是也忍住了？"徐侉子享受着。

"侉子啊，你永远能忍住吗？我不信！"谢寡妇边做边问。

"忍不住，现在我就忍不住了，你饶了我吧，好好地修理我啊！"徐侉子叫嚷着。

徐侉子喘着粗气很觉得兴奋，这是多长时间来的第一次啊，不是担任了街道干部的话，谢寡妇根本就不可能再上他的身了，她一直要嚷着回扬州，有个转业军人，现在一个街道干部诱惑该多大。谢寡妇的确是想回扬州的，要伺候一个路都不能走的人，她多少有点是不愿意的，就在她犹豫不决的时候，徐侉子竟然就成了国家干部，这就是天赐的机会啊，她疯狂地享受着徐侉子，这个男人可以带来想不到的明天。

"我去北平的这些日子，你好好地照顾店里的生意，以后我是国家的人吃公粮了，结婚以后也可以申请公粮，你也就是公家人的老婆了。儿子也是国家的后代了，等着吧好日子就快了！"侉子兴奋的厉害。

"我跟你说啊，当官可以，女人只能玩我一个，我都被你整得人样都没有了，身材也走了形状，我能塑造你也能毁灭你，你可是听好！"谢寡妇还是不放心。

"这你就想多了，熟门熟路的用起来方便哦，我是不会变心的，当着玉皇大帝发誓，侉子这一辈子就跟虚子了，以后生个侉虚的儿子，清清白白认认真真地过日子。来吧！"侉子又兴奋了起来。

"嗯，今天随你了，可是你也要照顾身体啊，别掏尽了身子就好，随你要，随你整，我就是你的，我的侉子啊！"谢寡妇也是拼出去了。

谢寡妇的竹床又重新地响了起来了，唧唧吱吱一整夜都没有停止过，仿佛是分别最后的享受一样，徐侉子不知道哪里来的力量，吃政府饭的人竟然有这么多好处，白天所有买早点的人不再抱怨油条炸得不够，相反地叫他们不要随便炸老了，生的就拿走了也还不停的夸赞；烧饼也不被责怪做得太小，抱怨太大会撑着不舒服的，最重要的是人们喜欢来买早点，队伍能一直排到铁汤池。徐侉子的一切都是陈二喜给的，他决定一辈子要给人家做牛马，感谢共产党的时候更不能忘了陈二喜。

谢寡妇的儿子虽然不是很大，在徐侉子的教导下也可以贴烧饼了，他早早地就起来了把炉火烧得很旺，把所有的面都和均匀了才叫两个人起来，然后就把竹床给整理好，这才跟着徐侉子去贴烧饼，很快的时间徐侉子可以做甩手掌柜了。谢寡妇儿子非常的懂事，第一炉的烧饼比起平常要大许多，他这是给徐侉子带到北京的，也是徒弟对师傅的一点孝心，就在准备出门的时候，"三春酱园"的蒋春晓来了，让给在北京的妹妹蒋春晖带点酱菜，徐侉子心里是很过意不去的，回来以后就是要接了蒋春晓以前位子，人家很大方地没有说什么，告诉他这是两个人的份儿，徐干部也可以吃就是了，

在太阳刚刚升起的时候，谢寡妇把徐侉子送到了路口，洪武大路很多人都来送行，他深深地给大家鞠了躬，然后带着邻居们的嘱托，登上了去北京学习的列车。

北京的学习真的让徐侉子开了眼，地方竟然是在"燕京大学"里面，老师虽然不全是大学的老师，更多的是共产党的高级领导，更有不少是各地将来的干部，这就是一个庞大的门路，徐侉子很快地就跟大家熟悉，都留了地址表示相互照应。共产主义理想是最重要的课程，这个目标的实现就要靠他们，这是他没有想到的骄傲。徐侉子虽然没有读过书，但是人家讲的所有都深深地记在心中，共产主义就是穷人可以当家，所有的土地要还给人民的，对于过去的骑在人民头上的那些人，都要彻底地打倒和枪毙，这让他觉得洪武大路之所以一片黑暗，就是卢文来、吴成芳、禄文景这样的人太多了，只有让他们彻底消失才能平静，他开始喜欢这样的观点，在最后的总结中终于说出了想法。

"洪武大路也是个穷人一直被压迫的地方，他们的房子都是靠我们盖的，他们的吃喝也是我们提供的，他们剥削所有的穷人这还不算，对洪武大路的妇女也是色眯眯的。就拿我们街道上的谢寡妇来说，她辛辛苦苦地做豆浆、炸油条和烤烧饼，地主老财洪其昌不但吃了她的，还用言语勾搭她希望跟他上床，谢寡妇不喜欢他就不理睬他，洪其昌就让日本人占领她的店，吓得人们都不敢去那里买油条；这样没有多久生意就完蛋了，谢寡妇就找了他的女人告状，那天洪其昌喝下大量的药酒，就来到了谢寡妇的烧饼油条店。"就在徐侉子在讲述那段遭遇，不知道谁领头喊起来口号。

"打倒万恶的旧社会!"

"打倒剥削阶级!"

"中国共产党万岁!"

"人民政府万岁!"

等口号完全地停息了以后,人们期待这故事的悬念。

"有人报告了日本宪兵队,但是日本人就在一旁哈哈大笑,这时候洪春花提着擀面杖就出现在洪其昌面前,接着就是劈头盖脸的打下去,这个地主老财的那玩意报废了,这就是上天的报应是不是啊?洪春花还不算又把擀面杖对向了我们的谢寡妇,对她没有头没有脸的就是一顿痛打,一直打的谢寡妇没有任何的还手之力了,抗日英雄侦缉队长卢惠昌冲了进去,夺下了洪春花手上的武器,人民的力量终于制止了这场压迫,这样的故事在洪武大路还有很多,这让我们要永远记住,对待阶级敌人绝对不能手软,未来我们要显示人民民主专政的力量!"徐侉子的故事讲得很精彩。

"不忘阶级苦!牢记血泪仇!"

"打倒洪其昌!"

"人民民主专政万岁!"

"毛主席万岁!"

礼堂里面响起了口号声和掌声,徐侉子成了学习班最优秀的干部,连上级领导都常来看望他,他怎么也没有想到的是,解放军文工队的蒋春晖来找他了,酱菜已经被基本都吃完了,就在盘算怎么办的时候,人家找他是有另外的事情。徐侉子看着丰满起来的蒋春晖,竟然开始有些不好意思起来,她已经把头发盘在了顶上,军装把身材包裹的很漂亮,军挎包里面全是吃的,两个人在大树的地下就像夫妻,人家给他把面包上裹了酱,又递上了她的水壶,别提是多么的舒服了,如果两个人再能手拉手回洪武大路,那就全部都齐了不是。

"徐侉子,故事是我们洪武大路的啊,我怎么不知道啊!"蒋春晖看他怎么回答,"卢惠昌可是国民党的警察啊,你这是乱编的哦!"

徐侉子可是真的吓坏了,红着脸不知道怎么办,他忘记了卢惠昌是国民党啊,要是查下去就真的彻底完了,看看蒋春晖也没有太在意,心也就慢慢地放了下来。

“好了，看你那无知的样子，我是领导派来帮助你修改讲稿的，你还要去更多的地方演讲就是了，你啊把卢惠昌说成陈二喜不就可以了，笨死了！”蒋春晖有些责怪：“徐侉子啊，你现在是很有名的人哦，思想觉悟也是很高的，以后你要多帮助我才是啊！”

吃饭的时候蒋春晖没有回去，而是和徐侉子一起吃了食堂，人们的羡慕眼光让徐侉子满足，觉得不仅仅是需要洪武大路的地位，更需要这样年轻的女人陪伴，看着蒋春晖给夹菜细腻的白手，去添饭时候的那个屁股，回来的时候高傲挺起的胸脯，觉得下一个奋斗的目标就是她，一个真正配得上自己的小女人。蒋春晖也注意到了徐侉子的神情，那是一种开始成熟的眼光，这就是将来洪武大路上的人才啊，家族和生命就寄托在他的身上了，吃完饭的时候还给徐侉子擦干净了嘴，叮嘱他不要在外面花心，洪武大路才是他的家。这让徐侉子整个几天都没有睡好觉，脑子里面全是“三春酱园”的财产了。

公元一九五一年的冬天，徐侉子结束了北京的学习，回到洪武大路担任了街道主任，镇压反革命的运动来了以后，他知道自己的水平不能多说，跟着周小芸和陈二喜后面打杂，面对那么多的资料是看不懂的，只是期待蒋春晖能尽快地回到南京，彻底解决和谢寡妇的不清不楚的关系。陈二喜对待运动的态度看来是手很软的，周小芸多次提到卢家的问题，他都是支支吾吾地不表态，还是周小芸找到了徐侉子，要他在明天的会议上表态，这下子他才晚上好好地看了讲稿，决定第二天就上阵杀敌了。

“陈书记，就用毛主席党中央的对敌标准，我看洪武大路上的人分为三类，首先是地主老财，我们这里按照财产看就有禄文景、卢文来、卢惠昌和卢惠炳，他们拥有了自己的土地，房产和佣人，这是我们首先要革命的对象。”陈二喜佩服了这小子的努力。

“嗯，很有道理，接着说。”陈二喜鼓励和主张他。

“这几个人都是革命的敌人，都有条件成为最大的反革命，卢文来是洪武大路上的最富有的不说。鸿儒织造在南京的分店，卢家文庙等财产也是价值连城的，卢惠昌是日本人的侦缉队长，卢惠炳是国民党的区长，他们都是有反革命背景的；禄文景也是满清的贵族，也是国民党的历史研究员，他们对洪武大路犯下了滔天罪行，这可是有目共睹的！”陈二喜没有想到徐侉子真的仇富。

陈二喜盘算着这条街道上的人，卢家是上面都知道的反革命家庭，面对周湘云是下不了手的，既然是徐侉子提出来了，他也就默许对他们的调查；禄文景虽然是无冤无仇的，但是毕竟算不上真正的洪武大路的人，一个游手好闲的人处理了也没关系的。问题是不说出来一个两个，交不了差事，陈二喜终于想到了许大胖子，这是清朝、日本人、民国的三朝刽子手，杀了他是没有丝毫的内疚。周小芸也很满意徐侉子的态度，在表扬完了以后就把镇压的名单交给了陈二喜，徐侉子、陈二喜都签了字，立即就向上级做了汇报。

第一批洪武大路反革命镇压以后，整条大街顿时是风声鹤唳的，所有人见到徐侉子都是害怕，卢家同时失去了两个儿子的悲痛，让周湘云几乎是失声痛哭，她找到了陈二喜要个真正的说法，才知道名单是徐侉子上报的，陈二喜和周小芸都是解释得清楚的。面对洪武大路的态度，陈二喜也觉得是杀了太多，既然是革命的要求就要执行，总不能把谢寡妇绑去杀了，对于卢家的放债给妓女击垮其他商铺，怎么也算是罪恶累累的了，既然被推到这个位置上，也就一条道路走到黑了。

"侉子啊，卢家怎么一下子就两个反革命啊，禄文景也是没有什么罪恶的啊，人家会怎么想你这个街道主任啊？你不能再做了，把官辞了吧我们老老实实地做生意吧！求你了！"谢寡妇有点害怕了。

"你以为官饭是那么好吃的啊？就是我不去上报别人也会做的，查出来我不报告还有脑袋吗？女人家就是见识短，还是想想怎么生儿子吧，别的事情不用你管！"徐侉子最近显得很烦躁。

徐侉子很多天都睡不着了，杀了卢惠昌、卢惠炳、禄文景和许大胖子的责任不在他，一切都是人民政府的决定，陈二喜现在也是总躲着他，周小芸也是离开他很远了，周围可以说话的只有谢寡妇了。蒋春晖从北京回来更是不见面，总不能一天到晚地站在"三春酱园"门口，看来她在北京的行为就是玩玩了，现在想起来都觉得幼稚，还是谢寡妇不弃不离，只要跟她有个孩子，这生就不再折腾了。他和谢寡妇都吃了汤药就是没有动静，为了杜绝人们的口舌是非，还是用西医的方法去试试看，就这样他们决定去找吴成芳。

阴雨连绵的季节到处是雾霾，洪武大路的大理石砖头多处破损了，很多碎石子已经从地缝中跑到了地上，徐侉子和谢寡妇出来的时候，很多人家都赶紧把孩子招呼回去，邻居们脸上的微笑一下就僵硬了，这里人更不敢不去买油条的，再也不像以前的那样跟他玩笑，面对这样的景象徐侉子是接受的，既然成为了洪武大路上的恶人，难道还可以回头吗？该枪决的都已经化作骨灰了，真的是有些想不开了。吴成芳的诊所看上去是没有开门，卢惠琴这时候也应该不会睡觉了，他觉得是要面对吴成芳的教训了，这个人可是什么都不怕的！

“吴成芳医生啊，我们都是老邻居了，这么多年了金兰就是怀不上，你给看看是什么问题哦？诊所的房子也该修缮了吧，我让街道的修缮队来一趟好不好？”徐侉子在找话说，“是不是她只能生一个啊？”

“徐主任，陈二喜是被我从这里赶走的，你知道不知道？卢惠昌是做过日本人的侦缉队长，可是也杀过日本人；卢惠昌是做过国民党的警察署长，可是骚扰过你吗？卢惠炳是什么人啊，是抗日的英雄啊，是他带着队伍杀回洪武路的，他得罪你什么了？禄文景又做错的什么？这样一个人哪有反革命的能力，你们非要拿他是问是不是啊？”吴成芳的心里只有悲愤。

“是！是！吴成芳医生说得都对，可是你觉得是我说得算吗？是陈二喜说了算吗？我一个街道主任在革命里面算什么啊，一切我都是听从上面的指示啊！里面也不能说全是不对啊？许大胖子罪大恶极该不该杀你说，那些街道上的地痞流氓是不是该杀你说，有些事情是需要时间来解决的！”徐侉子把自己清理得干干净净地，“你吴成芳也是在名单上的吧，我和陈二喜也拖着不办的啊！革命工作是需要理解的对不对？”他觉得真的很委屈。

吴成芳真的说不出话来：“你说，你有什么事情吧！还是谢寡妇没有怀上的事情，心情知道不？一个女人成天的劳累而且是起早贪黑，猪要配种也需要休息吧，何况是人！问题是复杂的，首先要让她从劳动中解放出来，休息一段时间也许就会出现转机，你走吧我这里没有任何的办法了，金兰啊都是老邻居了，要保重你自己的身体啊，你也是孩子的母亲哦。”

谢寡妇知道吴成芳的意思，可是自己又能做什么呢，哭着跟着徐侉子就离开了诊所，徐侉子根本就是急着生儿子，汤药喝下去就跟自己干上了，眼神中暴露出一种可怕的坚持，她每天的心情都是非常的坏。她只是希望徐侉子不能这样下去了，日子没有办法过下去了，儿子也不再上学去了，见到自己也是一种需求而已，这个家就毁在了徐侉子的当官上，担心不用太久报应就会来的，那时候又该怎么办呢？

“徐主任来到小号什么事情？不会又到这里抓反革命吧？”蒋富江几乎是嘲讽。

“蒋富江给你说哦，反革命的事情还没有结束哦，你不要以为一切都过去了，我看了你的历史问题，首先，你无辜地杀害了三个女儿的母亲，还有在井台下挖井的农民兄弟，这是事实不是啊？其次，你的女儿蒋春晓保护过国民党军官，二女儿国民党家属跑到了台湾，说你们是反革命家庭不为过吧？”徐侉子先制服他。

蒋富江真的有些害怕了，这个做烧饼油条的人竟然如此的狠毒，不明白来的目的究竟是什么，看着这个已经没有人性的家伙，可以杀了洪武大路上的卢家兄弟，杀了人人尊敬的禄文景，当然也可以杀了自己。

“你知道为什么‘三春酱园’可以安全吗？就是你们家还有革命的火种，蒋春晖是支持我革命行动的，当然我也希望你们全家支持我，知道不？革命的火种传下去就是蒋春晖的责任，所有的事情自己看着办！”徐侉子斜斜地看了一眼这商号，走了！

徐侉子不相信吴成芳的话，怀疑谢寡妇再没有生育的能力了，这条街道上的人都骂他断子绝孙，他就要生个后代给看看，能给徐家传宗接代的，对蒋春晖是要趁热打铁把事情办了，只要有个家庭和孩子，没有多久这些是非就不攻自破。陈二喜没有想到徐侉子这样做，他决定要找徐侉子警告了，面对这样一个嗜血的动物，是万万不能再错的了。徐侉子在来到区委的时候，就知道陈二喜要说什么，他是卢家儿子的把兄弟，江小燕唱戏出身也不是好东西，吴成芳的反革命背景，他是主要的掩护者，这么多的把柄在手里，看他还敢。

“小山同志啊，你是我一手提拔的是不？有些问题你要说实话。”陈二喜觉得要制止他。

“没错啊，感激上级领导对我的栽培，没有陈书记就没有我的今天；但是我也要说一句话，没有叛徒分子陶花花你也没有今天，对不对？”徐侉子抛出了自己的牌：“陶花花枪杀了陈鹏飞同志，就是帮了国民党的大忙，而消息也是你从吴成芳那里得来的，也是听许大胖子说的，现在他许大胖子镇压了，你能说得清楚吗？”

陈二喜没想到徐侉子这么说：“陶花花的事情我怎么清楚，陈鹏飞的事情也是上级决定的，我只是把情况汇报，请他们核实就是了，这事情怎么扯上吴成芳和我了？”陈二喜有点恼火。

“我问你，你杀了你的入党介绍人，目的是什么？”徐侉子很得意，“陶花花也是这次肃反的对象，她跟你是不是也有联系，还包括你的妻子江小燕，不要以为自己的屁股是干净的，先把自己管好了再说吧！”徐侉子在陈二喜的凳子上坐了下来。

“你想说什么？”陈二喜很是紧张。

“不是我想说什么，而是你要问什么啊？我一个单身的革命干部，难道不能跟一个革命干部求婚，我们是为了革命利益走到一起的，你还要指责吗？”徐侉子反守为攻了。

“我不是干涉你的婚姻关系，你跟谢寡妇算是什么呢?”陈二喜摊开双手。

“革命同志关系，我们都是劳动人民搭伙吃饭有错吗?”徐侉子噎了陈二喜。

陈二喜觉得完全想错了事实，眼前的这个人已经完全变了，很后悔选择这样的人担任洪武大路的主任，一切都晚了也改变不了什么了，徐侉子知道的远比想象的要多，现在这样的状况是危险的，其中牵扯吴成芳、江小燕和太多的人。徐侉子看出来了陈二喜的迷茫，调查陈二喜的历史从许大胖子开始的，在娃娃桥监狱里面查到了陈鹏飞，上海回来的公函中知道了陶花花，他从来就没有看得起过陈二喜。

“陈二喜书记，你是培育我的人要帮助我，你知道谢寡妇就是不生啊，我的年龄也熬不下去了，革命的后代就会耽误了，对于蒋春晖的意志还是希望陈书记出面撮合，这也是革命的婚姻，对不对?”徐侉子要他去把问题解决。

“你确定人家蒋春晖是喜欢你?”陈二喜不信，“不好自欺欺人的!”

“陈书记最会做群众工作的，你负责蒋春晖的思想工作，我就会把洪武大路上的一切都处理好了，别的真是没有什么反革命了！我保证!”徐侉子拍胸脯了。

陈二喜这时候真的是五味杂陈，选择这个洪武大路街道主任的时候，他看中了徐侉子的为人厚道，也喜欢谢寡妇的坦然和真诚，没有想到事情竟然是这样的结局，周小芸的历史问题可能牵扯到自己，陶花花现在也是身陷囹圄，要在短期内解决几乎是不能的。面对这个恶魔难道还有更好的办法，要保全洪武大路的安全，要保证更多的组织能够生存，现在只有跟蒋春晖谈了，他痛苦地流下了心酸的眼泪。

徐侉子离开了区委非常的轻松，去了趟评事街买了老王家的鸭子，又去了三山街买了山楂果，顺便也去了菜市场买了活鱼，最后扯了谢寡妇想买的几尺花布，给她的儿子买了很多的学习用品，一切办妥当回到了烧饼油条店。谢寡妇看徐侉子买了这么多东西，知道他是有什么事情交代了，没有说话把菜都按照他的口味做了，天黑的时候一切都安排好了，也不愿意儿子听就打发去了外面。谢寡妇把给侉子买的好酒拿出来，默默地斟上了两杯烧酒。

“侉子，娶了人家好好的过日子，不要担心我的生活。”谢寡妇喝了一杯烧酒。

“虽然是跟蒋三小姐一起过，我的心里还是只有你，只是想要个孩子，等不起了。”徐侉子抽泣起来。

“嗯，等有了孩子我也帮你带，蒋家是没有人能带孩子的。”谢寡妇还是那么的平静。

"放心吧,我绝对不会忘记你们母子的,对不起了!"徐侉子开始有了眼泪。

"别哭了,我就看不得你哭的样子,以后遇到事情自己多想想,做官这东西也不是我懂的,你也没有经历过还是自己小心吧! 歇了吧,好好地保重自己的身体,不能再像我一样的没用了,尽是空炮成不了气候,对不起你啊!"谢寡妇也是无奈。

谢寡妇深深地爱过这个男人,为他的仕途高兴过,为他的神奇骄傲过,没有想到这一切都不属于自己,她不怨恨徐侉子,是自己没有生育能力,祈祷侉子的未来幸福美满,她算是没有遗憾了,亲了亲自己以前的男人,算是最后的交代了起身要出去。

"我不让你一个人睡,今天就在我这里吧?"徐侉子要求着。

谢寡妇拒绝了,她不想这样的永远下去,挣脱开了徐侉子的怀抱,然后走进了房间将门紧紧地插死,心房在这一天也就永远地关上了。

徐侉子的新婚就在"四川酒家"办了,洪武大路家家收到喜帖,洪武大路的人都不在家,连陈二喜都借故没有出席,徐侉子的心里很是不爽,人们的胆子真是越来越大了,根本就没有把他放在心上,婚宴上只有周小芸照了个面,看着没有什么人借故就走了,最让他不理解的是"三春酱园"都没有人来。

"你家里人为什么不来? 蒋富江和蒋春晓在干什么?"徐侉子问蒋春晖。

"就你那样的待人之道,洪武大路的人哪个不怕你?"蒋春晖随意地说。

"这帮人真的不知道天高地厚,他们就不怕成为反革命?"徐侉子恶狠狠地说。

"反革命是你一个人定的? 你这样的做就不怕报应吗?"蒋春晖问他。

"怕,我徐侉子早就成了反革命了,陈二喜你等着我是要报复的!"他气得脸都变了形,把一切的怨气都发到了陈二喜的身上。

徐侉子和蒋春晓结婚的几天后,新的一批反革命被拉出去枪决,远远的卡车就鸣响了警报,每辆卡车上都是满满的要处死的人们,这些人名字已经被打上了红叉,清一色解放军在街道上维持秩序,洪武大路的反革命成了这场游街的主角,他们是剃头店的老板朱老八,被从江西抓回来的豆腐店老板孙大光,已经逃到了安徽歙县的木器行老板洪其昌,杂货店的老板李有才,这些人都是洪武大路的建立者,今天他们被继任者出卖了。

"孙思涵,该送走的人都送走了,我为什么要苟且地活着啊,你带我走吧!"蒋富江怒吼着。

蒋富江送完了以前的老朋友,回来的神情是非常冷漠的,寂静的"三春酱园"已经荒废了,只有水井在静静的没有改变,他在院子里面点亮了油灯,想到了为人复杂的卢惠昌,看到了憨厚一生的卢惠炳,听到了禄文景的那种傲气,更体会到了尖刻的洪其昌,跟自己的女婿比起来,没有一个是真正的坏人,他却是畏惧这种淫威,觉得活着真的没有意思。他来到了龙脉上的井台,羞愧地看着那种怯懦的嘴脸,井水开始的时候扑腾了一下,慢慢地就寂静了下来,孙思涵接受了自己男人的悔悟。

蒋富江的死震惊了洪武大路,蒋春晓和蒋春晖抓住徐侉子一顿收拾,直接打得他四处逃窜,“啪!”被大姨子蒋春晓扇了一个大耳光,逃到门口的时候蒋春晖又是一脚,跌跌撞撞地才跑出了大门,街道上没有一个人劝架都看着他,目光中都是对他的憎恶和愤怒。徐侉子觉得简直是天大的冤枉,挽救了蒋富江没有被枪决,蒋家不感激反而恩将仇报,跑出很远很远才歇了下来,他不知道往哪里去连个家都没有了,这时候他突然想起了烧饼油条店了,不顾一切地冲了进去。

“你给我站住,你要去哪里啊?你那房子儿子住了啊,侉子啊你不能这样下去了,洪武大路被你祸害光了!”谢寡妇哭了。

“哭,哭你个头啊!蒋家的两个夜叉也太厉害了,蒋春晓是卢家的儿媳妇,竟然敢跟我动手,就不怕他的男人活不下去。”徐侉子的怒气发到了蒋春晓身上,“你怎么就不明白哪!蒋富江是去找他的女人还债了,跟我没有任何的关系啊!”

谢寡妇宽慰他:“回去好好的说明白就好了,以前能忍现在就不能了吗?”

“忍?老子忍受王八蛋够长的时间了,我要他们好看就是了!”徐侉子冲出了大门。

谢寡妇真的是欲哭无泪,徐侉子竟然成了疯狂的人,他的脸上已经没有了任何的不安,有的只是永远不能停息的怒火,他不是简单地按照上级指示做了,蜕变成一头洪武大路上的野兽。徐侉子已经不在乎任何一个女人,更不看重女人可以给他孩子,他要的是那种可怕的尊严,人一旦到了这样的状况,是什么也拉不回来的了,谢寡妇为自己哭,更为徐侉子悲伤得厉害。

“春晖,我们都是有家的人了,婚姻在蒋家都是不幸福的,卢惠民是我要的,可是他不爱我,今天我终于落得这个下场;徐侉子是要你的,尽管他现在是中邪了,终有一天是会回来的,求求父母保佑我们吧!”蒋春晓带着妹妹在父亲面前跪下了。

父亲的遗体已经泡得没有人样了,棺材铺的人费了大劲才穿上了寿衣,脚上是新买的鞋子很不合脚,原先的在井水里没有捞到,只有脸上是黄纸显得非常安静。

“春晖，父亲就要走了，去把他的两个女婿喊回来，磕个头就放他们走！我真的很累了，你辛苦一趟吧！”蒋春晓看着妹妹出去了，拨了拨不是很明亮的长明灯。

“父亲，你安息吧！现在我们已经没有恩怨了，你在地下好好地待妈妈，这辈子就安安稳稳地在一起，蒋春晓一生是要强的，错在我去做了那个官，徐侉子的错也是做官，可是我们都没有那个命啊，你是个好父亲为女儿留下了财富，这一切不是我们要的，我们要的是合家欢乐，我要去找你们了，不要放弃我好吗？蒋春晓来了！”

蒋春晓从房里取出了白色的绸缎，摔过酱园店最大的横梁，在上面系了一个紧紧的扣子，将自己的头颅伸进头圈，这一刹那她看到的是梁耿在哭，看到的是薛宝勇在伤心，看到的是卢惠民已经进到了院子，这是她最不愿意看到的人，毅然地踢掉了脚下的长椅子。

“父亲，母亲我来看你们了，等着我给你们磕头啊！”蒋春晓没有叫出来。

蒋春晓的死在洪武大路没有人在意，只有卢惠民一个人守灵，可是他手上烧的纸钱是个剧本，那是他为了韩松雪写的，一页一页地烧了很久很久。

“松雪姐姐，蒋春晓已经知道错了，在阴间不要再为难她了，她也是个可伶的女人，我唱段东西算是求你原谅了，好吗？”

“有贺后在金殿一声高骂，
骂一声无道君细听根芽。
老王爷为江山何曾卸甲，
老王爷为山河奔走天涯。
遭不幸老王爷晏了御驾，
贼昏王篡了位谋乱邦家。
把一个皇太子逼死在殿下，
反倒说为嫂我拦阻有差。
贼好比王莽贼称孤道寡，
贼好比曹阿瞒一点不差，
贼好比秦赵高指鹿为马，
贼好比司马师搅乱中华。
只骂得贼昏王装聋作哑，

只骂得贼昏王扭转身躯。”①

卢惠民吸引了洪武大路上的人,“三春酱园”里外全是人,他们没有人再愿意磕头,只是围绕这对父女绕啊绕的,一直绕到天黑又迎来了黎明,心中只有一个疑问,世界上的恩怨真的是可以化解吗?

公元一九五四年的深秋,“公私合营”的新要求在洪武大路浮现了,街道主任徐侉子搞不清楚是什么意思,陈二喜已经调到了市里的工商局,周小芸也调到了文化部,几乎没有一个人愿意跟他讲明白。苦思冥想的终于得出了结论,像土地革命一样剥夺城市有产者,让城市的无产者在新标准下重新分配工作,就是最大限度地接近共产主义。徐侉子明白了事情的棘手程度,洪武大路上财产最大的是卢文来,只有对“鸿儒织造”的改造成功,才能成为说服所有人的开始,想了几天决定还是去趟卢家,会会已经久违的洪武大路上的卢家。

“徐主任啊,今天来又有什么指教呢?”卢文来知道没有好事。

徐侉子看着这个死里逃生的人,虽然看上去是有礼节的,内心却透着一种对自己的害怕:“卢老板啊,家里最近可好啊?”

“好,托共产党毛主席的恩,好啊!”卢文来的语气中很平淡。

徐侉子听出了其中的怨气:“那就好,跟你传达一下中央的精神,社会主义的公私合营改造你听说了吧,报纸上已经向全国宣布了,这条康庄大道是非走不可了,你是我们这里最有影响的人,想听听你的态度和想法,说说看哦!”

“徐主任啊,你来就是这件事情啊,我们全家已经商量过的了,‘鸿儒织造’榨取了人民的血汗,现在人民政府既然愿意接管,我们就上交给洪武大路了,我们不希望什么合营,完全地收归国家所有,还希望徐主任尽早的拿去。”看来卢文来已经有了准备的。

徐侉子没有想到会是如此的彻底,转念一想这不是给自己出难题吗:“卢老板,国家的政策是公司合营,你交给我不是要我好看吗?公私合营就是合作经营,你不可以就这样的放手不管的,什么时候收归国有不是我说得算,就算你替国家管着也没有不好,不要跟国家的方针政策对着干,汇报完了我自然会来找你的,卢老板再见!”

---

① 京剧《贺后骂殿》唱腔选段。

“嗯，徐主任那就不送了，随时等着你的差遣！”卢文来恭敬地把他送到门口。

徐侉子面对这样的顺利很意外，一个人辛辛苦苦地做了很多年，人家跟你要的时候竟然这样俯首帖耳，这让他完全不能相信。带着种种的猜疑回到街道的时候，看到了市里工商局的陈二喜立刻明白了，虽然他已经离开了洪武大路，跟卢家的关系却是更好处理了，对于国家的政策他算是更接近，不然卢家会这么简单就处理了，他也想了解政策的尺度。

“陈二喜同志，我正要找你去请示啊，公私合营的国家政策究竟是什么啊？卢文来竟然要把‘鸿儒织造’交给国家，这是不是让我们难堪啊，收回来不就是让它瘫痪哦，我看他们这是有意的刁难啊。”徐侉子希望他解释一下。

陈二喜很久没有看到他了，很显然衣服很多天没洗了，脸上也是胡子拉碴的很憔悴，徐侉子的斗争欲望是被激发了，面对卢家放弃显然让他失望，这是陈二喜期待已久的事情，他要在这场较量中彻底击垮这个小人，这样洪武大路才有安静的明天。

“公私合营就是一场经济运动，不能再用政治眼光对待一切，这里面分两部分，像卢家愿意把财产捐献给国家的，要鼓励要宣传这样才能引导，而另一方面对于有些小生产者，要说服要规劝是和他们联合。徐主任是有工作经验的领导，不要错过树立榜样的机会，市里的工商局一定配合宣传卢家，具体的事情还要你能做好。对了。你的烧饼油条店也可以这样啊，徐主任我还有事情要去办，定好卢家捐献的日子跟我联系，我请市里的领导参加哦！”陈二喜出去的时候不忘拍拍他。

徐侉子被陈二喜背后拍了很是不舒服，南京人最忌讳的事情就拍人家后面，意思是让这他完全的背下去，而且是狠狠地拍了好几下，他想要发火却是不能。徐侉子开始琢磨陈二喜点的烧饼油条店，就是让谢寡妇能够捐献出去，这是要他很为难的事情了。陈二喜这么说就是要对比卢家，让自己下不了台，那可以不可以先动动吴成芳，只要让吴成芳无所适从，那么自己这个关就算过去了，他突然觉得陈二喜也很搞笑，竟然想把自己逼到死角，这可是打错了算盘了。想到这里他坐不住了，决定要先找吴成芳谈谈，就说是工商局陈二喜的要求，看看吴成芳还能怎么样 。

公私合营的文件一下来，陈二喜想到了卢文来和吴成芳，洪武大路上的任何运动，徐侉子都不会安稳的，他决定去跟卢文来谈谈算是对卢家的补偿，不然的话不知道事情要僵持成什么样子。卢家的人对于陈二喜的出现也很意外的，这个人已经调走很长时间了，特别是走的时候也是降职的，很多事情做得不如徐侉子绝情。只是周湘云心里很不舒服，见到他的到来也没有话，一个人去了房间关上了门。卢惠民招呼他坐下来还泡了一壶茶，仔细地听完了介绍。

“老戊啊，这场运动又要找上卢家了！”卢惠民看看父亲，“唯一办法就是把‘鸿儒织造’捐出去！”

卢文来听完了陈二喜的介绍，知道国家的政策抵抗下去结果一样，陈二喜的出现是帮助卢家，很想听听他的意见：“二喜啊，你跟惠民我是看着长大的，你就给拿个主意吧！”卢文来眼神中是乞求。

“捐！卢老爷子把什么都捐献了，这样就走在所有人的前面，财产捐了积极参加社会活动，让卢惠民参见所有的市里领导，这样一来徐侉子就奈何卢家不得，先做的才会有表彰，虽然是赌博但赢的几率很大，该试试，对不对？”陈二喜和盘托出了想法。

“陈二喜，你安的是什么心啊，娶了我卢家的媳妇江小燕，杀了我卢家的两个儿子，现在又要我们捐出所有财产，你究竟是安得什么心？你是要赶尽杀绝啊？呜呜……”周湘云再也忍受不住了冲了出来，陈二喜也吓得不知道该怎么办。

“住口！”卢文来呵斥住了周湘云：“陈二喜来家里不知道危险吗？要杀卢家能阻止得了吗？成事不足败事有余，二喜你坐下听我说。”

陈二喜这时候也很为难，真的想给卢家的所有人跪下，这样的解释是没有用的，卢家的安危在于卢文来的态度，他只能期盼老人做出正确的决定。

“捐！按照二喜的说法，以卢惠民的名义捐出去，这是最后的一次希望了，陈二喜你可要帮助惠民啊，看在以前是兄弟的面子上忘掉一切，拯救卢家啊，我给你跪下了！”卢文来真的给陈二喜要跪下。

“别别啊，我是惠民的兄弟，你就是我的长辈不能这样啊，所有的事情我跟惠民商量，陈二喜会尽全部的力量处理好，您歇着吧！”卢文来在两个媳妇的帮助下，慢慢站起身来被搀扶着回到了后面。

陈二喜和卢惠民深谈了一夜，他们很多年没有什么来往，也许他们的话题从秦淮河谈到中山门，从凤楼的私情谈到江小燕的真爱，从患难与共谈到肝胆相照，而这一晚谈得都不是这些东西，而是如何将家里的一切白送出去，这样才是保证卢家活下来的可能，人在最危险的时候生命就成了全部，这样的长谈一直到天都亮了，两个人才紧紧地拥抱，趁着洪武大路还没有生机，陈二喜悄悄地离开了卢家。

徐侉子按照计划决定先收拾吴成芳，没有想到竟然真的踢到了铁板。吴成芳依然那种傲慢的态度，对徐侉子的到来爱理不理的，虽然从政协主席换下来了还是不闲着，指手画脚的帮助卢惠琴接待病人，这个几乎是个没有用的废物，竟然收养了卢安平的孩子，日子看起来也算是过得不错。徐侉子三次上门了竟然没有找到一次时间，让他真的是怒不可遏。今天徐侉子可是把诊所的门关了，看着吴成芳规矩地坐下来了，这时候才觉得自己的分量，可吴成芳就是不让座，徐侉子不得不坐在病人的椅子上，心中的不满又说不是出来，心情立刻开始郁闷起来了。

"吴医生，我想知道你到底是合还是不合？"徐侉子很是不满。

"徐主任，你当是结婚啊，说结就结啊？我为什么要合呢？"吴成芳也很认真。

"这是革命的需要啊，完善国家的经济秩序啊！"徐侉子争辩到。

"这小小的诊所就是一个医生，是多余的人你怎么完善？派一堆你这样的人来，那不是请病人给医生诊断吗？"吴成芳很坚持。

"不能这么说，小产业的合作就是要做大啊，'三春酱园'以前是资本主义的酱菜，现在我们要改成人民的口味，工人就要参加管理对不对？这样才能生产出人们的大众口味，这样的事情就是我们要做的啊，你要学习卢惠琴的父亲卢文来，你们是同时代的人物，人家就把整个产业给了国家，这是什么觉悟啊你想想，你这个做女婿的就不明白？"徐侉子都急了。

卢惠琴终于忍不住了："徐主任我问一下，'三春酱园'公司合营了吗？人家蒋春晖可是没有这个意思，你还是先去跟她做思想工作，我要开门了，好狗不挡路。"卢惠琴真的把门开了，大家一拥而进等着陈二喜的座位，有几个喷嚏冲着他打得地动山摇，徐侉子真的觉得自己坐不住了，悻悻地离开了这个没有办法的地方。

徐侉子出了西医诊所的门才回过神来，他们根本就不知道卢文来捐了产业，只好拿出个'三春酱园'说事情，以为自己跟蒋春晖离婚了就不敢去动，实际上完全不是这样的，自己离婚的时候人家给了股份的，这样他才在洪武大路上没有后顾之忧。这么多人要拿这件事情说状况，那他就放弃了这个股份，反正这一切就不是自己的，他要用权利换成最有效的力量，在洪武大路上砸出一个个的坑，让这些看上去不服从的人掉下去。不去找蒋春晖还要等到什么时候？想到这里他的脚步就加快了，转眼就进了"三春酱园"的大门了。

"蒋春晖，蒋春晖在吗？"徐侉子进了门就大声嚷嚷，"蒋春晖我找你。"

"你嚷嚷什么啊，你以为还是以前的徐侉子啊？"蒋春晖知道他早晚要来。

"你，你竟然怀孕了是不是？什么时候有的啊，你可是单身啊！要不要脸啊！"徐侉子满脸的怒气，心里很是酸楚，"这是跟谁的野种啊？你真的是不守妇道啊！"

"我怎么就不守妇道了啊？女人生孩子是天经地义的事情，你难道不知道啊？"

蒋春晖叫了起来。

“好,我不跟你说,今天来是谈工作的好不好?现在公司合营了,‘三春酱园’什么时候执行啊?不能一直拖着不见面,对不对?”徐侉子有点不耐烦。

“好啊,今天就可以交给政府,但是我就是一个条件!”蒋春晖也不含糊。

“哦,只要你跟街道合作完成社会主义的改造,一百个条件我都答应你。”徐侉子等的就是这个结果。

蒋春晓看着他笑了,过来拍拍他的肩膀:“跟我复婚,孩子眼下是没有父亲的,总不能生个你说的野种吧!”蒋春晖讲出了自己的条件。

“放屁,你叫我做王八啊,蒋春晖你真的是够狠,够狠!”徐侉子几乎要被逼疯了。

蒋春晖终于是哈哈大笑了,这笑声那么凄切,让徐侉子听了毛骨悚然。

公元一九五五年初春,卢家向人民政府捐出了所有财产,这在南京引起了巨大的轰动,报纸的长篇累牍让卢家得了新的荣誉,卢惠民被当选为新一代的工商会长,也成为了市里的统战委员会成员。周湘云感激陈二喜在关键的时刻,为卢家出谋划策解决的问题,自己亲自缝制了几件衣服送去,仇恨都随着卢家地位在洪武大路的恢复,已经变得是亲情的关系了。陈二喜也是算计好了的,把财产中间的一部分拿出来,在新街口的羊皮巷选了个地址,成立了南京市的第一家公司合营的剧团,按照卢惠民的安排请了不少的票友演出,热热闹闹的在中华剧场新年演出了,久违的洪武大路又迎来了演出。

“我,我有杀不了的天啊!
看倭寇占了我的东三省,
屠杀了我千万国民同胞,
一腔怒火怎么可以熄灭,
唯有拿起枪杆杀敌扶摇,
江河怎么忍受鬼子蹂躏,
韩松雪收拾山河壮志霄,
国民们为了共和拿起枪,
还我一个干净的新世道。”

“好!好!”中华剧场上演了卢惠民的京剧《松雪情仇》,讲述的是陈大宇和韩松雪的故事，对于洪武大路的人太熟悉了，里面的唱腔也写得是荡气回肠，特别是江小燕的表演炉火纯青，把女主人翁的土匪气势都显出来了，精彩的演出是场场爆满，演出一直从新年排到了小年，卢文来和周湘云更是场场不拉，每天都是在剧团里面帮忙。

“来碗豆浆不要放糖的那种！”徐侉子装着去吃早点，“外加两根油条好了。”

人们忙于新年的庆祝的时候，徐侉子一个人蜷缩在自己的办公室里，想起了自己相濡以沫的谢寡妇，生活的一切原来是那么的不如意啊，她的儿子已经长得很高大了，还是承袭原来的秉性不喜欢说话，只是学得手艺很有进展，烧饼做得比起自己好太多了，他突然有了一种莫名的悲哀，如果那时候不离开谢寡妇，今天也是充满了温暖不是吗？他很后悔自己的行为，可是又有什么办法呢？

“侉子有什么事情吗？”谢寡妇把油条和豆浆送过来问他。

谢寡妇看着曾经是自己的男人，眼下已经瘦得不成了人样，她不认为是工作的关系，蒋春晖的肚子已经完全隆起来了，她很祝福自己的男人有了孩子，虽然听说两个人离婚又结合了，心里想的就是那女人好折腾，新年的时候该同情一下徐侉子了，她又去给他加了半碗豆浆，没有想到他竟然低声地跟她说话了。

“晚上方便的话十一点开个门，我过来有事情说。”徐侉子说完拿起吃的就走了。

谢寡妇的心一天都安定不了，儿子都看出来了也没有表示什么，谢寡妇去了洪武大路南口买了几斤的牛肉，酱到晚上的时候已经很有样子了，她切了一大盘撒上芝麻，听说这是男人补肾的东西；她又做了盘新鲜的长黄瓜，她多多地放了大蒜，这也是徐侉子的最爱的了；最后是炖了一锅的河蚌汤，开了以后就加入萝卜和党参，期待他的口味没有改变，家里还留下了徐侉子剩下的半瓶子白酒，倒进碗里的时候眼泪都出来了。

过年是放假的时节没有人来，徐侉子在房间里面等到黄昏，等天色完全昏暗了下来以后，像往常一样地点亮了房间里的灯，轻手轻脚地慢慢走出了街道。洪武大路的大理石的石块已经不行了，汽车的进出让已经碎石的路面更是破碎，徐侉子已经派人开始更换路面。寒冬季节的效率是不高的，挖出来的石头堆得半人高，让徐侉子出行很不方便了，加上茫茫的积雪已经覆盖了地面，他深一脚浅一脚的早就扭坏了脚踝。已经约好的谈话机会他不想错过，疼痛难忍，几十米的道路，他是花了很长时间才到达谢寡妇的店铺，确定没有人注意他的行踪，才趁着夜色闪进了烧饼油条铺。

“侉子，侉子，我没有准备好，你不是有女人了吗？”谢寡妇抗拒着。

“天下的女人你最好，我想死你了。”徐侉子站着就办起事情来了。

“侉子，你真的喜欢我，年轻的女人不是更好吗？”谢寡妇不再抵抗而是配合着。

“我就是喜欢你的，春晖根本就跟死尸一样，你才是我的女人，我的最爱！”徐侉子咆哮着，嘴却被谢寡妇紧紧地捂着。

这时候徐侉子仿佛回到了从前，把谢寡妇直接地按在面粉袋上，全身的力气都使了上去，而久旱的谢寡妇也忘记了抛弃，紧紧地抱着拥有过的男人，两个人都放肆了贪婪着对方，直到力气全部用尽，才慢慢地呼吸均匀下来。谢寡妇在擦拭身体的时候，徐侉子又看到了以前的谢寡妇，满身的面粉裹着白皙的身体，控制不住地又紧紧地抱着她，这时候的她引导着侉子去了床上，原来的那张竹床的声音也没有了，这让徐侉子感到索然无味了，慢慢地停歇了下来也没有了激情。

“吃点吧，刚才又是那么冲动，累着了吧？”谢寡妇很是心疼。

徐侉子看着这丰盛的准备，眼睛有些湿润了：“对不住你了，呜……”

“唉，男人都希望自己能有个孩子，谁家不是这个想法吗？只要你心里有我，我做啥都没有关系，这样怕你的身子吃不消，一头牛套两辆车是要累死的，媳妇生完了，你就回去好了，我都不在乎了！”谢寡妇让他吃菜。

徐侉子这时候真的说不出口，眼泪水在眼眶里打转。

谢寡妇也看出来了徐侉子是有事情：“侉子，你是不是有什么事情要跟我说，我们之间还有什么要包裹的，说出来吧只要我能做的，一定帮你！”

“是这样的，现在党和国家都在搞公私合营，街道上会给你股份分成的，你每个月不用上班就可以拿工资了，烧饼油条店是必须合营的，所以还请你能配合。”徐侉子说完就低下了头。

谢寡妇没有想到徐侉子拿她开刀：“你说什么？把这个店面交给街道，那不又成了我们以前的关系，那我的儿子做什么，你也太黑心了吧，徐侉子！”

“嘘，别让外面人听到，轻点！”徐侉子暗示着，“别哭啊，别哭啊！这不是商量吗？”

“徐侉子，我管你吃管你喝，身体随便你玩，你娶个媳妇我也愿意做你外房，可是你却拿我下刀，你还是不是人啊？”谢寡妇哭了起来。

徐侉子知道事情不是那么好办了，匆忙中穿上衣服就准备先走了再说，谁知道被谢寡妇一把抓出：“徐侉子，你他妈的把事情说清楚，别玩完了老子就想走，就是皇帝的妃子还有个半间房子，晚上日我白天日你老婆，最后还要霸占我的生意，你是房子女人都要啊，我的天啊！”谢寡妇嚎哭起来。

徐侉子知道事情要闹大了，这女人已经不受控制了，赶忙穿起衣服离开了谢寡妇的房间，出门的时候怎么也没有想到，马路上竟然站着蒋春晖，那种轻蔑让人觉得是一种威胁。

“事情这么快就办完了？”蒋春晖笑着问他，“看来你是真的没用哦！”

“事情，什么事情？”徐侉子还在装没事：“我要回去了！”

“啪！”蒋春晖狠狠地扇了他一个耳光：“来人啊，徐侉子你个不要脸的东西，你偷人哦！大家快来看啊，徐侉子偷人哦！”

蒋春晖的声音传得很远很远，整个洪武大路都可以清楚地听到。

徐侉子的生活问题被区委完全地介入了，面对上面的指责他是不怕的，眼下的问题是谁勾引谁的问题，这就意味着事情就要定性了，两个人的事情说不上是谁的主动，可是问题的性质就不一样了，如果是自己主动地找了谢寡妇，那么就不是简单的男女问题，甚至可以用强奸定罪，这样就会被判处徒刑在里面待上很多年。如果说是谢寡妇勾引的自己，那么就是两个人通奸的结果，自己的官位是保不住了，而谢寡妇也就是判个教养，这样还是有机会翻身的，徐侉子这时候知道栽了，多少显得有些沮丧。

“说，你是怎么勾引人家良家妇女的？”调查的区委书记说。

“滕书记啊，我没有去勾引啊，而是去跟人家谈公私合营的事情。”徐侉子的确这样的。

“公私合营是党新时期的要求，但是没有要求你男女合营啊，这造成的影响是多么的恶劣，这是给共产党的脸上抹黑啊，你知道问题的严重性吗？”书记是很严厉的。

“我是去谈公私合营的事情，谁知道她就准备了桌菜，我也不该喝了酒，然后就被她拖下水了，书记啊我知道错了啊，请组织原谅我吧！”徐侉子几乎哀求。

“念你这些年来对洪武大路工作的推动，但是赏罚还是要分明的，你现在是回到烧饼油条店改造，晚上去中华剧场打扫卫生，好好的端正思想认识错误，听到没有？”书记决定了。

徐侉子知道再也没有机会来这里了，现在就是一介普通的贫民了，又要搬回了烧饼油条店了，房子已经被谢寡妇的儿子占了，那么自己又能去哪里呢？他先去了街道捆好了铺盖，看到人们异样的眼神知道事情已经传开了，屈辱恐怕是要一辈子了。徐侉子没有在乎任何人的嘲讽,自己原来就是个做烧饼的没有变化,当官的事情本来就是累了,过去只不过做了一场梦而已,街对面的烧饼油条店已经关门了,开门的不是谢寡妇而是她的儿子。

“徐侉子,你来干什么?”谢寡妇的儿子脸色很严峻。

“我是来改造的,上级派我来这里接受再教育的,让我进去吧?”徐侉子知道自己犯得错:“你妈妈呢?”

“你还有脸来问啊,接替蒋春晓的事情去扫大街了,你就是个畜生!”谢寡妇的儿子进去了,等走到自己的房间里面对外面大喊:“徐侉子,你他妈的就睡面粉袋,别忘了早上两点起来生火,把面揉了畜生东西!”他放下了门帘。

深冬的南京城非常的寒冷,这里跟北方不一样的气候,窗户上是没有糊上纸的,寒风从那些缝隙很容易钻进来,整个房子跟地窖一样低温。后面粉房本来就不住人的,只是两个人苟且一下的地方,真的住在这里是非常残酷的,屋顶是铁皮做的已经早被积雪覆盖了,很容易就把房间的温度降下来,里面唯一的热气来源就是徐侉子,他虽然已经盖上了所有的东西,连衣服都全都压上了,潮湿和寒冷依然没有停歇,他几乎是被冻得睡不着。

“吱呀。”他终于听到谢寡妇回来的脚步,这个女人也知道了他的存在,但是没有一丝的想念,而是把大笤帚和工具放好了以后,就去房间睡觉去了。徐侉子被冻得终于受不了了,爬起身来就去外面找了小炉子,悄悄地在房间里面点燃了起来,没有一会儿房间是有些暖和了,但是也听到谢寡妇传来的咳嗽声。徐侉子赶紧的扇了起来让浓烟快点散去,房间里面的浓烟就是越来越大,很快地就扩散到了谢寡妇儿子的那头。

谢寡妇的儿子血气方刚地冲了进来,抡起了馒头大的拳头狠狠地砸下去,一会儿徐侉子已经是满脸的大包,想喊可是谁能够在这个时候救他呢?谢寡妇的呼噜声是很明显的,人家再也不在意自己的存在,徐侉子咬着牙撑到了人家打不动为止,直到谢寡妇的儿子踹了他最后一脚进了自己的房间,他也就倒在了微弱温暖的炉子边睡着了。

徐侉子每天两点钟就得起床,寒风中把外面的大炉子点着,然后把巨大的油锅放上去,他这时候才知道自己真的老了,需要更长的时间更大的力气才可以做到;炸油条的猪油是放在一个大桶里的,在温暖下面慢慢地化开,终于明白生活就是这样的煎熬;天快亮的时候他就开始揉面,赶着去面粉房把几袋面粉打开,统统地放到了那个大缸里面；深井里面打出来的水是何等的寒冷，等到刺骨的时候才知道自己还活着；豆浆是昨天夜里磨的，小心地放在炉子上慢热，知道谢寡妇的儿子起床一定要喝的，如果太烫了又是一顿的修理，这比起自己的亲生儿子还要难养啊。

“侉子啊，你的烧饼做的不如从前了！”这是周湘云的羞辱。

“侉子啊，你是下来锻炼的哦，回去可以做市长哦！”这是茶炉子的儿子嘲笑。

“侉子啊，你真的不是人啊，人家待你那么好，你出卖人家！”这是新来的邻居。

“侉子啊，别忘了自己的本啊，什么都是有命的！”这是老三轮车夫。

徐侉子面对别人的讥讽已经习惯了，不后悔这样的惩罚教训，但是他从来没有回应，对一切都失去了关注，早上谢寡妇出门扫地的时候，也从来不看他一眼走了，这让他舒服了很多，在洪武大路上哪家不是他的冤家。在过去的几年时间里面，他没有想过会倒在女人上面，过去走南闯北自己也不是这样的，他后悔没有听父亲的话，就做个本分的生意人多好啊，可是人生没有回头路的。徐侉子对于上天的安排，是服从的。烧饼油条店结束，立刻跑去中华剧场扫地，他喜欢上了看戏犹如人生。

“数尽更筹，听残银漏，
逃秦寇，好教俺，有国难投，
那答儿相求救。
欲送登高千里目，
愁云低锁衡阳路。
鱼书不至雁无凭，
今番空作悲风赋。
回首西山日影斜，
天涯孤客真难渡。
丈夫有泪不轻弹，
只因未到伤心处。”①

徐侉子没有想到竟然迷恋起京剧，下午他就早早地来到了剧场，把整个打扫的地方再清理一遍，每张椅子都擦得没有一点灰尘，新的寄托就是舞台上那些心醉的

① 京剧《林冲夜奔》唱腔选段。

戏文，它们竟然是如此的现实。戏散了以后他也久久的不能离去。在打扫那些垃圾的时候，看到的是人们的无知，也是自己的生活的写照，路灯下是那些戏文中的场面，他痴痴地回忆那些影子，这里面有无数的自己的故事，也都被他们唱出来了讲出来了。

"徐侉子，你怎么不回去呢？夜都已经很深了啊。"这是吴成芳的声音。

"吴医生，卢惠琴还没有来接你啊？要不我送你回去啊？"徐侉子很愿意。

"不要再想草料场的戏了，演完了就演完了，林冲上梁山也不好过啊！"吴成芳在劝他："你送我回去好了，我给卢惠琴打个电话就好，走吧！"

吴成芳打完电话以后，徐侉子这才搀扶着他出来，很明显洪武大路的春天不远了，街道上的雪水已经慢慢地变成了薄冰，两个人都走得很慢生怕摔着。

"徐侉子，你到底是哪里人啊？"吴成芳问他。

"蚌埠的人，后来就是在北京、天津、南京做烧饼。"徐侉子说了。

"嗯，我也不是南京人，洪武大路上就根本没有南京人，现在人人都觉得是南京人，等有一天回到家乡的时候，才知道我们都是客座异乡的，你说对不对？"

"谢谢吴医生的指点，我们都是卸了妆的戏子，总有一天是要离开的！"徐侉子是对自己说。

两个人渐渐地没有了话，这深夜变得不是那么的寒冷，吴成芳在徐侉子的搀扶下，终于到了家告别了，而徐侉子心里很充实，他知道一个人生的道理，谁不是异乡的一场梦呢？只不过什么时候醒来，而叫醒你的又是谁呢？

蒋春晖的孩子终于生出来了，是个长得眉清目秀的男孩子，生下来的时候声音哭得很难听，吴成芳都觉哭能走调也是不容易的，卢惠琴非常的喜欢这个孩子，无论怎样都是她的第一个产品，笑得几乎都合不拢嘴了，蒋春晖也是非常的满意，这孩子很多的地方也像蒋春晖，特别是手上的力气也是超大。正好陈二喜和江小燕路过也赶来祝福，大家觉得婴儿哭声的走调跟陈二喜很像哦，这也让陈二喜也尴尬了起来。吴成芳看着匆匆赶来的徐侉子是祝贺了，恐怕是身上太多的面粉，蒋春晖坚决不让他碰，这下徐侉子真的没有话说了。

"好！好！男孩子好啊！"徐侉子抑制不住兴奋，"这孩子还没有名字，请吴医生给取个吧！这里是红包拿着！"徐侉子是有备而来的。

大家也期待着吴成芳能给孩子名字，连卢文来都催促他："虽然洪武大路上有不少的恩怨，但孩子却是不该有任何的影响，他们都是洪武大路的后代，成芳先生你就取一个，将来我们所有的孩子的名字都听你的！”

“那就叫徐春吧，这孩子生在春天，也是徐侉子和春晖的后代，这样喜庆啊！”大家很是高兴，都鼓起掌来。

“不好，不好！我们家里人是忌讳两个字的名字，还是叫三个字好，就叫徐春喜吧，这样是不是更有意思，以后英俊和喜庆好不好？”人们这时候觉得还是蒋春晖想得周到，一起鼓起掌来了。

“谢谢大家，我还要去铺子里面忙，谢谢，我这就走了！”徐侉子知趣地离开了。

徐侉子回去的路上是心花怒放了，洪武大路上的柳树都发了芽，很久没有见到的大雁都开始回来了，整条街上已经没有一个私人的产业了，吴成芳诊所称作“淮海医院”，对面的煤炭店叫作“群众煤炭店”，“三春酱园”也改成“人民酱菜园”，“鸿儒织造”变做了“红旗织布厂”，而辛苦创业的“徐侉子烧饼油条店”成为了“五星早点”，看来社会主义的改造是完成了，徐侉子很满意去了“为民棺材”交代了一下。

“你他妈的是炸油条，还是炸麻花啊，炸得都老了知道不？烧饼做得还像烧饼吗？这叫大饼了！”谢寡妇的儿子真的火了，“你他妈的得儿子也不能浪费啊！”

“嘿嘿！昏了头了，对不起，我下面注意就是了，别生气！”徐侉子赔着笑。

徐侉子回来以后的行为都变了，把烧饼做得比平时大了不少，油条更是炸得很透，对于早点店的成本来说是不行的，尽管谢寡妇的儿子一直在骂，他也始终赔着笑，但是改正却是非常的不容易。

“徐侉子恭喜啊，得了儿子了，祝贺啊！”新来的书记家属也来买油条。

“看不出来啊，老婆漂亮福气又好，以后孩子一定成龙啊！”这是朱老八的女人。

“别把油条烧饼做足了就了事了，以后还要发鸡蛋哦！”杂货铺的女儿也知道占便宜。

“满月酒是要办的哦，不能少一次哦，徐侉子你真是运气哦！”江小燕是特别来的。

“谢谢这些年陈二喜的栽培啊，都是我辜负了他！对不起啊！”徐侉子很歉意。

“以前的事情就不说了，好好的过日子啊！”江小燕走了。

谢寡妇的儿子今天几次要修理他，都被自己的母亲给拦住了：“操你个亲妈的，你是做生意还是炫耀啊，等生意结束了你等着就是了。”店里太忙他也不能闲着。

这也许是徐侉子最得意的一天，他接受了人们的祝福满意了，等生意结束就去房间里面换了一套衣服，也找出了一双千层底的布鞋，没等到谢寡妇的儿子有机会修理他，就打扮得整整齐齐地去了中华剧场。谢寡妇虽然不怎么好说感觉有些怪异，但是看出来徐侉子是真的高兴，这些日子他就是没日没夜的做工，她阻止了儿子过分的愤怒，希望徐侉子能拥有自己的一天。

今天的徐侉子俨然是一个看客了，主动地给自己买了张最前排的票，开戏之前站在门口给所有的人鞠躬，可是洪武大路的人看的是戏，毫不在意他的虚伪，只是徐侉子也敢在第一排就座，也是所有人没有想到的，但想着他今天得了儿子，心里有点不舒服也就宽容了。戏是正点开始的，锣鼓响了以后一帮领导鱼贯而入，很快地徐侉子被挤了出去，他可是一点都没有任何的计较，而是规规矩矩地站在后面，很投入地看着全部的演出。

“按龙泉血泪洒征袍，
恨天涯一身流落。
专心投水浒，回首望天朝。
急急走，忙忙逃，顾不得忠和孝。
良夜迢迢，良夜迢迢，
投宿休将门户敲。
遥瞻残月，暗度重关，
我急急走荒郊。
身轻不惮路途遥，
心忙又恐人惊觉。
吓得俺魄散魂销，
红尘中，误了俺，五陵年少。”①

江小燕专门从上海“盖家班”请来的角儿，唱念做打是出神如化的好，台底下是阵阵喝彩声不断，徐侉子看了不止一遍的，唱词也几乎都完全记得了，他很满意这样的演出，在人们的叫好声中也是不停鼓掌。这真是难得的好戏，有机会看上千场也是不会厌烦的，他看了看在楼上坐着的卢家，吴成芳还是那样的派头，卢惠琴也是那么的清秀，这让他想起了卢惠昌、卢惠炳，要是再有这些人多好啊。他虽然报不出洪武大路少了多少人，但是缺憾却是永远地留在的心中。

---

①② 京剧《林冲夜奔》唱腔选段。

“怎能够明星下照，
昏惨惨云迷雾罩。
疏喇喇风吹叶落，
听山林声声虎啸。
绕溪涧哀哀猿叫，
俺呵，吓得我魂飘胆销。
心惊路遥，呀，百忙里走不出山前古道。
呀，又只见乌鸦阵阵起松梢，听数声残角断渔樵。
忙投村店伴寂寥，想亲帏梦杳，想亲帏梦杳，空随风雨度良宵。
一宵儿奔走荒郊，穷性命挣得一条。
到梁山请得兵来，
高俅吓，高俅！
誓把你奸臣扫！
呀，前面已是梁山，甩开大步走走也。”②

剧场在热闹地喧嚣中结束了演出，人们都在欢愉中慢慢地离开了，徐侉子终于恢复了自己的角色，清扫着所有的人扔下的垃圾，这样的工作已经做了将近一年了，熟悉剧场的每一个角落，在他人生最失意的时候，是这些凳子默默地给了他安慰，也是他最忠实的观众。徐侉子心里的话没有人可以听到，也不想讲给百年的洪武大路留存，在他的心中不是洪武大路抛弃了他，而是他不喜欢这个给予他荣耀与耻辱的地方，在他打扫完整个剧场以后，拿出了一根长长的绳子拴到了舞台中央，一切都该谢幕了。

徐侉子在悬梁的那一刻大叫：“洪武大路听着，老子不欠你们任何东西！”

公元一九五五年初夏，谢寡妇早晨起来的时候意外发现，整个街道已经打扫得干干净净的了，洪武大路包裹在一片的雨雾中，她没有勇气去中华剧场，只知道侉子已经走了，这个男人在人生的壮年给了自己一个结局，没有多久棺材铺就送来了他尸体，徐侉子在死的时候表情是安详的，面部没有丝毫的痛苦更没有内疚，只是棺材的地址写了烧饼油条铺，遗言只有一句话，想要尽快地回到老家蚌埠去，跟家人安葬在一起。

“我的天啊，你怎么就扔下我了呢？你走了我怎么办啊？”这是蒋春晖的嚎啕，

“死鬼啊，你是被谁害死的啊，你要说啊，人民政府会给你做主的哦！”哭声有些撕心裂肺了。

谢寡妇没有哭，一滴泪都没有，默默地为这个男人收尸，点亮了长明灯陪伴在他的身边，地点就是那间放面粉的房间，她不在乎整条街上的人怎么看自己了，谢寡妇知道自己做错了，如果不是那样的话，两个人依然在烧饼铺生存，他们就是一个幸福的家庭，徐侉子为什么会走出这样的人生，难道真的是他要的吗？对于整个的洪武大路，他真的是死有余辜吗？

“你这个不要脸的女人，你还我男人，还我的男人！”蒋春晖伶牙俐齿地扑向了谢寡妇。

“啪！”谢寡妇反击了，“谁抢了谁的男人，你这个不要脸的酱菜货，你和侉子在一起的时候就是个烂货，你跟陈二喜的事情还以为没人知道啊，你对得起这个要孩子的男人吗？你这个破鞋，这样的男人你不要，老娘要了我的侉子啊！”她放声的大哭起来。

洪武大路最喜欢这些是是非非的新闻，这样的新闻自然是要传播开来了，洪武大路的井台没有多久又热闹了起来，看上去仿佛只是说的人家，可是聊到最后心里也是凉透了。这里的故事永远没有结束，新的话题比起旧话题更有意思，只是这些已经不在的人，比起后面忍受摧残的人生，算是幸运太多太多了。

“这条街上最花心的就是陈二喜了，孩子都跟人家有了，就是不承认哦！”

“这条街上最冤枉的就是徐侉子了，做烧饼的怎么会成为主任，哼！”

“这条街上不查不知道，仔细地看看谁不像卢文来？”

“是啊，男人都是看不住的，洪武大路尤其如此！”

“你赶紧回家管你的男人吧，别出事情哦！”

“还是先把自己管好了，说不定你已经被人家下了种！”

“下了怎么样，洪武大路的人怕过谁了？”

谢寡妇最怕人们继续伤害徐侉子，她跟任何人都没有了交流，而是把他留下的东西都带走了，母子俩雇了辆车就去了蚌埠，找到徐家的人安葬了侉子，也没有忘记在棺材里面放上他的腰牌，在碑文上更没有忘记写上“洪武大路街道主任徐连升”的字样，落款是妻谢金兰携儿徐洪武。后来，谢寡妇和她的儿子就在几十里乡村，做起了烧饼油条的面食生意，人们一直抱怨洪武大路的人做事情太“虚”了，烧饼没有多大说得却是很重，这可是真正的山东大烧饼啊；油条没有很大说得却是很香，那可是朱元璋打天下的便当啊。

谢寡妇从此再也没有回过洪武大路，人们以为这个女人早就忘记了，其实她的心里一直有着这条街，一直有她梦想中唧唧响着的竹床，一直有那烧饼铺里充实的面粉袋，多少次在梦里看见了自己的男人。徐侉子永远有使不完的力气，每天都在她的身上作怪，她常常的在夜里呼喊醒来，不知道以前是梦还是在胡思乱想，她甚至怀疑有没有过南京这座城市，更不知道有没有洪武大路这条街，她唯一愿意承认的是她爱过徐小山这个人，而这侉子也真的爱过自己，直到她有天死的时候也一直这样做梦。

公元一九五五年盛夏，徐侉子在山东蚌埠被谢寡妇和她的儿子安葬了，死的时候谁也不欠，心里就是安详！

玄武門
中央大學
鼓樓
北極閣
雞鳴寺
大鐘亭
金陵中學
考試院
武廟
五台山
百步坡

后 记

公元一九六七年深冬开始，人们开始用衣服的颜色区分世界，绿色是领导或者革命的分子，他们大多是来自洪武大路以外的人，上级对这里人的觉悟已经彻底的没有了信心；蓝色自然是普通人的唯一选择，他们自然知道自己的社会地位，作为劳动人民已经是极其幸运的了，起码没有被划分为另一类；最后当然是花花绿绿的人们，这些被视作牛鬼蛇神的人，每天穿上过去的衣服被拉去游街，夜晚就龟缩在自己的屋檐底下等待着再次示众；洪武大路的人这时候没有什么羞耻感，因为大多数的人都被划在了同一类。卢文来的精明算计是没有用的，他每天要穿着最厚的皮袍子，顶着特制的高大铁制的帽子，光着脚在烈日下行走在周围的所有街道，晚上周湘云要穿着锦缎的旗袍，穿着几寸高的出嫁皮鞋，扫光了人们白天批斗留下的碎纸，而卢惠民和卢惠琴则是要跟随着绿色，在后面喊出打倒父母的口号；这样的光景一直持续到了十年以后，但是姐弟的感情已经完全没有了，一直到死都在埋怨彼此逼死爹娘的恩怨。

吴成芳因为中央领导的批示，侥幸地在洪武大路活了下来，但这时候已经年事已高，他唯一的贡献就是辅导孩子们高考，不是人人家里都愿意跟他来往的，很害怕哪天反革命的账会算到自己的头上；真正的跟着他读书的只有卢安平，这个管他叫做爸爸的外甥，继承了卢文来的学习精神，但是却有着卢惠昌的狠劲，更有着卢惠民潇洒的外表，终于最后的选择是读了南京的医科大学。罗秀玲在卢安平大学毕业的时候，竟然收到了来自海外二小姐的信，询问他们是不是还活着，这样儿子给她写了封信同时告诉她在学医，没有想到美国霍普金斯医学院给他了全额的奖学金，洪武大路的人终于服了，卢家的人还是第一个成为了海外的博士，并且数年以后作为专家被引进回去了。卢安平回到家乡的时候，洪武大路已经完全变了，到处是烟尘滚滚不断耸立的高楼，他立刻给上级写了信要求保留洪武大路，信终于转到了区委书记徐春喜的手里，他请卢安平在洪武大路上的“天上人间”唱了歌，事情自然也就不了了之了，卢安平想到这时候是不是回来错了，想了太久太久直到自己都累了，最后决定还是往返于姑姑和母亲之间……

祝福洪武大路的灵魂在天堂地狱重聚，祈祷我的祖国永远是和谐昌盛。

感谢出版中给予帮助的江苏凤凰文艺出版社的领导和编辑们。

感谢支持鼓励我创作的三江大学的专家和同事们。

感谢理解我的街坊邻居们。

我爱你们。

作者于美国康乃迪克州平田郡格林威治镇，2014 年深秋。